COLLECTION FOLIO

Linda Hogan

Le sang noir de la terre

Traduit de l'américain
par Danièle Laruelle

Gallimard

Cet ouvrage a été précédemment publié dans la collection « Terres étrangères » dirigée par Olivier Delavault, aux Éditions du Rocher.

Titre original :
MEAN SPIRIT

Indienne chickasaw, Linda Hogan, poète, romancière et essayiste, a reçu un American Book Award de la fondation Before Columbus. Titulaire de nombreuses distinctions littéraires, nominée au Pulitzer, elle est professeur à l'université du Colorado et travaille en tant que bénévole à la préservation de la faune sauvage.

À la mémoire de Carol Hunter,
femme osage, érudite et amie.

PREMIÈRE PARTIE

OKLAHOMA, 1922

Cet été-là, un sourcier nommé Michael Horse annonça quinze jours de sécheresse.

Jusqu'ici, les prévisions de Horse étaient tenues pour fiables et, comme il faisait une chaleur torride, de nombreux Indiens transportèrent leurs lits à l'extérieur dans l'espoir qu'une brise de passage viendrait rafraîchir la fournaise des nuits. Ils les installèrent loin des maisons qui conservaient encore la chaleur du soleil longtemps après la tombée du jour. On déplia des lits de camp dans les potagers. Des lits métalliques peints en blanc fleurirent dans les prés où pâturaient les chevaux. Des lits à baldaquins trônaient au beau milieu des champs de maïs en jachère.

Quelle chambre silencieuse que ce monde avant l'aube, quand les criquets eux-mêmes se taisaient ! Dans l'obscurité, ces lits d'une blancheur fantomatique flottaient sur les noires ondulations des collines et des terres agricoles. Ici, un lit solitaire se dressait près d'une clôture barbelée. Là, sous l'abri d'un chêne, une lampe brûlait près du corps endormi de son propriétaire. Du côté des marais, les moustiquaires de voile recouvraient de leurs tentes les épaules et les hanches osseuses des rêveurs. Une main pendait le long d'un sommier, les doigts tendus vers le pâturin des champs qui montait du sol. Pour un peu, herbes et plantes grimpantes auraient envahi tous ces lits et enseveli les dormeurs sous leur végétation.

Dans une cour, on chassait une poule étique qui voulait percher sur un sommier.

« Allez ouste ! Du large ! » s'écria la vieille femme en se redressant à demi pour pousser à terre le volatile caquetant.

Ce ne pouvait être que Belle Graycloud, une Indienne au teint clair, grand-mère de la famille. Elle portait au cou une météorite sur un cordon de cuir, don d'un homme appelé Osage Star-Looking qui l'avait vue tomber du ciel et brûler telle une braise dans un champ. C'était là son bien le plus précieux, encore qu'elle possédât aussi un volume écrit de la main du vieux guérisseur Severance.

Belle dormait seule dans son carré de plantes aromatiques. Les membres de sa famille, qui s'estimaient modernes à des degrés divers, restaient en conséquence confinés dans l'étuve de la maison. Les filles adultes de Belle somnolaient par intermittence tout au long de la nuit. Les hommes remuaient et s'agitaient sur leur couche. Les deux plus jeunes transpiraient, les joues en feu, les membres empêtrés dans leurs draps sur des matelas défoncés.

Sitôt la poule chassée, Belle se tourna de côté, se recala contre l'oreiller de plume sur lequel s'étalait sa chevelure argentée. Même étendue dehors, environnée de nuit sur son lit de métal, elle commandait le respect par son visage aux traits forts qu'éclairaient faiblement les premières lueurs.

Un peu plus loin, le long de la route qui conduisait à Watona, Territoire Indien, une forêt d'arbres brûlés se dessinait maintenant, tout juste visible contre le rouge flamboiement de l'aube. À quelque distance de là, les pompes des exploitations pétrolières montaient et descendaient, aspirant le liquide noir à travers les couches de roches. En face, il y avait une forêt verdoyante. Et, à moins d'un mile de l'endroit où dormait Belle, à quelques minutes à pied par le chemin de terre, Grace Blanket et sa fille, Nola, dormaient dans un lit soigneusement disposé parmi les fleurs du jardin d'agrément. À demi recouvertes par les draps blancs, on aurait dit deux anges à la peau sombre rêvant sur les sentiers du paradis. Près de Grace, une veilleuse brûlait sur une petite table, et la faible lumière tombait sur le rouge vif des roses.

Grace Blanket s'assit dans le lit pour éteindre la lampe qui fuma un peu, dégageant une odeur de kérosène. Elle se leva d'entre les draps moites. Debout dans sa fine chemise de nuit, les pieds noyés jusqu'aux chevilles brunes parmi les feuilles des iris sauvages qui, chaque année, envahissaient le jardin, elle se pencha sur sa fille endormie, lui secoua l'épaule. Grace souriait en regardant Nola qui, comme elle, avait les cheveux implantés en V sur le front. Puis, avant même que l'enfant ouvre les yeux, elle s'employa à tirer les draps de son côté du lit. « Fais ton lit chaque matin, affirmait le dicton, et tu ne seras jamais en peine de mari. » Grace, qui prenait à cœur cette sagesse populaire, était cependant toujours en peine de mari. Elle résolut de laisser Nola dormir quelques minutes encore.

Relevant le bas de sa chemise de nuit, elle traversa le jardin et poussa le battant à moustiquaire pour pénétrer dans la maison.

À l'intérieur, elle enfila une robe bleu marine, en remonta la fermeture Éclair. Elle attacha un rang de perles à son cou et se brossa les cheveux devant la glace.

Pour une Indienne des Collines — ainsi appelait-on son peuple —, c'était là une bien étrange habitation. Parfois, Grace se faisait l'effet d'une apparition venue du passée quand elle allait de pièce en pièce, parmi le lourd mobilier ouvragé et les grands lustres de verre qu'elle avait elle-même choisis. Elle trouvait également curieux que ces meubles européens soient si massifs, si droits, quand elle était encline à certain laisser faire.

Elle alla jusqu'à la fenêtre ouverte, se pencha au-dehors. « Nola ! Debout maintenant ! » Dans le jour montant, elle apercevait la fillette, telle une larve dans son cocon.

Nola se retourna.

Les Indiens des Collines constituaient une communauté paisible qui, environ soixante ans plus tôt, dans les années 1860, s'était éloignée d'un univers en mutation. Leur salut exigeait le retour à un mode de vie plus simple ; ils avaient donc laissé derrière eux tout ce qu'ils ne pouvaient emporter pour se retirer dans les collines et les falaises, à bonne distance et en surplomb de la ville de Watona. Née de ce peuple, Grace Blanket avait été la première à descendre des collines pour intégrer le monde rapide et bringuebalant des sang-mêlé indiens, des bûcherons blancs, des éleveurs de bétail et, plus récemment, des barons du pétrole. Les Indiens des Collines étaient célèbres pour leurs coureurs, une confrérie mystique dont l'étrange discipline liée à la course et les mœurs austères valaient à ses membres une place à part dans le monde des humains comme dans celui des esprits.

Si Grace avait quitté les collines pour s'établir en bas, à Watona, c'était pour des raisons précises. Sa mère, Lila Blanket, était prophétesse de la rivière ; à l'écoute de la voix de l'eau, elle interprétait le récit de la rivière pour son peuple. Une rivière ne ment pas. Contrairement aux hommes, elle n'a pas besoin de déformer la vérité. Lila entendait donc la voix de la rivière qui coulait comme ses eaux à la surface de la terre. Un jour, la rivière Blue dit à Lila que le monde blanc allait s'étendre, gagner sur le paisible Peuple des Collines. Elle écouta, puis elle regagna sa tribu et déclara aux siens : « Il est probable que nous perdrons tout. Jusqu'à nos champs de maïs. »

Tous se taisaient, attentifs.

Et Lila de poursuivre : « Certains de nos enfants doivent apprendre à connaître le monde des Blancs, ou bien nous sommes perdus. »

Les Indiens des Collines respectaient la rivière Blue et les paroles de Lila, mais aucun ne voulait abandonner ses enfants aux limbes de l'entre-deux, à cette ville nommée Watona, de sorte que Lila, qui avait entendu la Blue de ses oreilles, résolut finalement de confier cette tâche à sa propre fille, la ravissante Grace. Elle n'aurait su dire si c'était bien ou mal ; il le fallait, c'est tout.

Lila faisait du commerce. Tel était son emploi au sein de la communauté des Collines. Elle descendait souvent à Watona pour échanger des patates douces contre du maïs, et parfois du maïs contre des patates douces. Au cours de ces déplacements, elle rendait de fréquentes visites aux Graycloud. Moses Graycloud, le maître de maison, était le cousin germain de Lila. Elle l'aimait beaucoup. C'était un bon Indien, un fermier qui élevait un cheptel important dans ses prés et ses étables, dont les chevaux avaient fière allure. Un jour, lorsqu'elle eut rassemblé son courage, Lila descendit de la farine de maïs et des pommes au village, s'arrêta devant la maison des Graycloud, et frappa à la porte.

Comme toujours, Belle se réjouit de voir Lila Blanket. « Entre. Tu es la bienvenue », la salua-t-elle en lui ouvrant. Elle prit la main de Lila, lui sourit. Mais devant son évidente tristesse, elle se fit soucieuse. « Tu n'es pas venue échanger de la nourriture, dit-elle. Que se passe-t-il ? »

Lila se couvrit le visage de ses mains pendant quelques instants, puis elle inspira profondément et regarda Belle Graycloud. « Je dois envoyer ma fille vivre à proximité de la ville. Nous avons pris trop de distance avec les Américains pour comprendre comment leurs lois interviennent dans nos vies. »

Belle acquiesça de la tête. Elle savait qu'on projetait de construire un barrage à l'embouchure de la rivière Blue. L'eau en avait sans doute averti Lila, lui avait parlé des ingénieurs militaires et des géomètres avec leurs drapeaux rouges.

Malgré le chagrin qui l'accablait et lui nouait la gorge, Lila demanda à Belle : « Est-ce que Grace peut loger chez vous ?

— Bien sûr. Qu'elle vienne, au contraire. » Puis, posant une main sur le bras de Lila, elle ajouta : « Et toi aussi. Viens autant que tu voudras. Tu auras toujours une assiette à notre table. »

Le jour où Lila emmena Grace chez les Graycloud, elle embrassa l'enfant, la serra dans ses bras, et elle s'en retourna sur-le-champ, sans se donner le temps de changer d'avis. Elle adorait sa fille. Tout au long du trajet qui la ramenait chez les siens, elle pleura à voix haute, sans se soucier des passants qui croisaient son chemin, sans se soucier qu'on l'entende. De fait, un vieil ermite osage du nom de John Stink quitta son campement en entendant ses plaintes, prit Lila par la main, et la raccompagna presque jusqu'à chez elle.

Grace Blanket avait le sourire facile et de l'autorité sur les poules vagabondes de Belle, mais elle ne prêtait pas grande attention aux traditions indiennes. En apparence, rien ne la prédisposait à assurer le salut du Peuple des Collines. Elle ne s'intéressait pas davantage aux lois des Blancs qui affectaient les siens. Dès qu'elle eut terminé ses études, elle prit un emploi en ville au magasin Palmer et mit de l'argent de côté. Il ne fallut pas bien longtemps avant qu'elle achète une petite parcelle de prairie qu'elle loua à des éleveurs pour la pâture des bêtes. Et, un beau jour, alors qu'elle rêvait de construire sa maison sur sa terre — la maison de ses rêves, avec de vastes pièces et une fontaine surmontée d'un amour — Lila Blanket arriva à Watona, Territoire Indien, accompagnée des deux jeunes sœurs de Grace, des jumelles âgées de dix ans, pour qu'elles vivent avec leur aînée et aillent à l'école. De leurs noms américains, elles s'appelaient Sara et Molene. Comme toutes les femmes Blanket, leurs cheveux dessinaient ce même V sur leur front. Candides, elles regardaient, les yeux écarquillés, ce monde d'automobiles et de gens blonds. Plus elles y restaient, plus elles appréciaient Watona. Et plus Lila venait les voir, plus elle détestait cette sordide bourgade avec ses bâtiments de pierre rouge et ses toits plats, pôle magnétique du mal qui fascinait et retenait ses filles au cœur pur.

Après les jumelles cependant, aucun autre Indien des Collines ne descendit s'établir à Watona. Molene mourut quelques étés plus tard, d'une maladie propagée par les Blancs qui travaillaient au chemin de fer. Également contaminée par ce mal paralysant, Sara dut garder le lit pendant plus d'un an tandis que Grace veillait sur elle. Lorsque Sara eut recouvré suffisamment de force pour s'asseoir dans un fauteuil roulant, les deux sœurs ne voulaient plus quitter Watona. Il était plus facile de laver le linge dans des machines pourvues d'une essoreuse que de touiller les bassines d'eau bouillante au campement, se disait Grace pour justifier ce choix, et tellement extraordinaire d'être emmenée en promenade dans une automobile, d'allumer des lampes électriques d'une simple pression du doigt. Et puis, les délicates femmes blanches faisaient une si jolie musique sur leurs pianos qu'il lui en fallait un, absolument. Grace épargnait d'ailleurs sur son salaire, mettait l'argent de côté dans un sucrier à cette fin.

Il y avait aussi des raisons plus sérieuses à leur décision de rester ; au début des années 1900, chaque Indien avait été invité à choisir une parcelle sur les terres que les Américains blancs ne s'étaient pas encore appropriées. Appelées lotissements, ces parcelles de soixante-cinq hectares par personne pouvaient être cultivées, vendues ou exploitées à la convenance de chacun. La loi dite « du lotissement » ou loi Dawes, qui offrait ces parcelles aux Indiens, semblait à première vue si généreuse que bien peu d'entre eux s'aperçurent qu'on les dupait, ce dans la mesure où les nombreuses terres non revendiquées étaient mises à la disposition des colons, fermiers et éleveurs blancs, désormais libres d'en devenir propriétaires[1]. Dans leur grande ignorance, Grace et Sara choisirent des lopins arides dont personne ne voulait. Nul ne se doutait alors que cette terre abritait le noir flot sous-jacent du pétrole.

Quand Belle Graycloud vit le terrain choisi par Grace, vit qu'il était aride et couvert de pierraille, elle agita la tête et déclara, consternée : « C'est une terre stérile. Une terre stérile bien inutile. » Grace ne se découragea pas pour autant et, avec bonne humeur, elle nomma sa propriété *The Barren Land* — « terre stérile ». Par la suite, après la découverte du pétrole, elle la renomma *The Baron Land* — « terre du baron » —, en référence aux magnats du pétrole.

Michael Horse, le frêle sourcier qui avait prédit les quinze jours de sécheresse, fut le premier à trouver du pétrole dans le désert indien, et c'est sur le terrain aride de Grace qu'il fit cette découverte.

Sentant un fort courant souterrain avec sa baguette de sourcier en bois de peuplier, il le suivit jusqu'au bout à travers l'herbe desséchée, obliqua légèrement sur la gauche et annonça : « Creusez ici. Je sens de l'eau. » Puis il sourit, montrant ses trois dents d'or. Les hommes installèrent donc une foreuse, creusèrent profondément dans les entrailles

1. Votée en 1887, la loi Dawes ou « loi de lotissement général » eut pour effet de réduire considérablement les surfaces appartenant aux Indiens. Du fait des ventes de parcelles par ceux-ci et de l'ouverture du « surplus » (terres non revendiquées) à la colonisation blanche, les terres indiennes passèrent de 56,6 millions d'hectares en 1887 à 36,4 millions en 1934 (N.d.T.).

de la terre, et le pétrole jaillit, sur le lopin de Grace Blanket.

Michael Horse tritura une des longues tresses grises qui lui tombaient sur la poitrine. « Dieu me confonde », dit-il, visiblement inquiet. Comment avait-il pu se tromper de la sorte, lui qui avait trois cent soixante-trois puits à son actif ? Il n'y avait pas d'eau sur les terres de Grace Blanket. Rien que cet épais liquide noir et sans utilité aucune pour faire pousser le maïs ou les tomates. Pas même des courges ne pousseraient ici. Il ôta ses lunettes, les rangea dans sa poche de chemise. Il préférait ne pas voir ce qui suivrait.

Le jour où Grace Blanket toucha son premier chèque de la compagnie pétrolière qui louait le terrain, elle oublia la fontaine surmontée d'un amour pour emménager dans une maison avec des colonnes romaines. Elle acheta un piano de concert ; à sa grande déception, elle n'avait hélas aucun don pour la musique. En vain, elle s'escrimait sur les touches d'ivoire sans jamais parvenir à jouer les mélodies qu'elle aimait tant lorsqu'elle les entendait chantées par des femmes blanches. Au bout de quelques mois, elle renonça, poussa le piano dehors, le remisa dans un poulailler où il resta à l'abandon, désaccordé, son bois gonflé par l'humidité. Lorsqu'une poule voisine installa son nid sur le clavier, Grace ne prit pas la peine d'en ôter la paille et les plumes.

Par la suite, elle n'acheta que des objets résolument utiles. Elle acheta des verres à champagne en cristal qui résonnaient comme des cloches lorsqu'on en effleurait le bord du doigt ; une minuscule machine à écrire pour taper les mots anglais qu'elle avait appris à l'école, et une cape de fourrure blanche qui mettait en valeur le brun chaud de sa peau sombre. Elle porta cette cape durant toute sa grossesse, même par les jours de canicule, si bien que Belle Graycloud finit par se moquer d'elle. « Tu vas voir que ce bébé viendra au monde en serrant un ventilateur dans sa petite main.

— Tant que c'est un ventilateur électrique, peu importe, répondit Grace en souriant.

— Au fait, qui est le père », s'enquit Belle. Mais Grace se détourna et fit la sourde oreille.

Après la naissance de Nola, Grace prit l'habitude de l'emmener plusieurs fois par an dans le monde indien des collines. Dès les premiers mois, et malgré sa nature têtue, l'enfant demeurait calme et sereine parmi le peuple de sa mère. Elle adopta bien volontiers le mode de vie paisible des Indiens des Collines qui l'adoptèrent en retour. Et, tandis que Grace faisait son chemin dans le monde, profitant des plaisirs faciles qu'offrait l'argent, Nola se souciait de ces luxes comme d'une guigne. Lorsqu'elle atteignit cinq ans, tous savaient déjà que la fillette n'était pas faite pour vivre en ville. C'était une enfant douce et sage, qui partait seule dans la forêt et qui parlait aux animaux. Elle comprenait leur langage. Et Lila de songer que, peut-être, sa petite-fille serait celle qui reviendrait à leur peuple. Nola, et non pas Grace, était filleule de la rivière.

Il y avait pourtant une chose que Lila ne savait pas et ignora jusqu'à sa mort : le pétrole découvert sur les terres de sa fille avait bloqué le projet de barrage sur la rivière Blue. De sorte qu'à l'insu de tous, le sacrifice de Grace à la ville de Watona avait bel et bien assuré le salut des Indiens des Collines.

Le barrage ne serait pas construit avant que toutes les noires richesses soient extraites du sol.

Ce matin-là, tandis que le soleil montait dans le ciel et que Nola dormait toujours, Grace se rendit à la fenêtre et cria de nouveau : « Nola, lève-toi ! »

Brune et mince, même avec les yeux encore bouffis de sommeil, Nola était une enfant d'une beauté peu commune. Elle s'assit, telle une jeune reine, sa peau de cuivre sombre élégamment tendue sur son visage de treize ans. À demi somnolente, elle sortit du lit pour gagner la maison. Là, elle ôta sa chemise de nuit, fit sa toilette et mit sa robe blanche du dimanche. Quand Grace eut noué la ceinture en une boucle derrière la fine taille de Nola, elles prirent ensemble le chemin qui menait à l'endroit où Belle Graycloud dormait parmi ses plantes aromatiques, entre une poule dorée têtue qui perchait sur le pied du lit, une chatte écaille pelotonnée près d'elle, un gros chien moucheté qui ronflait sur le sol, et un cheval blanc qui se tenait aussi près de la vieille que le permettait la clôture, et la regardait de ses grands yeux liquides pleins d'amour et de respect.

Devant cette scène curieuse, Grace pouffa de rire tout haut. Rire qui réveilla Belle.

« Je savais bien qu'on m'épiait, je l'ai senti », protesta celle-ci, indignée. « Il devrait y avoir des lois contre les gens qui vous surprennent ainsi. Tu m'as fait peur. »

Pendant que Belle parlait, Nola avait filé vers la maison en quête de son amie Rena.

« Faire ça à des anciens, tout de même », grommela la vieille en se levant. « Allez, ouste ! » Et elle poussa la poule à terre sans ménagement.

Grace déplaça la chatte pour lisser les draps. « Là. Je vais t'aider à faire ton lit.

— Laisse-le donc, dit Belle. Tu connais le proverbe. S'il reste en désordre, les jeunes gens cesseront peut-être de s'accrocher à mes basques du matin au soir. » Elle écarta de son visage sa chevelure d'argent sombre qui retombait en vagues telle une antique cascade, puis elle se dirigea vers la maison accompagnée de Grace. Derrière elles, la chatte s'étira avant de les suivre.

À l'intérieur, Rena, la petite-fille de Belle, était déjà vêtue. Elle avait la peau dorée, de la couleur de l'ocre, un teint de mulâtre d'un jaune soutenu qui, au premier coup d'œil, lui conférait un air de mystère. Ses yeux étaient dorés aussi, de même que ses cheveux. Mais elle n'était encore qu'une enfant et brûlait d'impatience ce matin-là ; elle arpentait les planchers grinçants de la ferme, impatiente de partir avec Nola et Grace couper des branches de saule, impatiente aussi que Grace lui apprenne à tresser des corbeilles de saule, à devenir l'une de ces Indiennes-là.

Dans la cuisine, Leticia, la fille célibataire de Belle, prit la cafetière sur le poêle à bois et la déposa sur la table. « Tu es sûre que tu n'en veux pas ? » demanda-t-elle à Grace.

Les fillettes passèrent près d'elle à toute allure et, de nouveau, la porte à moustiquaire claqua. Lettie la rouvrit derrière elles pour leur crier : « Les petites, vous me promettez de ne pas salir vos jolies robes de messe, hein ? » Elle posa sur Rena un regard sévère, puis ajouta : « Tu as compris ?

— Promis juré », répondit la fillette, déjà à mi-chemin de l'allée. Par-dessus son épaule, elle jeta un coup d'œil à Lettie qui, bien que vêtue d'une robe d'intérieur et d'un tablier, arborait néanmoins un chapeau de feutre coûteux. Il était bleu, avec une voilette.

« Il en va de même pour toi », lança encore Lettie à Grace qui filait déjà rejoindre les gamines.

L'interpellée se retourna, marcha à reculons le temps de souffler un baiser à Lettie, puis elle rattrapa les deux fillettes. Le soleil éclairait ses bras. Pour une fois, elle était pressée et distança les petites. Grace comptait cueillir du saule et terminer à temps pour faire une apparition remarquée à l'église — apparition que seule motivait la présence en ville d'un nouveau venu fort attirant dont elle ne savait qu'une chose : il était baptiste. De sorte qu'elle savait où le trouver.

Michael Horse conduisait une voiture dorée. Assortie à ses dents. Ce dimanche matin là, il était en bras de chemise. Sur le chemin de l'église, il passa trois jeunes Indiens buissonniers qui s'étaient dispensés de la maison du Seigneur. Assis sur le trottoir, ils partageaient un gros cigare cubain brun qu'ils appelaient « le barreau », et soufflaient des ronds de fumée grise dans l'air estival. En tenue de dimanche dans leurs costumes légers, les garçons avaient ôté leurs vestes et dégrafé leurs cols. Il faisait très chaud. Parmi eux se trouvait Ben Graycloud, le petit-fils de Belle et de Moses.

Horse était en retard à l'église, mais il prit le temps de s'arrêter devant les jeunes pour qu'ils lui serrent la main comme leurs parents leur avaient appris à le faire avec leurs aînés. Tous trois étaient plus grands que lui. Ils s'efforçaient de cacher le cigare.

Horse feignit de ne pas remarquer le nuage de fumée que l'un d'eux dispersait de son chapeau.

Une loi limitait les activités publiques le dimanche matin, et le calme régnait sur la ville. Les pécheurs et les saints se trouvaient à l'église, les non-croyants étaient encore au lit. Malgré les rues presque désertes, des automobiles coûteuses aux teintes sombres étaient garées devant l'église baptiste indienne d'Oklahoma. Michael Horse était fier de posséder la seule voiture dorée de la ville. Elle brillait comme de l'or en barre.

Non que les autres fussent misérables, loin de là. Dans la seule South Street, on comptait deux Ford Roadster bleu pastel aux sièges de cuir repoussé, cinq Lincoln et trois Cadillac qui, toutes, appartenaient à des Indiens qui payaient en espèces et chantaient en ce moment *Amazing Grace* dans la maison du Seigneur.

Horse entendait leurs voix. La congrégation s'était levée pour chanter. Les jambes calées contre les sombres chaises, les fidèles s'éventaient — il le savait — avec des éventails de papier sur lesquels on voyait une image de Jésus frappant à la porte d'un cœur.

Après être entré, Horse resta debout au fond jusqu'à ce que les chanteurs referment leurs livres de cantiques puis, dans les toussotements et les froissements de tissus, il s'avança pour prendre place derrière Moses et Belle Graycloud.

Comme toujours, l'église était presque pleine. Les sang-mêlé côtoyaient leurs frères à peau plus brune dans la foi. S'ils arboraient de sombres costumes américains, la plupart des hommes tressaient encore leurs cheveux. Parmi les femmes jeunes, certaines décoloraient les leurs en roux cuivré à l'eau oxygénée. Certaines portaient des fards plus clairs que leur peau, imitant les femmes blanches qu'on voyait en photo dans les magazines, mais Michael Horse n'était pas dupe ; elles étaient indiennes. Même sans connaître presque tous leurs parents et grands-parents — qu'il connaissait d'ailleurs —, il aurait su, à la manière dont leurs os bougeaient, à leur manière de s'asseoir ou de parler, qu'elles appartenaient à l'une des tribus voisines de Watona. À la façon de rejeter la tête en arrière pour rire, à la posture des épaules, cela se voyait. Il aurait deviné la filiation de Ben Graycloud à la façon dont le garçon tenait son cigare cubain entre le pouce et le majeur, exactement comme Moses.

Horse était bon juge des gens, et il avait ce qu'on appelle un sixième sens. C'était également un rêveur[1].

La nuit, dans son sommeil, il voyait d'eux une face plus vraie que les masques impassibles affectés par certains en société, une face plus parlante que les liens du sang, et beaucoup plus révélatrice que les costumes noirs ou les robes de soie bleue.

Il était perdu dans ses réflexions quand tous se levèrent une fois de plus pour entonner un cantique. Horse chercha distraitement ses petites lunettes rondes dans sa poche de chemise, mais Velma Billy, sa voisine, lui tendit un recueil ouvert à la page 261. *Rock of Ages*. Il sourit, remercia, et vit que ses lunettes à monture métallique réfléchissaient le jaune d'un rayon de soleil teinté par le vitrail, de même

1. Le terme de « rêveur » *(dreamer)* est à entendre ici dans le sens chamanique lié aux traditions indiennes (N.d.T.).

que la croix qu'elle portait en sautoir, blottie dans le tendre creux de ses seins. Elle n'avait pas besoin du livre. Elle connaissait les cantiques par cœur.

Devant Horse, Moses Graycloud chantait avec entrain. Il avait ôté la veste de son costume noir trop chaud, et sa chemise était moite de sueur. Une médaille du Courage, gagnée pendant la guerre hispano-américaine, pesait sur sa poitrine. Très sombre de peau, Moses était doté d'une grande force physique, même s'il boitait un peu par les journées humides et pluvieuses. À son côté se tenait Belle. Petite et menue, elle semblait fragile au premier abord, mais c'était une géante au-dedans, et pas des plus commodes.

Horse l'observa. Ses cheveux gris d'acier étaient humides du fait de la chaleur, et des mèches vagabondes collaient à sa nuque. Le soleil qui filtrait du vitrail à travers la robe de Jésus caressait un côté de son visage à l'ossature marquée et réchauffait la teinte de ses cheveux. De temps à autre, elle jetait un coup d'œil par-dessus son épaule en direction de la porte. À un moment donné, leurs regards se croisèrent et, malgré son étonnement de le voir à la messe — Horse n'était pas un Indien chrétien —, elle le salua d'un hochement de la tête avant de reporter son attention sur la porte.

Horse lui-même eût été bien en peine d'expliquer ce qu'il faisait à l'église ce matin-là. Sa voiture dorée mise à part, il demeurait fièrement parmi les derniers réfractaires aux tendances nouvelles, ne voulait surtout pas que la jeunesse indienne se fasse des idées fausses sur la manière dont les vieux briscards menaient leur vie en ce monde, ou aille s'imaginer qu'il croyait au Dieu de l'homme blanc. Mais d'abord et surtout, il avait honte qu'on l'ait surpris à dévisager Belle. Michael Horse avait un faible pour Belle que jamais il n'avouerait.

Ce matin-là, le jeune révérend Joe Billy parlait de mondes qui basculent. « Le monde indien se heurte de plein fouet au monde blanc », disait Billy.

Une vérité s'il en était, songea Horse. Point n'était besoin de le dire.

Joe Billy s'éventa avec les notes de son sermon. « C'est bien plus qu'une guerre raciale. Ils sont en guerre contre la terre. Ils brûlent nos forêts et nos champs de maïs. Mais je vous assure que nos larmes montent jusqu'à Dieu. Lui qui sait ce qui est à venir, qu'Il parle aux cœurs cupides des hommes et les émeuve. »

Et il avait de l'espoir, le genre d'espoir que porte en lui un jeune Indien creek qui a fait son séminaire dans l'Est, à Boston, épousé une femme blanche de la bonne société contre la volonté de son père pour rentrer ensuite au pays, résolu à sauver et servir ceux de son peuple.

Servir et prier, Joe Billy avait cela dans le sang ; il le tenait de son père, Sam Billy, qui avait été homme-médecine pendant vingt-trois ans avant de se convertir à la foi chrétienne.

Horse nota qu'une bonne douzaine de membres de la famille Billy se trouvaient à la messe, ce matin-là. Velma Billy, imprégnée à jamais de *Rock of Ages*, était la fille de Sam. Joe Billy, le fils préféré de Sam, disait à présent : « Ainsi soit-il, mes frères et mes sœurs. » Et, quand il conclut d'un « Amen » ce matin-là, Horse reconnut dans sa voix l'écho de celle de Sam.

Il observait Belle Graycloud dont les épaules se soulevaient à chaque respiration, l'entendit murmurer à Moses : « Il y a quelque chose qui ne va pas. Je crois que les filles ont des ennuis. »

Moses était ce qu'on appelle un homme logique. Il avait peine à croire aux intuitions de Belle, qui se révélaient pourtant le plus souvent exactes. Il lui adressa donc un sourire rassurant et posa une main sur la sienne. La messe avait pris fin, et les fidèles se répandirent hors de l'église. En sortant, chacun s'arrêta pour serrer la main de la blonde épouse du prêtre.

Quand vint le tour de Horse, elle lui prit la main, lui actionna le bras dans un mouvement de pompe. « Bien le bonjour, monsieur Horse. » L'intonation était musicale. La dénommée Martha, maigre et fragile, transpirait sous l'effet de la chaleur, ses cheveux jaunes tirés en un chignon humide. Intimidé, Horse fixait sa main étroite. Elle avait la couleur du papier sur lequel il écrivait son journal, ce, jusqu'aux lignes bleu pale des veines.

« Revenez-nous bien vite, monsieur Horse », lui lança encore Martha Billy tandis qu'il descendait les marches.

À la sortie de l'église, ce matin-là, Belle posa sur Ben, son petit-fils, un de ces regards courroucés dont elle détenait le secret. Abandonnant ses compagnons, Ben quitta son perchoir de jeune coq pour suivre sa grand-mère.

Horse leur emboîta le pas, songeant que les os de Belle ne se trompaient jamais, que lui aussi l'avait senti — comme un malaise dans l'air, comme un vent sec et chaud qui soufflait tout à coup sur la terre brûlée.

Légèrement en retrait, il marchait derrière Belle, derrière ses hanches généreuses qui flottaient devant lui.

« Je rentre directement à la maison », lui dit-elle par-dessus son épaule. « Si tu veux venir aussi, tu es le bienvenu. »

Horse accepta l'invitation, se cala à hauteur de Ben. « Cela te plairait que je t'emmène ? » s'enquit-il. Le visage du garçon s'illumina. Du regard, il demanda l'accord de sa grand-mère.

Elle se tourna vers lui, le visage sévère. « Tu sens le cigare, pour sûr », déclara-t-elle en le fixant de ses yeux de chouette. Puis elle le congédia de la main. « File, puisque tu y tiens. Allez ouste ! »

Ben lança un cri de joie et partit en courant. Le temps que Horse rejoigne son coupé couleur d'or, Ben était déjà assis sur le siège du passager, le chapeau sur les yeux, les jambes négligemment croisées. Il avait tout d'un dandy. Quiconque ne le connaissait pas l'aurait pris pour un garçon de la ville en pantalon de gabardine.

« Sors de là », ordonna Horse d'un ton bourru. Ben leva sur lui un regard surpris, mais Horse, qui souriait d'une oreille à l'autre, agita les clés d'un air réjoui. « Pousse-toi », dit-il encore.

Ben se glissa à la place du conducteur. Il fit un demi-tour puis, fier et droit, il pilota le coupé, longeant les adeptes de la messe endimanchés tandis que Michael Horse profitait de la vue. Était-ce un effet de la lumière qui se reflétait sur les bâtiments de grès rouge ce matin-là ? Les gens qui marchaient dans la rue étaient tous rose et or. Les robes blanches rougissaient. Les costumes noirs des hommes luisaient d'un éclat métallique comme cuivré. Les

Indiens inondés de soleil faisaient la queue devant les magasins en attendant que les propriétaires retournent l'écriteau qui affichait « Fermé ». Certaines femmes, qui portaient des parapluies rouges au-dessus de leur tête, se tenaient dans un cercle couleur de rubis d'où elles grondaient leurs enfants qui jouaient dans la chaleur blanche de midi. Une Indienne criait à sa fille : « Tu vas t'évanouir, viens ici. » Ici, dans le cercle de l'ombre, bien sûr.

Il y avait deux bazars à Watona. Le premier, peint en rouge et connu sous le nom de Magasin Palmer Rouge, vendait des tissus à la coupe, des ustensiles ménagers et autres objets intéressant les femmes. Le second était bleu ciel. Dans le Magasin Bleu, on trouvait de la quincaillerie, des fusils de chasse et, sur un comptoir, un mince catalogue jauni grâce auquel les clientes pouvaient commander papiers peints et linoléum. Il appartenait également à Palmer depuis l'hiver précédent et la disparition de son propriétaire indien que John Tate, le beau-frère de Moses, était le dernier à avoir vu. Un peu avant midi, les commerçants couvraient leurs bacs de bonbons — une précaution contre les petits doigts voleurs des enfants — puis, à midi sonnant, ils retournaient leur écriteau. Au Magasin Rouge, M. Palmer ouvrit sa porte dans un tintement de clés et s'écarta pour laisser entrer les Indiennes. Sitôt leurs ombrelles repliées, elles entrèrent dans la boutique pour venir minauder devant des miroirs au dos de plomb tout emplis de leurs visages. Tandis que les plus âgées marchandaient le prix de boîtes à musique de laque qui jouaient *Le Beau Danube bleu*, les jeunes filles achetaient des éventails de papier pour les faire dédicacer par leurs amies et, comme chaque dimanche ou presque, les hommes et les jeunes gens allaient de leur côté jusqu'au Magasin Bleu acheter du tabac, ainsi que des fusils pour chasser les derniers survivants des ours et des cerfs. Il faut dire que la poudre ne coûtait pas cher.

Pour Belle cependant, le dimanche était le jour où elle changeait les cadres de ses ruches, curait ses poulaillers, ou bien longeait le ruisseau pour cueillir du cresson et des oignons sauvages. « Mon marché, c'est la terre », avait-elle coutume de répéter, et les siens le comprenaient d'autant mieux qu'elle les nourrissait des fruits de son labeur.

Quand Ben arriva chez eux au volant du coupé doré et klaxonna, Belle se tenait près d'un buisson d'azalées et regardait au loin les routes et les zigzags de poussière que soulevaient les voitures à travers le paysage.

Horse quitta le véhicule et suivit son regard. Un oiseau bleu volait là-bas, à peine distinct contre l'azur du ciel, presque occulté par la poussière des routes. Quelques cardinaux se détachaient telles des gouttes de sang dans des arbres lointains.

« Je reviens », dit-il à Belle. Et il se dirigea vers la grange pour voir Moses. Ben resta sur le siège du conducteur, à tourner le volant comme s'il conduisait, imaginant qu'il slalomait entre les bêtes qui ponctuaient les prés.

Dans la grange, Moses était occupé à ferrer l'un de ses chevaux. Maintenant le pied de sa jument noire contre sa cuisse, il lui cura le sabot puis tira un clou de sa poche.

« Elle tourne bien, ta voiture ? » demanda-t-il à Michael Horse. De son marteau, il frappa délicatement le fer de métal. Le cheval, qui le regardait de ses grands yeux noirs, cligna des paupières.

« Très bien », répondit Horse avec un coup d'œil à son coupé doré — il tournait comme un charme.

« Tant mieux. Et tes dents, ça va ? » Essoufflé par l'effort, Moses leva brièvement les yeux sur le sorcier.

« Je suis allé chez le dentiste à Tulsa la semaine dernière. » Horse se pencha pour observer Moses à l'œuvre. « Tu ne veux pas un coup de main ?

— Non. J'ai presque fini. » Moses posa le pied de la jument à terre, puis il s'épongea le front de son bras. Il se garda de toute allusion à l'incompétence notoire de son compagnon avec les chevaux. Le souffle court, il remarqua : « Tu as davantage d'argent investi dans ta bouche que moi dans mes canassons.

— C'est bien possible », commenta Michael Horse en riant.

Ils sortirent la jument de la grange. Moses boitait. Un vent chaud s'était levé qui rejetait la crinière sombre de la bête sur le côté. Moses examina le ciel. « Tu penses toujours que la pluie ne viendra pas avant une semaine ?

— Peut-être même deux.

— À en juger par le mal que me fait ma jambe, je dirais qu'il va pleuvoir dans la journée. » La poussière tourbillonnait autour d'eux. Moses mena le cheval jusqu'à l'endroit où Belle se tenait, mains sur les hanches. Le vent plaquait sa robe contre les douces courbes de son corps. Moses claqua la langue à plusieurs reprises, moins pour calmer sa jument que pour rassurer Belle qu'il ne quitta pas des yeux tandis qu'il flattait l'animal aux prunelles sombres et lui jetait sur le dos une couverture grise.

Il comptait le monter jusqu'au pré le plus éloigné pour l'y laisser paître et rentrer à pied.

« Au retour, je passerai chez maman », déclara-t-il. C'est ainsi qu'il appelait encore la maison où vivait Ruth, sa sœur jumelle, avec John Tate, son époux. Elle n'était pas venue à l'église ce matin, et cela le chiffonnait.

« Donne les rênes, je te la tiens. » Belle regarda Moses se soulever de terre et lancer sa jambe raide par-dessus le dos de la jument. Voyant son épouse soucieuse, il s'efforça de dissiper ses craintes. « Elles ne devraient plus tarder, à présent. Ne te tracasses donc pas.

— Il fait bien chaud pour marcher, intervint Michael Horse. Tu ne veux pas que je t'accompagne en voiture pour te ramener ? »

Moses sourit du haut de sa monture. « Cela me donnera de l'exercice. Si je ne remue pas cette jambe, j'en perdrai l'usage. » Il avait fière allure sur sa jument noire. Il était à cheval comme chez lui. Michael et Belle le regardèrent tourner bride et mener la jument noire jusqu'à la route.

« Qu'est-ce qui ne va pas ? » s'enquit alors Michael Horse en s'efforçant de ne pas paraître trop curieux. Car il avait remarqué la nervosité de Belle.

« Grace et Nola sont passées ce matin. Elles ont emmené Rena cueillir des branches de saule. Elles devaient les mettre à tremper dans de l'eau salée et rentrer à temps pour la messe. » Tout en parlant, elle triturait un bouton de nacre de sa robe. Après un bref coup d'œil à Horse, elle reporta son attention sur la route et la silhouette de Moses qui s'éloignait. « Nous ne les avons pas revues depuis. »

Horse était réputé pour ses prédictions et, lorsqu'il déclara : « Elles auront perdu toute notion du temps », Belle le crut sur parole. « En ce cas, nous pourrions peut-être prendre un café. » Mais elle restait tendue. Dans la cuisine, elle pianotait sur la table en attendant que le café passe.

Par la fenêtre, Horse regarda dans la direction qu'avait prise Moses comme s'il était toujours visible. « Ruth se porte bien ? » s'enquit-il.

Belle suivit son regard, vit la route qui rétrécissait, le sentier, l'espace au-delà de Mill Creek, et la vieille maison sombre et solide où Ruth et la mère de Moses avaient vécu toute leur vie, où John Tate avait emménagé après son mariage avec la jumelle silencieuse de Moses restée célibataire.

Peu de temps après, alors qu'ils bavardaient assis à table, un fort vent se leva. C'était un « vent tournant », de ceux qui remuent tout pendant quelques heures et s'épuisent soudain. Plus tôt cet été-là, d'autres tornades inattendues avaient soulevé de violentes et dangereuses tempêtes de sable.

Horse renifla l'air. « Ça m'a l'air sérieux. Nous devrions peut-être prendre la voiture et tâcher de retrouver Grace. »

Belle monta chercher un foulard. Le temps qu'elle avertisse Lettie et redescende, un nuage noir avait empli le ciel et couvrait la terre de son ombre. Le vent avait forci, balayait en sifflant les hautes herbes sèches.

À travers la poussière qui tourbillonnait, Horse conduisait, avec Belle Graycloud à son côté. Le foulard claquait au vent. Rien ne restait en place ; des papiers égarés volaient dans l'air depuis la ville et, lorsqu'ils atteignirent le ruisseau, il charriait déjà des quantités de terre. Rouge et bourbeux, il dévalait la pente entre les arbres secoués par la bourrasque pour aller se jeter dans la large rivière Blue. Horse gara la voiture. Belle en sortit pour appeler les filles, un bras replié au-dessus des yeux afin de se protéger du sable. Ainsi vue de dessous, la chair en paraissait tendre, vulnérable face aux éléments déchaînés. Michael Horse lui tendit son mouchoir pour qu'elle s'en couvre le visage. Il s'inquiétait pour la peinture de sa voiture dont il remonta la capote, et Belle reprit place à bord.

Ils n'étaient pas arrivés à Woody Pond que le foulard de Belle s'était envolé et pris dans une touffe d'amarante qui filait à travers le paysage. Le vent, sifflant soufflant, descendait des collines et, au moment même où ils remontaient leurs vitres, l'averse arriva, cinglante, d'abord comme un grondement qui s'avançait vers eux. Puis la pluie se calma, le temps que le grondement les rejoigne et les dépasse.

Penchés en avant, Belle et Horse luttaient contre la bourrasque. Le pantalon noir de Horse lui fouettait les jambes. Les cheveux de Belle volaient en éventail autour de son visage, telles des algues emportées dans le courant furieux d'un raz-de-marée. Aucune trace des filles. À pleins poumons, elle appela : « Rena ! » Mais le vent lui renvoya ses cris sans résultat. Elle appela de nouveau : « Grace ! » Rien. Rien que le vacarme du vent déchaîné. Horse qui se tenait près d'elle ne l'entendit même pas.

Ils se rendirent au domicile de Grace. Le ciel plombé avait une couleur d'océan. À la porte, Belle cogna le heurtoir de laiton, mais personne ne répondit. Elle se fraya un passage à travers des buissons épineux pour jeter un coup d'œil par la fenêtre qui tremblait sous le vent. Dedans, tout était en ordre, paisible.

Des anges d'or ornaient les murs. Un lustre de cristal pendait du plafond. Sur la cheminée, les cygnes de verre semblaient flotter sur un lac de marbre. Silence, comme le calme dans l'œil du cyclone.

Belle contourna la maison. À l'arrière, le lit de Grace trônait parmi les roses du jardin. Le vent en avait soufflé les draps. L'un se tendait, gonflé comme une voile, contre le cadre métallique. L'autre, inerte et trempé, s'étalait sur les rosiers voisins.

Ils ne savaient que penser. Le réservoir était presque vide d'essence. Ils n'avaient pas trouvé le moindre indice permettant de localiser Grace, et la voiture dorée de Horse était rayée par les graviers et détritus volants. Finalement, ils renoncèrent à poursuivre leurs recherches pour rentrer chez les Graycloud.

« Je suis désolée pour ta voiture », s'excusa Belle.

Horse lui sourit. « Ce n'est pas bien grave. Je commençais à me lasser de cette peinture dorée. » Il jeta un coup d'œil dans le rétroviseur. « Nous devrions peut-être aller à la rencontre de Moses.

— Non. Ne t'inquiète pas pour lui. Il restera chez Ruth jusqu'à ce que le vent retombe. »

Sur ces mots, elle se tut. Sitôt de retour, elle s'assit sur les marches du perron, tira sa robe bleue mouillée sur ses genoux sans même prendre la peine de s'abriter de la pluie.

Michael Horse s'abstint de toute remarque, mais il se retourna quand la porte de la maison s'ouvrit à la volée et que la fille de Belle, Leticia, se précipita dehors, tenant son chapeau sur sa tête et hurlant contre le vent : « Rentre maman, je t'en prie ! Tu ne peux pas rester là toute la journée par ce temps. »

Belle toisa sa fille d'un air de défi. « Il ferait beau voir qu'on m'en empêche. » Et ses cheveux lui fouettaient furieusement le visage. Elle céda cependant, soupira et suivit Lettie à l'intérieur avec Michael Horse.

Il y avait moins de bruit dans la maison. Ils avaient refermé et verrouillé la porte, mais Belle surveillait les fenêtres, guettait toujours les filles. Un peu plus tard, Moses arriva, boitant, sale et trempé. « Sacrée tornade », dit-il en frottant sa jambe droite douloureuse et sa hanche. « Vous auriez pu venir me chercher. » Puis, à l'intention de Horse, il ajouta : « Qu'est-ce que je te disais à propos de ma jambe et de la pluie, hein ? Tu perds la main, vieux. Tu es usé. Il pleut comme vache qui pisse.

— Tu as raison. Je crois que je suis sur la pente descendante. » Il haussa ses frêles épaules. À tout prendre, il ne serait pas fâché que les gens cessent de venir le voir pour lui demander de retrouver leurs bagues égarées et leurs chiens perdus.

« Pourquoi tu n'es pas resté chez Ruth ? »

Moses hésita, répondit comme à regret : « Tate recevait des amis à lui. Ruth en était furieuse et je me suis senti de trop. »

Il n'avait pas la moindre sympathie pour ce John Tate, un petit homme maniaque et borgne dans l'œil unique duquel Moses n'avait jamais rien perçu de chaleureux ni d'humain.

En temps normal, Belle défendait le couple pour n'avoir que trop vu les effets néfastes des années de solitude sur la jumelle de Moses. Mais, aujourd'hui, elle s'inquiétait pour les filles.

« Je crois que nous devrions appeler le shérif », dit-elle. Malgré l'angoisse qui la rongeait, Moses sut la convaincre d'attendre. Ses arguments se tenaient. Connue dans la région pour ses travaux de vannerie, Grace Blanket l'était aussi pour sa fortune d'Indienne enrichie par le pétrole et certaine tendance à courir le guilledou. D'un naturel aimable, farouchement indépendante, elle avait le goût des hommes et de la boisson.

« Elle se balade dans le coin avec son dernier petit ami en date, et les deux gamines mangent des glaces à l'arrière de la guimbarde de ce type. Je les vois comme si j'y étais. Leurs cheveux volent droit derrière elles dans la bourrasque. Elles s'amusent comme des folles. »

Grace avait cette réputation. Le raisonnement se tenait, et Belle le reconnut d'autant mieux que, deux nuits plus tôt, Grace s'était querellée en public avec son nouveau galant blanc à cause d'un autre homme. Ajouté au tableau que venait de peindre Moses, le souvenir du scandale contribua à la rassurer. Horse lui-même ajouta que Grace était parfois impétueuse et irresponsable, surtout lorsqu'elle avait bu un verre ou deux.

« Dis-moi, Horse, reprit Moses, il y a une vente de bétail à Walnut Springs. Il faut que j'y aille faire un tour. Tu ne m'accompagnerais pas ? » Il ouvrit la glacière, en tira un sucrier rempli d'argent.

Horse consulta Belle du regard. Célibataire, il était sensible à ses inquiétudes.

« Oh, vous pouvez y aller. Il n'y a rien à craindre, j'en suis sûre.

— En ce cas, je ne serais pas contre, j'irais bien jeter un œil. » Quelque peu réticent, Horse l'observait toujours.

« Je resterai ici avec Maman », promit Lettie. L'autre fille de Belle, Lou, était partie avec son mari blanc passer le week-end à Tulsa. Ils ne rentreraient que tard dans la soirée.

Belle et Lettie continuèrent donc d'attendre. Belle sortait fréquemment guetter dehors. L'inquiétude les rongeait, mais elles se taisaient.

Et puis, à la nuit tombée, les deux fillettes arrivèrent enfin. Elles étaient seules. Elles étaient sales comme des peignes, le regard empli de terreur. Dehors, toujours vêtue de son tablier blanc, Belle scrutait le vaste horizon obscur lorsqu'elles apparurent.

Ce matin-là, voici ce qui s'était passé : après l'aube, avant de venir surprendre Belle dans son lit blanc, Grace et Nola Blanket longèrent les puits de pétrole. Un employé de la compagnie pétrolière nommé John Hale les salua de la tête. Hale était un grand échalas de Blanc coiffé d'un Stetson gris. Avant d'investir dans le pétrole, il avait élevé du bétail en Territoire Indien pendant quelques années. On le connaissait pour être un ami des Indiens. Il se montrait toujours généreux envers eux, prêt à tendre la main à ses compatriotes à peau sombre, mais Grace n'avait guère d'affection pour lui.

Tout en marchant, Grace sentit le regard de Hale peser sur elle et jeta un bref coup d'œil par-dessus son épaule. Il l'observait, certes, mais elle était belle femme, et il n'était pas rare que les hommes s'arrêtent pour la dévisager. Elle n'y prêta donc pas grande attention.

Sur le chemin de Woody Pond, ce dimanche matin-là, les fillettes marchaient à quelque distance derrière Grace. Elles se murmuraient leurs menus secrets comme le font les petites filles. Nola se pencha pour cueillir un tournesol. Elle l'offrit à Rena. Rena en arracha les pétales jaunes, scruta le cœur noir de la fleur et déclara : « Il m'aime.

— Qui cela ? » s'enquit Nola.

« Qu'est-ce que j'en sais ? Mais c'est chic d'être aimée, non ? » Rena souriait.

Grace pressa le pas. « Dépêchez-vous un peu ! Nous allons être en retard à la messe. » Le soleil montait dans le ciel. Il leur restait un mile à parcourir, mais les petites ne soutenaient pas l'allure, elles traînaient à l'arrière, et la distance qui les séparait de Grace ne se limitait pas à ce tronçon de route ; il y avait un écart dans le temps entre un mode de vie indien, et un autre dans lequel les fillettes sont coquettes et portent des rubans de satin dans les cheveux.

Elles quittèrent la route pour le chemin de terre rouge qui menait à l'étang. Grace donna à chacune un petit couteau. « Coupez les tiges fines », dit-elle en leur montrant les saules qu'elle désirait pour ses corbeilles et, dans leurs robes blanches immaculées, les fillettes se penchèrent pour tailler les badines, puis les tendaient à Grace qui les rangeait soigneusement une à une dans le tissu noué qu'elle portait en écharpe par-dessus sa robe à épaulettes.

Il faisait chaud. Le soleil blanc avait encore monté dans le ciel quand Grace entendit une voiture. Il n'était pas rare que des trafiquants de whisky passent par Woody Pond le dimanche matin, pas rare que les conducteurs qui rentraient de la ville s'y arrêtent pour s'y reposer.

Le véhicule soulevait des nuages de poussière. Quand celle-ci retomba, Grace vit la Buick noire. D'abord, elle sourit, pensant que c'était celle de Moses Graycloud, qu'il venait les chercher pour qu'elles ne soient pas en retard à la messe, puis sa main se figea en l'air.

Dans la voiture, les hommes tournés vers elle la fixaient comme si quelque chose n'allait pas.

Ils parlaient tout en l'observant. Elle crut apercevoir un pistolet, réfléchit que c'était sans doute son imagination. Le chauffeur ne semblait pas d'accord avec son passager, et ils argumentaient tout en se rapprochant. Hale était au volant. Grace ne connaissait pas l'autre. Il était large d'épaules, avec les cheveux bruns. Elle les regarda, puis se glissa derrière un arbre. Ils firent demi-tour, s'éloignèrent lentement le long de la route, mais Grace demeurait inquiète, méfiante. « Pressez-vous, il se fait tard », dit-elle aux deux fillettes pour les encourager. Elle jeta un coup d'œil en direction de la voiture. Les petites s'activaient. Le soleil cognait. Les abeilles bourdonnaient, frénétiques, comme ivres. Puis la voiture revint et, de nouveau, les yeux des hommes se braquèrent sur Grace.

Le véhicule freina. Prise de panique, Grace s'immobilisa telle une biche aux abois, clouée sur place. L'air lui-même s'était figé ; pas un de ses cheveux ne bougeait tandis qu'elle demeurait là, comme pétrifiée, une main posée sur les tiges de saule retenues par l'écharpe contre sa hanche. Dans un élan de fol espoir, elle jeta un coup d'œil alentour pour voir si d'autres Indiens ne seraient pas près de l'étang à chercher des tortues, s'il n'y avait pas dans les parages un chasseur de lapins du dimanche. Personne. Elles étaient seules, et les petites sentaient la peur de Grace comme un flux électrique qui courait sur leur peau, qui remontait le long de leurs nuques.

Nola se retourna. Elle ouvrait la bouche pour demander ce qui se passait quand Grace la fit taire sans même la regarder, d'un sifflement enroué et si lourd de terreur que la fillette se plaqua contre le sol en retenant son souffle. Grace scruta le paysage de chênes et de collines. « Ne bougez pas », ordonna-t-elle aux filles. « Quoi qu'il arrive, surtout ne me suivez pas. »

La voiture passa, fit un nouveau demi-tour avec ses passagers qui la fixaient toujours. Dans la fraction de seconde avant qu'elle ne revienne, Grace murmura d'une voix sèche : « Restez à terre et ne bougez plus. » Puis elle laissa tomber son ballot et se mit à courir à travers les buissons, s'éloignant de l'étang en direction de la ville.

Les fillettes réprimèrent leur envie de prendre la fuite. Le seul bruit de leur souffle leur semblait dangereux.

Grace était une cible facile, elle le savait, mais elle tenait à éloigner la voiture des deux petites, il le fallait. Elle espérait, priait de tout cœur qu'elle pourrait obliquer et couper à travers un terrain rocailleux, malaisé pour une voiture, mais la Buick la suivait le long de la route, accélérant à mesure qu'elle courait plus vite. Enfin, elle arriva en vue de la pierraille. Soulagée, elle changea de cap, coupa à travers champ. Depuis leur cachette, les fillettes entendirent la voiture tourner pour la suivre, entendirent le crissement des pneus qui froissaient l'herbe de l'été. Derrière le noir volant, le chauffeur manœuvrait péniblement par-dessus les cailloux et les mottes de terre. Malgré sa peur, Nola se releva pour regarder, se redressa juste assez pour voir sa mère se défaire de ses chaussures en deux coups de pieds et filer comme une flèche vers la forêt. Sous les yeux de Nola, Grace disparut dans l'ombre dense et verte des feuilles et des branches.

Rena pleurait. Elle tirait sur la robe de Nola pour la ramener contre le sol. « Couche-toi ! »

La voiture freina et, par-dessus les broussailles, Nola vit un homme en sortir. Le chauffeur restait à l'intérieur, le moteur tournait toujours. Puis, en pleine lumière, un coup de feu éclata. Comme une pierre qui se brise, comme la chute d'une chose arrachée au monde.

Cachées par les roseaux de l'étang fangeux, les fillettes se terraient dans l'eau peu profonde. D'une main maculée de boue, Nola se couvrit les yeux, mais il était trop tard, elle avait vu sa mère courir pieds nus à travers le champ, suivie par la voiture noire et, en esprit, elle voyait sa mère blessée.

La portière de la Buick claqua. De nouveau, les fillettes l'entendirent crisser et cahoter dans l'herbe et les cailloux. Elles se tapirent davantage dans la fange de l'étang, immobiles, apeurées. Seules, leurs têtes dépassaient de l'eau rouge et bourbeuse. Elles respiraient à peine. Nola, qui avait lâché son couteau, fouilla frénétiquement la fange de ses doigts tremblants jusqu'à le retrouver et le serra bien fort dans son poing, prêt à l'usage. C'est alors que le vent se mit à souffler, brûlant, tourmenté, noyant le bruit du moteur. Les hommes avaient installé Grace entre eux sur le siège, comme une amie qu'on emmène en promenade un dimanche. Ils remontèrent jusqu'à l'étang où les saules des marais tremblaient sous la bourrasque, et lorsqu'ils sortirent la femme de la voiture, ses tresses brunes se détachèrent et tombèrent vers le sol. Le vent soufflait plus fort. Les hommes déposèrent le corps de Grace derrière un groupe de buissons noirs qu'agitait la tempête, puis ils se redressèrent, se retournèrent. Ils cherchaient Nola.

C'est à peine si elle entendait leurs voix par-dessus le vacarme du vent.

« Tu m'as bien dit que la gosse était avec elle, non ?

— Oui, je l'ai vue. »

Nola retint son souffle. Elle n'entendit pas la suite, car une bourrasque soudaine siffla sur l'eau et secoua les joncs. Les fillettes avaient peur de regarder. Elles entendaient les hommes qui fouillaient les roseaux à proximité de l'endroit où elles se terraient, paralysées de terreur, incapables désormais de faire la différence entre le bruit du vent et celui des mains d'hommes qui malmenaient les tiges.

La tornade venue du sud soulevait la terre du sol. Les collines s'animaient de tourbillons de poussière. Des branches tombaient des arbres les plus vieux.

À mesure que le vent chaud forcissait, les branches se mirent à gémir. La tempête couvrait le bruit de la voiture, et lorsque les hommes repartirent, les fillettes n'en surent rien. Un colvert glissa sur l'étang. En quête d'un abri, il se cacha comme elles, dans les roseaux secoués par la tempête.

Peu de temps après, la voiture revint. Le bruit du moteur se confondait avec le vent. Les fillettes étaient convaincues que les hommes cherchaient des enfants en robe du dimanche. L'un d'eux sortit du véhicule pour se diriger vers le corps de Grace Blanket à travers l'herbe haute balayée par le vent. D'entre les roseaux, Nola discernait presque son visage. Le vent souleva sa veste ouverte, l'écarta de sa chemise. Derrière lui, les arbres ployaient. Il plaça un pistolet dans la main de la morte. Nola l'entr'aperçut une fois encore. Elle ne le connaissait pas, ne l'avait jamais vu auparavant. Il déboucha une bouteille de whisky, en versa le contenu sur le corps de Grace Blanket, et le vent emporta l'odeur de l'alcool à travers l'étang. Les fillettes retenaient leur souffle tandis que l'homme boutonnait sa veste sombre et déposait à terre la bouteille vide. Il remonta en voiture, et la Buick s'ébranla en direction de la ville, bientôt absorbée par un tourbillon de poussière.

Noyées dans la chaleur et le vent de la tornade, les petites n'entendirent pas venir la voiture dorée de Michael Horse, pas plus qu'elles n'entendirent Belle crier leurs noms. Elles n'entendaient que les hurlements du vent et, lorsque enfin il s'apaisa, l'horrible bourdonnement des mouches qui déjà s'affairaient sur le cadavre de Grace. Alors, le soleil de l'après-midi vira au rouge sur l'horizon ouest. La longue journée s'achevait, les grenouilles entonnaient leurs chants crépusculaires. Vint la nuit, et les étoiles parurent à la surface ténébreuse de l'étang. Nola s'extirpa de l'eau, se hissa sur la berge en s'aidant des genoux et des coudes. Rampant à demi, elle se dirigea vers le corps de sa mère. Rena la suivit. Elle frissonnait malgré la chaleur. L'eau avait entamé la peau fine de ses mains et de ses pieds.

Et, au milieu de tout cela, la lune brillait sur la mare. Dans la clarté lunaire, Grace était environnée de feuilles noires. L'odeur de whisky restait forte, écœurante. Tordue dans une posture grotesque, Grace avait la tête de côté et semblait dire non à la mort. Sa main tenait le pistolet. La fillette resta là pendant un long moment, presque une éternité. Elle posa sa tête contre sa mère en appelant : « Maman ! » Et elle pleura, le visage enfoui dans les vêtements imprégnés de whisky.

« Allez, viens. » La voix de Rena ramena Nola au monde des vivants.

Elle tendit la main pour prendre le pistolet. « Non, laisse-le », dit Rena. Nola se pencha alors pour dégrafer le rang de perles du cou de sa mère. Le bras de Rena drapé autour de ses épaules, elle s'éloigna, puis regarda en arrière, espérant contre tout espoir que sa maman bougerait, que sa voix l'appellerait, lui dirait comme toujours : « Viens, petite, viens là. » Mais on n'entendait que le bruit des grenouilles et celui des insectes.

Rena prit Nola par la main. Elles se dirigèrent vers la maison des Graycloud en se cachant derrière les buissons et les arbres. Leurs robes trempées de boue pesaient contre leurs jambes.

Cette nuit-là, les lueurs des lucioles et le chant des criquets migrateurs étaient paisibles, comme si rien sur terre n'avait changé. Étrange en vérité que la vie soit restée telle qu'elle était par d'autres nuits d'été, avec sa lune qui montait derrière les lacis des derricks, et ses étoiles blanches qui scintillaient dans le ciel noir sans nuage.

Au tournant obscur qui menait chez les Graycloud, l'odorant lilas blanc était en fleur. La boîte à lettres avec son drapeau relevé était à demi cachée par les branches feuillues. La maison, elle aussi, était restée la même, avec son porche de guingois et les rectangles lumineux de ses fenêtres. Les poules, rentrées pour la nuit, gloussaient doucement et, au loin, le bétail à face blanche paissait toujours, comme désincarné.

Lorsqu'elles franchirent la grille et approchèrent de la porte, les fillettes aperçurent une forme blanche près du buisson d'azalées. D'effroi, elles s'arrêtèrent, scrutèrent l'obscurité, pensant d'abord qu'il s'agissait d'un fantôme. Mais le fantôme en tablier blanc s'avança vers elles et demanda : « Où est ta mère, petite ? » Et le fantôme se fit solide, devint Belle Graycloud. Entre ses sanglots, cette nuit-là, Rena tenta de raconter ce qui s'était passé et, avant que la perte de Grace se mue en chagrin dans son cœur de vieille femme, Belle leva les yeux vers le ciel étoilé pour remercier le Grand Mystère de ce que les petites étaient en vie.

Cette nuit-là ni Belle, ni Lettie Graycloud ne dormirent. Elles étaient encore debout lorsque Moses rentra de Walnut Springs et de la vente de bétail. Il portait un chapeau de paille neuf. Belle l'entendit siffler dans le noir tandis qu'il conduisait un nouveau poney jusqu'à l'écurie — un palomino, ils étaient à la mode.

Elle ouvrit la porte, l'appela par son nom.

« J'arrive », répondit-il du fond de l'obscurité. Puis elle l'aperçut dans le carré de lumière venue de la maison. Il entra et posa son chapeau sur la table. « Que se passe-t-il. »

Elle le mit au courant pour Grace.

Sous le choc de la nouvelle, Moses se laissa lourdement tomber sur une chaise. Affalé sur la table, il se couvrit le visage de ses mains et demeura un long moment silencieux. « Elles ont vu qui c'était ? » s'enquit-il finalement.

Belle nia de la tête. « Tout ce qu'elles savent, c'est qu'ils conduisaient une voiture comme la nôtre. » Elle s'assit près de lui. Ses yeux étaient gonflés.

Et Moses de répondre : « Belle, je te demande pardon. » Il avait douté d'elle. Puis il ajouta : « Les Buick noires courent les rues. » Il prit une inspiration profonde, se leva et remit son chapeau neuf.

« Où vas-tu ? » s'inquiéta Belle.

« En toucher deux mots au shérif, c'est préférable », déclara-t-il d'un ton mesuré.

Elle l'arrêta d'un geste. « Attends. Je ne pense pas que ce soit une bonne idée. »

Il parut surpris. « Pourquoi donc ? »

Belle eut un moment d'hésitation. Épuisée qu'elle était, elle craignait de commettre une erreur de jugement. « Moses, les tueurs n'ont pas vu les petites. S'ils découvrent qu'il y a des témoins, j'ai peur qu'ils s'en prennent à elles. »

Il réfléchit à cela puis, sans plus discuter, il ôta son chapeau, se rassit, et se frotta le visage pour en ôter le sable.

Belle recouvrit sa main de la sienne, effleura une cicatrice sur ses doigts. Ils restèrent ainsi, côte à côte, silencieux, Moses perdu dans ses pensées, et Belle trop ébranlée pour en dire davantage.

Enfin, Moses tira sur l'une de ses tresses brunes. « C'était probablement une querelle d'amoureux. »

Elle scruta ses traits. Voyant qu'il cherchait à la rassurer, elle se fit plus prudente, comme s'il lui fallait l'être pour deux. « Et si ce n'était pas le cas ? » objecta-t-elle. Il n'eut pas le temps de répondre qu'elle était debout. Dans un placard, elle prit un revolver — le petit revolver dont elle se servait pour éloigner les coyotes de ses poules craintives. Elle le chargea. Moses se taisait.

À l'étage, les fillettes dormaient dans la chambre de Lettie. Il faisait chaud. À la lueur de la lampe, elles paraissaient fragiles et vulnérables dans le grand lit. Lettie veillait sur elles, également armée d'un pistolet. D'une main tendre, elle lissait le drap, relevait les mèches humides qui collaient à leurs fronts. Elle les aurait bien prises dans ses bras pour les réconforter, mais les petites respiraient paisiblement, et le monde était dangereux pour qui ne dormaient pas. Elle les laissa donc au sommeil béni.

Plus tard, Belle vint la relever. La vieille s'installa, monta sa garde silencieuse auprès des deux fillettes. Mais Lettie, accablée par un sentiment de solitude, revint au chevet des petites vers deux heures du matin. Elle avait l'air hagarde dans son vieux peignoir sombre élimé. « Laisse, maman. Il faut que tu te reposes.

— De toute façon, je ne dormirai pas. » Belle ne donnait pas signe de vouloir quitter la pièce, mais Lettie insista tant qu'elle finit par se lever pour aller dans sa chambre. L'angoisse la tenaillait et la rendait fébrile. Elle avait peur, peur pour Rena et Nola.

Elle s'assit devant le miroir, brossa ses longs cheveux d'argent par habitude tout en réfléchissant. Dans le noir, des étincelles voletaient et crépitaient tout autour d'elle. Aucun doute possible, quelque chose couvait. Elle posa sa brosse.

Moses semblait dormir. Et Belle de songer que,

quoi qu'il arrive, rien n'empêchait jamais Moses de dormir. Elle lui en voulut, jusqu'à ce qu'elle remarque son souffle irrégulier. Il se retourna dans son sommeil.

Dans le rocking-chair, Belle se balançait et regardait par la fenêtre. Le plancher grinçait. Elle guettait, scrutait l'obscurité. Elle cherchait à lire le cœur même de la nuit, à décrypter l'histoire de ce qui était arrivé à Grace Blanket. Dans la mesure où les terres de Grace valaient une fortune en pétrole, il devait s'agir d'une machination. Depuis toujours, le pétrole noir bleuté qui filtrait de la terre avait pour Belle l'odeur de la mort.

Elle alla s'étendre près de Moses, s'efforça de dormir. La vieille maison de bois travaillait et grinçait. Il faisait trop chaud. Le drap rugueux irritait sa peau. Une fois de plus, elle se leva, descendit l'escalier sans bruit. En bas, un silence menaçant se mouvait dans l'ombre noire du lourd mobilier. Belle vérifia les verrous de la porte.

Moses enfila son pantalon pour descendre la rejoindre. Dans la cuisine, il remplit un verre d'eau qu'il lui apporta. « Monte te reposer », dit-il. « Je vais rester là. »

Elle lui sourit. Sous son maillot de corps, sa large poitrine semblait douce, accueillante. Elle y posa brièvement la tête, juste le temps d'entendre battre son cœur. Puis elle remonta à l'étage.

Assis dans le noir à la table de la cuisine, Moses attendait le retour de sa fille, Louise, et de Floyd, son mari blanc. Ivres qu'ils étaient à présent, ils rentraient de la ville en voiture. Cette idée le rendait furieux. Il posa les coudes sur la toile cirée.

Un peu avant l'aube, au moment où la maison craquait, Belle se leva et, dans sa grosse robe de chambre, elle alla jeter un coup d'œil par la fenêtre. Dans la lumière grise, elle aurait juré avoir vu un homme en lisière du bosquet où l'on cueillait des baies. « Moses, viens voir », appela-t-elle d'en haut. Le temps qu'il la rejoigne, l'homme avait disparu. Elle descendit pour regarder d'en bas. Moses la suivit. « Il y avait quelqu'un, je l'ai vu », insista-t-elle dans l'espoir de le convaincre.

Dans la chambre, Lettie Graycloud veillait sur les petites endormies, un pistolet sur les genoux. Elle n'aimait pas les armes, mais le meurtre les touchait de trop près, même s'il s'agissait d'un crime passionnel comme le croyait son père. Une brise fraîche entra par la fenêtre, caressa son visage, ses cheveux.

Aux premiers rougeoiements de l'aube, les deux fillettes avaient le souffle léger. L'épuisement avait eu raison d'elles, gommé jusqu'au chagrin de Nola qui, en l'espace d'une nuit, semblait toutefois vieillie. Elle avait les joues creuses, la peau tendue sur les os. Tandis qu'elle l'observait, Lettie éprouva les premières douleurs de son deuil, les premières souffrances dues au vide laissé par son amie. Grace Blanket lui manquait.

Elle étudia la peau brune de Nola, le V que formaient ses cheveux sur son front, et cet air lointain qui lui avait un jour fait dire à Grace que si les prières de quelqu'un devaient être exaucées dans cette vie, les siennes le seraient.

En esprit, elle remonta au temps où Grace était descendue des falaises au-dessus de Watona pour s'installer chez les Graycloud. Grace et Lettie étaient vite devenues inséparables. Elles vivaient ensemble, dans cette même chambre, dormaient dans ce même lit tandis que leurs os s'allongeaient, chuchotaient entre elles la nuit. Et de cela, il restait cette petite fille — même ossature, même sang, même peau que Grace. Lettie sentit son cœur déborder d'amour pour la fillette dont la main brune et fine pendait paisiblement au bord du lit.

Et puis, tandis que la pièce s'éclairait, Lettie prit soudain peur devant ce qu'elle vit. Elle crut d'abord que Nola, réveillée, la fixait, telle une mourante, plongeait dans ses prunelles tendrement attentives. Mais les yeux de Nola regardaient à travers elle et, au-delà encore, à travers le plafond, le toit, se tendaient vers quelque point éloigné du ciel. Quelque chose en elle s'était réveillé et regardait ailleurs, l'autre monde peut-être, celui où sa mère s'en était allée. Pour le reste, elle dormait. Sa respiration était profonde, régulière, et ses yeux grands ouverts ne clignaient même pas.

Lettie se détourna. Les vêtements collaient à sa peau moite. Elle alla jusqu'à la fenêtre. Une nouvelle journée de canicule approchait. Déjà, le sol était sec, et la poussière entrait par la fenêtre. Elle se pencha dehors, cherchant un souffle d'air. C'est alors qu'elle le vit. L'homme se tenait devant la maison. Sans changer de position, Lettie leva son pistolet jusqu'au rebord de la fenêtre et visa mais, au même moment, elle s'aperçut que ses jambes semblaient plonger leurs racines dans la terre. Il se tenait comme un Indien des Collines, comme s'il n'avait jamais vécu parmi les Blancs, leur quincaillerie et leurs babioles, jamais vécu avec le don maudit du pétrole. Son visage était lisse, impassible. Sur l'instant, Lettie comprit qu'il appartenait au même groupe que

Grace Blanket. Elle abaissa son arme, l'enfouit dans un pli de son peignoir, comme si elle redoutait que le coup parte malgré elle. D'une manière ou d'une autre, elle savait qu'il était venu pour Nola, pour lui porter secours.

L'homme leva les yeux. Lettie était tentée de se retirer dans l'ombre, mais elle resta en pleine lumière, exposée au regard du guetteur qui, brièvement, croisa le sien. C'était un coureur sacré des collines. Elle sentait le calme de son regard. Mais tandis qu'elle l'observait par la fenêtre, il parut se dissoudre, disparut à sa vue.

Derrière elle, Rena remua. Ses paupières se soulevèrent sur ses prunelles d'or qui se posèrent sur les écharpes bleues et rouges de sa tante, flammes suspendues sur le mur opposé. Rena crut d'abord qu'il y avait le feu, que la maison brûlait. Elle s'éveilla dans un sursaut d'effroi, se débattit pour s'extirper des draps emmêlés et chauds.

Dehors, le coq chanta, et Pippin, le petit chien, courut vers la route, saluant de ses jappements l'arrivée de Louise et Floyd. Le couple passa devant le guetteur sans le voir. Lettie entendit le crissement de leurs pas sur le gravier, la porte qui s'ouvrait, le bruit des voix, en bas, puis ce fut le claquement des talons hauts dans l'escalier.

La porte de la chambre s'ouvrit à la volée, sur Louise qui se précipita à l'intérieur. Sentant que l'haleine de sa mère empestait le whisky, Rena s'écarta d'elle, se souvint du cadavre de Grace, de l'odeur de whisky qui leur parvenait à travers l'étang. Sans relâcher son étreinte, Louise répétait inlassablement à l'enfant : « Qu'est-ce qui s'est passé ? Ce n'est pas possible, je n'y crois pas. Mon Dieu, mon Dieu. » Sa voix perçante réveilla Nola. Elle se retourna dans le lit, puis elle s'assit, droite, fantomatique. Trempée sous l'effet de la chaleur comme du choc, elle avait le regard noir, hanté, souligné de grands cernes bruns. Devant son teint de cendre, Lettie eut la chair de poule. Louise elle-même se tut. Tout l'air semblait avoir quitté la pièce.

Lorsque Louise eut emmené Rena au rez-de-chaussée, Lettie ne savait plus que faire. Elle prit le parti d'habiller Nola dans l'une de ses robes. « Lève les bras », lui dit-elle.

Nola leva docilement les deux bras au-dessus de sa tête, et Lettie lui enfila une robe bleue beaucoup trop grande. « Maintenant, tourne-toi, ma douce. » Nola obéit machinalement. Elle resta immobile, comme absente, cependant que Lettie épinglait le dos de la robe pour l'ajuster à son corps inerte et silencieux.

Puis, par habitude, tandis que Nola demeurait plantée là dans cette robe qui ne lui allait pas, Lettie décrocha un chapeau bleu nuit de son clou et le posa sur son épaisse chevelure brune. Elle portait toujours un chapeau. C'était une tradition personnelle. Elle le fixa d'une épingle piquée dans ses cheveux, examina l'effet dans le miroir et là, elle vit soudain changer l'expression de Nola. Ses traits exprimèrent la surprise quand elle aperçut le guetteur, dehors. Elle se précipita à la fenêtre, pitoyable, le visage défait. Le guetteur leva les yeux. Lettie sentit la pièce tout entière se remplir de chagrin. Elle prit cependant la main glacée de la petite, l'attira à l'écart du rectangle de lumière bordé de rideaux et lui dit : « Évite les fenêtres, Nola, c'est dangereux. » Mais quelque chose appelait la fillette. Elle se dégagea et sortit dans le couloir. Lettie la suivit dans la chambre de Belle où Nola écarta le rideau pour regarder dehors. En bas, près du bosquet où l'on cueillait les baies, il y avait un deuxième guetteur.

En tout, ils étaient quatre. Ils étaient venus dans la nuit.

Michael Horse était le dernier habitant du Territoire Indien à vivre sous un tipi. Ce matin-là, assis dehors, sur une pierre, il surveillait le feu — un feu d'une grande importance. Il descendait de braises ancestrales, et la vie de ses ancêtres brûlait toujours à travers sa flamme éternelle. Quand Horse s'absentait, quelqu'un le remplaçait auprès du feu — en général une femme dú nom de Ona Neck — pour veiller à ce que les braises ne s'éteignent jamais. Michael Horse avait hérité le rôle de gardien du feu par sa mère avant même que les Indiens osages aient acheté des terres en Oklahoma et quitté les bords de la rivière Neosho dans l'État du Kansas. L'événement datait de 1861. Cette même année, dans une autre région d'Oklahoma, Belle Graycloud voyait le jour.

Dès qu'il pensa à Belle, Michael Horse sut qu'elle venait à lui. Telle était la nature de son don.

D'ailleurs, quelques instants plus tard, il entendit son pas. Elle remontait Crow Hill Road en direction de son tipi. Le feu fumait. Il remua les braises.

Belle s'assit près de lui et garda un moment le silence. Puis : « Tu vas bien ? » Elle scrutait son visage.

« Pourquoi cette question ? » Il fixait le feu.

« Je me demandais si tu n'avais pas eu de visions ou de cauchemars ces quelques dernières nuits. »

Il rassembla les braises en un petit tas. « J'aurais dû ? »

Belle observa un nouveau silence avant de reprendre à voix basse : « Grace a été tuée hier. » Elle laissa ses paroles faire leur effet sur Horse. « Les assassins lui ont mis un pistolet dans la main et l'ont arrosée de whisky pour faire croire qu'elle avait bu avant de se suicider. »

Il posa sur elle un regard sombre, empreint de tristesse. « D'où tiens-tu cela ?

— Nola les a vus. Pas assez clairement pour savoir qui ils étaient. » Elle contempla les flammes. « Ils conduisaient une Buick noire. »

Les yeux de Horse se perdirent au loin dans le ciel brûlant. Deux corneilles se lançaient des appels.

« C'est mauvais signe », dit la vieille femme. Puis elle se couvrit la bouche de sa main, comme pour s'empêcher d'en dire davantage.

Horse se taisait. Belle ôta sa main de devant sa bouche, et poursuivit : « Ça fait drôle, tu sais. On se conduit comme si c'était un jour ordinaire, comme si les tâches quotidiennes étaient ancrées en nous par de longues racines, à l'égal du chiendent dans un champ de maïs. On imagine que le temps devrait s'arrêter quand quelqu'un est tué. Mais la maison a travaillé et craqué toute la nuit, et puis, ce matin, j'ai posé une platée d'œufs sur la table, Moses a bu son thé, Lettie est descendue coiffée d'un de ses chapeaux. »

Horse remuait le feu tout en écoutant Belle, conscient qu'à travers les mots, elle cherchait une voie pour sortir du chagrin et de la peur. Lorsqu'elle se tut de nouveau, il se leva. « Attends-moi », lui dit-il. Et il se dirigea vers la maison d'Ona Neck.

Belle le regarda s'éloigner, remarqua ses épaules osseuses à travers le mince coton délavé de sa chemise.

Lorsqu'il revint accompagné d'Ona, la vieille Mme Neck semblait lasse. De ses mains fripées et sèches, elle rentra quelques mèches égarées sous son filet. « Encore le feu, hein ? »

Horse acquiesça de la tête.

« C'est ce que je pensais. Que se passe-t-il, cette fois ?

— Grace Blanket a été tuée.

— Il y a toujours quelqu'un qui se fait tuer par ici », déclara Ona. Elle salua Belle d'un hochement de tête puis, précautionneusement, elle s'assit au foyer et tira une longue aiguille du sac qu'elle transportait. Ses mains tremblaient.

Horse passa sous le rabat ouvert de son tipi pour y prendre ses journaux dans un coffret de cèdre et les mettre dans sa voiture. Il savait qu'Ona fouillait dans ses affaires en son absence, et il était jaloux de son intimité.

Chez les Graycloud, Louise et Floyd discutaient avec Moses. Comme son père, Louise privilégiait l'hypothèse d'une querelle d'amoureux. Elle se creusait la tête pour tenter de se rappeler les noms des hommes que fréquentait Grace. « N'importe qui a pu faire le coup », déclara-t-elle finalement. Le raisonnement se tenait, car Grace était belle femme. Et le mariage avec des Indiennes était une opération profitable pour les Blancs. Un agent indien de Watona, Oklahoma, recevait fréquemment des lettres comme celle que Michael Horse conservait dans son journal, à l'abri du coffret de cèdre :

Cher Monsieur,

Je suis un jeune homme de bonnes mœurs et sans vice, doté de plusieurs milliers de dollars, et je souhaite épouser une Indienne sérieuse. Je ne bois pas. Je suis un homme honnête, travailleur et respecté.

Je cherche une femme entre dix-huit et trente-cinq ans, pas une Indienne de race pure. Je préférerais qu'elle soit aussi blanche que possible.

J'ai passé presque toute ma vie dans des fermes et sais comment tirer profit de l'agriculture ainsi que du commerce. Ayant de la fortune, il est naturel que je cherche une personne qui soit mon égale sur le plan financier comme social. Si vous pouvez me mettre en correspondance avec une femme sérieuse et que je réussis à l'épouser, je vous donnerai vingt-cinq dollars pour cinq mille de sa valeur. Si elle en vaut vingt-cinq mille, vous recevrez cent vingt-cinq dollars. Ceci est une proposition purement commerciale, et je vous saurais gré de l'envisager comme telle.

Les femmes constituaient un investissement. Lorsqu'on lui demandait ce qu'il faisait dans la vie, un autre Blanc répondait qu'il avait épousé une Osage, d'où ses interlocuteurs déduisaient qu'il ne travaillait pas ; qu'il vivait aux crochets de sa femme et profitait de sa fortune.

Louise arpentait nerveusement la pièce. Elle jeta un coup d'œil à l'Indien qui se tenait dehors, devant la maison. « Doux Jésus, qu'est-ce qu'il vient faire ici ? » Elle s'écarta de la fenêtre, hors de la vue du guetteur pour mieux le regarder.

Floyd, le mari de Louise, un homme crispé mais sympathique, originaire de Joplin dans le Missouri, était en tout point l'opposé de son épouse. Alors que Lou tentait de s'accrocher à ce qu'elle appelait « la logique de l'homme blanc », Floyd imitait les Indiens. Il avait fièrement adopté le nom de Graycloud après son mariage et portait ses fins cheveux blonds en queue de cheval sur la nuque. « Il est là pour Nola », dit-il à sa femme.

« Pour Nola ? Et pourquoi donc ? s'enquit-elle agacée.

— Elle a besoin de protection. À présent que Grace n'est plus, Nola est l'une des plus riches, sinon la plus riche, de tout le Territoire Indien. »

Louise, qui n'avait pas réfléchi à cela, se fit plus inquiète encore. « Il faut que nous l'éloignions d'ici. »

La porte à moustiquaire claqua et Belle entra, seule, dans la cuisine. Horse s'était arrêté pour échanger quelques mots avec le guetteur qui montait la garde devant la maison. Ils se connaissaient. Jeune homme, Horse avait séjourné dans les collines et connaissait presque toutes les familles de la petite communauté.

« Elle restera chez nous, déclara Belle, sans laisser à Louise le temps d'argumenter.

— Mais tous les chasseurs de fortune vont venir à notre porte des quatre coins du pays pour faire copain-copain avec une Indienne riche, objecta cette dernière.

— C'est décidé, Lou. Elle reste.

— Elle pourrait vivre chez Sara. Elles sont du même sang.

— Pas question. Sara est tout juste capable de s'occuper d'elle-même. Et s'il y a une machination là-dessous, Sara est en danger aussi.

— Une machination ? Quelle machination ? s'impatienta Louise, de plus en plus irritée.

— N'est-ce pas pour cela que tu ne veux pas d'elle ici ? »

Sans prendre la remarque en considération, Louise ajouta avec un geste en direction du guetteur : « Pourquoi Nola ne partirait-elle pas avec ces hommes, là, dehors, pour aller vivre chez les Indiens des Collines ? Je ne serais pas étonnée que son père soit un des leurs. »

Mais Belle demeura ferme. « C'est impossible, Louise. Nous ne pouvons pas la laisser partir. Il y a une nouvelle loi. Tous les enfants des Collines de moins de seize ans doivent aller en pension à l'école de Custer, Oklahoma. »

Louise ne voulait toujours pas comprendre, mais Belle était lasse des objections de sa fille, de son rejet constant du monde indien ; et si elle avait un jour déclaré : « J'aime tout ce qui est européen », elle ne se souciait pas pour autant des nouvelles lois et ordonnances. Même lorsque ses propres enfants étaient visés, elle s'en fichait. Seulement, d'après cette loi récente, si les familles résistaient, les enfants devenaient pupilles de l'État, et on les arrachait définitivement à leurs foyers. Belle savait que, dans d'autres tribus, les autorités avaient fait la chasse aux enfants cachés et les avaient emmenés, soulevés de terre malgré leurs cris pour les emporter loin de leur famille afin qu'ils apprennent les manières cultivées, civilisées des Américains. Avec un regard glacial à sa fille, elle conclut : « Même si Nola n'était qu'un os dans une cage de chiens affamés, je ne l'abandonnerais pas. Ici au moins, nous pouvons veiller sur elle. »

Louise se mordit la langue et garda le silence, mais elle comptait bien partir avec ses enfants à la première occasion.

Plus tard dans la matinée, Horse était toujours là quand une camionnette grise tirant un van remonta en cahotant le chemin de terre. Le jeune Franco-Indien qui la conduisait n'avait qu'un seul nom : Benoît. C'était un éleveur de chevaux aux yeux gris-vert, au teint olivâtre et aux cheveux bruns lustrés qu'il brossait à l'arrière, dégageant son front lisse.

Benoît était l'amant de Lettie. Il était aussi, par le biais d'un mariage arrangé, l'époux légitime — devant la loi des Blancs — de Sara Blanket, la tante de Nola. Mais toute la famille Graycloud oublia ce menu détail dans le feu de la tragédie qui leur tombait dessus. Et Moses avait oublié le cheval alezan que Benoît transportait dans son van, un étalon qu'il lui louait pour couvrir ses juments.

Benoît se gara à proximité de la grange et ouvrit l'arrière du van. Il flatta la croupe moite de sueur du cheval — un pur-sang bai appelé Redshirt, un étalon puissant de dix-sept paumes aux muscles saillants. À l'ouverture du van, il parla à Benoît.

Horse était à la fenêtre et regardait Benoît sortir le cheval. Dès que Redshirt eut descendu la rampe, que Benoît l'eut attaché au poteau de la clôture, le soleil embrasa sa robe aux reflets de flamme. Benoît le couvrit d'une chemise blanche et propre avant de reprendre le volant pour se rapprocher de la maison. Puis il s'avança, portant un carton à chapeau gris, un cadeau pour Lettie orné d'un ruban d'argent. Comme Louise, Benoît passa devant le guetteur sans le voir. Il frappa à la porte. À son poteau, Redshirt hennit. C'était un cheval jaloux et exigeant.

La mort tragique de Grace n'avait pas encore frappé que Moses ne pensait déjà plus à l'étalon. La veille, il avait mené sa dernière jument poulinière rejoindre les autres au pré le plus éloigné. Il ne lui restait à l'écurie que deux chevaux de travail et le palomino acheté à Walnut Springs.

Benoît était un habitué de la maison où il était reçu comme chez lui. Sans s'annoncer, il entra dans la cuisine, jeta un coup d'œil alentour, et le sourire s'effaça aussitôt de ses lèvres. Il régnait là une atmosphère de tristesse à couper au couteau. Son regard passa d'un visage silencieux à l'autre, puis il demanda : « Il y a quelque chose qui ne va pas ?

— C'est Grace, Benoît, répondit Belle. Elle a été tuée hier. » Il la dévisagea, incrédule.

Elle aurait voulu en dire davantage, mais se contenta d'ajouter : « Nola n'a rien, mais elle est sous le choc. » Elle marqua une pause, versa du café à Benoît en silence, puis : « Nous allons la garder ici. » Il s'assit à la table, mais ne toucha pas à sa tasse, encore trop ébranlé par la nouvelle.

Le voyant devenu si pâle, Belle crut qu'il allait s'évanouir et mit du rhum dans son café.

« Où est-elle ? demanda Benoît.

— Nola ? Dans la chambre de Lettie. Viens. »

Le jeune homme suivit Belle à l'étage. Ben Graycloud leur emboîta le pas. Lorsqu'ils entrèrent dans la pièce, Lettie se leva. Épuisée, elle accorda tout juste un regard à son amant, lissa sa robe avec un coup d'œil désespéré en direction de Nola. À l'exception du V que formaient ses cheveux sur son front, la fillette grise et morne ne ressemblait en rien à ce qu'elle était encore la veille. Son visage lui-même avait changé de forme — du moins était-ce leur impression. Benoît la dévisageait. Et Ben Graycloud qui, à quinze ans, aimait Nola depuis des années, restait silencieux ; mais la terreur envahissait son cœur devant l'expression absente de ses yeux.

« C'est le choc, déclara Belle. Elle ne sait même pas que nous sommes là. » Tandis qu'ils redescendaient, elle leur raconta les bribes de récit glanées la nuit précédente auprès des deux fillettes, leur raconta comment deux hommes en Buick noire avaient poursuivi Grace jusque dans la forêt avant de la tuer et d'abandonner le corps arrosé de whisky derrière un buisson de feuillus.

Dans la cuisine, la mâchoire de Benoît se crispait à mesure qu'il écoutait. C'était un homme au tempérament volatil, et la colère prenait le pas sur ses émotions. Il se mit à arpenter la pièce de long en large, s'assit, se releva pour se diriger vers la porte. « Je vais chercher le shérif. »

Belle le retint par le bras. « Non, surtout pas. À leur connaissance, il n'y a pas de témoins. » Elle se radoucit, puis ajouta : « De plus, tu es en colère, Benoît. Nous ne pouvons pas te laisser faire un esclandre. »

Dès qu'elle eut terminé, les yeux de Benoît perdirent leur flamme colérique, mais il demeurait agité. « Comment vous comptez retrouver les assassins si les témoins restent muets ? » Il se calma cependant et promit à Belle de ne rien dire au shérif, ni à personne, jusqu'à ce que le corps de Grace ait été découvert. Il conservait un air pincé, avait dégrafé le col de sa chemise comme s'il l'étranglait. « Bon, dit-il après une pause. D'accord. Mais tôt ou tard, je tirerai tout ça au clair. »

Sitôt Benoît rasséréné, Moses sortit échanger quelques mots avec le guetteur. Il lui parla en creek, une langue qu'ils connaissaient et employaient pour leurs transactions commerciales. Il lui demanda comment ils avaient appris que Nola Blanket se trouvait chez eux.

« Les chats-huants nous l'ont dit », répondit l'homme.

« Je les crois », déclara Belle, et ses yeux gris se firent plus soupçonneux encore — le danger rôdait, et les hiboux gris dépenaillés le savaient déjà.

« Trêve de balivernes, objecta Louise. Vous, les vieux, vous êtes superstitieux. Qui vous dit que ce type, là, dehors, n'est pas l'assassin ? »

Floyd croyait le coureur mais ne voulait pas d'ennuis avec sa femme. Il se dirigea donc vers la porte, prétextant que c'était son jour de service au Magasin Bleu où il travaillait comme commis quand il n'aidait pas Moses avec son bétail et ses chevaux.

Prête à passer sa colère sur lui, Louise se ravisa et se fit suppliante : « Ne t'en vas pas, Floyd. Rena vient d'assister à un meurtre. »

Il prit un air contrit, mais sortit cependant, démarra la voiture et partit pour la ville.

Louise le regarda s'éloigner, le visage soudain défait. « Il faut toujours qu'il s'en aille quand j'ai besoin de lui. »

Pour la première fois depuis son arrivée, Horse prit la parole. « Je les ai entendus, moi aussi, ces hiboux. J'étais sûr qu'il s'était passé quelque chose. » Horse ne connaissait pas la langue des hiboux mais ne s'étonnait pas que les guetteurs la comprennent.

Ils se souvenaient encore des traditions anciennes des animaux.

Plus tard ce jour-là, lorsqu'il regagna son campement, Horse raccompagna Ona Neck en voiture. À son retour de ce bref trajet, il remua les braises et contempla la flamme presque invisible dans l'air brûlant écrasé de lumière. Les vagues de chaleur lui rougissaient la peau.

Il s'efforça de réfléchir. Il lui fallait reconstituer le cadre brisé de l'ensemble. Depuis quelque temps, une poignée d'Indiens s'éveillaient avec des rêves de danger en tête. Ce qui expliquait que Belle Graycloud pressente quelque chose d'énorme les concernant tous. Velma Billy avait rêvé qu'une neige blanche et glacée lui recouvrait le corps. Elle était venue voir Michael Horse pour lui demander la signification de ce rêve. Ruth Tate, la solide et belle jumelle de Moses, avait aussi rendu visite à Michael Horse pour lui dire qu'elle se souvenait avoir rêvé d'une pluie d'étoiles de feu qui brûlaient tout en touchant terre.

Les mauvais rêves étaient aussi fréquents que les incendies dus au gaz sur les forages, aussi communs que les Buick noires. Beaucoup apportaient leurs rêves à Horse qui leur rappelait à tous qu'on forait la terre, qu'on la dynamitait. Lorsqu'on perturbe la terre, leur expliquait-il, la vie et le sommeil s'en ressentent. Mais peut-être se trompait-il ? Ne s'était-il pas trompé sur la période de sécheresse ? Il n'en restait pas moins que dans les derniers six mois, il y avait eu dix-sept meurtres dans leur petit coin d'Oklahoma en pleine expansion. Un mois avant la mort de Grace, un Indien avait été abattu par sa femme. Elle n'avait pas fait de prison pour ce crime, car l'époux était un alcoolique notoire qui la battait et molestait les petites filles. Puis un autre homme, un Indien qui travaillait au chemin de fer, avait été retrouvé mort, roué de coups, à proximité des cabanes temporaires où logeaient les ouvriers du pétrole — immédiatement après qu'on en eut découvert sur son terrain. Il n'y avait pas de suspects. Peu de temps après ce meurtre, un fermier blanc déclara avoir surpris un vieil Indien en train d'égorger sa vache noire, et l'avoir obligé à boire de la lessive. Et puis, il y avait eu la tragique disparition de trois enfants enlevés lors de pique-niques en famille. Quelques semaines plus tard, on avait retrouvé leurs ossements à Sorrow Cave[1], dans les falaises. On racontait que Seth Eye, un ouvrier du pétrole devenu fou après avoir bu de l'alcool à brûler, avait kidnappé les petits pour les manger. On l'avait découvert à Sorrow Cave, entouré de chaussures d'enfants. Un médaillon d'or appartenant à l'une des fillettes était accroché à un rocher. Chaque jour, la presse rapportait des actes de violence. La veille encore, un homme avait été abattu pour avoir attaché son cheval à côté de voitures. Le monde perdait la tête.

La démence n'épargnait pas les villes-champignons ; telle fut la première pensée des habitants de Watona lorsqu'ils apprirent que Grace Blanket avait été tuée ou s'était suicidée. De sorte que sa mort n'avait pas frappé d'une terreur nouvelle l'esprit des citoyens. Tandis que voyous et escrocs de tout poil affluaient en quête de fortune, ils avaient été les témoins de plusieurs années de violence. Il arrivait

1. Sorrow Cave, la « grotte du Chagrin » (N.d.T.).

aussi de nouvelles espèces de voleurs encore jamais vues, des voleurs en costumes chics qui arboraient des épingles de cravate en diamant et se polissaient les ongles.

Belle faisait partie des rêveurs du danger mais, comme tous les autres, elle se raisonnait, se répétait que l'argent tournait la tête des nouveaux venus par trop cupides. Et, bien qu'ayant cherché un rapport entre les morts survenues jusque-là, elle avait fini par se convaincre que ces meurtres relevaient du hasard, procédaient de cette folie ambiante qui, tel le sorgho, apparaissait spontanément dans les villes stériles devenues riches du jour au lendemain, de ce qui arrivait dans de pauvres bourgades délabrées quand un joueur mettait la main sur le pactole. Dans ce genre d'endroit, chacun savait que la pire des racailles sortait de dessous terre pour profiter de l'aubaine.

Horse, quant à lui, ne rêvait presque plus ces derniers temps. Les explosions de dynamite et les forages le rendaient fébrile et l'épuisaient. Comme chacun sait, le don de seconde vue disparaît facilement quand de rutilantes voitures neuves klaxonnent sur les pistes de terre et qu'on lance en l'air des assiettes de porcelaine fine comme des pigeons d'argile pour s'entraîner au tir. Démoralisé, il perdait le contact avec sa vision et ses sentiments. Au point que, comme Moses, il était d'avis que Grace Blanket se galvaudait. C'était là, se répétait-il, toute l'étendue du complot. Du fond de leur cœur, les Indiens ne désiraient qu'une chose — qu'on les laisse vivre en paix dans leur coin. Ils le désiraient si fort que leurs esprits se détournaient de la vérité, qu'ils regardaient ailleurs, et Horse lui-même, malgré sa notoriété de devin, ne la voyait venir que par bribes.

Plus tard ce même lundi, un chasseur de palombes tomba par hasard sur le corps de Grace Blanket et se rendit en ville pour déclarer au shérif qu'une Indienne ivre s'était suicidée près de Woody Pond. Le shérif, un dénommé Jess Gold, partit en corbillard récupérer le cadavre, avec le croque-mort. « C'est-y pas dommage qu'une jolie fille comme ça se tue ? » remarqua ce dernier. « Et d'une balle dans le cœur, par-dessus le marché ! »

Le préposé enveloppa soigneusement le pistolet dans un linge. Si, par la suite, on soupçonnait un meurtre, la pièce à conviction serait là.

Il s'avéra que le croque-mort n'était pas capable de reconnaître une Indienne d'une autre, de sorte qu'on fit venir Benoît pour identifier le corps de sa belle-sœur. Comme Benoît était en partie français et qu'il avait le teint relativement clair, les Américains le croyaient plus proche d'eux que les autres Indiens à peau brune. Ils lui demandaient donc son aide à l'occasion pour négocier des contrats ou pour identifier des corps. Le croque-mort ignorait tout des liens de parenté entre Benoît et Grace Blanket. Quand il répéta devant lui que c'était dommage qu'elle se soit tuée, Benoît quitta les pompes funèbres sur-le-champ pour aller tout droit chez le shérif.

Le bureau du shérif était situé dans le bâtiment de pierre rouge qui servait de prison.

Campé devant la table de Jess Gold, Benoît commença : « Écoute, je viens tout juste de la voir.

Je sais qu'elle n'était pas soûle. Quelqu'un l'a arrosée de whisky.

— À quoi bon, Benoît ? Pourquoi insister ?

— Il me semble qu'une enquête s'impose.

— Allons, dit le shérif Gold, elle a fait une scène pas plus tard que samedi soir. Je l'ai vue de mes yeux. Nous l'avons verbalisée pour trouble de l'ordre public. » Il remua ses papiers, en tira le rapport. « Ne te montes pas le bourrichon, Benoît, je sais qu'elle était la sœur de ta femme, mais elle était folle furieuse. Je m'étonne même qu'elle n'ait pas embarqué quelques hommes dans la tombe avec elle.

— Et les témoins ? » s'enquit Benoît en s'efforçant de se contenir. « Tu t'es demandé s'il y en avait ?

— Personne n'est venu me trouver. S'il y avait des témoins, ils n'ont encore rien dit. »

Benoît le considéra d'un œil soupçonneux. Il pressentait qu'un seul mot concernant la Buick noire lui vaudrait les pires ennuis. Il fit donc demi-tour et quitta la prison les joues en feu, frustré. Celui qui avait tiré une balle dans le cœur de Grace Blanket voulait faire croire à un suicide. Même si le suicide n'avait jamais été une porte de sortie pour les Indiens de Watona.

Malgré la sécheresse prédite par Michael Horse, il pleuvait de nouveau le jour où on enterra Grace Blanket. Et, comme Horse se trompait rarement, les membres du cortège funèbre n'étaient pas préparés pour les trombes d'eau qui s'abattirent du ciel. Malgré leur chagrin, certains ne purent s'empêcher de lui faire remarquer qu'il pleuvait — une manière de lui rappeler son erreur. « Je sais, je sais », répéta-t-il à diverses reprises aux endeuillés qui se pressaient sous un étroit abri de toile.

La pluie tombait à verse et martela le sol durant plusieurs heures, éclaboussant de boue bas de jupes et de pantalons. Quand enfin elle s'arrêta, les endeuillés placèrent des bagues d'or et des perles dans le cercueil de Grace que l'on descendit ensuite dans la glaise détrempée. Selon la coutume, on pelleta sur le cercueil des mottes de terre humide mêlée de grains de maïs, puis on tassa l'ensemble avant d'y installer une lourde pierre tombale — un ange avec des ailes dont le bras gauche était levé et dont le doigt pointait vers l'ouest.

En rentrant chez eux, les gens trouvèrent une fois de plus leurs lits d'extérieur trempés de pluie et se plaignirent des prédictions de Horse. « Il devient négligent », dirent-il. « Peut-être qu'il se fait vieux. » Puis ils revinrent à leur chagrin dans l'obscurité des maisons qu'ils n'éclairaient plus.

Quelques jours plus tard, Ona Neck entendit de chez elle de forts croassements de corneilles et sortit sur le pas de sa porte pour voir ce qui se passait. Les grands oiseaux noirs tournoyaient autour du cimetière. En marmonnant, Ona prit sa canne et suivit la ligne des collines Blackjack jusqu'au lieu de repos éternel.

À peine arrivée, elle vit le bel ange de marbre qui marquait la tombe de Grace renversé. Son doigt ne pointait plus vers l'ouest, mais vers le ciel, et les corneilles piquaient droit sur le maïs qu'on avait mêlé à la terre. Ébranlée par ce terrible spectacle, Ona se sentit défaillir, mais elle poursuivit bravement son chemin. De loin, elle avait cru que le sol humide s'était tassé, mais une fois parvenue près de la tombe, elle trouva le cercueil dressé, ouvert, et vide. Elle chassa les corneilles. Il ne restait plus rien, ni le corps de Grace, ni les perles, ni l'or, ni même les médecines qu'on avait déposées près de la morte pour son voyage dans l'autre monde.

Mme Neck s'assit à même le sol mouillé pour reprendre son souffle, et fondit en larmes sans même s'en rendre compte. Penchée sur ses maigres genoux repliés, elle pleura dans sa jupe, puis elle s'essuya les yeux avec l'ourlet et réfléchit à ce qu'il convenait de faire. Si elle déclarait le vol, le shérif, ses adjoints et les autres apprendraient que les Indiens enterraient des objets de valeur avec leurs morts. En un rien de temps, le cimetière et l'ancien site funéraire de la colline seraient pillés. Et les Indiens se révolteraient, car ils tenaient la mort pour sacrée. Ona résolut donc de garder le secret ; d'une manière ou d'une autre, elle remettrait le cercueil en terre et le couvrirait. De ses mains décharnées, elle le poussa pour voir s'il retomberait dans son trou. Il se mit à glisser sur la glaise humide. Ona glissait aussi mais parvint à se retenir tandis que le cercueil allait s'écraser au fond du trou.

Maculée de boue, Ona rentra chez elle pour y prendre une pelle et une corde. À son retour au cimetière, malgré ses mains tremblantes, elle trouva miraculeusement la force de pelleter quelques pieds de terre dans le trou avant l'arrivée d'un des fils Billy. Il chassait les oiseaux à la fronde. « Viens m'aider », lui ordonna Ona. Docile, le garçon obtempéra. « La terre a dû se tasser », expliqua-t-elle encore.

« Non. » Il se mordit la lèvre en agitant la tête. « Ce sont les pillards qui sont revenus.

— Ah ? » fit simplement Ona. Puis, ensemble, ils attachèrent l'ange avec la corde et tirèrent jusqu'à le remettre à peu près droit. Ona soufflait comme un vieux phoque, Jack Billy était cramoisi, mais le garçon avait de la force et du muscle, et l'ange était de nouveau en place, plus ou moins — à ceci près que son doigt accusateur pointait maintenant vers le sud, et non plus vers l'ouest. « À présent, tu vas me promettre de ne dire à personne que le sol s'est tassé ici.

— Pourquoi ? s'enquit le garçon.

— Tu sais combien les autres Indiens sont superstitieux. Ils affirment que si le sol se tasse sur un corps, le terrain sera hanté. » Et elle lui coula un regard de biais.

« Je n'ai jamais entendu dire ça.

— Naturellement. Tu es le fils de Sam Billy, on ne voudrait pas te faire peur. »

Mais il persista. « C'étaient des pillards. Je te le jure. C'est déjà arrivé, je l'ai vu. »

Cet été-là, la température atteignit des records. Des vagues de chaleur tangibles s'élevaient des collines. Le long des routes, les arbres perdirent progressivement leur vert feuillage estival pour se couvrir des cocons blancs tissés par les chenilles affamées.

À mesure que l'automne approchait, la vie se poursuivait en un sens comme avant. À ceci près que les filles dormaient dans le lit de Lettie au cadre de laiton, entourées par l'arc-en-ciel de ses chapeaux et écharpes, et que tous demeuraient apeurés et méfiants. Nola fut longue à se remettre de la mort de sa mère. Son visage reflétait la violence tragique de sa perte. Elle dormait toujours les yeux grands ouverts, sans jamais relâcher sa vigilance — même au cœur de la nuit, avec les guetteurs à leur poste dehors et les femmes Graycloud qui se relayaient à son chevet pour monter leur garde silencieuse.

Lettie installa un lit de camp dans une petite alcôve presque close du couloir. Elle y passait la nuit quand Belle ou Louise veillaient sur le sommeil des fillettes et, souvent, lorsque les ombres du couloir s'allongeaient à l'aube, elle s'éveillait en sursaut, prise de panique, terrorisée.

Personne ne se sentait en sûreté, mais nul n'aurait su dire exactement pourquoi, et cette incertitude les angoissait d'autant. La famille se méfiait de tous. Même au foyer, entre eux, de nouveaux silences naissaient. Floyd installa des lampes extérieures aux deux portes, devant et derrière la maison. Et, lorsqu'il vendait ses cruches remplies d'alcool acheté à Tulsa, il tendait une oreille attentive aux paroles en l'air des ivrognes pour voir si l'un d'eux ne saurait pas par hasard quelque chose sur le meurtre.

Moses se plaignait de cette « manie d'avoir peur », mais il se rendait en ville plus fréquemment qu'avant la mort de Grace sous prétexte qu'il avait besoin de matériel. Au Magasin Bleu, il examinait le contenu des bacs de clous en écoutant les hommes raconter comment on avait trouvé le corps de Grace Blanket. Selon l'un d'eux, elle était recouverte d'un tapis de selle rayé. Selon un autre, elle était nue comme un ver lorsqu'elle s'était tiré une balle dans le cœur après avoir perdu l'esprit pour un chagrin d'amour. Lorsqu'il avait entendu les récits des hommes, Moses allait acheter un parapluie ou un sac de haricots secs au Magasin Rouge pour écouter les femmes dire que Grace Blanket l'avait bien cherché, la malheureuse, à se galvauder comme ça avec les hommes le samedi soir, et pour sûr, ça sautait aux yeux qu'elle finirait mal.

Comme si cela ne suffisait pas, les Graycloud devait encore s'accommoder des guetteurs. L'un se tenait près du bosquet ensoleillé où l'on cueillait les baies et où Belle posait ses ruches ; un autre était posté près de la barrière de la grange, un troisième à l'ouest de la maison ; et le dernier, devant, fermait parfois les yeux dans l'odeur sucrée du chèvrefeuille, écoutait le bourdonnement des abeilles et les mouvements rapides des souris qui allaient et venaient dans la grange. Ces quatre-là avaient quelque chose d'irréel. À chaque fois que les habitants de la maison Graycloud les regardaient, ils paraissaient plus sombres sous la chaleur et la lumière tenace de l'été. Et puis, à d'autres moments, ils auraient pu n'être qu'une illusion d'optique. Jamais ils ne parlaient, pas même entre eux.

Belle nourrissait les quatre guetteurs mais ne les voyait jamais manger. Pourtant, la nourriture disparaissait des assiettes bleues qu'elle déposait dehors, sur l'herbe sèche.

Un jour, par cette fin d'été caniculaire, Belle remarqua des cadavres d'abeilles près de ses ruches. C'était l'époque productive, le moment où elles rapportaient le pollen des fleurs sauvages, et Belle s'inquiéta de la perte de ces faux bourdons. Une maladie appelée loque sévissait alors. Dans l'après-midi, Belle passa ses bottes, un manteau de toile et un chapeau à bord rigide muni d'un voile. Il était blanc, comme son manteau. Après avoir enfilé ses gants de travail en cuir, elle sortit changer les rayons de ses ruches et les examiner pour détecter les signes éventuels de la maladie. Mais, entre la chaleur intense et sa lourde tenue d'apicultrice, elle avait à peine enlevé un rayon que le monde se mit à tourner autour d'elle. Tout devint noir. La femme aux cheveux gris s'effondra sur le sol, la poitrine couverte par un essaim d'abeilles qui grouillait, bourdonnait, semblait n'être qu'un corps animé par un seul et même esprit.

Par chance, le guetteur veillait. Il se précipita à son secours et, avant de lui ôter son chapeau, il prit soin de remettre la reine dans la ruche pour que les autres suivent. Quand l'essaim se fut éloigné, eut repris sa place dans le calme sucré des alvéoles, il dégrafa le chaud manteau de Belle et releva le voile sur son large visage brun. Elle revint à elle et put regagner la maison soutenue par le guetteur. Ses gestes étaient tendres. Elle se tourna vers lui et sourit faiblement.

À l'intérieur, Louise et Lettie, inquiètes, s'affairèrent autour de leur mère.

Ruth Graycloud Tate passa à diverses reprises pour prendre des nouvelles. Elle apporta à manger. Elle était calme et belle, communiquait souvent par un léger sourire plutôt que de parler. Belle aimait la jumelle de Moses et se réjouissait d'avoir à son côté cette présence paisible et forte.

Elles l'enveloppèrent de glace, lui lavèrent le visage à l'eau fraîche, essorèrent le gant avant de lui essuyer le front. Enfin, Belle reprit des couleurs, mais sa légère insolation donna lieu à une nouvelle règle familiale. En raison de la température « plus chaude que dans un four », en raison aussi de son évanouissement, Belle décréta que toute la maisonnée se reposerait pour couper les journées de canicule estivale.

« Ils le font bien au Mexique », déclara-t-elle. De sorte que même Floyd, qui travaillait en ville, rentrait à l'heure du déjeuner. Dans la vitrine du Magasin Bleu, il affichait un écriteau sur lequel on pouvait lire « Sieste », puis il regagnait la maison pour s'étendre sur son lit, ne portant sur sa peau claire qu'un caleçon court et lâche.

Par une journée torride, Benoît passa prendre Lettie pour la conduire à la maison de Grace abandonnée. Elle lui avait demandé un coup de main pour récupérer les vêtements de Nola et clouer des planches aux fenêtres. Il était près de quatre heures. Le soleil brûlant avait baissé dans le ciel. Dans le couloir où il faisait frais, Lettie avait disposé un drap et un oreiller à même le plancher de bois ; elle dormait profondément sur cette couche de fortune quand Benoît la tira du sommeil en frappant un grand coup à la porte.

« J'arrive », lui cria-t-elle. Épuisée par sa sieste, elle se rinça le visage à l'eau froide, s'aspergea la nuque et les poignets d'eau de Cologne, mais elle demeurait lasse, descendit dans une brume cotonneuse.

Benoît, qui l'attendait à l'ombre d'un arbre, lui ouvrit la cabine de sa camionnette et se pencha pour effleurer sa joue en feu d'un baiser. Elle lui sourit tout en achevant d'ajuster son chapeau bleu ciel sur sa tête. Son visage était encore un peu bouffi de sommeil. « Mon Dieu, quelle chaleur ! » Elle prit un journal, le roula pour s'en éventer. « Sara se porte bien ? » s'enquit-elle. Et elle remonta une mèche de sa nuque pour l'épingler en place.

« Elle t'envoie ses amitiés », dit Benoît. Il sourit à son tour, la tête légèrement inclinée de côté. Puis il fit une longue marche arrière jusqu'à la route principale. « Tu sens bon.

— C'est du gardénia. »

Benoît prit la main de Lettie, la garda dans la sienne tandis qu'ils se dirigeaient vers la ville. Elle lui coula un bref regard, observa son profil. Sa peau à la teinte chaude luisait de transpiration. Elle aurait aimé en goûter le sel.

« Comment fais-tu pour être aussi beau par cette chaleur ?

— C'est parce que nous trichons. » Il ajusta l'angle du rétroviseur. « Nous avons des ventilateurs électriques. »

Lettie cala la tête contre le dossier du siège. Son amie Sara était plus moderne que tous les Graycloud — à l'exception de Louise. « J'essaie de convaincre maman d'en acheter un », dit-elle.

Sara appréciait tous les conforts de l'époque. Pour cela, Lettie l'enviait, non parce qu'elle était l'épouse légale de Benoît, mais parce qu'ils avaient la radio et des ventilateurs électriques. Quant au terme « légal », il signifiait seulement que leur mariage était reconnu par la loi des Blancs — pas nécessairement par les Indiens. Ces derniers savaient bien que Benoît et Sara s'étaient épousés par nécessité financière ; et puis, comme la mère de Benoît était française, faute d'une épouse indienne, il aurait été mis à l'écart de la tribu osage[1]. Pour Sara, Benoît était une compagnie, un ami, un homme vigoureux, capable de la soulever de son fauteuil et de l'aider dans la maison.

Dans les faits, Benoît et Sara étaient comme frère

1. Référence à la filiation matrilinéaire dans ces cultures (N.d.T.).

et sœur. Benoît disait avoir le cœur assez large pour les deux femmes. Et même un peu plus. Sara ne l'aurait certes pas contredit. Il lui offrait la tendresse et les soins dont elle avait besoin. À les croire, ils s'aimaient d'amour, mais sans passion. Avec Lettie, c'était autre chose. Benoît ne pouvait pas s'empêcher de la toucher. Même en la conduisant en ville cette après-midi-là, il brûlait de la serrer contre lui. Du bout du doigt, il caressa sa joue. Elle effleura le doigt de ses lèvres et se rapprocha de lui.

Lettie et Sara étaient liées d'amitié — doublement liées par leur amour mutuel pour Benoît. Cet état de choses ne leur posait pas de problèmes mais, à l'époque, un tel arrangement pouvait être mal compris par des citadins ignorants pour qui amour signifiait possession. Et si les Blancs ne se souciaient guère de la vie privée des Indiens, certains sang-mêlé étaient des citoyens modèles, de fervents défenseurs des valeurs morales pour lesquels Sara, la plus cultivée des deux femmes, passait ses jours à se morfondre dans son fauteuil roulant d'osier en attendant que Benoît se lasse des chapeaux à plumes et des chemisiers de satin de Leticia Graycloud. Mais il ne s'en lassait pas et, le temps passant, les rumeurs s'étaient taries.

Lettie s'éventa avec le journal replié, et envoya de l'air vers Benoît qui conduisait à travers les rues écrasées de chaleur. Ils se rendirent au Magasin Rouge, achetèrent des sodas glacés et bavardèrent un moment avec M. Palmer sous le ventilateur du plafond aux pales argentées.

« Tu es rudement bien mis ces temps-ci », remarqua Palmer en admirant la chemise blanche gaufrée de Benoît. Il offrit à Lettie un bâton de réglisse

— de celle qu'elle préférait. « Et toi, tu donnes toujours du travail aux modistes, à ce que je vois. »

Lettie rit avec bonne humeur. « C'est sûr ! »

En arrivant chez Grace Blanket, ils trouvèrent le jardin envahi de mauvaises herbes. Lettie gravit lentement les marches du perron. Le bruit de ses pas sonnait creux. Elle ouvrit la porte, poussa le battant et se figea sur place, fascinée par la froide opulence étincelante de l'intérieur. La maison de Grace Blanket ressemblait à un palais de cristal glacé, européen jusqu'au plafond, alors que Grace n'avait jamais coupé ses longues tresses noires et préférait les mocassins aux souliers à talons bobines qu'elle portait le dimanche précédent pour se rendre à la messe. Grace au teint sombre, au visage serein, avait vécu dans des pièces emplies de verre taillé, et cependant, malgré la légèreté aérienne du verre, il régnait là une atmosphère lourde, hantée ; malgré la canicule du dehors, la maison était froide comme une caverne — et silencieuse.

Lettie avait les nerfs à fleur de peau. Étrange, cette présence de Grace, assise dans le rocking-chair aux motifs de fleurs roses, songea-t-elle. Au même moment, le siège se mit à osciller, légèrement balancé par le souffle d'air chaud venu de la porte ouverte.

Elle se précipita à l'étage, vers la chambre rose de Nola. La maison vide, glaciale, l'angoissait. Elle regardait le rocking-chair par-dessus son épaule tout en courant dans l'escalier, en rassemblant une première brassée de vêtements et les objets de Nola qui lui tombaient sous la main — un miroir bordé de perles, une poupée aux cheveux jaunes et aux paupières mobiles.

En bas, Benoît commençait à sceller la maison, commençait à clouer des planches en travers des fenêtres.

Lettie ferma celle de la chambre. Avant de tirer les rideaux, elle aperçut le lit abandonné au milieu de ce qui avait été la roseraie. Emportés par le vent, les draps gisaient à terre, froissés, salis, pris dans les épines des rosiers. Le matelas étaient poussiéreux. Même à cette distance, elle vit que la rouille rongeait déjà le métal du sommier. Les iris sauvages que Grace arrachait consciencieusement de son jardin gagnaient sur les roses domestiques. Le piano était là, lui aussi, un peu plus loin, près du vieux poulailler. Le vernis boursouflé se détachait du bois. Et Lettie entendait le marteau de Benoît cogner contre la chaleur du jour.

Elle fit plusieurs voyages jusqu'à la voiture, gardant toujours un œil sur le rocking-chair. Elle vida les tiroirs de Nola et la penderie. Les coups de marteau ébranlaient les lustres qui tintaient et se balançaient au-dessus de Lettie, projetant de petits arcs-en-ciel de lumière colorée sur les murs. Et puis, ces fenêtres sur l'ouest et leur soleil d'après-midi furent recouvertes de planches, scellées avec des clous.

Lettie prit un dernier objet dans la maison — la machine à écrire de Grace. Horse l'apprécierait, elle le savait. Il en ferait bon usage. Elle la posa sur le perron et se rendit au jardin pour cueillir les quatre tomates qui restaient sur les plants grimpants.

Les planches que Benoît clouait n'arrêteraient jamais des pillards convaincus, il en était conscient, mais elles les ralentiraient.

Il ôta sa chemise, la suspendit à la poignée de la porte. Soudain, le chagrin qui s'attachait à sa tâche l'accabla. Il lui sembla que condamner les fenêtres était comme de fermer les paupières des morts. Il s'assit sous la véranda, regarda le paysage, les chênes et les buissons d'épineux en bordure de la piste. Il crut voir une femme — Grace — qui marchait lentement, comme à son habitude, le long de la route rouge qui disparaissait parmi les collines, mais dans la chaleur miroitante qui montait du sol, le mirage s'évanouit.

L'air lourd commençait à asphyxier Benoît qui suffoquait. Il avait le visage trempé. N'aurait su dire s'il pleurait, ou si ce goût de sel était celui de la sueur. Il tendit la main vers sa chemise, en agrippa une manche pour s'éponger cependant que Lettie prenait le dernier ballot des affaires de Nola dans la maison de verre pour le ranger à l'arrière de la camionnette grise.

Près du véhicule, Lettie s'essuya elle aussi le front de son bras, puis elle déposa une boîte à musique de nacre contenant une petite bague en diamant sur le siège. Elle posa un lourd sac de toile sur le sol. Dedans, il y avait une paire de mocassins perlés et des jambières. Elle plaça la machine à écrire par-dessus. Elle avait trop chaud, mais elle retourna aider Benoît. Elle maintint un morceau de bois contre la fenêtre. Benoît y enfonça un clou, et elle sentit les coups sous ses doigts, dans ses os ; puis Benoît abaissa son marteau pour la regarder. Il voulait lui dire sa tristesse, mais elle sonda ses yeux gris-vert, dit « Je sais », et effleura sa main avant qu'il n'ait ouvert la bouche pour parler. Silencieuse, elle resta près de lui.

Avec des gestes raides, Benoît décrocha sa chemise, referma le battant, en ôta le heurtoir de laiton, et cloua la dernière planche en travers de la porte. À l'intérieur, un objet tomba et se brisa sur le sol.

WASHINGTON D.C.

Tôt le matin. Et il faisait déjà chaud et humide. Stacey Red Hawk, un Sioux lakota, se retourna dans son lit. Il se crut d'abord chez lui, dans la maison de sa mère. Il entendait dehors les poules qui picoraient le sol, et l'odeur des tranches de bacon lui parvenait de la cuisine. Assises sur des chaises, ses petites sœurs regardaient Stace dormir, il sentait leur présence, leurs épaisses chevelures noires et leurs robes de coton lâches. Il ouvrit un œil, esquissa un sourire pour les filles avant de s'apercevoir qu'il se trouvait à Washington D.C., au foyer-logement Boston pour les hommes où une pancarte à la fenêtre affichait en grosses lettres « Interdit aux femmes ».

Il se vêtit, puis enfila le long couloir sombre du foyer. La pension sentait le renfermé mais, dehors, le soleil se levait. Les arbres étaient couverts de feuilles vertes, remplis d'oiseaux nicheurs, et la lune de la nuit dernière était encore dans le ciel.

Au bout du couloir, il sortit sur le petit balcon et offrit du tabac aux quatre quartiers de la terre. Les anciens lui avaient enseigné à se souvenir de la terre et du peuple des esprits en toute circonstance

— plus encore maintenant qu'il se trouvait loin de chez lui. Avec l'éloignement, il devenait facile de rompre avec les voies des anciens. Elles perdaient de leur réalité dans le bruit et la précipitation.

Stace était un gardien, un gardien de la tradition, porteur de la pipe sacrée de son peuple, mais tout cela lui semblait si loin à présent ; il était si loin d'Eagle Butte, Dakota du Sud, que sa vie antérieure avait à peine plus de substance qu'un rêve, n'était qu'un souvenir en partie voilé.

Le Dakota du Sud lui manquait, mais il pensait pouvoir faire davantage pour son peuple à Washington, qu'au pays natal où tant de jeunes Indiens avaient été brisés, où le travail d'un flic se limitait à les empêcher de s'entre-tuer en revivant l'héritage des violences commises contre eux.

Il y avait deux ans qu'il était descendu de l'autocar pour parcourir à pieds les deux miles qui le séparaient de Old Post Road, et de l'embranchement où sa mère l'attendait.

« Comment savais-tu que j'arrivais ? » avait-il demandé.

C'était une forte femme, et chaleureuse. Elle l'avait serré contre elle, embrassé, puis elle avait souri en plongeant dans ses yeux et dit, tout simplement : « Le car était un peu en retard aujourd'hui. »

Il avait ri.

« Je n'aurais jamais dû te laisser entrer dans la police », avait-elle déclaré plus tard, tout en le regardant manger ses confitures de baies avec des tartines. « Tu veux encore des œufs ?

— Non, merci.

— Jamais je n'aurais dû », avait-elle répété en agitant la tête.

Tandis qu'il se lavait le visage au foyer-logement Boston, Stace avait la tête pleine des souvenirs de chez lui. Il s'habilla, mit une veste noire. Il la portait boutonnée, même par temps chaud. Une habitude. Il venait du Nord, du froid. En dessous, il portait une chemise blanche à larges manches ; il portait également un chapeau sous lequel il rentrait ses longs cheveux. À la main, il tenait sa mallette.

Il pensait à chez lui en se rendant à pied à son travail. Pensait qu'il devrait remplir sa solide valise de chemises pour les hommes de Eagle Butte et de Manderson, y ranger ses modestes effets, et partir vers la chaleur sèche et dorée qui s'installait doucement sur les collines ondoyantes du Dakota.

Il gravit les marches jusqu'à son bureau, accrocha son chapeau au portemanteau. Ses tresses tombèrent le long de son dos. Il ôta sa veste, remit de l'ordre dans ses cheveux.

Une voix interrompit le fil de ses pensées. « Je me demandais, Stace, tu es bien là ? » C'était Levee. Le Dr Levee. Son partenaire. Un enquêteur qui avait renoncé au rythme lent d'un cabinet médical ouvert de fraîche date pour entrer au FBI. Il était doué pour la médecine légale et parlait d'une voix douce qui encourageait les patients aux confidences sur leur vie privée.

Stace leva les yeux.

« Alors, tu es bien là ? J'ai cru un moment que tu avais quitté ton corps.

— Je n'étais qu'à quelques miles d'ici. »

Stace lissa sa chemise et prit place derrière son bureau.

« Ça y est, tu es revenu ? » Levee se pencha énergiquement au-dessus de la table, regarda Stace Red

Hawk droit dans les yeux. « Devine, dit-il. Territoire Indien. » Et il s'assit.

« Oklahoma ?

— Bien.

— Je suis dans l'affaire du Wyoming jusqu'aux oreilles.

— Je pense que ce qui se passe là-bas pourrait t'intéresser.

— Je n'ai aucune envie de le savoir », dit Stace. Et il ajouta : « Pas la moindre. »

Levee se cala contre le dossier de son siège, attendit pendant que son collègue feuilletait une pile de papiers.

« D'accord. De quoi s'agit-il ? » reprit Stace, méfiant. Il avait entendu parler de ce que les Indiens appelaient encore le Territoire Indien. C'était là que se terraient autrefois hors-la-loi et escrocs pour échapper à la justice. À présent, il y avait une nouvelle espèce de voleurs, ceux qui achetaient et volaient les terres des Indiens.

« Eh bien, voyons. Ce n'est pas encore solide, solide. Il y a meurtre. Cela ressemble à de la fraude aux assurances. C'est là que j'interviens. Assurance vie. Nous avons une lettre d'un médecin de là-bas. Elle raconte qu'il a procédé à des examens médicaux pour des assurances sur la vie. L'assuré meurt, dans des circonstances douteuses. Environ une douzaine de cas. Peut-être liés. Peut-être pas. Il y a du pétrole, beaucoup. Du pétrole indien. Vol de terre. Comme d'habitude. » Il marqua une pause avant de conclure : « La plupart des victimes sont indiennes. » Levee savait que cette dernière remarque éveillerait l'intérêt de Red Hawk, toujours prêt à voler au secours de ses frères et sœurs à peau sombre constamment assiégés par les Américains.

« Pourquoi tu ne me dis jamais rien quand des Chinois sont impliqués ? Je suis quoi, au juste ? L'Indien de service ?

— Ne te plains pas. » Levee regarda par la fenêtre, mit la main dans sa poche, fit tinter sa monnaie. « Je suis bien le médecin de service.

— Sauf que ça, c'est une profession.

— Quoi qu'il en soit, jette un œil là-dessus. » Il posa une photo devant Stace. « C'est Grace Blanket. Suicide à ce qu'il paraît. Mais j'en doute. Elle a été tuée. Du moins, c'est mon avis. Et là, c'est sa fille. » Il posa une seconde photo sur la table. « Une très jolie petite fille.

— Ouais, et sûrement en danger, elle aussi. » Il releva les yeux sur Stace. « L'argent du pétrole, tu me suis ? Grace Blanket était la femme la plus riche du Territoire.

— On nous envoie sur place ? » s'enquit Stace en haussant un sourcil interrogateur.

« Non.

— Pourquoi pas ?

— C'est hors de notre juridiction.

— On devrait peut-être s'en occuper quand même. » Levee quitta la pièce avec le sourire.

Cet automne-là à Watona, la température ne baissa que de quelques degrés. Les feuilles qui n'avaient pas été dévorées par les chenilles virèrent au rouge. Il y avait dans l'air quelque chose de saison, une légère odeur de décomposition, mais la chaleur persistait.

C'était jour de paiement. Les Indiens, y compris ceux d'autres localités plus modestes, s'acheminaient vers Watona dont le nom signifiait « Lieu de Rassemblement ». Des plaines et des collines, ils arrivaient en voiture pour signer l'encaissement de leurs royalties pétrolières et le loyer de leurs terres agricoles. La poussière soulevée par la circulation montait telle une fumée au-dessus du dédale de routes, puis retombait sur les arbres, sur les meubles encaustiqués à l'intérieur des fermes. C'était une journée d'activité, une journée au cours de laquelle l'argent changerait souvent de mains.

Ceux qui passaient devant la maison condamnée de Grace Blanket observaient le silence sur ce tronçon de route. La maison était austère. Les planches clouées en travers de la porte donnaient l'impression qu'un pan du monde avait fermé définitivement. Dehors, le lit nu et rongé par la rouille se délitait au milieu de ce qui semblait être un champ de ronces. Un enchevêtrement de mauvaises herbes grimpait à l'assaut des pieds et des ressorts.

Malgré les fenêtres barricadées, les passagers s'attendaient presque à voir Grace assise sur les marches, les yeux plissés contre le soleil, saluant de son geste familier, un sourire sur les lèvres et une main en visière pour se protéger de la lumière, ou bien penchée au-dessus des plantes qu'elle faisait fleurir par ses tendres soins.

Passé les roses de Grace brûlées par le soleil, il y avait un immense cratère, profond de cinquante pieds pour cinq cents de diamètre, creusé par l'explosion d'un puits de gaz. Ce trou dans le sol avait, un an plus tôt, englouti cinq ouvriers et dix mules. L'eau avait quitté ce terrain à jamais, les arbres étaient morts, et l'herbe jadis haute et drue était noir charbon, calcinée. Les voitures longeaient ce lieu hideux et passaient encore devant une exploitation pétrolière où des pompes alimentées au diesel fonctionnaient nuit et jour. Ces champs blessés étaient bruyants et sombres, le sol noirci et gras. Des flammes bleues s'élevaient et grondaient, telles des torches à gaz. La terre saignait — sang de pétrole.

Abeilles d'une ruche grouillante, les ouvriers s'activaient sur cette zone aride. Dans son bureau, John Hale, le grand et maigre pétrolier, tenait ses livres de comptes. Chaque trimestre, après avoir touché leurs royalties, la plupart des Indiens avaient encore des dettes dans les magasins, devaient de l'argent aux tuteurs que leur avait assigné le tribunal, parfois aux bookmakers et aux bootleggers. En conséquence, ils vendaient encore quelques arpents de terrain — à Hale, toujours prompt à y aller de son offre contre des espèces payées sur-le-champ. Un géologue avait établi une carte du sous-sol pour lui et quelques autres ; elle montrait l'emplacement des nappes pétrolifères. Hale avait la certitude que, s'il continuait quelque temps encore sur sa lancée, il ferait fortune dans le pétrole.

Sa bonne amie, une jeune femme nommée China, regarda les automobiles et la poussière par la fenêtre, puis elle se recala dans son fauteuil pour lire le journal en tortillant une mèche de cheveux platine.

Chaussé de bottes étroites, Hale s'éloigna du meuble de classement. Il vivait depuis l'enfance parmi les Indiens qui le connaissaient et lui faisaient confiance. En manière de plaisanterie, on l'avait surnommé « Roi des Indiens », pour les services qu'il rendait aux tribus, et aussi parce qu'il régnait en maître sur les pâturages qu'il louait à leurs propriétaires indiens. Il avait été parmi les premiers à amener du bétail en Territoire Indien. C'était là un bon investissement. Hale avait employé des Indiens pour abattre les arbres, brûler et défricher leurs propres terres. Il avait introduit de nouvelles variétés d'herbe — le pâturin des champs qui engraissait rapidement les bêtes, le sorgho dont les puissantes racines détournaient l'eau et les minéraux des arbres et des plantes, laissant ici et là des plaques de sol nu. Moses Graycloud l'appelait « Hale Grass » — l'herbe à Hale. Les Indiens ne demandaient pas mieux que de s'initier aux affaires, mais ils se virent bientôt contraints de devenir à leur tour des prédateurs aux dents longues qui dévoraient leurs terres, se dévorant eux-mêmes par la même occasion. Par analogie phonétique, certains rebaptisèrent le sorgho « Hell Grass » — l'herbe d'enfer.

« Je ne crois pas une seconde que cette Indienne s'est tuée par amour », déclara China sans lever le nez de son journal.

Hale la foudroya du regard. « Et pourquoi pas ?

— Se tirer une balle dans le cœur, a-t-on idée. Les femmes ne font pas ça. Tu as déjà entendu un truc pareil ? » Elle avait l'accent de l'Arkansas. « Il arrive qu'elles s'empoisonnent, ou alors elles se noient, mais elles n'utilisent pas de pistolet. » Elle leva les yeux, le regarda marcher de long en large. « Tu as déjà entendu parler d'une femme qui s'était tuée par balle ? »

Il observait les hommes qui travaillaient dehors. Sa mâchoire se crispa. « Toi, tu n'emploierais pas un pistolet, mais c'était une Indienne. » Il alluma une cigarette, jeta un coup d'œil au journal par-dessus son épaule. « Il date de quand, ce canard ?

— C'est celui de la semaine.

— Ce suicide remonte déjà à quelque temps, non ?

— Ils ne sont pas certains qu'il s'agisse d'un suicide. L'article dit que c'était peut-être un meurtre. Et il est écrit là qu'ils vont exhumer le corps pour l'examiner. »

Hale regagna la fenêtre, regarda les voitures. Il vit passer la Buick noire de Moses Graycloud.

Ce jour de paiement là, Michael Horse conduisait sa voiture fraîchement repeinte d'argent. Il restait à bonne distance derrière Moses, car il craignait les gravillons projetés par les pneus.

Horse n'était pas fait pour la vie agitée de la ville, mais Ona Neck lui avait dit que son fils viendrait ce jour-là, avec des plantes et de la graisse d'ours acquises auprès d'un homme-médecine d'Arizona. Ainsi donc, Michael Horse, qui aimait vivre à l'écart ou du moins se plaisait à le croire, passa devant la maison de Grace Blanket, devant le cratère creusé dans le sol, et devant le panneau indiquant la limite de la ville. Il remarqua avec plaisir que le panneau avait une fois de plus été vandalisé. Talbert, Oklahoma, avait été recouvert de peinture rouge, et WATONA écrit en grosses lettres noires. Pour les Indiens, c'était toujours le lieu de rassemblement, et non pas la ville de collines et de pierre rouge d'un quelconque banquier.

Horse comptait prendre de l'argent pour le fils d'Ona à la mairie, et bavarder avec les hommes venus en ville encaisser le loyer de leurs terres pétrolières.

En gravissant les marches du bâtiment, il entendait jouer les enfants du campement. Les garçons taquinaient les filles. Les filles criaient et riaient.

La plupart des hommes se trouvaient à l'Agence indienne où ils faisaient la queue pour toucher en liquide les dividendes qu'eux et leurs épouses percevaient sur l'exploitation de leurs pâturages et champs de pétrole. Certains étaient riches grâce aux deux à quatre pour cent que leur versaient les entreprises en royalties et intérêts. Pourtant, même à ce faible taux, les entrepreneurs rechignaient à payer les Indiens, ce alors qu'ils tiraient profits de terrains que ces mêmes Indiens avaient achetés de leurs deniers. Les entrepreneurs considéraient les Indiens comme une porte condamnée dans la grande maison du progrès. Et surtout, surtout, ils avaient horreur de la manière dont les Indiens étalaient leur richesse, horreur de leurs voitures rouge et crème trop voyantes, de leurs vêtements aux couleurs trop vives, des plaisanteries qu'ils se lançaient sur les dollars et les cents. D'ailleurs, ils ne savaient que faire de leur argent. On disait que l'un d'eux, un vieil Osage nommé Jim Josh qui adorait les plantes, avait acheté plusieurs baignoires à pieds de griffon, d'autant plus inutiles qu'il habitait une cabane sans eau courante. D'autres se montraient plus extravagants encore dans leurs dépenses. Il n'était pas rare qu'un Indien achète une voiture neuve parce que la vieille était restée embourbée quelque part. Et, à titre d'exemple, les entrepreneurs ne manquaient pas de souligner que la morte, Grace Blanket, avait mis un piano à queue dehors pour ses poules couveuses.

Michael Horse gara sa décapotable ; il couvrait ses journaux et chroniques d'une bâche lorsqu'il aperçut John Stink du coin de l'œil. John Stink était un colosse d'homme. Il s'avança vers Horse, sourit en lui tendant sa main de géant. Horse sourit en retour, serra la main sèche et tiède, puis ils firent route ensemble. Le bras de Horse s'étirait autour du grand Osage au visage marqué de cicatrices. À côté de Stink, Michael Horse paraissait minuscule et, tandis qu'ils marchaient, le colosse souriait, heureux, à son petit compagnon.

Les vieux aimaient beaucoup John Stink et sa nature bon enfant, mais les jeunes Indiens l'ignoraient. Chose d'autant plus facile que, devenu muet suite à une maladie infantile, il ne s'efforçait de communiquer qu'avec des personnes connues. À un moment donné, Horse et Moses avaient entrepris de lui apprendre à écrire mais, jugeant que la communication ne lui valait rien, Stink avait renoncé à ses nouvelles études. Il portait un fichu rouge sur la tête, ce qui le rendait excentrique et ridicule aux yeux des jeunes. Stink avait de l'argent mais s'en méfiait comme de la peste ; il vivait en haut de Mare Hill, au-dessus du terrain de golf, avec ses nombreux chiens bâtards qui le suivaient partout.

Il ouvrit un sachet de papier pour offrir des gâteaux secs à Michael Horse. Poli, Horse en prit un alors qu'il n'aimait pas les sucreries ; il mordit dedans de ses dents d'or tandis que les chiens remuaient la queue de plus en plus vite, réclamant leur part du festin. Il en laissa tomber un morceau, et les bêtes se précipitèrent dessus.

En ville, ce jour-là, il y avait aussi des chasseurs d'aigles, mais comme c'était le moment des paiements, personne ne les remarqua ; les Indiens ignoraient aussi que Hale, le pétrolier, avait financé une partie de chasse à l'aigle, et que des tireurs d'élite venus de l'Est avaient traversé le continent dans de luxueux trains neufs pour abattre les aigles, les arracher au doux ciel d'Oklahoma.

Les chasseurs étaient invisibles parmi la foule des marchands qui emplissait les rues. Ils se fondaient dans le décor au milieu des escrocs qui vendaient des billets de loterie et des joueurs impénitents qui apportaient leur propre carré de feutre vert pour y distribuer leurs cartes de filous.

Lors des paiements trimestriels, des Blancs que certains Indiens appelaient « naholies » arrivaient pour vendre leur camelote. En raison de leurs prix élevés, on les surnommait facétieusement « les scalpeurs ». Et les gens à peau sombre se moquaient des sourcils épais des hommes blancs. Les nouveaux riches Indiens avaient du mal à prendre leur fortune au sérieux et ne reculaient pas devant les tarifs d'extorsion pratiqués par les « scalpeurs », trop heureux d'acheter les gadgets et objets de toutes sortes qui s'étalaient sur leurs tables bancales. Les femmes achetaient des rubans de satin rouge et rose, des bottes de cuir verni, des montres coûteuses incrustées de pierreries qu'elles épinglaient à leurs robes. Les hommes achetaient des lames de rasoir Gillette et rapportaient au camp des sacs remplis de babioles pour les enfants.

Les chasseurs d'aigles venus de l'Est n'avaient encore jamais vu d'Indiens comme ceux-ci. Ils remirent leur chasse à plus tard, après la période de paiement, pour observer ces hommes et ces femmes en grande tenue qui s'étaient déplacés sur de longues distances. La plupart étaient des Osages, mais il y avait aussi quelques Creeks et Séminoles, ainsi qu'une poignée de Chickasaws. Ils avaient installé des tentes et des tipis sur les premières pentes de la vaste colline qui surplombait la ville. Les chasseurs observaient cette population tribale qui sillonnait l'agglomération au volant de Lincoln neuves, coiffée de grands Stetson et drapée dans des couvertures rouge et noire. Les chasseurs s'amusaient de voir que les femmes qui campaient dans les collines avaient dressé leurs tables dehors, avec de la porcelaine de Bavière, des nappes de lin et toute l'argenterie.

Plus tôt ce matin-là, les hommes avaient abattu un cochon hurlant au fusil. Ébouillanté et cuit, on l'avait servi à table sur les nappes, ainsi que des plats de venaison, du pain maison et, comme toujours, des macarons à la noix de coco dont tous étaient friands.

Ce jour-là, les femmes rassemblées bavardaient et se plaignaient de leurs filles qui grandissaient, hélas, qui se précipitaient dans la voie de la nouveauté et filaient à Denver, dans le Colorado, en quête de maris qu'elles jugeaient dignes d'elles. De fortes femmes aux amples poitrines étaient assises sur un banc en rang d'oignons. Quelle honte, se disaient-elles, de voir leurs fils qui se conduisaient comme des voyous, buvaient trop, s'habillaient comme des dandys — et elles discutèrent du suicide de Grace Blanket. « Je n'y crois pas, dit l'une. Et vous ? Elle qui était si gaie, qui souriait tout le temps. Pourquoi elle se serait tuée ? » Une grande femme aux cheveux gris de plomb prit le parti inverse ; elle agita tristement la tête, se raidit sur son banc et déclara : « C'est ce qui arrive quand on boit trop et qu'on tourne autour des hommes. » Forte de sa vertu, elle faisait la morale.

Tandis que ces dames bavardaient, les messieurs jouaient de grosses sommes aux cartes. On entendait l'un d'eux prier tout haut, les yeux clos, d'une voix forte : « Doux Jésus, s'il te plaît, fais que je ne perde rien. »

Dans le bâtiment de pierre rouge du conseil tribal qui bourdonnait du bruit des conversations, les gens allaient et venaient, se mettaient au courant des dernières nouvelles. En manteau de vison malgré la température encore douce de l'automne, une Osage agitait sans relâche un éventail pour tenter de rafraîchir son visage en feu et humide de sueur.

John Tate était présent ce matin-là. Beau-frère de Moses Graycloud, il était photographe. On le voyait apparaître à tous les événements marquants de la région, campé derrière le trépied qui soutenait son appareil, la tête couverte de tissu noir, son œil valide observant tout à travers l'objectif.

Moses évitait le petit homme, tout comme l'appareil photo qui modifiait les perspectives sur le monde. Il se dirigea vers Michael Horse, échangea avec lui quelques salutations, puis il se mit en quête de son nom sur la liste des bénéficiaires. C'était une liste imprimée, portant le nom de famille et le matricule tribal de chaque Indien avec, en regard, la somme en dollars qui lui revenait. Moses, qui percevait le loyer de ses pâturages, suivit la ligne de l'index. La somme était modeste en comparaison des royalties versées aux Indiens possédant du pétrole — deux mille dollars seulement —, mais c'était là un revenu suffisant pour nourrir la famille, acheter les fournitures.

Derrière les tables d'encaissement alignées le long de deux murs, les employés de Washington comptaient l'argent. Ils avaient les traits creux, le visage pâle. À voir leurs mines si maladives, les Osages croyaient le climat de Washington malsain, débilitant. Et tous d'échanger bien haut leurs commentaires en langue osage sur les hommes de Washington, de lancer des remarques d'un bout à l'autre de la salle, comme si c'était la seule vengeance possible face à tout ce qu'ils avaient subi. « Regarde celui-là avec sa mâchoire de bouc, disait l'une. Non, pas lui. C'est de l'autre que je parle, celui qui est à côté du portrait du président Harding. » Toutes les têtes se tournaient, et l'employé qui comptait les billets s'imaginait qu'ils regardaient le tableau.

Les hommes du gouvernement appelaient les noms des bénéficiaires. Ce matin-là, en toute innocence, ils appelèrent Grace Blanket, et le silence tomba sur la salle animée, remplie d'Indiens en costumes sombres et aux cheveux tressés sous leurs grands chapeaux. On n'entendit plus que le déclic de l'appareil photo de Tate. Pendant cette accalmie, tous s'attendaient un peu à voir Grace, belle et brune, se détacher de la foule et se frayer un chemin pour aller signer le registre des annuités. Elle leur manquait. La seule mention de son nom leur rappelait son absence. Et puis, parmi la jeune génération indienne, le bruit courait que sa tombe avait été vandalisée, d'où la peur qui intensifiait encore le silence. Et chacun de réfléchir que les *naholies* ne leur laisseraient pas de repos, même dans la mort ; que leur vie dans l'au-delà serait hantée par des êtres cupides, capables de retourner la glaise rouge et les pierres qui marquaient la dernière demeure des Indiens.

Lorsqu'un des employés cria « Camp », et qu'un sang-mêlé s'avança pour signer le registre des encaissements, la salle soulagée reprit ses bavardages. À une autre table, un préposé mal à l'aise fit une marque sur sa liste, puis appela trois noms d'un coup : « Deermeat, Graycloud, Hunka shi pa ! »

Moses s'approcha de la table et répéta son nom. Le préposé le fixa de son regard aqueux. « Vous avez votre certificat de compétence ? » Il détailla Moses de la tête aux pieds, jusqu'à la poussière rouge de ses bottes.

Moses sortit le papier de sa poche de chemise, le déplia posément, puis le tendit à l'homme.

« C'est bon, Graycloud, mettez l'empreinte de votre pouce ici. » L'employé avait une chique de tabac sous sa joue creuse. Il montra une ligne pointillée. Moses y écrivit son nom de la belle écriture qu'il avait apprise à l'école, et l'employé morose jeta un coup d'œil par-dessus son épaule, en direction des gardes venus des bureaux du shérif. Ils s'attendaient à des ennuis, étaient tendus, craignaient le peuple à peau sombre. Ils se faisaient des idées sur les Indiens, les voyaient comme des rustres sans éducation qui ne comprenaient rien à la vie ni à l'argent. Mais dès qu'un Indien ne correspondait pas à cette image, préposés et agents prenaient peur. Pour cette seule raison, Michael Horse, témoin de toute la scène, gardait toujours le silence en présence des hommes de Washington. S'ils découvraient qu'il tenait un journal des événements de Watona, s'ils découvraient qu'il avait traduit trois langues dans les deux sens pendant la rébellion des Boxers en

Chine, ils trouveraient un moyen de le remettre à ce qu'ils estimaient être sa juste place, et il le savait. Non qu'ils fussent tous mauvais, loin de là. Néanmoins, Horse craignait même de leur laisser voir ses trois dents en or, car il savait certains d'entre eux cupides au point d'inventer une raison pour les lui arracher de la mâchoire. Il restait donc bouche cousue mais ouvrait les oreilles, et ce qu'elles entendirent ce jour-là était à n'y pas croire.

Quand Moses eut signé de son nom, l'employé compta et lui remit en main deux cents dollars, puis il tourna la page du registre, regarda par-dessus la tête de Moses, et cria pour se faire entendre malgré le bruit : « Henderson ! » Le ton avait quelque chose d'exaspéré.

Mais Moses ne se retira pas. Sa voix demeura calme tandis qu'il déclarait : « Monsieur Smith, ce n'est pas la totalité de la somme qui m'est due. » Comme le préposé l'ignorait, il insista : « Où est le reste de mon argent ? » Le ton se faisait plus exigeant. Smith, le préposé, s'agita nerveusement pendant quelques instants, puis il annonça posément à Moses Graycloud : « Ils ont changé le règlement. » Il marqua une pause, et reprit : « Vous êtes un Indien de race pure, Graycloud. C'est inscrit ici, sur notre liste. » Il montra le document. « Les Indiens de race pure ne reçoivent qu'une partie de leur argent. Aujourd'hui, vous touchez dix pour cent. » Il regarda Moses en face, les yeux si lourds de ressentiment que sa peur aurait pu passer inaperçue. Mais elle glaça la salle. On entendit un préposé bourru hausser le ton pour dire à un autre : « Merde, il y en a qui achètent jusqu'à trois voitures. Et nous, on n'a même pas assez d'argent pour ça. Alors qu'on est américains. »

James Josh, l'homme aux baignoires à pieds de griffon, se trouvait à une autre table derrière laquelle un autre préposé nerveux lui tendait un papier pour qu'il y appose l'empreinte de son pouce ou signe d'une croix, mais Josh s'interrompit pour écouter. Tous les autres écoutaient aussi, y compris ceux qui feignaient de ne pas entendre. Ils attendaient de voir ce que ferait Moses. Leurs propres réactions dépendaient de lui. Moses était un homme de bon sens, ils le savaient, et ils suivraient sans doute son exemple quand viendrait leur tour de passer à l'encaissement. L'un des gardes porta la main à son pistolet, mais malgré la menace évidente, Moses ne bougea pas. « Qui a fait ce règlement ? » s'enquit-il avec autorité.

L'employé comprit alors qu'il n'avait pas l'intention de partir sans son dû. « Nous n'avons pas voix au chapitre, dit-il, résigné. La Commission indienne a modifié les règles. » Ses mains tremblaient. « Nous ne pouvons rien y faire, je suis désolé. »

Tous savaient qu'il disait vrai. Dans le silence, on n'entendait que de rares mouvements de pieds, une toux ou deux. Beaucoup avaient présenté leurs doléances au gouvernement. Certains s'étaient même rendu à Washington D.C. pour parler au président qui avait refusé de les recevoir.

Moses était la modération même lorsqu'il reprit la parole. La colère qu'il éprouvait ne filtrait pas même dans sa voix. « Au printemps, vous nous avez dit que ceux des nôtres qui avaient du sang blanc ne toucheraient qu'une partie de leur argent puisqu'ils étaient en partie blancs. Et qu'à ce titre, ils n'avaient plus droit à la totalité. À présent, vous nous dites que les Indiens de race pure ne touchent plus qu'une partie de leur argent, sous prétexte que quelqu'un que nous ne voyons jamais croit que nous le gérons mal, je suppose ? C'est le gouvernement qui en décide, n'est-ce pas ? »

Tous les Indiens présents connaissaient l'argument par cœur pour l'avoir entendu souvent. Il n'était pas toujours si loin de la vérité mais, à leur avis, la manière dont ils dépensaient leur argent ne regardait personne. Ils savaient toutefois que les tribunaux usaient de cet argument contre eux, les considéraient comme des enfants dépourvus de toute intelligence.

« N'est-ce pas ? » Mais Moses ne put dire tout ce qu'il avait à dire. Le préposé se fit inquiet. Lorsqu'il prit la parole pour lui répondre, nul ne sut s'il proférait des menaces ou si, mû par la peur, il donnait un conseil. Mais il ne mentait pas lorsqu'il déclara : « Si vous continuez, monsieur Graycloud, le juge vous déclarera incompétent.

Cette seule référence à la commission de compétence signait la défaite de Moses. Et des autres. Les tribunaux avaient déjà déclaré incompétents une bonne vingtaine d'Indiens réputés compétents, et les avaient privés de leur argent jusqu'à ce qu'on leur assigne des tuteurs légaux.

Moses se tut et se retira malgré le martèlement de son cœur furieux contre ses côtes, malgré son envie de leur crier qu'ils n'avaient pas à se porter juges.

Benoît, qui écoutait au fond de la salle, se fraya soudain un chemin à travers la foule. Les joues en feu, il se mit à hurler au préposé : « Qu'est-ce que vous nous chantez ? Vous voulez bien répéter ça ?

— Ce n'est pas grave, fiston », lui dit Moses. Il posa la main sur le bras de Benoît. « Ce n'est pas grave, va », dit-il encore pour calmer le jeune homme.

Les gardes étaient sur le qui-vive.

Et Benoît, tendu comme un ressort. « Si, justement, c'est grave. » Il foudroya l'employé du regard : « Qu'est-ce que c'est que ces histoires ? La dernière fois, vous nous avez dit que les sang-mêlé auraient moins. Et maintenant, ce sont les pure-souche qu'on prive de leur foutu pognon ? À quoi ça rime, bon sang ? »

L'employé apeuré fit un signe de tête à l'un des gardes.

John Tate photographia le jeune homme en colère.

« Ce n'est pas grave, Benoît, laisse. » Moses le prit aux épaules, le fit pivoter pour le détourner de la table.

« Certainement pas. Là, sur le papier, il y a écrit deux mille dollars. » Il s'approcha de la liste et l'arracha du mur. « Qui exécute leurs ordres ici ? C'est vous », fulmina-t-il en fixant le préposé d'un air mauvais. Avec l'aide d'un autre homme, Moses parvint à pousser Benoît vers la sortie, puis il jeta un coup d'œil en arrière pour s'assurer qu'ils n'avaient rien à craindre.

Au bord des larmes, Benoît regimbait. « Ils nous volent notre vie. Nous devons les combattre. Pourquoi tu te laisses faire comme ça ? »

La foule s'écartait sur leur passage. Ceux qui venaient encaisser leur paiement baissaient les yeux, honteux pour une raison qu'ils n'auraient pu nommer.

L'un des gardes leva son fusil en direction de

Benoît et Moses. Tous savaient la situation explosive, capable de dégénérer d'une seconde à l'autre. Mais les Indiens avaient appris de l'histoire même qu'il valait mieux se taire dès qu'il s'agissait de Washington, de ses affaires et de ses règlements ; qu'il valait mieux ne pas bouger ; se faire aussi invisible que possible. Si on les trompait, il leur restait la vie — encore que, sous la loi américaine, elle ne leur était pas garantie depuis longtemps. De sorte que, piégés, ils demeuraient cois, méfiants.

Pour ces raisons, Horse — le devin, le traducteur, le gardien des annales —, s'était éloigné de la ville. Il avait établi son campement à Crow Hill, et songeait aujourd'hui que c'était encore trop près tandis qu'il regardait les siens, déjà courbés sous le poids de l'adversité, avaler sans broncher une couleuvre de plus.

Moses entraîna Benoît dehors. « Pas un mot de tout cela à Belle », dit-il en le guidant par le coude.

Frustré, Benoît se dégagea. « Pourquoi ?

— Cela n'en vaut pas la peine. » Moses sentait à nouveau la colère monter en lui, contre Benoît, cette fois.

Benoît le planta là, s'en fut à grandes enjambées. Il était jeune, fougueux ; il fallait qu'il s'éloigne, même de Moses, qu'il emporte sa colère dans un lieu de silence pour l'étudier afin qu'elle ne retombe pas sur les siens. Il tourna le coin de la rue et disparut.

Moses le regarda partir, les épaules hautes, crispées. Mais, ce jour-là, malgré la colère qui rôdait dans les rues, l'argent et l'alcool circulaient comme le bonheur. Les gens payaient leurs dettes dans les magasins et chez le forgeron. Refoulant son anxiété,

Moses se rendit au Magasin Bleu et, comme s'il en avait les moyens, commanda du grain pour ses chevaux, du linoléum bleu pour la cuisine de Belle. Il se rendit ensuite au Magasin Rouge, et là, sous le ventilateur du plafond, il se sentit soudain patraque, nauséeux.

Tout autour de lui en ce jour de paiement, les femmes achetaient des poêlons et des peignes en écaille, les hommes, des chapeaux de castor doublés de feutre et des appareils photo qu'ils utilisaient devant le magasin pour prendre des clichés de leurs femmes. Les femmes posaient dans la rue, avec leurs jolies robes, leurs bracelets en or ; roussis par la lotion à friser, leurs longs cheveux noirs et raides formaient de faux halos orangés autour de leurs visages bruns d'Indiennes.

Monsieur Palmer héla Moses, lui fit signe de la main : « Viens par ici, Moses. » Il s'approcha. « Tiens. Essaie donc un de ces cigares José Marengo. » Il ouvrit un coffret doré, en sortit un barreau de chaise d'un brun riche. « Tu m'en diras des nouvelles. Dignes du chef de la police, qu'ils sont. » Il lui tendit le cigare par-dessus le comptoir vitré.

Moses ne fumait qu'après le repas du soir, Palmer le savait. « Je te dirai ce que j'en pense. » Il remercia Palmer. Rangea le cigare dans sa poche de poitrine. « Je voudrais acheter ce vase bleu, là-bas. » Palmer prit l'objet sur son étagère. « Et je voudrais aussi ce parapluie. » Du doigt, il désigna un parapluie jaune qui pendait du plafond comme une fleur ouverte.

À l'aide d'un crochet, Palmer l'agrippa et manœuvra pour le descendre. « Pourquoi vous usez tant de parapluies, vous autres les Indiens ? » s'enquit-il en le repliant. « C'est le vent, dit Moses. Le vent les retourne à l'envers.

— Je vois », dit Palmer, comme s'il comprenait.

Moses paya le parapluie et le vase bleu de Perse en liquide. Tandis qu'il regardait les chiffres monter dans la fenêtre vitrée de la caisse enregistreuse, John Stink arriva derrière lui et posa une énorme main chaude sur son épaule. À la taille de la main, Moses savait déjà que c'était Stink et, malgré son abattement, il esquissa un sourire avant même de se retourner. Mais seules ses lèvres souriaient. Ses prunelles noires étaient emplies de tristesse.

Il acheva ce qu'il était en train de dire à Palmer — que non seulement les parapluies se mettaient à l'envers, mais aussi « le monde et tout ce qu'il y a dedans ». Puis il pivota sur lui-même et plongea dans les yeux de John Stink, le vieux muet.

Celui-ci acheta un sachet de biscuits pour ses chiens. Deux d'entre eux, efflanqués et haletant de chaleur, avaient réussi à s'introduire dans le magasin. Stink leur offrait un biscuit de temps en temps tout en parlant avec ses mains à Moses qui comprenait. Il évitait le regard de Palmer qui n'autorisait pas les chiens dans sa boutique.

Moses gratta leur fourrure pelée et dit à Stink que certains humains perdus apprécieraient sans doute ces biscuits au chocolat et à la noix de coco. Stink rejeta la tête en arrière et rit à gorge déployée comme il le faisait souvent.

Du geste, il montra le campement et haussa un sourcil interrogateur. « Oui, j'y vais, répondit Moses. Autant y aller. Ça ne tourne pas rond ici, aujourd'hui. » Il voulait transmettre les nouvelles, raconter ce qui s'était passé dans les locaux du conseil — encore que la rumeur avait dû se répandre.

Suivis par la meute de bâtards, ils gravirent la colline ensemble. Moses ouvrit son parapluie tout neuf, et les deux Indiens cheminèrent dans le cercle d'ombre jaune.

La plupart des familles indiennes campaient là depuis quelques jours ; elles avaient eu le temps de s'installer et de se répartir les tâches. Les femmes faisaient la vaisselle au savon Oxydol dans une bassine tandis que les hommes servaient la nourriture. Moses et Stink prirent place à l'une des longues tables. À l'humeur générale des Indiens, Moses comprit qu'ils étaient déjà au courant des événements. Le garçon qui lui servit du café lui toucha le bras en signe de consolation. Assis derrière eux, les chiens lorgnaient jambon et venaison, l'œil humide d'espoir.

Deux chasseurs d'aigles se trouvaient à table en face de Moses et Stink. Les chasseurs mangèrent comme des affamés, puis ils repoussèrent vivement leurs assiettes, allumèrent leurs pipes, et observèrent les Indiens.

En ville ce même jour, Hale conclut un marché avec un Indien d'un certain âge nommé Walker. Ce Walker lui devait de l'argent pour trois chevaux reproducteurs et quelques têtes de bétail, mais comme il était de race pure, il n'avait pas reçu la totalité de son argent et n'était pas en mesure de lui payer ses dettes. En apprenant que Walker était sur la paille, Hale, venu en ville commander du matériel de forage, avait eu l'idée d'assurer Walker sur la vie. Ainsi, avait-il déclaré au bonhomme, il serait payé plus tard, à la mort de Walker, et ne lui demanderait rien d'ici là. Trouvant cet arrangement satisfaisant, l'Indien signa le contrat avec Hale et, comme la police d'assurance exigeait un examen médical, il se rendit avec lui chez le médecin.

« Ils n'ont reçu qu'une partie de leur paiement aujourd'hui, expliqua Hale au docteur Black. Comme ça, au moins, il n'aura pas besoin de me rembourser. Au bout du compte, nous serons quittes. C'est une affaire honnête. »

Assis près de lui, Walker acquiesça d'un hochement de tête.

Le médecin leur jeta un coup d'œil par-dessus ses lunettes à double foyer. Il étudia le formulaire. « Et vous voulez que je signe ça. » Le ton était neutre. Il se détourna, regarda au loin par la fenêtre en plissant les yeux.

« Il a une santé de fer. »

Le docteur Black, Benjamin de son prénom, ôta ses besicles de son nez. « Walker, dit-il, passez dans l'autre pièce et mettez-vous torse nu. Il faut que j'écoute votre cœur. » De la main, il désigna la porte à Walker qui obéit. Puis il but une gorgée de café, regarda Hale, et de nouveau par la fenêtre. Il observa la foule dehors, l'activité de la rue encombrée, les rapides transactions et l'argent du pétrole qui changeait de mains, les bonimenteurs qui vendaient aux Indiens leurs babioles inutiles, et les Blancs qui récupéraient ce qu'on leur devait. Tout cela ne lui plaisait guère. Il avait écrit une lettre à Washington. Les deux derniers Indiens qui étaient décédés avaient une assurance. L'un d'eux avait fait de Hale son bénéficiaire. Le même Hale avait un privilège sur les terres de l'autre. Et les autorités fédérales avaient répondu qu'il n'y avait pas de preuves suffisantes. Et que c'était en dehors de leur juridiction.

Black n'aimait pas cela, mais c'était dans l'air du temps. Qu'y faire ? Il ne pouvait pas prendre Hale de front et lui demander s'il était coupable de meurtres. Ne pouvait pas non plus retourner voir le shérif. S'il en parlait à Walker, cela ne servirait qu'à accroître les risques s'il y en avait, et pour eux deux. S'il se taisait, il devenait complice aux yeux de la loi. Il pouvait certes déclarer Walker inapte. Mais si ses soupçons étaient fondés, cela ne changerait rien ; ils trouveraient un autre moyen.

Il reporta son attention sur le jeune et maigre Hale qui semblait sûr de lui.

Résigné, Black posa sa tasse sur son bureau, se rendit dans la salle de consultation, écouta le cœur de Walker puis ôta son stéthoscope de ses oreilles.

« Vous vous sentez bien, Walker ?

— Très bien, doc', en pleine forme. »

En cette nuit d'automne et de paie, une cérémonie du peyotl était prévue à Twin Fork Road, sous la gloriette. Une foire se tenait également à Watona, juste à l'extérieur de la ville. Comme à leur habitude, les pentecôtistes avaient dressé leur propre chapiteau le plus près possible du champ de foire, dans l'espoir de sauver l'âme de quelques égarés qui passaient par là. Ces trois événements avaient rituellement lieu à l'époque des paiements, alors que la ville grouillait d'Indiens aux poches pleines et au cœur las, en quête de renouveau.

Chez les Graycloud, la musique de l'orgue à vapeur filtrait par la porte et les fenêtres ouvertes, mais Belle se garda bien de mentionner la foire à

Nola et Rena. Mieux valait, pensait-elle, que les petites restent à l'écart, hors de la vue des arnaqueurs et des tueurs potentiels. Elle avait d'ailleurs dit à Lettie que les lumières de la fête attiraient des hordes de grands papillons de nuit d'automne aux ailes noires. De son point de vue, le champ de foire était un lieu peu agréable sinon dangereux, où l'on perdait son temps et son argent. Mais Lettie tenait à y aller. Elle se fâcha : « Depuis la mort de Grace, nous ne faisons plus rien. Nous restons là à attendre une nouvelle catastrophe. »

Le ton montait dans la cuisine. Louise les entendit se disputer et dit à sa sœur : « Fais comme tu veux. Maman est juste superstitieuse. Et elle voit des complots partout. »

Le visage buté, Belle ne cédait pas. Puis, Benoît arriva en voiture, et Lettie annonça qu'elle sortait. En quittant la maison, elle sourit à Lou et ajusta l'angle de son chapeau vert dans le reflet de la fenêtre.

Belle monta dans sa chambre. D'en haut, elle vit Lettie et Benoît — qui portait sa belle ceinture à coques d'argent — monter à bord de la camionnette, allumer les phares et s'éloigner. Elle s'assit devant la chandelle du sacré cœur qui brûlait près d'une croix et d'une plume de prière — une plume d'aigle. Les détonations du stand de tir parvenaient jusque dans la chambre. Elle pleura et pria, puis elle s'essuya les yeux et sortit dans le couloir.

Là, elle trouva Nola assise au bord du lit d'alcôve de Lettie dans la lumière bleu sombre du crépuscule. La fillette grimaçait à chaque coup de feu tiré sur les pigeons et les canetons vivants du stand.

Belle s'approcha, prit l'enfant dans ses bras et lui maintint la tête contre sa lourde poitrine.

Pour cette seule nuit, Benoît et Lettie se promirent d'oublier le passé. Avec les changements de vitesse du véhicule, ils s'efforçaient de changer le cours de leurs pensées. Lettie regardait le paysage défiler par la vitre. Elle sentait les vibrations du moteur dans ses jambes, sentait les cailloux de la route, les nids-de-poule. Benoît se concentrait sur son volant et guidait la voiture de manière à éviter les pires endroits. Lorsqu'ils atteignirent le champ de foire, ils affectaient une gaieté inhabituelle. Benoît gara la camionnette grise dans Beeline Road, et ils se dirigèrent ensemble à travers l'herbe sèche vers les lumières de la fête. « C'est joli », dit Lettie. Et Benoît confirma.

Indiens, pétroliers, cow-boys et jeunes venaient à la foire en quête de sensations. Il y avait des spectacles, dont une Indienne séminole, dresseuse de serpents, qui portait un boa constrictor autour du cou comme on porte une étole de vison, une fille à deux têtes, née à Watona en 1906, à l'entrée en vigueur de la loi Dawes sur le lotissement, et vendue dix ans plus tard à un cirque ambulant. Un célèbre as du lasso nommé Fraser, cow-boy de profession, faisait des tours d'adresse avec une corde enflammée. Il portait une chemise de satin noire, un pantalon noir et, sans le cercle de chanvre en feu suspendu qui formait au-dessus de lui un halo infernal, illuminait sa main et jetait des ombres inquiétantes sur son visage aux longs cils, il se serait confondu avec la nuit, invisible dans les ténèbres.

Lettie l'aperçut de la grande roue et prit la main de Benoît. La nacelle s'immobilisa en haut et, pendant un moment, ils restèrent à se balancer dans le vide, à regarder en bas les lampes de couleur et les tireurs de pigeons. La roue s'arrêta suffisamment longtemps pour qu'ils voient les grandes phalènes aux ailes sombres contre lesquelles Belle les avait mis en garde. Aussi grosses que des oiseaux, les phalènes attirées par les lampes volaient dans la lumière colorée. Leur mouvement ajoutait au bruit de la fête. C'était étourdissant.

Au-delà des lumières, les colporteurs de whisky vendaient leur camelote. Dans le premier cercle des ténèbres, Floyd Graycloud, le gendre de Belle, avait installé son commerce et vendait l'alcool de contrebande le meilleur et le plus cher de tout le Territoire Indien d'Oklahoma. La foule se pressait à son étal. Lettie voyait les chemises blanches des hommes remuer dans la nuit. Et les feuilles mortes de l'automne tombaient des arbres, couraient à travers les champs, le long des routes, tels des animaux pressés, et puis, plus loin encore, les étoiles remplissaient le ciel.

La roue se remit en marche, s'arrêta de nouveau.

Lettie aperçut Ben devant le débit d'alcool de son père. Il feignit de ne pas le reconnaître, poursuivit son chemin et s'enfonça dans la nuit. Tandis qu'elle l'observait, Lettie eut une soudaine bouffée d'angoisse. Elle aurait voulu que Ben ait peur, qu'il reste à l'écart des endroits dangereux.

Benoît lui effleura la joue, lui sourit tendrement en plongeant dans ses yeux. « Juste une nuit, tu te souviens ? Une seule nuit sans tristesse. »

Il lui enlaça les épaules de son bras. Lorsqu'ils arrivèrent en bas, ils donnèrent un second ticket au forain qui tenait la grande roue pour faire un tour de plus. Mais Benoît crut apercevoir Moses Graycloud en bas, sur le champ de foire. Il se pencha, montra l'homme du doigt.

« Ce ne serait pas ton père, par hasard ? » Un peu au-delà des lumières et des gens, Graycloud passait devant un groupe qui jouait aux dés à la lueur d'une lanterne.

Lettie regarda dans la direction indiquée. « Si, c'est lui. » Elle observa Moses. « Il réfléchit. Sa tête lui dit que maman est trop méfiante, mais il la croit avec son cœur. Et moi aussi. »

Et puis, Moses disparut sous leurs yeux, s'enfonça dans ces mêmes ténèbres qui avaient englouti Ben.

Benoît s'apprêtait à lui rappeler leur promesse, leur nuit de bonheur, mais il retint sa langue, car il pensait à la pauvre Nola qui avait perdu ses couleurs, et la peur s'emparait de lui. La nacelle descendit et la roue s'arrêta une fois encore. Un peu avant d'atteindre le bas, Lettie s'appuya contre l'épaule musclée de Benoît et regarda dehors ; elle se sentait protégée par le bras qui l'enlaçait, par la nuit étoilée. Ils ne virent pas John Tate prendre une photo d'eux. Enfin, la roue boucla son tour, les arrêta en bas où ils se balançaient, juste au-dessus du sol.

Bras dessus, bras dessous, le jeune couple suivit l'allée bordée de stands de jeux, passant devant les ours en fourrure véritable accrochés à côté de poupées ailées porte-bonheur aux joues peintes de rouge et aux longs cils noirs. Lettie et Benoît restèrent à l'écart des stands de tir où, pour dix cents, on pouvait tirer trois fois sur des oiseaux vivants. Les Indiens réprouvaient cette pratique qu'ils jugeaient cruelle, mais leurs nombreuses plaintes restaient sans effet.

Sur fond des flonflons de la fête, Benoît s'arrêta devant le jeu de la bouteille et fit un clin d'œil à Lettie. « Je vais te gagner une poupée. » Il lança les anneaux, mais manqua toutes les bouteilles bleues. D'ordinaire, il visait juste, et Lettie comprit qu'il avait autant de difficulté qu'elle à feindre le bonheur.

Ils passèrent devant la tente d'une voyante, tente à l'entrée de laquelle une femme était assise à une petite table rouge. Elle avait environ la cinquantaine, et des yeux noirs, perçants. C'était une Cajun de Louisiane. Elle fixa la ceinture de Benoît, avec ses pièces d'argent et ses coques ouvragées. Quelque chose dans son cœur se mit alors à parler. « Tout va mal, dit-elle à voix haute. Venez par ici, jeune fille. » Elle faisait signe à Lettie. « Les esprits désirent vous parler. Approchez. »

Avec un ample geste, la femme remonta ses cheveux et entra dans une transe profonde. D'une voix plus basse, elle déclara : « Je les entends à présent. Ils disent que des plumes volent. Que le bois vole. Que tout vole en éclats. »

Lettie s'arrêta pour l'écouter, mais Benoît s'impatientait. L'envie de s'en aller le démangeait. « Viens », dit-il en posant la main sur sa manche. Lettie se dégagea. Elle voulait entendre ce que disaient les esprits à travers la femme aux yeux noirs.

La voyante poursuivit, paupières closes. « Méfiance. Méfiance. Le crocodile ne fait pas de mal à l'oiseau qui lui cure les dents. Il mange les autres, pas celui-là. »

Sitôt ces paroles prononcées, elle ouvrit les yeux, et la main pour son obole.

Lettie ouvrit son sac.

« Qu'est-ce qu'elle t'a raconté ? » s'enquit Benoît avec irritation. Lettie fit non de la tête et sortit deux pièces de monnaie. Elle les tenait au-dessus de la paume de la voyante quand la surprise l'arrêta. La main était dépourvue de lignes. Lettie prit le temps de l'examiner, puis elle leva les yeux vers la femme, croisa son regard. Et, sans un mot, elle la paya avant de s'éloigner au côté de Benoît.

Pour alléger l'atmosphère, il plaisanta : « Elle doit avoir du sang de trappeur du Nord. » Il esquissa un sourire, regarda Lettie, mais elle restait soucieuse. C'en était fait de leur joie feinte. En silence, ils poursuivirent leur chemin dans la nuit automnale.

Ils roulèrent jusqu'à une route de traverse éloignée, s'en écartèrent pour garer la voiture sous un arbre dépouillé de ses feuilles. L'air était encore doux, imprégné d'une chaleur langoureuse de fin de saison. Ils laissèrent les vitres ouvertes. Benoît enlaça Lettie qui posa la tête sur son épaule. Ils ne virent ni n'entendirent la Buick noire se ranger derrière eux, tous feux éteints. Benoît pensait toujours à la voyante.

« Regarde les étoiles, dit Lettie. Il y en a une pour chaque être qui naît, tu le savais ? Elle s'allume à notre naissance, et quand nous mourons, elle s'éteint. »

Benoît se rapprocha de Lettie. Il entreprit d'ôter les épingles de son chapeau.

Elle leva la main pour l'en empêcher. « Non, ne fais pas ça. » Mais il était trop tard. Il souleva le chapeau de ses cheveux tout en l'embrassant, et soudain, d'une voix surprise, il s'exclama : « Qu'est-ce que c'est que ça ? » Il s'écarta d'elle. « Pour l'amour du ciel, qu'est-ce que tu fabriques avec un couteau dans ton chapeau ? »

Elle eut d'abord envie de rire, c'était nerveux, puis elle plongea dans ses yeux, sérieuse. « Je ne me sens pas en sécurité.

— Tu te sens mieux avec un couteau dans ton chapeau ? » Il la prit par les épaules, la tourna face à lui. « Écoute-moi Leticia, commença-t-il en employant son nom de baptême. Ce qui est arrivé à Grace, c'est parce qu'elle abusait des bouteilles et des hommes. C'est l'opinion de ton père. Même Michael Horse le dit. »

Lettie se détourna, fixa l'obscurité.

« Et puis, poursuivit-il, à quoi peut bien te servir un couteau s'il est sur ta tête ? »

— Tu ne crois pas cela de Grace. Pas plus que nous tous. Tu as vu mon père. Tu as remarqué qu'il regarde partout, qu'il cherche des signes, des traces de ce qui s'est passé. Seulement, c'est plus facile de dire que c'était la faute de Grace. Parce que ça passe mieux. »

Brusquement, Benoît changea de ton et la prit dans ses bras. « Je sais. Mais ce soir, tu te souviens ? » Il l'embrassa, caressa ses épaules, son dos. « Ce soir, nous sommes heureux. » Il effleura ses hanches, comme s'il lissait les plis de sa robe, puis il toucha sa cuisse. Et retira prestement sa main, comme s'il s'était brûlé, avant d'examiner la bosse qu'il avait sentie. « Un pistolet ? Doux Jésus, c'est un pistolet. »

Lettie fondit en larmes.

En se rendant à la cérémonie, Moses passa devant la tente verte des revivalistes. Les prédicateurs pentecôtistes attiraient les âmes égarées d'Indiens aux poches pleines et en manque de nourriture spirituelle. À l'intérieur, les fidèles priaient, les yeux clos. La lumière des lampes à pétrole filtrait à travers la toile, et la tente brillait de loin telle une émeraude, cependant que dedans, les fidèles — principalement des sang-mêlé — transpiraient et pleuraient et s'essuyaient les yeux avec des mouchoirs blancs. C'était là, dans la religion, que leur chagrin s'exprimait. Moses entendait les paroles du prédicateur indien : « Et si l'esprit nous touche, il n'y aura plus de danger sur cette terre, disait l'évangélisateur. Plus d'êtres malfaisants qui rôdent alentour, plus de mesquinerie au cœur des hommes, plus de deuil ni de chagrin, plus de souffrance. » Moses savait que l'homme levait les bras devant les tristes adultes qui, d'une seule voix, s'écrièrent « Amen », unis et liés par ce mot.

Moses poursuivit son chemin, longea les puits de pétrole et leurs pompes, passa le panneau blanc, visible dans le noir, sur lequel on pouvait lire : « Compagnie pétrolière Lumière du Territoire Indien ». Plus loin, le paysage s'étendait sous la main noire de la nuit, et le son du tambour parvenait aux oreilles de Moses depuis le tipi du peyotl, là-bas, dans les collines. Ses battements le calmaient. C'était là le chant d'une vie plus profonde, les battements du pouls de la terre. Il s'arrêta en chemin pour écouter, puis il reprit sa route dans la nuit pour aller rejoindre les siens.

Plus tôt ce soir-là, Michael Horse avait quitté son tipi pour partir à pied à travers la campagne. En chemin, il cueillait des herbes médicinales et du sassafras. Il transportait deux sacs. Le temps qu'il arrive à la cérémonie du peyotl, ils étaient pleins de plantes. En approchant de la loge où devait se tenir la cérémonie, il aperçut Moses qui restait immobile sur la route nocturne, à écouter le tambour appelé « La Vie du Peuple ».

Horse le héla depuis l'ombre noire des arbres : « Moses ! Où est ta voiture ? »

La voix de Horse tira Moses de sa rêverie. « Je réfléchissais, répondit-il. Je marche toujours quand je réfléchis.

— Ah bon. Et tu réfléchissais à quoi ? » Horse sortit de l'ombre.

« Je n'en sais encore trop rien », dit Moses. Ils repartirent ensemble vers le tipi qui n'était plus bien loin.

« Moi non plus, je n'en sais rien, plaisanta Horse.

— Eh bien, quand tu auras trouvé à quoi je pense, tu me tiendras au courant, d'accord ? »

Ils rirent tous deux.

Les autres membres de l'Église indigène étaient déjà là quand Moses et Horse arrivèrent. Tous entrèrent alors sous le tipi et s'assirent en cercle à même la terre. Certains fixaient le feu de leur regard triste. D'autres priaient déjà, les yeux clos. D'autres encore faisaient l'éloge de l'excellent jambon servi au campement en surplomb de la ville pour le jour du paiement. « C'était parfait, pas vrai ? » dit une femme à Moses.

Il acquiesça d'un hochement de tête, mais il avait l'esprit ailleurs.

Ruth Tate, sa sœur jumelle, était assise en face de lui. Leur ressemblance était frappante. On les savait unis par le lien commun aux jumeaux apparu dès l'enfance. Quand Ruth tombait, Moses éprouvait les mêmes douleurs, comme s'il s'était aussi éraflé le genou. Quand Moses perdait l'un de ses chevaux bien-aimés, Ruth passait le voir et demandait : « Qu'est-ce qui ne va pas ? Je me sens triste. »

Ruth avait des yeux noirs et doux, une voix chaude et vibrante dont elle usait rarement. Sujette aux refroidissements et indispositions féminines, elle avait gardé la couverture sombre dont elle se drapait, même chez elle, ce malgré la molle chaleur automnale et le feu devant lequel elle était assise. Les gens s'étaient interrogés quand Ruth avait épousé John Tate, le petit photographe nerveux. À l'opposé l'un de l'autre, ils semblaient bien mal assortis. Mais le couple paraissait tenir, et Ruth avait souffert de solitude pendant de longues années.

Moses regardait sa sœur. La lumière adoucissait l'ossature de son visage. Pour reprendre la description que Horse avait un jour donnée d'elle, Ruth avait l'air « indienne du cœur au bout des ongles ». Elle avait les cheveux d'un noir profond, la peau brune et lisse.

Le révérend Joe Billy, prêtre de l'Église baptiste indienne, était ce qu'on appelle l'homme de route. L'homme de route montre la voie de la vie aux Indiens, ôte les pierres de leur chemin et dresse la carte spirituelle. Joe Billy avait le visage couvert d'argile rouge et d'ocre jaune, éléments de la terre. Il portait un foulard rouge autour du cou. Les yeux clos, il priait, mais c'était un homme différent de celui qui portait un costume noir le dimanche matin. Différent jusque dans ses prières devenues en un sens plus profondes — plus sincères, plus physiques, comme si elles engageaient son corps, et non plus seulement ses pensées. Il tendit une peau de daim humide sur un petit tambour, et lorsqu'il disposa la sauge sacrée, tous ceux qui bavardaient se turent.

Les gens prièrent et pleurèrent cette nuit-là. Le tambour se mit à battre. Joe Billy agita le hochet de calebasse. Chacun alluma une cigarette, mangea le cactus qui était leur guide et leur guérisseur, se sanctifia à la fumée de sauge.

Assis près de son grand-père, le jeune Ben Graycloud à la peau fraîche, juvénile, fermait les yeux de toutes ses forces. De l'autre côté de Ben, il y avait un ancien combattant nommé Keto. Il était déjà tard quand Keto pria. Telle était sa prière : « Vous savez, je suis un bon Indien, et le plus fidèle des vrais Américains sur terre. Je salue le drapeau. Et j'ai fait la guerre mondiale. »

L'assemblée hocha la tête et murmura : « Hmmm. » Encouragé, Keto poursuivit : « Mais je voudrais comprendre ce qui est arrivé là. Le juge me demande si je suis heureux en mariage, et je dis que oui. Il me demande si je sais faire la différence entre un billet de cinq dollars, et un billet de vingt. Je dis que oui. On me dit alors que je suis faible. Je ne suis pas capable de gérer mon argent, à ce qu'on dit. On me désigne un tuteur. C'est un notaire. Je sais bien que les notaires sont de braves gens. Certains ont même fait la guerre. Mais ce notaire-là m'achète une grande maison. Je ne veux pas d'une grande maison. Je lui dis que je veux rester chez moi, là où je suis né, où mes fils sont nés. »

« Je comprends », murmura Joe Billy.

« Alors, ce notaire transporte toutes ses affaires dans la maison, il y installe même sa femme. Esprit-

Saint, s'il te plaît, examine cela pour moi. Car ce n'est pas juste. Et pardonne-moi de parler en anglais mais, comme je disais, je suis un vrai Américain. Je suis allé à leur guerre, et au combat. »

Après la prière de Keto, tous se taisaient, réfléchissaient en silence à ses paroles, à leur vérité. Ils se sentaient vaincus, encerclés de toute part. Il était près de minuit. Le temps parut long jusqu'à ce que Ben se mette à prier. Il voulait prier en langue osage, commença maladroitement. Alors, Joe Billy posa la main sur le genou du garçon et dit : « Fils, tout ce qui compte aux oreilles de notre créateur, ce sont les paroles venues du cœur. » Et Joe Billy pensait que Keto pouvait souffrir d'entendre un jeune Indien, un sang-mêlé, parler la langue tribale que lui-même n'avait jamais apprise.

Ben pria. « Grand-père, dit-il, moi non plus je n'aime pas ce que je ressens ces temps-ci. Depuis que Grace Blanket a été tuée, j'ai peur. Et maintenant, il nous faut partir à l'école loin d'ici. »

Et soudain, au milieu de la prière de Ben, une déflagration violente se produisit. Ébranlés, ils se redressèrent, réveillés en sursaut. La terre tremblait, comme si elle s'était ouverte sous le choc.

« Doux Jésus ! Qu'est-ce que c'était que cette diablerie ? » s'écria le révérend Joe Billy, l'œil aux aguets. Au même moment, Moses et Ruth se précipitèrent ensemble vers le rabat pour aller voir dehors, mais Keto, qui travaillait dans le pétrole comme manœuvre de sonde déclara : « C'est un nouveau puits qui explose sur le site de forage. » Satisfaits par cette explication, chacun reprit sa place. Ruth resserra frileusement autour d'elle les pans de sa couverture.

« Continue », dit Joe Billy à Ben lorsqu'il se fut rassis sur les talons. Et il encouragea le garçon en posant une main légère sur sa cuisse.

« Nous avons traversé des moments bien pénibles », commença Ben. Le choc de la déflagration donnait du poids à ses paroles, et tous comprirent qu'il ne se référait pas à ses propres difficultés. « Ils nous ont mis sur ce bout de terre perdue, personne ne savait ce qu'il y avait en dessous, et malgré tout ce pétrole, tout cet argent, nous n'arrivons jamais à rien.

— Amen, dit un participant.

— Certains d'entre nous sont brisés, réduits en miettes, comme la terre qui vient d'exploser.

— Mmmm-hmmm, firent quelques voix dans l'assistance.

— J'en ai assez de tous ces agents qui viennent faire des trous dans la terre pour pomper le pétrole. » Ben réfléchit un moment. « Nous souffrons tellement que nous portons la douleur sur nos visages, dans nos yeux. Elle imprègne jusqu'à nos vêtements. » Et ses paroles allèrent droit comme une flèche au cœur de chacun. Il les avait touchés, émus. Une femme se mit à sangloter. Michael Horse avait la gorge nouée. Moses se couvrit le visage de ses mains vieillies et songea que son petit-fils avait le cœur bon et les paroles fortes d'un homme. Il était fier de lui et, dans le même temps, accablé sous le poids de leur histoire collective.

Ben se sentit soudain mal à l'aise, comme surpris

que les mots l'aient entraîné si loin. « C'est tout. C'est tout ce que j'ai à dire. »

Il y eut un long silence que seuls venaient ponctuer les pleurs et reniflements des participants assis en cercle dans l'obscurité. Les larmes ruisselaient sur le visage de Ruth, et Moses les ressentait comme siennes. Au loin, on entendait le grondement sourd du gaz qui brûlait.

Au bout d'un certain temps, Joe Billy déclara : « C'était une bonne prière, fils. » Ils étaient plongés dans les ténèbres.

Joe Billy ajouta avec humour : « Enfin, pour de l'anglais. »

La plaisanterie n'échappa pas aux participants qui rirent un peu, s'essuyèrent les yeux et se sentirent soulagés.

Le sifflet en os d'aigle résonna quatre fois, et une tasse d'eau passa de main en main autour du cercle, désaltérant les assoiffés.

L'explosion qui avait interrompu la réunion de prière, ébranlant les participants, causa un tel choc à Lettie et Benoît qu'ils se redressèrent sur-le-champ. Au sud de l'endroit où ils se trouvaient, le ciel devint rouge sous l'effet de l'incendie et, dans cet embrasement soudain de l'horizon, ils aperçurent la Buick garée derrière eux. La lumière soulignait de noir bleuté la forme du capot, se reflétait sur le métal.

« Donne-moi ça ! » Benoît s'empara du pistolet à la crosse de nacre et l'arma cependant que le chauffeur de la Buick démarrait, allumait les phares, et passait lentement le long de la camionnette de Benoît.

Lettie verrouilla la portière de son côté. Mais la Buick s'éloigna et disparut.

« Dieu que j'ai la frousse. » Benoît tenta de rire, mais le son s'étrangla dans sa gorge. Il mit le moteur en marche et regagna la route principale.

« C'était bien une Buick, non ? s'enquit Lettie, méfiante.

— Cela ne veut rien dire, répondit Benoît, têtu. Les Buick courent les rues. Même ton père en a une. »

Le temps que Lettie et Benoît regagnent la demeure des Graycloud, l'embrasement s'était calmé.

Belle était devant la maison. Toutes les fenêtres de la façade sud avaient été soufflées par la déflagration de minuit, et elle évaluait les dégâts, ramassait le verre brisé tombé à l'extérieur.

« J'en ai par-dessus la tête de ces foreurs de pétrole, déclara Belle. Ils brûlent tout, jusqu'aux pauvres oiseaux dans le ciel. »

Les guetteurs se tenaient du côté sud et parlaient entre eux.

« Nola a été réveillée deux fois par des cauchemars, dit Belle à Benoît tout en s'activant. Rena pleure toujours. Les poules sont tombées de leurs perchoirs. Nous n'aurons plus d'œufs avant des mois. Les tasses sont cassées, elles sont tombées des étagères. »

Benoît l'aida à ramasser les tessons de verre aiguisés dont le tranchant réfléchissait la lumière de l'intérieur. Il y avait dans l'air une légère odeur d'arbres en feu.

Il faisait presque jour quand Benoît prit le chemin du retour, laissant Belle et Lettie occupées à nettoyer le plancher. Belle le regarda s'éloigner par la fenêtre. « C'est un homme bon, déclara-t-elle à Lettie. Il vous traite comme des reines, Sara et toi. Elle s'accroupit pour balayer avec une brosse à main. Lettie tenait la pelle à poussière dans laquelle Belle poussait les morceaux de verre brisé. À la liste des qualités de Benoît, elle ajouta que, de son vivant, il était bon envers sa mère, et qu'il était toujours bien mis, même s'il affectionnait les nouveaux styles vestimentaires qu'elle n'aimait pas beaucoup.

Aux premières lueurs de l'aube, alors qu'il approchait de son domicile le long de South Fremont Road, Benoît crut s'être trompé de rue. Il était certes fatigué, mais certain d'avoir reconnu ses repères ; les trois peupliers étaient là, ainsi que la boîte à lettres en bordure de la route, avec son nom dessus. Pourtant, quelque chose clochait. Il pila et regarda de tous ses yeux, incrédule, s'efforça de rassembler ses esprits, de comprendre ce qu'il voyait. À l'endroit où se trouvait sa maison, il n'y avait plus qu'un tas de braises fumantes ; l'herbe était recouverte d'un tapi de cendres grises. Éberlué, il ouvrit la portière de la cabine, manqua tomber en descendant, se rattrapa tant bien que mal, comme en apesanteur, avec les gestes absents de celui qui n'en croit pas ses yeux.

Il y avait là un camion-citerne qui déversait toujours de l'eau sur les décombres. La vapeur sifflait. Une fumée grise s'élevait dans l'air empuanti.

Benoît en demeura bouche bée. Les restes de sa maison n'étaient que ruines fumantes. Seule, une statue grecque était encore debout, indemne, mais noircie d'un côté par la chaleur et la fumée de l'explosion.

« Oh, mon Dieu ! » s'écria Benoît. Il était pétrifié, comme si toute vie l'avait quitté. « Oh, mon Dieu. »

De derrière la statue, le shérif s'approcha de lui à travers les cendres. « Pas un geste, Benoît, ne bouge pas », ordonna-t-il au jeune homme parfaitement immobile qui fixait les décombres de sa maison. Puis, brusquement, il se mit à courir en direction des braises. Le shérif le saisit par le bras, mais il lui échappa, tomba à genoux, s'écria de nouveau : « Mon Dieu », et posa le visage sur le sol ravagé et couvert de cendres. Il ne résista pas, ne chercha pas à lutter quand le shérif Gold lui reprit le bras pour menotter son poignet.

« Sara ? » appela Benoît. L'intonation était celle d'une question. Il se tourna vers le shérif. « Où est-elle ?

— Benoît, j'ai un témoin, dit Jess Gold.

— Quoi ? » Le sang de Benoît se glaça.

Le shérif lui mit l'autre menotte et l'entraîna vers la voiture sans cesser de parler, comme s'il s'adressait à une bête sauvage : « Tu sais bien que je n'ai pas le choix, Benoît. C'est mon travail. Tu sais que je suis ton ami. »

Il installa Benoît sur le siège arrière et prit le chemin de la ville tandis que le jour montait. Un coq chanta au loin. Le visage noirci, Benoît prenait la mesure du désastre. Un matelas perché dans un chêne. Une chaussure dans un buisson. Une paire de lunettes sur la route. Les oiseaux siffleurs entonnèrent leurs chants.

Dans son rétroviseur, le shérif épiait les traits de Benoît, abasourdi. Il observait les yeux gris-vert, le visage au teint pâli devenu moite de sueur, le front lisse taché de cendres et les lèvres épaisses finement ourlées. Les cheveux de Benoît étaient toujours en place, coiffés à l'arrière. Ses yeux éberlués considéraient les ruines de sa vie. Les débris s'étalaient sur plus d'un mile. Des livres, qui avaient été les siens, gisaient à terre, ouverts, le dos fendu, offrant leurs pages et leurs mots imprimés au ciel. Des chaussures qu'il reconnut avaient atterri un demi-mile plus loin. Il aperçut un de ses brodequins en cuir noir. Un oreiller avait perdu ses plumes. Des morceaux de bois éclatés avaient trouvé refuge dans les arbres. Le bras d'une statue reposait dans le ruisseau, et Benoît le vit là, main ouverte, détendu, lorsqu'ils traversèrent le pont. Puis c'en fut terminé. Comme si le souffle de l'explosion n'avait pas pu franchir le cours d'eau. Et bientôt, ils arrivèrent en ville où le shérif gara la voiture devant la prison.

Par miracle, Mme Inman, la domestique de Sara, avait été projetée hors du brasier. Elle avait atterri dans une haie de buissons et s'en était tirée vivante, avec quelques blessures bénignes et des brûlures superficielles.

Michael Horse, dont le seul désir au monde était qu'on le laisse en paix à ses silences, ses prières et son feu, se rendit à Tulsa pour voir Mme Inman dans sa chambre d'hôpital. Il tenait une chronique de l'incendie et de l'arrestation de Benoît. Comme Belle, il pensait qu'il y avait danger, qu'il y avait complot et, comme Belle, il se méfiait de tous. Il rédigeait une page sur chaque personne qui, selon lui, pouvait avoir une raison de mettre de la dynamite dans la cabane à charbon de Benoît. Sachant qu'elle désirait épouser ce dernier, qu'elle en avait parfois exprimé le souhait de vive voix, il avait même inclus Lettie dans sa liste de suspects potentiels.

Le jour qui suivit l'extinction du feu, Michael Horse revint pour fouiller les décombres. Il découvrit une bague d'argent qu'il emporta chez lui et garda dans sa main en espérant que le métal lui conterait son histoire. Mais il n'entendit rien et conclut que la chaleur de la déflagration avait tué le récit qui vivait dans le métal.

Le terrible incendie et l'arrestation de Benoît couvraient plusieurs pages du journal de Horse. Il voulait se rendre au tribunal pour y chercher une carte mentionnant les propriétaires des terrains attenant à ceux des sœurs Blanket. Nola était menacée, ou le serait de toute façon à sa majorité, il en avait la certitude. Mais, pour l'instant, Benoît était l'héritier légal de leur fortune.

Horse nota qu'il avait vu Lettie et Benoît ensemble sur la grande roue en début de soirée la nuit de l'explosion. Il savait que, par la force des choses, Lettie ne dirait rien de leur aventure car, sitôt mises au fait de la situation, les autorités verraient en Benoît la pierre angulaire d'un triangle amoureux et le jugeraient doublement coupable. Dans ses chroniques, Horse nomma les adeptes du peyotl qui avaient assisté à la réunion de prière. Il pensait pouvoir les exclure.

En arrivant à l'hôpital, il trouva Mme Inman pâle et faible. Sans ses lunettes, elle louchait en lui parlant. Protégé par les verres, le tour de ses yeux était resté blanc, sans trace de brûlure dans son visage rouge à vif.

Sara était agitée cette nuit-là, déclara Mme Inman. « Mais c'était à cause des pilleurs de tombes. Vous êtes au courant, je suppose ? »

Horse s'étonna que rien ne lui soit encore revenu aux oreilles alors qu'il habitait tout près du cimetière. Son souffle s'accéléra. « De quoi s'agit-il ?

— De la tombe de Grace. Ona Neck l'a trouvée ouverte. Sara en était bouleversée. Elle ne parlait plus que de cela depuis des semaines. Elle ne s'en remettait pas. »

Et Mme Inman de poursuivre : « Nous avons entendu du bruit vers minuit. Sara s'est approchée de la fenêtre dans son fauteuil roulant pour regarder dehors. Elle croyait que c'était un vieux chat tigré qui rôdait autour de la maison. Elle s'inquiétait pour lui.

« C'est drôle, dit-elle encore, mais quand j'ai ouvert la fenêtre un peu plus, les phalènes noires de l'été et les insectes sont entrés dans la pièce. Ils flottaient vers la lumière. J'ai pensé qu'ils étaient bien jolis. Quelle beauté ! Ils étaient gros comme des oiseaux. On aurait cru qu'ils nageaient. Et là, au moment même où je les ai vus, il y a eu cette détonation terrible. »

Le bruit lui avait blessé les tympans. La maison avait volé en éclats, et Mme Inman, projetée par le souffle, avait atterri, brûlée et contusionnée, dans des buissons à quelque distance de l'habitation. À demi consciente, elle avait entendu le grondement de l'incendie qui dévorait les biens terrestres de Sara et Benoît.

Horse descendit les marches de l'hôpital. Assis au volant de sa voiture, il écrivit dans son journal. Mais, de quelque façon qu'il présente les faits, Benoît était le seul qui pût avoir un mobile. C'est à Benoît que reviendrait à coup sûr la fortune de Sara. Et si, au fond de son cœur, Horse le savait innocent, il comprenait pourquoi le shérif n'avait pas hésité à accuser le jeune homme non pas d'un, mais de deux crimes, lui imputant le meurtre de Grace pour bonne mesure. Du seul fait de l'héritage, le shérif ne doutait pas d'avoir suffisamment de preuves pour que Benoît soit jugé coupable des deux homicides.

Lorsqu'il eut terminé d'écrire, Horse couvrit son visage de ses mains et ferma les yeux. La bague d'argent était toujours dans sa poche. Mais elle demeurait muette.

Les terres allouées à Belle jouxtaient celles de Moses. Elle ne les avait pas « améliorées », selon l'expression employée par les autorités lorsqu'une personne laissait les arbres sur pied, ne brûlait pas les broussailles, ne mettait pas de barrières pour délimiter sa propriété. Un ruisseau appelé Mill Creek les traversait. Il était presque à sec cet automne-là.

Quelques jours après l'arrestation de Benoît, Belle s'assit au bord du ruisseau un matin ; elle répandit du tabac sur l'eau et pria les esprits du monde de lui montrer la voie afin de surmonter les difficultés qui accablaient une fois de plus le peuple indien. Elle pria pour Lettie qui, comme Nola, arborait le visage du chagrin et souffrait de confusion mentale. Pâle et absente, Lettie dormait sous la lumière bleue du long couloir. Belle la surveillait à intervalles réguliers. À chaque visite, elle trouvait Lettie roulée en boule comme une enfant, ses lourds cheveux noirs tombant sur sa figure.

Préoccupée, Belle était constamment plongée dans ses pensées. Elle avait d'abord cru qu'il serait imprudent de laisser Lettie rendre visite à Benoît. En se montrant à la prison, elle risquait d'ajouter aux preuves contre lui et d'attirer sur elle les soupçons. Mais ce jour-là, près du ruisseau, en réfléchissant à la situation de manière plus logique, Belle prit conscience que les Blancs s'intéressaient rarement aux affaires des Indiens, que les Indiens, peuple de l'ombre, vivaient, presque invisibles, en marge du monde blanc, et que ces limbes qu'ils habitaient leur autorisaient une curieuse liberté.

C'est ainsi que, plus tard cette même nuit, après avoir prié au bord du ruisseau, Belle rêva d'un moyen de rendre visite à Benoît. Dans son rêve, elle vit une femme en « robe du déchirement ». Sans doute sa propre grand-mère, à en juger par la posture très droite de la vieille.

Les robes du déchirement étaient celles que portaient les femmes durant le déplacement des Chickasaws depuis leurs terres natales du Mississippi. Au cours de leur marche vers l'Ouest et l'Oklahoma, les femmes n'étaient pas autorisées à transporter des objets acérés, pas de couteaux ni de ciseaux, pas même leurs pincettes, rien qui puisse servir d'arme contre les soldats de l'armée américaine qui encadraient le troupeau humain arraché à ses riches et belles terres boisées du Sud. Privées de ciseaux et de couteaux, elles entaillaient le tissu avec leurs dents, le déchiraient de leurs mains. Les morceaux de coton ainsi obtenus, tout d'angles et de lignes droites, étaient ensuite assemblés en robes que les survivantes avaient appelées « robes du déchirement » en souvenir de leurs larmes sur ce triste trajet.

Lorsque Belle s'éveilla le lendemain, elle ouvrit la malle dans laquelle elle conservait ses plus beaux effets, et s'assit devant pour contempler un moment sa robe du déchirement bleue avant de l'enfiler. Elle sortit ensuite les vêtements osages de Lettie, la réveilla et l'aida à se vêtir. « Nous allons voir Benoît », annonça-t-elle à sa fille.

Dans les rues, tous s'arrêtaient sur leur passage. Elles faisaient sensation. Belle portait un tambour de femme. Lettie arborait la jupe à rubans et la couverture-châle du peuple de son père. Elles apportaient des tomates à Benoît. L'apparition des deux femmes enthousiasmait les spectateurs qui chérissaient une idée romanesque des temps anciens où, selon eux, les Indiens vivaient simplement et portaient des tenues plus colorées que ces Indiens compliqués qui vivaient à leur côté dans le monde moderne. Ils croyaient au pouvoir des Indiens d'antan — en ces temps reculés et meilleurs, avant que leurs peuples ne soient dépossédés de leurs terres et de leurs lieux sacrés en ce monde par ceux-là mêmes qui regrettaient à présent que les Indiens ne soient plus ce qu'ils étaient naguère.

Elles passèrent devant des joueurs et des buveurs, devant des Indiens et des Blancs qui, assis sur l'herbe sèche, débouchaient du champagne et buvait le doux alcool dans des coupes de cristal taillé.

Au beau milieu de la grand-rue, Fraser, le célèbre cow-boy, artiste du lasso, faisait tournoyer sa corde de ses mains gantées de blanc sous les acclamations d'un groupe de badauds. Il portait ce jour-là un chapeau blanc immaculé et une chemise western de satin rouge ornée de paillettes sur le dos et la poitrine. Ses éperons dorés — qu'il portait bas — faisaient des ergots de coq à ses bottes. Fraser avait présenté son numéro devant le roi Léopold de Belgique, la reine d'Angleterre et, entre les continents, devant les passagers des luxueux transatlantiques.

Dans cette ville miteuse, lui seul semblait briller. Ses gants blancs et propres se repéraient de loin dans les rues pleines de gens à peau brune, vêtus de couleurs sombres. Mais quand les deux Indiennes passèrent près de lui, il cessa de faire tourner sa corde pour les regarder, jusqu'à ce qu'elles prennent une rue transversale en direction de la prison.

Quand Belle poussa la porte et pénétra dans le bureau du shérif, Jess Gold se leva pour la saluer. Belle le fixa de son regard clair et franc, posa les mains sur le bureau et dit : « Ta nuit risque d'être agitée, à ce qu'il me semble. Le whisky coule à flots, là, dehors, et le sale argent qui pourrit tout n'arrête pas de changer de mains. Il y a un crime à chaque coin de rue. On n'attend que toi. »

Le shérif rit de ses remarques. « Ouais, ils sont tous pleins aux as. » Mais s'il s'adressait à Belle qu'il connaissait depuis sa jeunesse, il regardait l'élégante Leticia aux yeux de biche. Il l'examina de pied en cap, des mocassins qu'elle portait au peigne d'argent de ses cheveux noirs. Elle avait les joues creuses, les traits tirés.

« Que puis-je pour vous, mesdames, aujourd'hui ? »

Belle recala le tambour sous son bras. « Il nous faut voir ton prisonnier, Benoît. » Elle observa le shérif, se redressa légèrement. « Il y va de son âme. » Elle mit toute sa volonté à désarmer le bonhomme. « Tu nous connais. Nous ne plaisantons pas avec ces choses-là », dit-elle encore, et le shérif comprit qu'elle parlait des Indiens.

Il rit. Puis il se fit sérieux. « C'est difficile, tu sais, d'enfermer un homme comme Benoît.

— Je sais. » Elle le considéra avec douceur. Jess Gold décrocha ses clés et conduisit les femmes le long du couloir jusqu'à un groupe de cellules.

Dans l'une d'elle, Benoît marchait de long en large. Son apparence les choqua. Il avait le teint pâle, le visage émacié, les yeux rougis. Il était maigre, sa ceinture à coques d'argent tombait ; et il sentait l'aigre. Quand le shérif ouvrit la porte, Benoît ne leva pas même les yeux.

Jess Gold se retira ; Belle et Lettie s'assirent sur l'étroit lit pour observer Benoît. Elles entendirent les clés s'éloigner dans le couloir. « Il a les clés, remarqua Belle.

— Qu'est-ce que tu veux dire par là ?

— Je n'en sais rien. L'idée m'est venue comme ça. »

Elles s'efforçaient de cacher les sentiments que leur inspirait l'état pitoyable de Benoît. Lettie se rapprocha de lui. Elle lui toucha le bras.

« Il y a des témoins, dit Benoît. Comment peut-on voir une chose qui ne s'est jamais produite ? » L'odeur de brûlé, à ce qu'il lui semblait, imprégnait toujours ses vêtements. Il s'échinait en vain à reconstituer les événements, à les ordonner en un tout cohérent. Il rapprochait un soulier calciné du pied vivant de Sara. Il avait associé le matelas perché dans le chêne à son propre corps endormi. Il s'efforçait de recoller les morceaux, comme s'il pouvait reconstruire sa vie, comme s'il pouvait remonter le temps.

Belle se mit à battre le tambour.

Un Blanc du nom de Walter Bird occupait la cellule voisine, mais puisqu'il était prisonnier et non du côté de la loi, Belle se souciait fort peu que Bird surprenne quelques bribes de la conversation entre Lettie et Benoît. Lettie se montrait cependant plus méfiante et, de temps à autre, elle observait nerveusement le détenu. Elle parlait à voix basse. L'apparence maladive de Benoît lui redonnait des forces, comme si elle se devait d'en avoir pour eux deux.

Belle entonna un chant de sa tribu, un chant grave, plein de tristesse, destiné à couvrir la conversation pour empêcher le shérif de l'entendre.

Lettie murmura à Benoît : « Qui sont les témoins ? On te l'a dit ? »

Il fit non de la tête.

« Personne ne te croit coupable, Benoît. » Elle croisa son regard un bref instant avant qu'il se retourne vers l'une des minuscules fenêtres, trop étroites pour permettre à un homme de s'évader. L'espace d'une seconde, il parut retrouver sa pugnacité. « On m'a tendu un piège. C'était un coup monté. »

Le chant de Belle emplissait la prison de sa douce mélodie nostalgique et parvenait jusqu'à Jess Gold qui remplissait des formulaires dans son bureau. Il posa son stylo pour écouter.

« Benoît, dit encore Lettie, il paraît que quelqu'un tente de faire valoir ses droits sur l'argent de Sara. » À la mention de son épouse, elle vit ses yeux se remplir de larmes. La photo de Sara qu'il gardait dans son portefeuille était posée sur l'évier, près de celle de Lettie. « J'ai essayé de savoir de qui il s'agissait, mais le préposé m'a fait attendre devant le guichet pour s'en aller chercher un avocat. L'avocat m'a demandé en quoi cela me concernait. »

Benoît se tourna vers elle. « Qu'est-ce que tu as répondu ?

— Je lui ai dit que je voulais faire valoir mes droits. »

Belle frappa plus fort sur son tambour et entonna un nouveau chant : « Jésus aime les petits enfants, tous les enfants du monde, jaunes, noirs, et même blancs, sont précieux à ses yeux. »

« Et l'avocat m'a déclaré : "Vous êtes indienne. Vous ne pouvez pas faire valoir vos droits. Les Indiens ne sont pas citoyens, et la requête doit passer par un tribunal des États-Unis." »

Benoît reporta son attention sur la fenêtre. Lettie posa la main sur son épaule crispée. « Il n'empêche que le tribunal va te désigner un avocat.

— Je veux en prendre un à mes frais.

— Ce n'est pas possible. Ton argent est bloqué jusqu'à ce qu'on t'acquitte. »

Il pivota pour lui faire face.

Et Lettie expliqua d'un ton posé : « Un mari soupçonné du meurtre de sa femme n'a plus accès au moindre de leurs biens. Et puis, nous ne sommes pas un couple légal, Benoît. La loi ne s'applique pas à nous. » Elle jeta un coup d'œil à Bird dans sa cellule.

« Tu veux dire que je ne serai pas représenté sous prétexte qu'ils me croient coupable ?

— Non, ce n'est pas cela du tout.

— Un avocat à eux ? Tu parles d'une justice ! »

Belle ferma les yeux. Elle frappa le tambour plus fort, chanta plus fort pour couvrir leurs voix.

« N'empêche qu'on m'a monté un coup tordu ! » Il se détourna, furieux, et le shérif revint alors leur annoncer que le temps de visite était écoulé. Belle et Lettie le suivirent le long du couloir. Lettie se retourna, une seule fois, pour regarder Benoît.

Benoît les observait tandis qu'elles s'en allaient. Leurs amples robes étaient solides et carrées, comme celles de sa grand-mère chassée de ses terres, exilée de son monde ancestral, et son chagrin s'accrut encore au souvenir de l'histoire de son peuple. Il s'assit au bord du lit, croulant sous le poids de la lassitude. Il se sentait brisé comme un cheval battu à coups de trique par son cavalier.

Tout venait, songea Stace, de ce que Washington D.C. était un marais. Sans la persévérance du gouvernement américain, sans le débroussaillage et les tailles constantes, leur monde de pierre et de marbre serait envahi par cette verdure vivante qui cherchait à reprendre le terrain. En l'état, il voyait les plantes grandir d'un jour à l'autre. Même la récente infestation de scarabées du Japon n'avait pas réussi à décimer la végétation. Elle était résistante et vivante. Vivante comme toute chose sur terre, y compris la terre elle-même.

Il replia la lettre et la mit dans sa poche. Elle venait de Lionel Tall, l'un des plus puissants hommes-médecine lakotas du Dakota du Sud. Tall était un homme intelligent. Il ne lisait pas plus l'anglais qu'il ne l'écrivait, mais il se tenait au courant de ce qui se passait dans le monde, et plus particulièrement des événements concernant les peuples indigènes. « Le mocassin télégraphique » disait-on en plaisantant. Mais, à la vérité, il se déplaçait fréquemment et gardait des contacts pour rester informé des problèmes survenus en pays indien.

Dictée, la lettre de Tall était écrite par une main inconnue. Lionel Tall désirait savoir si Stace avait appris quelque chose sur les meurtres en Oklahoma.

Le message affirmait que, selon des Indiens, un innocent était emprisonné pour le meurtre de deux femmes, qu'il n'avait que peu de droits — du moins dans l'interprétation qu'on donnait de la loi en Territoire Indien —, qu'il n'était pas même inculpé officiellement, et Tall se demandait si Stace s'intéressait à cette affaire. Ils avaient appris, disait Tall, que le gouverneur de l'État d'Oklahoma avait envoyé un enquêteur en mission spéciale sur les lieux suite à plusieurs requêtes, que l'enquêteur avait été arrêté pour avoir accepté des pots-de-vin, puis gracié par le gouverneur. L'homme ainsi relâché était connu pour avoir fait de la prison, commis au moins un meurtre avant de travailler au service du gouverneur. Ce qui portait à croire que les soupçons des Indiens étaient fondés. Il écrivait encore que le corps d'une des mortes devait être exhumé afin de déterminer s'il s'agissait d'un meurtre et non pas d'un suicide. Si tel était le cas, le crime serait imputé au dénommé Benoît.

Comme la lettre lui était adressée à son bureau, Stace se demanda si on l'avait ouverte puis recachetée. Il examina la colle sur le rabat de l'enveloppe.

Il se rendit à la fenêtre et regarda dehors. En bas, dans la rue, des gens marchaient le long du bâtiment. Ils avaient tous travaillé tard, comme lui. C'était une habitude à Washington. Il commençait à faire nuit. Avec la lumière du bureau allumée, il se voyait dans la vitre, et voyait derrière lui les meubles de classement. Il examina son reflet. Il avait sur le nez les lunettes aux verres non sertis qu'il portait quand ses yeux étaient fatigués de lire des rapports. Il se passa la main sur le menton. Il avait besoin de se raser.

Ballard entra sans crier gare. C'était un costaud aux cheveux drus. Chef de la division, il était responsable des opérations secrètes. Il s'avança d'un pas vif, autoritaire, posa une pile de papiers en bout de table. « Red Hawk. » Le ton était bourru.

Stace se retourna.

« J'ai une nouvelle tâche pour vous. Arizona. Une entreprise de charbonnage. »

Stace était au courant. Ils avaient eu une réunion exceptionnelle dans l'après-midi. Mais il interrompit Ballard : « Et l'enquête du gouverneur en Territoire Indien ? Vous savez quelque chose là-dessus ? » Il ne s'interrogeait pas que sur l'enquête. Il se demandait pourquoi les gens du FBI étaient si sûrs que Grace Blanket avait été assassinée — certains au point d'ordonner une exhumation par le truchement du commissaire de la police fédérale d'Oklahoma. Selon les témoignages, il s'agissait toujours d'un suicide. Et pourquoi ne s'intéressaient-ils pas à l'explosion qui avait causé la mort de sa sœur ?

Ballard haussa un sourcil.

« Il y a eu enquête, insista Stace.

— Si c'est vrai, je n'ai entendu parler de rien. D'où tenez-vous tout cela ? » Ballard s'assit. « Et puis, n'exagérons rien, le moindre crime n'est pas signe de complot. »

Stace fixait le colosse aux larges épaules dont la chemise portait des traces d'encre d'imprimerie. Mais Ballard se contenta de hausser les épaules.

« Quand il s'agit d'Indiens, nous sommes comme les glaneurs, nous arrivons toujours après la moisson.

— Nous ne pouvons rien faire tant qu'il n'y a pas de crime en Territoire Indien. Ce n'est pas dans notre juridiction. » Le chef se dirigea vers la porte, marqua une pause et dit : « Vous vous croyez seul compétent en ce domaine, Red Hawk. Les autorités locales sont sur l'affaire. »

Stace examina attentivement Ballard. Le bonhomme était rusé, connu pour être un agent efficace. Il avait réussi à s'imposer sur d'autres enquêtes, son principal talent étant la force. Et il était au-dessus de la loi — ou bien au-dessous, comme Stace le pensait parfois. Il lui était arrivé de falsifier des preuves pour pouvoir s'impliquer dans une affaire qui lui tenait à cœur.

« Que feriez-vous s'il ne s'agissait pas d'Indiens ? » s'enquit Stace. Il regardait Ballard droit dans les yeux.

L'autre haussa les épaules. « Rien. Comme maintenant. » Il soutint le regard de Stace sans ciller, puis : « Deux mots d'avertissement, Red Hawk. Pas d'emballement sentimental sur cette histoire. » Sur quoi, il quitta la pièce pour le couloir obscur et referma la porte derrière lui.

Stace Red Hawk resta assis à son bureau jusqu'à la nuit tombée, jusqu'à ce que les gens aient déserté les rues. Alors, il ôta ses lunettes, enfila sa veste noire, rentra ses cheveux sous son chapeau et suivi le couloir obscur vers la sortie.

Un proverbe affirme que le temps guérit tous les maux, mais ceux qui pleuraient la perte de Grace ne guérissaient pas. Elle leur manquait à tous, et si, avec le temps, les plaies du deuil était censées se refermer, aucun tissu cicatriciel ne se formait sur le vide béant qu'elle laissait derrière elle.

La blessure était particulièrement sensible chez les Graycloud. Même éveillée, Nola semblait dormir. Elle pleurait doucement la nuit, elle rêvait de sa mère. Quelque chose en elle, une voix ou un souvenir profondément enfoui, lui parlait, et elle répondait, s'adressait à cette chose invisible pour ceux qui l'entouraient, ces êtres de chair et d'os auxquels elle ne disait mot. Parfois ses propres sanglots l'éveillaient. Les femmes veillaient toujours sur la fillette brune aux yeux grands ouverts qui vivait entre deux mondes, entre l'esprit et le corps. Et les quatre guetteurs montaient toujours la garde autour de la maison.

L'état de Nola empira le jour où les vieux Indiens se rendirent au cimetière pour assister à l'exhumation de Grace Blanket. Personne ne l'avait prévenue, et pourtant, elle sentit que quelque chose n'allait pas.

Horse avait appris le pillage de la tombe par Mme Inman, mais peu de gens le savaient. Et seuls les anciens étaient au courant de l'exhumation — un spectacle par trop macabre pour les plus jeunes. Ainsi, le jour désigné pour remonter le cercueil de Grace à la surface, Horse se tenait parmi les anciens tandis qu'on creusait le sol sur lequel se dressaient quelques pousses de maïs. Il s'inquiétait des réactions que susciterait la disparition du corps. Belle Graycloud se tenait près de Moses, drapée d'un châle noir. De l'autre côté d'elle, il y avait Jim Josh, le visage creux, anxieux. Parmi les plus âgés se trouvait Ona Neck qui se croyait seule à savoir le cercueil vide en dehors de Jack Billy.

Ruth Tate arriva en retard. Moses entendit la portière de la voiture claquer. Il se retourna et vit sa sœur s'avancer vers la tombe. John Tate la suivait, encombré de son trépied et du grand appareil photo qui semblait lourd.

Moses posa la main sur l'épaule de Ruth, la salua avant de s'éloigner en direction de Tate auquel son cou tendu donnait des allures de tortue.

« Pas de photos », dit Moses. Il regarda John Tate sans ciller, mais la vue du petit homme le glaçait. Il ne l'aimait pas, n'aimait pas sa façon de se cacher sous son rideau noir et derrière l'objectif, n'aimait pas sa façon de pousser les chevaux sans merci, jusqu'à ce que certains tombent d'épuisement, n'aimait pas la façon dont il avait épousé Ruth, puis s'était installé dans la maison qui avait été celle de la famille Graycloud.

« Rentre chez toi, dit encore Moses. Je raccompagnerai Ruth plus tard. »

Tate rapporta l'appareil photo à sa voiture. Moses le suivit des yeux, puis revint vers les autres qui attendaient en observant la scène. Ils le regardèrent revenir parmi eux.

Les personnes assemblées prièrent, offrirent de la farine de maïs. C'était chose mauvaise que de déranger les morts. Au-dessus d'eux, les nuages gonflés d'eau traversaient le ciel. L'un des hommes les plus vieux offrit du tabac, et la fumée s'éleva vers les nuages.

Tandis qu'on creusait la terre, les témoins gardèrent les yeux baissés. Ils ne regardèrent pas davantage quand le croque-mort ouvrit le cercueil. Ils ne voulaient pas voir la mort en face. Mais quand le shérif s'exclama « Merde », quand il se détourna vers les arbres qui bordaient l'horizon, ils relevèrent les yeux sur le cercueil vide. L'une des extrémités en était fracassée, comme après une chute. Dedans, il n'y avait que quelques mottes de terre — plus de corps, plus trace des perles ni des cadeaux offerts à Grace pour son voyage dans le monde de l'au-delà. Belle fixait, éberluée, le spectacle terrible de la morte disparue. Sa première pensée fut qu'on avait déterré le corps pour cacher des preuves incriminantes. Moses songea que, peut-être, le corps de Grace avait été emporté à ce musée du Connecticut qui, quelques années plus tôt, avait acheté des cadavres, des mocassins et des paniers à des pilleurs de tombes des environs.

Faute d'une meilleure idée, on remit le cercueil en terre à l'aide de cordes.

Dans la voiture qui les ramenait chez eux, Belle, Moses et Ruth restèrent silencieux, s'éloignèrent lentement des six pieds de vide qu'ils laissaient derrière eux.

Cet automne-là, Nola n'avait pas retrouvé l'usage de la parole. Ben et Rena partirent pour l'école indienne, mais Belle garda Nola à la maison pour pouvoir la surveiller. La fillette dormait toujours les yeux grands ouverts sur l'ailleurs, et elle était sujette à des évanouissements. Le Dr Black était venu voir s'il pouvait quelque chose pour elle. Ne trouvant pas de cause à ses malaises, il la déclara anémique et prescrivit du foie de bœuf cuit dans une poêle en fer, mais Nola boudait toute nourriture, à l'exception du chocolat.

L'école indienne de Talbert était toute proche, en ville, et lorsque les enfants y entrèrent, on les autorisa les premiers temps à rentrer chez eux le weekend.

À leur premier retour au foyer, Belle se réjouit de

les revoir, même s'ils avaient déjà pâli et perdu de leur vivacité. Elle voulait tout savoir de l'école.

« Ce sont des adeptes du rang. Tous sur une seule file », déclara Ben, comme si ce détail devait, à lui seul, satisfaire sa curiosité — ce qui n'était pas loin d'être vrai. Puis il monta à l'étage et frappa à la chambre de Nola. Pas de réponse. Il entrouvrit la porte et vit dans le miroir le reflet de la fillette assise, ses longs cheveux dénoués autour de son petit visage. Il entra, approcha une chaise du lit et ouvrit une boîte de chocolats fourrés qu'il avait achetée pour elle.

Ce vendredi soir là, Nola dévora les sucreries d'une seule traite et, tandis que Belle grondait Ben, lui reprochait de céder aux caprices de la petite, tandis que Nola berçait ses maux de ventre, Watona se remplissait de monde. Une vente devait avoir lieu le lendemain ; des sites de forage seraient mis aux enchères, et la ville débordait d'activité. Aux carrefours, des jeunes gens se tenaient, nonchalants, mains dans les poches. Les hommes arboraient de belles bottes neuves en peau de serpent. Des femmes aux cheveux courts dansaient dans les rues en faisant tourner leurs longs colliers en perles de culture. Un Blanc et une Noire se marièrent à la lumière d'un réverbère avec deux chiens pour témoins. Le juge de paix encra les pattes des chiens et apposa leurs empreintes sur le contrat de mariage tandis que les nouveaux époux s'embrassaient. Trois Indiennes hilares portant fourrures partageaient une bouteille avec deux jeunes gens. Vêtue de toile à sac et les cheveux tressés, une vieille Anglaise, connue sous le nom de Buckskin Liz[1], trans-

1. Liz Peau de Daim (N.d.T.).

portait un chat en costume trois pièces noir. Jim Josh, le vieil Indien réputé pour ses talents de jardinier, se frayait un passage parmi la cohue pour rejoindre Louise Graycloud aux petits yeux et Floyd, son mari blanc, au bar clandestin de Dreyer où le phonographe distillait des blues crachouillants, où les femmes sur leur trente et un agitaient les épaules en cadence, à deux doigts de quitter les tables en dansant, totalement ignorées par leurs compagnons.

Louise Graycloud paraissait aussi jeune et fraîche que sa fille Rena ce soir-là. Elle fumait une cigarette, sourit à Jim Josh lorsqu'il vint s'asseoir en face d'elle. Il portait une chemise de flanelle et des bretelles. De l'autre bout de la table, il lui cria : « Tu connais la nouvelle ? J'ai acheté une voiture.

— Ce n'est pas trop tôt. » Elle souffla la fumée par le nez. « Tu as les jambes en compote depuis que je suis toute petite. » Elle sourit, puis ajouta après coup : « J'ignorais que tu conduisais.

— Oh, que non. Tu n'es pas près de me voir derrière un volant. »

Avant qu'elle ne lui demande pourquoi il avait acheté une voiture, Walker, celui dont le cœur était sain, se joignit à leur table, apportant avec lui son habituelle bouteille de soda à l'orange.

Louise sourit à Walker. « Salut toi. Tu le savais que Jim Josh avait une voiture neuve ?

— C'est merveilleux, pas vrai ? Tout est merveilleux », répondit Walker de sa voix grave. Il souriait. Il se sentait bien. Il était libéré de ses dettes. « Et ton lumbago, Jim ? Ça va mieux ? » s'enquit-il.

Louise souffla la fumée vers le plafond. Floyd parcourait la pièce des yeux, calculait les quantités de rhum et de whisky bues. Il tenait ses comptes dans sa tête, évalua à quatorze le nombre de bouteilles ouvertes aux différentes tables.

« Vous avez entendu l'histoire de Tex Younger ? » Louise se pencha en avant. « L'artiste de foire, vous voyez qui c'est ? Eh bien, il a retrouvé trois Indiennes disparues.

— Je n'ai pas entendu parler de ça. » Jim Josh chercha ses yeux. Elle regardait à droite et à gauche. « Depuis plus d'un an qu'elles étaient parties, on les croyait mortes. C'est un Blanc qui les a enlevées. » Louise se redressa, fixa son attention sur Jim Josh. « Elles étaient toutes les trois enceintes de lui et n'avaient que onze et douze ans. Il comptait attendre qu'il y ait prescription pour ne pas être accusé de rapt quand il irait au tribunal revendiquer les titres de propriété. » Elle s'interrompit pour boire, donna une tape sur le bras de Floyd. « Tu m'écoutes, au moins ?

— C'est affreux.

— Affreux ? C'est tout ce que tu trouves à dire ? » L'alcool rendait sa voix pâteuse.

« C'est une belle merde.

— Tout va mal, reprit-elle. Et la maison de Benoît par-dessus le marché. » Elle se tourna vers Jim Josh en quête de confirmation, puis elle agita tristement la tête et baissa les yeux.

« Sale histoire », intervint Walker à son tour.

Jim Josh opina du chef. Il vida son verre, se leva de table et prit congé de Louise, puis, boitant dans ses bottes militaires de cuir noir ciré, il se retira pour regagner la cabane de planches nues dans laquelle il vivait seul, soulagé d'échapper à l'odeur de whisky, de fumée, et aux récits de misères véridiques qu'on se raconte autour d'un verre. Lorsqu'elle était encore en vie, sa femme affirmait qu'il voulait les roses sans les épines ; cela restait vrai, et s'il avait eu plus que sa part de malheurs, il demeurait gai malgré ses douleurs et ses vieux os.

Tout en rentrant chez lui dans le noir, Jim Josh chantait un chant de route. Les derniers bourdonnements et crépitements d'insectes dans les champs de l'automne s'arrêtèrent un moment. Les arbres, le paysage, toute la nature écoutait le beau chant du vieil homme.

Cette nuit-là, à mi-chemin de la ville, Michael Horse réfléchissait au monde qui vit dans le feu lorsqu'il entendit le chant de route. Un frisson le traversa jusqu'au plus profond de son être, et il sut que c'était Jim Josh. Personne ne chantait comme Jim Josh.

Horse avait une mission en ville. Plus d'une, en vérité. Un peu plus tôt, il avait fait un rêve terrible à propos d'un Osage nommé John Thomas. Dans son rêve, Thomas était abattu d'une balle sous le célèbre arbre des ventes, l'arbre au cœur de la ville sous lequel, demain, les droits sur le pétrole seraient mis aux enchères, achetés et vendus.

Horse avait frappé à la porte d'Ona Neck, lui avait raconté le rêve.

Et la vieille d'agiter la tête. « À croire qu'il y a toujours quelqu'un qui prend des mauvais coups ici. » Mais elle était montée en voiture sans rechigner, s'était laissé conduire jusqu'au tipi de Horse tout proche de chez elle pour veiller à sa place sur le feu du peuple.

Horse avait une autre raison de prendre le chemin de la ville, une raison qui l'avait poussé à faire un petit somme plus tôt dans la soirée — la partie de poker. C'était un joueur médiocre, mais il aimait ce jeu, et les autres se réjouissait toujours qu'il soit des leurs, car ses talents prophétiques et divinatoires ne s'appliquaient pas à sa vie, surtout lorsqu'il s'agissait de cartes. Il projetait donc d'avertir Thomas qu'il était en danger avant d'aller jouer au poker. Il songea même qu'il pourrait emmener Thomas avec lui afin que les autres veillent sur lui.

Il conduisait lentement. Au tournant de la route, la silhouette chantante de James Josh apparut dans la lumière de ses phares. Horse freina.

Josh s'approcha de la voiture. « Tu veux bien me raccompagner ? Mes pieds me font un mal de chien. »

Horse lui ouvrit la portière de sa décapotable fraîchement repeinte, puis il fit demi-tour et repartit d'où il venait, jusqu'à la cabane de Josh. Et là, garée devant la porte, il vit la voiture flambant neuve. Elle était jaune. « Qu'est-ce que c'est que ça ? » s'étonna-t-il.

Josh le dévisagea. « Tu deviens aveugle, ou quoi ? C'est une voiture. » Puis, comme s'il devinait ses pensées, il ajouta : « C'est juste pour décorer. » Il ouvrit sa portière mais, avant de descendre, il demanda à Horse : « Tu as déjà entendu parler d'Edison ? Thomas Edison. J'ai lu des trucs sur lui. C'est le type qui a inventé la lumière électrique.

— C'est bon à savoir », dit Horse. Il lui tardait de repartir.

« Il a changé le monde. » Les yeux de Josh brillaient. « Écoute, pourquoi tu ne resterais pas un moment avec moi, je vais te faire une tasse de sassafras. » Il se pencha pour se mettre au niveau de la vitre. « Il est tout frais. Je viens juste de déterrer les racines.

— Pas ce soir. Il faut que je retrouve John Thomas.

— Oh, je le connais. Il habite là-bas, dans la plaine, non ? Tu as eu une vision sur lui ? »

Horse ne voulut pas répondre. Il avait hâte de s'en aller mais s'efforça de rester courtois. « Moses Graycloud fait un poker dans sa grange. Tu veux venir ?

— Je suis trop vieux pour le poker. Comme pour tout ce qui se fait de nuit. »

Horse rit de bon cœur. Rien ne pressait, il retrouverait Thomas à temps, sûr et certain, puisque, dans son rêve, il l'avait vu au loin sur un chemin. Il lui tardait cependant de partir — par précaution. Il prit congé et s'éloigna en direction de Watona.

Lorsqu'il arriva en ville, les rues étaient noires de monde, des gens d'ailleurs pour la plupart. Ils parlaient, criaient et riaient, mais Horse n'en avait cure. Il traversa Watona et sortit de la ville pour se rendre chez Thomas. Il pensait savoir où il habitait, mais il eut beau tourner, virer et recommencer, impossible de retrouver la petite maison brune, nichée dans un bosquet de pacaniers.

À son retour en ville, Horse aperçut Floyd et Louise qui sortaient du bar clandestin en titubant un peu. Se souvenant que Floyd était un ami de Thomas, il arrêta sa voiture et klaxonna. « Floyd », appela-t-il pour attirer l'attention du jeune homme.

Se tenant par la taille, Floyd et Louise se détachèrent de la foule pour s'approcher de la décapotable.

« Floyd, tu es bien un ami de John Thomas ? » s'enquit Horse.

Le jeune homme acquiesça de la tête. Il paraissait heureux.

« Tu ne l'aurais pas vu, ce soir ?

— Il était au bar tout à l'heure. Pourquoi ?

— J'ai un mauvais pressentiment. Je crois qu'il est en danger. »

Louise disait quelque chose. Floyd ne distinguait pas les paroles de Michael Horse couvertes par sa voix. « Tu peux répéter ?

— John Thomas. Il a des ennuis. »

Mais Louise, ivre, continuait à parler de Tex Younger et des jeunes Indiennes enlevées qu'il avait retrouvées près de la frontière. Ses vêtements étaient froissés.

Horse s'efforça de parler plus fort qu'elle ; « Floyd, tu pourrais lui mettre la main dessus ? Lui transmettre l'avertissement de ma part ?

— Ouais. C'est bon. Je vais faire un crochet par chez lui en rentrant. J'ai la voiture de Moses.

Louise s'interrompit dans ses élucubrations. Elle concentra son attention sur Horse, l'examina et dit : « À propos, tu ne te serais pas un peu trompé dans tes dernières prédictions ?

— Ne l'écoute pas, elle a un coup dans le nez.

— Hé ! hurla encore Louise. Elle n'était pas dorée, ta voiture ?

— N'oublie pas Thomas », conclut Horse avant de redémarrer. Il ne doutait pas de Floyd qui, en homme de parole, préviendrait le jeune Thomas qu'il lui fallait se faire discret. Toutefois, par précaution, il se mit une fois encore à sa recherche, repartit en direction du bosquet de pacaniers. Toujours rien. Comme si la maison s'était évaporée. Il parcourut de nouveau la ville, prit encore quelques chemins détournés.

Après que Horse eut quitté Floyd et Louise, un jeune homme blanc en monocycle passa devant le couple. Un coup de vent souffla son chapeau qui vola sous le nez de Louise. L'Indienne qui accompagnait le cycliste — que tous reconnurent pour une des filles Billy — riait en poursuivant le chapeau. Elle le coiffa sur ses longs cheveux raides et fit mine de fumer le cigare. Un chien se lança à ses trousses en jappant. Tout était en mouvement, et lorsqu'un énorme camion chargé de matériel pétrolier arriva, tous s'interrompirent pour le regarder passer. Il se dirigeait vers la concession des Phillips. Les spectateurs l'acclamèrent en agitant les bras comme si c'était J. P. Getty[1] lui-même, jusqu'à ce que le rouge des feux arrière s'estompe dans la nuit. Ils restèrent un moment, attentifs et silencieux, à fixer l'endroit où le camion avait disparu, et lorsqu'ils se retournèrent, ce fut pour voir les chiens de John Stink qui geignaient et se comportaient bizarrement, les oreilles couchées en arrière. La meute agitée n'était plus qu'un grouillement de queues et de museaux.

« Qu'est-ce qui se passe, ici ? » s'enquit Floyd. À peine avait-il formulé la question qu'il aperçut John Stink étendu sur le sol au beau milieu de ses chiens frénétiques.

Après un seul coup d'œil au corps du vieux Stink, l'homme au monocycle laissa tomber son engin pour courir chez le Dr Black.

Le médecin arriva bientôt, suivi du jeune homme

1. Jean Paul Getty, 1892-1976 ; fortune pétrolière, et l'un des hommes les plus riches du monde (N.d.T.).

qui portait sa sacoche de cuir noire contenant des sels et des seringues.

Les chiens grognèrent d'abord contre l'intrus puis, comprenant que ses intentions étaient bonnes, ils s'écartèrent pour le laisser examiner le corps de John Stink.

« Je ne sens pas de pouls », dit le médecin. Il plaça un miroir sous le nez de Stink. Il écouta son cœur. « Je suis désolé. » Il leva les yeux vers la foule, agita la tête. « Je suis désolé. » Mais il écouta encore une fois la poitrine de Stink. Puis il déclara le vieillard mort, et quand on transporta Stink à la morgue, les chiens suivirent son corps.

Dans son ivresse, Louise s'assit sur le trottoir et se mit à pleurer parce qu'il n'y avait personne pour prendre soin des chiens. Elle pleurait si fort que, pour la réconforter, Floyd lui promit de le faire. « Ne pleure pas, ma chérie. Je m'occuperai d'eux. Je leur prendrai des os chez le boucher de Mare Hill tous les jours. Compte sur moi.

— C'est vrai ? » L'air attendri, Louise ne pleurait plus. « Oui. Je veillerai sur eux.

— Tu es un amour. » Elle plongea dans ses yeux et sourit tandis qu'il l'aidait à se relever.

Ils allèrent jusqu'à la voiture, et Floyd les conduisit chez eux.

Cette même nuit, Hale, le pétrolier, resta tard au bar clandestin de Dreyer. Un dénommé Mardy était assis près de lui. Ce Mardy avait un physique de jeune brute et de maigres cheveux couleur paille qui laissaient entrevoir la peau rose de son crâne. Il parlait rarement.

« Walker a des envies de suicide, déclara Hale. Je l'ai croisé aujourd'hui. Il m'a dit qu'il voulait se tuer. »

Mardy agita la tête, d'un air de dire que c'était bien triste de voir les gens à ce point dévorés par les soucis.

« J'ai tenté de le raisonner », reprit Hale. Il fronça les lèvres. « Mais il n'en démord pas. Tu sais, s'il se suicide, son assurance vie ne vaut plus rien.

— C'est bien bête. » Et Mardy agita de nouveau la tête.

« Oui, c'est bête. » Hale marqua une pause, il observait Mardy, laissait ses paroles faire leur chemin sous ce crâne rose. Enfin, il demanda : « Elle te plaît toujours, cette Buick ? »

Et Mardy : « Si elle me plaît ? » Il agita la tête, s'imaginait déjà au volant de la Buick noire, propre comme un sou neuf, qui tournait comme un charme. « C'est une fameuse bagnole.

— Je pense qu'on peut se rendre un petit service mutuel. » Hale se pencha vers le jeune homme pour lui exposer son plan. Il leur fallait faire vite, expliqua-t-il, avant que l'autre se suicide et invalide ainsi sa police d'assurance. Il s'efforça de convaincre le jeune homme aux joues roses que ce n'était pas un meurtre, pas vraiment puisque, de toute façon, il allait se tuer, simple question de temps. Ce serait en vérité soulager de son fardeau ce misérable Indien qui ne songeait qu'à mourir pour être débarrassé de sa triste vie solitaire. « D'ailleurs, dit encore Hale à Mardy, le pauvre Walker n'a rien au monde, rien à attendre de la vie, qu'une bonne lampée de whisky de temps en temps. »

Et Mardy de répondre : « C'est bien triste. »

En arrivant à la grange des Graycloud, Horse s'efforça de ne plus penser à John Thomas. À quoi bon s'inquiéter ? On pouvait compter sur Floyd. Et puis, les paroles cinglantes de Louise éméchée résonnaient encore à ses oreilles. Il en venait à douter de ses capacités divinatoires. De toute façon, il ne pouvait rien faire de plus.

Il régnait dans la grange une forte odeur de chevaux et de foin. Les hommes se réjouirent de voir arriver Michael Horse avec son sac de pièces. Les plus jeunes se levèrent de leur siège pour lui serrer la main en hochant la tête ; les plus vieux cherchaient son regard. Ils réprimaient leur joie de l'avoir parmi eux. Sa présence leur donnait plus de chances de gagner — ou du moins de ne rien perdre. Puis ils se remirent au jeu. La lumière de la lanterne jetait de longues ombres à travers la grange.

Horse avait emprunté de l'argent à Moses quand Floyd arriva à son tour. Debout près de la porte, il paraissait nerveux. Ses cheveux blonds s'étaient échappés de sa queue de cheval. Il avait bu et tenait son chapeau à la main. En le voyant, Horse comprit que quelque chose clochait. L'angoisse s'empara de lui. Il était sûr que Floyd venait leur annoncer qu'il avait retrouvé le corps de John Thomas.

« Moses ? » dit Floyd à son beau-père.

Moses se tourna vers lui. « Oui ?

— Je pourrais te parler ? »

Moses alla jusqu'à la porte. « De quoi s'agit-il, Floyd ? » Son gendre était à l'évidence très malheureux, et il sentait le whisky.

Horse tendit l'oreille pour entendre ce que disait Floyd. « Moses, c'est John Stink. Il est mort ce soir. »

Moses le fixait, incrédule. « Quoi ? » Ses yeux scrutèrent les traits de Floyd. « Que s'est-il passé ?

— Je n'en sais rien. Nous pensions que c'était sans doute une crise cardiaque. Mais quelqu'un a dit qu'on l'avait peut-être empoisonné. »

Quand Moses se rassit, il était si pâle que les autres posèrent leurs cartes et lui demandèrent ce qui n'allait pas. « Stink est mort », répondit Moses. Il aurait volontiers abattu son jeu.

« John Stink ne reviendra pas parce que tu souffres, Moses, déclara le fils d'Ona Neck. Nous devrions au moins finir ce tour. »

Tandis qu'ils terminaient la partie en silence, Horse se demandait si son rêve concernait John Stink et non pas John Thomas.

Et puis, quelqu'un redistribua les cartes. Tout en évoquant le vieux Stink, ils se tinrent le raisonnement qu'il n'y avait rien de mieux à faire. De toute façon, ils ne dormiraient pas. Mais les moments de silence se prolongeaient, interminables et, au terme de la nuit, Horse devait de l'argent à Moses, et Moses avait parié une vache, une bonne reproductrice qu'à son grand soulagement, il n'avait pas perdue.

Le jour se levait quand ils remisèrent leurs cartes. En refermant la porte de la grange, Moses avait envie de pleurer. Le cœur serré, il regagna la maison obscure et monta à l'étage.

À peu près au même moment, John Thomas déboulait en trombe dans Watona au volant de sa voiture. Fin soûl, il avait les cheveux en bataille et la chemise sortie du pantalon. Laissant le moteur tourner, il courut comme un fou à travers la ville en hurlant : « Je sais qui a tué Grace Blanket », en jetant des dollars d'argent dans les vitrines des magasins, fracassant le verre. Il pleurait, il criait, il arrachait sa chemise tel un possédé. Apeurés, les habitants du centre fermèrent fenêtres et stores. John Thomas tira un coup de feu — ou bien ce fut un autre —, et l'on n'entendit plus que la voiture de Thomas dont le moteur tournait à vide. Le silence était revenu.

Au lit avec Louise qui l'enveloppait comme une pieuvre dans son inconscience éthylique, Floyd se redressa soudain. « Et zut ! » s'écria-t-il. Dans le chaos de la nuit, il avait oublié d'avertir John Thomas.

« Voyons, chéri, ne t'inquiète donc pas. » Louise resserra son étreinte. Elle lui rappela que Horse se trompait depuis un bout de temps dans ses prédictions.

« Cela ne prouve rien », dit Floyd. Elle tenta de l'embrasser mais il se dégagea, enfila son pantalon et, malgré les protestations de Louise, il prit le volant et partit pour les plaines dans la nuit noire.

Floyd se souvenait du chemin pour atteindre la petite maison brune, mais rien n'y fit, il ne la retrouvait pas. Il avait dû passer devant à plusieurs reprises quand, enfin, il l'aperçut. La porte en était grande ouverte. Floyd entra. Il y avait une bouteille vide sur la table, ainsi qu'une pile de journaux et de magazines, mais pas trace de Thomas, ni même de sa voiture. Floyd lui laissa un mot sur la table et repartit vers la ville. Il écuma les rues pendant une bonne heure et finit par tomber sur la voiture de Thomas, abandonnée en bordure de route. Le moteur tournait toujours. Les clés étaient dessus et les portières ouvertes. Floyd coupa le contact puis marcha quelque temps au hasard des rues avant de renoncer et de rentrer chez lui.

Il y avait dans l'air un silence pesant quand le soleil brûlant se leva, le lendemain matin. Floyd, qui avait mal dormi, devait emmener Ben chasser le lapin et camper à quelque distance de là. Ils projetaient de s'absenter plusieurs jours. Quand l'ami de Floyd, qui travaillait au Magasin Bleu, s'arrêta devant la maison et klaxonna, les deux autres embarquèrent à l'arrière de la voiture. Floyd parla surtout de la mort de John Stink, mais il pensait à John Thomas.

L'enterrement de John Stink n'occupait les esprits que d'une poignée de personnes. C'était une affaire urgente, d'autant qu'il faisait chaud et que le croque-mort respectait les coutumes indiennes, de sorte que John Stink n'était pas embaumé, et son corps commençait à se décomposer. Cependant, le vieillard semblait encore vaguement tiède quand Joe Billy le prépara pour l'enterrement. Il lava le vieux et lourd colosse, le frotta avec de la sauge et de la farine de maïs. Le cercueil était peint en noir, selon la tradition et, en fin d'après-midi, quand le pire de la chaleur fut passé, le révérend Billy retourna aux pompes funèbres, enroula John Stink dans un long drap mortuaire puis, aidé de trois jeunes porteurs qu'il avait engagés à ses frais pour cette tâche, il mena le cercueil à l'église sur un chariot tiré par quatre chevaux blancs

En raison de la canicule, peu de gens assistèrent aux obsèques. Jim Josh, que ses pieds enflés faisaient souffrir, ne vint pas, et la plupart des autres restèrent chez eux, accablés par la chaleur, à s'asperger d'eau froide et à croquer de la glace prélevée sur les blocs de dix livres qui trônaient dans de petites mares. Les jeunes ne connaissaient pas Stink de toute façon — pas personnellement, du moins ; ils savaient que c'était un ermite ami des chiens qui appréciait les cigares et vivait sur une colline au-dessus du terrain de golf avec sa meute. Ils l'avaient croisé de temps en temps, avaient vu ses casseroles et ses poêles suspendues aux branches des arbres. La rumeur courait que le vieillard était millionnaire et d'ailleurs, les journaux avaient tant parlé de sa fortune que le tuteur légal de John Stink recevait des propositions de mariage par centaines, lettres de femmes venues des quatre coins du pays.

L'enterrement eut lieu en fin d'après-midi, au moment où le soleil donnait sur le vitrail de Jésus avec son agneau, répandant sa lumière sur les bancs de bois. Belle et Moses y assistaient. Belle était sereine, silencieuse. Moses étudiait une dernière fois l'ossature et les rides du visage encore si vivant du vieux Stink avant que le géant muet ne disparaisse à sa vue pour toujours.

Payés comme porteurs par le révérend Billy, les trois jeunes gens n'étaient là que pour la somme qu'il leur offrait. Assis au dernier rang, ils ne s'intéressaient pas plus aux anciennes coutumes indiennes qu'aux traditions chrétiennes plus récentes.

Martha Billy se tenait derrière son époux, ses cheveux blonds tirés en un chignon sévère. Malgré la canicule, elle portait une robe noire, boutonnée jusqu'au cou. Moses vit que ses yeux étaient rougis de larmes. Ces yeux gonflés la lui rendirent chère. Il avait toujours cru que Martha Billy cachait des distances glaciales derrière la gentillesse de ses poignées de main.

Les chiens de John Stink étaient là, eux aussi, assis tels des sentinelles dans les rayons d'or qui tombaient sur eux depuis les vitraux. Dressés sur leur maigre arrière-train, ils étaient attentifs.

Moses regretterait l'homme qui portait un fichu rouge sur la tête, le vieux Ho-Tah-Moie, car tel était son véritable nom — Tonnerre-Grondant. John Stink, ou plus exactement Ho-Tah-Moie, avait contracté dans l'enfance une maladie répandue parmi les populations indiennes par les chétifs colons qui toussaient. Les Indiens, qui en croyaient les porcs des colons responsables, l'appelaient autrefois « maladie du cochon » ; par la suite, elle reçut le nom de scrofule.

C'était une forme de tuberculose, caractérisée par des ganglions et des lésions cutanées. La maladie s'accompagnait d'une odeur putride, et c'est pour cette raison que les agents de Washington avaient rebaptisé le bonhomme « John Stink » — Jean-qui-pue.

« Ainsi, nous rendons à présent John Stink à la terre, de son vrai nom Tonnerre-Grondant, enfant de Dieu, dit le révérend Billy. C'est un homme qui vivait proche de Dieu, sous son arbre là-haut, à Mare Hill, un homme affligé par la maladie et aimé des chiens. » Le prêtre marqua une pause, chercha les mots pour décrire le personnage qu'il ne connaissait pas très bien, puis ajouta : « C'était un homme bon », ce qui était non seulement vrai, mais aussi le plus grand compliment qu'un Indien puisse faire à un autre.

Puis les chevaux blancs s'éloignèrent de l'église, tirant le cercueil noir. Une lumière rouge baignait alors le paysage. Le révérend Billy tenait les rênes. Belle et Moses étaient assis près de lui. Ils chantaient, et Moses, chargé du tambour, frappait le rythme lent d'un chant de deuil. À l'arrière du chariot, les jeunes porteurs qui ne connaissaient pas le chant écoutaient, jambes pendantes, en regardant le sol défiler sous leurs bottes au cuir éraflé.

Belle avait hésité, ce jour-là, déchirée entre son désir de voir John Stink rendu à sa mère la terre, et son inquiétude pour Nola. Le souci qu'elle se faisait pour la fillette l'emporta finalement, et elle demanda à Joe Billy de la déposer au croisement de la route qui menait chez elle. Ayant atteint l'endroit, il s'arrêta. « Tu ne veux vraiment pas que je te reconduise à ta porte ? » s'enquit-il.

« Non, ça ira comme ça. » Elle descendit du chariot, releva les yeux vers lui pour le rassurer d'un : « Ça ira bien, merci. » Puis elle s'éloigna dans sa robe sombre, se retourna une fois pour regarder le cercueil noir qui cheminait en cahotant.

Lorsque Belle arriva en vue de la maison, les guetteurs se tenaient à leur poste dans les premiers rayons du couchant. Belle les salua d'un hochement de tête en remontant l'allée. Elle s'interrogeait sur eux, se demandait s'ils dormaient ou si, comme les chevaux, ils se reposaient debout. Elle connaissait le Peuple des Collines, mais ces hommes lui étaient étrangers. Leurs traditions demeuraient secrètes. Bien que troublée par leur mystérieuse présence, Belle devait reconnaître qu'ils apportaient un sentiment de sécurité.

Dans la cuisine, Belle cassa de la glace dans quatre verres qu'elle remplit d'eau et porta dehors aux guetteurs. Ses dernières abeilles volaient autour des plantes grimpantes, près de la porte. Elle les entendait.

D'un pas lourd, elle monta l'escalier obscur qui menait à la chambre où dormait Nola. Lettie était assise au chevet de la fillette. Nola ne vomissait plus mais sommeillait dans le lit, grise et maigre, le visage tourné vers le mur, le blanc des yeux apparent.

La pièce sentait le renfermé. Belle alla à la fenêtre pour l'ouvrir davantage et, de la fenêtre de la chambre, elle aperçut les lents chevaux blancs qui cheminaient vers le cimetière, tirant le cercueil noir de John Stink. Les chiens de Stink suivaient.

Le chariot longea d'abord le cimetière chrétien, avec ses anges et ses agneaux. Le ciel était rouge. Les feuilles des chênes, sèches. À un moment donné, l'attelage fit une halte pour laisser passer une lente migration de tortues. C'était leur dernier voyage avant qu'elles ne s'enfouissent dans le sol pour hiberner. Elles traversèrent la route, leurs carapaces baignées par le soleil déclinant. Lorsque la dernière tortue fut en sécurité, les hommes repartirent vers l'ancienne nécropole. Moses et Joe Billy chantaient toujours leur lent chant grave et, à mesure que le soleil baissait, l'ombre des chevaux s'allongeait. Un coyote se mit à suivre derrière les chiens.

Des monticules funéraires marquaient le lieu où les ancêtres étaient redevenus poussière. Les hommes ôtèrent leur chapeau par respect avant de prendre les pelles dans le chariot pour creuser la terre consacrée. Moses y répandit du tabac. Les premiers sons des insectes du soir se joignirent au bruit des pelles. Une bande de feu sombre séparait le ciel des collines.

Autrefois, les morts étaient enterrés assis, tournés vers l'est, sous des pierres empilées, avec une ouverture, une sorte de fenêtre devant le visage du défunt. Elle permettait au voyageur de voir la sombre route qu'il lui fallait suivre dans le monde de la mort. Mais en 1922, cette tradition avait déjà été interdite par la loi ; les Américains redoutaient la vie invisible des microbes et bactéries qui s'emparaient de la chair humaine dont ils faisaient leur territoire. Les Indiens trouvaient cependant moyen de concilier les anciennes coutumes et les nouvelles. Ainsi, ce soir-là, les hommes creusèrent un trou étroit et profond pour que la bière puisse y tenir debout. Après quoi, ils en ôtèrent le couvercle, attachèrent John Stink avec des cordes, et descendirent le cercueil en terre de manière à ce que le défunt soit face à l'est.

Le révérend Billy déplia un carré de toile rouge et prit dedans une plume d'aigle. Tandis qu'il agitait la plume au-dessus de la tombe et priait en langue creek, les hommes gardaient les yeux baissés. Lorsqu'il eut prié en anglais, tous dirent « Amen », puis ils entassèrent les pierres du monticule. Ils ménagèrent une petite ouverture et, avant de remonter dans le chariot, Moses et Joe Billy regardèrent par ce trou les yeux clos du vieillard. Ils lui dirent des paroles d'adieu avec leur cœur.

Il faisait sombre. Moses alluma une lanterne. Ils s'éloignaient déjà quand Joe Billy remarqua que les chiens ne suivaient pas. Il appela le plus gros : « Viens Kuma, ici. » Il siffla, tint la lanterne de côté afin de les voir. Quelques-uns vinrent à lui, la queue entre les pattes, mais dès que le chariot s'ébranla de nouveau en direction de la ville, les chiens regagnèrent le monticule pour se coucher sur le sol. L'attelage avait à peine parcouru quelques mètres qu'ils se mirent à gémir et à gratter la terre, comme s'ils comptaient déterrer le corps de John Stink. Un gros chien parvint à écarter une pierre. Inquiets, les hommes s'arrêtèrent. Ils craignaient que les chiens n'exposent le visage de John Stink, et que le coyote qui observait de derrière les monticules ne ronge sa tête jusqu'à l'os, ou encore que des pilleurs de tombe comme ceux qui avaient enlevé le corps de Grace fassent main basse sur les restes de John Stink.

Joe Billy mit pied à terre. « Kuma ! » Il s'avança vers le chien. Mais, cette fois, aucun d'eux n'approcha. Ils le fuyaient, furtifs, l'échine basse. L'un d'eux le menaçait en grondant. Joe Billy appela de nouveau en tapotant sa cuisse, s'efforça de les convaincre, mais il dut renoncer. Toutefois, pour protéger le vieillard, il alla jusqu'au monticule et fit rouler des pierres plus grosses dessus, des pierres que les chiens ne pourraient déplacer. Après quoi, il reprit les rênes et partit dans la nuit, sans les chiens pour le suivre, accompagné par le seul son des sabots et la lumière de la lanterne sur la croupe blanche des chevaux.

Malgré l'obscurité, il faisait encore chaud. Les grenouilles chantaient dans des mares distantes. Les voyageurs entendirent la plainte du coyote monter depuis la nécropole. Une fois de plus, le chariot passa devant les anges de pierre aux inquiétantes ailes blanches dans la clarté lunaire. Moses tenait la lanterne dont la lumière tombait sur le côté de la piste poussiéreuse.

Pas bien loin du cimetière, à la lueur de sa lanterne, Moses aperçut quelque chose qui ressemblait à une silhouette d'homme étendu en bordure du chemin. « Halte ! » dit-il, et il sauta à terre pour examiner le corps. Les mains de Moses tremblaient. L'homme aux cheveux noirs gisait à plat ventre, le visage dans la poussière, la chemise en bataille. Moses se pencha sur lui pour y regarder de plus près. « Enfer et damnation, c'est John Thomas ! »

Thomas avait pris une balle dans le cou. La blessure béante lui entaillait la gorge, horrible, violente.

Les jeunes gens bondirent du chariot. Dans leur jeunesse, ils étaient simplement curieux de voir la mort en face. Mais ce premier moment passé, c'est avec une profonde tristesse qu'ils chargèrent Thomas dans le chariot et regagnèrent la ville avec le corps inerte dans le plus grand silence. Ils longèrent les exploitations pétrolières et les bois noirs, ils passèrent devant des fermes, devant le bétail à face blanche, devant un lit aux draps inondés de clair de lune, et c'est en passant devant le dormeur qu'ils virent le ciel rouge embrasé et sentirent l'épaisse fumée. Les chevaux la sentirent aussi et renâclèrent, apeurés. Leur instinct leur soufflait de retourner au cimetière, de fuir les langues de feu brûlantes qui s'élevaient, clairement visibles, sur l'horizon. Le coyote qui avait suivi le cortège funèbre se mit à hurler au loin en direction de l'incendie. Un autre coyote lui répondit. Dans le chariot, les hommes se consultèrent du regard. La lanterne éclairait le visage de Moses. Joe Billy se tourna vers lui et demanda : « Qu'est-ce qui se passe ? » — comme si Moses pouvait avoir la réponse, la clé qui expliquait cet événement nouveau. Mais il se contenta d'agiter la tête.

Depuis la maison, Belle Graycloud regardait le feu brûler par-dessus les arbres en flammes. Elle s'inquiétait, se détournait de la fenêtre, puis y revenait, le souffle court, précipité. Le feu se rapprochait. Elle entendit la triste plainte des coyotes. Le sol se refermait sur lui-même ; l'air était tendu, agité. Les oiseaux piaillaient dans leurs nids. La peur donnait à Belle la chair de poule.

Le feu se propageait rapidement. Des volontaires de Watona arrivèrent près des bois en flammes au volant de camions-citernes. Ils trempèrent des couvertures et les étendirent sur le sol, mais l'incendie hors de contrôle filait déjà tel un serpent, animé d'une volonté propre. Il allait son chemin, contournait les routes, passait par-dessus l'eau jusqu'au groupe d'arbres suivant, et les flammèches crépitaient, embrasaient la vieille forêt dont l'existence plongeait ses racines en un temps au-delà de toute mémoire vivante. Et Belle savait qu'elle brûlait, Belle redoutait la perte des animaux et des plantes qu'elle abritait, qu'on ne trouvait nulle part ailleurs.

Déjà, les volontaires n'avaient plus qu'un espoir : arrêter le feu avant qu'il atteigne les plaines qu'il traverserait furieusement, dévorant les herbes de l'automne, pour s'étendre aux champs de pétrole puis, au-delà encore, aux maisons construites de bois sec. Ils travaillaient rapidement, creusaient des tranchées, des rigoles, arrosaient les abords de la forêt.

Depuis le porche, Belle vit la fumée brune monter jusqu'à cacher la lune et les étoiles. Elle entendait le grondement du feu qui approchait, et l'odeur de brûlé lui emplissait les narines. Pas de doute, il lui fallait agir avant qu'il soit trop proche. Elle appela : « Lettie ! » Et, le temps que Lettie dégringole l'escalier, elle était déjà au puits, remplissait deux seaux d'eau, puis courait avec son chargement jusqu'au foin sec qui se trouvait à proximité de l'incendie. Les quatre guetteurs se joignirent à elle : ils allaient et venaient, couraient avec des seaux, arrosaient les parois de la grange. Lettie remplissait les seaux au puits. Ses mains tremblaient. Rena la regardait, pétrifiée d'horreur. « Rena ! » hurla Lettie. La fillette sursauta, puis elle fit comme les autres, remplit son seau d'eau à moitié.

« Où est Louise ? » cria Belle à Lettie. « Je n'en sais rien », cria Lettie en retour tandis qu'elle filait vers la grange pour ramener les chevaux plus près de la maison. Tendus, ils rejetaient la tête en arrière, se cabraient, tremblaient de tous leurs muscles. Ils étaient trempés de sueur, haletants, et leurs yeux irrités pleuraient.

L'incendie continua de faire rage pendant un bon moment, drap rouge effiloché courant sur l'horizon, puis, miraculeusement, il franchit un cap et commença de s'éteindre. Les guetteurs parlaient entre eux à haute voix dans la langue ancienne que personne ne comprenait. Belle cessa de tirer l'eau au puits, elle s'épongea le front avec le bas de sa jupe et s'assit. Épuisée, Lettie s'appuya à la margelle. Rena fondit en larmes. Les chevaux hennissaient.

C'est alors qu'ils l'entendirent, qu'ils entendirent l'immense son inquiétant, la terrible et bruyante stridulation des criquets, ce ne pouvait être que cela — un chant si puissant, si sonore, qu'il les enveloppait de lourdeur, comme de l'eau, et la nuit tout entière était contenue dans ce cri.

Belle jeta un coup d'œil autour d'elle, cherchait à repérer l'origine du bruit quand soudain, dans la chambre, Nola se mit à hurler. Belle se précipita à l'intérieur, immédiatement suivie des autres. C'est en atteignant le bas des marches qu'elle les vit, les milliers de criquets sombres qui s'engouffraient dans l'escalier, mus par une seule et même volonté, comme si leur voie était tracée. Belle monta quatre à quatre, écrasant quelques insectes dans sa course. Lorsqu'elle arriva dans la chambre, la nuée tourbillonnait autour de Nola en sanglots. La fillette se pressait contre le mur, paralysée de terreur. Elle semblait minuscule, fragile, apeurée, et les larmes ruisselaient le long de ses joues.

Sous les yeux horrifiés de Belle, les criquets emplissaient la pièce telle une tache de sang sombre qui s'étendait. Le son strident leur vrillait les oreilles. Belle les écartait de ses gestes cependant que Nola pleurait comme une folle, son corps maigre secoué par les sanglots. Belle agrippa Nola, fit tomber les criquets de sa chemise de nuit. Ébranlée, Lettie arriva en courant, bousculant Rena au passage. Elle portait un seau d'eau phénolée dont elle aspergea les criquets sauteurs qui, affolés, endoloris, se ruèrent en zigzaguant vers les marches pour s'échapper. Belle dégagea les insectes de l'épaisse chevelure brune de Nola. Ils cascadaient sur les épaules de la fillette et filaient. Prise de frénésie, comme si on l'avait brisée corps et âme, Nola se mit à frapper le lit de ses poings, à déchirer les draps. En cet instant, elle semblait démoniaque, comme possédée. Belle eut peur d'elle et bondit en arrière. Alors, Nola se saisit du pistolet posé sur la commode et le pointa vers son front. Belle se jeta sur l'arme, écarta Nola d'une secousse, et le coup de feu partit, brisant la vitre. Puis ce fut le silence. Les criquets eux-mêmes s'étaient tus sous le choc de la détonation.

Nola s'effondra en larmes sur le plancher. Belle s'agenouilla près d'elle et lissa ses cheveux derrière ses oreilles. « Ce n'est rien », murmurait-elle pour rassurer la fillette qui pleurait. « C'est fini maintenant. » Elle prit Nola sur sa poitrine, l'enveloppa de ses bras. Un passé de terreur et de chagrin s'était dénoué dans cette enfant. En la serrant contre elle pour la bercer, Belle caressait ses cheveux noirs.

L'un des guetteurs s'agenouilla auprès de Belle et posa sa main brune sur le dos de Nola secoué par les sanglots. Presque instantanément, la fillette cessa de pleurer. Elle se tourna vers lui. Leurs regards prirent le temps de se rencontrer. Nola se calma, les muscles crispés de son visage se détendirent.

L'homme avait un bon regard. Il fixait la fillette qui le fixait aussi.

Belle ne put déchiffrer les paroles contenues dans ce regard, mais il lui sembla que toute une vie s'y échangeait, tout un monde partagé de douleur et d'amour. En cet instant, Belle songea que cet homme était le père de Nola, celui dont l'identité était restée secrète. Elle le regarda à son tour, et leurs yeux se rencontrèrent pour se parler.

Cette nuit-là, le chagrin de Nola commença de refluer. Pour la première fois depuis la mort de sa mère, elle dormit paisiblement, les paupières closes. De temps à autre, elle s'éveillait, allait à la fenêtre pour regarder le guetteur.

Il était tard quand Moses rentra chez lui. Il était las, maculé de cendre. Les porteurs s'étaient arrêtés en route pour prêter main-forte contre l'incendie, expliqua-t-il à Belle. « Mais il y a pire que ces terres brûlées. Nous avons retrouvé John Thomas sur le chemin du cimetière. Il était mort. Abattu d'une balle. »

Quand Louise rentra cette nuit-là, elle était soûle et titubait. Belle l'accueillit à la porte et lui déclara, courroucée : « Je ne t'adresserai plus la parole aussi longtemps que je vivrai.

— Pourquoi ? Qu'est-ce que j'ai fait ?

— Le monde s'effondre sur ses bases, et tu ne penses qu'à faire la noce. »

Cette même nuit, pendant que les hommes qui avaient enterré John Stink se tournaient et se retournaient dans leur lit, hantés par des visions de la gorge ensanglantée de John Thomas, les chiens bâtards geignaient et grattaient le sol autour de la tombe. L'un d'eux creusa un trou, un autre poussa une pierre, l'ôta du monticule. Et, de dedans la tombe, John Stink sentit le choc de la pierre contre la terre. Il entreprit de dégager ses bras des cordes qui le retenaient. Si Houdini le pouvait, songea le vieillard, l'âme du vieux Ho-Tah-Moie le pouvait aussi. Il se débattit jusqu'à se libérer de ses liens, puis il déblaya la terre et, finalement, l'une de ses mains sortit à l'air libre pour y être aussitôt léchée par les chiens heureux.

Les chiens furent les seuls témoins du retour miraculeux de John Stink. Dès que le visage grêlé du vieillard apparut, ils se réjouirent de voir leur maître se relever de la tombe et le léchèrent en jappant.

Avec leur aide, John Stink s'extirpa de son cercueil puis se hissa à la surface avec la corde en guise d'échelle. Ainsi ressuscité, il s'examina. Ses mains étaient à vif, ses ongles épais cassés. Enveloppé dans ce long suaire, il était certes vêtu comme un fantôme. Et ses articulations lui faisaient mal. Mais pour un homme tout juste sorti des griffes de la mort, il était assez présentable.

Quelque chose brûlait, l'air sentait le feu. Les flammes de l'enfer, songea le vieillard. Ce lieu était-il l'enfer ? Mais un détail clochait. Ce monde de soufre était bien silencieux. Les aboiements des chiens ne parvenaient pas aux oreilles de John Stink. Les insectes ne chantaient pas. John Stink se frappa le crâne tout autour des oreilles, secoua la tête dans tous les sens. En vain. Il n'entendait plus rien, pas même les battements de son cœur. Le monde des morts était un lieu de silence.

Il examina l'ouverture par laquelle il était sorti. Effectivement, elle était trop étroite pour permettre l'émergence d'un être mortel. Il s'assit sur le sol au milieu de ses chiens, s'efforça de se rappeler ce qui s'était passé. Et il se souvint. Il se trouvait à Watona, venait d'apercevoir Louise Graycloud quand il avait sombré dans la mort et le noir. Il passa son corps en revue. Pas de blessure par balle. C'était donc un arrêt cardiaque qui l'avait tué, et il se retrouvait là, fantôme destiné à errer dans les limbes du silence. Il se dit que, peut-être, dans le monde des esprits, les hommes n'avaient pas besoin d'entendre ce qu'ils avaient laissé derrière eux, sur la terre.

C'était donc cela, la mort, songea-t-il en resserrant le drap blanc autour de son corps nu. Par habitude sans doute, il prit le chemin de sa cabane de Mare Hill, au-dessus du terrain de golf.

Stink s'estimait déjà plus sage, puisqu'il savait maintenant que les esprits se déplaçaient librement sur terre parmi les mortels. À présent, il comprenait pourquoi ses chiens aboyaient après ce qui lui semblait être des courants d'air, et poursuivaient des ombres que les vivants ne voyaient pas. C'est qu'ils avaient la vue suffisamment perçante pour voir les morts.

Les chiens, qui ne faisaient pas la différence entre les fantômes et les mortels, remuaient la queue en suivant Stink jusqu'à chez lui. Et Stink s'étonnait de cette envie persistante qu'il avait d'un cigare.

*

Michael Horse dormait sous son tipi sans se douter de rien quand Jess Gold et l'un de ses adjoints le réveillèrent.

« Qu'est-ce que je peux faire pour toi, Jess ? » s'enquit Horse en sortant de dessous le rabat ouvert. Il remit de l'ordre dans sa tenue, redressa ses épaules raidies, releva quelques mèches de son front.

« Nous avons des questions à te poser », déclara le shérif. Horse fut aussitôt assailli par de mauvais pressentiments. Des bribes de rêve lui revinrent ; des images de sa propre capture, d'emprisonnement.

Le shérif ouvrit une paire de menottes.

« Que se passe-t-il ? » s'enquit Horse avec le plus grand naturel. Certes, il connaissait Gold, mais il craignait d'être brutalisé par les représentants de l'ordre s'il résistait ou laissait voir sa peur. Jess Gold lui passa les menottes. L'adjoint rentra sous le tipi, en ressortit avec un fusil et un pistolet qu'il pensait être les armes du crime. Dedans, il avait également trouvé un masque à gaz de la Grande Guerre, ainsi qu'un coffre plein de carnets sans intérêt. Et là, horreur s'il en était, il entreprit d'éteindre le feu à coups de pied. Devant la réaction violente de Michael Horse, le shérif — conciliant par devoir envers les Indiens — ordonna à son adjoint d'arrêter sur-le-champ avant d'aller lui-même remuer les braises, croyant que Horse avait jeté quelque objet dans les flammes. Il retourna une bûche enflammée et fouilla le cœur même du feu.

« Ce n'est pas mon feu, dit Horse d'une voix posée.

— Qu'est-ce que tu entends par là ?

— Je n'en suis que le gardien. C'est le feu du peuple indien. »

Gold scruta le visage de Horse. Il semblait si sérieux, avait tant de sincérité dans le regard, que le jeune shérif déclara : « D'accord. Mais il faut tout de même que je t'arrête. Que devons-nous faire pour le feu ?

— J'ignore pourquoi tu m'arrêtes, mais si tu veux bien passer prendre Ona Neck, elle veillera sur le feu jusqu'à ce que nous ayons réglé le problème.

— C'est bon, j'y vais. » Le shérif laissa Horse aux mains de son adjoint et partit en voiture. Horse demanda alors à l'adjoint pourquoi on l'arrêtait.

« Pour la mort de John Thomas. »

Peu de temps après, le shérif revenait avec Ona Neck.

« Tout le monde se fait flanquer en cabane », remarqua celle-ci en descendant de l'auto. Elle pinçait les lèvres, paraissait résignée.

Tandis qu'ils roulaient vers la ville, Horse, inconscient du danger, s'inquiétait davantage de ses prédictions que de sa situation vis-à-vis de la loi. Ses prémonitions lui attiraient bien des ennuis ces derniers temps. Par le passé, lorsqu'il prévoyait une tornade, les Indiens se réfugiaient dans leur cave à patates et jouaient aux cartes à la lueur d'une lanterne en attendant que la tempête passe ; ils suivaient fidèlement ses conseils pour les courses de mulets, pour éviter les lieux où la foudre devait frapper. Seulement, depuis qu'il s'était trompé sur la sécheresse, c'est à peine si on l'écoutait, et voilà que maintenant, John Thomas était mort. N'ayant pu mettre la main sur le bonhomme, Horse se sentait coupable d'avoir fait confiance au gendre de Graycloud pour lui transmettre l'avertissement pendant que lui jouait au poker.

Rendu à la prison, Jess Gold plaça Horse dans un groupe de cellules à l'opposé de celle qu'occupait Benoît — dans la section des femmes. Épuisé, ébranlé par son arrestation, Horse n'aspirait qu'à dormir, mais compte tenu de sa notoriété, les femmes appréhendées cette nuit-là — dont deux pour conduite indécente — se réjouissaient d'avoir le vieux voyant parmi elles et le bombardaient de questions. « Combien j'aurai d'enfants ? demanda l'une.

— Est-ce que j'irai à New York ? Je trouverai du pétrole ? demanda une autre.

— Vous serez toutes riches et célèbres, répondit-il à travers les barreaux. Et maintenant, laissez-moi dormir. »

Horse vivait en ermite et sa disparition serait passée inaperçue. Sans Belle Graycloud, personne n'aurait su qu'il était en prison.

Tôt le lendemain matin, alors que la terre calcinée sentait encore la fumée, Belle s'était arrachée à son lit pour se rendre à Watona livrer des œufs à une vieille femme qui habitait près de la gare. Elle apportait aussi un sachet de bonbons à la menthe pour Jim Josh, un paquet de livres et un jeu de cartes pour Benoît.

Comme toujours lorsqu'elle faisait ses commissions, elle passa rapidement devant la gare, mais, soudain, quelque chose l'arrêta net. Belle se figea sur place, puis elle se retourna pour mieux y regarder dans l'espoir qu'elle avait mal vu. Le spectacle qui s'offrait à ses yeux était un camion rempli de carcasses d'aigles. Des oiseaux brun et doré, aux yeux clos par la membrane blanc bleuté de la mort. Pendant un long moment, Belle parut avoir pris racine. Glacée jusqu'à la moelle des os, elle fixait, incrédule, les aigles sacrés morts. On aurait dit un petit peuple disparu, assassiné et enlevé dans un camion. Près du camion, les chasseurs s'affairaient à compter les aigles.

Il y avait trois cent dix-sept carcasses en tout.

Belle ne garda de la suite que le souvenir confus d'avoir laissé tomber ses œufs sur la route et jeté ses sacs pour se précipiter vers le camion en invectivant les chasseurs.

Ils s'efforcèrent d'abord de se montrer conciliants, mais leurs sourires la laissèrent de marbre. Ils la prirent pour une folle. « Bande de *naholies !* hurlait-elle. Regardez un peu ce que vous avez fait là ! » Elle se mit à ôter les aigles morts du camion, en posa un sur un carré d'herbe. Elle pleurait et parlait une langue qu'ils ne comprenaient pas. Ils tentèrent de la retenir, mais trois hommes n'y suffisaient pas.

Elle abîmait les aigles qu'ils comptaient vendre intacts comme souvenirs.

« Ce ne sont que des oiseaux », dit l'un d'eux dans l'espoir de raisonner la vieille femme hystérique. Mais ces mots ne firent qu'accroître sa frénésie.

« Qu'est-ce que vous avez fait là ? » Elle les chargeait comme un bouc, leur décochait des coups de pied aux jambes. Elle brisa une vitre du camion de sa main nue qu'elle retira coupée, ensanglantée. De nouveau, les hommes tentèrent de l'éloigner, mais elle se remit à charger, à hurler, à les attaquer de plus belle, jusqu'à ce qu'ils soient contraints de la plaquer au sol et de l'y maintenir cependant qu'elle jurait et pleurait à grand bruit. Elle leur crachait au visage, sifflait comme un serpent tandis qu'ils discutaient d'un moyen d'empêcher cette vieille empoisonneuse de les agresser, eux et leur cargaison. Finalement, deux d'entre eux l'enveloppèrent dans des couvertures de laine, l'enroulèrent serré, les bras contre le corps. Ils attachèrent l'étrange ballot avec une corde, la chargèrent en voiture et l'emmenèrent à la prison. Seule sa tête dépassait, et elle continuait à leur cracher dessus, à hurler comme une vieille sorcière, ses cheveux gris de plomb emmêlés autour d'elle.

Prévenant, l'un des hommes ramassa les trois œufs restés intacts, le sachet de bonbons à la menthe, les livres et le jeu de cartes qu'il remit au shérif pour la vieille folle. Après quoi, ils regagnèrent leur camion et se remirent à emballer les aigles dans du papier, de la glace et des copeaux de bois pour le long voyage en train vers les boutiques des taxidermistes à New York, Londres et Philadelphie.

En voyant Belle, Jess Gold agita la tête. Elle était sur le sol, emmaillotée dans ses couvertures. Les cheveux en désordre, elle le foudroyait de son regard perçant. « Je ne sais pas ce que je vais faire de toi », lui dit-il. Et lorsqu'il eut déroulé le ballot de couverture, il se recula vivement de crainte qu'elle le frappe.

« Je ne sais pas », répéta-t-il. Et il agita de nouveau la tête. Belle n'avait pas commis de crime à proprement parler. Elle avait tout au plus causé du tapage, troublé l'ordre public, et s'il avait entendu dire qu'elle devenait une furie dès qu'on la contrariait, ce genre de conduite n'était pas dans ses habitudes. « Je ne sais vraiment pas », dit-il, une fois de plus.

Belle se leva d'un bond. « Arrête-moi si tu l'oses. » Mais le shérif placide ne tenait pas à enfermer la vieille. Au lieu de cela, il envoya prévenir Moses que Belle avait attaqué des chasseurs, lui fit dire que s'il voulait pareille tigresse chez lui, il pouvait venir la chercher et on la lui rendrait de bon cœur. « Je ne serais pas surpris qu'il te laisse ici, déclara-t-il à Belle. Maintenant, tu vas t'asseoir sur cette chaise et ne pas bouger d'un pouce jusqu'à son arrivée, c'est compris ? »

Ce matin-là à la prison, par quelque accident ou par chance, Belle vit qu'on conduisait Michael Horse dans une petite cour.

Horse se livrait à ses prières matinales. Gold tenait à ce que les Indiens soient bien traités, d'autant que Willis, l'un de ses adjoints, était lui-même à demi indien. De sorte qu'on tolérait leurs pratiques religieuses.

Malgré l'ordre du shérif, Belle se leva de sa chaise, courut jusqu'à la porte et s'écria : « Horse ! Qu'est-ce que tu fais là ? »

Il la regarda en clignant des yeux.

« Dis-moi, qu'est-ce qui t'arrive ? » Elle alla jusqu'à lui, suivie de près par le shérif.

« J'avais prévu la mort de John Thomas. Et maintenant, ils croient que je l'ai tué. »

Belle se tourna vers le shérif. « Tu aurais dû réfléchir avant de faire une bêtise. »

Lorsque Moses arriva, elle s'était calmée ; la main enveloppée de gaze, elle allait et venait à travers le bureau. Dans ses vêtements froissés, les cheveux en bataille, elle avait l'air d'une diablesse — du moins était-ce l'opinion de Jess Gold.

Michael Horse dut probablement son salut à cette rencontre de hasard. Sitôt Moses sur place, Belle lui raconta que Horse était en prison pour le meurtre de John Thomas, tué dans la nuit du lundi.

« Vers quelle heure est-il mort ? demanda Moses au shérif.

— Au juste, je n'en sais rien. Entre minuit et deux heures.

— Eh bien, cette nuit-là, Horse a joué au poker avec nous jusqu'à quatre heures du matin. » Contrairement à Belle, Moses demeurait calme dans les moments de crise, et le shérif était enclin à l'écouter.

« Tu en es sûr ?

— Oui, j'en suis sûr. Il a tiré le jeu du mort, les as et les huit vers les deux heures. Tu sais pourquoi on appelle ça comme ça, non ? C'étaient les cartes que Wild Bill Hickok avait en main la nuit où il a été tué.

— Contente-toi de répondre à mes questions. Tu peux me prouver que Horse était au poker ? »

Moses réfléchit. « Oui. J'ai une reconnaissance de dette sur moi. Il est innocent. » Il fouilla dans sa poche et en sortit son portefeuille. Les reconnaissances de dettes étaient datées, et bien sûr calligraphiées dans le style asiatique alambiqué que Michael Horse avait perfectionné vingt ans plus tôt, pendant la rébellion des Boxers en Chine. L'adjoint, qui regardait par-dessus l'épaule du shérif déclara : « Pas de doute, c'est l'écriture de Horse, je la reconnais. C'est la même que sur les papiers dans son coffre. »

Le shérif examina de près la graphie artistique. « D'accord. Si vous en jurez tous les deux. » Il se doutait bien que le devin ne quitterait pas la région.

Son adjoint alla chercher le prisonnier.

« Et toi, ne t'avise pas de filer », dit le shérif au vieil homme en lui rendant ses armes. Et il lui promit que, dorénavant, il le tiendrait à l'œil.

En sortant de la prison, Moses tendit à Belle un parapluie rouge par habitude. Par habitude, elle l'ouvrit. Dans le cercle de lumière flamboyante qui baignait son visage, elle paraissait jeune. Horse en eut un pincement au cœur. Il s'efforça de cacher ce regain d'amour qu'il éprouvait pour elle.

Dans la voiture, elle était assise près de lui. Horse nota que ses vêtements avaient leur odeur de toujours, une odeur fraîche, naturelle. Il n'avait pas encore entendu parler des chasseurs d'aigles et se rengorgeait, assez fier d'avoir été sauvé par la partie de poker et Belle Graycloud. Il lui coula un bref regard, mais il s'adressa à Moses : « À présent, je n'ai plus le choix, hein ? Il faut que je te paie mes dettes. » Les deux hommes éclatèrent de rire. Ils étaient soulagés. Cependant, Horse pensait déjà à démonter son tipi, rassembler sa batterie de cuisine et mettre le tout dans sa voiture avec son coffre rempli de chroniques pour partir loin du monde des hommes et s'installer dans un endroit où aucun mortel ne pourrait le surveiller ou l'entendre proférer la moindre prophétie. Il voulait vivre plus près de la terre. Il voulait aussi échapper au sentiment de malheur qui s'attachait ces temps derniers à la ville de Watona — alias Talbert pour les *naholies*. Trop occupé par ses pensées, il n'avait pas remarqué le silence inhabituel de Belle qui ne semblait pas dans son assiette. Soudain, il aperçut son bras pansé. « Au fait, qu'est-ce que tu faisais en prison ? » lui demanda-t-il.

Moses répondit à sa place : « Elle a attaqué des chasseurs. » La chose n'était d'ailleurs pas rare. Il n'y avait pas si longtemps de cela, Belle s'était farouchement battue pour les ours, mais on ne l'avait pas arrêtée pour autant. « Une fois de plus, ajouta Moses. Je suis fier d'elle. »

Belle gardait le silence. Elle ne trouvait pas les mots pour dire ce qui se devait d'être exprimé.

« Qu'est-ce qui est arrivé à ta main ? » demanda encore Horse. Mais lorsqu'elle tenta de trouver une langue appropriée pour raconter ce qu'elle avait vu, elle se mit à pleurer comme une enfant et, tout en pleurant, elle leur parla des aigles.

Moses n'en crut pas ses oreilles. Il pila brusquement. « Qu'est-ce que tu viens de dire ? »

Les larmes de Belle redoublèrent. Elle avait les yeux rougis et gonflés. Les deux hommes la dévisageaient. Et lorsque le message qu'elle tentait de leur transmettre eut fait son chemin, ils devinrent blêmes de rage et de frayeur. La mâchoire crispée, Moses la fixa pendant un long moment. « Où sont ces chasseurs ? » Sa voix était si calme que Belle prit peur.

« Prends garde, Moses, n'intervient pas. La loi est de leur côté.

— Où sont-ils ? »

Elle hésita, puis se décida : « Ils étaient à la gare.

— La loi est de leur côté parce que c'est leur loi. » Il fit demi-tour et repartit en direction de la gare.

Belle posa la main sur le bras de son époux et la laissa là tout au long du trajet. Dans l'air immobile et lourd de chaleur, ils approchèrent de la gare, jusqu'à distinguer les chasseurs qui s'affairaient en manches de chemise. Ils entassaient les aigles dans des caisses de bois. Les caisses contenaient de la neige carbonique. Lorsqu'ils en soulevaient le couvercle, une fumée s'en échappait qui cachait leur visage. Cette brume de gaz leur conférait un aspect étrange, singulier. On aurait dit des visiteurs venus d'un autre monde, d'un monde qui se dévore lui-même et épuise la nature.

Ils restèrent tous trois dans la voiture, regardèrent les hommes envelopper les aigles, et poser les carcasses ainsi protégées sur les copeaux de bois qui recouvraient la neige carbonique afin que les précieuses plumes ne soient pas brûlées. Le pare-brise était sale.

Les traits de Moses se figèrent, privant son visage de toute expression. Les yeux de Belle prirent une teinte argent ; ils avaient la dureté des lames de couteau. Horse parut rétrécir. Aucun des trois ne pipait mot. La rage et la douleur qui s'abattaient sur eux et coulaient comme du plomb à travers leur corps les privait de voix, les tiraient vers le bas. Ils remontèrent les vitres de la voiture, comme si le verre pouvait les protéger des chasseurs et de leur monde étrange.

Sans un mot, Moses fit une marche arrière, demi-tour, et reprit la route rouge qui conduisait chez lui. Ils passèrent devant la maison de Grace Blanket aux ouvertures condamnées. Le lit rouillé dressait sa carcasse solitaire près de la maison abandonnée.

Quand Moses s'arrêta devant chez lui, Redshirt, le maigre étalon de Benoît, se tenait dans le pré jouxtant la grange, seul et flamboyant sous le soleil. Horse attendit que Moses accompagne Belle jusqu'à la porte et, tout en attendant, il regardait distraitement les allées et venues de Redshirt. Mais il avait l'esprit ailleurs.

Moses confia Belle à Lettie et à Louise, qui lui trouvèrent bien mauvaise mine et s'inquiétèrent. Elles ne savaient encore rien des aigles.

« Elle est souffrante ? demanda Lettie à son père.

— Je t'expliquerai plus tard », répondit-il avant de sortir. Il se retourna une dernière fois vers Belle pour s'assurer qu'elle tenait bon.

« File, dit-elle. Reconduis Horse chez lui. Et ne vas pas traîner du côté de la gare. » Elle semblait soumise, tragique. Mais dès que Moses eut démarré, elle se déchaîna. Traversant la cuisine au pas de charge, elle prit un sac de jute à son crochet et courut à l'étage. Louise et Lettie se consultèrent du regard et la suivirent.

« Qu'est-ce que tu fais ? » s'enquit Louise, autoritaire.

Belle ignora sa fille. Dans sa chambre, elle rangea la chandelle du Sacré-Cœur de Jésus dans son sac, ainsi qu'une tresse de cèdre et de sauge, un flacon d'eau sainte provenant de la source sacrée, et une plume d'aigle pour la prière.

« Qu'est-ce que tu fais, répéta Louise ? Qu'est-ce qui est arrivé à ta main ? »

Mais Belle était butée et n'en faisait qu'à sa tête. Dans le silence brutal, Louise remarqua aussi que sa mère âgée traînait la jambe.

« Pourquoi tu boites ? » s'enquit-elle encore.

Belle se taisait toujours.

« Tu as mal ? » Louise s'énervait, sa voix se fit aiguë. « Tu vas me répondre ? Qu'est-ce qui t'arrive ? »

Mais Belle demeurait muette.

Louise descendit et revint avec une tasse de café chaud pour sa mère. « Pourquoi elle est en colère après nous ? » demanda-t-elle à Lettie, comme si la vieille était sourde. « Dieu qu'elle est têtue. »

« Ce n'est pas après nous qu'elle en a. Elle est en colère, c'est tout. »

Louise déposa la tasse devant Belle, sur l'autel de prière. « Tiens. Bois ça. » Belle fouillait les tiroirs de sa commode. « Les livres disent que c'est bon après un choc. Après un accident, maman. »

Belle regarda Louise dans les yeux, puis elle se tourna vers Lettie. « Dis-lui que c'est trop chaud. »

Louise redescendit à la cuisine.

« Qu'est-ce qui se passe, maman ? » s'enquit Lettie.

Louise remonta avec un verre d'eau.

« Dis-lui que c'est trop froid déclara Belle qui arpentait la pièce en claudiquant. Elle enfourna un cardigan dans le sac. Avant que ses filles n'aient pu lui demander pourquoi elle avait besoin d'un lainage, Belle redescendait l'escalier, traversait la cuisine et enfilait la volée de marches qui conduisait à l'humide cave aux pommes de terre.

Pendant ce temps, à Crow Hill, Moses et Horse rejoignaient Ona Neck, la maigre vieillarde qui attisait le feu.

« Vous saviez que George Washington n'a jamais menti ? »

Moses fit non de la tête. « Non, madame Neck, je ne le savais pas. »

Ona scruta leurs traits. « Qu'est-ce qui vous tracasse, tous les deux ? » Ils ne répondirent pas. Elle examina leurs regards. Puis elle demanda à Horse : « Comment tu as réussi à sortir de taule si vite ? »

Horse remua les braises, mais ne répondit rien.

« Pourquoi ils t'ont embarqué, au fait ?

— Je vais te raccompagner », esquiva-t-il.

Assise près de lui dans la voiture, Ona lui coula un bref regard et dit : « Je suis de ton côté, tu sais.

— Pardon ? » Il se tourna vers elle.

« Holà, fiston, regarde où tu vas !

— Excuse-moi. » Horse reporta son attention sur sa conduite.

« Je suis d'accord avec toi, Benoît a l'air coupable comme pas permis, mais ce n'est pas lui qui a fait le coup. Quelqu'un veut qu'il porte le chapeau. »

Horse lui jeta un coup d'œil. « Tu as encore fouillé dans mes affaires, pas vrai ?

— Il n'y a rien là que je ne sache déjà. » Elle se tourna vers la vitre.

Horse regarda le rétroviseur, comme s'il s'attendait à ce que, derrière lui, le monde s'ouvre et redevienne limpide. « À ton avis, qui a fait le coup ? »

Elle se retourna vers lui. « Aucune idée. »

Lorsqu'ils arrivèrent devant sa porte, elle eut quelque peine à sortir de voiture. Horse vint la prendre par la main. « Je deviens trop vieille et trop cagneuse pour surveiller ton feu, Horse. Il va falloir que tu trouves quelqu'un de plus jeune. »

Il acquiesça d'un hochement de tête, puis il la conduisit à l'intérieur, et jusqu'à une chaise sur laquelle elle se laissa choir. « Tu as besoin de quelque chose ? s'enquit-il.

— Non. Ça ira comme ça. »

De retour à son tipi, Horse trouva Moses qui fixait le feu. Il ne prit pas la peine de lever les yeux. « Va me chercher du papier », dit-il.

Horse eut un moment d'hésitation. « Pour quoi faire ?

— Nous allons écrire des lettres. »

Horse rentra sous le tipi et ouvrit son coffre, libérant une odeur de cèdre. Ona Neck avait laissé ses affaires en désordre mais, sous ses chroniques, il trouva le parchemin de qualité et la petite bouteille d'encre de Chine qu'il avait faite avec du noir de fumée. Il les prit et les apporta près du feu.

Moses dicta une lettre. Horse l'écrivit. Elle était rédigée ainsi :

Cher monsieur le Président Harding,

Je suis un simple Indien, et je vois les choses d'un autre œil que la race caucasique. Mais je suis troublé par les événements survenus ici, sur notre Territoire Indien. Un groupe de chasseurs est venu de l'Est et, selon leur estimation, 317 aigles ont été ôtés de notre ciel.

Les aigles sont nos frères. Leur perte nous fait souffrir. L'ours n'est plus parmi nous, le loup non plus.

Et vous savez déjà sans que je vous le rappelle comment les bisons ont été massacrés.

Nous ne souhaitons pas voir les créatures amies disparaître de ce monde. Nous sommes petits et entourés par vos semblables, mais nous avons vécu ici toutes nos vies, et aucun animal n'a été décimé de la sorte par notre peuple indien.

Ne pourriez-vous pas trouver le moyen d'édicter une loi contre la chasse de ces oiseaux ?

Je vous remercie. Puissiez-vous être riche d'argent et fort d'esprit.

« Comment ça te semble ?

— Ça me semble bien », dit Horse. Il réfléchit un moment. « Remarque, je préférerais flanquer une bonne raclée à ces bonshommes.

— Tu n'es pas le seul. Mais là, ils te pendraient à coup sûr. Bon. Maintenant, la deuxième. »

Cher monsieur le Président,

Il y a eu des meurtres chez nous, en Territoire Indien. Il était même écrit récemment dans le journal de Tulsa qu'un complot menace les Indiens qui touchent des revenus du pétrole. Un brave jeune homme est en détention pour deux de ces assassinats, et nous savons ici qu'il est innocent. Il y a eu récemment trois morts suite à des meurtres, et dix-sept autres avant cela, en l'espace d'une seule année. Nous vous demandons de bien vouloir enquêter sur ces crimes pour nous.

« Comment ça te semble ? »

Horse relut la lettre.

« Bien.

— Maintenant, tu la signes.

— Pourquoi moi ? s'enquit Horse.

— Je ne voudrais pas qu'il pense que j'en demande trop. » Horse trouva l'argument convaincant. Il signa donc. Et recopia les lettres par précaution.

Moses replia les originaux, les rangea dans sa poche avec les reconnaissances de dettes, puis il repartit au volant de sa voiture.

Horse passa toute la nuit devant le feu. Dedans, il voyait un œil de bison Les flammes fumaient et crépitaient. Elles s'élevaient vers l'autre monde tandis que, de dessus, les arbres vivants proches y contemplaient leur fin.

Fidèle à sa promesse, Belle n'adressait plus la parole à Louise, et elle refusait de quitter sa cave à patates. De temps à autre, ses filles venaient voir ce qu'elle faisait, entrebâillaient la porte pour scruter la pénombre. À chaque vérification, elles la trouvaient assise près du baquet de savon à lessive, les yeux rivés sur les bocaux de poulet en conserve, le visage éclairé par la lueur dansante d'une chandelle. Louise ouvrit une fois le battant en grand pour mettre Belle en garde : « Maman, tu ne devrais pas brûler des chandelles dans le cellier. D'après les livres, les flammes mangent tout l'oxygène. »

Mais Belle répondit à Lettie qui se tenait près de Louise : « Dis à ta sœur que je suis dans ma grotte sacrée. Et refermez-moi cette porte. » De guerre lasse, les deux jeunes femmes renoncèrent. Laissant Belle à sa cave, elles retournèrent veiller sur Nola et réconforter la fillette ébranlée par l'invasion de criquets qui l'avait rendue à la vie. Elle était sujette à des crises de larmes et de fort méchante humeur, mais sa colère les soulageait. C'était mieux que rien. Même quand elle accusa Rena de lui avoir volé sa petite bague de diamant. Tout était préférable au terrible silence et aux regards absents désormais révolus. Mais le conflit ne faisait que commencer.

Louise mit du lait à chauffer pour la fillette. Lettie lui massa le corps avec de l'huile.

Plus tard cette après-midi-là, elles entendirent Belle chanter de dessous la maison. Le chant était lent, la voix grave, profonde. Elles sentirent sa souffrance qui montait de la cave, montait jusqu'à l'étage à travers planchers et plafonds pour s'élever, elles l'espéraient, jusqu'au plus haut des cieux.

Le temps que Moses poste les lettres pour Washington et rentre chez lui, Rena s'était exilée dans la grange et se cachait parmi les ballots de foin. Louise et Lettie s'étaient disputées pour savoir s'il valait mieux donner du lait tiède ou une tisane « de Racine Bienfaisante » pour calmer une fillette ravagée de chagrin. Et quand il poussa la porte, Louise lui annonça que Belle avait verrouillé sa « grotte sacrée » de l'intérieur, que Nola était enfermée dans sa chambre, que Rena se terrait dans la grange, et que Lettie, prise de migraine, s'était mise au lit dans la chambre de ses parents.

La perte des aigles serrait le cœur de Moses. Personne n'en avait encore parlé à Louise, mais il ne se sentait pas en mesure de le faire, et la tension qui montait en lui depuis le matin explosa. « Qu'est-ce que tu veux que j'y fasse ? »

Louise le planta là, furieuse. Elle courut à l'étage, claqua la porte de sa chambre derrière elle et resta sur son lit, les bras croisés sur la poitrine, à taper du pied droit jusqu'à ce qu'un bruit de moteur annonce l'arrivée d'une voiture. Elle comprit alors que Ben et Floyd rentraient de la chasse au lapin, rouvrit sa porte et descendit à la cuisine.

Ils étaient fatigués. Plus pâle que d'habitude, Floyd était assis à la table, son chapeau orange posé devant lui. Il affirmait avoir vu le fantôme de John Stink.

Ben confirma les propos de son père. Les yeux écarquillés, il expliqua : « Il était là, je l'ai vu aussi. Il était habillé d'un drap, et il se tenait un peu en retrait de la route. »

Lorsqu'ils avaient vu John Stink, le chauffeur de la voiture s'était d'abord moqué d'eux. « Ou bien vous traînez depuis trop longtemps autour des Indiens, ou bien l'alcool vous donne la berlue. » Mais lorsqu'il eut ajusté le rétroviseur et aperçu le colosse qui marchait le long de la route dans son suaire blanc, suivi d'une meute de chiens hideux qui ne pouvaient être que ceux de l'enfer, il accéléra si violemment que les pneus laissèrent des traces de gomme noires sur la piste de terre. Et le fantôme de John Stink restait là à les observer en agitant la tête, comme s'il désespérait des jeunes conducteurs imprudents et du monde de folie qu'il laissait derrière lui.

Toujours pragmatique, Louise demanda : « Combien avez-vous pris de lapins. » Mais les hommes ébranlés avaient laissé leur chasse dans la voiture.

Du fond du cellier, Belle leur cria : « Pas étonnant que son fantôme erre dans les environs. Avec tous les aigles qu'ils ont tués, aucun mort ne peut reposer en paix ! »

« Qu'est-ce qu'elle fabrique en bas ? » s'enquit Floyd en regardant sa femme.

« Quels aigles ? » s'enquit Louise.

Octobre venu, les plants de potiron de Sara Blanket étalaient leurs feuilles argentées, et l'on apercevait leurs fruits orange. Clairsemé et chétif, son maïs avait cependant survécu. Benoît était toujours en prison, et les gens continuaient de retrouver des débris de la vie éclatée du couple. Dans un matelas resté en haut d'un arbre, des faucons avaient fait leur nid. L'un des éleveurs de bétail qui louaient des terres aux Indiens revendiqua un droit de gage sur l'héritage de Benoît en paiement d'un veau mort d'avoir reçu une poêle en fonte volante sur le crâne. Les chasseurs de trésors accoururent de toute part en quête d'objets projetés au loin par l'explosion. Un bouton de manchette en argent fut retrouvé sous les marches d'une ferme située à un quart de mile de chez Sara. Un homme qui, cet automne-là, écumait les bois avec un détecteur de métal provenant des surplus militaires, trouva sur son passage une chemise de nuit suspendue à une branche comme à un cintre. Comme elle était à la taille de sa femme, il l'emporta.

Plusieurs poulets morts la nuit du feu de forêt, asphyxiés, croyait-on, par la fumée, se révélèrent par la suite truffés d'éclats de bois par le souffle de la déflagration. Ils furent empaillés pour la postérité et rangés sur l'étagère des curiosités au Magasin Bleu, à côté du bocal qui contenait un fœtus de porc à huit pattes. Connu sous le nom de cochon-araignée, le fœtus attirait de nombreux curieux, et les chasseurs de souvenirs passèrent désormais au magasin pour regarder le cochon et les poulets.

Et puis, ce même automne, le fantôme de John Stink, qui se promenait toujours, trouva une boîte de cigares coûteux projetée par l'explosion qu'il rapporta à son campement au-dessus du terrain de golf.

Parmi les premiers à apercevoir le fantôme, Floyd et son groupe ne furent pas les seuls, loin de là. Peu de temps après leur rencontre, deux hommes vinrent avertir le révérend Billy que le fantôme ramassait les balles perdues dans le bunker du terrain de golf. Tant de bruits circulaient sur les apparitions de l'âme errante de Stink que les Indiens se donnèrent pour priorité de rendre la paix au vieil esprit avant que l'hiver ne s'installe. Les corps des Indiens étaient mis à prix pour être exposés à travers le pays et en Europe ; il était donc probable que les pilleurs de tombes qui avaient dérobé la dépouille mortelle de l'infortunée Grace Blanket avaient aussi vendu le corps de Stink à l'un des musées de Kansas City ou de Columbus, laissant son âme en peine errer à travers la région tout en fumant le cigare.

Les Indiens traditionalistes offrirent des cérémonies pour John Stink, et l'Église baptiste indienne tint des réunions de prière pour l'âme du vieillard, mais ils ne parvinrent pas à lui rendre le repos. Finalement, il fut décidé que le seul moyen d'apaiser le fantôme était de retrouver son corps pour le remettre dans sa tombe. En attendant que quelqu'un ait une idée pour réussir dans cette tâche, on approvisionna l'âme affamée du vieux en biscuits à la noix de coco. Et Floyd Graycloud tint sa promesse de nourrir les chiens. Chaque matin, il se rendait chez le boucher, puis apportait un sac d'os et de graisse aux bâtards de Mare Hill. Presque quotidiennement, le fantôme de John Stink saluait d'un hochement de tête l'homme blanc aux cheveux longs. De temps à autre, Floyd laissait un cigare et une bouteille de whisky pour le fantôme. Un jour, il le vit se curer les ongles avec un couteau de poche.

Entre ses chiens, la nourriture et les cigares, John Stink pensait, quant à lui, avoir atterri au paradis.

Un jour, alors qu'il traversait la rue, il aperçut Rena Graycloud. De ses yeux presque orange, elle scruta le visage du vieux fantôme et lui sourit. L'espace d'un instant, il crut qu'elle le voyait vraiment. Mais sa mère l'agrippa par la main. Il ne l'entendit pas lui dire : « Tu veux t'attirer le mauvais œil ? Tu feras pipi au lit si tu regardes un fantôme. » Et Louise traîna Rena de l'autre côté de la rue. La fillette jeta un dernier coup d'œil au vieux fantôme solitaire par-dessus son épaule. À la réflexion, elle le trouva bien pâle, et pas vraiment solide.

Cette nuit-là, comme sa mère l'avait prédit, Rena se réveilla dans une tache humide et froide. Nola, qui dormait dans le même lit, sentit l'odeur acide et, à son réveil, s'irrita de ce que l'urine avait touché sa chemise de nuit. Elle humilia Rena en lui disant : « Tu n'es qu'un gros bébé. »

Le lit mouillé de Rena inquiéta Louise. Depuis que l'esprit de Stink rôdait, on signalait des cas de maladie du fantôme chez les enfants. Mouiller le lit n'était que l'un des premiers symptômes. Louise se considérait moderne. Elle n'avait jamais prêté grande attention aux remèdes qu'employaient les vieux pour guérir les maux, mais le problème la touchait de trop près, cette fois. Elle frappa donc à la porte de la cave et appela Belle : « Remonte maman. Il y a une chose dont il faut que je te parle. »

Belle ne lui répondit pas.

Louise entrouvrit le battant, se fit suppliante : « S'il te plaît ? »

À la lueur de la chandelle, Belle ferma les yeux de toutes ses forces et demeura muette.

Plus tard ce même jour, dans les champs de pétrole, là-bas, les préposés arrosèrent les herbes sèches d'octobre pour éviter de nouveaux incendies. Le dernier en date, allumé par les braises de tabac d'un chasseur d'aigles fumeur de pipe, était arrivé suffisamment près pour qu'ils prennent peur. La brume de leurs jets formait des arcs-en-ciel dans l'air d'automne, et c'est dans cette vapeur colorée que l'infirmière scolaire et l'homme de l'Agence indienne apparurent chez les Graycloud pour discuter de l'absence de Nola à l'école. Visiblement mal à l'aise, ils gravirent les marches du perron et frappèrent à la porte. Louise vint les accueillir. « Nous avons besoin de voir Mme Graycloud », dit l'homme.

Elle ouvrit largement le battant. « Entrez donc. » L'infirmière jeta un coup d'œil circulaire au salon, remarqua les napperons de dentelle, les photographies d'Indiens en uniforme militaire américain.

Louise frappa à la porte du cellier et lança dans l'escalier : « Même si tu ne me causes plus, maman, je te conseille de remonter parler de Nola avec l'agent indien. »

Et Ben, qui se tenait derrière Louise, ajouta : « Grand-mère, l'infirmière scolaire est là. » En entendant la voix de Ben, Belle comprit que ce n'était pas une ruse. Elle souffla les bougies et gravit les marches en traînant la jambe. Ignorant Louise, elle traversa la cuisine en boitant, en frappant le sol de sa canne.

L'infirmière scolaire, une grande jeune femme à l'air gentil, et l'homme du Bureau des affaires indiennes se plantèrent devant elle. Ils l'écrasaient de leur taille. Elle dut lever les yeux pour les regarder en face.

« Madame Graycloud, commença l'homme, la loi exige maintenant que nous inscrivions Nola à l'école.

— Je ne peux pas vous y autoriser, dit Belle. Ce n'est pas souhaitable pour l'enfant. » Elle leur expliqua que Nola était sujette à des cauchemars, ce qui était vrai, leur dit qu'elle venait tout juste de retrouver l'usage de la parole, perdu depuis la mort de sa mère.

« Nous sommes au courant de ce qui s'est passé, déclara l'infirmière, mais nous voulons l'examiner nous-mêmes.

— Si elle va à l'école, cela ne servira à rien. Elle fera pleurer les autres. » La remarque était assez juste. Nola se chamaillait avec tous, allait de querelle en dispute du matin au soir. Assise sur sa chaise dans la cuisine, ses cheveux noirs pendant en longues mèches, elle aboyait ses ordres. « Louise, fais la vaisselle. » « Ben, va te peigner. » Si les Graycloud ne l'avaient pas connue avant la mort de sa mère, ils l'auraient cordialement détestée. Et même la connaissant, il arrivait qu'ils aient envie de frapper la fillette belliqueuse qui, jusque-là, avait toujours été si calme, si agréablement docile.

Les arguments de Belle ne furent pas entendus, et quand l'agent exigea qu'on fasse descendre Nola pour un entretien, Louise monta à regret la chercher dans sa chambre et redescendit avec elle. Ses longs cheveux noirs nattés en tresse dans son dos, elle restait silencieuse. Belle songea qu'à leurs yeux, Nola était une jeune personne intelligente qui pouvait être une élève modèle.

« Tu sais lire ? s'enquit l'infirmière en écoutant le cœur de Nola à travers son stéthoscope.

— Oui. »

Belle aurait aimé qu'on puisse entendre le son d'un cœur brisé à travers le froid instrument de métal.

« Tu sais faire de l'arithmétique ?

— Non », dit Nola.

Le visage crispé, Belle ne put s'empêcher d'interrompre : « Elle est anémique.

— Nous veillerons à ce qu'elle ait du foie tous les jours. » L'infirmière examina une des oreilles de Nola. « Elle paraît normale, et même intelligente pour une petite Indienne », déclara-t-elle aimablement.

Belle sortit alors son argument décisif : « Je ne pense pas que Nola soit en sécurité dans votre école. Ici au moins, nous sommes en mesure de la protéger.

— De la protéger de quoi ? » L'infirmière se tourna, posa sur elle un regard qui semblait la traiter de vieille folle et de menteuse. Belle en fut réduite au silence. Ces gens ne comprenaient pas le danger qui menaçait les Indiens de toute part, qui étouffait jusqu'à leur vie.

Elle lisait sur leurs visages que, pour l'infirmière comme pour l'agent indien, tous les problèmes venaient de la vieille aux cheveux gris. Ils avaient entendu dire qu'elle vivait dans son cellier, qu'elle avait été arrêtée par le shérif pour avoir attaqué les chasseurs d'aigles venus en ville tout récemment.

Ce dernier détail, l'attaque des chasseurs venus de l'Est, passait mal auprès des autorités de Watona et des environs, mais il inquiétait particulièrement l'infirmière scolaire qui était allée au cinéma avec l'un des chasseurs, et qui le savait être propre de sa personne — et distingué, puisqu'il se nettoyait les dents à l'aide d'un cure-dents en argent.

L'agent indien signa l'ordre stipulant que Nola devait se présenter à l'école dès lundi matin, faute de quoi le shérif viendrait la prendre le mardi pour qu'elle soit conduite au lointain pensionnat indien de Custer, Oklahoma. Il fit comprendre à Belle que l'ordre procédait d'un décret légal. Malgré ses airs de rebelle, la vieille femme se taisait. Elle se savait vaincue.

Le lundi suivant, Moses chargea la malle contenant les vêtements de Nola dans sa voiture pour conduire l'enfant à l'école indienne de Watona.

*

Benoît se tourna de côté. Il souhaitait que le sommeil l'emporte, le berce de son réconfort. Un profond malaise régnait sur tout le Territoire. Si palpable qu'il le sentait. Il ne pouvait pas dormir, ne mangeait que rarement, passait le plus clair de son temps à regarder par la fenêtre et à fumer des cigarettes. Ses doigts avaient jauni. Son équilibre mental précaire touchait au point de rupture, et personne ne voulait lui causer de soucis en l'informant de ce qui se passait hors de la prison. Mais il le sentait dans ses os, quelque chose n'allait pas. Du tout. Il se retourna de nouveau. Il faisait presque noir.

Walter Bird, qui occupait la cellule adjacente à celle de Benoît, souffrait d'une rage de dents. Il avait la mâchoire enflée et se plaignait si bruyamment que Benoît, exaspéré, finit par se lever et lancer au shérif adjoint : « Il trouble notre repos. Vous ne pourriez pas faire quelque chose ? »

L'adjoint vint dans le groupe de cellules pour parler avec Bird que Benoît entendit dire : « Sacrée chiennerie que cette rage de dents. »

L'adjoint regagna son bureau et, plus tard, le shérif de retour emmena son prisonnier chez le dentiste à Tulsa. Le Dr Bennet, le dentiste, allait de ville en ville, mais, pour les urgences, les patients se rendaient à son cabinet. Par les étroites fenêtres de sa cellule, Benoît les regarda partir. Tandis qu'il observait les alentours, il lui sembla voir passer une Buick noire. Il pressa le visage tout contre les barreaux pour tenter de voir qui se trouvait à bord de l'automobile, mais il ne vit plus rien. Il resta cependant à la fenêtre une partie de la nuit, à se demander si la voiture repasserait par là.

Il était tard quand Jess Gold ramena Bird à la prison dans son véhicule de shérif du comté. La mâchoire de Bird avait désenflé. Benoît regagna son lit, tira la couverture sur ses épaules. Il s'efforça de refouler ses soupçons et finit par s'assoupir, vaincu par la fatigue. À son chevet, il y avait le portrait teinté de Sara aux lèvres roses. Le verre en avait été ôté au cas où l'envie le prendrait de se blesser.

Le corps de Walker était calé contre l'arbre des ventes aux branches nues. Deux jours durant, ceux qui passèrent devant l'arbre le crurent soûl, jusqu'à ce que l'un d'eux avertisse le bureau du shérif que le bonhomme était mort, et le corbillard du croque-mort vint enlever le cadavre. On appela le Dr Black pour qu'il établisse la cause du décès.

Selon toute apparence, il semblait que, cette fois, le mort avait bu trop d'alcool de bois. Black remarqua qu'il avait des ecchymoses aux bras — traces possibles d'une lutte. Quelque chose clochait, il en aurait juré. Il s'arrêta au retour pour parler à Jess Gold, lui dit qu'il s'inquiétait de ces récents décès. « Je crois qu'on l'a forcé à boire de l'alcool », déclara-t-il au shérif.

Jess Gold se fit soucieux. « Qu'est-ce qui vous fait croire ça ? »

Doc' Black lui parla des contusions et saignements de nez. « Vous allez enquêter ?

— Oui. Nous nous y mettons sur-le-champ.

— C'est d'autant plus troublant que Walker était la sobriété même, ajouta Black.

— Je vais vérifier tout ça. Mais, vous savez, ces Indiens ne sont pas comme nous. Ils se mettent coquets, pas vrai ? Ils conduisent de belles voitures. Mais au fond, ils restent différents. À moitié sauvage, sans doute. Bref, ce que je veux dire, c'est que même un Indien sobre peut se mettre à boire. »

Black réfléchit un moment puis, comme s'il n'avait pas entendu, il reprit : « Entre nous, je soupçonnerais bien Hale s'il n'était pas un citoyen modèle de la communauté. Vous saviez qu'il a fait assurer Walker sur la vie ?

— Non. » Le shérif dévisageait le Dr Black. « Non, je ne le savais pas. » Il se leva de derrière son bureau, alla jusqu'à la fenêtre. « Je ne comprends pas. Il est toujours venu en aide aux Indiens du coin. Mais c'est possible, je suppose. »

Black trouva le comportement du shérif curieux. Comme s'il ne tenait pas à ce qu'on sache que lui aussi soupçonnait Hale. Mais peut-être aussi que le shérif était au courant de certaines choses. Tout cela ne lui disait rien qui vaille. Et plus il y réfléchissait, plus son malaise grandissait.

Cette nuit-là, il écrivit une nouvelle lettre à Washington D.C.

Stace Red Hawk était assis en face du jeune journaliste nommé Charles Wilson, un Indien sang-mêlé. Comme Stace, Wilson ne demandait qu'à aider son peuple, mais on l'avait chargé des chroniques mondaines ; il assistait à tous les galas de Washington, donnait la liste des personnalités présentes, détaillait ce qu'ils portaient, le nombre de plats aux menus servis dans des assiettes de porcelaine — pigeonneaux et faisans, vins fins importés de Marseille. Et voilà qu'il avait une occasion en or de dénoncer les crimes commis contre les siens et de gravir un échelon à son journal.

Penché en travers de la table, il écoutait attentivement ce que lui racontait Stace Red Hawk sur les lettres du médecin, le corps disparu de la dénommée Blanket.

« Dès que la nouvelle sera publique, il va y avoir le feu aux poudres, dit Wilson.

— Je sais. Espérons tout de même que Ballard nous dépêchera sur place.

— Ballard touche sans doute de l'argent sur le pétrole. »

Stace regarda Wilson comme s'il le croyait puis, au bout d'un moment, il déclara : « Non, je ne pense pas. Il est honnête. Mais il ne défend pas les nôtres.

Il réagirait autrement si les meurtres touchaient des Blancs.

— Eh bien, j'espère que cet article vous donnera le coup de pouce nécessaire. » Wilson se leva pour partir, fit tinter sa monnaie dans sa poche.

Quelques jours plus tard, à Wahington D.C., les dernières feuilles rouges s'accrochaient aux arbres tandis que les feuilles sèches couraient de-ci de-là comme si elles étaient vivantes. « Cette fois, ça y est », dit Stace. Il posa le *Washington Post* sur son bureau, à côté de la lettre du Dr Black, et se recala contre le dossier de son siège. « Il faut que nous intervenions. »

Philip Levee rangea ses lunettes dans sa poche de chemise. « À quel titre ? Nous n'avons toujours rien qui le justifie. »

Stace se rembrunit, se pencha de nouveau en avant. « Pour la simple raison que les gens tombent comme des mouches. » Il parlait avec autorité. Il avait plus d'ancienneté que Levee.

Dehors, la brise emportait les feuilles flamboyantes des arbres. Les agents fédéraux de Washington avaient déjà reçu deux nouvelles lettres. Écrites de la même main, elles étaient signées par deux hommes qui prétendaient s'appeler Moses Graycloud et Michael Horse. Comme ces noms sonnaient faux, les missives jugées douteuses ne furent pas prises au sérieux. Mais entre leur réception et la seconde lettre du Dr Black, la presse publiait des articles toujours plus nombreux sur les événements en Territoire Indien. Jusqu'au *Boston Globe* qui affichait maintenant en manchette : « Morts suspectes en Oklahoma », et le *Tulsa Times* fit paraître un nouvel article évoquant un complot possible contre les Indiens. La station de radio WFAF de Dallas diffusait des commentaires quasi quotidiens sur le Territoire Indien d'Oklahoma. Et, comme si cela ne suffisait pas, le cercueil de Grace Blanket s'était révélé vide lors de l'exhumation. Tout cela chiffonnait Stace Red Hawk. Il était convaincu que le cercueil vide était l'œuvre d'un assassin.

Stace se leva. « Écoute, toute cette presse attire pas mal d'attention. Nous ne sommes peut-être pas encore en mesure d'intervenir, mais nous pourrions tout de même enquêter. » Il tentait de justifier son impatience, son besoin de se rendre sur place pour mettre fin aux crimes en série, par des arguments dignes de Ballard. « Avec autant de publicité, nous n'avons plus le choix. Il faut que nous trouvions la cause de ces meurtres.

— Si ce sont des meurtres. » Levee se leva pour sortir. Il regarda Red Hawk. « Ce que je me demande, c'est comment le *Post* a mis la main sur cette info. »

Stace se redressa de toute sa taille ; il semblait calme en apparence, mais la tension de sa propre voix ne lui échappa pas. « Moi aussi. Mais nous savons tous deux que si les victimes n'étaient pas indiennes, Ballard aurait déjà envoyé la moitié de ses agents sur place. » À ce moment précis, Ballard ouvrit la porte en personne pour convoquer Stace et Levee dans son bureau. Ils s'y rendirent, s'installèrent autour de la table. Les pages du *Wahington Post* s'étalaient devant Ballard. Il but quelques gorgées de Coca-Cola au goulot, posa la bouteille sur la table et commença : « Bon, bon, je suis d'accord avec vous, il se passe quelque chose. J'ai étudié ces incidents. » Il désigna le tas de journaux. « Un nom revient dans plusieurs affaires. Un certain Hale. » Il se tourna vers Levee. « J'ai parlé avec notre médecin qui écrit des lettres, là-bas. Pas vraiment le choix, puisque c'est dans la presse. » Il coula un regard sévère en direction de Stace et reprit à l'intention de Levee : « Je m'arrange pour que vous repreniez sa clientèle. J'espère que ça ne nuira pas à notre enquête.

— Mais, je ne veux pas pratiquer la médecine », protesta Levee, crispé.

Stace se demanda pourquoi Ballard mettait si longtemps à comprendre. Lui savait très exactement ce qui se passait. Pour l'avoir déjà vu. Des meurtres en grand nombre dans les Badlands. Rien que des Indiens. Qui tous possédaient quelque chose que les colons souhaitaient s'approprier. Ou dont les biens faisaient l'objet d'un droit de gage. À la différence que, cette fois, il était au nombre des anges du gouvernement fédéral, en mesure d'intervenir dans les affaires indiennes, certain de pouvoir venir en aide aux populations indiennes. Et puis, l'Oklahoma lui apparaissait comme le plus noir des cimetières, la terre des hors-la-loi par excellence.

« Ce qui me sidère, c'est que là-bas, le meurtre est tellement courant que personne ne s'en émeut », dit-il.

Levee protestait toujours : « Je ne veux pas jouer au médecin. » Mais Ballard l'ignora.

En fin de journée, sitôt Ballard parti, Stace parcourut les journaux une fois de plus. Grace Blanket, morte d'une balle en plein cœur. Sara Blanket, tuée dans une explosion. John Thomas, victime d'un coup de fusil. À la demande du FBI, les tribunaux d'Oklahoma avait transmis les documents concernant chaque décès survenu dans l'année. Deux hommes, morts récemment d'un excès d'alcool, classés suicides. Il y avait une page sur John Stink. Mort naturelle. Et, comme celui de Grace Blanket, son corps avait disparu.

La nuit tombait. En quittant les locaux pour rentrer, Stace verrouilla la porte derrière lui. Comme toujours, le garde de service vérifia le contenu de sa mallette pour s'assurer qu'il n'emportait pas de dossiers ou autres documents.

En arrivant chez lui ce soir-là, Stace ôta son chapeau, libérant ses cheveux noir de jais sur sa nuque. Puis il ôta sa chemise blanche empesée et retira les papiers qu'il avait coincés dans sa ceinture et cachés contre sa poitrine. Penché sur sa table, il se mit à lire à la lueur de la lampe.

Il relut le récit de la mort de Grace Blanket : *Elle laisse derrière elle sa sœur, Sara, et sa fille, Nola.*

« Nola Blanket, » répéta-t-il à haute voix, hanté par les yeux noirs et rêveurs de la photographie.

Ce lundi-là, Nola Blanket arriva à l'école, vêtue d'une simple jupe et d'un chemisier. La surveillante du dortoir lui apporta un uniforme à mettre avant de se rendre en cours. Mais Nola s'empressa d'ouvrir sa malle, d'enfiler une jupe osage ornée de rubans et une paire de mocassins, si bien qu'à son entrée dans la salle de classe en tenue traditionnelle, toutes les élèves posèrent leur crayon pour la dévisager. Un sourire éclaira les visages des fillettes osages, puis s'effaça bien vite sous le regard sévère de la directrice. Dès ce premier jour à l'école, Nola devint une sorte d'héroïne pour la plupart des pensionnaires, même s'ils n'en soufflaient mot. Par sa colère et sa rébellion, elle parlait en leur nom à tous. Elle incarnait à elle seule tout ce qu'ils n'osaient dire ou faire.

« Retourne au dortoir et ôte ces vêtements », lui ordonna l'institutrice.

Les traits de Nola se durcirent. Elle quitta la pièce, fière et droite. Lorsque la classe fut de nouveau absorbée dans la lecture, elle revint, vêtue de sa seule combinaison. La salle se mit à bruire du murmure des enfants. Et l'infirmière scolaire, qui avait aperçu Nola dans le couloir, entra en trombe pour la tirer dehors. « À quoi joues-tu ? » gronda-t-elle entre ses dents, sitôt la porte refermée. Nola se fit aussi molle qu'une poupée de chiffon, s'assit par terre, et se laissa traîner, inerte, par le bras jusqu'au bureau. Là, l'infirmière lança : « Quelqu'un peut venir m'aider avec ce sac de patates ?

— Lâchez-la », ordonna la directrice. Mme Seward était une femme revêche, insensible. L'infirmière obéit sur-le-champ. Alors, Nola se leva d'un bond et, pleine d'énergie, elle courut jusqu'au bout du couloir et brisa les vitres d'une fenêtre à mains nues avant de se cogner la tête contre le mur. La scène était d'une telle violence, et la fillette en larmes, le visage cramoisi, criait si fort, que les autres ne purent s'empêcher de sortir voir ce qui se passait.

Rena prit peur, se mit à pleurer par crainte de ce qu'aurait à subir sa jolie cousine à demi folle, et devant si tragique affliction, la directrice décida, après réflexion, de faire une exception pour Nola — « temporairement », comme elle le précisa au personnel. De sorte qu'au bout de deux jours, Nola était l'exception à toutes les règles de l'école, y compris l'examen des ongles.

Et non seulement Nola portait ses propres vêtements, mais les quatre guetteurs dans la cour perturbaient élèves et professeurs. Les guetteurs surveillaient chaque personne qui entrait par les doubles portes de l'école. Parfois, l'un d'eux se laissait voir de près, scrutant une salle de la classe par la vitre, telle une ombre, la main en visière pour protéger ses yeux.

Selon Mme Seward, les guetteurs étaient des intrus en infraction. Dès qu'elle les apercevait, elle appelait le shérif mais, le temps que la voiture arrive, les hommes avaient disparu. L'adjoint se lassa vite d'accourir dès que la dame revêche aux lèvres pincées le sifflait. Convaincu qu'elle avait des visions, il n'apparaissait plus qu'occasionnellement, répondait à ses appels « quand bon lui semblait » — comme elle l'en accusait d'ailleurs.

Pour elle, la présence des Indiens des Collines était source de consternation, voire de crainte, mais les enfants de l'école voyaient la chose d'un tout autre œil. Cette présence les enthousiasmait. Ils considéraient les hommes des Collines comme de « vrais » Indiens, à l'opposé d'eux-mêmes qui ne vivaient pas dans des tipis, ne cuisinaient pas dehors. Et les enfants se réjouissaient d'autant plus que les hommes disparaissaient toujours avant l'arrivée des autorités. S'ils n'en disaient rien ouvertement, ils soutenaient de tout cœur les Indiens des Collines et s'en trouvaient renforcés cependant que Mme Seward devenait sujette à des accès de migraine débilitants.

Nola se créait des ennuis, mais acceptait toutes les punitions sans broncher. Elle faisait des heures supplémentaires à la cuisine parce qu'elle refusait de faire son lit. Elle épluchait les pommes de terre pour se racheter des disputes qu'elle causait entre ses camarades. Elle lavait les planchers pour avoir déclaré à Mme Seward : « Si l'école doit me rendre aussi bête que vous, je m'en passerai. » Les migraines de la directrice furent bientôt si violentes qu'on fit venir le Dr Black. À l'arrivée du médecin, elle avait changé d'avis sur l'exception au règlement vestimentaire, confisqué les affaires de Nola, traîné elle-même la malle jusque dans son bureau et hurlé à la fillette : « J'ai été tolérante, et il faut que tu abuses de ma bonté. »

Le Dr Black trouva Mme Seward dans son bureau, le visage dans les mains. « Il y a quelque chose qui ne va pas dans ma tête, docteur. »

« Oui, dit-il en prenant sa température. Et je pense savoir très exactement de quoi il s'agit. »

Convaincue que ses jours sur terre étaient comptés, elle attendit le verdict, affaissée sur son siège, levant vers lui un regard pitoyable.

« J'ai déjà vu des cas de ce genre, déclara-t-il gentiment. Vous êtes folle de rage.

— Folle de rage ? répéta-t-elle, humiliée.

— Je ne veux pas de précisions sur les causes, poursuivit-il, mais vous continuerez sans doute à souffrir de maux de tête tant que vous n'aurez pas réglé ça. Là-haut, j'entends. » Et il se tapota le crâne de l'index.

Les migraines de Mme Steward persistèrent, tout comme Nola, cette sainte terreur qui refusait d'attacher sa longue crinière noire dans son dos et de mettre son uniforme scolaire bleu. Mais le comble fut atteint lorsque Nola commis la pire des offenses, lorsque, de nouveau vêtue de sa seule combinaison, on la surprit main dans la main avec Ben Graycloud.

Nola fut bien sûr punie pour cette inconvenance, et Mme Seward résolut sur-le-champ de faire envoyer Ben dans une autre école. Les surveillantes obligèrent Nola à s'agenouiller dans la cuisine sur des haricots secs. Ce qu'elle fit sans jamais se plaindre alors que les haricots lui meurtrissaient les genoux dont la peau se fendait ici et là comme celle d'une pomme talée trop mûre.

Le matin qui suivit le supplice des haricots, Nola déchira l'uniforme qu'on lui avait remis pour s'en faire des bandes et panser ses genoux. Après quoi elle fouilla la commode de la surveillante d'internat, se vêtit d'une sobre jupe grise assortie d'un pullover en laine peignée — le préféré de la dame —, se rendit en cours et s'assit, laissant voir ses genoux bandés. À la vue des genoux blessés, la surveillante culpabilisée ferma les yeux sur les vêtements que Nola lui avait chipés.

Mais, ce même matin, Mme Seward entra dans la classe avec un sourire de chatte et dit à Nola, mielleuse : « Ton tuteur est ici. Il désire te voir.

— J'ai déjà des tuteurs, plusieurs », rétorqua-t-elle. Mais il y avait comme une hésitation, un léger tremblement dans sa voix. Puis elle aperçut le monsieur distingué qui se tenait à la porte et, pour la première fois depuis qu'elle était entrée en classe sous la contrainte, elle semblait minuscule, apeurée. Elle avait perdu toute sa superbe. Les élèves de la classe, soudain silencieuses, avaient le visage grave. Le tribunal avait assigné un tuteur légal à Nola. Elles savaient ce que cela signifiait, et la plaignaient de tout cœur. Elles avaient peur. Certaines regardèrent par la fenêtre pour voir ce que faisaient les hommes des Collines.

Nola tremblait, mais elle sortit de la salle pour aller rencontrer M. Forrest. Les autres se levèrent pour la suivre.

Mme Seward claqua des mains bien fort. « Asseyez-vous ! » Mais les enfants ignorèrent l'ordre. Et sa migraine reprit de plus belle.

M. Forrest était un homme grand, élégamment vêtu ; ses cheveux, blancs aux tempes, sentaient la brillantine. Il se présenta à Nola et lui enjoignit de l'accompagner au tribunal pour signer des papiers. Sachant qu'il valait mieux obéir, Nola le suivit donc tandis que les élèves la regardaient descendre les marches du perron et se diriger avec lui vers la voiture. Elle semblait pâle, fragile, mais elle se tenait droite, se redressait de toute sa taille. Le moteur de l'auto tournait toujours. Assis sur le marchepied, il y avait un jeune homme portant une casquette insolente. Il se leva à l'approche de Nola, lui ouvrit la portière. Malgré son visage enfantin, il devait avoir pas loin de dix-huit ans.

Lorsqu'il referma la portière, Rena se mit à crier. Nola avait cessé d'être une insupportable gamine autoritaire pour redevenir son amie. Elle se précipita vers la voiture, courut derrière lorsqu'elle démarra, de toute la vitesse de ses jambes, les bras tendus devant elle, hurlant et suppliant : « Arrêtez ! Arrêtez, je vous en prie ! »

Une institutrice se lança à sa poursuite, la rattrapa au milieu de la route et tenta de la retenir, mais Rena lui échappa et reprit sa course folle derrière le véhicule, en larmes, hystérique et les joues en feu. « Arrêtez ! » hurlait-t-elle. Et, juste au moment où le jeune homme à la casquette qui l'avait entendue se retournait à sa vitre, la maîtresse agrippa Rena et la ramena tant bien que mal jusque dans la cour de l'école. L'incident avait achevé de perturber les pensionnaires qui parlaient entre eux, en osage, en creek, qui échangeaient dans ces langues interdites des commentaires sur les voleurs et assassins aux cheveux blancs qui venaient d'enlever une des leurs, d'emporter une personne de plus dans leur monde à eux.

Sidérée par le comportement des élèves, l'institutrice déclara à l'infirmière : « Ils se conduisent comme des bêtes qu'on mène à l'abattoir. » Et, le bras drapé autour des épaules de Rena, elle emmena l'enfant à l'infirmerie pour qu'on lui administre un sédatif.

Rena sanglota toute l'après-midi. Elle avait le visage bouffi. Même ses cheveux étaient trempés.

Le jeune homme à la casquette qui s'était retourné vers Rena n'était autre que le fils unique de M. Forrest. Will de son prénom. Willard John Forrest pour l'état civil. Sur le chemin du tribunal, toute son attention se concentrait sur la belle enfant au teint sombre assise à côté de son père. Il scruta sa longue chevelure noire répandue sur ses épaules. Un petit diamant brillait à son étroit doigt brun, juste au-dessous de l'articulation. Il examina les cils droits de la demoiselle, se pencha vers l'avant et venait tout juste d'apercevoir les bandages que Nola portait aux genoux quand son père freina brusquement. Déséquilibré, Will dut se retenir au siège de Nola pour ne pas tomber.

Ils n'étaient pas allés bien loin.

« Il ne manquait plus que ça ! » gronda Forrest père.

Tirant un pistolet de sa poche, il s'apprêta à sortir de voiture. Nola se retourna pour voir ce qui se passait. Au moment où M. Forrest ouvrait sa portière, elle aperçut l'un des guetteurs qui se tenait tout proche, entendit son tuteur demander à l'Indien : « Qu'est-ce que vous voulez ? »

Le guetteur demeura silencieux. Et tandis que les deux hommes de mondes différents se fixaient, incapables de se comprendre, Nola sortit à son tour de voiture. Elle s'adressa à l'Indien dans une langue que l'homme blanc n'avait jamais entendue. Pendant qu'elle lui parlait, un second guetteur émergea des broussailles.

Nola se retourna vers M. Forrest. « Rangez votre pistolet », dit-elle. Sans trop savoir pourquoi, l'avocat obéit à la fillette. Il s'en étonnerait plus tard, mais, sur le moment, il perçut sa force. À quelque chose dans son regard qu'il aurait été bien en peine de définir. Et il s'exécuta. Du point de vue de Nola, ce seul geste de ranger le pistolet dans sa poche coûtait à M. Forrest l'autorité qu'il aurait pu avoir sur elle. Il avait montré sa faiblesse, elle s'en souviendrait.

Malgré son inquiétude, l'avocat reprit le volant et conduisit lentement, en silence, jusqu'au tribunal.

« Qui sont-ils ? demanda Will.

— Mes tuteurs. » Elle regarda le garçon à la casquette par-dessus son épaule, plongea droit dans ses yeux et ajouta sans ciller : « Selon notre loi à nous. » Prononcés à voix basse, d'un ton posé, ces quelques mots pesaient leur poids. Will se recala sur son siège et se tut. Quelques instants seulement. Bientôt, il se penchait de nouveau. « Que leur avez-vous dit ? » Il scrutait ses yeux noirs.

« Que vous n'étiez pas dangereux », mentit Nola. En réalité, elle leur avait dit que, plus tordus que l'éclair, les deux hommes comptaient sans doute lui voler ses terres, mais qu'ils ne lui feraient pas de mal avant de l'avoir dépouillée, ce qui leur prendrait du temps. Car, avait-elle expliqué, l'administration était lente et pesante, même pour les Américains.

Ayant obtenu sa réponse, Will Forrest se recala une fois de plus sur son siège et nota que son père lui avait obéi, que les deux Indiens la considéraient avec respect. Il l'examina de nouveau. Tout en elle l'enchantait, jusqu'aux bandages bleus de ses genoux. Il lui trouvait quelque chose de sauvage. Pensait pouvoir l'aimer.

M. Forrest tourna sur la gauche. Parvenu au sommet de la petite colline, il gara la voiture, et tous trois pénétrèrent dans le bâtiment carré du tribunal. À l'intérieur, Nola leva les yeux pour regarder les fresques peintes sur les hauts murs où l'on voyait des Indiennes nues offrir du grain et de la viande aux hommes blancs qui les entouraient ; l'une d'elles était montée sur un bison.

Il était près de deux heures lorsque Nola signa les derniers documents. Sur le chemin qui les ramenait à l'école, M. Forrest invita Nola et Will au café Regis pour manger du gâteau au chocolat. Toujours friande de chocolat, Nola ne toucha pas à sa part. Elle ne voulait pas s'abaisser à dévorer des sucreries comme une enfant malgré l'envie qu'elle en avait. Will l'observait mais, de temps en temps, il apercevait l'un des guetteurs derrière le lettrage de la devanture vitrée. Il lui trouvait quelque ressemblance avec Nola. Et il se demandait comment ils avaient fait pour suivre la voiture sans être distancés, ce qu'ils voulaient au juste, et s'ils étaient dangereux.

Lorsqu'ils quittèrent le café, le gâteau de Nola était toujours intact, et la fourchette propre posée près de l'assiette. Ils roulèrent lentement, passèrent en route le marchand de chevaux qui avançait, clopin-clopant, avec sa troupe de pauvres rosses.

Ruth Tate était assise en face de Belle dans la cuisine douillette et accueillante des Graycloud. Elle ne se sentait plus à l'aise chez elle, dans la maison où elle avait pourtant vécu de longues années avec Moses.

Belle constata que Ruth portait la tristesse sur elle. Non plus celle de la solitude dont elle souffrait avant son mariage avec John Tate, mais celle, désespérée, de qui a baissé les bras.

Elle avait peine à associer John Tate et Ruth en un couple. Tate était un faible, soutenu en un sens par la force intérieure de Ruth. S'il aimait à prendre des images de Ruth à travers l'objectif de son appareil, il ne semblait guère apprécier sa présence vivante, du moins en public. Ils sortaient rarement ensemble et, lorsqu'ils le faisaient, jamais il ne marchait à son côté.

« Comment va Nola ? s'enquit Ruth.

— Elle tient bon. Elle est solide. » Belle crut entendre des chevaux dehors. Elle se leva, alla jusqu'à la fenêtre.

La poussière atténuait le bruit des sabots. Moses se tenait près de la grange et regardait le chariot du marchand de chevaux approcher. Plusieurs bêtes y étaient attachées et suivaient l'attelage à la queue leu leu. Le jour déclinait, et le couchant teintait la poussière de rouge. Les chevaux avançaient, ombres noires, mystérieuses.

Le marchand ne reviendrait pas à Watona avant le printemps, et Moses espérait lui vendre quelques chevaux contre suffisamment d'argent liquide pour tenir l'hiver. Il avait réussi à vendre six de ses meilleures reproductrices holsteins classées, et deux de ses aberdeen-angus noirs. Ses prés et sa grange paraissaient dépeuplés, mais le produit de ces ventes atteignait à peine la somme qu'il n'avait pas reçue lors du paiement. Il s'estimait pourtant heureux d'avoir des bêtes qui lui permettraient de vivre en attendant que l'Agence indienne règle le problème, car un grand nombre d'Indiens avaient été chassés de chez eux et transférés dans des cabanes de carton goudronné à la périphérie de Tulsa.

Le marchand de chevaux s'arrêta près de Moses. « Ho là ! Ho ! » dit-il à son attelage.

Il avait les cheveux roux, la peau couleur de sable parsemée de taches de son. Il mit pied à terre, frappa le rebord de son chapeau contre son pantalon sale pour en ôter la poussière. « Salut Moses. Tu as des chevaux à m'échanger ? » Il inclina la tête de côté.

Moses fit non de la main. « Tu tombes bien il faut que je te parle. Il me reste des chevaux, pas beaucoup. Je ne veux pas les troquer, mais les vendre au comptant. » Il n'avait pas vu Belle qui les observait depuis la maison un sac de papier serré contre la poitrine.

« C'est que, répondit l'homme, je ne peux pas te payer au prix fort, comme tu sais. Tu ferais mieux de les vendre à quelqu'un des environs. »

Moses se tenait à côté du chariot. Dedans, il y avait des selles, des couvertures, des mors, des brides, et le couchage du marchand roulé en un ballot. « Les temps sont durs, McMann, très durs, dit Moses.

— Tu ne m'apprends rien. Je voudrais que tu voies comment ils vivent là-bas, dans le Sud. La terre est morte. Ils font la soupe avec des cailloux. » Il leva les yeux vers le ciel, regarda les nuages. « Écoute, voilà ce que je te propose. » Du doigt, il désigna un poulain attaché au chariot. « Celui-ci est trop jeune pour voyager. Je peux te le laisser. Tu le vendras plus tard. En échange, je te prendrai deux quarter horses. Je te les paie cent dollars chacun. Je sais qu'ils valent davantage, mais je ne peux pas faire mieux. »

Ruth rejoignit Belle à la fenêtre ouverte. Elles regardèrent Moses prendre l'argent de McMann, puis aider le marchand à attacher ses deux meilleurs chevaux de troupeau au chariot. La transaction conclue, Moses se dirigea vers son épouse. Il baissait les yeux, semblait las et voûté. En relevant la tête, il l'aperçut et dit : « Alors, tu as vu ?

— Oui Moses, mais je m'en doutais déjà. » Elle posa la main sur son bras, ajouta après un silence : « Tu veux bien raccompagner Ruth chez elle et me conduire chez les Billy ? Il faut que je leur touche deux mots de tout cela.

— Allez-y tous les deux, dit Ruth. Je vais rester ici pour ce soir. »

Belle examina le visage triste de Ruth. « D'accord. Ce sera un plaisir. » Elle sourit à Ruth qui la fixait de ses yeux noirs. À l'évidence, Ruth ne tenait pas à rentrer.

Quand Belle frappa à la porte, Martha Billy vint lui ouvrir et l'invita à l'intérieur. En silence, elle continua de préparer une poule à braiser. La graisse grésillait sur le feu tandis qu'elle écoutait ce qui se disait entre Belle et Joe Billy.

« Tu as l'air inquiète, Belle », commença le jeune prêtre qui la connaissait depuis l'enfance. Elle avait été la disciple de son père et, gamin, Billy les suivait dans leurs quêtes de plantes médicinales.

Elle plongea ses yeux gris limpides dans les siens. « Je le suis. Un homme du nom de Forrest est l'avocat qui doit défendre Benoît. Ce même Forrest est le tuteur de Nola.

— C'est ce que j'ai appris. Cela me semble bizarre aussi.

— Qu'est-ce que cela signifie, d'après toi ?

— Je n'en sais trop rien, Belle. Mais je n'aime pas ça. Toute cette affaire me trouble. »

Belle comprit qu'il se référait aux meurtres ; elle acquiesça d'un hochement de tête. « Sans parler de Benoît. Ils ne font rien pour lui. À leurs yeux, il est déjà condamné. Il faut que nous le sortions de là. » Belle revoyait le vieux Sam Billy dans son fils. Le vieillard lui manquait. Sans lui, elle se sentait bien seule, surtout en ces temps difficiles. Des années durant, elle avait accompagné Sam Billy à des cérémonies de guérison, s'était faite toute petite sur sa chaise, observant le silence pour ne pas troubler l'intimité solitaire des malades. Sam Billy pratiquait la médecine de la chauve-souris, l'une des traditions de guérison les plus puissantes.

Martha mit le couvert. Tandis qu'ils dînaient, Belle s'efforça de faire la conversation. « Les pommes de terre étaient bonnes cette année », dit-elle. Et encore : « Vous pensez que la neige viendra tôt ?

— Comment va la famille ? s'enquit Martha.

— L'école de Watona ne veut plus de Ben, trop adulte, trop malin pour eux. Ils l'envoient en pension, à l'école Haskell, au Kansas. C'est une école indienne pour les garçons. Je me suis battue, mais ils ne cèdent pas.

— Cela m'attriste de l'apprendre. » Martha s'assit. Puis se releva. « Tu veux encore un peu de poulet ? Tiens, prends ce morceau de blanc.

— Merci, pas pour moi. » Mais Martha avait déjà mis le morceau dans son assiette. « Quand s'en va-t-il ? »

Belle remarqua les bras maigres et pâles de la jeune femme. Ils paraissaient fragiles, vulnérables. « Dès qu'il aura seize ans. »

Depuis quelque temps, Belle pensait beaucoup à la médecine de la chauve-souris. Durant son séjour dans sa cave, elle avait compris qu'il lui fallait se mettre en quête de toutes les formes d'assistance possibles, de tous les « pouvoirs », comme on les appelait. Elle ne s'en ouvrit pas à Joe, mais espérait qu'en tant que fils de Sam Billy, il pourrait les aider à retrouver en partie la connaissance de la médecine.

Après le repas, elle posa les coudes sur la table. « Il y a sûrement moyen de faire quelque chose », dit-elle. Ils comprirent sans qu'il soit besoin d'explication.

Martha lui tendit un mouchoir propre. Épouse de prêtre, elle avait l'habitude. Cela lui venait naturellement. Elle pensait que Belle risquait de pleurer.

Joe Billy posa la main sur le bras de Belle. « Je sais. C'est en train de tuer ma foi, tout ça. Au point que j'ai peine à croire à mes propres sermons. »

Martha écoutait. Elle savait Joe troublé par les événements. Il passait ses nuits assis dans son bureau, et ses journées à arpenter les pièces de long en large. En revanche, elle ignorait que, pendant son sommeil, Joe Billy priait dans son bureau, tenant entre ses mains le ballot-médecine de la chauve-souris qui avait été celui de son père. Il le sentait parler et pressentait l'urgence, même s'il ne comprenait pas ce qui se disait depuis l'intérieur du sac de cuir. Quelque chose s'éveillait dedans.

En vérité, Martha ignorait jusqu'à l'existence du ballot-médecine. Elle se serait sans doute inquiétée si elle avait su que son époux chrétien écoutait le monde spirituel des chauves-souris, qu'il priait vers des univers inconnus d'elle. Mais, progressivement, elle en était venue à croire qu'il existait d'autres méthodes que les siennes.

Il se faisait tard. Belle semblait lasse. Martha ouvrit le coffre de cèdre, en tira un édredon, puis alla préparer un lit pour Belle Graycloud. Lorsqu'elle se fut retirée, Joe Billy dit à celle-ci : « Je pense beaucoup à la médecine de la chauve-souris.

— Moi aussi. »

Joe Billy baissa la voix pour éviter que Martha l'entende. « Je rêve du vieux Sam — c'est ainsi qu'il appelait son père. Dans mon rêve, je le vois à Sorrow Cave, entouré de cristaux et de chauves-souris endormies. »

Belle hocha lentement la tête.

Cette nuit-là, après que Belle se fut couchée, Joe Billy chercha en vain le sommeil dans la pièce voisine. Agité, il finit par se lever et gagner son bureau sur la pointe des pieds. Il referma doucement la porte derrière lui, sortit le ballot-médecine de son tiroir. La peau qui l'enveloppait était durcie et sèche, parcheminée. Il s'assit sur sa vieille chaise, posa le ballot sur ses genoux et ferma les yeux. Il entendit ce qui lui sembla être des avertissements en mouvement juste sous la surface de sa peau, sous le plancher de la maison. Il sombra dans le sommeil.

Le lendemain matin, au point du jour, Martha Billy se drapa d'un châle et ouvrit la porte du bureau. Elle trouva son mari endormi sur sa chaise de bois. Sa tête tombait vers l'avant, et il tenait entre ses mains un sac de cuir. À l'intérieur, elle vit quelque chose bouger. Surprise par ces soubresauts entre les mains de son mari, elle prit peur et inspira si fort qu'il s'éveilla. Son regard alla des yeux bleus de sa femme au ballot qu'il tenait sur ses genoux.

« Qu'est-ce qu'il y a là-dedans ? » s'enquit Martha.

Il cligna des paupières et ne trouva rien de mieux à dire que : « C'est l'ancien monde qui veut sortir. »

Ona Neck surveillait le feu cependant que Michael Horse rassemblait tous ses biens terrestres dans sa décapotable argentée. Il projetait de partir de l'autre côté des falaises, au-delà de la rivière Blue, passé les plaines, et jusqu'à la rivière Coffee. Il mit dans ses bagages sa cafetière et son coffre de papiers. Où qu'il aille, se disait-il, ce ne serait jamais assez loin. Mais, peu avant d'atteindre la Blue, la route se mit à rétrécir jusqu'à n'être plus qu'un sentier caillouteux. Il avait oublié que le terrain était trop accidenté pour une voiture, n'avait pas pris ce détail en considération. À présent que la réalité matérielle se rappelait à lui, il songea qu'il lui faudrait également de l'essence de temps à autre.

Il cacha donc son tipi et son coffre de cèdre en retrait du dernier tronçon de route, fit demi-tour et regagna la ville.

Tout en conduisant, il élabora un plan. Il troquerait sa voiture contre un cheval — Redshirt. Il lui fallait l'étalon aux jambes puissantes. Celui-là le mènerait à destination. C'était probablement le seul cheval de tout le territoire capable de traîner un coffre de cèdre rempli de papiers.

Horse gara sa voiture devant la maison des Graycloud et la polit à l'aide d'un chiffon. Après quoi, il alla exposer son plan à Moses.

« Je ne peux pas, Horse. Tu sais bien que je le ferais s'il m'appartenait, mais Redshirt est l'étalon de Benoît. » Moses agita la tête. « Je ne suis pas en mesure de le troquer. »

Horse, qui avait des vues sur cet alezan depuis un certain temps, en avait à présent un besoin pressant. Il ne renonça donc pas. « Tu pourrais vendre la décapotable argentée, utiliser le liquide pour acheter une cuisinière à gaz ou autre chose pour Belle. »

Moses ne donnait toujours pas signe de céder. Il baissa les yeux et dit : « Ce n'est pas possible.

— Ou alors, tu peux la garder, reprit Horse. Et offrir des leçons de conduite à Belle. »

À l'idée de Belle Graycloud au volant d'une auto, les deux amis sourirent. Ils se souvinrent du jour où elle avait déclaré fièrement qu'elle adorait se laisser conduire par Moses en décapotable, assise sur le siège arrière comme les Indiennes traditionalistes. Elle aimait les coutumes anciennes et la vie simple, mais lorsqu'elle s'installait comme une reine à l'arrière d'une voiture, elle devait se retenir pour ne pas sourire d'une oreille à l'autre. Le vent qui lui fouettait le visage contribuait à son plaisir, mais elle en prenait davantage encore à voir les Blancs la regarder passer. Ils s'arrêtaient net, bouche bée devant le chauffeur avec ses tresses et le chien tacheté obèse qui aboyait après eux depuis les genoux de la femme très digne dont le regard fixait l'horizon.

Horse se garda de le dire, mais il était certain que Redshirt était un meilleur cheval que Man O'War, vainqueur d'Aqueduct en 1920. Il changea de tactique, présenta son plan numéro deux en vertu duquel ils échangeraient leurs moyens de transport respectifs pendant quelque temps. Finalement, il parvint à convaincre Moses, mit le mors dans la bouche de Redshirt au prix de sérieuses difficultés, jeta une couverture sur le dos de l'animal, et le monta, avec l'aide de Moses, en grimpant sur une souche. Lorsqu'il eut enfin réussi à se hisser sur le dos du cheval, il soufflait comme un phoque. Alors, laissant derrière lui sa décapotable et les clés, Horse regagna l'endroit où il avait abandonné son tipi et son coffre monté sur Redshirt. L'étalon avait une bonne allure, puissante et régulière. À le chevaucher, le vieux se sentait rajeunir.

Ayant atteint le lieu où il avait caché ses affaires, Michael Horse les attela derrière le cheval sur un travois de fortune. Puis, à sa grande déconfiture, il prit conscience qu'il ne pouvait monter le grand étalon sans s'aider d'un rocher ou d'une souche. Il conduisit Redshirt auprès d'un arbre, grimpa sur une branche et tenta de lancer une jambe par-dessus le dos du cheval. Tentative qui se solda par un échec. Alors, il chemina à pied près du cheval, le menant à la longe. Ils se dirigèrent vers les falaises.

L'hiver était presque là quand, un jour, Belle Graycloud remonta de sa cave et trouva sa fille Lettie coudes sur la table, le menton dans les mains. Elle regardait par la fenêtre, fixait la voiture argentée dans la cour. Le ciel était nuageux.

Belle portait ses chandelles et ses plumes ; derrière elle, son chien Pippin s'ébrouait pour débarrasser son poil de l'odeur de cave et de pommes de terre. Il semblait soulagé de quitter le monde de dessous la maison pour remonter à la surface.

« J'ai entendu des voix, en haut », dit Belle.

Lettie se tourna vers sa mère. « C'était le shérif.

— Je m'en doutais. » Belle s'assit en face de Lettie et regarda par la fenêtre avec elle. La lumière du ciel teintait de bleu le bras de sa fille. Belle toucha la lumière. « Il t'a invitée à sortir.

— Oui. » Lettie paraissait abattue.

« Tu veux du thé ? » s'enquit Belle. Elle se leva, mit une bouilloire à chauffer sur le poêle à bois. Il faisait chaud dans la cuisine.

Lettie déclina l'offre en agitant la tête. Le chagrin se lisait dans ses yeux.

« Combien de fois est-il passé ici ?

— Je n'en sais rien.

— Une idée m'est venue. J'ai réfléchi que tu pourrais sortir avec lui. Il a de l'affection pour toi.

— Non maman », dit Lettie.

Mais Belle poursuivit comme si de rien n'était : « La prochaine fois qu'il te propose de sortir, accepte. Tu apprendras peut-être quelque chose sur Benoît. Ou tu pourras au moins le pousser pour que l'affaire passe en jugement.

— Si je comprends bien, tu veux que je joue les espionnes ? » Belle l'examina. « On peut le voir comme ça. »

Lettie s'abstint de répondre. À présent qu'elle avait un plan d'action sur le feu, Belle ne retourna pas réfléchir dans sa cave.

Le vendredi soir suivant, tandis que Lettie épinglait ses cheveux noirs sous un chapeau de velours bleu, le shérif Jess Gold arriva et trouva Belle assise sur le canapé, raide et polie.

Son chapeau à la main, Jess paraissait très jeune ce soir-là. Et il se montra d'une courtoisie excessive. « Comment vous portez-vous ? » s'enquit-il.

Belle, qui le connaissait depuis qu'il était en culotte courte, manqua pouffer de rire devant tant de manières. Mais elle évita son regard.

À l'étage, Lettie examina son reflet dans le miroir. Elle avait de beaux yeux — même gonflés. Elle se poudra le nez et descendit les rejoindre en s'efforçant de cacher son désespoir. Le shérif tenait à la main un bouquet de roses jaunes. Il savait que les Indiennes raffolaient des roses. Il lui offrit les fleurs ; il ôta son chapeau.

« Elles sont vraiment jolies », dit Lettie. Mais sa voix trahissait sa tension. Elle sortit chercher un vase à la cuisine.

« Je suis content de te revoir », dit Jess à Belle. Puis, comme un sot, il poursuivit : « Tu sais, s'il y a deux personnes que je ne pensais jamais trouver dans ma prison, c'est bien toi et Michael Horse. Pourtant, vous étiez là tous les deux, et le même jour. »

Les yeux de Belle se firent de glace.

« Enfin, tout le monde peut commettre une erreur un jour ou l'autre...

— Je n'ai commis aucune erreur », coupa Belle. Et Lettie revint, portant les roses jaunes dans un vase bleu nuit. Leur parfum emplit la pièce. Elle avait glissé une rose dans la boutonnière de sa veste de lainage noir, et cette touche de couleur réchauffait agréablement son visage. De près, elle sentait le gardénia. Elle embrassa sa mère, échangea un regard fragile avec elle en se penchant. Puis Lettie et Jess Gold sortirent dans l'air humide. Belle se rendit à la fenêtre et les suivit des yeux tandis qu'ils passaient devant la décapotable de Michael Horse. Elle était garée de biais et couverte de poussière.

« Ce n'est pas la voiture de Michael Horse ? » entendit-elle Jess Gold demander.

« Si. Effectivement. C'était celle de Horse. » Puis Lettie changea de sujet.

Jess Gold lui ouvrit la portière.

Tandis qu'ils roulaient vers la ville, Jess annonça : « Je vais acheter un piano. »

Lettie se tourna vers lui. « J'ignorais que vous en jouiez. » Jamais elle ne l'avait imaginé si raffiné et cependant, ce soir, même s'il cherchait à faire bonne impression, le gentleman en lui sautait aux yeux.

« À l'oreille seulement, je ne lis pas la musique. »

Elle regrettait maintenant de se servir de lui pour obtenir des renseignements sur Benoît. C'était malhonnête. Tandis qu'ils roulaient, elle regardait par la vitre. Le temps était humide. La vitre s'embuait. Elle se taisait.

En arrivant au Bijou Theater, Jess Gold gara sa voiture dans la rue. De lourds nuages noirs venaient de l'ouest vers la ville. L'air sentait la pluie. Dehors, d'autres conducteurs remontaient la capote de toile de leurs cabriolets en regardant vers l'ouest pour lire les nuées annonciatrices d'orage.

« Au moins, ça fera tomber la poussière », dit Jess, et Lettie acquiesça d'un hochement de la tête. Les autres observaient cet improbable couple avec curiosité.

Près de la porte, il y avait plusieurs vieux chiens bâtards. Ils ressemblaient à ceux de Stink. Maigres, osseux, ils étaient roulés en boule dans l'allée et, naturellement, le fantôme de John Stink était assis, tout seul, au dernier rang, un parapluie sur les genoux. Sans savoir qu'une âme en peine se trouvait à quelques sièges de lui, le jeune Will Forrest se languissait de Nola Blanket un peu plus loin. Un groupe de cow-boys, installés sur une même rangée, se passaient une bouteille tout en se plaignant bruyamment des Indiens ivres, alors que ceux de la salle étaient sobres. Ils se plaignaient aussi des grands Stetson que portaient les Indiens, si bien qu'à la fin, Creeks et Osages furent contraints de les ôter de leur tête pour les poser devant eux sur des sièges vacants et s'en inquiéter durant tout le spectacle.

John Stink n'entendait pas ces jérémiades. Sa nouvelle surdité ne le dérangeait pas, et il se réjouissait de pouvoir entrer gratuitement au cinéma, car c'était un endroit idéal pour se reposer au sec. La fille Billy qui tenait la caisse ne lui avait pas fait payer son billet. Elle ne l'avait d'ailleurs pas vu du tout. Il se considérait presque miraculé d'être en partie revenu à la vie, d'avoir réussi à sortir de sa tombe. Avec l'aide de ses chiens, bien sûr.

Rudolph Valentino séduisait les femmes sous le regard attentif de tous les spectateurs. Plus grands que nature au Bijou, Valentino et Fairbanks avaient changé la vie amoureuse des habitants de Watona et des environs. Les Indiennes n'étaient tout simplement plus satisfaites de leurs hommes. Certaines comparaient même leurs expériences, et voilà qu'après des années de mariage, elles se plaignaient à leurs maris : « Pourquoi tu ne fais pas ça ? Valentino le fait bien. » Ce, jusqu'à les convaincre d'aller au cinéma voir de près ce qu'elles voulaient. Après quoi, ils rentraient chez eux, renversaient leurs épouses en arrière en les retenant pour ne pas qu'elles tombent, se pressaient contre elles en plongeant dans leurs yeux, jusqu'à ce que le fou rire s'empare du couple.

Cette nuit-là, le shérif Jess Gold prit la main menue et brune de Lettie dans la sienne. Ses longs doigts étaient froids, sa paume sèche. À l'arrière de la salle, Will Forrest esseulé imaginait son bras drapé sur les épaules étroites de la belle Nola Blanket.

Lorsque Lettie rentra cette nuit-là, elle monta dans sa chambre et en ferma la porte. Elle tira les lourds rideaux, prit un jeu de cartes dans le tiroir de la commode, puis elle les étala sur le carré de soie bleue dans lequel elles étaient enveloppées.

Elle désirait savoir ce que lui réservait l'avenir. En se tirant les cartes, elle retournait toujours l'as de pique et la dame de carreau. Puis elle fuma les cartes à la fumée de cèdre et se creusa la tête pour les interpréter. La mort. Une vieille femme. Une matriarche. Sa mère, peut-être.

Lorsque Lettie arriva à la prison du comté pour rendre une nouvelle visite à Benoît, Jess Gold lui sourit et l'aida à ôter sa veste qu'il suspendit au portemanteau derrière la porte. « Content de te revoir.

— Moi de même. Ça va ?

— Ça va. »

Elle se sentait nerveuse et bredouilla : « J'ai des papiers. Mon père les envoie pour Benoît. Il faudrait qu'il les signe. » Elle lui montra rapidement une liasse de ce qui semblait être des documents légaux. Il s'agissait de certificats de vente concernant des chevaux.

« Pas de problème. » Il scruta son visage avec une sorte de timidité.

En proie à des remords de conscience, Lettie le suivit dans le couloir, mais lorsqu'il lui ouvrit la première porte à double battant, elle le gratifia d'un chaleureux sourire.

Parvenu devant la cellule de Benoît, le shérif la laissa entrer, mais il resta près de la porte, sans cesser de lui sourire, de la regarder. « Je suis désolée, Jess, dit-elle. Il s'agit d'affaires privées. » Elle crut détecter une lueur glaciale dans les yeux du shérif, pourtant plus gêné qu'autre chose.

— Très bien », répondit Jess Gold. Il salua courtoisement Benoît d'un hochement de tête, puis il se retira en ajoutant : « Appelle si tu as des ennuis. »

Lettie écouta les clés tinter dans la main de Jess Gold tandis qu'il s'éloignait. Puis elle entendit une porte se refermer derrière lui. Silence. Elle se tourna vers Benoît. « Où est Walter Bird ?

— Chez le dentiste. »

Elle jeta un coup d'œil aux autres cellules. Elles étaient rarement vides dans ce pays de sauvages, mais elles l'étaient ce jour-là. Ou du moins, elle ne vit personne. Elle noua les bras autour du cou de Benoît et le serra contre elle. Son cœur lui donnait l'impression d'être immense, dilaté et brisé. Elle resserra encore son étreinte, sentit les côtes saillantes de Benoît, effleura les bosses de ses vertèbres.

Ils s'étaient refermés l'un sur l'autre, retenus ensemble par un chagrin terrible, fait de désespoir, de besoin et de deuil. Ils cherchaient le réconfort. Lettie pleurait dans les bras de Benoît. Il l'écarta un peu, contempla son visage, caressa ses cheveux, puis il dit d'une voix douce : « Nous devons être prudents. » Il jeta un coup d'œil alentour, et se détacha d'elle.

« Tu ne manges pas. » Elle prit sa main dans la sienne. Même ses doigts avaient maigri.

Mais Benoît pensait aux meurtres, au piège qu'on lui avait tendu. Sa mâchoire s'était crispée.

« Il faut que tu manges. Tu as besoin de forces.

— Tu as appris quelque chose ? »

Elle comprit qu'il se référait aux meurtres, à son emprisonnement, était curieux de tout ce qui pourrait l'aider à rassembler les fragments de leur vie brisée ou à sortir de prison.

« Rien, Benoît. On ne sait toujours rien. » Elle ne pouvait pas lui dire qu'un homme cherchait à se faire passer pour l'époux légitime de Grace. L'Agence avait retrouvé le juge de paix qui avait signé les papiers. La femme ne correspondait pas au signalement de Grace. Ce n'était qu'un imposteur, un chasseur de fortune parmi tant d'autres. Mieux valait que Benoît n'en sache rien. Pour sa propre sécurité. Il y avait en lui quelque chose de désespéré, comme une bête tendue, prête à bondir, elle le sentait. Elle s'obligea donc à se taire.

« Tu as des nouvelles pour le procès ? »

Avant qu'elle ne réponde, il reprit : « Ils m'ont assigné un avocat du nom de Forrest. Qu'est-ce que tu sais de lui ? » Ses traits étaient crispés.

« Je ne sais pas, Benoît. Je ne sais rien. » Elle se sentait pâle et vide, mais elle ne dit rien qui puisse inquiéter l'homme amaigri. Elle évitait ses yeux gris-vert que la perte de poids agrandissait et enfiévrait. « Je vais tâcher de me renseigner. »

À son retour, Lettie dit à sa mère : « C'est insupportable, je n'en peux plus ! Pour l'amour du ciel, il n'est accusé de rien officiellement, et on le prétend coupable. Nous sommes démunis, sans recours. Le gouverneur lui-même est malhonnête. Et le shérif ne m'a rien appris. Il ne sait rien, j'en suis sûre.

— Il t'a bien dit quelque chose, tout de même, non ? s'enquit Belle, posée.

— Rien. Rien du tout. Il m'a juste demandé si j'avais vu quelque chose la nuit où John Thomas a été tué.

— Il t'a parlé de Nola ?

— Non. Il m'a dit qu'il se demandait si elle était avec Grace à l'étang ce jour-là. C'est tout.

— Il essayait peut-être de te soutirer des renseignements. »

Mais il y avait plus. Une chose qui la troublait dans le bureau du shérif. Ce n'était pas tant les photos des hommes recherchés accrochées au mur, mais les cartes géologiques jaunies du Territoire Indien d'Oklahoma, avec les emplacements présumés des nappes pétrolifères. On aurait dit des prophéties, l'illustration d'actes divinatoires visant à savoir où un flux de noire puanteur en rejoignait un autre.

Elle se couvrit le visage de ses mains. « Ils vont pendre Benoît, j'en suis certaine. »

Cette nuit-là, Lettie résolut de partir en quête de la voyante qui lui avait prédit que tout volerait en éclats. La prédiction s'était réalisée, et Lettie était convaincue que cette femme saurait qui avait commis les derniers meurtres en date.

Elle parla de la voyante à Belle qui lui demanda : « En quoi penses-tu qu'elle puisse nous aider ?

— Je l'ignore. Mais elle sait peut-être quelque chose qui permettrait d'éclairer un peu les événements.

— Alors, tu dois y aller. » Sur ces mots, Belle descendit à la cave et en remonta avec un bocal plein d'argent — des billets et des pièces.

« Tiens, prends.

— C'était prévu pour quoi ?

— Autant que cela te serve. Je mettais des sous de côté pour les périodes de vache maigre. »

Michael Horse contemplait le flot sombre et bourbeux de la rivière Coffee. Derrière lui, brûlait le feu du peuple et sa flamme éternelle. Il avait transporté les braises avec succès dans une boîte métallique remplie de mousse. Il écoutait l'eau.

Redshirt se tenait, silencieux, près d'un arbre noueux torturé par les vents. Le vieillard sentait sa présence, là-bas, mais il ne l'avait pas vu. Le cheval avait repris sa liberté, s'était débarrassé de son harnais en se frottant, et le vieux n'avait pas réussi à le capturer. Les chauves-souris étaient là, elles aussi. Horse entendait les derniers sifflements de leur vol plongeant avant qu'elles ne se retirent dans les grottes pour l'hiver. Soudain, il désirait le retour au mode de vie d'antan. Il désirait que les Blancs disparaissent, désirait que le temps fasse machine arrière comme il le faisait d'un coup de volant avec sa décapotable.

Lorsque les portières du train s'ouvrirent en ce jour de vente aux enchères, les messieurs offrirent leur main aux dames pour les aider à descendre des wagons. Géologues et traqueurs de roches arrivèrent avec leurs épouses. Les femmes portaient des sacs aux motifs floraux. Il y avait des ingénieurs et des cadres du pétrole avec leurs mallettes. John Tate, le petit homme au monocle, courait à toute allure, guettant les passagers. Et Stace Red Hawk, qui se présenta comme un guérisseur lakota, descendit du long train et demanda à Tate le chemin pour se rendre à l'hôtel Stanley. Comme la plupart des hommes-médecine itinérants, il avait aux pieds des bottes de cow-boy noires aux talons rentrants et portait un long étui de cèdre, une petite valise noire, et un sac de daim contenant ses médecines les plus précieuses. Il avait les cheveux nattés, un foulard rouge autour du cou.

Stace vit les hommes, les femmes et les enfants qui se pressaient autour de l'orme gigantesque connu sous le nom d'arbre des ventes. C'était à l'ombre de cet arbre que se négociaient les transactions pétrolières.

Il faisait frisquet et, avec la venue d'un temps plus froid, beaucoup d'Indiens locaux arboraient des manteaux en fourrure d'ours ou de vison pour accueillir le train venu de la côte Est. Des photographes attachés aux journaux des grandes villes les prenaient en photo, et leurs visages apparaîtraient, comme cela s'était déjà produit, en couverture des magazines nationaux, sous des manchettes prévisibles — « Les Indiens enrichis par le pétrole louent leurs terres », par exemple. John Tate était du nombre ; il avait laissé son appareil sur son trépied pour inviter des géologues à venir poser devant afin d'être immortalisés pour la postérité.

Des marchands, arrivés en ville la veille, avaient dressé leurs étals le long des rues. Emmitouflés dans leurs écharpes, les bras croisés pour se tenir chaud, ils vendaient de tout, des ouvre-bouteilles dernier cri aux cartes du ciel dont les étoiles peintes au radium brillaient dans le noir à les en croire. Au fil des rues, Stace examinait leurs marchandises. En raison de son apparence, les gens le dévisageaient avec curiosité — du moins jusqu'à ce qu'il les regarde aussi, et alors, ils se détournaient. Sa présence les intimidait. Ils pressentaient sa profondeur, devinaient chez lui une dimension inconnue d'eux, une forme de connaissance qui leur donnait le sentiment que cet homme lisait dans leur cœur.

Il se rendit à pied à l'hôtel Stanley et prit sa clé à la réception. Sa chambre comportait un bureau avec trois tiroirs, une agréable fenêtre, une chaise à dos droit. Il ne prit pas la peine de défaire ses bagages, s'aspergea le visage d'eau et redescendit dans les rues encombrées.

À midi sonnant, la vente commença. Les jeunes gens indiens trouvaient merveilleusement comique que les parcelles de terre aride, brûlée, impropre à toute culture sur lesquelles avaient échoué certains des leurs se soient révélées riches de pétrole et de gaz. Assis sur des chaises, au premier rang, ils attendaient que le commissaire-priseur commence, enveloppés dans des manteaux et des couvertures. Ils se donnaient des coups de coude complices ; riaient des sommes importantes mises en jeu pour le noir pétrole qui coulait sous cette terre dénuée de toute valeur. Pour une fois, les choses tournaient à leur avantage. Et, de leur point de vue, il était plus que temps.

Ce même matin, Moses avait vendu quelques herefords aux loueurs de pâturages. Avec l'argent en poche, il se rendit en ville, fit des provisions pour l'hiver. Il acheta des conserves, des haricots secs, de la farine. Puis il paya la compagnie d'électricité pour la lumière qui se déversait chez lui par le biais des minces fils noirs.

Laissant ses paquets sur le siège avant, Moses alla ensuite rejoindre les hommes plus âgés sur leur banc. Ils restaient en retrait, suivaient avec méfiance le déroulement des opérations. Et soudain, de dessous le plus grand des ormes de Watona, le commissaire-priseur se mit à cogner du maillet, à cracher des mots telle une corneille à langue fourchue, et la convoitise s'alluma dans l'œil des pétroliers rapaces.

D'où ils étaient, ils apercevaient au loin les derricks de la Compagnie pétrolière Lumière du Territoire Indien. Des hommes sans terres y travaillaient pour le compte de John Hale, le pétrolier. Chaussé de bottes de chantier aux bouts renforcés, il les surveillait, les regardait tirer les lourdes chaînes d'avant en arrière, enfoncer pouce par pouce les canalisations dans le sol. Là-bas, le métal grinçait contre le métal. Le gaz souterrain ronflait, protestations de la terre sorties d'une bouche ouverte, tantôt gémissements et tantôt grondements de rage.

Hale était en ville, ce jour-là. Malgré son manteau marron très ordinaire, on le remarquait à son chapeau gris et à ses longues jambes. Il souhaitait parler à John Tate, le petit homme portant monocle, époux de Ruth, la jumelle réfléchie de Moses. Voyant Hale s'approcher de son mari, Ruth s'arrangea discrètement pour lui bloquer le passage. Depuis un moment, elle l'observait de ses yeux bruns et profonds. Elle se planta devant Hale en qui elle n'avait pas confiance, le regarda en face. « Il y a des fortunes sous cette bonne vieille terre », déclara-t-elle. La voix était rauque, le ton légèrement ironique.

Hale hocha la tête. « Vous l'avez dit. » Et il tenta de s'écarter d'elle, regardait déjà en direction de Tate qui s'éloignait. « Excusez-moi. »

Tate filait, pressé, chargé de son trépied.

Ruth ne s'écarta pas pour laisser passer Hale, ne le quitta pas des yeux. « Nous avons renoncé à un mode de vie meilleur pour ces histoires de pétrole.

— Je n'en doute pas, Mme Tate », répondit Hale, distrait. Il regardait par-dessus sa tête. « Maintenant, si vous voulez bien m'excuser. »

Elle le croyait malhonnête. Dans le passé, ils avaient fait affaire ensemble sur du bétail, mais jamais à son avantage. Du moins, à ce qu'il lui semblait. Elle se sentait lésée sans en avoir la preuve. Intuitivement.

Enfin, Hale repéra Tate et contourna Ruth. John Tate installait son appareil et parlait à l'un des géologues qui avaient tracé les contours des gisements pétroliers. Voyant Hale approcher, le géologue reporta son attention sur la vente, comme s'il tenait à éviter le grand homme maigre.

Des yeux, Ruth suivit Hale et son époux qui s'en allaient vers le parking. Un frisson lui courut le long du dos. Le bonhomme la glaçait, il portait le froid en lui. Elle les regarda allumer une cigarette. Son mari s'agitait, nerveux. Elle se dirigea vers son frère, le rejoignit au moment où Jim Josh, qui ne ratait jamais une vente, arrivait en boitant. Il salua

Ruth de la tête, tendit la main à Moses. « Dis donc, commença-t-il à l'adresse de ce dernier, tu crois que Belle pourrait passer chez moi pour jeter un coup d'œil sur mes pieds douloureux ? » De l'index, il montrait ses chaussures.

« Je suis vraiment désolé, répondit Moses qui avait oublié. Je la conduirai chez toi demain.

— Elle a peut-être une plante ou quelque chose », reprit Jim Josh. Mais sa voix se perdit dans le tumulte de la foule. Ruth et les deux hommes se retournèrent pour connaître la cause de ce tapage. Les jeunes Indiens du premier rang riaient aux éclats en se tapant sur les cuisses. Enchérisseurs et spectateurs lançaient des cris et jetaient leurs chapeaux en l'air. Le commissaire-priseur s'écria de nouveau : « Adjugé et vendu au colonel pour un million huit cent mille dollars. » Ses paroles furent accueillies par un délire de cris et d'exclamations.

Voyant les jeunes gens qui sifflaient et trinquaient au champagne, Moses n'en croyait ni ses yeux, ni ses oreilles. Ce spectacle l'attristait sans qu'il sache pourquoi. « Je peux te reconduire chez toi », proposa-t-il à Josh. Puis, à sa sœur : « Et toi, Ruth, tu veux que je te dépose ? » Il aperçut John Tate qui prenait leur photo, tourna le dos à l'objectif.

Ruth fit de même et répondit : « Non, je crois que je vais rester. »

James Josh s'inclina poliment. « Je te remercie, Moses. » Il effleura le bout d'une de ses tresses. « Mais, tu es sûr que tu ne veux pas rester à la vente ?

— Certain. J'en ai assez. » Et Moses s'éloigna, bientôt suivi de Jim Josh. Parvenu à sa voiture, il ôta les paquets du siège avant pour faire place à son passager.

Josh parlait toujours de ses pieds douloureux : « Ils me font mal comme ça depuis la guerre. Surtout un. »

Enfin, il se tut, et garda le silence jusqu'à ce qu'ils s'arrêtent devant chez lui. « Je t'amènerai Belle demain », dit Moses en lui ouvrant la portière.

Plus tard, Moses rentra chez lui les bras chargés de cadeaux enveloppés de papier argenté. Voyant les reflets du soleil sur le papier cadeau, Rena, de retour de l'école, se précipita à la rencontre de son grand-père. Moses sourit. Ils passèrent devant le vagabond qui cassait du bois odorant, devant l'un des guetteurs qui semblait se fondre comme une fumée contre le ciel environnant.

La poupée de porcelaine que son grand-père lui avait achetée combla Rena de joie. Nola se montra gracieuse, mais aurait préféré du parfum. Belle ouvrit son paquet de chocolats allemands que Nola dévorait des yeux. Voyant cela, elle mit les sucreries sur une assiette pour toute la famille et feignit de ne pas remarquer la fillette qui se goinfrait. Pour Lettie, Moses avait acheté un chapeau rouge, pour Floyd et Louise, une couverture de laine blanche et, pour Ben, une carte des planètes et des constellations qu'il emporterait avec lui à Haskell. Et, ce soir-là, quand la nuit fut tombée, les Graycloud accrochèrent la carte des étoiles au mur et éteignirent les lumières. Ils s'extasièrent sur ce que Moses traduisit du français comme « la voie du lait ». Dans le salon obscur, ils finirent les chocolats en admirant le ciel miniature sur le mur. L'espace d'une soirée, ils se sentirent rassurés ; la vie leur semblait douce sous cette voie du lait, au-dessus des eaux riches et des minéraux que contenait la terre.

En ville, Stace Red Hawk regardait par la fenêtre de sa chambre plongée dans l'obscurité. La vente de concessions pétrolières avait atteint des prix qui feraient date dans l'histoire, et la ville grouillait de fêtards. On avait poussé un piano sur la place centrale de Watona ; les femmes dansaient dans les rues, serrant contre elles des cols de renard comme des amoureux. Les membres blancs du Rotary Club étaient déguisés en Indiens. Hypnotisés par un magnétiseur, une poignée d'Indiens au visage grave se prenaient pour des poules. Ils marchaient jambes raides en avançant le cou et caquetaient entre eux, sérieux comme des papes. Ils se croyaient des ailes, ils se croyaient des griffes, ils se croyaient des plumes. Ils se croyaient en sûreté.

Stace observa deux jeunes Indiens adossés contre un arbre, qui partageaient une bouteille en regardant les festivités. L'un d'eux était le neveu de Jim Josh. Il avait survécu au naufrage du *Titanic* en 1912 et revenait de temps en temps à Watona pour soutirer de l'argent à son vieil oncle. Il serait reparti avant la fin de la semaine. L'autre, Calvin Severance, se flattait d'avoir survécu à l'école indienne de Carlisle en Pennsylvanie. « Cela vaut bien un naufrage », déclara-t-il à Silas Josh. La comparaison les fit rire, mais elle contenait un germe de vérité. Célèbre pour son équipe de football indienne et pour l'athlète Jim Thorpe, l'école de Carlisle avait fermé ses portes en 1918. Du temps où elle fonctionnait encore, Calvin Severance s'en était échappé en se cachant dans le fourgon à bagages d'un train en partance pour l'Ouest. Les autorités de l'école avaient pendu Calvin par les pouces pour le punir de son « insolence ». Avec pour résultat que la chair et les nerfs s'étaient détachés de l'os. Il avait perdu l'usage de ses pouces, buvait maintenant en tenant la bouteille entre ses paumes, à la manière d'un bébé.

Tandis que les deux jeunes gens bavardaient, le fantôme de John Stink se promenait dans les rues. Les Indiens se croyaient seuls à le voir, puisqu'ils étaient les seuls à s'écarter sur son passage. Comme toujours, l'esprit était accompagné des chiens que Floyd nourrissait quotidiennement.

Le revenant et ses chiens avaient croisé Floyd en cette soirée de vente — Floyd qui avait donné au fantôme une bouteille de gin maison. Il avait déjà vendu tout le whisky que contenait sa voiture, était rentré chez lui renouveler son stock, puis avait regagné le petit bosquet en bordure de la ville. À son retour, il lança : « Du lait, du miel ! », et les acheteurs se pressèrent autour de lui à la lueur d'une lanterne. Une vieille Indienne en robe rouge, drapée d'une couverture de laine, jouait pour de l'argent avec des bâtonnets et des coquillages. Sur la table, devant elle, il y avait une pile de pièces en argent. Elle avait gagné tous les paris. De sa main fripée, elle partagea le tas et commanda trois bouteilles du célèbre whisky de Floyd.

Dès dix heures, la prison était pleine. Le commerce de Floyd en était pour parti responsable. Les jeunes gens titubaient, et les femmes plongeaient la main dans les poches des hommes. Dans la prison bondée, Walter Bird avait de nouveau la joue enflée et se tordait de douleur en attendant que quelqu'un joigne le dentiste. « Qu'on m'apporte du whisky et des pinces, je vais l'arracher moi-même », déclara-t-il. Tandis qu'il se plaignait, la police d'État arriva encadrant un dénommé Mardy, arrêté au volant d'une Buick volée. Les agents l'avaient interpellé dans Fremont Road et lui avaient demandé d'où il tenait le véhicule. Il leur avait expliqué qu'on la lui avait donnée en paiement d'un travail.

« Quel genre de travail ? » avait demandé le policier.

Malgré son inquiétude, Mardy ne voulait pas fournir de renseignements risquant de compromettre Hale, son employeur. « Elle a un problème, ma voiture ?

— Non, la voiture est parfaitement réglementaire. Le problème, c'est que tu voles des Buick.

— Je ne l'ai pas volée, répondit Mardy, visiblement embarrassé.

— Alors, qui te l'a donnée ?

— Je ne peux pas le dire.

— C'est bien ce que je pensais. » L'agent en chemise bleue passa les menottes à Mardy, et l'embarqua pour la prison où il resterait en garde à vue. Convaincu que Hale paierait sa caution, Mardy se laissa faire sans protester. Assis dans la cellule voisine de celle de Benoît, il se tint coi quand le shérif ouvrit la porte pour emmener Bird chez le dentiste en urgence.

Peu de temps après, Cal Severance et le neveu de Jim Josh furent arrêtés pour ivresse sur la voie publique, et placés dans la même cellule que Mardy. À travers les barreaux, ils dévisageaient cet homme qu'ils connaissaient depuis l'enfance pour être un Indien élégant. Ils avaient entendu raconter qu'il avait fait sauter une charge de dynamite dans sa propre cabane à charbon mais ne parvenaient pas à le croire. Benoît avait une réputation de brave homme respectueux des lois.

Émacié comme il l'était, Calvin le reconnaissait à peine. « Benoît, c'est moi, Calvin Severance. »

Benoît releva les yeux vers lui, ne parut pas l'identifier. « Oui, dit-il, je me souviens de toi. »

À voix basse, Calvin demanda à l'homme le plus proche de lui : « Pourquoi on l'a enfermé ? »

L'attention de Benoît était déjà ailleurs. Il observait la rue. Une femme passa en chantant. Elle portait des diamants à tous les doigts. Sa chanson éveilla en Benoît le besoin de liberté. Il voulait sortir. La colère montait en lui.

« Pour meurtre. »

China, la bonne amie de Hale, fut interpellée vers minuit. Elle paraissait bien jeune, était sans doute mineure. On l'avait arrêtée pour trouble de l'ordre alors qu'ayant ôté sa chemise de satin, elle avait sauté du balcon de l'hôtel en la tenant au-dessus d'elle en guise de parachute.

Comme la place manquait en prison et que ses jambes n'étaient pas cassées, elle fut placée dans la cellule des deux jeunes Indiens et du Blanc aux cheveux couleur sable nommé Mardy. Elle aussi regardait Benoît. Comme tous les autres, elle connaissait les rumeurs, mais elle lui trouvait l'air trop pitoyable pour être le criminel endurci qu'on décrivait.

Benoît l'ignora, continua de regarder par la fenêtre. Deux hommes en haut-de-forme passèrent. Ils discutaient des courses de mulets.

« China ? Pourquoi on t'appelle comme ça ? » demanda Cal Severance à la blondinette. Elle avait la peau satinée, blanche comme du papier, et les yeux bleu pâle. « Les pétroliers ont dû creuser jusqu'à l'autre côté de la terre pour dénicher un nom pareil. » Son ami, le neveu de Jim Josh, éclata de rire.

Elle fixa Cal droit dans les yeux. « C'est exactement ce qu'ils ont fait. » Il fut choqué par ce regard bleu translucide rivé sur lui. « Et quand j'ai levé le nez depuis l'autre bout de ce trou dans la terre, je vous ai vus, là-haut, vous autres, les Indiens riches, et je me suis dit que j'allais émigrer sur-le-champ. » Elle se tourna vers Benoît. « Dis, tu aurais une cigarette ?

— J'en ai. Tiens, dit Calvin. Pourquoi est-ce qu'on t'appelle China ? » Il semblait s'intéresser à elle. De ses mains malhabiles aux pouces inutiles, il alluma la cigarette.

« Voyons, chou, tu crois peut-être que je te mens aussi ? » Et les Indiens furent réduits au silence par sa dureté, par ce que cachait son visage angélique et blanc, les paroles de sa voix douce. Elle souffla la fumée vers le plafond de la prison.

« Hé ! Comment t'as fait pour garder une allumette ? » demanda à Cal l'un des ivrognes.

Plus tard cette même nuit, la plupart des Indiens âgés, proches de la tradition, s'étaient rassemblés dans les collines pour offrir des chants. Beaucoup d'entre eux portaient des couvertures de laine noire ornées de motifs perlés représentant le drapeau américain et un aigle royal. Appelées « couvertures d'honneur », elles étaient devenues l'emblème des vétérans de la guerre mondiale depuis qu'une certaine Mme Lookout en avait confectionné une pour son mari, Fred Lookout. Bien vite, tous les anciens combattants avaient voulu la leur. La liste d'attente de Mme Lookout comptait bien quarante noms. Ils les portaient drapées autour de leurs épaules, et quand Joe Billy gravit la pente de la colline où se tenait la cérémonie, il eut l'impression de se trouver en présence d'une sombre chaîne de montagnes.

Billy tenait la main de sa femme, la lâcha lorsqu'ils atteignirent les chanteurs. Il salua de la tête, échangea quelques mots avec les anciens, puis, à sa requête, il laissa Martha à la cérémonie, avec les montagnes vivantes. Elle en venait à préférer les Indiens à son propre peuple. Il la quitta donc et regagna la ville pour parler avec le Dr Black.

Joe Billy et le Doc' étaient amis — du moins existait-il entre eux un lien qui ressemblait à de l'amitié. Ensemble, ils discutaient de choses et d'autres. Ils aimaient à philosopher.

Ce soir-là, Joe Billy savait bien qu'entre les blessures et les comas éthyliques, le médecin serait très occupé ; il tenait cependant à avoir son avis sur la mort de Walker. C'était l'occasion ou jamais, et il pourrait sans doute venir en aide au Doc', rassurer et calmer les ivrognes.

« Nous aurons peut-être une naissance, ce soir, lui annonça le Dr Black. Si la patiente veut bien accoucher comme prévu. Mais elle fume de l'opium, et il semblerait que cela retarde la venue au monde des enfants. Ils ne veulent pas naître. » Il rangea une pile de serviettes propres. « Remarque, je les comprends. »

Un jeune homme arriva, blessé dans une bagarre. Le médecin jeta un coup d'œil à Joe Billy. « Tu me ferais une tasse de café ? Avec du cognac dedans. » Le Doc' prenait aussi le thé avec du cognac. Il fit deux points de suture à la tête du jeune homme qui repartit en tenant une compresse de glace contre sa nuque. Comme s'il devinait les pensées de Joe Billy, le Dr Black dit alors : « Oui, j'ai examiné Walker. Il est mort d'un excès d'alcool.

— D'un excès d'alcool ? répéta le révérend.

— Oui. »

Le médecin étira les bras derrière sa tête et se recala contre le dossier de son siège. Il avait l'air abattu d'un homme honnête dans un monde de truands. « Il circule pas mal d'alcool frelaté ces temps-ci. Je vois les résultats tous les jours. » Il n'en dit guère davantage. Un homme de Washington lui avait enjoint de garder le silence — un silence total — sur les circonstances douteuses qui entouraient la mort de Walker.

« Mais, il ne buvait pas.

— Je sais.

— Et, tu ne crois pas qu'on l'a peut-être assassiné ?

— Ça, je ne pourrais pas te le dire, Billy. Il y a plus bizarre dans ce monde qu'un abstinent complet qui se met soudain à boire de l'alcool frelaté. »

L'expression dubitative du médecin n'échappa pas à Joe Billy. Il l'interrogea sur Hale, le pétrolier censé avoir assuré Walker sur la vie à son bénéfice.

« C'est exact. Et je trouve cela curieux, moi aussi. » Il se tut un long moment avant de reprendre : « Je devrais dire que cela paraîtrait louche en d'autres temps et d'autres lieux. Mais ici et maintenant, les affaires sont les affaires. Je ne comprends pas. À croire que nous sommes régis par d'autres lois. Dès qu'il y a de l'argent en jeu, tout est permis. Hale m'a dit que Walker lui devait des sous. Qu'ils avaient décidé de solder ses dettes de cette façon. Walker était d'accord avec cet arrangement.

— Tu connais Lettie Graycloud, non ?

— Oui, pourquoi ?

— Elle affirme avoir vu Walter Bird dans les rues cette nuit-là. »

Black plissa les yeux. « Il est en prison, que je sache.

— Oui. Qu'est-ce que tu en penses ?

— Je n'en sais trop rien, Billy. »

Il y avait du bruit dehors. Depuis le cabinet du médecin, ils entendaient le piano. Joe Billy s'apprêtait à poursuivre quand le Doc' bondit de sa chaise pour regarder par la fenêtre un homme au visage cousu de cicatrices portant un bandana. « Dieu me confonde ! Ce ne serait pas John Stink ? » Mais le personnage disparut, se fondit dans la foule animée des rues.

« C'est son fantôme, déclara le révérend Billy. Des pillards ont volé son corps dans la tombe et, depuis, son esprit erre dans les parages.

— Ce n'est pas possible. » Le médecin sortit sur le pas de sa porte, scruta les environs en quête de John Stink, mais le mort n'était plus là. C'est alors qu'arriva un homme pressant un chiffon sur son front qui saignait, puis un autre venu chercher de l'aide pour un accouchement dans une ferme en campagne. Le Dr Black traita rapidement la blessure, puis il rassembla ses affaires pour se rendre au chevet de la parturiente. Ce faisant, il s'interrogeait : qui donc pouvait bien se faire passer pour Stink, et dans quel but ? « Tu veux m'attendre ici ? s'enquit-il finalement.

— Non. J'ai laissé Martha dans les collines. »

Le médecin ne dit rien de plus. Il accrocha un écriteau sur sa porte : « Asseyez-vous et patientez, merci. »

Joe Billy s'éloigna dans la nuit lumineuse. Il regagna la colline où les siens chantaient un chant grave et profond. Dans le cercle de lumière dessiné par le feu, il aperçut Martha. Elle chantait avec les vieux, était plus belle que jamais. Il s'arrêta dans l'ombre pour observer la scène pendant quelques instants, puis il reprit sa marche, parcourut la distance qui les séparait. Il s'assit près d'elle sur le sol, lui prit la main. Le chant grave et profond l'accueillit en son sein.

Les jours se faisaient plus courts. Les pacaniers étaient nus. Les vents d'hiver qui soufflaient la nuit arrachaient les dernières feuilles des chênes. Les pluies allaient et venaient. Cette fois, Moses n'oublia pas de dire à Belle que Jim Josh souffrait de douleurs aux pieds et aux jambes. Elle emballa des plantes dans un sac en papier, noua une ficelle autour, et Moses la conduisit jusqu'à la cabane de Jim Josh. Il les attendait, s'avança en boitant jusqu'à la voiture pour les accueillir. Mais avant que Belle n'ait le temps de s'enquérir de ses pieds, il déclara fièrement : « Viens par ici, j'ai quelque chose à te montrer. » Belle et Moses le suivirent à travers sa cour encombrée de rebuts, négociant prudemment ressorts de sommiers, barils de pétrole vides et outils de ferme rouillés. Les poules fuyaient devant eux. Des chiens et des chats se levaient pour s'écarter.

Les dix baignoires neuves et lustrées de Jim étaient alignées côte à côte sur un carré de jardin. Du maïs poussait dans plusieurs de ces baignoires à pieds de griffon d'un blanc lumineux. L'endroit était ensoleillé ; les baignoires recouvertes de verre.

« Venez par là si vous voulez vraiment voir quelque chose », dit le vieux en insistant sur le mot « vraiment. » Il les mena jusqu'à sa nouvelle voiture. À l'intérieur, il y avait des pots et des caisses de bois remplis de plants de tomates. Des tomates rouges, pulpeuses, grossissaient sur les tiges, se pressaient contre les vitres comme dans une serre trop féconde.

« La température est idéale pour les marmandes », expliqua Josh.

Belle lui sourit. « Je me doutais bien que tu trouverais un usage pour cette voiture. »

Moses ouvrit la portière pour cueillir une tomate. Jim Josh le regarda croquer dedans. « C'est la meilleure que tu aies jamais mangée, pas vrai ? »

Moses ne le nia pas.

À l'intérieur de la cabane que Jim Josh habitait, il y avait au mur des calendriers jaunis. Dans la pièce étroite, Josh avait réussi à loger un demi-queue au milieu du vieux mobilier branlant. Sur le piano, il y avait un violon neuf, cinq lampes électriques qui n'avaient jamais servi et dont le fil était encore enroulé autour du pied, et la lampe à pétrole que Josh utilisait. Dans un coin, il y avait quelques fusils neufs, et des volumes reliés cuir, dont un Shakespeare.

« Je t'ai apporté des plantes pour l'estomac, dit Belle. Mais puisque je suis là, j'aimerais en profiter pour regarder tes pieds.

— Ah oui. » Jim Josh s'assit et ôta ses vieilles chaussures cependant que Belle l'observait. « Ils sont tout enflés », dit-il encore en enlevant ses fines chaussettes de soie noire. Il avait les chevilles pâles, osseuses.

Belle regarda ses orteils dont deux avaient gelé quand il était enfant et que la température était tombée à moins dix-huit pendant quinze jours. Jim Josh, qui veillait sur sa mère malade, s'était rendu en ville à pied pour acheter de la nourriture. À son retour, après s'être réchauffé, il avait découvert en se déchaussant que deux de ses orteils détachés de son pied étaient restés dans sa chaussure. Pendant quelque temps, on crut qu'il allait perdre le pied entier, mais le vieux Sam Billy lui appliqua un emplâtre de mauve qui fit sortir le noir poison.

Malgré ses orteils manquants, Josh avait passé avec succès le contrôle médical de l'armée et servi brièvement, avec Michael Horse, pendant la rébellion des Boxers en Chine. Là, il avait encore perdu deux orteils. À l'écouter, il souffrait toujours de douleurs fantômes, mais au moins, disait-il, ses pieds étaient redevenus symétriques.

« Ce qu'il te faut là-dessus, c'est du camphre chaud, de bonnes chaussettes de laine, et des chaussures plus grandes, déclara Belle. Celles-ci sont trop justes. »

Il paraissait sceptique. « Pourtant, c'est la même taille que celles qu'on m'a données à l'armée.

— Eh bien, ils se sont trompés.

— Les militaires ne se trompent pas. » Puis, devant le visage sévère de Belle, il ajouta — tant pour l'amadouer que pour son propre bien : « Bon, bon. Je vais essayer. Et si j'achetais des demi-guêtres pour mettre avec ?

— Fais comme tu veux. Tant que tu mets des chaussures plus grandes. »

Il remit ses souliers. « Bien. Je vais vous chercher des tomates. » Il retourna à sa voiture, ouvrit la portière et en cueillit un plein sac. De la cabane, Belle entendit la portière claquer.

Jim Josh revint, leur donna les tomates, et les Graycloud rentrèrent chez eux avec un début de pluie qui embrumait le pare-brise.

Cette même pluie tombait toujours quelques jours plus tard quand Will Forrest remonta, au volant de sa voiture neuve, la route bourbeuse qui menait à l'école indienne. Là, il guetta par la vitre l'apparition de Nola dans la cour de récréation. Il savait que les enfants sortaient chaque jour après le déjeuner, quel que soit le temps. On croyait alors qu'en restant confiné à l'intérieur, on devenait sujet à la tuberculose, et comme cette maladie affectait les Indiens plus que les Blancs, l'institution envoyait les enfants dehors, qu'il pleuve, qu'il vente ou qu'il neige.

Ce jour-là, ils restaient tous agglutinés sous un abri, et il pleuvait. Les filles resserraient en frissonnant les pans de leurs cardigans noirs sur leurs uniformes bleus trop légers. Rena Graycloud parlait de son nouveau béguin. « Vous savez ce qu'il dit, Bobby Duane ? Il dit *Ooh, la, la*. Si ce n'est pas français, ça ! »

Les autres fillettes rirent.

Des garçons parmi les plus vieux taillaient du bois au couteau sous un grand porche en auvent. Les copeaux bouclés tombaient à leurs pieds. Ben Graycloud, qui était encore à l'école de Watona, quitta le groupe des tailleurs de bois pour aller parler à Nola, mais la surveillante le vit et se chargea de les séparer, sachant que ces deux-là ne feraient que des sottises comme se tenir par la main ou se tripoter. Préoccupée par ces pensées, Mlle Gray ne remarqua pas Will Forrest qui se tenait sous la pluie près de la grille, coiffé d'une casquette de tweed. Will fit signe à Nola qui traversa la cour sous la pluie pour le rejoindre. Près de la grille, en dépit des trombes d'eau, Nola et Will se mirent à bavarder. Ses cheveux lui collaient au front, à la nuque. Elle lui souriait. Il ouvrit sa veste et tira de dessous une rose blanche qu'il lui offrit.

« Si elle se fane, je t'en achèterai une autre », dit-il.

Elle rit. « Tu vas être trempé.

— Moi ? Et toi alors ? Pourquoi ne pas te mettre au sec dans la voiture ?

— Il n'y a pas de mal à cela, je suppose. » Nola franchit les grilles. C'est alors que Mlle Gray remarqua l'expression de Ben Graycloud. Il semblait si choqué qu'elle se retourna et aperçut Nola avec Will. Les quatre étranges gardiens les observaient aussi. Will ouvrit la portière ; Nola rougit, remonta le bas de sa jupe et monta à bord, sa rose à la main.

Mlle Gray courut jusqu'à la grille en s'écriant : « Ma petite demoiselle, vous allez revenir ici immédiatement ! »

Nola n'eut pas même un regard pour la surveillante trempée et furieuse qui se tenait, poings sur les hanches, à la limite de la cour. Will mit les essuie-glaces en marche. Il ôta sa coûteuse casquette mouillée, la jeta sur le siège arrière, et démarra sous le déluge, emportant Nola tout en imaginant le goût de la pluie sur sa peau.

Rena en resta stupéfaite, bouche bée de jalousie, pendant que Mlle Gray rassemblait tout son monde à l'intérieur du bâtiment et aboyait ses ordres à travers un rideau de pluie. La terreur se peignait sur le visage de Ben lorsqu'il vit disparaître les quatre Indiens. Tous les enfants savaient qu'ils suivaient l'automobile flambant neuve de Will Forrest et, en secret, ils encourageaient les guetteurs — des coureurs capables de couvrir de longues distances pour protéger une fillette de leur sang. Pour eux, c'était là une rafraîchissante et glorieuse pagaille. Le ciel lui-même était de la fête, qui essorait ses nuages au-dessus d'eux.

Will gara la voiture à quelques miles de l'école dans le lit asséché d'un cours d'eau. Il offrit à Nola cinq nouvelles roses, plongea dans ses yeux et sourit. Le ciel s'assombrissait, mais ils ne virent pas les nuages qui le traversaient à vive allure, se concentraient et s'amoncelaient. La pluie se fit plus violente et, tout à coup, le lit de la rivière parut reprendre vie. Nola tenait les fleurs contre sa joue, les respirait. Sa silhouette se dessinait contre la vitre sur le ciel gris de plomb.

La pluie tombait dru, suivie par des grêlons si gros qu'ils bosselaient la carrosserie. Le parfum des roses était plus fort que la grêle ; mais la tempête se fit silence, et Nola comprit qu'une tornade approchait. Elle s'inquiéta pour ses gardiens qu'elle ne voyait plus. Au-dessus des jeunes gens cependant, les nuées d'orage prenaient la forme d'un entonnoir tourbillonnant.

Will effleura la joue de Nola d'un baiser. « Il vaut mieux que nous rentrions. » Il démarra la voiture cabossée et fit demi-tour. Ils traversèrent l'absence d'air, le vide et le silence qui paraissaient sans fin, jusqu'à ce que le vent hurle et que la tourmente éclate. Les arbres pliaient et se rompaient, les branches se brisaient, mais les deux amoureux avaient le cœur joyeux en regagnant l'école.

Sous les éléments déchaînés, Will gara son auto puis enlaça les épaules de Nola. Ensemble, ils coururent jusqu'au bâtiment. Il lui ouvrit la porte, mais l'école était vide. Tous s'étaient réfugiés dans l'abri souterrain. « Où est l'abri ? » cria-t-il à Nola. Elle le lui montra du doigt, et ils coururent dehors jusqu'à l'entrée de la cave antitornade. Ils cognèrent à la porte. Nola tenait sa jupe d'une main et se protégeait les yeux de l'autre contre le sable. Lorsque le battant s'ouvrit, le vent tomba brusquement, et la jupe de Nola cessa de voler pour retomber autour de ses jambes. La directrice les chassa, déclara que Nola était expulsée de l'école définitivement, et qu'elle se moquait bien que le vent les emporte au diable. Son regard glacial confirmait ses paroles. Redoutant plus que tout le calme et le silence, le couple regagna la voiture à toutes jambes avant que la tornade n'arrive jusqu'à eux.

Ce même jour, Leticia Graycloud refusa de s'abriter dans le refuge souterrain antitornade. Elle s'enferma dans sa chambre et, malgré la famille qui cognait à coups de poing contre le battant, elle ne le rouvrit pas. Lettie resta seule dans son monde tourmenté qui lui suffisait bien. Tandis que la bourrasque fouettait la maison, que les lumières s'éteignaient, elle alluma une chandelle et s'assit calmement au centre de la natte. Les mains posées sur un oui-ja, elle demanda les initiales des tueurs. Elle pensait que l'orage accroîtrait l'énergie des esprits, mais la planche de divination rebelle s'entêtait, comme toujours, à épeler « Oui » ou « Non », et la tornade passa si près de la maison des Graycloud que l'appel d'air aspira la flamme, laissant Lettie dans le noir, pâle, le visage vide, convaincue que c'était là encore un message indéchiffrable.

Elle n'entendit pas Nola et Will remonter l'allée en voiture, n'entendit pas les arbres déracinés au coin de la route, ni les granges soufflées à l'autre bout de la ville qui s'envolaient en pièces détachées au-dessus des églises. Ni les mugissements de la vache projetée contre une autre, avec tant de violence qu'elles restèrent encastrées où elles étaient tombées comme les pièces d'un puzzle. Et, dans la cave à patates où le reste de la famille attendait que l'orage passe, la radio à cristal de germanium de Belle piaillait à qui mieux mieux.

Quelques jours plus tard, ayant déblayé la cour des débris apportés par la tempête, Belle décida que la chambre de sa fille manquait de lumière. Elle força la porte, trouva Lettie assise sur ce même lit que les criquets noirs et luisants avaient envahi, le visage blême, cireux, à la lueur d'une bougie. Dans une transe profonde, des cartes à la main, elle ne réagit pas aux pas bruyants de Belle, demeura silencieuse.

Belle ouvrit les rideaux. « J'en ai par-dessus la tête de tout ça », déclara-t-elle avant de les décrocher complètement. Elle ramassa le jeu de cartes sur le sol et souffla la flamme. « Tu finiras par mettre le feu à notre vieille maison et nous tuer tous autant que nous sommes », conclut-elle en repliant le tissu.

Sous les yeux de Louise et Nola qui observaient la scène depuis la porte, elle secoua Lettie par les épaules pour l'arracher à sa transe. Jamais Louise n'avait vu sa cadette aussi absente. Inquiète, elle s'abstint cependant d'entrer dans la pièce.

Belle redescendit en hâte à la cuisine, réchauffa du café et versa le noir liquide de la cafetière en émail bleu dans une tasse, puis elle remonta dans la chambre de Lettie qui but à petites gorgées et reprit un peu de couleur. Belle confisqua les bougies. « Tout ça, c'est des âneries. Et maintenant, sors de ce lit. » Elle brisa le oui-ja importé de France sur son genou. Le craquement fit sursauter Lettie. « Je ne veux plus de cela ici », fulmina encore Belle. Elle fumigea les quatre coins de la pièce à la sauge et au cèdre tout en priant pour que les esprits indésirables retournent d'où ils venaient. À l'aide d'une plume d'aigle, elle poussa la fumée tout autour de Lettie. Une brume de fumée grise emplissait la pièce. Et lorsque Lettie fondit en larmes, ce fut comme si le soleil sortait des nuages.

« C'est bien, dit Belle. Si tu pleures, c'est que tu vas mieux. »

Ce soir-là, Lettie dîna avec toute la famille. Elle mangea deux tranches de pain de maïs, et ceux qui l'observaient la trouvèrent presque normale.

Le cyclone Nola, comme on le surnomma, était le principal sujet de conversation en Territoire Indien. La tornade n'avait frappé que quelques lieux précis. Elle avait détruit l'église catholique, mais épargné l'église baptiste. Les adeptes des deux confessions en conclurent que Dieu souhaitait qu'ils embrassent la foi baptiste. Beaucoup de catholiques indiens se convertirent. Certains firent cependant remarquer que les saints et les objets sacrés avaient atterri sans dommage dans la forêt, ce qui, en soi, constituait un miracle. Saint François était arrivé debout dans la fourche d'un chêne. Un crucifix décroché du mur s'était incrusté dans le tronc d'un arbre voisin. La pâle Marie se tenait dans l'eau d'un étang, près de la berge, sans la moindre rayure, intacte à l'exception d'un doigt cassé.

Le prêtre, un jeune homme mou connu sous le nom de père Dunne, entreprit aussitôt de reconstruire son église à l'endroit où le cyclone Nola avait déposé les saints et la Vierge. Il annonça à ses fidèles que, par ce phénomène naturel, Dieu leur signifiait sa volonté que l'église soit transférée dans les bois. Sa foi dans les intentions de Dieu était si forte que certains catholiques lui revinrent. La messe fut désormais célébrée dans la forêt, et les femmes continuèrent de se couvrir la tête de châles ou de fichus noirs. Pendant quelque temps, le prêtre confessa et distribua les pénitences de derrière un gros arbre.

Et, durant tout ce temps, Will Forrest apportait des roses blanches à Nola Blanket au volant de sa voiture bosselée par la grêle. Il s'était juré de ne jamais faire refaire la carrosserie. La seule vue des trous gros comme des pièces de monnaie ravivait en lui le doux souvenir du cyclone Nola.

Belle Graycloud y voyait assez clair pour se rendre compte que, par ses offrandes de roses blanches, Will Forrest n'entretenait pas seulement le fleuriste, mais également les sentiments sincères qu'il portait à Nola. Il n'était pas plus chasseur de fortune qu'intrigant, Belle le savait, et la cour qu'il faisait à une enfant trop jeune la gênait moins que la présence sensible du danger dans la maison. Même amoureuse, où ce qui passait pour tel, Nola remplissait les pièces d'une atmosphère de catastrophe imminente. Son regard lugubre et ses lèvres pincées imposaient à tous le silence. La maisonnée ne parlait plus qu'à voix basse. Et cependant, c'était à l'évidence cette qualité d'âme qui avait séduit Will Forrest. Malgré les pilules qu'elle prenait avant de se coucher dans l'alcôve du couloir baignée de lumière bleue, Nola se réveillait toujours vers trois heures du matin, en proie à des cauchemars. En l'entendant crier, Belle se levait sans bruit, allait pieds nus sur le plancher glacial remonter les couvertures sous le menton de Nola, et restait à son chevet jusqu'à ce que la fillette effrayée se rendorme.

La terreur de Nola glaçait le cœur de Belle qui se trouvait contrainte de retourner dans sa cave aux murs épais, dans cet abri où ni souffrance humaine, ni conflits, ne pouvaient pénétrer sa vieille chair pétrie de sagesse. Chaque soir, elle en remontait pour dîner en silence avec les siens qui feignaient de trouver la chose naturelle. Moses ne demandait pas pourquoi Belle s'exilait dans sa grotte sacrée. Il savait d'expérience que cela ne servait à rien. Il se contentait donc de parler avec Lou et Floyd du train-train quotidien, des voisins, du bétail et du temps.

Un samedi soir, après le repas, Will vint chercher Nola chez les Graycloud. Il la conduisit en pleine campagne, drapa sur ses épaules un manteau de fourrure neuf, la serra contre lui dans la dernière pose employée par Rudolph Valentino pour séduire les starlettes sur l'écran du Bijou. Il se savait irrésistible. Et elle, c'était un petit animal tendre. Il l'adorait. Mais lorsqu'il tenta d'insinuer sa main dans la poche de satin du manteau de vison, Nola s'écarta de lui. « Qu'est-ce que tu fais ? » demanda-t-elle. Will ne répondit pas. Il souriait en sortant l'écrin de velours violet qu'il ouvrit sous ses yeux. « Si je pouvais t'emmener à Paris, je le ferais. Tiens. Donne-moi ta main. » Et il glissa une bague de diamant à son doigt.

Elle rit. « À Paris ? Je pourrais acheter une nouvelle robe ?

— Tout ce que tu voudras. Des robes. Du parfum. Des souliers de satin. »

Nola souriait aussi, radieuse et gênée.

« Même la tour Eiffel, si tu veux.

— Tu ne m'aimes donc pas ? »

Il fit si de la tête.

« Eh bien alors, arrête avec Paris et parle-moi de moi.

— Tu veux dire que tu acceptes ? Que tu veux bien m'épouser ?

— On aura des roses blanches tous les jours ?

— Deux fois par jour. »

Elle regarda la bague trop grande pour son doigt et lui en fit la remarque. « Je ne risque pas de la perdre ?

— Ne t'inquiète pas. Elle t'ira plus tard, quand tu auras grossi. »

Ils rirent tous deux.

Lorsque Will ramena Nola chez les Graycloud, la fenêtre répandait sa lumière sur l'herbe sèche de l'hiver. Will et Nola traversèrent ce carré de clarté pour gagner la porte. Ils restèrent sous le porche à s'embrasser, jusqu'à ce que Belle ouvre le battant. Comme toujours, elle les attendait, guettait l'écho de leurs pas, et voilà qu'elle se tenait devant eux, mains sur les hanches. Décontenancé, Will salua la femme aux cheveux gris d'un coup de chapeau, retourna à sa voiture, mit le moteur en marche et s'en fut. Déçue par son manque de courage, Nola rentra bien vite à l'intérieur.

Ben n'était pas encore pensionnaire à Haskell. Rena et lui étaient rentrés de l'école pour le week-end. Quand Nola arriva en manteau de fourrure, exhibant le diamant qu'elle portait au doigt, la jalousie s'empara de lui. Rena piaillait de plaisir devant la bague, et Ben se fâcha. « Arrête donc de te conduire comme une gamine ! » Pivotant sur lui-même, il écarta le chien Pippin d'un coup de pied, et courut se réfugier dans la cave à patates où Belle avait érigé un reliquaire et un autel. Il y resta, s'efforça de ravaler ses larmes. Au-dessus de lui, il entendait les pas de Rena qui volait au secours de Pippin et pleurait auprès du chien. Il se boucha les oreilles. Pendant ce temps, Pippin, qui n'avait rien, roulait sur le dos et remuait la queue. Elle cognait contre le plancher, et Ben l'entendit aussi.

Sans prêter attention aux autres, Nola s'assit pour contempler le diamant à son doigt. Il paraissait cher, et elle se demanda comment Will avait gagné son argent.

« Ne reste pas là, près de la fenêtre. » Une fois de plus, Belle dut rappeler à l'enfant que les fenêtres n'étaient pas sûres, que n'importe quel homme de passage pouvait aisément tirer au travers.

Nola changea de place.

Guidée par les éclats de voix, Lettie les rejoignit au salon. « Que se passe-t-il ? » s'enquit elle. Nola était assise, les bras croisés sur la poitrine. Belle avait le visage sévère. Louise regardait par la fenêtre en tapotant du pied. Elle avait le feu aux joues. Impassible, Moses aiguisait un couteau de poche sur une pierre, et faisait mine de ne rien entendre. Tout excitée, Rena annonça à Lettie les fiançailles de Nola. Lettie en resta éberluée.

« Elle est trop jeune, déclara Louise en tapant du pied plus rapidement. C'est ridicule.

— Je sais que c'est un gentil garçon... » commença Lettie à l'adresse de Nola.

« Il faut toujours que tu la flattes ! » interrompit Louise, outrée. Les tapotements de son pied s'accélérèrent encore. « D'abord, elle est renvoyée de l'école, et maintenant, la voilà fiancée. Pour l'amour du ciel, elle n'a que treize ans ! »

Mais Nola coupa court à toute discussion. Les circonstances donnaient du poids à ses arguments. « Peu importe ce que je fais, dit-elle. L'argent de ma mère est à mon nom, ma tante a été tuée, mon oncle est en prison. Je ne peux même pas m'asseoir à la fenêtre sans me mettre en danger, et vous passez votre temps à regarder derrière vous, à surveiller la moindre ombre tordue sur le sol. Tout ça parce que je suis là. »

La vérité les réduisit tous au silence.

« J'ai déjà réfléchi à la question, reprit Nola. Même si c'est un escroc, j'ai plus de valeur pour lui si je suis vivante. » Elle semblait attristée. Mais elle disait vrai. L'époque le voulait ainsi ; avec les biens par tête et les droits sur les terres qui se multipliaient à chaque nouvelle naissance, les Blancs épousaient des

Indiennes pour posséder les terres qui leur étaient allouées et celles de leurs enfants.

« Je vois », fut tout ce qu'ils trouvèrent à dire quand Nola en eut terminé. Et pour voir, ils voyaient. Ben entendit les arguments de Nola depuis la cave. Pris de pitié pour elle, il remonta et l'enveloppa de ses bras. Elle s'abandonna contre lui et retint ses larmes. Moses sortit, se rendit dans la grange pour s'assurer que ses derniers chevaux ne manquaient de rien. Abattu et défait, il s'assit parmi les bottes de foin, se retira un moment dans le silence et l'odeur forte de la grange. C'était un homme. Un homme habitué à prendre les choses en main, et il n'y avait rien qu'il puisse faire.

Cette nuit-là, les femmes commencèrent sans joie à organiser le mariage. Mariage à un jeune homme qui n'avait pas eu le courage de rester auprès de sa fiancée le soir où elle annonçait leur projet. Et, cette même nuit, les cauchemars de Nola cessèrent.

Dans sa chambre, Lettie déplaça la natte. Au-dessous, elle avait peint un oui-ja à même le sol — fait de planches qu'une vieille femme ne pourrait briser sur son genou. Elle demanda de nouveau les initiales des tueurs. Les visites de Walter Bird chez le dentiste lui paraissaient suspectes. Elle était sûre de l'avoir vu la nuit du meurtre de Walker, et elle voyait un lien entre son nom de famille et les paroles de la voyante. Pourtant, renseignements pris, l'histoire du dentiste de Tulsa s'était révélée exacte. Il ne lui restait apparemment plus qu'une solution : retrouver la femme qui voyageait avec les forains.

Le lendemain, accompagnée de Moses, Lettie alla voir Benoît. Il avait encore maigri. Sur une planche posée en travers de son lit défoncé, il avait étalé des dominos et regardait dehors entre les barreaux. La fenêtre était son œil sur le monde. Il paraissait absent, salua Moses et Lettie comme des étrangers. Effarée par son pitoyable état, Lettie perdit le peu de couleurs qu'elle avait reprises. Bientôt, elle eut envie de s'en aller.

Moses s'inquiétait aussi, mais en sortant de la cellule, il déclara : « J'ai déjà vu des hommes partir ailleurs, comme ça. Quand on les enferme ! C'est une forme de liberté. » Et il expliqua à Lettie qu'il avait vu la chose pendant la guerre, chez des prisonniers. Que, pour lui, c'était plutôt bon signe.

« Tu mens », lui répondit Lettie. Puis, de retour à la maison, elle entreprit de se préparer pour sa quête de la voyante.

Ce soir-là, tandis qu'elle faisait ses bagages, le shérif lui rendit une brève visite. Il l'avait aperçue à la prison et en avait déduit qu'elle se sentait mieux. Il lui apportait des chocolats suisses dans une boîte de satin bleu. Par politesse, Lettie en goûta un. Aussitôt écœurée, elle le remit dans la boîte sans le manger. « Merci, dit-elle. C'est délicieux. » Son chapeau sur les genoux, le shérif Gold l'observait. Il parlait peu, cherchait ses mots.

« Eh bien... Cette grosse vente pétrolière change les choses, par ici. »

Lettie le regarda d'un air vague.

« Les affaires marchent. De nouveaux foreurs sont arrivés. La famille royale d'Angleterre, elle-même, projette de venir en visite. Will Roger et l'autre artiste du lasso, Fraser, vont présenter leur numéro devant elle, et il y aura un spectacle indien encore meilleur que celui de Buffalo Bill.

— Cela ne m'impressionne guère. »

La colère s'alluma dans les yeux de Lettie. Soudain, elle se leva. « Je ne me sens pas bien. » Sans même s'excuser auprès du shérif, elle monta dans sa chambre finir ses bagages. Jess Gold s'efforça de cacher sa surprise, mais le rouge de son cou trahissait sa gêne. Il consulta sa montre, déclara qu'il se faisait tard pour rester bavarder. « Elle n'a pas bonne mine, dit-il à Belle.

— Non, elle n'a pas bonne mine.

— J'espère qu'elle sera bientôt rétablie.

— Merci, Jess. C'est gentil de ta part. »

Elle lui ouvrit la porte, et tandis qu'il disparaissait dans la nuit, ombre parmi les ombres, elle aperçut l'un des gardiens, droit tel un esprit protecteur à la limite des ténèbres. Elle fit un signe de la main.

Le lendemain, avant de se mettre en route, Lettie passa à la prison pour voir Benoît. Il semblait encore plus maigre, plus silencieux. C'est à peine si elle reconnut en lui le jeune homme élégant et flamboyant qu'elle avait aimé. Emprisonné depuis des mois dans cette étroite cellule, il n'avait pas encore comparu devant le tribunal et se décourageait. « Tu perds ton temps », déclara-t-il quand elle lui annonça qu'elle partait en quête de la voyante. Mais il gardait un vague espoir que la foraine au corps lourd et aux traits grossiers leur fournirait la clé de l'énigme et de ses ennuis.

« Benoît, il faut que je te confie quelque chose », dit-elle avant de le quitter. Elle parlait à voix basse pour que Bird ne l'entende pas. « Nola va se marier.

— Quoi ?

— Elle épouse un garçon appelé Will Forrest. Le fils de ton avocat.

— Doux Jésus ! » s'exclama Benoît. Il se mit à arpenter la cellule. « Bonté divine ! »

Lettie fut soulagée de voir qu'il était encore capable de colère. « Chut, murmura-t-elle, l'index sur les lèvres. C'est ce qui pouvait lui arriver de mieux. Ainsi, elle est sauvée, j'en suis sûre.

— Qu'est-ce que tu en sais ?

— Une intuition. »

Elle lui laissa une pile de livres à lire, et un sac de nourriture propre à le faire grossir — une demi-douzaine de pains au lait, du fromage, du chocolat et un cake aux fruits. Au fond du sac, il y avait un mot qui disait : « Je t'aime. » En sortant, elle s'arrêta au bureau du shérif pour reprendre son grand sac de voyage en tissu.

« Où vas-tu ? demanda Jess Gold.

— À Claremore. Aux sources thermales chaudes. Je me sens patraque.

— Je te trouvais l'air un peu fatiguée. » Le ton était soucieux. « Tu seras partie longtemps ?

— Jusqu'à ce que je me sente mieux. » Et elle passa son sac en bandoulière.

À la gare, Lettie acheta un billet puis, assise sur un banc, elle lut le tableau qui affichait les heures de départ et d'arrivée. Elle s'inquiétait, se demandait si elle n'avait pas eu tort de parler du mariage de Nola à Benoît. Son train arriva à la nuit tombée. Elle entendit mugir les bêtes qu'on chargeait dans un autre wagon. Elle mit son sac au-dessus du siège. Une heure plus tard, ils s'arrêtèrent à Claremore. Elle laissa passer la gare, dormit dans le train qui filait vers le sud, la tête contre la vitre embuée, calée contre le mur de verre nocturne, son chapeau posé sur les genoux.

Suite à la dernière vente pétrolière, la ville grouillait de monde. Toutes les chambres d'hôtel étaient prises. Les derniers arrivants couchaient dehors au froid, sur des nattes étendues aux portes des magasins. Sous des tentes dans les bois, les joueurs, informés de la fièvre de l'or noir, organisaient des parties de poker où l'on misait gros. Ils distribuaient maladroitement les cartes de leurs mains gantées, comptaient s'enrichir vite, et s'en aller. Escrocs et trafiquants de drogue faisaient halte en ville, y restaient quelque temps avant de repartir.

C'est le moment que choisit Hale pour convaincre la pâle China d'épouser John Stink. Amoureuse de Hale, China se serait mise en quatre pour lui. Elle réfléchit, puis accepta. Après Nola Blanket, Stink était l'un des plus riches Indiens du Territoire, mais peu de gens le savaient. Et, si les filous blancs l'avaient cru mort, réduit à l'état de fantôme, ils auraient aussitôt revendiqué sa fortune et ses terres mais, curieusement, la nouvelle leur avait échappé. Le plan imaginé par Hale était rusé. Il pensait que Stink était fou. Des années plus tôt, Stink avait donné les pur-sang arabes de son père et, à présent, il refusait d'encaisser ses droits sur le pétrole, refusait de vivre dans une maison normale et préférait, en dépit de sa fortune, ramasser les balles perdues des joueurs de golf blancs pour les revendre. Avec l'argent des balles, il achetait des gâteaux pour sa meute de bâtards. Ce qui relevait de la folie complète. De plus, Hale avait remarqué que les autres Indiens ne lui adressaient plus la parole, ne le regardaient même pas.

China était un curieux mélange de dureté et d'innocence. Les gens la voyaient dans le coin depuis un bout de temps. C'était une jolie fille. Pour Hale, l'affaire était dans la poche. Stink l'épouserait et ne poserait pas de problème après le mariage ; le vieux n'avait que faire de l'argent, ne savait même pas ce que c'était.

Couvert d'attention par China, Stink était heureux comme un prince. Ses longues jambes frêles perchées sur des talons aiguilles, elle apportait des biscuits au campement de Stink en haut de Mare Hill. Avec lui, elle regardait les joueurs de golf frapper les balles de leurs cannes malgré le froid et la boue gelée. Et les golfeurs la regardaient. Les chiens l'aimaient bien. Ce qui jouait en sa faveur.

Sachant que Redshirt paissait dans les collines, Michael Horse partait dans une direction, puis dans une autre, à la recherche du pur-sang alezan. C'est ainsi qu'il trouva la chauve-souris. L'air fraîchissait. La lumière rouge disparaissait du côté ouest de la terre. Horse se pencha pour examiner des empreintes de chevaux, et la chauve-souris était là. Elle gisait près d'une pierre sur une touffe d'herbe sèche. Horse se pencha davantage pour la regarder. Ses ailes noires, palmées, étaient parcourues de lignes comme une paume humaine. Des tétines plus foncées pointaient dans la fourrure grise de son torse ; elle avait des dents blanches, aiguisées, et une jolie frimousse. Il comprenait le respect des anciens d'autrefois pour ces mammifères volants. Il observa les ailes délicates et les doigts.

Horse n'avait jamais vu de ballot-médecine ouvert. Jusque récemment, ces ballots étaient enterrés avec leur possesseur — quoique, pour être exact, c'était plutôt la médecine qui possédait les gens. À présent que des voleurs pillaient les tombes, les familles qui pratiquaient la médecine de la chauve-souris cherchaient à éviter que les ballots tombent en de mauvaises mains. Ils les conservaient donc chez eux, ou bien les enterraient sous leur maison.

Horse prit la chauve-souris dans sa main. Il avait bien besoin de médecine, aucun doute là-dessus. En dehors de ses dents recouvertes d'or massif qui l'avaient fait souffrir, il n'avait pas été malade de toute sa vie, mais il savait que le monde n'était pas d'aplomb sur son axe, que les choses ne tournaient pas rond. Ils avaient tous besoin de médecine, besoin de protection.

Il se demanda comment Sam Billy aurait fait sécher l'animal. Il l'étudia, ferma les yeux et se concentra pour entrer en contact avec l'univers des chauves-souris, ce peuple de la nuit qui lançait son cri vers l'extérieur et qui, grâce à sa propre voix, connaissait la position de chaque chose. Mais soudain, la créature s'anima, ouvrit les yeux, se contorsionna, et ses crocs parurent s'allonger pour mordre dans la main de Horse. Il la laissa tomber, se sentit aussitôt coupable de l'avoir lâchée. Et il eut peur. Il se souvint de son cousin qui avait contracté la rage, des hurlements qu'il poussait dans la cabane à bois où ses parents l'avaient enfermé, et du trou qu'il avait creusé avec ses dents dans la cloison avant de mourir. Pour se débarrasser de la rage, ils avaient brûlé la cabane. Horse revoyait encore les langues de feu géantes.

Dans son trouble et sa confusion, il en oublia Redshirt. Puis, songeant que le mal était fait, il résolut de garder la chauve-souris et la mit dans le sac qu'il transportait. Il garderait le silence en présence de la chauve-souris, écouterait pour qu'elle lui dise ce qu'il devait faire afin de remettre le monde sur son axe.

Sur le chemin qui le ramenait à son tipi, il trouva une seconde chauve-souris. Il la prit aussi pour la ramener chez lui et la mit dans le sac avec la première.

En arrivant à son tipi, il ouvrit le sac et regarda dedans. Collées l'une contre l'autre, les deux chauves-souris s'accouplaient. Il les sortit du sac, les plaça dans un trou du sol et les recouvrit de feuilles sèches. Elles restèrent collées ensemble, s'accouplèrent quatre jours durant. Le mâle montrait les crocs. Le dernier jour, la femelle s'échappa de dessous les feuilles pour s'envoler. Le mâle était mort.

Horse mit le mâle mort à sécher pour l'ajouter à son ballot d'objets sacrés. La médecine de la chauve-souris, dont Sam Billy lui avait parlé, veillait et jouait déjà en sa faveur, car la rage attendue ne vint pas. Il se savait une vocation, un don à offrir au monde, ce qui expliquait sans doute qu'il ait été épargné.

L'année 1922 touchait à sa fin quand Nola et Will furent unis par les liens du mariage. En dépit de cette union, ce fut une année de séparations. Certains se boudaient ou se reniaient, mais il y eut aussi d'autres cassures, âmes séparées du cœur et corps de l'esprit. Certains craquaient rapidement, pleuraient ouvertement et sans honte dans des lieux publics. Chez d'autres, comme Martha Billy, les changements étaient à peine perceptibles. Les traits de Martha s'adoucirent un peu autour des yeux ; elle se mit à porter des mocassins sur ses pieds pâles. Bien que préoccupée par les voyages de Lettie, Belle fut la première à remarquer la transformation et se demanda si l'épouse du prêtre n'était pas enceinte. Martha sentait le savon parfumé, et ses cheveux étaient plus lâches sur sa nuque.

En cette fin d'année, la double vie des gens se dévoilait de toute part. Martha n'était pas seule à avoir changé. Son mari, le révérend Billy, arborait des tresses et des mocassins pour dire ses sermons. Il finit par écrire au diocèse pour annoncer qu'il renonçait à la prêtrise.

Et la plupart des Indiens avaient perdu toute confiance dans les Blancs. Ils cessèrent de consulter chez le Dr Black quand ils souffraient de douleurs ou qu'ils étaient malades. La mort de Walker les tracassait. Pour eux, le Doc' amateur de cognac était dans le coup ; ou alors, il avait menti sur la cause du décès, bref, il était de mèche avec ceux qui conspiraient contre eux. Ils retournèrent donc vers leurs personnes-médecine. Ils avaient besoin de foi et d'espoir plus qu'ils n'avaient besoin de pilules. Et, au cas où la médecine traditionnelle ne suffirait pas, ils se tournaient vers le vétérinaire en partie indien plutôt que d'aller voir le Dr Black. La réputation du médecin des animaux fut établie une fois pour toutes lorsqu'il guérit un homme d'une crise cardiaque en lui faisant boire de l'embrocation pour chevaux mélangée à de l'eau chaude. Loin de leur jeter la pierre, le Dr Black compatissait. À qui les malheureux pouvaient-ils faire confiance ? Il se prépara à partir.

Il semblait, en cette fin d'année, que les gens devenaient l'inverse de ce qu'ils avaient été, comme si la terre s'était renversée sur son axe. À l'école indienne, deux fillettes creeks, fascinées par le paradis des Blancs, s'étaient teint les cheveux en jaune comme les anges sur les images pieuses, et portaient de longues robes blanches qu'elles s'étaient taillées dans des draps. Parallèlement, l'une des surveillantes s'était teint les cheveux en noir et avait demandé à rejoindre l'Église du peyotl. Elle apprit les chants indiens et se montra si sincère qu'elle fut acceptée de bon cœur comme Indienne honoraire. Choquant ses amis incrédules, un pacifiste qui avait manifesté contre la guerre mondiale fouetta son petit-fils à mort. Et le père Dunne s'établit dans les bois, là où la statue de saint François avait atterri droite pendant le cyclone Nola. Il nourrissait les oiseaux, couchait dehors à même la terre, y compris lorsqu'il neigeait — comme la nuit où les chauves-souris tombèrent du ciel sur toute la ville.

Lettie voyagea pendant plusieurs semaines. Le shérif semblait si abattu que Belle se demanda s'il n'était pas amoureux de sa fille.

Mais les préoccupations de Belle concernant Lettie et le shérif furent interrompues par les préparatifs du mariage. Nola dépensait de manière outrancière, au point que les Graycloud en furent choqués — y compris Floyd qui avait un certain talent pour jeter l'argent par les fenêtres. Elle commanda du caviar russe pour la réception, commanda des milliers de roses blanches, et s'offrit une traîne pour sa robe de mariée presque aussi longue que l'allée centrale de l'église. Elle acheta des pots de rouge à joue, des rouleaux entiers de soie rose. Elle rapporta à la maison du rouge à ongles et des lotions chimiques pour ôter les poils des jambes.

« Pourquoi veux-tu enlever les poils de tes jambes ? » lui demanda Rena. Elle se redressa dans le lit de Lettie, regarda le reflet de Nola dans le miroir.

« Parce que je me marie, voyons ! » Nola se montrait hautaine, intolérante envers Rena et sa sottise. Ou du moins, elle cachait sa peur et ses doutes derrière cette attitude.

Trop affligé, Benoît se souciait comme d'une guigne que sa nièce galvaude l'argent pour faire venir des mangues et des fruits de l'arbre à pain des Antilles. Il ne savait même plus depuis combien de temps Lettie était partie. Mais il n'avait pas oublié qu'il lui fallait se taire quand l'homme aux cheveux gris nommé Forrest lui rendit une seconde visite. Et il se souvint que Nola épousait le fils de l'avocat.

Une fois de plus, Forrest pria Benoît de lui donner des détails sur la nuit où sa maison avait brûlé, mais Benoît ne lui faisait pas confiance, se contenta de répéter qu'il était innocent. Frustré, l'avocat referma sa mallette et quitta la cellule.

Dans sa quête de la voyante qui avait peut-être des lumières sur le meurtre de Sara, Lettie suivit une série de vagues pistes du Texas jusqu'en Louisiane. Elle couvrit à pied de longues distances en bordure du golfe quand il n'y avait ni trains ni autocars. En pays cajun, elle tenta de se renseigner, mais les hommes en chemise à fleurs n'avaient d'yeux que pour ses seins ou lorgnaient avec intérêt la sueur qui se formait au-dessus de ses lèvres. Ils n'avaient pas de réponses à ses questions. Pareillement, les femmes francophones se conduisaient comme si elles n'avaient jamais entendu parler anglais de leur vie. Personne ne connaissait la femme aux paumes lisses.

Désespérée, Lettie allait de porte en porte, frappait à chaque petite maison de planches jaunes. Les cabanes reposaient sur des poutres de bois et des parpaings afin que l'eau ne les envahisse pas. Sous l'effet de la chaleur et de l'humidité, la peinture se décollait des cloisons moisies. À Good Earth Parish, dans la dernière maison, une forte femme l'invita à entrer. Elle examina Lettie de la tête aux pieds et déclara : « Il vaut mieux que vous dormiez ici. C'est trop dangereux dehors quand il fait nuit. Ils ont trouvé du pétrole par ici. Depuis, on se calfeutre le soir. »

La femme s'appelait Martine. Lettie lui expliqua qu'elle cherchait une voyante qui voyageait avec les forains, une native du comté de Terrebonne, à ce qu'elle avait appris. Il lui fallait la retrouver, la vie d'un homme était en jeu. Martine hocha la tête, elle comprenait, mais ne connaissait pas la femme en question. Il y avait bien une diseuse de bonne aventure qui lisait les cartes du côté de Houma. Une Indienne, ajouta-t-elle, comme si ce détail comptait pour quelque chose.

Épuisée qu'elle était par ses voyages et ses soucis, Lettie tombait de sommeil, commença même à s'endormir en buvant la soupe aux écrevisses roses dans un bol de faïence blanche. « Vous devriez vous coucher », dit Martine, et elle lui prépara un lit près de la porte pour qu'elle puisse se lever de bonne heure le lendemain, gagner la gare à temps pour le premier train sans réveiller personne. Lettie posa son chapeau vert près d'elle et s'endormit tout habillée sur la paillasse. Martine l'examina en agitant la tête.

Au matin, Lettie laissa un mot dans lequel elle enveloppa une bague en argent pour remercier Martine de son hospitalité. Elle referma la porte sans bruit et sortit dans la rue, portant son sac de toile à fleurs. Dans l'air matinal, les hérons des marais criaient plus fort que les coqs domestiques. Des vêtements, des chemises et des robes, pendaient, encore humides, sur les fils à linge. Il y avait de la brume. L'herbe morte pourrissait avec l'humidité et des fantômes de brouillard montaient au-dessus des eaux. Tout sentait le poisson, la terre, la décomposition. Enveloppée de cette odeur, Lettie se rendit à la gare.

Quand l'aînée reçut la lettre de sa sœur, Martine, elle en devina le contenu avant même de l'ouvrir. Elle savait que le jeune homme était en prison avec un type à la mâchoire enflée. Elle savait aussi que les événements de Talbert, Oklahoma, étaient comme une roue noire qui tournait à l'envers. Elle aurait aimé avertir la jeune Indienne qui l'avait payée si généreusement, mais craignait que son intervention entraîne des conséquences plus terribles encore. Elle se tourmentait cependant, au point que le lutteur qui partageait sa vie protesta : « Isabelle, tu sais que je ne veux plus que tu te mêles de ces choses-là. Tu restes ici maintenant. Avec moi, d'accord ? »

Isabelle leva sur lui ses yeux noirs. « N'aie aucune crainte, je ne bougerai pas. Mes pieds sont trop usés par tous ces voyages. » Au fond de son cœur, elle sentit qu'elle mentait. Tant pis. « L'hiver n'est pas propice à l'action. La terre elle-même se repose. »

Le lutteur l'observait. Il la savait déjà en route pour le Territoire Indien.

Dehors, quelqu'un jouait de la guitare en fredonnant. Isabelle écouta. En esprit, elle vit l'homme qui avait des pièces d'argent à sa ceinture. Elle ne pouvait rien pour lui. Et puis, elle avait sa vie à présent. Billaye la quitterait si elle reprenait la route, il ne s'en était pas caché. Alors, elle rentra son ample chemise rouge dans sa ceinture, remonta sa jupe pour en tirer les pans, chaussa ses lunettes rondes, et sortit pour dire la bonne aventure à une jeune fille. Pourtant, malgré elle, les images de la petite ville lui revenaient, elle revoyait le panneau sur lequel Talbert était recouvert par le nom de Watona, voyait le jeune homme squelettique dans sa prison. Il n'était pas encore passé au tribunal. Hélas, il lui faudrait aller contre les vœux de Billaye, mais pas maintenant, songea-t-elle, pas encore. Elle dit à la jeune fille ce qu'elle souhaitait entendre, qu'elle se marierait, qu'elle aurait des enfants, pas trop nombreux, qu'elle vivrait heureuse.

Lettie rentra chez elle dans l'après-midi, à temps pour fêter Noël le soir même, et quelques jours avant le mariage. Nola trônait comme une reine dans le salon et aboyait ses ordres pour les préparatifs à ses amies indiennes ravies de participer au plus grand événement de tout le Territoire.

Les nouvelles voyagent vite en pays indien. Horse eut vent du mariage par des Osages de passage, en route pour la chasse et la pêche. Il eut envie d'y assister. Force lui était hélas de reconnaître que la compagnie des hommes lui manquait un peu. Il marcha jusqu'à la route la plus proche et trouva une voiture pour le conduire chez Ona Neck. Sachant qu'elle ne serait pas de la fête, ni de la cérémonie à l'église, il lui demanda si elle voulait bien surveiller son feu en son absence. « Où tu campes en ce moment ? s'enquit-elle.

— Près de la rivière Coffee.

— Et tu voudrais que j'aille me perdre là-bas ? » Elle le dévisageait, lèvres pincées. « Bon, reprit-elle sans attendre sa réponse. C'est d'accord, je m'en occupe. De toute façon, tu nous as donné trop d'argent pour la graisse d'ours la dernière fois. Comme ça, nous serons quittes. »

Ona s'arrangea pour que son fils les conduise à la rivière. Malgré bien des détours pour rester en terrain plat, il leur fallut tout de même marcher un bout de chemin. Lorsqu'ils arrivèrent au tipi près de la rivière Coffee, Ona examina la poussière sur ses chaussures lacées. « Dieu du ciel, Horse, il va falloir que tu arrêtes tes bêtises. »

Il ne releva pas. « Garde l'œil ouvert et guette Redshirt, veux-tu ?

— Et si je l'aperçois ? Tu crois que je vais attraper ce sauvage à ta place ? » Elle rit, laissant voir ses dents manquantes. « Tu espères prendre un peu du feu qui est en lui à son contact, c'est tout. Tu ne le reprendras jamais. »

Horse arriva chez les Graycloud la veille du mariage dans l'après midi. Dans un coin du salon, Belle écoutait la radio à cristal. La chaîne de Dallas venait de prendre l'antenne et diffusait une émission sur la vie du président Harding. Belle se souciait du président comme d'une guigne, mais elle n'était pas d'humeur très sociable depuis les seize ans de Ben qui avait reçu l'ordre de se rendre à l'école indienne Haskell au Kansas. Elle était bouleversée. Il devait partir en janvier. Mais il était bien jeune, elle le voulait près d'elle. Déjà, son absence lui pesait. En écoutant le poste de radio, elle se coupait du monde.

Un sapin de Noël trônait dans le salon. La pièce grouillait de gens qui, comme Horse, étaient venus de bonne heure depuis les collines. D'autres arrivaient encore par le train. La plupart des Indiens avaient insisté pour camper au-dessus de la ville malgré le gel et la neige, mais Belle projetait de nourrir tout le monde.

Du moins, elle l'avait dit. Il leur fallut longtemps pour comprendre qu'elle ne poserait pas le casque de sa radio. Finalement, ils entreprirent de faire leur cuisine eux-mêmes. À la surprise générale et pour le plus grand plaisir de tous, Jim Josh apporta des tomates fraîches hors saison. Il portait ses demi-guêtres neuves. Belle ôta son casque juste le temps de lui lancer un « Salut gouverneur ! » qui le fit rire. L'assistance soulagée se leva pour se rendre à la cuisine dans l'idée de manger. Mais Belle, qui s'était toujours mise en quatre pour les autres, chaussa de nouveau son casque sitôt qu'elle eut salué Jim Josh. Comme pour se couper du monde. Tous en conclurent qu'elle manifestait ainsi son opposition au mariage de Nola et de Will.

À son retour, Lettie s'étonna de trouver la maison pleine. Elle se sentait lasse, avait besoin d'être seule. Deux Indiennes d'un certain âge l'accueillirent d'une poignée de main. Elle sourit faiblement, se dirigea vers sa mère. « Je suis rentrée », dit-elle en tirant sur sa manche, mais Belle ne leva pas même les yeux. Trop épuisée pour s'inquiéter de l'indifférence de sa mère, Lettie se retourna pour monter dans sa chambre. L'arrivée de Martha Billy l'arrêta à mi-chemin de l'escalier. Elle la dévisagea, éberluée par sa transformation. Curieusement, Martha ressemblait un peu à une Indienne. Elle portait ses longs cheveux blonds tressés dans le dos. Ses traits avaient mûri, s'étaient affirmés. Elle leva la tête pour regarder Lettie. « Tu as appris quelque chose ? »

Lettie fit non tristement puis, portant son manteau sur son bras, elle reprit le chemin de sa chambre. De la cuisine, sa sœur Louise l'aperçut et lui cria, joyeuse : « Te voilà ! J'avais peur que tu ne sois pas rentrée à temps pour le mariage. Attends seulement de connaître les projets dans le détail ! » Tout en parlant, elle s'essuyait les mains sur son tablier. Puis elle remarqua l'air abattu de Lettie. « Bredouille, hein ? »

Lettie hocha la tête.

Comme Louise, personne ne savait plus à quel saint se vouer en cette période où pertes et profits, joie et tristesse se mêlaient dans le même panier.

Voyant de nouveau dehors le marchand de chevaux qui discutait affaires avec Moses, Horse sortit. Le marchand, un homme de Wichita Falls, offrit — chose rarissime — de l'argent liquide contre un cheval. Mais McMann était un brave homme ; il avait fait un long détour pour parler à Moses. Il s'inquiétait pour la famille. À juste titre, car on avait coupé le courant chez les Graycloud. Ils s'éclairaient avec des bougies brunes à deux sous et des lampes à pétrole. Moses avait des parents et des invités à nourrir. Il semblait amaigri, de plus, c'était Noël, et le marchand les prit en pitié. « Si tu avais aussi des selles et de la corde, Moses, je ne serais pas contre, dit-il.

— Bien sûr. » Légèrement voûté, Moses alla jusqu'à la grange, en rapporta une couverture et une selle de cuir travaillée main. Le marchand les hissa à l'arrière de son chariot et les couvrit d'une lourde bâche.

« Reste donc dîner, proposa Moses.

— Je commençais à croire que tu ne m'inviterais jamais. » McMann fit boire ses chevaux, puis il tapa des pieds pour ôter le fumier de ses bottes et suivit le vieux à peau plus sombre dans la maison.

Ce soir-là, Belle éteignit la radio. Malgré son air chagrin, il y avait de la colère dans sa voix. « Vous êtes tous là à parler de moi derrière mon dos. » Et, sur ces mots, elle disparut quelque temps dans sa cave à patates, puis en ressortit penaude, mit son tablier et s'attela à la préparation du repas. Dans l'intervalle, ils avaient tous mangé, mais ils n'en dirent rien et mangèrent de nouveau, par politesse.

Après le second dîner, Moses souffla une bougie. Dans le noir, les étoiles et la Voie lactée s'allumèrent. Personne ne remarqua que l'électricité était coupée. Debout devant la carte de l'univers, ils s'étonnèrent de voir ces lumières au mur. C'était quelque chose. Vraiment impressionnant. Quelle sensation, quel plaisir d'être là, ensemble, face aux étoiles lumineuses. Même si tout allait de travers, les sentiments mauvais disparaissaient devant ces étoiles. Ce soir-là, ils avaient envie de se toucher, de se tenir par la main.

« Ils n'ont pas le Bison, déclara Moses tout en examinant la carte. Pas étonnant qu'on ne se comprenne pas. »

Le jour du mariage, Calvin Severance vint chercher Rena chez les Graycloud. Il l'emmena à la morgue où il travaillait comme concierge. Privé de ses pouces, il s'adaptait, tenait le balai avec ses paumes et quatre doigts.

Peu de temps après que Calvin eut trouvé cet emploi, on avait amené à la morgue une femme aux cheveux très longs. Elle s'était empoisonnée.

Quand le croque-mort eut dénoué ses cheveux, ils étaient plus longs que son corps. Il les allongea au-dessus de la tête de la morte pour les mesurer, puis en coupa deux pieds et demi, les colla sur du ruban adhésif et les suspendit dans l'un des placards. Il pensait pouvoir les vendre un jour pour une perruque. « Ne t'inquiète pas, avait-il dit à Calvin, personne n'y verra que du feu. » Pour prouver ses dires, il ouvrit un second placard et lui montra le hors-la-loi embaumé dont la moustache et les cheveux poussaient depuis plus d'un an. La moustache du hors-la-loi tombait ; recourbés et menaçants, ses ongles ressemblaient à des griffes.

« Alors, ça continue à pousser, même quand on les embaume ?

— Chez celui-là, oui. »

L'homme n'avait pas pu être enterré en raison d'un problème d'identification et de finasseries légales liées aux assurances. En attendant que tout soit réglé, le bonhomme restait suspendu à son clou, dans sa chemise délavée percée d'une balle, et se dotait de longs cheveux gris tout neufs. De temps à autre, un homme de loi ou un agent d'assurances passait examiner le cadavre, demandait pourquoi ses cheveux étaient gris au lieu de noirs, et s'en retournait sans plus insister, convaincu, comme eux tous, que le mort était un autre.

Calvin impressionna Rena en lui dévoilant les horreurs du monde de la mort. Il l'avait déjà ébahie en lui parlant des enseignants de l'école indienne de Carlisle dont le fondateur, le général Pratt, avait pour slogan « Tuer l'Indien pour sauver l'homme ». Les pouces manquants de Calvin témoignaient des traitements cruels infligés aux garçons. Mais il racontait aussi des histoires de fantômes qui se balançaient dans des fauteuils à bascule. Et, sous les fards de Nola, les joues de Rena pâlirent, cette nuit-là.

Pensant qu'elle avait peur, Cal lui offrit sa main. Elle la prit. Et c'est ainsi qu'il lui fit la cour.

Ils restèrent un moment à se tenir par la main sur le canapé de velours de la réception, puis Rena se leva et déclara qu'il lui fallait rentrer. « Ils sont tous là pour le mariage. Nola a commandé des artichauts. Tu en as déjà vu ? Moi pas.

— C'est une plante ou un animal ? » Calvin lui souriait. Son sourire plut à Rena. « Tu viendras au mariage ?

— Je ne raterais cela pour rien au monde. Je n'ai encore jamais vu un artichaut de ma vie. »

Il la raccompagna au bas des marches. Avant qu'elle disparaisse au coin de la grand-rue, la lumière d'un immeuble se refléta dans ses prunelles jaunes de mulâtre. Elle se retourna, une fois, pour le regarder. Lui fit un signe de la main.

À la maison, Ben était de nouveau inconsolable. Son départ forcé pour Haskell aggravait encore son chagrin. Le cœur brisé, il se terrait dans la cave, avec les pommes de terre et les bocaux de poulet. Lui aussi se réfugiait dans la grotte de Belle mais, peu avant quinze heures, il en remonta, affichant un sourire de pure forme pour se montrer sociable envers les invités de la noce. Avides de renseignements sur le cyclone Nola et les meurtres récents, mais gênés de poser des questions indiscrètes aux adultes, ils les lui posaient à lui. Ben leur répondait vaguement. Il ne cessait de regarder Nola. Elle avait l'air bien malheureuse. Dès que Belle lui demandait des précisions sur les détails pratiques des festivités, la maigre jeune fille rétorquait avec humeur : « Qui se marie, ici ? » De l'avis général, Nola avait le trac. Elle devenait également morose quand les invités lui demandaient de raconter comment elle avait été mise à la porte de l'école indienne afin que son exemple puisse leur servir à récupérer leurs propres enfants.

La petite mariée avait de grands cernes sous les yeux. Elle pleurait presque toutes les nuits, serrant un châle autour de ses fragiles épaules trop menues. Ce soir-là, Belle s'assit auprès d'elle et prit sa frêle main dans la sienne. Son cœur débordait de compassion pour la fillette.

Mais, au matin de la noce, le visage de Nola ne portait plus trace de tristesse. Elle avait appliqué de la glace sur ses yeux pour en faire disparaître l'enflure, et les coins de sa bouche se retroussaient en un sourire exceptionnel. Elle s'affairait aux derniers préparatifs et refusait toute aide avec obstination. Elle se lava les cheveux dans l'évier de la cuisine, les peigna pour les sécher à la chaleur du poêle à bois, et elle parla avec Moses.

Son regard brillait quand elle lui demanda : « C'est le plus grand événement de l'année, pas vrai ? »

À la table de la cuisine, Moses leva le nez du harnais qu'il réparait. Il admirait sa force de caractère, et son sourire en témoignait. La petite transformait sa souffrance en une fête, il en était ému. « Oui, ma chérie. C'est le plus grand. Tu peux en être fière. » Il alla jusqu'à elle et l'enveloppa tendrement de ses bras. Elle s'abandonna un moment au réconfort que lui apportait ce vieux cœur qui battait tout contre son oreille, le contact rugueux de la chemise sous sa joue.

Puis Nola se remit aux préparatifs. Elle autorisa Lettie à se rendre à l'église, et à vérifier que le buffet était en place. Au presbytère, Lettie resta stupéfaite devant la présentation du repas. Il y avait plus de cent verres de cristal, et un paon sculpté dans de la glace. Chaque plume de sa queue était finement ciselée. La lumière se réfractait sur la glace et jetait des feux froids, créant des arcs-en-ciel sur les murs. Mais ce n'était rien en comparaison de l'église. À l'intérieur, murs et bancs croulaient sous des milliers de roses blanches. Leur doux parfum emplissait l'espace et l'on se serait cru parmi les nuages du paradis.

Ruth y était assise, seule au milieu des roses. Lettie regardait le dos de sa tante, l'arrière de sa tête, puis Ruth se retourna sur son banc pour voir qui était entré.

« Bonjour », dit-elle, sur le point de se lever.

Lettie descendit l'allée centrale et prit place à côté de Ruth qui semblait avoir pleuré. L'amour, songea Lettie. Il fait souffrir et met la joie au cœur des femmes, quel que soit leur âge.

Comme tous les autres, Lettie pensait que John Tate, l'époux photographe de Ruth, se servait d'elle pour modèle, accessoirement comme source de revenus. Apparemment, Ruth le pensait aussi et se trouvait gênée par la présence de son mari derrière l'objectif à chaque événement.

Les deux femmes restèrent silencieuses, puis, au bout d'un moment, la jumelle de Moses déclara : « Ce mariage ne plaît pas à mon frère. » Ruth et Moses partageaient souvent les mêmes sentiments et des pensées jumelles, Lettie le savait.

Les invités, les Indiens en particulier, prirent place sur les bancs de bois dur, dignes comme des princes. La plupart des femmes âgées portaient la robe traditionnelle de drap rouge et des jambières de même couleur. Elles arboraient des couronnes de plumes blanches. Certains hommes étaient en costume noir doublé de soie, d'autres en tresse et chapeau de loutre. Deux avaient revêtu la couverture d'honneur noire par-dessus leurs vêtements. Stacey Red Hawk était assis derrière eux. Il jeta un coup d'œil autour de lui. Tout le monde était suspect, les hommes du fond en tenue de trappeur, et même Buckskin Liz, l'Anglaise locale, qui prétendait vivre comme les Indiens le devraient et se vêtait de robes en toile à sac cousues main avec des franges taillées aux ciseaux. Stace examina le groupe des amis de Will, en manteau de ragondin — la grande mode dans l'Est cette année-là. Ils avaient l'air hargneux avec leurs lèvres retroussées et ces regards supérieurs de ceux qui savent tout.

Monsieur Forrest était assis devant les jeunes gens. De sa place au premier rang, il calculait au sou près ce que Nola avait pris sur son compte pour le gâcher en fleurs dispendieuses.

En coiffe d'homme traditionnelle, le révérend Billy se tenait face aux chers fidèles rassemblés en cette occasion, les mains croisées à la manière d'un prêtre.

C'était là un spectacle encore jamais vu, et ce mariage en grande pompe organisé par une femme-enfant de treize ans réjouissait les invités. C'est à peine s'ils remarquèrent John Tate qui prenait des photos au fond de l'église.

Non loin de lui, Rena, principale demoiselle d'honneur, parlait aux autres à voix basse. Dans ce rôle important, elle semblait plus âgée qu'à l'ordinaire. Elle portait un manchon blanc et avait abusé du rouge à joues de Nola. Quand les tambours se retirèrent et que l'orgue se mit à jouer, elle descendit l'allée centrale semée de fleurs. Elle ne chercha pas les yeux de Calvin Severance, mais elle sentait qu'il l'observait et fut un bref instant tentée de jeter un coup d'œil dans sa direction.

Rena avait atteint le premier rang quand John Stink entra et s'assit. Le révérend Joe Billy, surpris de voir le fantôme, resta si longtemps à le dévisager que beaucoup se retournèrent pour voir ce qu'il fixait de la sorte. Le porteur des bagues lui-même se tourna vers le fond de l'église, et son regard tomba sur le visage fantôme de John Stink. Le garçon se détourna vivement.

« Non, pas un fantôme au mariage, ça porte malheur », murmura une invitée — qui le regretta et se prit à souhaiter que personne ne l'ait entendue. Tous les Indiens se détournèrent de John Stink pour ne pas croiser son regard, ce qui ne les empêcha pas de remarquer la demoiselle assise près de lui. Elle portait un manteau blanc en imitation fourrure. Fantomatique elle-même avec ses cheveux blancs et sa peau blanche, elle ressemblait aux femmes-esprits qui hantaient les collines la nuit en quête de leurs enfants disparus. Mais si les Indiens se détournaient pour éviter les yeux de John Stink, les Blancs fixaient le visage brun et grêlé de l'homme au fichu rouge assis près de la jeune fille liane qui, morte ou vive, aurait pu être la nièce presque innocente de chacun d'eux.

Enfin, l'assistance se leva et concentra son attention sur Nola qui entrait et commençait sa lente progression le long de l'allée centrale. Moses et Belle étaient à ses côtés, en tenue traditionnelle. La mariée en robe blanche donnait le bras aux deux vieux qui la soutenaient. Moses était coiffé d'un chapeau de loutre, chaussé de bottes noires et lustrées ; dans sa robe du déchirement rouge et bleu, Belle avait le front ceint d'un bandeau orné d'une unique plume d'aigle. En escortant Nola Blanket aux cheveux noirs piqués de roses blanches, Belle marchait au rythme d'une danse ancienne ; chaque pas le long de l'allée était un battement de cœur. Et Nola ressemblait si fort à un ange que les deux fillettes à peau brune et cheveux blonds manquèrent s'évanouir en la voyant.

Will l'observait, les yeux pleins de tendresse. Quand Nola atteignit l'autel, il prit une rose dans un bouquet et la lui offrit.

Elle lui sourit.

« Qui donne la main de la mariée ? s'enquit Joe Billy.

— C'est moi », dit Belle en jetant un coup d'œil alentour. Contrairement à elle, Moses semblait anxieux, troublé. Et l'assistance de croire comme un seul homme que sa nervosité tenait au fantôme de John Stink.

Ruth seule savait qu'il avait peur, qu'il était en colère. Elle le ressentait, physiquement. Sous les regards embués et rêveurs, le jeune couple prononça ses vœux, puis Will prit la frêle enfant dans ses bras, l'embrassa et, ensemble, ils se dirigèrent vers la porte de l'église qui croulait sous les roses.

Afin de satisfaire les Indiens traditionalistes, Nola avait mêlé coutumes anciennes et modernes. Sitôt la cérémonie terminée, elle ôta sa longue robe blanche pour passer l'habit militaire rouge à queue de pie, tenue de noce que portaient les femmes osages depuis qu'un ancien de la tribu, en visite à la Maison-Blanche, avait admiré ce vêtement porté par quelque dignitaire et reçu le même en cadeau des mains du président. Fait de drap fin, il était orné de galons et d'épaulettes dorées. Ce même ancien en avait revêtu sa fille en robe de mariée, et c'était devenu une tradition. Depuis, toutes les femmes portaient ces queues de pie à boutons dorés pour leurs noces.

Belle aida Nola à ôter ses souliers de satin venus de France, à mettre ses mocassins et ses jambières, puis elle la coiffa de la couronne de mariée aux grandes plumes rouges et blanches. Avec bonne humeur, Nola qualifia l'opération de « relève de la garde ». Belle en rit et serra contre elle la fougueuse petite mariée. Ce faisant, elle remarqua la fragilité de ses jambes, la maigreur de ses bras, mais le bonheur de Nola la portait à croire que l'enfant aimait

Will Forrest et ne l'épousait pas dans le seul but d'assurer sa propre sécurité. Elle espérait sincèrement que Nola n'aurait pas à en souffrir, et son vieux cœur lourd débordait de tendresse.

Will attendait devant l'église. Patient, il se tenait près du chariot dont les deux chevaux noirs conduiraient le couple à travers la ville et la campagne pour que tous admirent la jolie mariée et son bel époux. Ils étaient parés de couvertures, enrubannés et coiffés de plumes. Leur encolure musculeuse s'ornait de colliers perlés. Ils semblaient fiers et piaffaient, tête haute, cependant que la neige tombait en silence et enveloppait le monde alentour.

La mariée et son époux paradèrent à travers les rues. Will tenait les rênes, mais Nola lui disait discrètement comment s'y prendre. Les spectateurs la crurent silencieuse et fière, crurent qu'il était excellent meneur de chevaux. L'attelage traversa la ville et suivit les pistes de terre qui longeaient les derricks, pauvres tours noires rudimentaires qui s'élevaient vers le ciel gris.

Après la promenade, la mariée avait prévu une cérémonie du don à la manière traditionnelle. Elle offrit des paniers de nourriture ainsi que des cadeaux individuels. Pour Lettie Graycloud, elle avait choisi un chapeau orné d'un oiseau brodé. Il était fait de perles, avait des plumes d'ivoire. Une colombe, sans doute, songea Lettie. Elle le mit aussitôt sur ses cheveux noirs, et le joli chapeau fit l'admiration des invités de la noce. Plus tard cependant, après avoir bu du champagne, Lettie se mit à pleurer à cause de l'oiseau — « Où croyez-vous qu'ils ont pris ces plumes ? ». Nola offrit à Ben un télescope pour regarder le ciel nocturne, mais c'était une piètre consolation. Elle offrit à Belle un éventail en plumes d'aigle au manche perlé, fait par Ona Neck qui veillait dans la nuit sur le feu du peuple indien, un étalon alezan à ses côtés. Nola offrit à Rena la bague de diamant qu'elle l'avait accusée un jour d'avoir volé. Il y avait un figuier pour Jim Josh, des couvertures et des selles pour d'autres invités. Elle offrit une montre à Michael Horse qui lui en fut reconnaissant, même s'il vivait alors à l'heure du soleil. Mais le plus beau des cadeaux était le cheval à robe fauve qu'elle présenta au trot et offrit à Moses Graycloud. C'était une jument, d'une beauté égale à celle de Redshirt. Michael Horse conçut aussitôt le secret projet de rapprocher les deux chevaux. Et tandis que Moses posait pour la photo à côté de la jument, les autres se levèrent, se recueillirent un moment au souvenir de ce qu'était la vie pour les Indiens avant qu'on ne creuse la terre. Les cœurs débordaient ; beaucoup étaient émus aux larmes.

Plus tard, Nola et Will dansèrent ensemble cependant qu'on faisait passer une couverture tendue autour de la salle. Les invités y déposaient des pièces et des billets. Impressionnées par la générosité de la mariée, les femmes ôtèrent leurs bracelets et leurs bagues pour les mettre dans la couverture.

Cette nuit-là, on assista à une pluie de météores. Tandis que les étoiles filaient à travers le ciel, des feux d'artifice japonais montaient depuis le sol et, sur le fond noir de l'espace, la poudre à canon traçait l'inscription « Nola et Will ». Dehors, dans le décor couvert d'une fine couche de neige, les invités de la noce applaudissaient et criaient des bravos devant les feux d'artifice comme ils l'avaient fait quand la concession pétrolière avait été vendue pour plus d'un million de dollars. Quelques hommes éméchés lançaient leur chapeau en l'air. Horse sursautait à chaque détonation. Puis ce fut de nouveau le noir et le silence. L'odeur de poudre flottait encore dans l'air. La noce rentra à l'intérieur. Verre de champagne en main, les invités se répandirent en compliments sur le paon sculpté dans la glace, sur les légumes découpés en forme de lys et d'oiseaux, et sur la grande pièce montée, avec sa jeune Indienne et son cow-boy devant un modèle réduit de la tour Eiffel qui ressemblait davantage à un derrick qu'à l'original à en croire quelques jeunes gens qui étaient passés par Paris pendant la guerre.

Un peu grise, Belle riait aux éclats. Horse, qui ne l'avait pas vue aussi gaie depuis des lustres, s'assit pour la regarder. Lyle Billy, le frère du vieux Sam, coiffé d'un haut-de-forme, faisait à Belle un discours qui n'en finissait plus

« Autrefois, ce n'était pas comme maintenant, disait-il. Mon père avait deux femmes. On pensait que c'était mieux ainsi. Et ces femmes, je t'assure qu'elles savaient te faire cuire un cochon. Et travailler. Pour travailler, elles travaillaient. De nos jours, les femmes prennent des domestiques et s'en vont lécher les vitrines, mais celles d'autrefois, elles travaillaient dur, et on ne les entendait jamais se plaindre. » Il vacilla un peu sur ses jambes flageolantes. « Les hommes, ils avaient deux épouses. On trouvait ça très bien comme ça. » Il regarda au loin, perdu dans les souvenirs de ces jours meilleurs. « Et puis, on s'est aperçu que les femmes de mon père avaient deux maris chacune, ce qui explique qu'on n'en voyait jamais qu'une à la fois. » Il hésita, pris de doute. « Tout compte fait, si je réfléchis bien, je ne pourrais pas te jurer qu'il est vraiment mon père. »

Belle riait toujours. Rena coupait la viande de Cal. Puis Nola entreprit de découper le gâteau. La jeune Indienne tomba à terre. Cette fausse note frappa les esprits, et une vague de silence courut sur l'assistance comme un frisson. Le malaise persista cependant que Nola et Will s'élançaient sur la piste de danse pour glisser, tendrement enlacés, au rythme d'une valse.

Le mariage avait mis l'amour dans tous les cœurs. Quelques jours après la cérémonie, Belle et Moses montèrent un plateau chargé de pain et de viande dans leur chambre et y restèrent jusqu'au lendemain midi, dans les bras l'un de l'autre tout vieux qu'ils étaient. Lettie rendit visite à Benoît en prison et plongea dans ses yeux, l'âme pleine de désir, sans se soucier de ce qu'en pensait le shérif. Calvin Severance invita Rena au cinéma.

Et, par une fin d'après-midi, la pâle China emmena John Stink au tribunal du comté pour y acheter une autorisation de mariage. Ils avaient bu et souriaient aux anges. China déclara à la secrétaire qu'ils souhaitaient s'épouser.

« Écrivez vos noms sur ce papier », dit celle-ci en leur tendant une feuille. Stink opina du chef en souriant à la dame comme un gros benêt.

Quand China eut fini d'écrire, la secrétaire prit la feuille, disparut quelques instants consulter les archives et revint. « Je ne peux pas vous délivrer d'autorisation », déclara-t-elle à la jeune femme. Mais avant que China n'ait le temps de demander des explications, elle ajouta : « Au fait, vous ne seriez pas la fille qui a ôté son corsage pour sauter du balcon ? »

Ignorant la question, China posa les coudes sur le comptoir et fixa la femme de son regard délavé. « Pourquoi pas ? s'enquit-elle. En ce qui concerne l'autorisation, j'entends.

— C'est que, John Stink est mort.

— Mort ?

— John Stink. Il est mort. » Elle montra à China le certificat de décès.

« Il ne peut pas être mort, puisqu'il est là !

— Ce document le prouve.

— Mais enfin, c'est lui ! Vous voyez bien qu'il n'est pas mort, tout de même ? »

La secrétaire regarda la jeune femme par-dessus ses lunettes, lui répéta une dernière fois qu'il était mort, puis elle planta là les deux ivrognes, convaincue que le vieux cherchait à se faire passer pour le défunt. Lassée des chasseurs de fortune, elle affichait clairement son dégoût.

China scruta le visage grêlé et carré de son compagnon âgé, puis elle pivota sur elle-même et s'éloigna. Il tendit la main pour la retenir, mais elle se dégagea et s'en fut sans l'attendre. Fort attristé, il la suivit hors du bâtiment et lui emboîta le pas. Elle se dirigeait vers la sortie de la ville. Dès qu'elle l'eut atteinte, elle se mit à courir hors de la vue de John Stink et le plus loin possible de ses chiens geignards et renifleurs.

La nuit commençait à tomber. Sous le ciel couleur de plomb, elle courut jusqu'aux champs de pétrole, butant ici et là contre des pierres. Parvenue à proximité de l'exploitation, elle remarqua une activité inhabituelle. Sous un derrick, un groupe d'ouvriers tirait une chaîne d'avant en arrière. Il y avait beaucoup de bruit. Une torchère sifflait dans l'air. En créant une torsion, les hommes sortirent de terre une canalisation pour lui ajouter un segment. Derrière eux, le vaste horizon disparaissait derrière les nombreux squelettes noirs des derricks et les cabanes grises qui abritaient les pompes alimentées au diesel. Couverts de boue, les hommes étaient las. Il était passé l'heure de remiser les outils ; épuisés par l'excès de travail, ils avaient hâte de rentrer quand soudain le sol se mit à gronder et à trembler. China le sentit remuer à travers ses chaussures. Sous ses yeux horrifiés, la canalisation que les hommes tenaient en place jaillit comme un obus, montant depuis le sol le long du derrick avant de prendre les airs. Elle volait, poussée par la pression terrible et la chaleur venues du sous-sol. Les ouvriers s'enfuirent en regardant par-dessus leur épaule la canalisation volante qui retomba bientôt, en partie sur le derrick abandonné qui s'effondra dans des craquements de bois et de métal, comme s'il n'était qu'un vulgaire jouet.

China regarda le spectacle de l'explosion venue des entrailles de la terre. Cela brûlait et grondait comme la colère de Dieu contre les baptistes. Elle resta là, à la lisière des bois, cependant que la boule de feu s'élevait dans le ciel tel un nouveau soleil. Elle fit fondre la terre dure, fit fondre le derrick de métal, jusqu'à ce qu'il n'en reste qu'une flaque dorée sur le sol. La main en visière, China se protégeait les yeux contre la lumière aveuglante de l'incendie.

D'où elle se tenait, elle vit Hale courir vers ses hommes en hurlant. Il bondit dans un camion avec quatre ouvriers, et ils filèrent jusqu'à un monticule situé sur le côté de l'exploitation. Là, avec des gestes frénétiques, ils entreprirent de percer le sol à l'aide d'une fraise géante. Malgré le grondement du feu, China crut entendre les paroles de Hale. « C'est en train de brûler tout le pétrole de cette putain de terre ! hurlait-il. Arrêtez-moi ça ! Il faut qu'on arrête cette fuite ! » Ce qui fut fait. Dans la fournaise, les ouvriers en sueur dont les corps rougis fumaient s'activèrent, creusèrent un trou et arrêtèrent la fuite sur un côté. Tandis qu'ils s'affairaient, la neige fondait sur le sol autour de China, s'élevait en vapeur. Cette vision la transforma. C'était comme regarder l'enfer qui remontait des profondeurs. Elle comprit alors — comprit que la terre avait une volonté propre. Elle comprit que les désirs et caprices des hommes n'étaient que vanité, pesaient pour rien en face des désirs de la terre.

En ville, le sol gronda, comme si la terre tremblait. Lettie se trouvait dans la cellule avec Benoît. Elle ne se souciait plus de ce que pensait le shérif, se moquait bien que Walter Bird surprenne ses paroles. Son chagrin s'était mué en une rage irréfléchie, comme si la terre enfiévrée drainait toute prudence des profondeurs agitées de son être. Le shérif Gold, à présent averti de l'amour qui existait entre Lettie et Benoît, s'étonna de sa soudaine inconscience, de la voir assise sur l'étroit lit, main dans la main avec le détenu, alors qu'elle ne l'avait pas même salué, lui, Jess Gold. Il songea que ce devait être un effet du mariage de Nola. En partie tout au moins.

Ce jour-là, Lettie confia à Benoît qu'elle regrettait que ces noces n'aient pas été les leurs, qu'elle désirait depuis toujours l'épouser et former avec lui un couple comme les autres.

« Tu veux dire légalement ? Devant la loi des Blancs ? »

Il pensait que son temps était compté, mais il garda cette réflexion pour lui.

Elle ôta son chapeau et plongea dans ses yeux. Elle s'abstint de lui dire qu'elle ne croyait pas à sa libération.

« Ce serait possible, tu sais. Et si nous le faisions ? »

Elle se détourna un instant, songea que le shérif l'avait courtisée, qu'elle l'avait encouragé, et qu'aujourd'hui, elle était assise près de Benoît sous les yeux de Jess Gold. Comment lui expliquerait-elle ce revirement ? Elle se demanda s'il autoriserait le mariage en prison. Mais elle savait que l'amour pouvait naître de fréquentes visites à un détenu. La chose était courante. Les femmes étaient ainsi faites. Et bon nombre d'entre elles en venaient à aimer des hommes incarcérés, des hommes qu'on avait arrachés à leurs activités quotidiennes.

« De toutes ces années, dit-elle, je n'ai pas imaginé que nous finirions ainsi. Je n'ai pas pensé un seul instant que le monde s'écroulerait autour de nous, tomberait en miettes par pans entiers. » Elle releva les yeux vers lui.

« Moi non plus.

— Comment savoir si tu sortiras un jour ? »

Il lui prit le menton de sa maigre main jaunie. « Je suis innocent. Même si le monde tombe en miettes. »

Il lui encadra le visage de ses mains et lui sourit. Elle se laissa bercer par un sentiment de réconfort.

Et c'est ainsi qu'en quittant la cellule, Lettie sortit du bâtiment, marcha un moment, puis revint dans le bureau et s'assit en face du shérif. Il faisait sombre. Inquiète, elle hésita puis, fixant le plancher, elle déclara : « Je suis venue ici souvent, et je suis au regret de t'annoncer que je pense être tombée amoureuse de Benoît. »

Le visage pâle à l'ossature sans relief du jeune shérif perdit toute expression. Lettie crut qu'il avait le cœur brisé. L'explosion du gaz faisait encore trembler les tasses et les vitres. Il se taisait. Regardait les cartes du Territoire indien d'Oklahoma fixées au mur. Puis il se leva et dit : « Bien sûr. J'aurais dû m'en rendre compte. » Il lui offrit une tasse de café, prit une de ses mains chaudes entre ses paumes fraîches et lui souhaita bonne chance. Un peu plus tard, Lettie ressortit dans la nuit et vit du feu dans le ciel aux abords de la ville.

China regardait toujours le feu intérieur de la terre. Près d'où elle se tenait, la chaleur était si intense que les arbres s'enflammaient à la racine, brûlaient de bas en haut, noircissaient et tombaient. Les pierres chauffaient, et l'on entendait siffler et grésiller le feu qui s'étendait aux endroits où la neige n'avait pas encore fondu.

Quand les hommes épuisés eurent vaincu l'incendie et repris le chemin de chez eux, China se rendit dans le bureau, maculée de cendres dans son manteau roussi, décoloré par la fumée.

Elle s'assit face à Hale aux jambes d'araignée. Il était las, portait des brûlures violacées au visage.

Elle lui annonça la mauvaise nouvelle concernant la mort de John Stink.

« Comment ça, il est mort ?

— Il est mort. Ce type n'est pas John Stink puisque Stink est décédé.

— Qu'est-ce que c'est que cette histoire ? Bien sûr que si, c'est Stink.

— La secrétaire m'a dit que Stink était mort. » Et la jeune China répéta le mot final — mort — comme la secrétaire l'avait fait pour elle.

« Quand est-il décédé ?

— Ça alors ! Comment veux-tu que je le sache ? C'est toi qui me paies pour l'épouser. Pour épouser un fichu cadavre ! »

Hale s'assit. « Calme toi. » Fatigué d'avoir lutté contre le feu, il remonta ses cheveux en arrière, s'efforça de réfléchir. « Tu es allée là-bas avec lui, c'est ça ?

— Oui. Tu m'avais dit que c'était lui. »

Hale se passa les mains sur le visage, puis il leva les yeux vers elle. « Bon sang de bonsoir. » Il agita la tête. « Nous en reparlerons plus tard. Tu as dîné ? »

Il ne s'était pas levé que China peignait déjà ses cheveux d'un blanc lunaire, appliquait sur sa bouche du rouge à lèvres fondu, puis, se tournant vers le maigre pétrolier, elle lui sourit. Mais son cœur n'y était pas. Elle pensait au gaz qui brûlait toujours sous terre.

Cette nuit-là, dehors, dans un bosquet, le père Dunne dormait sur le sol gelé qui se mit soudain à fondre. Il se redressa, ouvrit les yeux. « Que se passe-t-il ? » marmonna-t-il pour lui-même. Dans la nuit noire, il vit briller le feu derrière les arbres, se souvint du buisson ardent, des paroles qui en étaient venues. Il lui sembla entendre parler derrière le buisson. C'était la terre qui parlait. Une voix profonde et rêveuse sortie du sol. Il lui sembla s'éveiller pour la première fois, comme si ses yeux s'ouvraient enfin. Il mit de côté sa Bible et le rosaire qu'il tenait entre ses doigts devenus tout récemment calleux. Les vraies paroles de Dieu provenaient du buisson. Il ôta le crucifix du chêne, pansa tendrement les plaies de l'arbre avec de la boue fraîche née de la fonte du sol tout en murmurant, puis il décida de rassembler ses affaires et de partir à pied en quête de Michael Horse, certain que le vieux devin connaîtrait le sens de cet événement sacré. Le père Dunne pensait que, comme lui, Horse écoutait une voix intérieure, une voix qui était celle de la terre du Bon Dieu.

Horse avait regagné les collines sitôt après le mariage. Contrairement au prêtre tout émoustillé par le buisson ardent, lui savait que la voix montant du sol parlait de brisures et geignait de douleur. Il ne la confondait pas avec la voix de la création. Par ses rêves, il savait que Will Forrest avait offert à Nola un singe aux dents aiguisées en cadeau de mariage. Un singe. Cela n'augurait rien de bon. Il savait aussi que Leticia Graycloud, forte sous ses airs rêveurs, allait finalement épouser Benoît. Bien que ce fût encore l'hiver, il savait que le temps tournait, que le printemps serait bientôt là, et qu'il y avait dans les collines deux juments sauvages qui portaient la semence de Redshirt.

Quand le prêtre rejoignit Michael Horse, il voulut savoir ce qu'il avait vu et demanda : « Est-ce que je pourrais voir les volumes des chroniques que tu tiens ?

— Je suis désolé, dit Horse. Je n'ai rien vu. Non. Je le regrette, ces chroniques sont personnelles.

— Et le feu ?

— Quel feu ? »

Et Horse lui expliqua que ce n'était pas la voix de Dieu qu'il avait entendue. « C'est la colère de la Terre-mère. »

Ce soir-là, le prêtre n'accorda guère foi aux propos du vieil homme. Pourtant, il lui rendit ensuite des visites fréquentes. Il bénissait maintenant les poules, annonça-t-il dès la visite suivante. Et, quand Jim Josh fit l'achat d'un cochon vers la fin de l'hiver, il le porta au prêtre pour qu'il l'asperge d'eau bénite. Dès lors, les Indiens l'appelèrent « le prêtre du cochon ». Ils disaient aussi que c'était là l'année où le prêtre était devenu sain d'esprit.

Le bon père, qui se rendait en ville chez les gens, était utile à Michael Horse qu'il tenait informé des derniers événements. Il lui apprit que Will et Nola avaient emménagé dans une grande maison neuve, à l'opposé de celle qu'habitait Grace et que, néanmoins, Nola l'avait meublée et décorée presque exactement comme sa mère en son temps — lustres de cristal, murs peints de blanc et de bleu pâle —, de sorte que le lieu dégageait la même atmosphère glacée. Mais, contrairement à sa mère, Nola qui inclinait vers le catholicisme avait disposé à travers les pièces des statues de saints anémiques, Jésus et la blonde Vierge Marie. Elle brûlait des cierges au pied des statues. Et son singe portait un collier de diamant fantaisie. Il l'adorait, riait quand elle riait.

Il tenait sa tasse de thé exactement comme elle, l'imitait en toute chose à en croire le prêtre.

Un après-midi, Will Forrest gravit les marches de pierre du tribunal et y entra. Il prit place à une table, avec John Hale, son père, et deux autres hommes d'affaires. Monsieur Forrest salua son jeune fils d'un vague geste de la tête sans lui prêter grande attention. Puis il annonça qu'il comptait surenchérir sur les deux compagnies pétrolières Skelly et Phillips lors de la prochaine vente de droits d'exploitation ; il ajouta que si les Pétroles Cosden y participaient, il tenait à les écarter aussi.

« Le *Wall Street Journal* de New York en parle, dit-il. Tous les minables en quête d'une bonne affaire arrivent ici par le train de Tulsa. Ces petites compagnies poussent comme des champignons. Nous devons les mettre sur la paille, ou nous y finirons nous-mêmes. Ils empiètent sur nos gisements et les épuisent. Nous ne pouvons nous permettre de leur laisser prendre des concessions. »

C'était la pure vérité. Une femme était même venue creuser son propre puits. Elle avait trouvé du pétrole et gagné tant d'argent qu'elle en avait bourré un matelas sur lequel elle dormait pour protéger son bien dans son sommeil.

Monsieur Forrest se tourna vers Hale, assis à l'autre bout de la table. « C'est la folie, ici, poursuivit-il. Le mieux que nous puissions faire, c'est de prendre part à cette folie. » Il regarda Hale dans les yeux. « Sinon, nous y laisserons nos chemises. À la prochaine vente, soyez là, sous cet arbre, à treize heures précises pour le début des enchères ! Je soutiendrai financièrement vos offres. »

Hale hocha la tête mais ne dit mot. Ils étaient déjà en difficulté, et tous les hommes présents, tendus comme des ressorts, serraient les poings. Puis ils se levèrent pour partir, à l'exception de Will qui resta en arrière, agité et nerveux pour des raisons à lui.

Forrest se tourna vers son fils. « Qu'as-tu appris sur les baux de pâturages ?

— Pas grand-chose.

— À savoir ?

— Eh bien, à vrai dire, je ne m'en suis pas encore préoccupé. » Il y avait une nuance d'hésitation dans sa voix. « J'ai des questions à te poser.

— Bien. C'est signe que tu as la tête faite pour les affaires. Vas-y, je t'écoute. Que désires-tu savoir ? »

Gêné, Will torturait le papier qu'il tenait à la main. « Le relevé de compte de Nola est arrivé. Je l'ai parcouru, et j'ai remarqué qu'il lui manquait de l'argent.

— Oui. Je l'ai investi.

— Dans quoi l'as-tu placé ? »

Monsieur Forrest se leva, mis son chapeau sur ses cheveux blancs. « La firme de Hale. » L'indiscrétion de son fils le décevait.

« Mais, tu as bien perdu de l'argent à toi dans sa firme, non ?

— Aucune importance, cela reste un bon placement, rétorqua Monsieur Forrest. À quoi riment ces questions ? C'est moi le juriste ici. C'est à moi de décider de la gestion des biens de Nola. J'ai entière confiance dans la firme de Hale. » Forrest était en colère ; de plus, il avait peur, même s'il s'en cachait. « Will, nous sommes dans une passe difficile en ce moment, il faut que je prenne ce risque. » Les soucis le rongeaient, et il lui fallait aussi livrer bataille pour Benoît, le prisonnier ; pour qu'il y ait un procès, ou, au moins, une enquête. Benoît était détenu sans inculpation. En raison de son appartenance à une nation indienne, il n'avait pas encore été convoqué devant le juge. Le tribunal fédéral ne voulait pas juger l'affaire tout en affirmant que le Territoire Indien relevait de la juridiction fédérale. Le tribunal du comté n'était pas habilité à juger Benoît, alors même que les autorités du comté le gardaient prisonnier. Et le tribunal tribal souhaitait le voir relaxer faute de preuves. Tous se renvoyaient la balle, argumentaient sans fin sur cette question de juridiction sans parvenir à trancher dans un sens ou dans l'autre. Forrest était quant à lui convaincu de l'innocence de Benoît qui, de son côté, s'entêtait à se taire.

Mais Will ne vit que le froid silence de son père et, face à ce vernis professionnel d'homme mûr, il eut la sensation de perdre son enfance. Il avait devant lui une image vieillie de son propre visage, les traits un peu durcis, amers et fatigués. Il n'avait plus confiance. Rassemblant son courage, il déclara fermement à son père : « Tu pourrais demander avant d'utiliser l'argent de Nola.

— Pourquoi demanderais-je ?

— Elle est ma femme.

— J'en conviens, Will. Elle est ton compte en banque. À présent, c'est elle qui paie pour tes jolis costumes et tes chapeaux. » Sur ces mots, il se détourna et gagna la porte. Tendu, il ajouta par-dessus son épaule : « Renseigne-toi sur les baux de pâturages d'ici demain, veux-tu ? »

Dehors, sur les marches du tribunal, Will contempla la neige qui tombait, abondante, avec au cœur un sentiment d'impuissance. Il faisait presque nuit.

Tout était silencieux. Le blanc de l'hiver absorbait l'activité de la ville. Si Will s'était intéressé à la gestion des royalties pétrolières et des terres de Nola, c'est qu'il était gêné de n'avoir pas de revenus personnels. À présent que son père l'avait remis à sa place, le manque d'un emploi légitime lui faisait honte, et il se méfiait de ce père qui n'avait pourtant pas commis de réelle illégalité.

Will boutonna son manteau et descendit les marches. Au bas de la colline, une voiture solitaire passa dans la rue silencieuse, pila et klaxonna. Will reconnut ses amis à l'intérieur. Ils lui ouvrirent la portière.

« Tu habites toujours avec cette... » squaw, manqua dire l'ami de Will qui ne s'y trompa pas. Mais il se reprit et termina : «... Avec cette femme ? » Et il lui passa une flasque de whisky. Bien que sur la défensive, Will corrigea le garçon mais accepta de boire. « Elle s'appelle Nola.

— Hé ! On te ramène chez toi. »

Ils se remirent en route dans la bonne direction mais, en arrivant en vue de la maison, le chauffeur accéléra, dépassa les plates-bandes couvertes de neige, que Will avait prévues sans en avoir encore retourné la terre.

« On y est ! dit Will en montrant le lieu du doigt. C'est ici que j'habite.

— Je sais, répondit le conducteur. Mais tu as l'air bien pâle ces temps derniers. On va t'emmener en ville. J'ai promis qu'on te ramènerait, non ? » Il tendit la main derrière lui pour reprendre la flasque de whisky. « Ce qu'il te faut, c'est une bonne sortie. Tu as une sale mine. »

Will examina le visage de ses camarades. Quelques mois plus tôt, ils étaient ses plus proches amis. À présent, il détestait leurs sourires affectés, leurs yeux injectés de sang, et l'odeur du whisky lui soulevait le cœur, mais il les connaissait suffisamment pour savoir qu'il ne les convaincrait pas de revenir en arrière. Alors, il but et regarda défiler les champs enneigés par la vitre.

« Au fait, dit l'un d'eux, en manteau de ragondin, il paraît que tu te lances dans le commerce des objets rares ?

— Non, je ne fais pas de commerce, je les collectionne.

— Pourquoi il se lancerait dans le commerce ? Il n'en a pas besoin, il a une femme indienne. »

Will se mura dans le silence. Lorsqu'ils atteignirent Tulsa, il faisait nuit noire et froid. Ses traits s'étaient figés en un sourire crispé. Ils entrèrent dans un bar clandestin où les gens dansaient déjà, silhouettes mouvantes dans la lumière jaune et la fumée de cigare. Will s'assit au bar et commanda une bière pendant que ses amis faisaient le tour des tables en quête de cavalières. Leur chauffeur tenait déjà une petite brune étroitement enlacée et fermait les yeux pour mieux l'étreindre au rythme d'un two-step.

Tandis qu'ils dansaient et offraient des boissons à d'autres tables, Will resta seul au bar. Ayant déjà demandé à plusieurs personnes si elles allaient vers Talbert sans obtenir de résultat, il avait renoncé à rentrer chez lui à une heure décente. Accoudé au comptoir, il se tenait la tête dans les mains quand une jeune femme s'approcha de lui et le salua.

Elle semblait déplacée dans un bar clandestin, avec ses fins cheveux blonds soigneusement coiffés, ses vêtements coûteux et de bon goût. Malgré son désir de rentrer, Will fut conquis par sa réjouissante fraîcheur, son sourire chaleureux et franc. « Vos amis sont aux quatre coins de la salle. » Elle lui sourit. « Cela vous ennuie si je m'assois près de vous ? »

Il se poussa pour lui faire de la place. Et il se détourna, mais elle ne quitta pas son visage des yeux, jusqu'à retenir de nouveau son attention. « Vous êtes calme, dit-elle. Cela me plaît bien. Vous m'offririez une bière ?

— Bien sûr. » Will lui commanda une bière.

« Quel est votre nom ? »

Il le lui dit.

« Vous n'avez pas l'allure d'un natif d'Oklahoma. »

Elle s'appelait Vinita. Will répondit gentiment à ses questions, mais il était anxieux et désirait rentrer. Plus tard, sur le chemin du retour, il était assis sur la banquette arrière, et le chauffeur lui parlait par-dessus son épaule. « Tu sais ce que tu devrais faire, Forrest, mon jeune ami ? » La voiture dérapa sur le verglas. « Tu devrais donner des terres à la ville. L'hôpital de la fondation Will Forrest ou quelque chose comme ça. Avec ton nom. Tu deviendrais célèbre. On oublierait d'où te vient ta fortune.

— Regarde où tu vas, bon sang ! » protesta Will. Et il remonta son col autour de ses oreilles, comme pour se protéger des regards égrillards de ses camarades ivres. Il crut que le trajet n'en finirait jamais quand, enfin, la voiture s'engagea sur la route qui conduisait chez lui.

Depuis la fenêtre de l'étage, Nola aperçut les phares. Elle tenait son singe au chaud entre ses bras et arpentait la pièce de long en large. Quand elle vit les phares, elle remit le singe dans sa cage et descendit en courant pour aller ouvrir à Will. Il se tenait sur le seuil de la porte, las, fripé et sentant l'alcool. Penaud, il s'excusa. « J'ai été kidnappé » lui dit-il.

Elle crut qu'il mentait. Soudain, elle se sentit lourde, lourde et terne.

Dehors, la neige tombait toujours. Nola referma la porte et tira le loquet. Les quatre guetteurs silencieux se tenaient en faction à la lisière des arbres, comme s'ils ne sentaient pas le froid.

Plus tard cet hiver-là, les choses semblèrent revenir à la normale. Moses entreprit de dresser la jument alezane que Nola lui avait offerte le jour de ses noces. Il l'avait appelée Redcoat, la bouchonnait chaque jour jusqu'à ce que son poil soit lisse et luisant. Par temps froid, il la drapait d'une couverture de laine.

Ruth passait davantage de temps chez les Graycloud ; elle aimait à regarder Moses travailler avec le cheval.

À l'intérieur, le télescope de Ben était installé à résidence devant une fenêtre. Le soir, la famille observait le mouvement des étoiles à travers la lunette. « C'est vrai que nos problèmes paraissent bien mesquins quand on voit l'univers, là-haut, disait Belle. Quand on sait que la Terre n'est qu'un point lumineux dans la queue de la galaxie. » Même confrontés à l'odieuse corruption et au vol des terres, ils n'étaient tous, disait-elle encore, « que des grains de poussière ». Et Ben s'efforçait d'étudier les constellations du monde blanc. Il étudia la Balance, symbole de la justice qui leur faisait défaut.

En ville, les affaires suivaient leur cours. Après la fuite de gaz et l'incendie, l'exploitation pétrolière avait été remise en état. Et malgré sa nuit de fête et son retour tardif, Nola pardonna à Will. Avec son singe pendu à son cou, elle continua de décorer sa maison de verre et de cristal. Son plus cher désir était que tout soit en place. Elle aspirait à l'ordre et à la permanence, mais elle demeurait triste ; toutes ces pièces remplies de verre paraissaient bien fragiles, éminemment brisables quoi qu'elle y ajoute, et malgré le lourd mobilier sombre et massif.

À mesure que le temps passait, les différences entre Nola et Will se firent plus flagrantes. Elle achetait des soieries et s'efforçait de convaincre son compagnon plus terre à terre que son amour du cristal n'était pas « un péché mortel ». Mais Nola se mit à penser que leur mariage ressemblait au verre, qu'il suffirait d'un rien pour le fêler. Elle aimait les importations européennes, lui, les objets de pierre et de terre cuite. Des pillards lui vendaient des pointes de flèches, de petits pots trouvés dans les cimetières sur lesquels étaient peints des spirales et des oiseaux.

Il ne demandait jamais d'où provenaient ces objets, et Nola s'efforçait d'ignorer leur présence en nombre croissant dans la maison. Will l'aurait sans doute jugée superstitieuse, mais elle ne voulait rien chez elle qui eût appartenu aux morts. Will acheta une trompette tibétaine, faite dans un fémur humain. Nola en avait peur. « Et tous tes trucs, disait-elle lorsqu'ils se disputaient, ils viennent de l'au-delà. » Elle en arriva à penser qu'en tant qu'Indienne, elle représentait pour lui un passé ancien et révolu, une curiosité d'un autre temps.

Un matin, Joe Billy passa prendre les bagages du Dr Black et l'accompagna à la gare. Ils firent le trajet en silence. Enfin, Joe Billy demanda : « Alors, ce nouveau médecin ? Est-ce qu'il nous plaira ?

— Non. Il n'utilise pas d'embrocation. »

Billy ne put s'empêcher de rire. « Tu vas me manquer, Benjamin. À qui je vais parler maintenant ? »

Lorsqu'ils atteignirent le quai, Benjamin Black jeta un regard circulaire sur les rues et les gens. « Je reviendrai peut-être un jour », dit-il, comme si cette phrase rendait son départ plus facile. Puis il monta à bord du train bruyant. Joe Billy resta un moment sur le quai, dans l'odeur de fumée, de lubrifiant et de métal, puis il s'éloigna.

Joe Billy attendait des nouvelles de son propre remplacement à l'Église baptiste indienne. Dans l'intervalle, il se refusait à célébrer mariage ou enterrement. Il souhaitait qu'on le relève de ses fonctions. Sachant cela, Belle fit dire à Horse que Lettie et Benoît devaient se marier — accepterait-il de revenir célébrer le mariage à Watona ? Horse, qui avait des échanges avec les Indiens des Collines, alla trouver une de leurs coureuses pour lui demander de veiller sur le feu du peuple à sa place. Elle y consentit de bon cœur, le regarda remplir sa couverture rouge de sauge et de bâtons de prière. Elle rit quand, par miracle et non sans maladresse, Horse parvint à piéger Redshirt contre sa volonté — sans doute pour la dernière fois — afin de se rendre à Watona. Le vieux avait eu de la chance d'attraper le cheval, il en était conscient. Il mit le filet à Redshirt qui eut un mouvement de recul. Puis, en grimpant sur une pierre, Horse monta le grand étalon alezan. Le cheval mâchait son mors et tirait sur les rênes. Tout au long du trajet, ce fut un combat constant entre l'homme et l'animal. Lorsque enfin ils arrivèrent, Horse était moulu et s'étonna tout haut d'avoir pu troquer sa voiture contre cette bête impossible.

Horse entra dans le bureau de la prison au moment où Belle et Lettie arrivaient, portant deux rouleaux de fine soie argentée appartenant à Nola. Elles comptaient s'en servir pour couvrir les murs décolorés de la prison, cacher les cartes géologiques et les visages des hommes recherchés, mais avant qu'elles ne commencent à dérouler le tissu, le shérif annonça un changement de programme. En raison de la surcharge des prisons d'État, celle du comté était réquisitionnée pour accommoder le trop-plein de détenus. « La prison sera remplie toute la journée, dit-il. Il n'y aura pas la place pour un mariage. » Et il leur expliqua que le mariage aurait lieu à l'hôtel Stanley. Qu'il leur avait déjà réservé la salle de bal, ainsi qu'une chambre pour la nuit à l'intention de Lettie et Benoît.

Ravie de cette nouvelle, Lettie se garda bien de manifester sa joie en présence de Jess Gold. Elle lui adressa un regard plein de gratitude, puis elle repartit avec Belle et les rouleaux de tissus en direction de l'hôtel.

« Dites, cela vous ennuierait de m'aider à remonter sur Redshirt ? » demanda Horse au shérif. Gold rit au spectacle du vieil homme sur le cheval rétif, de la bataille qu'ils se livraient en descendant la rue.

À la réception de l'hôtel, Benoît, sous bonne garde, allait et venait, plus libre qu'il ne l'avait été depuis six mois. Il présentait beau, avait repris des couleurs.

Lettie tenait la main de Benoît. Peu avant la cérémonie, Joe Billy vint présenter ses vœux de bonheur au couple et, au même moment, le prêtre du cochon arriva de sa retraite en pleine nature. Il avait une drôle d'allure. Avec sa tignasse hirsute, sa longue barbe malpropre, son pantalon de lainage crasseux, usé jusqu'à la trame, il ne ressemblait en rien à l'homme pâle et étriqué d'autrefois. Venu en ville chercher de l'eau, il avait entendu parler du mariage et décidé d'y assister.

Lettie, la mariée, portait le chapeau ivoire sur son opulente chevelure brune et une tenue de satin à col montant.

Michael Horse avait déjà allumé la sauge et passé le couple à la fumée purificatrice quand le prêtre intervint pour parler du mariage de toute chose, de l'homme et de la terre, du ciel et de l'eau. Horse se mit en retrait et le laissa finir, puis il déclara le couple uni par les liens du mariage, et les nouveaux époux s'embrassèrent tendrement. Il prit ensuite leurs mains pour prier en osage et agita l'une des plumes de prière au-dessus d'eux.

Pendant cette cérémonie, Ruth Tate, la sœur de Moses, n'avait pas l'air heureuse. Son large visage franc avait les traits tombants, ses yeux étaient empreints de lassitude. Près d'elle, son mari s'agitait nerveusement, triturait le bord de son chapeau. Sans son appareil photo, il était mal à l'aise, mais Ruth avait insisté pour qu'il le laisse à la maison.

Assis près de Nola, Will posa la main sur son bras, comme pour rappeler à Ben qu'elle lui appartenait. Nola semblait si radieuse que Horse et les autres en oublièrent les quatre guetteurs qui la suivaient partout — jusqu'au moment où l'un d'eux s'encadra dans la porte, le visage fort, l'œil alerte, les muscles toniques d'avoir couru pendant des années, fin prêt à entrer en action.

Jim Josh fut impressionné par les longues fenêtres de l'hôtel. « Ainsi exposé au sud, ce serait un endroit idéal pour faire pousser des concombres en intérieur, pas vrai, Belle ? »

Elle acquiesça d'un hochement de tête. « À propos, comment va ton figuier ?

— Bien. Très bien. »

Ruth posa la main sur le bras de Lettie, l'embrassa et lui dit : « Au soleil du printemps, tout prendra une autre allure. Peut-être que nous sourirons, que nous rirons. Et que Benoît sera à la maison. »

Lettie prit sa tante dans ses bras, mais sa voix demeura muette.

Ce jour-là, Moses entoura les épaules de Benoît. Les deux hommes restèrent ainsi, côte à côte, à regarder le plancher ciré sous leurs chaussures lustrées. Eux non plus ne trouvèrent rien à dire.

Puis le moment vint pour le couple de se retirer. Ils montèrent à l'étage, timides, suivis des yeux par l'assistance jusqu'à ce que la robe blanche de Lettie disparaisse dans l'escalier. Alors, sous la surveillance d'un garde armé, Benoît souleva Lettie dans ses bras pour franchir le seuil de la porte.

Il l'étendit avec douceur sur le lit, et ils s'embrassèrent. Il dégrafa son corsage, le plia soigneusement pour le déposer sur la chaise toute proche cependant qu'elle gardait les yeux clos. Il ôta le chapeau de sa tête, les épingles de ses cheveux qu'il libéra sur ses épaules, et il la contempla. Elle souleva les paupières, le regarda, et il vit ses lèvres se retrousser en un sourire. Il l'enlaça, caressa l'une de ses épaules. Il savourait sa présence, le contact de son bras, de sa peau contre la sienne. Tout lui était précieux.

Ils avaient toute la nuit, se réjouissaient de l'aubaine. Rien ne pressait. Lenteur. Quand Lettie n'eut plus que sa jupe, elle défit la chemise de Benoît, la posa à côté de ses propres vêtements, puis elle se pressa, nue, contre son torse.

Tout au long de la nuit, ils se couvrirent de tendresse et, lorsqu'ils ne faisaient pas l'amour, ils s'examinaient mutuellement les mains, les retournaient pour en étudier les paumes. Ils admirèrent leurs pieds nus. Benoît effleura le contour souple des oreilles de Lettie, le fin duvet de ses joues.

Après minuit, Lettie se mit à pleurer. Elle se couvrit le visage avec la couverture. « Ne pleure pas, lui dit Benoît, nous n'avons pas de temps pour les larmes, ce soir.

— Je ne peux pas m'en empêcher. »

Il retira la couverture et lui sourit. De nouveau, elle noua les bras autour de son corps amaigri. Il lui semblait bien frêle, plus frêle qu'elle, et cependant, il l'avait soulevée et portée.

Au matin, il faisait encore sombre quand les gardes frappèrent à la porte pour reconduire Benoît dans sa cellule. Il embrassa Lettie pour lui dire au revoir, la laissa seule dans la chambre d'hôtel où elle pleura en serrant l'oreiller sur lequel il avait dormi. Dûment menotté, les gardes l'escortèrent dans le hall, drapèrent un manteau noir sur ses épaules et le ramenèrent en prison. Lettie s'obligea à se lever pour le regarder partir par la fenêtre. Puis elle fixa le lit déserté par Benoît, se souvint de son corps osseux contre le sien.

Ce matin-là, la prison était pleine à craquer — de brutes, d'ivrognes, de faussaires et de voleurs de bétail. Aucun d'eux n'était aussi bien mis que Benoît.

Ils n'avaient d'yeux que pour le pantalon rayé dont il avait lui-même repris la taille pour qu'elle ne tombe pas sur ses hanches étroites, dévoraient du regard sa ceinture ornée de coques d'argent ouvragées et de pièces de monnaie, sa chemise empesée.

Jess Gold détacha les menottes de ses poignets et se contenta de lui dire : « Bonjour Benoît. Tu as de la compagnie. En quantité. »

Benoît passa nerveusement ses doigts aux ongles polis de frais dans ses épais cheveux noirs. Soudain, il sentit une vague de colère ou d'angoisse monter en lui. Ses muscles se raidirent. Son visage pâlit. Avant que Gold ne s'en aille, il le saisit par le bras et plongea dans les yeux du shérif blond. « Je ne peux pas rester là, Jess. Je ne suis pas coupable, il faut que je sorte d'ici. »

Jess Gold jeta un coup d'œil aux détenus de la cellule. Ils observaient la scène. « Benoît, dit le shérif dans l'espoir de le calmer, tu es en sûreté ici. Ton procès ne tardera plus. Je te le promets. Nous nous y employons.

— C'était un coup monté pour que je porte le chapeau. Tu le sais bien, Jess, tu me connais. » Il s'écarta du shérif. « Je n'ai confiance en personne, pas même en toi. Et puis, bon sang de bonsoir, je veux un autre avocat, et je veux sortir d'ici. Ce satané Forrest est probablement dans la combine !

— Benoît, je fais de mon mieux. » Gold agita la tête d'un air compatissant, mais il se retira.

Tandis que le tintement des clés s'éloignait dans le couloir, une terreur irrationnelle s'empara de Benoît. Il s'étendit sur l'étroit lit, remonta ses genoux, s'efforça de se rassurer en pensant au mariage, au visage de Lettie à la lumière de la lampe. Il s'efforça d'ignorer le piétinement des hommes dans la cellule, un bruit de serrure, de verrou qui tournait.

En se rendant à pied à la prison ce matin-là, Jim Josh entretenait d'heureuses pensées, songeait à son figuier qui, dans un an, porterait des fruits sucrés lourds de graines. Il faisait à peine jour quand il arriva devant la fenêtre de la cellule de Benoît. Venu offrir des tomates fraîches au jeune marié, il avait préparé sa surprise à l'avance, examiné de près la fenêtre et remarqué la double largeur du rebord. Elle était conçue de sorte qu'un détenu aux mains fines ne puisse atteindre la vitre et s'en servir comme d'une arme tranchante. Les barreaux en étaient serrés, mais il y avait de l'espace entre eux et la vitre. Il fallait une clé pour ouvrir la fenêtre mais, ne voulant pas déranger l'adjoint du shérif, Jim Josh prit son couteau de poche, l'inséra dans la fente et s'en servit comme d'un levier pour soulever la clenche et ouvrir sans faire trop de bruit. Il souriait, satisfait de sa propre ruse, posa une à une les tomates rouge vif sur le rebord, puis il appela à voix basse : « Benoît ! » Pas de réponse. Jim Josh chercha autour de lui quelque chose pour se surélever, avisa une pierre, la poussa sous la fenêtre et y grimpa pour examiner la cellule silencieuse par-dessus les tomates. Il souriait toujours.

Au premier coup d'œil, la cellule semblait vide. Puis il aperçut les souliers noirs et lustrés de Benoît. Ils étaient suspendus, flottaient en l'air. Josh leva encore les yeux. Au-dessus des chaussures, il vit le pantalon rayé au pli parfait que Benoît portait au mariage. Josh plissa les yeux pour mieux scruter la pénombre de la cellule. Il eut un choc lorsqu'il reconnut la chemise blanche aux manches fantomatiques et la ceinture de cuir ornée de coques d'argent qui enserrait le cou de l'élégant Benoît, maintenait dans le vide son corps inerte et sans vie.

Incrédule, Josh resta à fixer le pendu qui ressemblait, ni plus ni moins, à un épouvantail. Il cligna des yeux, se couvrit la bouche et tomba de son perchoir. Puis, abandonnant les tomates flamboyantes sur le froid rebord de pierre et le panneau vitré calé contre le mur du bâtiment, il prit ses jambes à son cou et courut, haletant, le long de la piste de terre jusqu'à chez lui. Là, il gravit les marches du perron et entra, à bout de souffle, en sueur et gelé. Ses mains tremblaient tandis qu'il s'efforçait d'ouvrir le coffret de bois rempli de pièces et de clés, cherchait celle, argentée, de sa voiture.

L'automobile était remplie de tomates rouges florissantes. Josh les écarta, renversant quelques pots, et mit le contact. Au troisième essai, le moteur se décida à tourner. Le vieillard eut quelque peine à passer les vitesses, il partit en arrière, puis en avant et, au volant de la voiture pleine de tomates, il suivit la piste de terre jusque chez les Graycloud. Presque invisible dans cette jungle qui recouvrait les vitres, il était à bout de nerfs, imprudent, ne voyait pas la route. En entrant dans la cour des Graycloud, il renversa la boîte à lettres, mais ne s'arrêta pas. Lorsqu'il eut garé la voiture, il courut en pleurant jusqu'à la maison, dérapant sur la neige dans ses chaussures neuves avec leurs demi-guêtres. Il chuta, se releva et reprit sa course.

Moses était assis à table en face de Lettie, toujours coiffée de son chapeau de mariage avec son bel oiseau d'ivoire, et Belle réchauffait du café quand la porte s'ouvrit à la volée sur Jim Josh. L'air égaré, haletant, il était incapable de reprendre son souffle.

Belle le considéra avec curiosité et posa sa bouilloire. « Entre donc, Jim. »

Les larmes aux yeux, il leur annonça la triste nouvelle. « C'est à propos de Benoît. Je l'ai vu. Pendu avec sa propre ceinture. » Il se couvrit la face de ses mains.

Lettie le fixa, éberluée, s'écarta soudain de la table, le cœur battant. « Ce n'est pas vrai, je ne te crois pas. » D'un bond, elle se leva. « Tu t'es trompé. » Elle le dévisageait, semblait attendre un démenti. Puis, furieuse contre Josh, comme s'il avait menti, elle déclara : « Je vais aller y voir par moi-même. » Avant qu'on pût l'en empêcher, elle avait quitté la pièce et démarré la voiture de Josh pour se rendre en ville entourée de plants de tomates.

Par la suite, Josh chercha à se souvenir si Benoît avait les mains liées — il aurait juré que oui — ou si elles étaient libres. Mais il ne se souvenait clairement que des manches blanches, du pantalon et des souliers lustrés du jeune franco-indien, ainsi que de la ceinture avec ses coques d'argent dont il ne restait cependant que le cuir quand on eut décroché le corps de Benoît.

Belle s'assit. Elle ne releva pas les yeux. Entre le moment où Jim Josh avait fait irruption dans la pièce et celui où Lettie avait filé à la voiture sans son manteau, Belle avait brusquement vieilli. De nouvelles rides creusaient son visage ; son corps parut se tasser, au point qu'elle avait l'air d'une petite vieille rabougrie. Le bruit d'un avion leur parvint du dehors. C'était Roscoe Turner, un cascadeur qui volait d'un endroit à l'autre avec un lionceau pour faire de la publicité pour le pétrole, ils le savaient. Un silence de mort régnait dans la maison. Ils entendaient la neige effleurer les murs et les vitres, entendaient le doux mugissement du vent. Rena descendit de l'étage et s'assit, immobile. Elle aussi paraissait plus que son âge, comme si le temps l'avait enfin prise au piège. Elle se couvrait la bouche de ses mains, peut-être pour s'empêcher de parler, ou de pleurer, et la douleur débordait de ses yeux.

Ils passèrent la journée assis en silence, à boire du café et à fumer ; parfois, l'un d'eux fondait en larmes dans la cuisine douillette. Ce jusqu'à ce que le feu s'éteigne, que l'air fraîchisse. Alors, Belle se leva, mis du bois dans le poêle, gratta une longue allumette contre le mur, puis elle plaça les mains au-dessus du poêle froid, comme si la chaleur s'en échappait déjà.

Il faisait presque nuit lorsque Lettie rentra. Dans sa robe de mariée blanche, elle ressemblait à un fantôme. Jamais elle ne leur dit où elle était allée, mais ses souliers étaient encroûtés de glaise, ses vêtements mouillés, et la neige avait gelé dans ses cheveux.

En la voyant atone, Belle appela Moses : « Viens voir ici. Il faut que nous la montions dans sa chambre. »

Suivi des autres, Moses soutint Lettie dans l'escalier. Une fois dans la chambre, il lui ôta ses souliers boueux avec douceur. Jim Josh observait depuis la porte. Belle couvrit Lettie, puis elle s'installa près de la fenêtre. Rena enveloppa ses cheveux mouillés d'une serviette.

Tous restèrent à son chevet. Debout à la fenêtre, Louise et Floyd s'inquiétaient. Ils regardaient le sol, puis Lettie, puis de nouveau le sol. Ben apporta une autre couverture pour réchauffer sa tante qui frissonnait. Moses tenait la main de sa fille. Ils priaient. Et ils se taisaient. Les paroles n'étaient pas nécessaires. Leur silence était plus fort que les mots. Au bout de quelque temps, Belle alla s'étendre contre le dos de sa fille et la prit dans ses bras.

La terre était gelée le jour des obsèques de Benoît. Un corbillard noir s'avançait, suivi par des limousines et automobiles lentes aux couleurs sombres. Derrière les vitres, les passagers indiens ou sang-mêlé se tenaient droits sur les banquettes arrière. Tous regardaient devant eux tandis que le cortège passait devant les bosquets de chênes dépouillés. Un prêtre blanc était venu pour dire la messe. Il portait une croix et serrait les mains de tous d'un air solennel.

Joe Billy était là, drapé dans une couverture. Il salua Belle et Moses qui, main dans la main, s'éloignaient de la voiture à travers la blanche étendue de neige. Ruth était assise près de Lettie sur un froid banc de métal noir et, derrière elles, la neige recouvrait les monticules funéraires sous lesquels reposaient les Indiens traditionalistes, recouvrait les grandes croix, les statues plus petites, et même les maisonnettes que certains avaient construites sur les tombes de leurs chers disparus.

Ils n'étaient pas bien loin de l'endroit où John Stink avait été enterré mais, avec la neige, personne ne remarqua sa tombe saccagée.

China, qui avait courtisé le défunt vieillard, se tenait en marge de la foule dans un lourd manteau d'hiver noir. Et neuf. Elle observait les Indiens avec intérêt. La plupart d'entre eux, y compris les femmes maquillées aux cheveux permanentés, étaient drapés dans des couvertures. China regardait les plus jeunes femmes avec la curiosité des personnes extérieures. Nola, qui semblait être à peu près de son âge, portait des perles aux oreilles. Et, derrière encore, il y avait les quatre guetteurs silencieux, dans des manteaux faits de couvertures de laine, de beaux hommes aux cheveux longs, au visage brun et grave.

Loin derrière eux tous, Stace Red Hawk veillait.

Quelques daims passèrent, silencieux, derrière les endeuillés, silhouettes délicates qui traversaient le paysage enneigé. Lettie se retourna pour les regarder cependant que les hommes déchargeaient le lourd cercueil aux ferrures d'acier chromé qu'elle avait choisi. Ils le portèrent jusqu'au trou dans le sol, le déposèrent à terre, et c'est alors seulement que Lettie détacha son regard des daims.

On ouvrit le cercueil, et les endeuillés passèrent y déposer des objets pour le long voyage de Benoît vers l'autre monde. Il portait sa tenue de marié. Chacun s'exprimait en déposant son offrande parmi les plis de satin qui l'enveloppaient — douces paroles de prière, d'adieu, de supplique pour être délivré des forces qui se retournaient contre eux tous. Moses plaça un pistolet dans le cercueil. Belle offrit des mocassins bleus, avec des grelots. Elle voulait entendre danser les pieds de Benoît depuis le monde des esprits. Comme tous les mocassins funéraires, ils étaient entièrement perlés, dessus comme dessous.

À la consternation de Ruth, horriblement gênée, John Tate prit une photo du corps.

China aux cheveux blanc de lune observa les objets placés dans le cercueil du jeune et bel Indien défunt ; il y avait du tabac, de petites couvertures et des pièces d'argent. Puis, comme si elle l'avait connu, elle se sentit émue, poussée à ôter son manteau neuf pour le déposer près de Benoît. Les jeunes Indiennes l'observaient, se demandaient qui elle était. Il faisait froid. Vêtue d'un corsage trop léger, elle referma les bras autour d'elle dans une attitude crispée, ses maigres épaules remontées jusqu'aux oreilles.

Puis Lettie mit des colliers autour du cou brisé de Benoît. Elle déplia ses doigts raidis pour placer dans sa main un mouchoir contenant de la nourriture et de la farine. À la mise en terre du cercueil, les anciens se couvrirent la tête de leurs couvertures et gémirent à voix haute cependant que les plus jeunes se cachaient le visage dans les mains. Lettie demeura impassible tandis que les mottes de terre gelée tombaient sur la dernière demeure de Benoît. Puis le trou fut comblé, et l'on érigea un monticule de pierres sur la tombe.

Au loin, on entendit un coup de feu tiré par un chasseur.

Ruth Tate prit Lettie par la main pour la conduire à la voiture, mais elle se dégagea. « J'ai besoin de marcher.

— Il fait trop froid », objecta Ruth sans grande conviction.

La tension entre elles n'échappa pas à Ben. « Que se passe-t-il ?

— Elle veut rentrer à pied », dit Ruth. Et, du coin de l'œil, elle aperçut John Tate qui les photographiait tous les trois. Elle tourna le dos.

« C'est à des miles d'ici, voyons ! » argumenta Ben à l'intention de Lettie qui s'éloignait déjà de la tombe.

Il lui emboîta le pas dans l'espoir de la convaincre de rentrer en voiture, mais lorsque sa tante s'arrêta, se retourna vers lui, il comprit à son expression butée qu'elle ne changerait pas d'avis. « D'accord, dit Ben. En ce cas, je t'accompagne.

— Et moi aussi », ajouta Ruth, aussi ferme que lui.

Ben prit le chemin de la ville avec les deux femmes drapées dans leurs couvertures. Il regardait les repères, les arbres de l'hiver. Les véhicules silencieux du cortège funèbre passèrent près d'eux. Une vieille femme leur fit signe de la main avant de disparaître. Bientôt, ils marchaient seuls dans l'épaisse couche de neige en retrait de la route. Ils ne souhaitaient pas suivre les voies faciles, tracées par des machines et des automobiles.

Les empreintes de leurs pas s'étendaient derrière eux sur une longue distance quand une voiture apparut sur la route, un daim attaché sur le toit. Ben regarda la voiture, et lorsqu'ils entrèrent en ville, il observa attentivement tout ce qui l'entourait. Une bouffée de terreur lui coupa le souffle : il n'y avait pas d'Indiens dans les rues de Watona. Il aperçut deux Chinois qui travaillaient au chemin de fer, et il y avait aussi de nombreux Italiens nouvellement arrivés qui garaient leurs voitures. Il y avait pléthore de Blancs et de brutes des chantiers pétroliers, mais pas d'Indiens. Cela lui parut étrange. Il regardait de l'un à l'autre en quête d'un visage familier. La peur lui nouait le ventre. Il partait le lendemain pour l'école Haskell au Kansas, sachant qu'il laissait les siens au cœur d'un cercle de danger. L'idée de partir lui était insupportable. Mais il ne dit rien de tout cela aux deux femmes qui marchaient à ses côtés et, au bout d'un moment, il se mit à regarder droit devant lui, feignant de ne pas remarquer l'attention que s'attiraient en ville les deux Indiennes dans leurs couvertures — mais il gardait la main dans sa poche, sur son couteau.

Et il ne vit pas Stace Red Hawk qui les observait depuis sa fenêtre de l'hôtel Stanley, partiellement caché derrière les lourdes tentures.

Il faisait presque nuit. Red Hawk prit son manteau noir au portemanteau.

« Où vas-tu ? » Assis au bord du lit, Levee regarda Stace enfiler le vêtement.

« Dehors, dit Stace en boutonnant son col. J'ai besoin de prendre l'air.

— Tu veux que je t'accompagne ? »

Stace sortit sans répondre. Il descendit en hâte l'escalier obscur, effleurant la rampe de sa main. Il ressentait la peur qui régnait en ville. Tout en marchant, il levait les yeux vers les fenêtres sans lumière des bâtiments, se demandait si quelqu'un là-haut surveillait la rue.

Parmi les arbres noirs de l'hiver, Stace s'assit sur une pierre et pria. Il pria les anciens, pria *wanbli gleska cikala* — le petit aigle moucheté. « Je désire la paix », dit-il à voix haute. Il offrit sa pipe au Sud. Déjà, il se sentait conforté dans sa mission d'aider les siens. Il offrit la pipe à l'Ouest. Les gens auxquels il se mesurait ici, en Territoire Indien, étaient de ceux qui n'aimaient pas la terre et ses créatures. Une grande part de ce que ces gens croyaient bon n'était pas bon. Ce qu'ils croyaient mauvais ne l'était pas.

« Je t'ai préparé une pipe », dit Stace à l'air du plein hiver. Il leva sa pipe, la tendit vers le Nord. Il voyait son propre souffle.

Il priait. Il demandait de l'aide. De l'aide pour le peuple, pour le peuple indien. Pour le peuple des aigles aussi, pour ceux qu'on avait arrachés au ciel. Leur absence avait démoralisé les siens.

Enfant, Stace connaissait les constellations des anciens. Dans le ciel, il voyait les planètes et les étoiles prendre la forme de l'aigle, du loup, du bison. Stace avait connu l'homme nommé Black Elk, l'homme qui avait dit que les Indiens vivaient maintenant dans un cercle brisé. Et il leva les yeux vers l'élan et les chevaux du ciel.

Il offrit sa pipe à l'Est.

DEUXIÈME PARTIE

PRINTEMPS 1923

Le printemps venu et la saison stérile passée, un sentiment d'espoir flottait dans l'air. Ondoyante et drue, la pluie tombait du ciel pour inonder les champs. Le surplus et le ravinement effaçaient les pistes, les rivières en crue se muaient en rapides. Les ruisseaux dévalaient les pentes, pour venir déverser leur flot d'eau rouge autour de Watona — ou de Talbert comme on l'appelait parfois.

Ce fut le printemps des parapluies, comme si les minces cercles de soie pouvaient tenir en respect le déchaînement du ciel. Mais la pluie apportait la vie, elle était bienvenue. Quand averses et giboulées se calmèrent, que l'herbe monta du sol, que les grenouilles se mirent à chanter, la population entreprit de planter. Quelques anciens, dont Belle Graycloud, préparèrent leurs terres par des paroles et des chants après avoir répandu sur le sol la farine de maïs sacrée provenant de la précédente récolte. Ainsi, le vieux maïs encouragerait le nouveau à pousser.

Belle habilla un épouvantail d'un pantalon noir usé et d'une chemise blanche, élimée au col râpé, puis elle l'installa dans son champ. Elle travaillait sa terre chaque jour, sans se lasser. Lorsqu'elle ne veillait pas au maïs, elle cueillait l'asperge sauvage le long des chemins et du cresson dans les rivières pour les repas de la famille.

Certains se moquaient d'elle parmi les jeunes. Les anciennes coutumes leur faisaient honte, et ils croyaient les vieux superstitieux. Tournés vers le progrès, ceux d'entre eux qui cultivaient encore le maïs avaient remplacé les cérémonies ancestrales par des engrais chimiques. Pourtant, au bout de quelques semaines, celui de Belle germait déjà et ses pousses sortaient de terre alors que leurs champs à eux restaient nus en dehors de quelques mauvaises herbes. Ces quelques jeunes Indiens qui cultivaient encore le maïs observaient en silence leurs champs improductifs, jusqu'au jour où, ravalant leur orgueil, ils vinrent trouver Belle pour lui demander de passer bénir la récolte. Et ils se dirent que ce n'était pas là s'abaisser, d'autant que le neveu de Jim Josh leur avait décrit la cérémonie de baptême du *Titanic*, une curieuse petite cérémonie au cours de laquelle on brisait une bouteille et coupait un ruban. « N'empêche qu'il a coulé », remarqua la sœur de l'un d'eux au moment où son frère sortait pour aller trouver Belle Graycloud.

Quand Belle alla bénir le champ et le maïs de cet homme, Lettie l'accompagna, chargée du grand panier de farine et de tabac. Elle s'assit à même le sol cependant que Belle marchait le long des sillons.

C'était la saison du renouveau, de la vie. Lettie souhaitait renoncer à son chagrin. Face à son miroir, elle s'était dit : « Il est temps. » Mais son image lui semblait appartenir à une autre. Le visage de la glace ne souriait pas, n'obéissait pas à sa demande. À présent assise dans l'herbe printanière, elle respirait l'odeur de la terre labourée et contemplait ses mains. La peau en était sèche, parcheminée. Elle songea à l'histoire de ses mains. Elles ressemblaient à celles de sa grand-mère, étaient de la même chair. La mère de Belle. Sa grand-mère venue en Oklahoma par la Piste des Larmes. Les soldats avaient poussé la file des gens vers l'ouest, les avaient chassés de leurs terres natales du Mississippi. Vaincus, désorientés, contraints de quitter tout ce qui avait été leur vie, ils ne songeaient plus qu'à survivre, à préserver leur race blessée, leur tribu brisée. Le long de la piste, quand une femme s'effondrait, pleurant sur un enfant tué par les soldats, les autres la relevaient, la soutenaient en disant : « Il nous faut continuer. Avance, ma sœur. Fais encore un bout de route avec nous. » En regardant ses mains, Lettie voyait les leurs. Elle pensa à son chagrin, pensa que même le maïs avait sa saison de solitude et de mort, sa saison de désir. Elle sentit un souffle d'air sur le dos de ses mains, ou peut-être, songea-t-elle, une caresse de Benoît depuis le monde des esprits. Et Lettie de se dire, il nous faut continuer.

Après avoir aidé les jeunes gens et leurs cultures, Belle rentra chez elle et entreprit de nettoyer les poulaillers. Tout en ratissant la paille dorée toute fraîche, elle parlait à ses poules de ce même ton affectueux qu'elle employait pour parler à ses filles ou au maïs. Elle cloua un calendrier avec des images d'anges ailés au mur du poulailler, y installa une statue de saint François, et se mit à tenir le compte du nombre d'œufs pondus par chaque poule. Pippin, son chien obèse, la suivait encore quelquefois, mais il était devenu nerveux et craintif, grondait sans raison apparente, l'échine basse, la queue entre les pattes. « Il voit des fantômes », disait Belle pour expliquer le comportement du chien tacheté. Il avait un jour aboyé après le fantôme de John Stink qui se promenait à présent un cornet à l'oreille pour tenter d'écouter le monde des vivants, monde dans lequel les gens s'efforçaient de surmonter la douleur des deuils de l'hiver par ces nuits de début de printemps où les rues grouillaient d'hommes titubants et de femmes bruyantes, retentissaient du bruit des pétards. Ben continuait de remarquer le faible nombre d'Indiens en ville — un ou deux occasionnellement, assis sur le marchepied d'une voiture. Il ne s'en ouvrit à personne, mais il savait que les Indiens rentraient chez eux, regagnaient le cœur de leur vie, les collines et les traditions ancestrales. Ils suivaient la voix du peyotl, portaient les cheveux longs. Certains d'entre eux comptaient pourtant parmi les plus grosses fortunes du monde. Ils avaient pénétré la maison de la peur et refermé la porte, étaient une fois de plus devenus invisibles. Et puis, dans la campagne, des guirlandes de lampes s'accrochaient à leurs demeures et à leurs granges pour éviter que des secrets rôdent dans les ténèbres. En d'autres circonstances, dans la nuit noire des champs, ces lumières auraient été jolies. Mais c'étaient les lumières de la terreur. Plus loin encore, on distinguait la lueur des feux de camp dans les collines où les gens se rendaient à la maison ronde et à la loge du peyotl, chantaient et jouaient du tambour, et le bruit des tambours se fondait dans les pluies printanières, on le sentait résonner à la surface et dans les profondeurs du sol. Il remplissait le vide des sombres nuits où la lune était avalée par l'ombre inquiétante de la terre.

« C'est une bonne année pour planter, déclara Jim Josh ce printemps-là. Je le sens à travers mes demi-guêtres. »

Belle acquiesça distraitement, mais elle craignait que les lampes ne gênent le repos et le sommeil du maïs. D'ailleurs, à rechercher la lumière électrique, les plantes poussaient tout en hauteur sur des tiges fragiles.

Joe Billy revenait progressivement vers les siens. Il avait démissionné de son poste à l'Église baptiste et, à présent, son unique contact avec les religions des Blancs se limitait à quelques visites au prêtre du cochon qui avait vécu tout l'hiver à l'abri d'un bosquet.

Joe Billy attendait le retour des chauves-souris en sommeil. Il se rendait régulièrement dans les collines situées de l'autre coté de la ville, à l'opposé des falaises et de Sorrow Cave. Là, par ce temps frais, les chauves-souris dormaient, demeuraient léthargiques si on les dérangeait. Il escaladait les affleurements rocheux pour aller s'asseoir dans la froideur des grottes et veiller sur les paisibles mammifères volants suspendus au plafond. Il sentait leur présence, l'odeur musquée de la terre, l'odeur vivante des roches. Il attendait un message quelconque, une vision, une révélation. Il tenait quelque chose, il en était certain, mais n'aurait su dire quoi, l'exprimer par des mots. Pourtant, à l'intérieur des grottes, il retrouvait une vie en lui-même. Martha le sentait aussi. Elle comprenait les voies nouvelles que suivait son mari. Un jour, elle l'accompagna, s'assit près de son grand époux au dos droit sur la pierre froide de la petite grotte. Elle détacha ses cheveux, les laissa retomber sur ses épaules, et ne les remonta plus jamais.

Un beau matin, une camionnette se gara non loin de chez les Graycloud, sur le petit coin de terrain où la concession de Belle rejoignait celle de Moses. Belle, qui avait l'instinct territorial, s'avança vivement jusqu'au véhicule. Le chauffeur en sortit, alla prendre à l'arrière une bêche tarière et une masse.

Belle le reconnut pour celui qu'on appelait « Montana » et qui venait de s'engager comme ouvrier auprès de Hale. « Qu'est-ce que vous faites ici ? » s'enquit-elle.

« Nous posons une clôture. » Luke de son prénom, l'homme se souvint des bonnes manières et souleva son chapeau. « Une clôture à bisons, reprit-il sur sa lancée, comme si cela expliquait tout. Une palissade. L'agent indien a loué ce terrain à Hale.

— C'est mon terrain, dit Belle. Personne ne m'en a parlé. Vous feriez bien de partir immédiatement.

— Je regrette, m'dame. » Il ôta de nouveau son chapeau, plissa les yeux pour la regarder, comme si le soleil le gênait. « Ce terrain a été loué par l'agence. » Et il s'attela à la tâche de creuser des trous pour les poteaux. La journée n'était pas finie que la barrière était montée, et Belle, furieuse, s'en fut vider sa colère auprès du nouvel agent indien venu de Washington D.C. qui avait loué une partie de ses terres pour la somme dérisoire de vingt-cinq cents par an.

« Vous ne les avez pas amendées », déclara-t-il depuis son siège en la fixant de ses yeux gris clair. Pour cette raison, il avait jugé préférable de faire affaire avec Hale. « Il ne faut pas laisser les terres à l'abandon », dit-il encore.

Et, dès le lendemain, une bétaillère remonta la route en rugissant, tourna le coin du champ, descendit une glissière et libéra un troupeau d'énormes bisons bruns et laineux. Les bêtes hagardes étaient dociles et lentes, elles avancèrent dans l'enclos pris sur les terres de Belle sans opposer de résistance. Comme si elles avaient renoncé à lutter, elles aussi.

Début avril, une décapotable noire immatriculée dans le Dakota du Sud arriva en ville et prit le chemin de Crow Hill pour se rendre chez Ona Neck. Sur la banquette, près du jeune chauffeur blanc, il y avait un Indien d'un certain âge répondant au nom de Lionel Tall. Il se tenait droit, demeurait silencieux. Heureux de se trouver en Territoire Indien, il désirait voir Stace Red Hawk. Derrière lui étaient assis deux jeunes Indiens dont le vent caressait le visage et emmêlait les cheveux cependant que la voiture filait. Lionel Tall avait rencontré le fils d'Ona Neck lors d'une vente de zébus américains à Alliance, Nebraska. À présent, il venait avec ses assistants pour aider les Indiens du Territoire. Par son réseau de traditionalistes, il avait appris que ceux d'Oklahoma étaient plus menacés que ne le disait Neck. De temps à autre, l'ancien buvait une gorgée de Coca-Cola à la bouteille. Il transportait des pierres sacrées et une petite valise de cuir contenant des objets cérémoniels. Il comptait dresser un autel, offrir une cérémonie et des chants propres à les guérir tous, même la terre mal en point, meurtrie et blessée par la fièvre du pétrole. Il ne pourrait guère s'attarder, car un trop long séjour risquait de compromettre sa propre harmonie intérieure.

C'était là tout le problème des lieux qu'on avait détruits en ce monde.

Ona Neck fit dire à Lettie qu'une cérémonie était prévue et que, parfois, les esprits, voire les voix des morts, confiaient des renseignements aux personnes de leur choix. Elle savait que Lettie se préparait à un nouveau voyage en quête d'informations sur les meurtres de Sara et de Benoît. Au pire, si elle n'apprenait rien, cette réunion guérisseuse ne pouvait lui faire que du bien.

Lettie crut à tort qu'il s'agissait d'une séance de spiritisme. Elle voulait des nouvelles de Benoît, savait qu'il cherchait à la contacter depuis l'envers de la vie. Elle sentait sa présence dans le vent, dans la pluie, dans les premières douceurs du soleil d'avril.

Au soir dit, pourvue d'une boîte de biscuits et d'une somme d'argent pour aider les hommes du Dakota du Sud à payer l'essence du voyage, elle trouva une voiture pour la conduire jusqu'à l'embranchement et parcourut à pied le reste du chemin jusqu'à chez Ona Neck. Le crépuscule baignait la terre d'une douce lumière printanière. L'air vibrait de pollen et de l'arôme des arbres fruitiers en fleurs. Lettie passa devant le lieu où Michael Horse avait veillé sur le feu du peuple. Le cercle qui avait été le sol de son tipi était toujours à nu, mais l'herbe commençait tout juste à repousser. Le fait de passer devant cette absence lui donna envie de pleurer.

La décapotable noire était garée devant chez Ona Neck. Il y avait également d'autres voitures. Une foule de gens s'était assemblés pour assister à la cérémonie. Lettie longea la file de véhicules et frappa à la porte d'Ona. Il faisait déjà presque nuit. Pas un rai de lumière ne filtrait des fenêtres, et Lettie avait presque peur de frapper à la porte d'une maison aussi sombre. Ses craintes redoublèrent lorsqu'un jeune homme blanc silencieux lui ouvrit le battant à moustiquaire. Si elle n'avait pas entendu la voix d'Ona, elle aurait fait demi-tour pour rentrer sur-le-champ.

À l'intérieur, les jeunes gens obturaient les fenêtres en y agrafant des couvertures de laine pour qu'aucune lumière, aucun phare de voiture, ne filtre dans la pièce. Faiblement éclairée par une unique lanterne placée dans la minuscule cuisine, la maison d'Ona était comme toujours — chaleureuse, accueillante, avec ses napperons, ses portraits des garçons, son arôme de ragoût. Dans la cuisine, assis face à Ona, un homme d'un certain âge était penché sur la table. Ainsi courbé, sa poitrine semblait creuse, mais lorsqu'il se redressa, son torse était celui d'un homme beaucoup plus jeune. Il mit trois cuillerées de sucre dans sa tasse et remua le liquide en silence. À l'observer, Lettie comprit qu'il était déjà à mi-chemin de l'autre monde — celui où la terre lui soufflait des histoires à l'oreille.

Ona préparait des offrandes de tabac pour les esprits. Elle avait devant elle un bol plein de tabac, en prenait de petites pincées qu'elle enveloppait dans de petits carrés de tissu rouge. Elle priait pour son fils. Pour qu'il se trouve une femme. À cinquante ans, il demeurait célibataire. Très respecté, il se déplaçait beaucoup avec les anciens, mais en présence d'une femme, il se conduisait comme un enfant, fixait le sol, souriait trop ou, pire encore, si cette femme l'attirait, il se détournait d'elle comme s'il était de marbre — se détournait par peur, pour cacher ses rougissements. Toutefois, Ona ne priait pas que pour son fils. Tandis qu'elle liait chaque sachet avec de la ficelle, elle demandait de l'aide pour tous ceux de Watona. Sa guirlande de prière était plus longue qu'un chapelet, remplie de plus d'espoir que tout un collier de grains de moutarde. Cal Severance compta les sachets de tabac. Il y en avait cinquante. Et tous rouges. « C'est bien, madame Neck », dit-il. Elle leva les yeux et lui sourit. Il posa une large main sur son épaule et, de la sienne, elle recouvrit son pouce aux tendons sectionnés.

D'autres personnes arrivèrent. Le shérif adjoint Willis avait entendu parler de la cérémonie et tenait à y assister. Il revenait vers les voies traditionnelles, déclara qu'il souhaitait quitter la ville pour s'installer en campagne, près de la rivière Blue. Stace Red Hawk monta les quelques marches de bois qui menaient à la porte d'Ona. Entendant le bruit de ses pas, Lettie lui ouvrit le battant. Un homme calme. Leurs yeux se rencontrèrent. « Merci », dit-il. Puis, de la tête, il salua Lionel Tall, celui qui lui avait écrit à Washington. Le vieux salua de retour. Stace le savait déjà sur la piste invisible, l'oreille attentive aux premières voix des aigles et des ours. Il le laissa en paix, s'assit près de Lettie et lui coula un bref regard. Elle lui parut à vif, meurtrie sans doute par la pendaison de Benoît. Le fils d'Ona prit place de l'autre côté de Lettie ; dès qu'il fut près de la jeune femme, son souffle se fit haletant, comme s'il étouffait, et la sueur perla sur son visage. Lettie semblait n'en rien remarquer, mais Ona leva les yeux au ciel en soupirant.

Arriva ensuite Michael Horse, accompagné de Floyd. Présence silencieuse et discrète, ce dernier prit place dans le cercle. Horse avait parcouru à pied le long chemin depuis son nouveau campement et semblait épuisé. Il transportait avec lui la boîte métallique tapissée de mousse dans laquelle se trouvaient les braises du feu éternel du peuple. Il effleura la main de Lettie, s'assit et déposa la boîte devant lui sur une couverture élimée. « Il n'y a personne pour veiller sur le feu », expliqua-t-il. Et il tira de sa poche de petites tiges de bois sec qu'il avait apportées pour nourrir les braises. Il les posa dessus et souffla. Elles fumèrent un peu.

« Ne me regarde pas comme ça », dit alors Ona. Et, comme tout le monde riait, elle se tourna vers le vieil homme du Dakota pour expliquer : « Il m'embobine toujours pour que je surveille le feu. »

L'homme comprenait. Dans le Dakota du Sud, ils avaient aussi des gardiens du feu. Et des embobineurs.

Quand Lionel Tall eut disposé les pierres sacrées sur le sol, l'assistance commença à se sentir en paix, même Jim Neck qui, tout à l'heure, soufflait comme un buffle et suait à grosses gouttes près de la belle Leticia Graycloud. Les pierres remontaient à une tradition ancestrale, venaient des mouvements de la terre. L'une d'elles était celle-là même que Crazy Horse portait sous le bras de son vivant, et les participants sentaient une présence — présence des esprits, peut-être de Crazy Horse, ce guerrier qui aimait si fort son peuple. L'odeur piquante de la sauge qui brûlait ajoutait à leur réconfort. La fumée flottait à travers la pièce. Tous observaient le silence. Ils se savaient bien petits en ce monde, savaient que leurs misères humaines comptaient pour peu de chose. Le temps leur était mesuré, et ils ne souhaitaient pas vivre rongés par le chagrin. Ils étaient venus pour guérir.

Lorsque la pièce fut dans le noir, la cérémonie commença. Les hommes, y compris le chauffeur blanc de la décapotable noire, entonnèrent un chant aux riches sonorités. Il traversait l'étoffe, la peau, pénétrait jusqu'à l'âme. Il caressait le monde comme une brise. Au-dessus des participants, les pierres de silex au plafond s'entrechoquaient d'elles-mêmes et généraient des étincelles qui sillonnaient l'obscurité. Personne dans la pièce n'était assez grand pour les cogner l'une contre l'autre. Le choc des pierres, les étincelles, rendaient aux gens espoir et courage. Un souffle frais entrait parfois, main délicate qui effleurait une tête, une épaule, la peau nue d'un poignet.

Lettie sentait aussi une présence. La voix n'était d'abord qu'un murmure un peu rauque à son oreille gauche. Réelle ou pas, elle l'ignorait. Elle lui disait de fouiller un champ de maïs. « Creuse profondément au milieu de ce champ », disait-elle. Puis la voix se fit plus forte. Quelques autres l'entendirent dire qu'il y avait quelque chose à trouver dans un champ de maïs. Une chose cachée là.

Et le silence revint. Michael Horse, qui avait l'habitude de parler aux esprits et ne s'encombrait pas de formalités avec eux, prit alors la parole : « Puisque tu sais où sont les choses, peux-tu me dire où est passé Redshirt ? » Sitôt sa question formulée, une image lui apparut en esprit. Il reconnut l'endroit, situé près de Sorrow Cave. Redshirt se tenait là près d'une jument musclée et d'un poulain alezan. Une chauve-souris sortie de la grotte voletait au-dessus d'eux. Et Horse de se demander pourquoi il n'avait pas même eu l'idée de chercher l'étalon là-bas.

Plus tard, tandis qu'ils mangeaient le ragoût d'Ona Neck, M. Tall conseilla à Lettie de creuser dans un champ de maïs. Là, elle trouverait une chose importante, lui dit-il. Et alors que personne ne les écoutait, il lui fit part des points de repère qui lui avaient été révélés. La description qu'il lui donna des lieux correspondait à Fremont Street, à l'emplacement où se trouvait la maison de Benoît avant l'explosion.

« Qu'est-ce que je trouverai là-bas ? » s'enquit-elle.

Lionel Tall compatissait, voyait combien elle avait souffert. Il effleura doucement sa main. « Au juste, je n'en sais rien », dit-il. Et il rompit un morceau de pain.

Après la cérémonie, les jeunes gens du Dakota rentrèrent avec Cal Severance qui les hébergeait chez lui. Mais ils gardaient leurs distances et demeuraient silencieux. Cal buvait, ce qui leur déplaisait. Ils ne l'en blâmaient pas, mais ils avaient grandi dans la tradition et se sentaient mal à l'aise avec les jeunes de leur âge qui étaient allés à l'école pour en revenir avec des vies en loques. Cal sortit deux couvertures, entreprit de les déplier pour ses invités en se servant de ses paumes et de ses doigts valides.

« Qu'est-ce qui est arrivé à tes mains ? » demanda l'un d'eux.

Cal baissa les yeux sur elles. « C'est mes pouces. Ils me les ont cassés à l'école. »

Compréhensifs, les garçons silencieux l'aidèrent à déplier les couvertures.

Lorsque leur souffle se fit régulier et profond, Cal se releva, examina les deux dormeurs, but quelques goulées de whisky et déclara : « Le diable vous emporte, vous et vos anciens. » Puis il sortit en titubant chercher meilleure compagnie.

Le lendemain, les orages de printemps arrivèrent. Le ciel était jaune. Le chauffeur blanc qui avait amené Lionel Tall en Oklahoma roulait seul lorsqu'il aperçut China. Elle s'éloignait de la gare, chargée d'un gros carton. Il se rangea en bordure de route et mit le frein à main.

« Ça a l'air lourd », dit-il.

Elle lui sourit. « C'est lourd.

— Permettez-moi de vous conduire. » Elle lui tendit le carton, secoua ses pâles cheveux et monta en voiture. Pour une fois, elle se taisait. Elle l'examina, puis regarda le paysage.

« D'où venez-vous ? » s'enquit-il. Sa voix était douce.

« De l'Arkansas. » Elle haussa les épaules, comme s'il pouvait connaître les collines où elle avait grandi, la petite maison de bois, le père au visage rougeaud qu'elle avait fui, sa vie actuelle, aussi inexplicable qu'incompréhensible. Elle rosit, gênée, attristée même.

« Que faites-vous ici ?

— Oh, je travaille à droite, à gauche. Je tiens les livres de comptes pour l'exploitation pétrolière Willard. Le samedi soir, quand ils ont besoin de personnel supplémentaire, je sers à table au café Regis. »

Il acquiesça d'un hochement de tête. Elle était célibataire, il en aurait juré. Une femme mariée ne prendrait pas deux emplois. Il passa devant l'hôtel

Stanley, leva les yeux vers les chambres. Lionel Tall était là-haut, partageait celle de Red Hawk.

À l'hôtel, Tall donnait à Stace Red Hawk des nouvelles de sa famille. « Ta petite sœur Imogene, celle qui te ressemble, sort beaucoup la nuit. »

Stace agita la tête. « Elle est trop jeune pour ça.

— De nos jours, ils sont tous pareils. Ce n'est pas bien bon. Mais elle va à tous les rodéos.

— Et ma mère ?

— Elle a toujours ses poules. » Il réfléchit un moment. « Elle donne l'impression d'être seule. Malgré son nouveau compagnon. C'est John Hand, le juge tribal, il travaille tout le temps. Il bouge vite, parle vite, marche vite. Un homme pressé n'est pas bon pour une femme.

— Non, ce n'est pas bon », confirma Stace. Et il hocha la tête, distraitement. Le sommeil le gagnait.

— Il se conduit comme un New-Yorkais, poursuivit Tall. Une femme a besoin de lenteur. Je l'ai invitée à sortir, mais elle ne veut pas.

— Hmm », fit Stace. Mais Tall avait l'esprit occupé par les meurtres en Oklahoma. Bien que lisant à peine l'anglais, il feuilletait la pile de notes posée sur la table de Stace. Et il changea de sujet.

« Toutes les autres tribus du pays veulent savoir ce qui se passe ici. Les journaux racontent tout de travers, c'est connu. Ils veulent la vérité de la bouche du cheval. » Il remua les documents. L'un d'entre eux mentionnait les pompes funèbres de Talbert. Lionel Tall regarda le papier, releva les yeux sur Stace. « Alors, qu'est-ce qui se passe ?

— Je n'en sais trop rien. Personne ne veut parler. C'est le mur de la peur.

— Et là, qu'est-ce qu'il y a écrit ?

— Il y a écrit Pompes funèbres. »

Tall changea de nouveau de sujet. « Il y a bien assez longtemps que tu es à Washington. Pourquoi tu ne rentrerais pas avec moi ?

— Je reviendrai. » Stace prit un papier dans le tas, se mit à pianoter sur la table.

Son compagnon but une gorgée de café puis s'assit sur le lit. « Comment se fait-il que tu ne puisses pas épingler tes suspects ? »

De la fenêtre, Stace regardait la ville en contrebas. « Parce qu'aucun des meurtres n'a eu lieu sur les terres indiennes. Nous ne pouvons agir qu'en terrain fédéral. Le coupable est malin comme un singe. Et il y en a peut-être plusieurs. Je me demande même par moments s'il ne travaillerait pas pour le gouvernement.

— C'est peut-être le cas. On a vu plus bizarre. »

Le soir tombait. Stace se taisait, réfléchissait aux implications si le gouvernement était dans le coup. Ballard lui-même, peut-être, Ballard qui lui avait dit que leur boulot se limitait à observer et écouter. Il y eut un bruit de clé à la porte qui s'entrouvrit sur le réceptionniste. Il regarda dans la pièce, vit les deux hommes et dit : « Euh... bonsoir. » Et il rougit, gêné. « Monsieur Stanley a dit qu'on vous faisait payer pour une personne seulement. Et qu'il faudra payer pour deux s'il reste ici. » Il jeta un coup d'œil vers Lionel Tall. « Alors, il reste ?

— Oui. Combien vous voulez ? » s'enquit Stace en plongeant la main dans sa poche.

« Cinq dollars par nuit. » Le garçon semblait inquiet. Il n'avait encore jamais vu le jeune Sioux lakota sans son chapeau, et ses longs cheveux l'étonnaient.

Stace lui tendit un billet de cinq dollars et quelques pièces de monnaie. « La prochaine fois, frappez avant d'ouvrir. »

Le réceptionniste se retira et referma le battant derrière lui. « Ils lisent tes notes, déclara Lionel Tall.

— Je sais. Celles-ci sont des faux. Je brouille les pistes pour les égarer. » Il se fit une paillasse à même le sol pour laisser le lit plus confortable à son compagnon âgé.

Lionel regarda Stace. « Et les Pompes funèbres ? »

Stace hocha la tête. « Un mensonge. Enfin, je l'espère.

— Je ne sais pas Stace. Cela me semble bien dangereux. »

Stace ôta son pantalon, s'accroupit et se glissa sous le drap. Lionel Tall tira la couverture sur lui, laissant son torse nu et brun à l'air. Il réfléchissait.

Lionel Tall ne dormait pas bien dans d'autres lits que le sien. Étendu sur le dos, il fixait l'obscurité et pensait au passé. Il était jeune homme à l'époque de la danse des Esprits. Un nouveau messie, un Indien sang-mêlé était parti du Nevada prêcher la foi nouvelle vers le nord et vers l'ouest. Il s'appelait Wevokah, Jack Wilson de son nom chrétien. On croyait que cet Indien était le Christ. Il prêchait que, si les gens dansaient et gardaient la foi, le bison reviendrait, la vie redeviendrait ce qu'elle était avant l'arrivée des colons et des chasseurs, et leurs ancêtres reviendraient. Les adeptes de la danse des Esprits portaient des chemises de mousseline et des vêtements à franges, des peaux de daims blanches sur lesquelles étaient peintes des images de la vie —

des étoiles jaunes avec la lune, des tortues bleues et des oiseaux, le monde, le ciel. Ils ne seraient pas blessés. Les balles ne pouvaient pénétrer ces vêtements, affirmait le messie, et ils ne demandaient qu'à le croire, il leur fallait le croire pour garder une lueur d'espoir et continuer. C'était une religion de la survie, du désir de vie. C'était de l'eau pour ceux qui avaient soif, une nourriture pour ceux qui avaient faim. C'était la survie même.

Lionel avait trente ans, cette année-là. Il était jeune et avait pris le parti de l'espoir. Il croyait au prophète Wevokah. Il partit de chez lui pour répandre la nouvelle religion au Canada, là-haut, parmi les Crees. Il montait un cheval blanc couvert d'une mousseline blanche et sur lequel il avait peint des mains rouges et des chevaux bleus. Avec le recul, il le voyait encore, sentait l'odeur du cheval, revoyait ses naseaux qui fumaient dans l'air froid. Il se souvenait du bruit de ses sabots tandis que, sur le cheval, il longeait la frontière entre les pays et les peuples. Et il y avait la neige, épaisse, dure à la surface, et la croûte de glace entaillait les jambes du cheval. Les blessures saignaient, laissant derrière elles une piste de traces rouges. Mais lorsque Tall atteignit le Canada par cette piste de sang en pointillé, les Crees restèrent sourds à ses tentatives pour les convertir. Tall se souvenait encore de ce que les chefs crees lui avaient dit — que leur religion était de survivre et que trouver de quoi se nourrir suffisait à les occuper. L'hiver était particulièrement rude, et Lionel songea à rester chez les Crees. Il l'aurait bien fait, mais il avait un jeune enfant chez lui, et hâte de rentrer.

Lorsqu'il quitta le Canada pour prendre le chemin du retour, c'était le jour de Noël. Le jour de Noël où les Sioux furent massacrés par la cavalerie montée sur des chevaux gris réglementaires.

Lorsqu'il arriva des Badlands, il découvrit que son peuple n'était plus, trouva les corps des enfants gelés dans la neige. Les femmes gelées gisaient en groupes épars dans toutes les directions où elles avaient tenté de fuir. Quand Tall vit sa femme avec son jeune fils dans les bras, il s'assit près d'eux sur la glace. Il s'efforça de remettre les organes gelés dans le corps de l'enfant, mais ils retombèrent dans la neige. Il pria pour que la vie leur soit rendue. Resta assis dans la lumière bleutée et laiteuse du soir jusqu'à ce que ses mains gèlent, que ses vêtements se soudent au sol glacé. Il ne sentait pas le froid. Finalement, une infirmière blanche qui travaillait parmi les Sioux brisa la glace pour le dégager, le prit par le bras et l'entraîna avec elle. Elle pleurait et les larmes gelaient sur sa peau.

Dans son lit en Oklahoma, Tall souffrait encore de cette perte. Il se souvenait du corps d'une fillette portant une casquette sur laquelle on avait brodé un drapeau américain avec des perles. Elle gisait là, une main bleuie tendue, comme pour demander de l'aide. L'Oncle Sam était un oncle dur, à l'âme mauvaise et à l'esprit cruel. Et le monde grouillait de visions qui avaient mal tourné. Pour cette raison, il désirait que Red Hawk rentre au pays, et il n'avait plus foi qu'en les lois de la nature sauvage. Il réfléchit sur Stace et sur la foi, sur la grande fragilité des hommes de l'espèce humaine, tendres et plein d'espoir, comme les enfants — des vies dont on pouvait aisément se dispenser. Telle était l'histoire du monde. Mais il n'en dit rien à Stace. Il garda le silence. Il n'était pas homme à juger les autres, mais il lui semblait que Stace accordait une confiance trop grande à ceux qui payaient son salaire. Il songeait que personne, pas même un prophète, pas même un guerrier, ne pouvait survivre aux méthodes des Américains, du gouvernement en particulier, avec ses règles et ses mots qui tenaient la vie humaine à distance, la mettaient au pas à coups de règlements et de livres. Le vieil homme était agité. Il se tourna, se retourna.

Stace se redressa sur un coude. « Qu'est-ce qui te tracasse ?

— Je ne peux pas dormir. »

Cette nuit-là, pendant que Stace se sentait de plus en plus seul loin de chez lui, pendant que Lionel Tall s'inquiétait des jeunes gens et de leurs nouvelles façons d'être, Hale arriva en ville au volant d'un camion chargé de bétail qu'il comptait croiser avec les bisons pour créer une nouvelle espèce. Il ferait de l'or avec « l'herbe à Hale » et se remplirait les poches. Dans le camion, les bêtes entassées mugissaient.

Le lendemain matin, Belle fut éveillée par un fort bourdonnement. Quelque chose ne tournait pas rond dans ses ruches. Elle enfila un peignoir, sortit voir ce qui se passait, et vit tout aussitôt le troupeau de bisons avec le nouveau lot de bétail. Leur présence, trop proche des ruches, troublait ses abeilles. Or, tout apiculteur sait bien que les abeilles n'aiment pas les bisons, le bétail et les mulets. En conséquence, les abeilles, furieuses, vrombissaient dans leurs ruches. Elles étaient si perturbées ce matin-là qu'elles s'en prenaient à la volaille. En sortant, Belle vit l'une de ses poules à terre qui se tordait de douleur, couverte d'abeilles qui grouillaient parmi ses plumes dorées. Et là, sous ses yeux, la poule renonça, se détendit et mourut sous l'effet d'un venin né des fleurs et du doux nectar.

Toujours en peignoir, Belle creusa un trou pour enterrer sa poule. Puis elle se mit en devoir de déplacer ses abeilles irritables. En bas, près de la rivière, il y avait une source d'eau claire. Ce serait, songea-t-elle, un endroit idéal pour installer les ruches. Les fleurs sauvages y abondaient et, plus tard dans la saison, il y aurait des champs de trèfle.

Elle attela l'un des chevaux de travail à la carriole, puis rentra mettre sa tenue d'apicultrice. Le voile qui lui protégeait le visage tombait, libre, sur ses épaules. Elle attacha ses manches de chemise et enfila ses gants avant de ressortir, couvrit les trois ruches de toile blanche et les souleva pour les mettre dans la carriole. Les ruches étaient encore légères, vides de miel. En descendant vers le ruisseau, les abeilles bourdonnaient bruyamment. Elles étaient nerveuses. Le cheval de travail resté au pré appelait son compagnon, jaloux de le voir travailler mais inquiet quant à la nature de la tâche. Le cheval conduit par Belle répondit à l'appel de l'autre, et il n'y eut plus que le clopeti-clop des sabots, et la femme vêtue de blanc qui tenait les rênes, droite et fière comme une mariée ou une princesse étrangère en visite. Parvenue près de la source d'eau pure avec sa petite mare, Belle déchargea les ruches mais les laissa couvertes jusqu'à ce que les abeilles se calment. Alors seulement, elle en ôta les toiles puis s'assit devant, dans l'herbe fraîche, observa le monde mystérieux et intelligent contenu dans les caisses blanches. Enfin, elle reprit les rênes, tourna bride et rentra avec la carriole vide.

« Merde ! » Ballard frappa la table du plat de la main et se rembrunit. « Ma place est en jeu sur ce coup-là, et il faudrait maintenant que j'appelle Washington pour leur dire que vous prenez un congé ? » Il foudroya Stace du regard, inspira profondément, but une gorgée de Coca-Cola, et reprit d'un ton plus posé : « Que voulez-vous faire, au juste ?

— Aller dans les collines pour me reposer. Je cherche quelque chose, et j'ai besoin de calme pour trouver ce que je cherche. » Stace observait ses collègues. Dos à la fenêtre dans la chambre d'hôtel de Ballard, il était à contre-jour et les voyait clairement, alors qu'eux ne distinguaient pas bien l'expression curieuse de ses traits. Il éprouvait une soudaine antipathie pour eux, pour Ballard en particulier. Il avait besoin de recul. « Je veux me rendre dans les collines pour essayer de mettre la main sur des anciens. Les gens d'ici sont tous muets. Ils ont peur. Ceux avec qui nous avons parlé jusqu'ici n'ont rien voulu nous dire, ou alors, ils modifient leur récit. » Il s'employait à convaincre, comme s'il était certain de découvrir des renseignements utiles à l'enquête quand, en réalité, ce n'était pas des renseignements qu'il cherchait. Il avait l'intuition qu'il lui fallait sortir des sentiers battus, quitter les routes pour les collines et les falaises. Il savait que le plus nécessaire n'était pas toujours dans les faits. Il n'aurait su dire ce qu'il voulait, mais l'intuition était bien là.

« Quand on cherche quelque chose, on fouille, on retourne tout, pas vrai Levee ? » Ballard quêtait un soutien. « Comme pour trouver des scorpions, hein ? On retourne les pierres et on regarde en dessous. On ne va pas s'asseoir dans les collines pour rêvasser et parler à des vieux qui n'ont même pas été civilisés.

— J'ai besoin de temps. »

Ballard se tourna vers Levee. « J'ai bien entendu ? Il a besoin de temps ? Mais je vais me faire virer s'il s'en va réfléchir. »

Levee haussa les épaules. Stace était son ami, il avait toute confiance en son jugement, mais il ne prendrait pas parti.

Stace le mit au pied du mur : « Franchement, c'est toi qui traînes les pieds depuis le début.

— De toute façon, il n'y a rien que nous puissions faire ici pour le moment », répondit Levee, amadoué.

Ballard tourna le dos à ses jeunes subalternes. « Rappelez-moi de ne plus jamais employer d'Indiens. Ils veulent du temps pour la famille, pour les fêtes, les cérémonies. Et voilà que celui-ci veut du temps pour réfléchir. » Furieux, Ballard empoigna le téléphone.

« Mieux vaudrait ne pas appeler Washington d'ici, remarqua Levee. La standardiste, souvenez-vous. » Et il porta la main à son oreille.

Ballard claqua le récepteur sur son berceau. « Bon, d'accord. » Il se tourna vers Stace. « Mais soyez de retour mardi. Pas plus tard. »

Stace ne bougea pas d'un pouce.

« Allez, filez. Avant que je change d'avis.

— Il y a autre chose.

— Quoi ?

— Vous avez mon salaire. Je voudrais mon chèque. Il faut que j'achète un cheval. »

Ballard foudroya Stace du regard. « Une raison de plus pour ne pas engager d'Indiens. Ils achètent des chevaux. » Il ouvrit un tiroir, remua des papiers et tendit le chèque à Stace. « Qu'est-ce que vous voulez faire d'un cheval ? »

Stace s'abstint de répondre. Il demeurait là, immobile, comme s'il attendait quelque chose. Levee se détourna pour cacher son sourire.

« Qu'est-ce qu'il y a encore ?

— Il faudrait me l'encaisser. »

Ballard s'empourpra, mais il ouvrit la petite caisse grise qu'il emportait toujours en déplacement, spécialement pour Stace dont les banques se méfiaient à cause de sa peau brune.

Avant de quitter la pièce, Stace se retourna. « Vous savez, je crois qu'on fait fausse route. » Il ferma la porte, se souvint de quelque chose et l'ouvrit de nouveau. Les deux autres regardaient dans sa direction. Ballard avait l'œil noir.

« À propos, le shérif d'ici est au courant que nous enquêtons dans sa circonscription ? »

Levee hocha la tête.

« Il est coopératif ?

— Oui, pourquoi ?

— Et vous lui faites confiance ? »

Le visage de Ballard vira au violet. « Je croyais que vous partiez. Naturellement, je lui fais confiance. Et quoi encore ? Maintenant, fichez-moi le camp. »

Stace descendit l'escalier bruyamment et sortit de l'hôtel. Ces derniers temps, il était mal à l'aise avec ces deux hommes, un phénomène qu'il attribuait aux nuits passées en compagnie de Lionel Tall. Auprès de Tall, Stace se sentait chez lui ; la couleur de sa peau, le timbre de sa voix avaient la chaleur réconfortante du Dakota du Sud et des autres Indiens. Au contact de Tall, il avait mesuré l'abîme qui le séparait de ses collègues.

Et puis, l'impatience de Ballard le troublait. Il avait hâte de boucler l'enquête et de refermer le dossier, au point que Stace voyait venir le moment où ils arrêteraient n'importe qui pour dire que c'était fait. De plus, ils étaient bloqués et ne pouvaient agir tant que rien ne se produisait sur les terres indiennes.

Mains dans les poches, Stace remonta la rue jusqu'aux écuries où il avait repéré une jument noire lustrée, bavarde, pleine d'énergie, mise en vente par l'un des Creeks contraints de déménager pour aller vivre à la périphérie de Tulsa, dans un village de carton goudronné où il ne serait pas en mesure d'abriter et nourrir un cheval.

C'était une jument sur l'œil. Après l'avoir payée, Stace se tint prudemment de côté et lui passa les rênes par-dessus les oreilles sans même l'effleurer, puis il la monta. Heureux d'être de nouveau à cheval, il mit le cap sur les falaises.

Le maïs était haut de six pouces seulement quand Belle trouva son épouvantail dépouillé de ses vêtements. Dans le même temps, trois grands trous étaient apparus dans le champ. Elle en fut troublée. Ce champ de maïs était le cœur même de sa vie. Belle savait bien qu'il lui fallait plus que de l'eau, de la lumière et de quoi se nourrir, qu'il lui fallait les soins d'une femme. Elle rebouchait les trous à l'aide d'une petite pelle quand la voiture de Will Forrest remonta lentement la route accompagnée par les quatre coureurs.

Belle se redressa précautionneusement, soutenant d'une main son dos douloureux. Elle regarda Will ouvrir la portière. Nola sortit de voiture, toute de blanc vêtue. Elle portait une ombrelle blanche dont la brise relevait les bords. Même dans cette tenue, elle ressemblait si fort à sa grand-mère avec ses cheveux implantés en V sur le front que Belle manqua l'appeler Lila. Et comprit immédiatement que la petite était enceinte. Ses yeux discernaient presque l'autre vie dans le corps de cette belle jeune femme. Les hanches étroites de Nola s'étaient légèrement décalées, élargies aussi. Sa peau était plus douce. Elle avait quelque chose d'un jeune arbre fruitier fleurissant au printemps avant même d'avoir des feuilles, d'un arbre qui se préparait déjà à porter les fruits délicieux de la survie.

Will se retourna vers sa femme, lui fit signe de la main et démarra. Il était amoureux, n'importe qui l'aurait deviné à ses yeux remplis d'adoration pour la jeune personne brune à peau sombre. Sa petite pelle à la main, Belle s'avança vers Nola, consciente de l'odeur des lilas en fleur. « Eh bien, ma fille, dit-elle, pour lui, tu es une idole que la bave du crapaud ne risque pas d'atteindre. »

Nola considéra la vieille femme. Elle ne semblait pas croire ce que l'œil aiguisé de Belle avait lu sur le visage de Will.

Il y avait quelque chose de changé en elle, quelque chose de plus mûr. Ce n'était pas tant le V de son front, ni le fait qu'elle ressemblait si fort à Lila Blanket, mais le regard qu'elle posait sur ce qui l'entourait. Elle arborait l'expression éveillée de Lila devant le triste spectacle de la grange déserte. Puis elle porta son attention sur la pâture. La terre était à nu. En quelques jours seulement, les bisons avaient arraché l'herbe haute depuis la racine et dévoré le champ, de sorte qu'à présent, ils étaient plantés là dans leur propre fumier sur le sol dévasté, avec le regard vide de ceux qui en ont trop vu. Ils étaient sur leur déclin en ce monde, peuple déchu eux aussi, et ils le savaient, tout comme ceux qui, le cœur lourd, les observaient.

Nola ne disait rien, mais à son attitude, à l'angle de sa tête, Belle vit qu'elle comprenait, la vit poser une main sur son ventre, comme pour se rassurer : la vie continuait, elle n'était pas stérile comme le devenaient les champs, les forêts calcinées, les pâturages épuisés par les bêtes, les terres dévastées par les forages ; elle n'était pas aussi vide que les yeux sombres et tragiques des bisons. Belle remarqua ce geste venu confirmer sa première impression — oui, le cycle de la vie se poursuivait. « Ça sent la station de nourrissage par ici, tu ne trouves pas ? » dit Belle, mais Nola se contenta de porter son regard sur les arbres fruitiers. « Où sont tes abeilles ?

— J'ai dû les déplacer. » La voix de Belle tremblait un peu. « La présence des bisons les dérangeait. Tu les trouveras en bas, près de la source. »

Au même moment, Rena ouvrit le battant à moustiquaire. Elle agita la main avec un grand sourire. « Viens vite ! » Mais après avoir pris le panier du pique-nique dans la maison et tout en descendant vers la source au bas des terres de Belle, Nola faisait des calculs, pensive, réfléchissait encore au moyen de donner un peu de son argent aux Graycloud sans les vexer. Elle demanderait à Will d'examiner sa situation financière et de lui dire ce qu'elle pouvait prélever, puis elle demanderait à M. Forrest de l'aider à faire parvenir cette somme aux gens fiers qui avaient été si bons pour elle et qui l'avaient aimée comme leur propre fille.

Cette après-midi-là, les guetteurs suivirent les filles à la source près du ruisseau. Rena n'en prévoyait pas moins une journée d'agréable insouciance. Elle avait préparé de quoi nourrir les quatre hommes et portait, comme Nola, un grand panier de saule. Elles traversèrent la prairie verdoyante, puis les broussailles, passèrent devant les ruches bourdonnantes.

Avant de déjeuner, elles firent trempette, marchant prudemment sur les pierres glissantes du ruisseau. Elles avaient d'abord remonté leurs jupes, coincé l'ourlet dans les jambes de leurs culottes bouffantes, mais elles durent renoncer et poursuivirent en sous-vêtements après avoir étendu les jupes humides au soleil sur des buissons. En culotte de coton, Rena se sentait mal à l'aise. Cachés dans l'ombre des bois, les guetteurs regardaient dans leur direction, elle le savait, en éprouvait de la gêne. De son point de vue, ils auraient dû laisser Nola tranquille ; suffisamment de temps s'était écoulé pour calmer les remous qui avaient bousculé leurs vies. Elle jeta un coup d'œil vers la ligne des arbres. « Cela ne t'embête pas qu'ils soient là ?

— Non, ils me protègent. Je me sens en sécurité avec eux », répondit Nola à voix basse.

Elle s'étendit pour écouter le bourdonnement des abeilles, se réjouissait à l'idée qu'elles rapportaient leur récolte de pollen, travaillaient à nourrir la reine et la vie nouvelle qu'elle portait. Elle ferma les yeux, attentive aux bruits du courant, des abeilles, de la brise sur l'herbe. Rena observa les paupières closes de son amie jusqu'à ce qu'elles soient parfaitement immobiles, puis elle se tourna vers les bois sur la rive opposée. Sa peau dorée avait rosi sous la chaleur du soleil.

Le ruisseau naissait d'une source située sur les terres de Belle. Connue sous le nom de Lieu où la terre n'a pas de fond, c'est à son eau que les grands ancêtres se désaltéraient, que l'air et le ciel venaient étancher leur soif. Là, on trouvait la paix.

Au bout de quelque temps, Nola se réveilla. Le soleil était haut dans le ciel. Après avoir donné leur repas aux guetteurs, les filles allèrent s'asseoir à l'ombre d'un arbre au bord de l'eau. Nola ouvrit le panier. Rena observait les petites créatures vivantes du ruisseau, les punaises d'eau courant sur la surface, les vairons, les têtards. « Tu n'aimerais pas te réveiller comme eux un matin, avec leur capacité de vivre dans deux mondes à la fois ? »

Nola considéra Rena avec sérieux. Ses paroles recouvraient un sens profond. « Si. J'aimerais bien. » Son regard s'était voilé. « J'aimerais bien, oui. » Après avoir prononcé ces mots, ses traits prirent une expression peinée. Elle se leva brusquement, comme si elle souffrait, mais elle masqua ses sentiments, éclata de rire comme une gamine et courut dans l'eau en éclaboussant de toute part.

Rena observait son amie avec tendresse en songeant qu'elles avaient grandi ensemble et joué pendant de longues années quand soudain, Nola poussa un cri et perdit l'équilibre. Sidérée, Rena la vit s'étaler de tout son long dans la rivière. « Nola ! » s'écria-t-elle remplie d'effroi. Ne pensant qu'au bébé, elle se leva d'un bond pour se précipiter vers la mince silhouette trempée dans son corsage blanc qui lui collait au corps. Mais quelque chose empêchait Nola de se relever, et elle hurlait de douleur. « Mon pied ! Il est coincé ! »

Coincé, il l'était. Pris entre les pierres. En hâte, Rena s'efforça de les déplacer, mais elles étaient trop grosses, trop lourdes, couvertes d'algues et glissantes, et lorsque les guetteurs vinrent à la rescousse, leurs mains ne trouvèrent pas davantage prise sur les pierres lisses et rondes qui leur échappaient. Craignant de blesser la jeune femme, ils protégèrent sa jambe fragile en s'aidant d'une branche pour faire levier. Sitôt la pierre déplacée, un tourbillon d'eau sombre monta vers la surface. Ils crurent d'abord que c'était du sang, puis de la vase qui remontait du fond. C'est alors qu'ils sentirent l'odeur caractéristique du pétrole.

L'un des guetteurs se mit à parler aux autres. Il paraissait inquiet. Rena ne comprenait pas leur langue, mais Nola répondit, mentionna les Graycloud. Il y avait de la peur dans sa voix. Et Rena souriait, ravie, enthousiaste. « Dieu du ciel, du pétrole ! » Elle allait être riche, ils seraient tous riches. Sa grand-mère aurait une cuisinière neuve. Ils rachèteraient bétail et chevaux. Ils ne parleraient plus de vendre la Buick. Pourquoi diable les hommes s'échinaient-ils maintenant à reboucher la source de pétrole avec des pierres ? Refuser une telle aubaine, cela n'avait pas de sens. Sa jupe tachée de noir dans l'eau lui collait aux jambes cependant qu'elle regagnait la maison en courant, heureuse de savoir qu'ils rachèteraient des vaches. Mais, lorsqu'elle se retourna pour s'assurer que les autres suivaient, elle ne vit personne. Les guetteurs avaient emporté Nola. Ne voulaient pas rester près du flot de sang noir de la terre blessée qui souffrait.

Cette nuit-là, Rena s'endormit en pleurant, son frêle corps secoué par les sanglots. Sa joie devant la découverte du pétrole s'était muée en terreur. Elle craignait qu'on les tue. Floyd et Moses avaient passé la journée à camoufler de leur mieux la fuite de pétrole, le visage grave, crispés face à l'adversité, priant le ciel que personne n'aperçoive sur l'eau les traces de pétrole aux reflets d'arc-en-ciel emportées par le courant. Et, le soir venu, ils avaient accroché des lampes supplémentaires à la maison et à la grange. Sous cette lumière blanche, la maison semblait nue, exposée, bien mal protégée de ce qui se tramait dans le noir. Ils avaient peur que tant de lumière attire le peuple des démons comme les insectes en juin. On se serait cru en plein jour, et le coq trompé se mit à chanter. Les traits tirés, Moses avait les yeux rivés sur le rectangle de lumière qui emplissait la chambre. Il avait posé son fusil près du lit. « Je ne peux pas dormir », dit-il.

« Nous pourrions mettre une couverture devant la fenêtre », proposa Belle.

Moses se leva, ouvrit le coffre aux couvertures. « Où sont les pointes ?

— Tu vis ici depuis combien de temps ?

— Pourquoi tu me demandes ça ?

— Parce que tu ne sais toujours pas où sont les pointes. » Belle se leva à son tour, trouva les pointes et tint la couverture de laine en place pour qu'il la cloue au mur au-dessus de la fenêtre. La lumière ne filtrait plus que sur les côtés.

« Tu as peur ? » s'enquit Belle en se blottissant contre Moses.

« Oui. » Il lui prit la main, la garda dans la sienne. Réconfort du contact charnel. Puis il se tourna face à elle. Heureux de l'avoir près de lui, il la prit dans ses bras. Et comme le désir de vie persiste en toute circonstance, ils firent l'amour.

Le lendemain, tout en chevauchant vers les falaises, Stace Red Hawk eut le sentiment d'être renforcé dans sa foi — le genre de sentiment qui vient à l'homme dans le silence, lorsqu'il prend conscience de ce qu'un arbre est plus vieux que lui et restera après sa mort. Il partait en quête d'une vision, en quête de guérison au cœur même de la terre.

La jument noire était un plaisir à monter ; son allure régulière avait le même confort qu'une Cadillac. Il l'avait deviné au premier coup d'œil, à sa croupe qu'elle tenait plus haute que les autres chevaux, à la manière dont elle était campée sur ses jambes.

Stace longea un dépotoir plein de vieux pneus, de pièces de voitures rouillées, de bouteilles brisées dont le verre réfléchissait la lumière du jour. Les collines étaient rouges, comme éclairées de l'intérieur.

Il passa devant l'une des nouvelles églises du peyotl, bâtiment conique fait de bois. Comme il suivait son cœur, son instinct, il ferma les yeux, se cala dans son assise et relâcha les rênes, laissant sa jument libre d'aller à sa guise. Elle avança droit devant elle, puis quitta la piste pour se diriger vers les grottes.

De temps à autre, Stace rouvrait les yeux pour voir où elle le conduisait. Puis il les fermait de nouveau.

Dans l'air encore tiède, la terre exhalait une odeur humide et fertile.

La jument continua un moment son ascension et, lorsqu'elle s'arrêta, Stace entendit une voix d'homme. Il ouvrit les yeux et tira sur les rênes.

« Ho ! Ho ! » hurlait la voix qui n'était pas très assurée. Stace observa le vieillard appelé Horse. Maigre, de petite taille, il portait d'une main un seau d'avoine et une corde de l'autre. Il s'avançait vers un étalon alezan flamboyant à la crinière et à la queue si longues et si fournies que Stace, qui s'y connaissait en chevaux, eut aussitôt envie de le voir de plus près, d'effleurer ses puissants muscles roux. Pas étonnant que la jument l'ait conduit dans cette direction.

Il regarda Michael Horse s'approcher de Redshirt. De côté, en retrait près d'un promontoire rocheux, une jument baie suivait la scène, flanquée d'un poulain couleur rouille.

Le vieux posa le seau d'avoine, tenta une nouvelle approche en marchant lentement de côté à pas furtifs dans l'espoir de surprendre l'animal sauvage pour lui passer la longe. Mais Redshirt se méfiait. Il fit un écart, échappant à la corde. Profitant du moment, la jument baie vint manger l'avoine que Horse avait apportée dans le seau.

Stace manqua éclater de rire devant ce spectacle ridicule. Le cheval se montrait plus malin que le vieil homme. Cet étalon roux avait la liberté dans le sang, cela sautait aux yeux. Mais le vieux ne renonça pas. Il appela le cheval. « Viens ici. Viens ici. » Et le sourire de Stace s'élargit encore, mais il demeura en retrait, à regarder l'étalon rétif pincer les lèvres, redresser les oreilles, et décocher une ruade en direction du vieux qui partit en courant comme un clown de rodéo.

L'étalon savait que Stace et sa jument se trouvaient derrière les buissons et les arbres. Il lança vers eux un hennissement nerveux. Stace fit reculer sa monture hors de vue cependant que le vieux tentait une nouvelle approche. Cette fois, il réussit à passer le lasso à l'encolure de l'étalon. Mais, sitôt qu'il fut pris, le cheval donna un coup de cul, et le vieux repartit en courant tandis que l'animal allait rejoindre la jument avec la corde au cou.

Stace connaissait ce cheval. Déjà. C'était un cheval fou que seul un humain fou pourrait attraper. Et le vieux n'était pas assez fou pour le faire tenir tranquille.

Frustré, Michael Horse s'entêta cependant et fit une nouvelle tentative. Cette fois, l'étalon partit de côté, puis en arrière, avant de charger au grand galop. Le vieux pivota sur lui-même et s'enfuit, l'air aussi surpris que terrorisé. « Tu vas me flanquer une crise cardiaque ! » cria-t-il par-dessus son épaule. Et il s'assit soudain, se couvrit le visage, prêt à se laisser piétiner pour en finir.

Stace éclata de rire. Horse se tourna vers les buissons. À présent qu'il était découvert, Stace prit la parole : « Qu'est-ce que vous faites ?

— Je médite. J'essaie de penser comme un cheval.

— Jamais vous ne penserez comme celui-ci. » Stace coula un regard de biais à l'étalon alezan. Il avait une tête à mordre. Et pas question non plus de sortir de derrière les arbres. Les chevaux de ce type étaient sujets à ce qu'on appelle « dédoublement ». À savoir qu'en voyant un homme sortir de l'ombre, ils croyaient voir l'arbre s'ouvrir et se dédoubler, brusque changement de réalité qui les terrorisait. Stace resta donc à couvert et continua de parler avec Michael Horse jusqu'à ce que le cheval se détourne d'eux. Alors seulement, il mit pied à terre et s'approcha du vieux.

« Il sait qu'il vous a eu.

— Ce n'est pas nécessairement le cas, se défendit Horse. J'essaye de lui apprendre à charger sur les gens. » Il se tourna vers Redshirt. « Vas-y, fonce ! » L'étalon se mit à caracoler. « Voyez, il ne le fait pas. Pas encore. Mais ça vient. » Un large sourire éclaira son visage, révéla ses dents d'or.

Stace et la jument noire sortirent de l'ombre. « Je peux peut-être vous aider. »

Redshirt avait l'œil pensif. L'une de ses oreilles pointait vers Stace. Il écoutait sa voix, ses paroles. Sa mâchoire chevaline se crispa. Il se préparait à un combat plus rude. Stace le remarqua et agita la tête tout en sifflant entre ses dents. « Sacrée terreur que vous avez là. »

Horse comprit sur-le-champ que Stace connaissait mieux les chevaux que lui. « Ça se soigne ?

— Je n'en sais trop rien. » Il tourna sa jument vers les autres chevaux. « Je vais prendre par ici, dit-il. Allez de l'autre côté, près de ce buisson. Nous allons tâcher de les acculer à ces rochers, là-bas. »

Mais Redshirt comprenait l'anglais. Il hennit en direction de la jument noire qui regimba, laissant ainsi à l'étalon roux le temps de s'éloigner. « Regardez-moi ça. Je n'en reviens pas. Il me l'a intimidée ! » Stace regardait Redshirt, là-bas. « S'il s'en tire cette fois-ci, il sera si sûr de lui que vous ne le reprendrez jamais. J'ai déjà vu ce genre de chose. Ils vous narguent pour le plaisir. » Il raccourcit ses rênes et tira sur le mors. La jument refusa d'abord d'obéir, mais il tira plus fort, finit par obtenir qu'elle tourne bride. Pas question qu'elle aille se faire des idées ! Elle devait savoir que c'était lui le chef. La leçon acquise, Stace descendit de sa monture qu'il attacha avant de se diriger vers la grotte avec Michael Horse.

« Vous ne seriez pas ce type venu du Dakota du Sud ? s'enquit alors le vieux.

— Si.

— Vous devriez rester manger un morceau. »

Stace jeta un coup d'œil alentour. Pas de maison, pas même une hutte. « Vous habitez ici ?

— Pour tout vous dire, je m'étais établi près de la rivière Coffee. Mais, en ce moment, c'est Chagrin qui m'héberge.

— Je suis navré de l'apprendre. Vraiment navré », déclara Stace, sincère, en ôtant son chapeau.

« Pourquoi ? Je me plais ici. » Puis il comprit la méprise et éclata de rire. « La grotte du Chagrin, j'entends. C'est son nom — Sorrow Cave. »

Soulagé, Stace remit son chapeau et sourit. « Ah. Vous vivez dans une grotte. » Et il poursuivit son ascension en compagnie de Michael Horse le long du sentier caillouteux. À quelque distance de l'entrée de la grotte brûlait un feu nourri et chaud. Tout près de ce feu, il y en avait un autre.

Le vieillard découpa un écureuil brun qu'il mit à cuire sur des branchettes. Il disparut dans la grotte, en revint avec du saindoux puis, tout en attisant le feu, il demanda : « On peut savoir ce que vous venez faire par ici ? »

Stace ôta de nouveau son chapeau, remonta ses cheveux. « Je viens chercher le calme et le silence. »

Horse comprit sans peine. « Besoin de temps pour réfléchir. J'étais comme vous. D'ailleurs, je le suis toujours. » Pensif, il regarda le ciel pendant quelques instants. « Mieux vaut que vous restiez avec moi pour la nuit. Vous reprendrez votre route demain. Nous aurons de l'orage cette nuit. »

Stace leva les yeux vers le ciel sans nuage, mais ne commenta pas.

« Et puis, cet imbécile de cheval pourrait vous trouver étendu sur le sol et vous briser les os. »

Lorsqu'ils eurent mangé, Horse creusa un petit trou pour enterrer les menus restes de l'écureuil. « Il y avait un certain Stink qui nourrissait une troupe de chiens. Avec eux dans les parages, on ne gâchait rien. »

Le nom était familier à Stace qui voulut en savoir davantage : « Où est passé ce Stink ?

— Il est mort. Mais son fantôme rôde toujours. » Horse se leva. « Vous m'avez l'air fatigué. Venez, je vais vous montrer votre bivouac. »

Stace éprouvait de la sympathie pour le bonhomme. Il savait déjà qu'ils feraient une paire d'amis. Il se leva à son tour.

Horse l'examina de plus près. « Des problèmes avec une femme ? »

Stace fit non de la tête et suivit le vieux à l'intérieur de la grotte.

Michael Horse alluma une lanterne. Une lumière dorée illumina l'ouverture grise de ce ventre maternel. Des ombres dansaient sur les parois. Vers le haut de la grotte, Stace aperçut quelques nids d'hirondelles faits de glaise et d'eau, comme des poteries. Sur le sol, près de la lanterne, il y avait un coffre de cèdre et, à côté, une petite machine à écrire, avec une feuille sur le chariot.

Stace jeta un coup d'œil dessus, curieux du contenu. En haut de la feuille, il lut : « L'Évangile selon Horse. » Le reste de la page était vierge. Il feignit de n'avoir rien vu.

« Là, dit Horse. Voici votre lit. » Et il déposa une petite pile de couvertures à terre.

Stace nota que le sol de la grotte était lisse, qu'on l'avait soigneusement balayé. Sur l'une des parois de pierre, il y avait une image d'ange gardien. « Vous vivez ici depuis longtemps ?

— Pas bien longtemps, non. » Horse ôta le feuillet de la machine à écrire et ouvrit le coffre. Dedans, il y avait une pile importante de pages dactylographiées.

« Vous écrivez un livre ?

— Non. Je tiens juste le journal de ce qui se passe.

— Vous écrivez sur quoi ? s'enquit Stace, intrigué.

— Sur les gens d'ici. Nos ennuis. » Parler de ses écrits le gênait.

Cette nuit-là, Stace se glissa dans son lit en silence. Il entendit Horse souffler la lampe et ramper sous sa propre pile de couvertures. La grotte sonnait le creux, le frais.

La respiration de Horse se fit régulière, puis il y eut quelques ronflements. Enveloppé par les parois de pierre, Stace se sentait rasséréné. Il songea que cet homme avait peut-être des réponses aux questions qu'il se posait et, bientôt, il s'endormit, lui aussi, dans l'odeur de terre humide.

Quand enfin la lumière du jour pénétra dans la grotte, la matinée était déjà bien avancée. Stace se redressa. Une souris s'éloigna de lui en hâte. Une odeur de pluie fraîche lui parvenait de dehors. Et là, il remarqua qu'il y avait non plus un, mais deux hommes endormis près de lui, sur le sol. L'inconnu se trouvait près de l'entrée, sous une couverture marron, élimée et crasseuse.

Horse s'éveilla en entendant Stace se lever. Voyant l'autre homme dans la grotte, il rampa jusqu'à lui pour examiner l'intrus de plus près, ôta la couverture qui lui cachait le visage. « Je m'en doutais. C'est le prêtre du cochon. »

Ses paroles réveillèrent le maigre dormeur. Il paraissait aussi surpris que gêné. « Excuse-moi. J'ignorais que tu vivais ici à présent. » Il se leva pour s'en aller, tenant la couverture sous son menton, comme s'il était nu. « Je suis venu me mettre à l'abri de la pluie.

— Rassieds-toi », ordonna Horse d'un ton bourru. Le prêtre se recoucha sur le sol nu en rougissant.

« Nous sommes indiens. Tu n'es pas autorisé à partir avant que nous t'ayons nourri. Ce serait ingrat de ta part. »

Intimidé, le prêtre remit la tête sur le baluchon qu'il avait amené avec lui et marmonna : « Désolé.

— Ce n'est pas une excuse pour passer la journée au lit. » Stace les observait, amusé.

Horse sortit ranimer les braises. Lorsque le feu fut reparti, il cassa des œufs de caille dans une poêle pour les brouiller. Il faisait bouillir du café moulu dans de l'eau quand le prêtre sortit. « Tu aurais une tasse avec toi ? » s'enquit Horse.

D'une main tremblante, le prêtre ouvrit son baluchon, en tira une chope de métal. Horse la prit, y versa le café et la lui tendit. Le père Dunne but à petites gorgées le liquide chaud qui lui brûlait les lèvres sans rien montrer de sa douleur. Il regardait nerveusement d'un homme à l'autre.

L'air était doux. Le printemps fleurissait les acacias odorants.

Quand le soleil fut à son zénith, Stace se mit en quête de Redshirt, sachant que les chevaux seraient calmes, occupés à chasser les taons de leur queue. Mais, dans la nuit, pendant qu'il dormait, sa jument avait disparu. Il ne trouva que le licol accroché à une branche avec la longe au bout. Redshirt l'avait détachée. Il y avait des traces de dents dans le cuir. Il chercha et suivit les empreintes étroites de Redshirt ; elles décrivaient des cercles, des lignes qui se croisaient, se recroisaient, comme si l'étalon avait sciemment tenté de tromper les hommes. Stace sentait cependant que le cheval l'observait, qu'il était là, tout près, se tenait tel un hors-la-loi en dehors de son champ de vision.

De retour dans la grotte, Stace s'efforça de cacher son découragement aux deux autres. Mais Michael Horse n'était pas dupe. Il comprit au premier coup d'œil que l'étalon s'était montré plus malin que lui. Bien que cavalier aguerri et, si Horse se fiait à son jugement, peut-être même adepte du rodéo, le jeune Indien n'avait encore jamais eu affaire à un cheval comme celui-ci. Il en éprouva certaine satisfaction, se sentit fier de Redshirt aussi, de sa nature rebelle et de ses grandes dents vertes. Il comprit également que Stace ferait de son mieux pour ramener le cheval sauvage au bercail.

Michael Horse regarda Stace. « Il a son harem, comme le vieux Sam Billy en son temps. » Malgré lui, Stace ne put s'empêcher de rire car, dans le peu de temps qu'il avait passé à Watona, il avait eu vent des histoires qu'on racontait sur Sam Billy.

Horse nota que le Sioux avait quelque chose en tête. Il semblait préoccupé. Horse l'observa encore un moment et lui dit : « Je pense que vous devriez rester un peu ici. Lire quelques pages de mes écrits, peut-être. »

Le prêtre se sentait de trop. Comme il ne fréquentait plus les hommes depuis longtemps, il était mal à l'aise et rougissait parfois. Quand Horse ouvrit son coffre de cèdre, le prêtre timide déclara qu'il sortait dire ses prières.

« Pourquoi ne pas revenir ici ce soir ? lui demanda Horse. On est bien dans cette grotte. »

Le prêtre sourit, gêné. Il ne savait plus comment se conduire en société. Sa maladresse émut les autres. « Très bien », bredouilla-t-il.

Lorsqu'il se fut retiré, Horse sortit une pile de chroniques. « Cela remonte à l'an dernier. » Il en tira une page pour la montrer à Stace. Elle était manuscrite, de cette belle écriture calligraphiée qu'il employait avant qu'on lui donne la machine à écrire de Grace Blanket. « Je vous raconte de quoi il s'agit. Il y a eu une explosion chez un certain Benoît. Vous avez entendu parler de lui ? » Il tendit le feuillet à Stace, une lueur intense dans le regard, comme s'il espérait une aide de cet homme.

« Oui, j'ai entendu parler de lui. » Stace examina la page. « Vous avez montré cela à d'autres ?

— Non. Juste à vous.

— Pourquoi moi ?

— Je n'en sais rien. Une envie soudaine. Il n'est peut-être pas bon qu'un vieillard garde trop de secrets dans sa tête. »

Stace lut quelques lignes. « Quel rapport avec Sara ?

— Elle était l'héritière directe de la fortune.

— Et Benoît ?

— Elle morte, c'est à lui que revenait l'argent. À lui et à Nola. Nola est la fille de Grace, mais elle est encore mineure et ne peut pas hériter directement. » Horse sortit une seconde page avec des lignes, des cadres remplis de noms. « Ils lui ont assigné un tuteur. » Il tourna les yeux vers la partie la plus sombre de la grotte. « Qui se trouvait être aussi l'avocat de Benoît. Bizarrement, Nola a épousé son fils. »

Stace fixait la page. « Et Benoît a épousé Lettie Graycloud ?

— Oui. Mais le mariage n'est pas légal, pas selon la loi blanche. Je ne suis pas sûr qu'ils l'aient su. Quoi qu'il en soit, je crois que l'argent est immobilisé dans des procédures. Et la propriété a été confisquée. À l'exception de ce cheval, là-bas. C'est l'étalon de Benoît.

— Un joli petit cercle, n'est-ce pas ? » Stace scrutait les traits du vieillard.

« Pourquoi me dites-vous cela ?

— Je ne sais pas. Une intuition. »

Michael Horse se détourna un moment, puis ramena son attention sur lui. « Vous pourriez peut-être nous aider. »

À son retour, le prêtre du cochon trouva les deux Indiens silencieux. Croyant qu'ils ne voulaient pas de lui, le père Dunne coulait de temps en temps un bref regard à l'un ou à l'autre. De fait, les deux hommes réfléchissaient. Finalement, Stace rompit le silence. « Où est Nola ?

— Je pense qu'elle est en sûreté pour le moment. Elle a des gardiens. Et puis, le jeune homme tient sincèrement à elle. Cela saute aux yeux. »

Comprenant que les deux autres parlaient des meurtres, le prêtre inquiet gagna l'entrée de la grotte et se mit à faire les cent pas devant. Il ne pouvait leur dire qu'il avait entendu une confession et avait une réponse, une partie de réponse à leurs interrogations. Percevant son trouble, Horse scruta son dos. Mais le père Dunne sortit se promener au soleil.

Lorsque le prêtre rentra ce même soir, Horse emmena les deux hommes au bord d'une rivière pour leur apprendre à pêcher à l'arc. « Regardez, on fait comme ça. » Il se pencha sur la surface argentée de l'eau. « Il faut anticiper, deviner dans quelle direction votre poisson va partir. » Il observait la truite qui reposait sur le fond dans un nid de cailloux à l'endroit le plus profond de la rivière. Horse banda son arc, laissa partir la flèche qui plongea dans l'eau. Il l'en retira avec le poisson scintillant qui s'agitait au bout.

Le prêtre dit la prière des morts pour la truite. Puis il se tourna vers Stace. « À propos, comment avez-vous échappé au catholicisme ?

— Mes parents m'ont caché. »

Cette nuit-là, après avoir cuit et mangé leur poisson, les trois hommes restèrent ensemble dans la grotte. Horse leur dit que, s'ils se taisaient, ils verraient une chose merveilleuse. Il réduisit la mèche de la lampe pour que la lumière ne se voie pas du dehors, et tous trois se retirèrent dans un coin de la grotte pour attendre. Ils n'entendaient que le bruit de leur souffle.

À l'approche de la nuit, la petite harde entra dans la caverne — sept bêtes en tout, trois jolies biches, un cerf, et trois jeunes faons mouchetés. Les hommes regardèrent les gracieuses créatures lécher les parois de pierre, riches en sels minéraux. Mais, brusquement, alors que les bêtes s'apprêtaient à ressortir, un coup de feu déchira l'air. La balle frappa contre une paroi interne et ricocha. Les bêtes, affolées, partirent dans tous les sens. Deux des biches se précipitèrent vers l'ouverture. Le cerf recula vers le fond de la grotte, sentit la présence des hommes et fila comme l'éclair dans un tonnerre de sabots. Les jeunes faons restèrent sur place, se couchèrent sur le sol de la grotte comme le leur ordonnait l'instinct. Ils ne bougeaient pas même l'oreille. Un second coup de feu retentit dehors. Puis ce fut le silence. Au bout de quelque temps, une biche revint. Elle émit de doux bruits pour rassurer les faons qui se redressèrent tant bien que mal sur leurs pattes tremblantes et la suivirent dehors.

Les trois hommes demeurèrent plaqués contre la paroi du fond. Lorsqu'il fut certain que le braconnier était parti, Horse remua le premier. Il semblait renifler l'air. Puis il chercha la balle, la trouva et la mit de côté.

Cette nuit-là, ils laissèrent la lanterne en veilleuse, parlèrent entre eux à voix basse. Heureux de la compagnie des autres, le père Dunne leur raconta comment il était devenu prêtre, comment il avait compris que l'esprit de la vie habitait les cochons et les poules tout comme les églises et les cathédrales.

Les deux autres approuvèrent ses paroles en hochant la tête.

Lorsqu'ils se furent tus, que chacun réfléchissait pour soi sur l'âme des cochons, un morceau de roche céda dans le fond de la grotte. Le bruit de sa chute surprit les hommes. Il fut bientôt suivi par un petit couinement. Horse prit la lanterne, arriva juste à temps pour voir une chauve-souris sortir de l'ouverture laissée dans la paroi. Dans son enthousiasme, il ne put cacher sa joie.

« Je ne vois pas ce qu'une chauve-souris a de si réjouissant », dit le prêtre, perplexe.

« C'est une âme, comme celle du cochon. » Horse tenta de se hisser jusqu'à l'ouverture dans la roche. « Je pense qu'il y a une autre grotte derrière. » Il avait envie de voir ce qu'il y avait là, dans le noir. « Il doit y avoir une autre entrée. »

Une seconde chauve-souris pointa la tête hors du trou, perçut la présence des hommes et disparut aussitôt dans la roche.

Les deux autres semblaient indifférents à l'intérêt que portait Horse aux chauves-souris. Stace réfléchissait au moyen de capturer les chevaux. La jument lui avait coûté une coquette somme et il ne tenait pas à la perdre. Le prêtre méditait sur l'intelligence des porcs, repensait au dernier qu'il avait baptisé, celui de Jim Josh, l'un des vieillards de la ville, et il se disait qu'on l'avait trompé en lui enseignant que les animaux n'avaient pas d'âme. Michael Horse renonça donc à parler des grottes qui se trouvaient sans doute derrière la leur ; il s'assit en silence pour penser aux chauves-souris, au vieux Sam Billy, et à tous les événements étranges qui se produisaient en ce monde. Il pianotait nerveusement sur son genou, soudain pressé de voir les deux autres partir pour pouvoir explorer la grotte et ses alentours en quête d'une autre entrée.

Plus tard dans la nuit, il entendit une chouette. Elle mangeait la souris qui était avec eux dans la grotte la nuit précédente. Sans rien en dire, Horse songea : « La chouette pose la même question que moi : qui ? » Et il sortit, s'efforça d'imiter la chouette. Les deux autres l'écoutaient, incapables de reconnaître l'homme de l'oiseau. Au bout d'un moment, Horse regagna l'intérieur de la grotte et déclara : « Je suis le plus sage des hommes, mais un peu sot parfois. Je n'arrive pas à comprendre cette chouette et pourtant, elle me comprend très bien. »

Cette même nuit, dans l'obscurité et pendant que les deux autres dormaient, le prêtre quitta la grotte, résolu à dévoiler une partie de ce qu'il avait appris en confession. Sans mentionner de noms, il écrivit ce qu'il savait dans le sable, devant l'entrée de la grotte, puis il descendit vers la rivière.

Le lendemain matin, en allant ranimer les braises, Horse ne remarqua pas l'inscription. Il ne la découvrit qu'en voyant Stace examiner les lettres tracées sur le sable. Alors, il s'approcha pour lire le message ainsi rédigé : « Un homme n'était pas en prison la nuit où un autre homme a été tué. » Stace tenait là sa première vraie piste. Il s'assit à l'écart pour réfléchir au sens du message — un homme s'était peut-être évadé de prison pour commettre un meurtre.

Michael Horse fit le tour de la grotte, inspecta les parois rocheuses couleur de chair en quête d'une seconde ouverture dont l'existence lui semblait évidente.

À son retour, Stace n'était plus là. Les traces de ses pas descendaient la colline pour se perdre dans le paysage. Horse se réjouit d'être de nouveau seul. Il se mit à la recherche des chauves-souris. Ayant tiré son coffre plein de papiers dans le coin de la grotte, il grimpa dessus puis, à l'aide d'une pierre, il cogna contre la paroi. Peu à peu, il parvint à creuser jusqu'à la caverne attenante. Il en sentait l'humidité, l'odeur de moisi et de fiente de chauves-souris. Dedans, il entendait les bêtes affolées, les battements de leurs ailes, leurs cris aigus, les grattements au plafond de la grotte. Lorsque le trou fut assez grand pour qu'il puisse y passer la tête et regarder dans la caverne, il était épuisé, haletant.

Il descendit du coffre, l'ouvrit et en sortit une chandelle. Dès qu'il l'eut allumée, il la teint devant le trou. Battements d'ailes frénétiques, agitation. Et le bruit du vent soulevé par le vol des chauves-souris en fuite permit à Horse de savoir où se trouvait l'autre accès de la caverne. Il souffla la chandelle et scruta les ténèbres, attendit que ses yeux s'habituent à l'obscurité. Et là, il aperçut une étroite fente lumineuse. Il sortit, contourna la colline, et se mit à chercher aux abords de l'endroit d'où provenait la lumière.

Il avait chaud, il était las lorsque enfin il trouva l'entrée de la caverne. Sans la fente de lumière pour lui en indiquer la direction, il ne l'aurait peut-être pas trouvée. Car on l'avait cachée, recouverte d'une planche en guise de porte, porte devant laquelle on avait entassé des pierres. Dans le bois de la planche, une fente permettait aux chauves-souris d'aller et venir. Quelqu'un avait veillé à ce que ce lieu demeure secret.

L'une après l'autre, Horse dégagea les pierres en les faisant rouler. En nage, il prit un peu de repos, puis il s'efforça d'écarter la planche encastrée dans la roche friable de la paroi. Lorsque enfin elle céda, l'ouverture ne fut plus qu'une nuée de chauves-souris qui fuyaient l'intrus et sa lanterne, s'élevant des profondeurs obscures de leur demeure vers la lumière du jour.

Sa lanterne à la main, Horse partit en exploration. La grotte était peut-être la première d'une série. À son grand étonnement, il y trouva un ballot-médecine peint et décoré de piquants de porc-épic, celui-là même qui avait appartenu au vieux Sam Billy. Il le reconnut sur-le-champ au drapeau américain brodé sur le côté avec des perles.

Dans la caverne humide, le ballot-médecine était posé près d'un bol de grains de maïs bleu — variété que Billy cultivait et qui lui avait valu certaine renommée.

Horse prit le ballot. Il bougeait, se déformait, se débattait. Il en ouvrit un coin pour voir ce qui remuait à l'intérieur. Une chauve-souris s'en échappa. De surprise, Horse perdit l'équilibre, tomba à la renverse et se blessa l'épaule en heurtant la paroi. Malgré son dos endolori, malgré sa peau éraflée qui commençait à saigner, il plongea un doigt dans les grains de maïs, et lorsqu'il trouva le courage d'ouvrir à nouveau le ballot, il s'aperçut qu'il était vide. Mais Sam Billy était là en esprit, Horse le savait. Et les chauves-souris étaient sorties de la médecine. Les médecines reprenaient vie.

Ce printemps-là, presque tous les Indiens de race pure furent jugés incapables par la commission de compétence du tribunal. Les sang-mêlé, jugés capables, étaient déjà disqualifiés en raison de leur part de sang blanc et ne touchaient plus la totalité de leurs revenus.

Ce même printemps, on notifia à Moses Graycloud que son audience aurait lieu mi-mai. Ne sachant à quel avocat faire confiance, il prépara lui-même son dossier. Pourtant, malgré l'intelligence de ses arguments, il se vit attribuer un tuteur. Les sommes qu'il percevait pour l'exploitation de ses terres passaient désormais par des hommes de loi. Une fois déduite la part qu'ils réclamaient pour service rendu, Moses se trouva très endetté. Toujours en sa possession, la voiture de Michael Horse fut saisie. Ses dernières bêtes furent confisquées. Hale lui racheta son taureau. Le télescope de Ben fut vendu aux avocats. Et Belle, qui craignait de perdre son bien le plus précieux, portait au cou la météorite de Star-Looking, cachée sous ses vêtements pour que personne ne la voie.

Du moins, la découverte de pétrole sur les terres de Belle était-elle passée inaperçue. Mais tous se sentaient impuissants, abattus. Moses dormait avec un fusil à son chevet. Belle discutait avec lui pour qu'ils quittent le territoire. « Il faut que tu entendes raison. Nous sommes en danger ici. » Et lui de répondre que partir était tout aussi dangereux. « Combien d'entre nous sont partis, ont été suivis et tués sur les routes ? » objectait-il. Il disait vrai. Le cycle des meurtres se poursuivait jusqu'en Europe. Trois Osages avaient été retrouvés assassinés en Angleterre. Une Osage avait été tuée par son mari à Colorado Springs. Ils n'étaient en sécurité nulle part, devaient attendre tant bien que mal, en se faisant invisibles et silencieux, jusqu'à ce que le vent tourne. Mais ils avaient la peur au ventre. À chaque détour ou coin de rue, Belle s'arrêtait, tendait l'oreille. Elle hésitait à passer devant les fenêtres, sentait la crainte lui serrer le cœur dès qu'elle longeait le moindre bosquet. Elle avait ce monde cupide en horreur et regrettait que ses terres l'aient impliquée dans cette course à l'argent. Et elle vouait une haine sans bornes au dénommé Hale. Il avait déjà construit une clôture autour d'un nouveau champ appartenant aux Graycloud. Ils étaient pratiquement encerclés par les terres mises en fermage. Et, déjà, les prés qui les entouraient étaient à nu, l'herbe dévorée et piétinée par le bétail et les bisons. Des étendues entières ne s'en remettraient pas. Toutefois, aux endroits brûlés par le feu, la terre noircie redonnait vie à de nouvelles pousses, et Belle lui savait gré de ce modeste don.

« Ne cède pas trop à la peur », lui avait dit un jour Michael Horse, d'une voix si douce, si rassurante, qu'elle l'avait écouté et s'en était souvenu. Dans la nuit, les yeux clos et les mains croisées, elle se répétait cette phrase : « Ne cède pas trop à la peur. » Mais les événements l'accablaient de tristesse. Surtout les creusements de nuit.

Une nuit, justement, Belle entendit de nouveau pelleter, dehors, dans le noir. Le bruit semblait tout proche de son champ de maïs. Le lendemain matin, à son réveil, elle trouva trois grands trous autour de son épouvantail nu, en plein milieu du champ. Le lendemain encore, il y en avait deux autres. La terre était retournée, les tendres pousses rejetées en tas. Une autre nuit, tandis qu'elle guettait, fantôme à la fenêtre de sa chambre, elle vit le taureau d'en face, l'angus mis en exil, ouvrir sa barrière et descendre le long de la route jusqu'à un champ voisin, se poster le long de la clôture et pleurer en regardant ses épouses vaches parquées avec le bison mâle que Hale leur destinait dans l'espoir de les croiser.

D'autres nuits encore, Belle entendait Lettie qui tournait dans sa chambre sans trouver le sommeil, ou qui pleurait doucement sous les couvertures. Belle savait bien que les plaies de son chagrin ne guérissaient pas.

Une nuit, vers les deux heures, se souvenant des paroles de Lionel Tall, Lettie se leva et se vêtit à la lumière de la lune qui entrait par la fenêtre. Dehors, il faisait clair comme en plein jour tant la lune était pleine. Furtive, elle alla jusqu'à la grange. Au moment où elle prit une bêche, les deux derniers chevaux de travail se mirent à hennir. Une riche odeur de fumier un peu acide imprégnait l'air humide. Elle descendit la route, blanche dans le clair de lune. Tout en marchant vers l'ancienne maison de Benoît, elle passait la bêche d'une main dans l'autre et réfléchissait aux paroles de Lionel Tall. Quand ses deux bras furent endoloris, elle la porta contre elle, comme on porte un enfant. La bêche était plus lourde qu'elle ne l'imaginait, et le manche commençait à se fendre.

À Fremont Road, Lettie trouva un gant dans l'ombre d'un buisson, main fantôme qui cherchait le contact avec la terre. Rigide et poussiéreux, il avait appartenu à Sara.

Dans le champ de maïs aussi, des restes de la vie de Sara et Benoît gisaient, épars. Un pot de pommade pour les cheveux était sur le bord de la route — intact. Lettie le ramassa, ouvrit le couvercle rouillé, et l'odeur de Benoît s'en échappa. Elle se souvint de lui le soir de l'explosion, la tête calée contre la vitre de la voiture, de la trace qu'y avait laissée la crème grasse au doux parfum. Elle posa sa bêche, s'assit dans le champ de maïs et se mit à pleurer. Le champ sentait le printemps, mais rien n'y poussait en dehors des bicornes et autres mauvaises herbes envahissantes, silhouettes noires autour d'elle à cette heure de la nuit. Mais il restait encore les tiges desséchées des plantes mortes de l'année précédente.

Elle évalua ensuite le milieu du champ, posa le pied sur la bêche pour l'enfoncer dans le sol. Une bonne terre, facile à creuser. Il y avait peu de pierres ; seules quelques racines de mauvaises herbes tenaces entravaient son travail. Elle creusa un trou profond de près de deux pieds.

Le matin venu, Lettie crut sa tâche désespérée. Elle avait trouvé quelques menus objets domestiques, des petits riens — un étui de lames de rasoir, une clé, une bouteille bleu foncé contenant de l'eau de rose. La fleur rose était encore visible sur l'étiquette brûlée. Quête vaine ou non, elle rangea ces objets dans sa poche, comme si leur proximité pouvait lui transmettre des secrets par les pores de sa peau. Elle les voulait sur elle pour les lire de ses mains tout en marchant.

Elle rentra d'un pas lent. Bien qu'épuisée par le travail physique, elle y avait puisé de la force, du réconfort. Le soleil commençait à poindre, et l'aube faisait des promesses qui ne seraient pas tenues. Le printemps imprégnait l'air d'une riche lourdeur. Toutes les plantes se retournaient, entamaient un nouveau voyage ascendant vers le soleil.

Il faisait presque jour quand elle remit la bêche dans la grange. Après quoi elle descendit à la rivière, près de la source pour réfléchir. Mais alors qu'elle approchait du but, elle aperçut le fantôme de John Stink qui pleurait, soupirait et s'essuyait les yeux. Elle ne savait pas qu'il pleurait parce qu'un poisson énorme avait entraîné son chien sous l'eau lisse couleur de plomb. Elle fila avant qu'il la voie, regagna la maison, défit son lit et se coucha. Le chagrin de l'âme errante lui rappelait le sien mais, lasse d'avoir creusé, elle s'assoupit bientôt.

Quelques jours plus tard, au petit matin, Belle, qui ne dormait pas, écarta la couverture de la fenêtre pour regarder dehors et vit la silhouette de Lettie qui remontait la route, une pelle à la main. C'était la seconde fois qu'elle la surprenait ainsi. Elle regarda la silhouette approcher, guetta ses pas dans le couloir cependant que Lettie montait l'escalier sur la pointe des pieds pour gagner sa chambre sans se faire remarquer. Belle sortit ensuite discrètement examiner son champ de maïs. Les plants atteignaient maintenant un pied de haut, mais les trous se multipliaient et s'étendaient vers l'extérieur. Belle s'inquiétait pour son maïs. Convaincue que Lettie était à l'origine de ces ravages, elle remonta, furieuse, gagna la chambre de sa fille au pas de charge, cogna contre la porte puis, sans attendre d'y être invitée, ouvrit le battant à la volée et entra.

À peine capable de soulever la tête, Lettie sourit à sa mère.

« Montre tes mains », ordonna Belle.

Le sourire s'effaça. « Qu'est-ce qui t'arrive, maman ? Qu'est-ce qu'il y a ? »

Belle examina les mains de sa fille. Comme elle s'en doutait, elle avait de la terre sous les ongles, et les paumes légèrement calleuses. C'était nouveau. Elle la considéra d'un œil sévère. « Maintenant, Lettie, tu vas me dire pourquoi tu creuses dans mon maïs.

— Je ne fais rien de tel.

— Tu as vu tes mains ?

— Ce n'est pas moi.

— Ne mens pas, s'il te plaît. Je t'ai vue avec la bêche. » Lettie s'extirpa du lit. « Ce n'est pas là que je creuse, mais dans le champ de Sara.

— On peut savoir pourquoi tu creuses, au juste ? s'enquit Belle, poings sur les hanches.

— Pour trouver des indices. Comme Monsieur Tall me l'a dit. »

Belle réfléchit à cela, releva les yeux sur sa fille. Elle aurait aimé lui dire d'oublier le passé, d'oublier les indices, les énigmes à résoudre mais, accablée elle-même par les événements, elle se radoucit. « Tu as trouvé quelque chose ?

— Non. Juste une clé et des lames de rasoir. » Et, du doigt, elle montra la commode. À côté de la clé et des lames de rasoir, il y avait le gant sale et la bouteille bleue d'eau de rose.

Belle alla jusqu'au meuble, prit les objets dessus pour les examiner. « On dirait la clé de notre voiture.

— C'est ce que je pensais. En tout cas, c'est la clé d'une Buick.

— Une clé de Buick qui ressemble à la nôtre. » Cette seule pensée horrifiait Belle.

Lettie cligna des paupières.

« Qu'est-ce que la nôtre ferait là-bas ? »

Frappées de terreur, elles se turent toutes deux. « Non. Non, ce n'est pas possible », murmura Belle. Cependant, plus tard ce soir-là, elle sortit essayer la clé sur la voiture. C'était la bonne. Troublée, elle songea à Floyd, à Floyd qui savait que du pétrole cherchait désespérément à filtrer dans l'eau qui coulait sur ses terres.

Quelques jours plus tard, il y eut une nouvelle cérémonie chez Ona Neck. Lionel Tall était toujours en ville. Sa réputation n'ayant cessé de grandir, une telle foule se présenta pour la cérémonie qu'il fallut la répartir en deux groupes. L'un des groupes attendait dehors cependant que Monsieur Tall préparait son autel. Stace, que tous croyaient être un jeune homme-médecine, lui servait d'assistant, ce qui lui conférait une crédibilité accrue auprès de la population indienne locale.

Beaucoup étaient descendus des collines à cheval. D'autres, venus de la ville, avaient garé leurs voitures le long de la piste poussiéreuse. Deux hommes arrivèrent à bicyclette, les yeux plissés à cause de la poussière. La blanche China était présente. Depuis la précédente cérémonie, elle avait passé une partie de son temps en compagnie du chauffeur de Lionel Tall. Comme Martha Billy, et comme le chauffeur, elle commençait à rejeter les siens. Et Floyd Graycloud, qui avait déjà adopté les traditions indiennes, était assis au fond de la pièce bondée.

Lorsque toutes les fenêtres furent obturées par des couvertures de laine, alors qu'on s'apprêtait à entonner les chants, la porte s'entrouvrit sur Michael Horse très essoufflé qui se glissa à l'intérieur. Il était venu à pied depuis son lointain campement.

Dans le bref rai de lumière, il aperçut Stace, le rejoignit pour s'asseoir près de lui. Les autres se poussèrent pour lui faire de la place.

« Et ton feu ? » s'enquit Ona Neck, sévère. Et elle prit place non loin de lui.

« Je l'ai confié au prêtre du cochon.

— Quoi ? Tu confies le feu de notre peuple à un catholique ?

— Parfaitement. C'est un brave homme. » Chassé de son propre campement par une armée de fourmis et de scorpions, le père Dunne s'était réfugié auprès de Horse. Depuis, ils étaient devenus des amis — plus ou moins.

Ona scruta le visage de Horse, lèvres pincées.

Les chants commencèrent, accompagnés par les hochets de calebasse et le tambour. Une atmosphère de paix emplissait le noir de la pièce. Des prières se formaient déjà dans la tête des participants. Certains s'attendrissaient, se mettaient à pleurer doucement quand soudain, un bourdonnement furieux retentit dehors, vrombissement d'un avion qui survolait Crow Hill. Il se posa sur la route, décimant les buissons de ses hélices. Puis on tambourina à la porte, et une voix lança : « Police ! » Le battant s'ouvrit à la volée. La lumière violente d'un projecteur ébranla les participants. Figés de surprise, aveuglés, ils clignaient des yeux pour tenter d'y voir clair. « Que personne ne bouge ! » tonna une voix dont l'origine se perdait dans les ténèbres au-delà du projecteur.

Ceux qui interrompaient ainsi le rituel sacré cherchaient du gin, de l'alcool de contrebande. C'étaient des hommes du fisc. Une brigade d'intervention volante, en quête de spiritueux plutôt que de spirituel. Ils croyaient à d'autres esprits. Leurs aigles sacrés figuraient sur des billets de banque et des pièces de monnaie. Ironiquement, Stace le savait, ils coûtaient plus cher en salaires que ce qu'ils ramèneraient de leur mission dans les coffres de l'État.

Lorsque ses yeux se furent habitués à la lumière, Stace se leva pour aller parler à l'un d'eux. « Halte-là ! » aboya un autre. Et, pliant les genoux, il se mit en position de tir. Percevant sa peur, Stace se rassit et se tut.

Tandis que les Indiens et les quelques Blancs présents se tenaient cois, rigides et apeurés sous la menace du fusil à canon scié, les agents du fisc fouillèrent la maison. Ils trouvèrent une bouteille de madère vieille de trente ans qu'ils prirent comme pièce à conviction. Dans la lumière brutale, Ona Neck se ratatina sur elle-même et fondit en larmes. Le vin doux était celui de son mari. « Il est vieux, dit-elle. Je n'en bois pas. » La bouteille lui rappelait le corps d'Isom Neck, six pieds sous terre dans son cercueil. C'était là tout ce qu'il lui restait de ses fortes mains brunes, de leur contact. Ils saisirent néanmoins la bouteille.

Plus tard, cette même nuit, Floyd Graycloud rentra chez lui et entreprit de vider toutes les bouteilles de rhum de contrebande qu'il entreposait aux quatre coins de la maison. Louise le suivait, agitée et furieuse. « Comment gagnerons-nous de quoi vivre ? Avec quoi allons-nous manger ? lui hurla-t-elle.

— On trouvera quelque chose. On fera les marathons de danse. Ça ne vaut pas le coup de vendre ce truc. J'ai vu de mes yeux ce qui arrivait. Ils ont tout saccagé chez Madame Neck.

— Le diable t'emporte ! » Et elle courut se réfugier dans la maison qui empestait le rhum. Il faudrait des semaines pour se débarrasser de l'odeur, songea Louise.

Le lendemain, quand Lionel Tall quitta la ville, China était sur la banquette, entre lui et le chauffeur, ses cheveux blancs enveloppés d'un foulard de mousseline bleue. Contrairement à la femme de Lot, elle laissa derrière elle les scènes de destruction sans se retourner. Elle se demandait même comment elle avait pu vivre dans une ville comme Talbert, s'intéresser à un homme tel que Hale. Sous ses dehors polis, il n'était que tranchants et lames de couteaux. Elle avait froid dans le dos rien que de penser à lui.

Après le départ de Lionel Tall, Stace regagna les collines à pied en compagnie de Michael Horse. Il souhaitait reprendre sa jument, aider le vieil homme à capturer l'étalon bai redevenu sauvage. Cette fois, il s'en fut sans demander l'autorisation de Ballard.

De nouveau, il gîtait dans la grotte avec Horse et le père Dunne. Les deux Indiens s'efforçaient d'obtenir des renseignements du prêtre qui s'obstinait à nier être l'auteur de l'inscription sur le sable.

Deux jours durant, Stace chercha les chevaux dans les collines, suivant ici et là des traces de sabots qui toujours le ramenaient à son point de départ. Ces chevaux-là étaient bien trop malins pour lui. Ils se payaient sa tête. Stace commençait à croire qu'il devrait porter sa jument au nombre de ses pertes. De guerre lasse, il renonça à ses recherches, s'aventura plus loin dans les collines pour y être seul et réfléchir.

Il marchait du matin au soir. C'était bon. Il sentait l'esprit des lieux, aussi puissant ici que dans les Paha Sapa, les Black Hills sacrées. Il marcha le long de la rivière Blue, tout près du camp des Indiens des Collines. Il sentait la beauté, le pouvoir de la rivière. La lucidité lui revenait. Il était sûr d'avoir commis une erreur de jugement en prenant un emploi dans la fonction publique. Ce travail le dépossédait de sa vie réelle. Il était bien sûr conscient que des hommes pleins de qualité travaillaient pour le gouvernement. Mais, dans certaines circonstances, leur sens des responsabilités l'emportait parfois sur ce qu'ils savaient être bon et juste. Le général George Crook, par exemple, à qui l'on avait demandé s'il était gêné par les guerres indiennes. Oui, avait-il répondu. Cela le gênait que les Indiens aient raison. Ce qui ne l'avait pas empêché de poursuivre son travail, négociant de son mieux entre les intérêts des tribus et ceux du gouvernement. Par moments, Stace voyait son peuple condamné, mais, par moments aussi, il voyait l'avenir comme un vaste espace vierge à travers lequel il lui fallait trouver un chemin nouveau. Il s'endormit au bord de la rivière.

Au bout de quelques jours, Stace regagna son hôtel pour soigner ses ampoules et nourrir son ventre qui criait famine. Couvert de poussière, ses longs cheveux en bataille, il rapportait quatre galets ronds de la rivière. L'un d'eux était noir. Alors qu'il le plaçait sur le côté ouest de sa chambre, on frappa à la porte. « Tu es là ? » s'enquit la voix de Levee.

Stace fit tourner le loquet et ouvrit le battant.

« À quoi tu joues ? Ils sont prêts à te virer. »

Stace garda le silence. Son visage était lisse, son expression distante. Il se déplaçait lentement, pleinement conscient de son corps.

Levee semblait perplexe, mystifié. « Où étais-tu passé ? Ballard est fou furieux.

— Je suis sur une piste. »

Levee se calma. Red Hawk avait la réputation de ne pas se tromper. « Tu as appris quelque chose ?

— Je ne sais pas encore. J'ai besoin de temps. » Il porta une pierre jaune du côté est de la chambre et la posa sur le plancher contre le mur.

Levee le regardait. « Mais qu'est-ce que tu fabriques ? »

Stace prit la pierre rouge, alla la déposer du côté sud. « Mon intuition me dit de faire ça. » Il se redressa, reporta son attention sur le jeune médecin. Levee avait l'air las, les traits tirés. Il s'était employé à défendre Red Hawk — Red Hawk dont le visage dégageait autant de force que de sérénité. « Hmm. Je diagnostique là un cas aigu de spiritualité indienne. »

Stace lui sourit.

« Ballard essaie de te retirer de l'affaire, tu sais ça ?

— Aucune importance. » Stace fit le tour de la pièce, déplaça légèrement les pierres. « Si l'énigme de cette loterie meurtrière n'est pas bientôt résolue, aucun de nous ne sera plus en sécurité ici. » Il regarda Levee droit dans les yeux. « Et cela vaut pour toi comme pour moi. »

Levee redevint grave. « Pourquoi cela nous toucherait ?

— Je le sens d'instinct. » Il fit signe à Levee de s'asseoir, tira une chaise et s'installa en face de lui. « Il ne s'agit pas seulement de quelques assassins. C'est une affaire beaucoup plus vaste, trop vaste pour que nous l'appréhendions.

— Ce n'est pas possible, Red Hawk.

— Ah non ? Regarde le nombre d'avocats qui escroquent leurs clients indiens. »

Levee agita la tête. « C'est pour l'argent. Ils n'en veulent qu'à l'argent mais ne feraient de mal à personne. C'était la même chose à New York. C'est pareil dans le Wyoming. Ils sont cupides.

— Peu importe ce qu'ils veulent. C'est trop gros, je te dis. Ça dépasse ce type, Hale, même s'il a des droits de gage sur tout ce que possèdent les Indiens d'ici, y compris leurs chevaux. »

C'est alors que Levee remarqua la lanière de cuir que Stace portait au cou. Elle passait sous son bras gauche, comme la courroie d'un holster, mais ce n'était pas ça. « Qu'est-ce que tu portes au cou ?

— Du cuir. » Stace s'abstint d'expliquer que, comme Crazy Horse, il portait une pierre au creux de l'aisselle, tout près de son cœur. Elle dirigeait ses pensées, lui parlait, parlait à son corps.

Levee nota ensuite qu'il boitait. « Tu as mal aux pieds ? »

Stace lui adressa un regard de reproche pour cette indiscrétion, puis il se détendit. « J'oublie toujours que tu es médecin. J'ai des ampoules.

— Tu ferais bien de me les montrer.

— Non, ce n'est rien. » Il hésita, puis s'inclina, ôta ses bottes et ses chaussettes. « Tu sais que c'est humiliant ?

— Elles sont bien vilaines, tes ampoules. Tu as attrapé ça comment ?

— En marchant.

— En marchant ? Et ton cheval, où est-il ? »

Stace marqua une légère pause, juste assez longue pour laisser entrevoir la vérité, puis il mentit : « Je l'ai prêté à un vieillard dans les collines.

— C'est généreux de ta part. Dois-je comprendre qu'il s'est échappé ? Bon. Je vais te soigner ça. » Il alla chercher sa trousse dans sa chambre, revint et, tout en disposant son nécessaire, en mélangeant de l'eau à la pourra, il mit Stace au courant des derniers événements. « On a eu un cas de rage avant-hier. Une gamine. » Il se pencha, plaça le pied droit de son collègue sur une chaise. « C'est horrible. Je n'avais encore jamais vu de cas de rage.

— Qu'est-ce qui s'est passé ?

— D'après la famille, elle aurait bu dans une écuelle où un chien enragé avait bavé. » Il releva les yeux. « Sa mère lui a tiré dessus. Pour la tuer. Je le savais, mais j'ai joué celui qui ne savait pas. Ils m'ont raconté ce qu'elle avait souffert et je vais te dire, j'aurais fait la même chose. » Il agita la tête. « Tu imagines, en arriver là ? Après ma visite, ils ont brûlé la maison avec le corps de la petite dedans tellement ils avaient peur de la contagion. J'ai dû signer des papiers. J'ai dit qu'elle était morte dans l'incendie. » Il se redressa. « Repose tes pieds, ne reste pas debout. Demain, tu les laveras à l'eau oxygénée. » Il ouvrit la porte pour sortir. « Tu as compris ? »

Après avoir quitté Stace, Levee descendit l'escalier pour se rendre à son cabinet en bas de la rue. Il ôta des points de suture à un homme blessé à coups de couteau dans une rixe quelques semaines plus tôt. Mais il avait l'esprit ailleurs, se demandait quelle mouche piquait Stace. C'était un bon agent et un homme droit. Jamais il n'avait eu ce comportement bizarre avant de rencontrer ces Indiens-là. Même dans le Dakota du Sud, il se conduisait comme on pouvait s'y attendre de la part d'un agent fédéral. Peut-être que, comme l'affirmait Ballard, il prenait l'affaire trop à cœur. Ou alors, c'était ce type, ce Lionel Tall, dont la présence avait réveillé chez Stace le souvenir des traditions anciennes.

Quand le maïs de Belle atteignit deux pieds, les trous creusés dans son champ étaient plus profonds et plus larges. Un soir, elle résolut de se cacher dehors pour tenter de surprendre le coupable. Étendue parmi les sillons, elle attendit. Peut-être s'agissait-il d'un aventurier solitaire en quête de pétrole qui creusait la nuit, à la pelle. Peut-être quelqu'un savait-il qu'une rivière de pétrole coulait sous ses terres.

Belle s'efforça de trouver une position confortable en écoutant la brise dans les longues feuilles du maïs. Enfin, alors même qu'elle allait s'assoupir, elle reconnut le bruit d'une pelle fendant le sol. Elle se releva lentement, resta penchée entre les rangées de plantes pour ne pas trop se montrer.

Là, sous ses yeux, dans les vêtements de l'épouvantail dépouillé, se tenait Cal Severance. Il était ivre et titubait en creusant au milieu du champ de maïs vert. Il jeta un coup d'œil alentour, comme s'il cherchait un autre coin où creuser, puis, emportant sa pelle, il vint tout près de l'endroit où Belle se cachait. Elle se redressa et le toisa de toute sa hauteur. Surpris par cette présence entre deux rangées de maïs, il eut un mouvement de recul. « Tu m'as fait peur. Qu'est-ce que tu fais ici ?

— C'est mon champ.

— Ah… » Tenant la pelle entre ses paumes et ses huit doigts valides, il se remit à creuser, comme si cela ne le concernait pas. Ses yeux étaient injectés de sang. Il avait l'air pitoyable, en mauvaise santé.

« Qu'est-ce que tu cherches ? s'enquit Belle.

— Je ne sais pas. » Il creusait toujours. « J'ai entendu dire qu'il y avait un trésor caché dans un champ de maïs. »

Trois vautours aura tournoyaient dans le ciel au-dessus des terres des Graycloud. Ils avaient repéré le cadavre du bison mâle. Couché sur le flanc, on aurait dit une montagne de mousse brune sortie de la terre aride, broutée à nu. Luke, le cow-boy du Montana, et un autre garçon de ferme de Hale l'attachèrent avec des cordes pour tenter de soulever son corps massif du sol. Sans résultat. Le mâle était trop lourd. En silence, ils fixaient son œil noir et mort, comme s'ils en attendaient la solution à leur problème. Dans cet œil, ils voyaient leur reflet. Les femelles observaient la scène d'un autre champ où elles étaient parquées avec un taureau angus. Hale se tenait près de sa portière de voiture en compagnie du shérif. Belle les surveillait tous. La mort de l'animal demeurait un mystère, même pour le vétérinaire qui connaissait si bien les bovins domestiques et les chevaux, mais elle savait, elle, que le bison mâle était mort de chagrin. Mort de regrets pour sa vie naturelle, sa liberté, ses épouses bison. Et les autres Indiens étaient du même avis.

Depuis la route, un groupe de curieux regardait Luke qui réussit enfin à traîner l'imposant mâle brun derrière son camion, jusqu'à une fosse creusée dans un champ nu voisin. Avec ses aides, ils versèrent de l'essence sur la carcasse et y mirent le feu pour la brûler. Ils reculèrent quand les flammes jaillirent. Bientôt, une fumée noire et odorante s'éleva dans le ciel.

C'est derrière cet écran de fumée que Ben Graycloud passa devant la maison familiale et mit le cap sur la ville sans s'arrêter. Il ne voulait pas voir les siens. Au Magasin Bleu, il demanda Cal Severance. Un ouvrier du pétrole, sans qualification et sans emploi, entendit la question du garçon. « Excuse si je me mêle de ce qui ne me regarde pas. Je sais où trouver Calvin. Il est à Tar Town[1], en amont de la rivière. Justement, j'en viens.

— Tar Town ? » répéta Ben perplexe. Il n'avait jamais entendu parler de la colonie des dépossédés.

L'homme se contenta d'ajouter : « Demande aux gens, ils te diront où c'est. »

Ben le remercia, sortit et s'assit sur un banc au soleil. Il tenta de lisser sa chemise froissée. De la musique lui parvenait du bar clandestin. Il irait tout à l'heure boire un verre, mais pas encore. Pour l'instant, il avait besoin de sentir le soleil sur son visage, ses bras, ses épaules. Pris d'une faiblesse subite, la tête douloureuse, il était agité, tendu, crispait les poings. Il lui fallait de l'alcool pour gommer sa douleur et, porté par une vague de chagrin et de peur, il se leva, descendit la rue et pénétra dans le bar clandestin enfumé.

Après avoir cligné des yeux le temps que sa vision s'accoutume à l'obscurité, il regarda autour de lui, vit des couples qui dansaient sur une piste délimitée par des cordes ; chacun se soutenait en s'appuyant sur son partenaire. Les mèches des lampes étaient au minimum. Des gens dormaient sur les tables. Des manteaux étaient drapés sur les chaises. L'air sentait le renfermé. Les danseurs touchaient

1. Nom qui se traduirait par « Goudronville » (N.d.T.).

aux limites de leur endurance. Puis Ben entendit le présentateur de radio parler des couples qui participaient au marathon. De la voix, il les encourageait à continuer. Mais les danseurs ne s'animaient que brièvement avant de retomber dans leur abrutissement. Ils dansaient pour une voiture. Elle était là, derrière les cordes. Une petite Ford bleue. Ben alla examiner l'auto. Alors qu'il regardait le capitonnage de cuir, il entendit appeler son nom.

« Ben ! »

La voix était familière. Il se tourna, face à la voiture. Et, droit devant lui, il aperçut sa mère. Elle était dans les cordes, dansait avec son père qui avait l'air groggy, hagard. Ben aurait pu ne pas les reconnaître. Louise tendit un bras vers lui. Il recula d'un pas. Elle avait une tête à faire peur, goule venue d'un autre monde qui tentait de l'agripper. Elle respirait à peine. En dehors du bras tendu, ses muscles étaient atones.

Son père lui tenait mollement la main. Tout dans leur apparence choquait Ben — leur pâleur, leurs yeux vitreux au regard lointain. Ils paraissaient vidés de substance, et ils sentaient mauvais, comme l'air de la pièce, Ben en aurait juré.

« Ben ! » Elle sourit de nouveau, sourire de démon. Il se détourna. Lisait trop de douleur dans les yeux de sa mère, s'y voyait reflété aussi, avec ses vêtements sales, fripés, ses traits tirés, sa propre haleine fétide, sa mine défaite des lendemains de cuite. Il vida un whisky, se détourna pour de bon et quitta les lieux.

Revenu dans la rue, à la lumière du jour, il demanda le chemin de Tar Town au premier passant puis se dirigea vers les collines. À mi-chemin de sa destination, il se coucha dans un fossé et s'endormit.

Ses rêves, comme toujours, le ramenèrent à Haskell. Il rêva des murs de pierre derrière lesquels il était devenu fou, se revit ôtant ses vêtements pour s'enfuir nu.

Et, cependant que Ben dormait, ses parents ôtèrent leurs chaussures. Les pieds surélevés sur une chaise, Louise pleurait sur son fils, sur ce qu'elle avait cru être son fils, cette apparition du garçon ; elle pleurait parce que Floyd et elle s'étaient effondrés sur les planches sales de la piste, perdant toute chance de gagner la jolie voiture bleue aux sièges moelleux. Ses cheveux trempés de sueur étaient tirés en arrière. Le Dr Levee lui bandait les pieds tandis qu'elle pleurait.

Une paix bien différente régnait sur le campement traditionnel du Peuple des Collines. Le lieu était habité par un silence qui plongeait jusque dans les os incandescents de la terre.

De nuit, les chouettes perchaient dans les arbres proches, volaient de l'un à l'autre en hululant. L'endroit était sec. La poussière formait comme un voile de brume aux premiers rougeoiements de l'aube, quand les gens s'éveillaient pour descendre sans bruit jusqu'à la rivière Blue, pour s'y laver avant d'offrir leurs prières de remerciement à la vie et de remonter l'eau au camp pour la cuisine. Ils lavaient leurs cheveux, se rafraîchissaient avant de s'adresser aux autres. Le temps ne s'était pas arrêté pour le Peuple des Collines. Il y avait chez eux des bouilloires neuves, des peignes pour retenir la chevelure des femmes, des miroirs et autres gadgets, mais le fardeau et le stress de la civilisation ne les atteignaient pas, et leurs corps se mouvaient avec fluidité.

La silhouette des coureurs se dessina contre la brume de poussière matinale. Courir était une voie spirituelle. En courant, on saluait le soleil du jour, on aspirait en soi l'odeur riche de la terre pour la rendre avec son souffle. Les quatre gardiens de Nola à Watona n'étaient pas les seuls à traverser l'espace dans une course souple. Il y avait d'autres coureurs, des hommes et des femmes voués à la vie, chacun d'eux étant une prière vivante, une flûte dont jouait le vent. Des hommes et des femmes beaux et sveltes, aux longs muscles fuselés.

L'un de ces coureurs, une femme, était aussi conteuse, témoin de l'histoire. Elle tenait le peuple informé de ce qui se passait à Watona. On avait écourté son nom, Na-pa-cria, en un diminutif : Cry. Elle descendait jusqu'à la ville plate, suivait les rues entre les bâtiments de grès rouge et rentrait avec les nouvelles au bout de la langue. Un jour, Cry remonta en courant dans les falaises et s'efforça de décrire un marathon aux siens. « Les danseurs ne s'arrêtent jamais. Ils dansent jusqu'à ce qu'ils tombent d'épuisement. Ils mangent debout. Ils se soutiennent par deux, comme des arbres qui s'appuient l'un sur l'autre. »

« Ah, dirent les siens, une offrande, une excellente chose. Ils font cela pour la récolte de maïs ? En ville par-dessus le marché. Qui aurait imaginé cela de gens qui ne semblent pas aimer la terre. »

« Non, dit la jeune femme. Ils font cela pour de l'argent. » Elle secouait la tête d'un air grave.

Les autres regardèrent au loin, réfléchirent un moment sur ce phénomène avant de reporter leurs pensées sur des questions plus matérielles, de reprendre leur travail, de mettre les haricots à tremper et de nourrir leur feu avec des branchettes.

Floyd et Louise Graycloud étaient parmi les marathoniens que la crieuse de nouvelles avait vus. L'homme blanc et la femme indienne avaient quitté la piste de danse en pleurant ce matin-là. Émaciés qu'ils étaient, ils ressemblaient à des squelettes, n'avaient que la peau sur les os, et les orbites creuses, soulignées de cernes noirs par la fatigue.

« Ils n'aiment pas leur corps, en bas », dit la coureuse.

Une fois encore, les siens hochèrent la tête et se remirent à la tâche.

« Autre chose. »

Ils relevèrent les yeux de leur travail.

« Une fille aux cheveux blancs appelée China a appris aux hommes une nouvelle danse, le tango. Et puis, elle est partie pour le Dakota du Sud avec Lionel Tall et son chauffeur. »

Deux vieilles femmes réfléchirent sur la fille aux cheveux blancs en pilant leur maïs. « Je me demande bien ce qui pourrait pousser quelqu'un à se rendre dans le Dakota du Sud, dit l'une.

— Surtout une blonde, dit l'autre. Si c'était une Indienne encore, je comprendrais. »

Michael Horse éprouva le désir de rejoindre la colonie des collines. Il souffrait de solitude. On lui donna une petite maison avec deux pièces en enfilade. L'une pour qu'il puisse taper de nuit sans gêner le sommeil de ceux qui voulaient dormir, l'autre pour se reposer et manger. Il passait cependant la majeure partie de son temps dehors et, lorsqu'il faisait beau, il prenait sa machine à écrire avec lui.

Le feu qu'il avait transporté depuis la grotte était au centre du village. Il brûlait près du feu appartenant au Peuple des Collines. Michael Horse restait assis devant le feu. Les flammes brûlantes des deux foyers se rejoignaient dans l'air au-dessus d'eux et fusionnaient dans une même ardeur, l'une avec l'autre. Et le feu l'instruisait. Il savait que quiconque veille sur un feu apprend rapidement que le monde vit dans un feu. Et il écrivait ses pensées pendant la nuit.

Horse regardait les braises rougeoyantes à la racine des feux. Certains jours, il voyait un œil dans le bois, un œil qui le regardait aussi. Ou bien il apprenait le vent à la manière dont la fumée revenait vers lui. Il apprit l'espace d'air qui sépare deux gouttes d'eau lorsqu'elles tombent dans le feu, et ce n'étaient là que trois des éléments. Le dernier, il le connaissait de naissance.

Quand les camions transportant les derricks descendaient Main Street en grondant, les bâtiments vibraient, les tasses tremblaient sur les tables et les étagères. Les lampes suspendues des plafonds se balançaient d'avant en arrière. Ce bruit troublait Martha Billy. Ses mains étaient prises de tremblements dès qu'elle les entendait approcher depuis les confins de la ville. Elle souhaitait déménager et en avait parlé avec son mari à différentes reprises, mais il ne donnait pas signe de vouloir quitter les lieux.

« Je ne serai jamais enceinte ici », déclara-t-elle un jour, les larmes aux yeux — argument qui avait quelques chances de le convaincre. Et lorsque, une fois de plus, elle lui dit vouloir aller vivre dans les falaises, il eut un hochement de tête et répondit : « Ce ne sera plus très long, à présent. »

Martha Billy se faisait rapidement aux traditions indiennes. Telle une convertie à une foi nouvelle, elle avait embrassé ce monde avec ferveur, sans même un regard à son passé.

Joe Billy trouvait dommage qu'elle ait cette attitude envers les siens, qu'elle ne cherche pas même la bonté qui animait de nombreux habitants de la ville.

Mais Martha était devenue une rêveuse. Un matin, elle raconta son rêve à Joe avec des larmes dans les yeux ; elle avait rêvé qu'elle dormait sous un arbre couvert de chauves-souris.

Joe Billy se fit grave, car jamais il ne lui avait parlé de la médecine. « Que s'est-il passé ensuite ? s'enquit-il.

— Elles ont laissé tomber sur moi un petit rond lumineux, un globe. Pendant que je l'avais sur les genoux, elles ont drapé un châle sur mes épaules. Un châle aussi fin et léger que leurs ailes.

— C'est sûrement un signe », dit-il. Et il se leva aussitôt, se mit à rassembler ses affaires. « Le signal que nous attendions.

— Que fais-tu ? s'étonna-t-elle. Je ne comprends pas.

— Les chauves-souris te protègent. » Il prit un couteau. « Elles t'ont offert un monde de vie. » Il prit une couverture et une casserole. « N'emporte que le strict nécessaire. »

Elle ouvrit un tiroir, en examina le contenu.

« J'aimerais savoir ce que signifie cette histoire de chauves-souris.

— Je t'expliquerai plus tard. » Il prit un bol, une pelle, un rouleau de corde, et un petit sac rempli de graines de maïs luisantes que lui avait données Jim Josh, le jardinier. « Pour le bébé, je crois que tu as raison. Un enfant est un petit monde lumineux. C'est sans doute là le sens de ton rêve. »

Elle lui dit que le rêve avait une suite.

« Laquelle ? » Il s'interrompit dans sa tâche pour l'écouter.

« Après, j'ai pris la lumière avec moi, et j'ai marché le long d'un chemin rouge bordé par sept visages sculptés dans du bois rouge.

— Du cèdre. » Il la regarda de nouveau. « Est-ce que j'étais là ? Dans ton rêve, j'entends.

— Oui. Tu marchais devant moi sur ce chemin. » Elle acheva de rassembler quelques affaires personnelles dans un petit sac, prit un filet à cheveux, une bouteille d'eau de rose. « Je n'aurai pas besoin de verni à ongles, je présume. »

Joe Billy se mit à rire. « Non. Tu peux le laisser. »

En quittant la ville, Joe et Martha Billy traversèrent le quartier appelé Rag Row[1] où vivaient les ouvriers du pétrole. Les hommes dansaient au son d'un phono Victrola. Pauvres, car temporairement sans emploi, mais certains de reprendre bientôt le travail, ils se détendaient et se divertissaient comme s'ils étaient en vacances. Ils s'interrompirent pour regarder passer l'Indien chargé d'un gros sac bien rempli, et la femme blanche qui portait sur son dos

1. Se traduirait par « rue des Guenilles » (N.d.T.).

des casseroles attachées par des cordes, sous un grand parapluie qui protégeait sa peau claire du soleil. Les ouvriers les prirent pour des chiffonniers ambulants, de ceux qui aiguisaient les couteaux et vendaient des écheveaux de fil bleu ou violet. S'ils avaient eu de l'argent, ils les auraient arrêtés pour leur acheter des marchandises.

Pour tout autre marcheur, les falaises n'étaient guère qu'à une journée de route, mais Martha et Joe Billy emportaient leurs biens avec eux. Comme les escargots, ils portaient leur maison sur leur dos. Ralentis par leur fardeau, ils s'arrêtaient souvent pour se reposer. Le soir venu, avant que la nuit tombe, ils déposèrent leur chargement. Martha couvrit un rouleau de tissu à fleurs pour le protéger de la pluie et posa la batterie de cuisine à côté. L'endroit où ils campèrent cette nuit-là était tout proche de Sorrow Cave. Au-dessus d'eux, ils entendaient les cris perçants des chauves-souris.

« Elles ont le même cri que dans mon rêve », dit Martha.

Joe Billy attisait le feu. « Tu sais, ce qu'il y a de bien chez les chauves-souris, c'est que c'est une race de gens qui, comme nous, vivent à cheval sur deux mondes. »

Martha s'étendit pour regarder le ciel. Un unique nuage flottait dans les premiers rayons de lune.

Il poursuivit : « Et elles habitent les lieux les plus anciens de la terre.

— Je les aime, dit Martha. »

À la lueur du feu, elle ressemblait aux anges blonds des tableaux religieux, à l'ange qui aide les enfants à traverser un pont. Elle s'endormit.

« Tu rêves ? » s'enquit Joe Billy en se penchant sur elle.

Ses yeux papillonnaient cependant qu'elle contemplait le monde de dessous ses paupières. Joe Billy l'observait et se sentait exclu. Il se demanda s'il éprouverait ce même sentiment d'exclusion lorsqu'elle porterait un enfant en son sein.

Le lendemain matin, Joe Billy s'éloigna du campement pour aller prier au bord de la rivière. Il offrit du tabac, et il offrit une voix, comme on dit lorsqu'une prière s'élève de nos lèvres. Alors qu'il se tenait bien droit dans le soleil, qu'il parlait, pensait à prier pour les affligés et les affamés, les esseulés privés de compagnons, il aperçut un vif mouvement roux entre les arbres et entendit un clip-clop de sabots, et vit brièvement la silhouette musculeuse, reconnaissable entre toutes, de l'étalon, Redshirt, qui galopait, la queue flottant au vent de sa course. Avant même de rejoindre Martha en trébuchant sur les pierres, il s'écriait déjà : « Regarde ! C'est le cheval ! »

Mais Redshirt s'était déjà évanoui en fumée. « Il se paie encore la tête de Horse, c'est sûr. »

Ce matin-là, en cheminant, ils arrivèrent à Sorrow Cave. Dedans, il faisait frais. C'était un lieu sauvage, qui semblait ne jamais avoir été occupé par les hommes. Le plafond était couvert de griffures faites par les chauves-souris. On aurait dit un alphabet, une écriture mystérieuse qui demandait à être déchiffrée. Il n'y avait aucune trace de l'homme qui avait torturé des enfants, ni même de Horse qui avait vécu là avant de rejoindre le campement des Collines.

Au soir du second jour, les voyageurs virent les falaises rouges. Les falaises s'incrustaient dans la nuit qui gagnait, qui semblait s'écarter pour leur faire de la place, pour qu'elles puissent se blottir contre l'obscurité. Pas la moindre lueur d'un feu. Pas de signe de ceux qui vivaient au campement. Le Peuple des Collines détenait le secret de l'invisibilité. Mais Joe Billy savait qu'on les observait, Martha et lui. Derrière les buissons, des yeux grands ouverts suivaient leur avance tandis qu'ils approchaient, qu'ils trouvaient le sentier.

Martha n'était jamais allée à l'ancien village. Le chemin avait été poli par les pieds des Indiens des Collines. Il était bordé de grandes pierres rouges, sculptées en forme de visages et d'animaux. Elle regardait autour d'elle, admirait les belles pierres, les sculptures. Une tortue rouge dans sa carapace ronde et lisse se tenait près d'une touffe de serpolet. « Je me demande quel genre de gens vivent au bout d'un chemin comme celui-ci, dit Martha.

— Leur genre ? Ils vivent le long du chemin, et pas au bout. »

Le sentier était rouge — d'un rouge cramoisi dans le crépuscule. Il ressemblait un peu à la route de son rêve. Elle vit une grande pierre circulaire, avec un trou, et une spirale gravée dedans.

Il y avait aussi des ornements taillés dans du bois de cèdre rouge — un plant de maïs ici, une étoile là. Mais en dépit de ces sujets sculptés et constructions, le sentier ne devenait visible que quand le voyageur arrivait dessus.

Lorsqu'ils atteignirent le village, hommes et femmes vinrent à leur rencontre pour les saluer. En silence, ils leur offrirent des bols de purée de maïs, leur donnèrent un lit pour la nuit. Ils découvriraient le but de cette visite au matin, quand il serait convenable de poser des questions.

Le lendemain, Martha fut réveillée par un bruit mécanique répété. « Qu'est-ce que c'est ? »

Joe Billy agita la tête. « Je n'en sais rien. »

On aurait dit le cliquetis d'un télégraphe transmettant d'importants messages codés. « Tu crois qu'ils ont un bureau de Western Union dans un lieu aussi reculé ? »

En réalité, c'était Michael Horse qui tapait au grand air, assis à même le sol et penché sur sa machine à écrire. De temps à autre, quelqu'un venait le regarder, se demandait pourquoi le vieux Horse travaillait sur cette bizarre machine qui, plus curieux encore, avait appartenu à Grace Blanket. Que pouvait-elle bien faire avec ? Et il y avait pire : pendant que le vieil homme aux dents d'or tapait, l'étalon alezan qu'il désirait si fort passait en trottinant plusieurs fois par jour sans que le vieux relève le nez, sans qu'il le voie jamais. Connaissant son désir de posséder le cheval, les gens du camp s'en réjouissaient. Ils préféraient l'étalon alezan en liberté et se gardaient bien de signaler ses apparitions à Horse. Pour éviter qu'il remarque le cheval, certains enfants allaient jusqu'à faire du tapage dans la direction opposée. Horse n'en revenait pas. Jamais les enfants des Collines ne s'étaient conduits de la sorte. Il commençait à croire qu'ils devenaient aussi mal élevés que ceux de la ville. Et son étonnement divertissait beaucoup les Indiens des Collines conscients de lui jouer un tour. Les pères et mères se cachaient le visage pour rire discrètement. De temps à autre, un homme disait à Michael Horse : « Ils sont comme ça depuis l'invention des lames de rasoir. »

Joe Billy sortit voir d'où provenaient les cliquetis et trouva Michael Horse à sa machine. « Qu'est-ce que tu fabriques là ? »

Horse se redressa. « Ah ! Bonjour. » Mais, perdu qu'il était entre les mots et la page, il se laissa dériver loin de la conversation.

Outre ses travaux d'écriture, Horse apprenait le langage des chouettes et des chauves-souris. Ce qui n'allait pas sans peine. Même s'il avait appris le chinois pendant la révolte des Boxers, et un peu d'espagnol glané dans sa jeunesse auprès des marchands de chevaux, il s'estimait peu doué pour les langues. Il pensait cependant que s'il avait réussi à acquérir quelques mots de creek particulièrement difficiles, il était capable d'apprendre n'importe quoi, de sorte que, la nuit, il partait avec quelques hommes des Collines pour écouter la rumeur des ténèbres.

Le troisième soir, la lune était pleine au retour des hommes-chouettes et, pendant que Michael Horse clignait des paupières à la manière d'un hibou, Joe Billy sortit son offrande. Il s'assit près du feu, ouvrit son petit sac de cuir, puis tendit sa main pleine de minuscules graines de maïs. « Nous devrions les planter ce soir, dit-il. À la lumière de la lune.

— Il n'est pas un peu tard ? » s'enquit un homme des Collines qui rentrait de parler aux chouettes. Il s'exprimait avec douceur pour ne pas vexer Joe Billy qui suggérait de planter au mauvais moment de la saison.

« À Watona, le maïs atteint déjà cinq pieds de haut », remarqua Na-pa-cria, la coureuse.

« Il poussera ici, déclara Joe. Ces graines-ci prendront. »

Avant de biner le sol, l'une des anciennes l'interrogea encore : « Elles pousseront ? Même aussi tard dans la saison ? Elles ne sont pas malades, au moins ? » La vieille craignait que, comme certains humains, ces graines aient oublié la voie de la vie, mais Joe Billy parvint à les convaincre de planter à la lumière de la lune. En plantant, ils chantaient. Un chant nouveau, destiné au maïs nouveau. Un chant si doux, si fascinant, si délicat, qu'on aurait cru le murmure d'une rivière.

Don extraordinaire que ce maïs. En quelques jours seulement, les premières pousses sortirent du sol. Et se mirent à croître, à croître toujours plus.

L'une des plus vieilles femmes se tenait près de l'arche qui marquait l'entrée de la petite communauté quand elle vit le père Marshall Dunne, le prêtre du cochon, approcher. Émacié, osseux, le prêtre s'enveloppait d'une douceur nouvelle. Il fredonnait en cheminant, portait une canne de marche.

« Bonjour ma sœur », la salua le prêtre. Il entendit cliqueter la machine à écrire de Horse. La vieille lui sourit et lui prit la main. Joe Billy serra également la main maigre du prêtre.

Cette nuit-là, autour du feu, le prêtre déclara avec une grande et sage autorité qu'il avait une chose très importante à dire. Les Indiens s'assirent donc près de lui pour l'écouter.

« Il y a deux jours, commença-t-il, au plus chaud de l'après-midi, je me suis accidentellement trouvé en face d'un serpent à sonnette. » Il marqua une pause pour que tous prennent la mesure d'un tel danger, puis ajouta : « C'était un crotale diamantin.

— Et puis ? l'encouragea une femme.

— Il était enroulé. »

Tous l'écoutaient avec intérêt.

« Il s'est dressé pour frapper et m'a mordu. »

Ils acquiescèrent en hochant la tête ; ils attendaient la suite du récit.

« Eh bien, pour résumer, j'ai découvert que j'avais peur de mourir. » Il regarda autour de lui pour voir comment son auditoire réagissait à cet aveu.

Le peuple des Collines savait que les humains ont presque toujours peur de mourir. « Oh oui, dit l'un des hommes. Nous sommes ainsi nous-mêmes. » Et, de la tête, il fit signe au prêtre de continuer.

« C'est que, j'avais peur malgré ce que je promettais aux autres en leur disant qu'au terme de leur vie terrestre, ils iraient dans le monde doré du paradis. Je me suis senti bien hypocrite, vous comprenez ? »

Joe Billy traduisit pour les Indiens, leur expliqua qu'un hypocrite était un homme dont les paroles ne venaient plus du cœur. Ils connaissaient de telles gens.

« J'aurais aimé avoir la foi d'une graine de moutarde, ou du corbeau qui déplace une montagne grain à grain, mais je n'avais pas cette foi en moi. Et j'étais prêtre par-dessus le marché. »

Ils l'écoutaient maintenant avec plus de respect. Ils connaissaient la ténacité du corbeau.

« Je ne m'attendais pas à survivre, alors je me suis efforcé de penser comme le serpent, de voir les choses de son point de vue. Et, par cet effort, je me suis fondu dans le serpent. »

Joe Billy traduisit : « Il ne faisait plus qu'un avec le serpent. »

De la tête, ils l'encouragèrent à continuer.

« Je sentais ma propre épine dorsale sinueuse et ma langue fourchue, ma quête de la chaleur, de la nourriture, mes muscles et la peau de ma mue retournée comme un gant, abandonnée. J'ai compris que ce serpent était ma sœur. Et quand j'ai eu compris cela, la douleur brûlante du venin a quitté ma jambe. » Pour preuve, il leur montra sa jambe maigre et blanche. Dessus il y avait deux empreintes de crocs, et une petite tache bleue à l'endroit où le venin avait pénétré les tissus. « Et je ne suis pas mort. »

Les autres reportèrent leur attention de sa jambe à son visage.

« Le serpent est notre sœur, déclara-t-il. C'est là ce que je suis venu vous dire. Il est bon et sage de le savoir. » Il espérait que ce récit les aiderait à comprendre. Et les Indiens le fixaient toujours, attendaient qu'il leur révèle son importante découverte. Mais après avoir prononcé ces paroles, il demeura silencieux, au point qu'ils crurent que le prêtre avait changé d'avis et ne leur dirait plus rien.

« Le serpent est notre sœur », répéta-t-il.

Ils attendaient.

« Bien sûr, et qu'est-ce que tu as appris de nouveau, alors ? demanda un enfant.

— Ne sois pas grossier, veux-tu ? » le reprit sa mère.

Un matin, ce même printemps, Nola s'éveilla avec la nausée. Assise dans son lit, elle grignotait des biscuits secs pour apaiser son estomac tout en examinant la chambre dans laquelle elle se sentait chaque jour plus étrangère. Le papier fleuri de roses blanches qui tapissait les murs d'un monde autre que le sien lui rappelait la jolie roseraie de sa mère. Le mobilier était lourd, encombrant, comme son corps. Elle regarda Will qui dormait auprès d'elle. Il paraissait frêle ce matin, petit et diminué alors qu'elle s'enflait d'une vie nouvelle. Pour cette raison, elle lui tourna le dos lorsqu'elle s'étendit de nouveau. Pour d'autres raisons aussi, elle ne parlait presque plus au jeune homme et, lorsqu'il venait à elle dans la nuit, elle se détournait.

À vrai dire, Nola avait maintenant peur de Will Forrest. Après la découverte du pétrole sur les terres de Belle Graycloud, elle lui avait demandé de jeter un coup d'œil sur ses finances. Elle désirait savoir si elle disposait de réserves suffisantes pour éviter que ses amis ne se voient obligés de louer de nouvelles terres. Il lui apprit hélas que son père avait perdu la majeure partie de sa fortune en l'investissant dans des entreprises actuellement au bord de la faillite. Les vieilles craintes de Nola ressurgirent, et ses soupçons se portèrent une fois encore sur son mari. Elle était convaincue qu'il la tuerait un jour. Pas tant qu'elle se trouvait enceinte. L'enfant la protégeait. Mais plus tard, peut-être attendrait-il la naissance d'un second bébé comme d'autres l'avaient fait.

Peu importait à Nola que tous, y compris les pires commères de la ville, gardent un œil sur leur couple, voient que Will était fou amoureux de sa ravissante épouse. Mais ces mêmes commères voyaient aussi la tension qui régnait entre les jeunes gens — une tension si grande qu'elles retenaient leur souffle dans l'attente de quelque terrible dénouement.

De son côté, Will était déchiré entre sa femme et son père. Il ne doutait pas de pouvoir se racheter aux yeux de Nola, mais entre lui et M. Forrest, une brèche s'était ouverte, aussi définitive que lorsque le gel de l'hiver fend une bûche en deux.

Les commères étaient assez sages, assez âgées pour savoir qu'hommes et femmes ne se ressemblent en rien, en conséquence de quoi, elle savait aussi que les témoignages d'amour et les offrandes de Will étaient perçus tout autrement par Nola. La bague de diamant restait posée sur la commode, trop étroite pour ses doigts gonflés, bague dans laquelle elle voyait d'ailleurs le tribut du remords payé en pierres cristallines.

Elle arborait un visage fermé. Jour après jour, une part d'elle-même se retirait. Elle s'éloignait de lui peu à peu, sans même qu'il s'en aperçoive.

Les agents se rencontraient dans un petit vallon encaissé à l'écart de la ville, lieu secret où personne ne risquait de les surprendre. Une unique lanterne à la flamme en veilleuse était posée sur l'herbe. Sous le couvert de la nuit, les hommes discutaient. Il y avait là Luke « Montana », et un nouveau aussi, un agent d'assurances au col trop serré. Stace ne le connaissait pas.

« Le seul nom qui revienne à chaque meurtre est celui de Hale », déclara Ballard. Il mâcha un moment son cigare éteint. « Nous savons que c'est lui, mais nous n'avons pas de preuves. Sur chaque affaire, il est blanc comme neige, dans le droit fil de la loi. Et il a des témoins. » Il but quelques gorgées de Coca-Cola au goulot.

« Ce sont les lettres, dit Levee. Nous avons reçu la lettre de Walker avant sa mort. La lettre de John Thomas est arrivée environ un mois avant sa mort.

— Walker et Thomas ont envoyé des lettres ? s'enquit Stace, surpris.

— Tu ne les as donc pas vues ? » Levee regardait son collègue comme s'il doutait de lui.

« Pourquoi ne m'en as-tu pas parlé ? » Le détail ouvrit une nouvelle brèche de soupçon dans l'esprit de Stace.

« Je te croyais au courant. Tous les autres les ont vues. »

Dans cet espace de doute, Stace songea qu'on lui avait peut-être caché d'autres détails.

Ballard les interrompit : « Nous n'avons pas le temps de mettre ça à plat maintenant. Ce que nous savons, c'est que la plupart de ceux qui ont envoyé des lettres ont été tués. » Il rangea son cigare dans sa poche. « Et Michael Horse en fait partie. Nous ignorons ce qu'il est advenu de lui. Il s'est évaporé dans la nature sans laisser de piste que nous puissions remonter. Nous supposerons donc qu'il est mort. »

Stace se garda de dire où se trouvait Horse. « Et Moses Graycloud ? Que fait-on pour le protéger ? Vous l'avez averti ?

— Non, répondit Ballard. Comme sa terre ne rapporte pas, nous le pensons en sécurité. Mais nous posterons un garde devant chez lui demain.

— Pourquoi cela ? Il y a quelque chose de changé ?

— Peu importe à présent qu'il y ait du pétrole ou pas dans le sous-sol. S'il y a des terres, quelqu'un les veut. »

Stace se leva, fit quelques allers-retours pour se calmer. Puis il rejoignit le groupe d'hommes. Ils parlaient à voix basse tout en l'observant. Et soudain, Ballard se retourna pour s'en prendre à l'Indien.

« Stace, vous êtes trop impliqué dans cette affaire. » Il le foudroya du regard pendant quelques secondes, puis il reporta son attention sur les autres.

« Nous avons une fuite quelque part. Peut-être à la poste. »

Il marqua une pause avant d'ajouter : « Nous devrions envoyer une lettre. » Il se tourna vers le cowboy du Montana. « Vous allez l'écrire. Nous vous protégerons. Des hommes à nous arrivent en renfort par le train de demain. » Ballard avait cet air gêné d'un responsable mis en échec, douloureusement conscient que son plan était simpliste. Ce qui ne l'empêcha pas de dire à Luke : « Écrivez une lettre disant que vous avez des renseignements sur les meurtres commis en Territoire Indien. Ensuite, nous vous filerons pour voir ce qu'ils vont faire. Mais d'abord, il vous faut quitter votre emploi chez Hale. »

Levee parut soucieux. « Je n'aime pas beaucoup ça. Et s'ils le retrouvent ailleurs ?

— Nous veillerons sur lui.

— Qui vous dit qu'ils ne mettront pas un mois avant de mordre à l'appât, interrompit Stace en désignant Luke du pouce.

— Ils sont acculés, répondit Ballard. Regardez autour de vous. Les pâtures sont épuisées ; le quartier de Rag Row déborde d'ouvriers du pétrole au chômage, et Tar Town d'Indiens expulsés de chez eux. Jusqu'aux forêts qui sont brûlées. »

Après la réunion, Stace et Levee rentrèrent en ville ensemble. L'air nocturne sentait bon le printemps fertile. Ils marchaient tous deux en silence. Trop facile, songeait Stace qui doutait que le plan marche. Pour commencer, Luke avait peu de chance de s'en tirer vivant puisque les criminels s'étaient montrés plus fins que les meilleurs agents. Et surtout, il doutait du Bureau. « C'est une idée idiote. »

Levee tenta de changer de sujet : « Tu as retrouvé ta jument noire ?

— Elle court toujours en liberté. » Mais il ne se souciait pas du cheval, en bien meilleure posture que lui. Stace était seul, en dehors du cercle des autres agents à bien des égards. Il était tombé dans la faille entre leurs deux mondes. De quelque côté qu'il soit, c'était toujours le mauvais. Il ne dit rien d'autre à Levee. Dans sa tête, il se mit à chanter l'un des vieux chants de chez lui, un chant empreint de solitude.

Mais Levee rompit le silence. « Ils vont se débarrasser de toi, Stace.

— Je sais. » Il cessa de chanter mentalement et ses yeux se remplirent de larmes. « Mais je démissionnerai peut-être avant. »

Levee lui coula un regard en coin. Sans piper mot, mais Stace savait déjà que son collègue blanc voyait dans les larmes un signe de faiblesse. Il réprima donc ses sentiments. Pourtant, ses héros étaient des hommes capables de pleurer. Des hommes comme Crazy Horse qui avait passé sa vie et qui l'avait perdue en s'efforçant d'aider les siens à survivre. Dans sa douleur, il avait imploré et pleuré pour obtenir une vision auprès du peuple de pierre, du peuple de l'ombre, du peuple de la lumière du jour, de tous les esprits protecteurs sur la terre.

Ses larmes refoulées, Stace déclara à Levee : « Tu sais, nous sommes nombreux à souffrir d'un mal qui nous fait pleurer. Les gens comme toi ne sont pas sujets à ce mal, ni au profond chagrin qui l'accompagne. Black Elk pleurait. Tous les hommes bons et forts ont pleuré. »

Ils poursuivirent leur chemin en silence. Une fois dans l'hôtel, Levee souhaita bonne nuit à Stace, lui pressa maladroitement la main, et referma la porte de sa chambre. Les choses n'étaient pas si faciles pour Stace. Il ouvrit prudemment sa porte. Il avait peur. Sitôt à l'intérieur, il jeta un coup d'œil alentour, prit une veste et ressortit dans le couloir obscur, puis dans la rue.

Sa première pensée fut d'aller avertir Moses Graycloud qu'il était peut-être en danger, mais après avoir fait quelques pas, Stace s'arrêta soudain, comme s'il avait oublié quelque chose. Et il fit demi-tour.

De nouveau dans sa chambre, il prit un stylo, du papier, et écrivit une lettre à sa sœur : « Chère Imogene, je quitte ce lieu pour rentrer à la maison. Sois gentille de lire ce mot à notre mère. Dis-lui que je suis en route. Vous me manquez. »

Il resta assis à la table, se demanda si on avait volontairement omis de lui montrer les lettres. Puis il écrivit un mot pour Moses Graycloud, lui disant que sa vie était menacée à cause des lettres qu'il avait envoyées à Washington. Il plia le feuillet, le rangea dans sa poche, mais il cacheta l'enveloppe de l'autre message, l'adressa à Imogene Red Hawk, poste restante, Manderson, Dakota du Sud, mit un timbre dessus, et glissa le pli dans la fente de la boîte d'expédition à la réception de l'hôtel. Après quoi, il ressortit dans l'air limpide et frais pour se diriger vers la demeure des Graycloud. Il lui sembla qu'on le suivait. Pourtant, il marchait à découvert, sans même la protection des arbres. Des lampes brûlaient dans les collines. Parvenu devant les lilas odorants qui fleurissaient près de la boîte à lettres, il tourna le coin de l'allée. À la lumière de la lune et des lampes électriques suspendues en guirlande tout autour de la grange, il alla jusqu'à la porte d'entrée, glissa le mot dessous en prenant soin de le pousser hors d'atteinte d'un éventuel suiveur. Puis il s'éloigna, se fondit dans l'ombre noire des arbres. Parvenu au ruisseau, il noua sa veste autour de sa tête et marcha dans l'eau fraîche, sachant qu'ainsi, on ne pourrait le pister pour retrouver sa trace. En un sens, il prenait sans doute trop de précautions, mais, d'un autre côté, la peur le tenaillait. Il suivit le ruisseau jusqu'à la rivière Blue et Sorrow Cave qui la surplombait telle une bouche béante.

Il faisait encore nuit quand Stace sortit de l'eau. Il se sentait vaincu, mais libre aussi. Tout trempé qu'il était, il continua sa marche, aperçut les yeux d'un ragondin qui cherchait des œufs, se souvint avoir lu que, dans ces mêmes collines, forêts et prairies, Zebulon Pike racontait avoir tué 770 chats sauvages, 300 ours, et 3 000 cerfs. Pike avait écrit le récit de ses exploits afin d'encourager les gens à venir en ce lieu au gibier abondant. Ils étaient arrivés par trains entiers, à pied et à cheval, une marée humaine.

Stace décrivit un cercle autour de ses propres traces pour s'assurer qu'on ne l'avait pas rattrapé. Lorsqu'il fut sûr d'être en sécurité, il se dirigea vers la grotte du Chagrin où Michael Horse avait résidé quelque temps.

Tout en marchant, il pensait toujours à Crazy Horse — Crazy Horse qui n'avait jamais été blessé alors que huit de ses chevaux avaient été abattus sous lui au combat ; Crazy Horse, l'homme qui pleurait. Quand Stace avait pris son emploi de policier tribal, sa mère lui avait dit que les policiers lakotas avaient favorisé l'assassinat de Crazy Horse après lui avoir promis qu'il ne lui arriverait pas de mal — ils appelaient cela l'immunité. Ils l'avaient convaincu de parler au représentant du gouvernement des États-Unis, mais c'était un piège, et là, son propre ami Little Big Man l'avait tenu pour que les agents du gouvernement puissent le tuer. D'autres hommes, plus jeunes et jaloux, de ceux qui trouvaient le réconfort dans l'esprit de la bouteille, avaient alors tiré sur Crazy Horse mourant.

« Personne ne te fera confiance si tu es dans la police », lui avait dit sa mère d'une voix douce. Stace la revoyait encore, en peignoir, avec ses longs cheveux qui tombaient dans son dos.

Une fois mort, Crazy Horse avait été coupé en deux pour tenir dans une caisse. Comme s'il n'avait pas été assez partagé de son vivant. Ses parents l'emportèrent. Personne ne les suivit. Tous étaient trop atteints pour faire des adieux à son corps divisé. Les Lakotas portaient encore le deuil de cet homme bon et brave qui avait aimé son peuple et l'avait défendu. De cet homme suffisamment brave pour pleurer.

Stace leva les yeux vers le ciel. « Grand-père », commença-t-il. Et ce seul mot l'interrompit. Les yeux levés vers le ciel, il se mit à pleurer, s'assit dans l'herbe haute. Il n'avait confiance qu'en la nuit, demeura sur place jusqu'aux premiers rayons de l'aube grise à l'est. Alors, il se leva, entonna un chant au matin, puis il reprit sa route en direction de la grotte.

Longtemps après avoir vu Stace Red Hawk glisser un mot sous la porte des Graycloud et disparaître dans la nuit, Floyd demeura caché derrière le magnolia. Il attendait que son fils, Ben, rentre à la maison.

Peu avant l'aube, Ben et Cal apparurent en titubant. Ils s'assirent devant la maison et, tout en buvant au goulot, se mirent à tirer à tour de rôle sur les lampes, à rire entre les coups de feu.

Floyd n'osait plus bouger de crainte qu'ils lui tirent dessus. Aucune lampe ne s'allumait à l'intérieur.

Dans la maison, les Graycloud s'écartèrent des fenêtres en attendant que les détonations cessent.

Floyd ne reconnaissait plus son fils et se méfiait de lui. Il attendit lui aussi en silence. Au bout d'un moment, Cal s'endormit à même le sol. Ben entra en titubant, en marmonnant pour lui-même. Floyd le suivit, ramassa le mot au passage, le lut avant de rejoindre Ben, pâlit et se laissa tomber sur une chaise. Sous le choc, il en oublia son alcoolique de fils.

Il n'avait pas bougé quand le coq se mit à chanter. Et quand Moses descendit, fleurant bon la lotion capillaire, Floyd montra le message à son beau-père. D'un commun accord, ils décidèrent qu'il leur fallait protéger encore la maison. Puis Floyd monta à l'étage, alla trouver son fils qui dormait comme une souche dans l'alcôve du couloir, et s'assit sur le bord du lit. Il secoua doucement le garçon. « Ben ? »

Ben cligna des yeux, ses muscles se raidirent. « Laisse-moi tranquille.

— Ben, j'ai à te parler. »

Mais Ben se redressa dans les draps en désordre et tira son couteau de dessous.

Floyd s'écarta de lui, surpris de se voir menacé par la chair de sa chair. « Qu'est-ce qui te prend ? » s'enquit-il, les yeux écarquillés.

Mais Ben tourna la lame vers son bras et s'entailla la peau. Saisi de terreur, Floyd répéta : « Qu'est-ce qui te prend ?

— Fiche le camp de là et laisse-moi tranquille ! » hurla Ben.

Puis il boutonna l'unique bouton de sa chemise et se précipita vers l'escalier. Floyd tenta de l'intercepter. Ils luttèrent un moment, jusqu'à ce que Ben frappe son père au menton avant de dégringoler les marches pour filer vers Tar Town.

Floyd s'assit sur le lit de Ben, effleura sa mâchoire meurtrie, posa les coudes sur ses genoux et se prit la tête dans les mains.

Ce matin-là, le shérif se présenta pour enquêter sur les coups de feu tirés pendant la nuit. « C'était une querelle de famille », déclara Belle. Puis, après réflexion, elle ajouta : « Tu as pris ton temps pour venir. » Mais elle ne lui en tenait pas rigueur, sachant pertinemment que les agents de l'ordre étaient pétris de terreur. Sans compter que s'il était venu plus tôt, il aurait pu abattre Ben et Calvin.

Le shérif s'invita dans la cuisine et ôta son chapeau. C'était un homme calme, toujours d'humeur égale. Ils le recevaient volontiers.

Ce même matin, quand Lettie descendit de sa chambre, il paraissait heureux de la revoir.

« Ben n'est plus le même depuis qu'il est parti pour cette école, dit-elle.

— Comme Tom Longboat », dit le shérif.

Lettie haussa un sourcil interrogateur. « Qui est-ce ?

— Longboat ? C'était un coureur. Il est allé à l'école de Carlisle. Et il courait si bien que les autres n'appréciaient pas de courir avec lui puisqu'il gagnait toujours. Il n'y avait pas de surprise ni même de compétition. »

Belle s'efforçait de suivre, mais elle accusait la fatigue de ses nuits passées à veiller.

Floyd mentionna le message au shérif. Il le prit sur la table, le déplia. « Qu'est-ce que tu penses de ça, Jess ? »

Belle surveillait les abords de la maison tout en sortant des biscuits du four pour en offrir à Jess Gold. Elle le regarda manger, puis elle se décida à lui demander : « Est-ce que tu aurais un homme disponible pour nous protéger ? »

Il l'examina attentivement. « Je ne sais pas. Je ne pense pas que tu aies lieu de t'inquiéter. » Son regard se reporta sur Floyd. « Enfin, je peux envoyer un gars jeter un coup d'œil de temps en temps si ça vous rassure. » Il se leva. « Oui. C'est ce que je vais faire. » Il plongea dans les yeux de Lettie et lui sourit avant de se retirer.

Quelques heures plus tard, ils virent l'un de ses adjoints passer en voiture, faire demi-tour et passer de nouveau. Belle n'était pas rassurée pour autant. Elle se prépara à partir dès l'aube le lendemain, comptait se rendre dans les collines pour voir si quelqu'un là-bas pourrait leur venir en aide.

Quand Stace Red Hawk arriva à la grotte le lendemain, elle résonnait différemment, et le vent en jouait comme d'une flûte. Elle sentait l'humide et le moisi, semblait avoir changé de dimensions. Tout au fond, dans un coin, il aperçut un trou à l'endroit où la balle avait entamé la pierre. Un rai de lumière s'y infiltrait. À l'oreille, Stace devinait la présence de grottes attenantes à celle que Michael Horse avait occupée. Il n'y avait plus de traces de lui. Stace s'inquiétait pour le vieil homme. Assis à l'entrée de la grotte, il se demanda comment le retrouver. Puis il résolut de se mettre en quête de l'étalon. Le vieux ne serait pas loin de Redshirt.

Il contourna un groupe d'arbres, un affleurement de roches, vit bientôt des empreintes de sabots. Il était donc sur la bonne voie. C'est ainsi qu'en fin de journée, il se trouva sur la route rouge qui menait au village des collines. C'était une belle route, bordée de sculptures d'hommes et d'animaux pour marquer le chemin. En passant devant un faucon de grès rose, il repensa à chez lui, aux faucons qui perchaient sur les poteaux de clôtures dans le Dakota du Sud. Il passa la statue d'un serpent enroulé en spirale. L'étalon alezan ne pouvait qu'être dans un lieu tel que celui-ci.

Il faisait presque nuit et l'air avait fraîchi quand il approcha du village. Une femme vint à sa rencontre. Il était impossible de lui donner un âge. Elle semblait hors du temps. Son visage était lisse. Elle offrit une main douce à Stace. Lorsqu'ils atteignirent le village, Stace s'étonna de voir tant de gens, les huttes couleur de terre qu'ils habitaient. « Jamais je n'aurais imaginé que vous étiez là.

— On ne peut pas nous voir d'en bas.

— Je cherche Michael Horse, dit-il. »

Elle eut un geste en direction du feu. « Là-bas. »

Assis devant le feu, Michael Horse le nourrissait de petits éclats de bois fendu. Le feu doré couvait dans les premières lueurs bleutées du crépuscule. Horse fixait les braises rougeoyantes à la racine du feu. Il ne voyait qu'elles. Ne voyait ni Stace, ni Joe Billy qui, près de lui, pétrissait la pâte pour le pain.

Le feu fumait en direction de Horse. Il toussa, se mit de côté, l'attisa avec un bâton, puis souffla sur les braises pour qu'elles chauffent davantage.

Les Indiens des Collines étaient comme les habitants de l'Iowa, ce soir-là. Stace sourit à cette pensée. Ils regardaient pousser le maïs, ravis de voir les jeunes plantes, la vitesse à laquelle elles croissaient. Mais ils n'étaient pas encore convaincus que ce maïs-là donnerait des grains tendres et savoureux.

Stace s'assit en silence près de Michael Horse. Qui ne leva pas les yeux. De son bâton, il caressait les pierres. Puis il prit quelques cailloux en forme d'œuf posés en bordure du feu et appliqua l'une de ces pierres chaudes contre son épaule. « C'est un tel travail de rester assis à surveiller le feu que j'en ai mal dans le dos », expliqua-t-il. Il sourit à Stace, et les flammes se reflétèrent dans ses dents d'or.

Au même moment, le prêtre passa, portant un encensoir fumant. Stace le regarda passer, puis demanda à Horse : « Qu'est-ce qu'il fait ici ?

— Tout le monde vient ici. Les gens commencent à s'inquiéter. Mon intuition me dit qu'Ona Neck en personne ne devrait pas tarder à nous rejoindre. Le bon père, ce sont des armées de fourmis qui l'ont chassé de son campement. Il a trouvé le chemin d'ici par accident.

Le prêtre s'arrêta en entendant Horse parler des fourmis. « Elles étaient terribles », déclara-t-il après avoir salué Red Hawk. Puis il se tourna vers Horse. « Je me demande bien pourquoi vous n'avez pas de fourmis ici.

— Il y en a, mais nous les nourrissons. Ainsi, elles restent à l'écart de nos provisions.

— Cela ne me serait pas venu à l'esprit. » Le prêtre secoua la tête, sidéré de sa propre ignorance.

« Nous nourrissons aussi les corneilles, lui dit Horse. C'est pourquoi le maïs est toujours en vie et pas dévoré par les merles. »

C'est alors que Stace remarqua Martha Billy qui marchait dans le champ de maïs, entre les tiges et les feuilles vertes.

« Elle brunit chaque jour davantage. On jurerait une Indienne », dit Horse.

La plupart de ceux des Collines restaient à l'écart de Stace, de Horse et du prêtre. On leur apprenait à se méfier des gens venus de la ville. Et, bien que connaissant Belle Graycloud comme l'une des mères de Nola Blanket, ils restèrent silencieux lorsqu'elle arriva le lendemain et demanda à parler au conseil des anciens.

Lorsqu'un temps raisonnable se fut écoulé, ils accédèrent enfin à sa requête de s'entretenir avec les anciens. Ainsi, la nuit venue, elle s'assit devant eux, se laissa examiner un moment, comme c'était la coutume. « De quoi as-tu besoin ? s'enquit enfin une femme.

— J'ai besoin d'aide. Quand Nola était en danger, vous avez envoyé des coureurs pour veiller sur elle. »

Ils hochèrent la tête.

« À présent, c'est nous qui avons besoin d'aide.

— Hmmmm », fit la plus vieille des femmes. Ses cheveux étaient blancs. Elle écouta Belle parler, puis elle commenta : « Alors, il a écrit une lettre aux États-Unis ? Et maintenant, il est en danger. C'est pourquoi nous ne parlons pas à leur gouvernement. » Et elle continua de fixer Belle.

« Autre chose, dit celle-ci. Mon petit-fils. Il est rentré de l'école Haskell malade. Il a volé un cheval. Il a maudit son père. » Elle s'interrompit, luttait contre les larmes.

« Oui, dit la femme. Ils rentrent avec le coup de poing facile. Ils frappent père et mère. » Elle se tut un bref instant. « Tu as été bonne envers nous, Belle. Tu as aimé tes enfants et veillé sur eux. Tu as toujours été honnête dans ton commerce. Nous t'accorderons deux de nos coureurs. L'un veillera sur ta maison. L'autre restera auprès de Ben. Et nos nouveaux coureurs parlent anglais à présent. Cela devrait faciliter les choses. »

Belle acquiesça de la tête, pleine de reconnaissance, et resta immobile, les yeux baissés.

La vieille se tourna pour parler à un jeune homme. Il s'en fut et revint bientôt en tenue de ville. Puis elle s'adressa à une jeune fille qui se leva aussitôt. Alors, la vieille dit à Belle : « Elle gardera ta maison.

— Mais... c'est une fille ?

— Okeena n'est pas une personne ordinaire. Tu verras. »

La jeune fille vêtue de souple peau de daim blanche était déjà partie.

« À présent, il faut que tu manges », dit la vieille. Et elle fit signe à Belle de rejoindre les autres auprès du feu.

Belle s'étonna de voir Stace. « Que fait cet homme-médecine sioux ici ? » Mais avant que quiconque ait eu le temps de lui répondre, elle remarqua Horse et s'adressa directement à lui : « Et toi ? Qu'est-ce que tu fais là ? » Puis elle vit le prêtre. Mais avant qu'elle ne demande pourquoi tout Watona était au village des collines, Horse lui répondit : « J'écris un nouveau chapitre de la Bible. »

Sidéré d'entendre cela, le prêtre l'interrompit : « Tu ne peux pas, ce n'est pas possible. »

Et Horse de poursuivre : « Je cherche aussi mon cheval bai. » Puis il se tourna vers le prêtre. « Je pensais justement que tu saurais comment je dois m'y prendre pour faire ajouter ce chapitre au bout du livre. »

Belle le dévisageait. « Tu n'as donc toujours pas retrouvé le cheval de Benoît ? »

Michael Horse fit non de la tête. Son front se plissa légèrement. « C'est un vrai sauvage, ce cheval. »

Irrité, le prêtre l'interrompit de nouveau : « Tu ne peux pas écrire un chapitre de la Bible. C'est la parole de Dieu.

— C'est pourtant plein de noms d'hommes. L'Évangile selon Jean, par exemple. Pourquoi pas l'Évangile selon Horse ? » Il poursuivit la discussion sans un regard au père Dunne. Belle Graycloud alla s'asseoir avec les femmes de l'autre côté du feu.

Mais le prêtre n'avait pas renoncé. « Ils ont copié ce que Dieu leur dictait. Ce n'est pas pareil.

— C'est exactement ce que je fais. » Horse jeta un coup d'œil au prêtre. « Je veux juste savoir comment déposer le manuscrit. Je croyais que tu saurais ça. »

Les traits du prêtre se figèrent.

« Vois-tu, mon fils, reprit Horse, la Bible est remplie d'erreurs. J'ai entrepris de les corriger. Par exemple, je n'y ai pas vu écrit que toutes les créatures vivantes étaient égales. »

Le prêtre agita la tête. « Ce n'est écrit nulle part. Le texte dit que l'homme est le maître de toutes les créatures sur terre.

— Justement, c'est cela qu'il faut corriger. Tu ne vois pas que c'est là que le bât blesse ? »

Cette nuit-là, Jim Josh remonta le sentier en traînant la jambe. Il sourit aux anciens. Qui ne lui sourirent pas en retour. Il eut le sentiment de n'être qu'un vieux sot. Cela n'avait pourtant rien de personnel, mais il ignorait à quel point son arrivée ajoutait à leurs soucis. Un homme de plus avait trouvé le chemin qui conduisait à eux. Ils échangeaient des regards silencieux quand Josh leur déclara : « J'ai entendu parler de votre maïs.

— Et alors ? s'enquit un des hommes.

— J'aimerais le voir.

— Là-bas », dit une femme en montrant du doigt.

Josh lui-même fut étonné par les tiges vertes et saines qui se dressaient dans le champ.

Tôt le lendemain matin, Belle quitta le village, accompagnée par un coureur, vêtu d'une chemise western et d'un jean à la manière des cow-boys. L'homme était maigre, noueux. Il s'appelait Silver.

Tous deux se rendaient à Tar Town en quête de Ben. Ils marchèrent en silence presque toute la matinée. Belle voyait que rien n'échappait à l'œil aiguisé du coureur — pas même les oreilles roses d'un lièvre. Elle se sentait en sécurité avec lui. Ils traversèrent un pont sur la rivière Blue. Belle regarda l'eau bleue paisible et les berges couleur de rouille. Un beau spectacle que cette rivière qui coulait depuis le Kansas, traversait les plaines aux abords de Tulsa, et longeait les falaises à proximité du village des collines.

« C'est beau, dit-elle à son compagnon. Mais je sais que l'enfer compte quatre de ces rivières, et que l'une d'elles est la Great Blue. » Le paysage dévasté rehaussait la clarté limpide de l'eau qui brillait là tel un joyau. Par endroits, des fuites de pétrole comme celle de la source sur les terres de Belle noircissaient les berges ; des fûts de pétrole rouillés abandonnés dans l'eau stagnante polluaient les zones de marais où les insectes pullulaient et se reproduisaient.

Vers le soir, ils virent un coyote qui grattait la terre. Ils longèrent des arbres tués par les psychés. Nombre de champs avaient été brûlés, calcinés ; les autres étaient stériles d'avoir nourri le bétail affamé et trop nombreux qu'élevaient les dévoreurs du monde. C'était un spectacle affligeant.

Enfin, ils aperçurent les abords du bidonville appelé Tar Town. Le camp était le prolongement du paysage noir ravagé, entassement de structures anarchiques qui s'étendaient au loin, derrière les collines de mesquite. Les cabanes, montées à la va-vite pour abriter leurs habitants de la pluie, étaient pour la plupart recouvertes de carton goudronné noir.

Voyant ce peuple autrefois beau qui vivait dans le dénuement et la misère, Silver se fit silencieux.

Belle songeait aux êtres bons déchus qui vivaient dans ce village de carton goudronné, aux hommes brisés, détruits, aux femmes qui avaient été chanteuses et tendres mères. Les enfants bruns chétifs ne semblaient guère avoir d'avenir. Dans leur mutisme, Belle et Silver craignaient que la maladie du désespoir, aussi dévastatrice que la variole, soit aussi contagieuse.

Ils se préparèrent à traverser ce misérable monde des limbes pour tenter d'y retrouver Ben. En approchant du campement, ils entendirent le murmure des voix, sentirent les odeurs de la vie humaine — odeurs de cuisine, de fumée, de combustible, odeurs de corps humains qui se délitaient. Sous les fils à linge, des chiens se poursuivaient dans la poussière. Des vieux élevaient leurs pieds enflés et douloureux, et il y avait des bruits de toux, par quintes violentes, annonciatrices de tuberculose.

Tout en marchant, Silver priait pour ce peuple blessé. Et il se taisait. S'était promis de n'accepter ni nourriture ni boisson dans ce monde brisé, antichambre de l'enfer.

Belle observait les gens. La douleur avait le don de transformer les corps. La peau humaine se muait en autre chose, un mur, une membrane entre le monde de la création et celui de la destruction. Elle se souvenait de cela — la première leçon qu'elle avait apprise de Sam Billy quand elle l'assistait au chevet des malades bien des années plus tôt.

Son peuple avait pourtant enduré bien des malheurs, mais cette autre misère l'accablait, lui tombait dessus avec le poids du désespoir.

Ils demandèrent à un homme s'il savait où se trouvait Ben Graycloud. Il fit non de la tête, le regard sombre et lourd de tristesse, puis il se détourna.

Dans ce lieu désolé, ils finirent par retrouver Ben, le teint grisâtre, émacié. Derrière lui s'étendait un cimetière de voitures abandonnées, en pièces, voitures que conduisaient autrefois de fiers Indiens, hommes et femmes, à travers les paysages incurvés de la terre ronde.

Ben se tenait campé devant une table improvisée, jambes écartées, dans une posture qu'il croyait virile. Cal lui faisait face. Il portait les vêtements volés à l'épouvantail de Belle dans son champ de maïs. Ils travaillaient sur quelque chose, mais en voyant Belle approcher, Ben recouvrit l'objet d'un chiffon rouge taché de graisse.

« Ben, je suis heureuse de te retrouver. » Elle regarda la table. « Qu'est-ce que tu fais ? demanda-t-elle.

— Rien. » Ben évita ses yeux et, de ses mains tremblantes, il écarta ses cheveux de son visage.

Belle remarqua qu'il avait du sang sur les mains. Elle s'avança, souleva le chiffon souillé. Sous ses yeux, sous le chiffon sale, il y avait un aigle royal, la tête tournée de côté, le cou flasque, ses ailes d'un brun doré déployées dans la mort, étalant le dessin de leurs plumes lisses. L'une d'elles était en partie sectionnée — un piètre travail de découpe. Le couteau couvert de sang que les garçons employaient était émoussé. L'aile était arrachée plus qu'elle n'était coupée. Une balle avait pénétré la poitrine au doux duvet.

Belle lui tourna le dos et s'éloigna. Elle retenait ses larmes. Tandis qu'elle quittait Tar Town, des personnes qui l'avaient connue la hélaient. « Apportenous du café », lança l'une d'elles. Une femme en fin de grossesse demanda des bananes et des chaussures.

Quelques rats à longue queue s'enfuirent sur le passage de Belle. Un nuage passa. Elle se taisait. Silver aussi. Ils marchaient tous deux en silence, accompagnés par le seul bruit de leurs pas sur le sol chaud et poussiéreux.

Lorsqu'il se mit à pleuvoir, Belle songea que le ciel lui-même en pleurait. Les gouttes laissaient des taches humides sur la poussière.

Ils se frayèrent un chemin entre les tessons de verre et les vêtements en guenilles. Ils marchèrent presque toute la nuit, longeant des tas d'ordures et de détritus, jusqu'à ce qu'ils arrivent en un lieu où nul bidon rouillé ne souillait le sol, où rats et autres éboueurs de la nature n'avaient pas appris à se nourrir au voisinage des hommes. Là, ils s'arrêtèrent pour finir la nuit, mais aucun des deux ne dormit.

Lorsqu'ils eurent enfin trouvé un endroit propre, un endroit qui semblait épargné par les destructeurs, ils s'étendirent sur l'herbe verte pour contempler le ciel nocturne. L'herbe dégageait une odeur fraîche, une odeur de renouveau, tout comme le printemps.

« Tu sais, les Européens ont d'autres constellations que nous. » Belle réfléchit aux constellations, songea que, là où elle voyait un homme et une femme côte à côte, ceux qu'on appelait le Ciel et la Terre, les Blancs voyaient deux garçons jumeaux. Que là où elle voyait deux personnes enlacées, ils voyaient un homme et une arme. Elle songea qu'au moins, ils voyaient un dieu qui tenait ses pouvoirs de guérison d'un serpent. Et puis, elle réfléchit encore. Les chauves-souris ! Ils n'avaient pas de chauves-souris. Et elle effleura la météorite à son cou.

Le lendemain, alors que Belle et Silver approchaient de Sorrow Cave, les voix aiguës de jeunes gens qui parlaient avec animation leur parvinrent. Il y eut un coup de feu. Suivi d'acclamations. Belle se tourna en direction du bruit et s'avança jusqu'à distinguer un groupe d'hommes rassemblés près de l'entrée sombre de la grotte.

À l'insu des Indiens de Watona, ils avaient déclaré la guerre aux chauves-souris suite à un cas de rage ayant causé la mort d'une fillette. Ils croyaient à tort les chauves-souris porteuses de la maladie. Une récompense d'un dollar était offerte pour chaque « rat volant », comme les appelait le journal. De sorte qu'un nombre respectable de jeunes gens et de pères de famille se tenaient maintenant à l'entrée de la grotte et tiraient dedans. Effrayées, les chauves-souris tombaient à terre. Et ils tiraient au hasard tandis que les bêtes hurlaient de terreur, prisonnières de la grotte dont les hommes bloquaient l'entrée.

« Attention aux balles, elles pourraient ricocher », lança un des adultes.

Belle reconnut également un groupe d'ouvriers pétroliers au chômage. Ils fumaient en attendant que les jeunes gens aient fini pour prendre le relais et gazer la caverne. Le shérif se trouvait parmi eux, ainsi qu'un de ses adjoints, le sang-mêlé Willis.

En s'approchant encore, Belle put entendre le tumulte des bêtes à l'intérieur, voir les mains tendres des garçons sur les fusils. Ils étaient excités, et leurs mains tremblaient quand ils tiraient. L'un d'eux grinçait des dents.

Le soleil était haut. Depuis l'ombre d'un arbre, Belle observa la scène, puis elle dit à Silver : « Va chercher des gens pour nous aider. Raconte-leur ce qui se passe. Dis-leur que les jeunes tirent sur les chauves-souris. »

Une fois seule, Belle s'employa à se calmer, à maîtriser ses émotions. Elle s'efforça de vider son cœur de colère, car il était dangereux d'alimenter ce genre de situation par des sentiments trop forts. Elle sentit le vent tiède qui soufflait de l'ouest. Et elle gravit la pente pour gagner la grotte en prenant soin de contourner les roches.

Le shérif la salua, mais elle ne répondit pas. Elle s'avança jusqu'à l'entrée de la grotte, sortit son pistolet, le braqua sur les garçons. « Arrière », déclara-t-elle posément.

Ils la dévisagèrent, et l'un d'eux murmura : « Elle est folle. Je crois qu'elle ne plaisante pas. Reculez-vous. » Les garçons s'écartèrent de l'entrée de la grotte.

Belle jeta un bref coup d'œil à l'intérieur de Sorrow. Dans la pénombre de la caverne, elle vit quelques bêtes mortes, ensanglantées. D'autres tentaient de fuir par un trou dans le fond. Le lieu vibrait de leur peur.

Elle regarda les hommes en contrebas. « Que personne n'entre ici. » Et elle braqua le pistolet sur eux, les traits figés, sévère, pour qu'ils comprennent qu'elle était sérieuse. Derrière elle, les chauves-souris criaient toujours.

Quelques jeunes gens ricanaient tout en traînant les pieds. « Bah, ce n'est jamais qu'une vieille. »

Ils tentèrent d'approcher, croyant qu'elle renoncerait. Mais le shérif Gold, qui se tenait derrière les hommes, savait qu'elle ne céderait pas. « Arrière, les gars », ordonna-t-il. Les jeunes gens se tournèrent vers la voix autoritaire de Gold, et ils obéirent.

« Belle, bon sang, c'est sérieux, dit alors le shérif. La violence n'a jamais été une solution.

— Là, tu te trompes. Par ici, la violence résout tous les problèmes.

— Tu ne peux pas perdre la tête pour le moindre oiseau, le moindre serpent. » Il semblait las. « Allons, Belle, pousse-toi de là. »

Elle leva son pistolet. « Ne t'avise pas de monter. »

Il toussota. « On a eu un cas de rage, Belle. »

Elle le visa. « Sans doute quelqu'un que tu as mordu. » Et, sans bouger d'un pouce, elle ajouta : « Je reste. Et je veux que tous ces hommes s'en aillent. »

Silver monta en partie la colline avant de disparaître à sa vue. Aucun des hommes ni des garçons n'avait remarqué sa présence, car toute leur attention était fixée sur Belle. Hommes et garçons allaient et venaient, parlaient entre eux. « Qu'est-ce que vous comptez faire ? demanda l'un d'eux au shérif.

— Je n'en sais encore trop rien. » Il avait le soleil dans les yeux, mais il surveillait Belle. Plantée là, elle ressemblait à une montagne. Un corbeau en vol passa devant elle et croassa. Gold lui cria : « Belle, descends de là, maintenant. Arrête de nous compliquer la vie. »

Belle fit celle qui n'entendait pas. Elle resta à son poste, à protéger le double monde des chauves-souris aux chants sifflés qui vivaient dans l'obscurité profonde et fraîche, des chauves-souris amies des arbres, belles créatures haïes de ceux qui prétendaient vivre à la lumière.

L'un des garçons cracha par terre. « Merde, elle est folle. Elle raconte n'importe quoi. Vous devriez l'abattre. »

Belle résolut de garder le silence. Elle ne négocierait pas avec la loi. Ne voulait pas leur offrir ne serait-ce que le son de sa voix. Et quand le shérif lui lança : « Les chauves-souris sont des nuisibles. Elles sont malsaines pour l'homme », Belle resta de marbre.

La lumière de l'après-midi se teinta d'or. Belle resta à l'ombre, sous l'entrée de la grotte. Elle sentait l'air frais dans son dos. Derrière elle, les animaux de l'ombre émettaient parfois de doux et discrets jappements, changeaient de position. Sous la protection de la vieille femme, certains étaient occupés à mourir, parmi ces animaux dont la voix les guidait comme une prière pour leur montrer le chemin, leur ouvrir un passage à travers la vie. D'autres s'installaient de nouveau dans le silence, ouvraient et repliaient leurs ailes, d'autres encore, suspendus aux pierres, regardaient vers l'entrée de leurs petits yeux luisants.

« Va me chercher Moses Graycloud », dit Jess Gold à Willis, son adjoint indien.

Quelques garçons s'assirent à terre.

Le soir tombait déjà quand Willis revint, accompagné de Moses. Okeena était avec eux, silencieuse, sur ses gardes. Le shérif éprouva un vif soulagement. « Viens parler à ta femme pour qu'elle entende raison. Elle est plus têtue qu'une bourrique.

— Que se passe-t-il, s'enquit Moses, comme si l'adjoint ne lui avait rien dit.

— Les chauves-souris. Elle refuse que nous les exterminions. » Le shérif tendit un porte-voix, regarda Okeena. « Et elle, qui est-ce ?

— Une amie de la famille. » Moses prit le porte-voix, le porta à sa bouche, leva les yeux vers la grotte et appela : « Belle ! » Silence. « Belle ! cria-t-il de nouveau. Tu m'entends ? Je monte. » Sans attendre la réponse, il entreprit de gravir la pente en direction de la caverne.

« Sois prudent. Elle est dangereuse cette fois », l'avertit Jess Gold en s'effaçant pour le laisser passer.

Peu de temps après, les voix de Belle et de Moses leur parvinrent d'en haut. Ils tendaient l'oreille pour mieux guetter la descente du vieux couple quand, soudain, un coup de feu déchira l'air. Les hommes se plaquèrent au sol et Jess Gold s'exclama : « Elle lui a tiré dessus ! » C'est alors que la voix de Moses retentit, amplifiée par le porte-voix : « Je reste en haut. Et si quelqu'un s'avise de monter, je tire.

— Ils sont tous devenus fous », grommela Jess. Il jeta un coup d'œil en direction d'Okeena. Elle avait disparu.

Quelques secondes encore, et une foule d'Indiens des Collines se matérialisait, comme une émanation du paysage lui-même. « D'où ils sortent, ceux-là ? Je ne les ai jamais vus. »

L'adjoint Willis fit un signe en direction des falaises rouges.

« Tu veux dire qu'ils arrivent du Kansas ? » s'enquit Gold, médusé. C'est alors qu'il vit Joe Billy et Martha dans le groupe. Elle avait bien changé, il ne l'aurait pas reconnue. Le prêtre au cochon était là, lui aussi. Et Red Hawk, le type du Dakota. Et Horse par-dessus le marché. Il ne vit pas Jim Josh qui avait ôté ses chaussures et massait ses pieds pâles.

Gold regarda les Indiens monter vers la caverne.

Belle était prête à se battre pour ne pas qu'on l'arrête. Elle se tenait au garde-à-vous cependant que les agents de l'ordre cherchaient un autre chemin pour atteindre la grotte.

Jess Gold finit par se décider à envoyer un garçon en ville pour demander des renforts à la police d'État.

Un homme se mit à rire. « Voilà qu'on appelle la milice pour une histoire de chauves-souris ! ironisa-t-il.

— Dis-leur que la situation est potentiellement dangereuse. » Jess se tourna vers l'endroit où se tenait précédemment son adjoint. Personne. « Willis ! » appela-t-il sèchement. Rien. Il parcourut les visages des yeux. « Où est passé Willis ? »

Le garçon qu'il fixait fit signe de la main en direction de la grotte.

Mis au courant du face-à-face qui se jouait à Sorrow Cave, le Dr Levee arriva sur place en même temps que la police d'État. Il faisait maintenant presque nuit.

Avec l'arrivée des renforts, l'atmosphère se détendit. L'air lui-même semblait plus léger. À présent plus à l'aise, les hommes s'accroupirent pour allumer des cigarettes, parler travail et chauves-souris lucratives.

Campée dans l'entrée de la grotte, pistolet à la main, Belle semblait fière, arrogante contre la lumière grise du jour déclinant.

Levee aperçut Michael Horse. Le vieux se tenait, lui aussi, dans l'entrée de la caverne et parlait avec Belle. Levee, qui le croyait mort, n'y comprenait plus rien.

Le shérif échangea quelques mots avec l'officier de la police d'État, puis il lança en direction de la grotte : « Belle ? On va faire ce que tu demandes. On va s'en aller.

— S'en aller ? répéta un des hommes. Tu voudrais qu'on s'en aille ? Ma parole, tu perds la boule. » Mais le shérif ignora les protestations, les mouvements des hommes, les remarques sur cette mauvaise décision. « En laissant les Indiens rester dans la grotte, tu crées un précédent, remarqua l'un d'eux. Après ça, ils vont se rebiffer.

— Ouais, renchérit un autre. Nous avons la loi pour nous. »

Jess Gold mit ses mains en porte-voix et hurla à la colline : « On s'en va. Mais on sera de retour. Vous êtes sommés de quitter les lieux d'ici demain. »

De la caverne, les Indiens entendirent les hommes s'éloigner. « On a gagné ? » demanda l'un d'eux.

Mais les autres n'auraient su le dire. « Il ment », déclara Belle. Elle sentait leur présence proche et cependant, cette nuit-là, quand les vieilles femmes se furent efforcées de secourir les chauves-souris blessées, quand les hommes eurent déposé les cadavres à l'extérieur, tous rirent et bavardèrent avec entrain. Ils étaient d'humeur joyeuse, buvaient l'eau que ceux des Collines avaient apportée dans leurs gourdes. Et, dans le ciel, la pleine lune brillait. « On dirait une pièce d'or, remarqua l'un d'eux.

— Ne dis pas ça, malheureux, on va nous la voler. »

Le dénouement de la crise tournait à leur avantage, et ils en étaient soulagés. L'adjoint Willis avait rejoint leur camp — momentanément. Assis parmi tous ces Indiens, il se trouvait heureux en compagnie des siens et souriait, radieux. Le prêtre était heureux ce soir-là, lui aussi, d'être entouré de tant de monde. Les Indiens avaient appris à l'apprécier, et il en rosissait de plaisir. De temps en temps, il adressait à quelqu'un l'une de ses remarques philosophiques. À un moment donné, il se tourna vers Jim Josh et lui dit : « Je pense, je crois que nous sommes la terre, tu sais ça ? »

Josh lui sourit, le regarda dans les yeux. « Nous sommes la terre, effectivement. »

« Qui veille sur le feu ? demanda Belle à Horse.

— Tu te souviens, je t'avais dit qu'Ona Neck finirait par nous rejoindre là-haut. Eh bien, c'est elle.

— Et, elle se plaint ?

— Elle se plaint. » Horse était fier de Belle, mais il garda ses compliments pour lui.

Cette même nuit, Okeena remarqua pour la première fois la pierre noire que Belle portait attachée à son cou par une lanière de cuir. « Regardez ! dit-elle. C'est la météorite de Star-Looking. »

Plusieurs personnes vinrent y voir de plus près.

« En général, je la garde cachée, mais, ce soir, j'ai pensé que les étoiles se réjouiraient de la voir. » Belle se rassit, mais elle n'était pas à l'aise sur le sol de pierre. « Vous savez, je ne donnerais pas cette nuit contre un lit de plume. » Elle remua, changea de position. Elle sentait les fantômes des enfants dans la grotte, mais s'abstint d'en parler. « Je ne me souviens pas m'être jamais sentie mieux », déclara-t-elle.

Cette nuit-là, les petits dormirent à même le sol de pierre tandis que les adultes bavardaient joyeusement.

Le lendemain matin, les chauves-souris étaient parties, à l'exception des bêtes mortes ou blessées. Leur disparition confirmait l'hypothèse de Horse, convaincu que la grotte se prolongeait et s'enfonçait sous terre bien plus profondément qu'il ne l'aurait pensé. Pour lui, les chauves-souris s'étaient enfuies par le trou de la paroi. Il se mit à tâter les murs. « Il y a des cavernes plus anciennes derrière celle-ci, j'en suis certain. J'ai déjà découvert une autre entrée. » Il tira sur une pierre en bordure du trou. Un morceau de roche se détacha et tomba à ses pieds.

C'est alors qu'il remarqua une colonne de fourmis en marche. Elles disparaissaient au niveau du sol sous la paroi du fond. « Vous voyez ? s'exclama Horse, enthousiaste. C'est par là que se trouvent les autres salles ! » Il continua d'explorer le mur du bout des doigts, puis il s'agenouilla et tira sur les pierres au ras du sol.

« Je me demande si ça va loin comme ça », dit Joe Billy en s'agenouillant près de Horse. Il inséra la lame de son couteau entre deux pierres.

« Tout est possible », déclara le père Dunne. Et il s'agenouilla à son tour pour les aider.

À force de recherches, ils découvrirent une étroite ouverture, bien cachée par des pierres dans un recoin de la grotte plein d'aspérités. Elle était à peine assez large pour permettre à un homme de ramper au travers. Et, comme précédemment, un rai de lumière filtrait depuis l'autre côté, ce qui redonna espoir à Horse.

Les hommes se glissèrent par l'étroite ouverture — un simple boyau. Belle regarda les semelles de Joe Billy disparaître dans le trou. Stace Red Hawk passa ensuite, puis ce furent les hommes plus âgés et, un à un, tous les Indiens passèrent à l'arrière de la grotte, à l'exception de Belle et Moses qui restèrent monter la garde.

Derrière la paroi, il y avait tout un réseau de salles dont seules quelques-unes étaient accessibles. Joe Billy et Stace découvrirent la première des grandes salles. À l'intérieur, il y avait les restes d'un être humain momifié. Joe Billy se pencha sur la momie. Elle dégageait une odeur de poussière, et ses dents étaient exposées. Son père lui avait raconté l'histoire des anciens, de ceux qui les avaient précédés, mais Joe avait toujours cru qu'il s'agissait d'un peuple d'esprits mythiques ou légendaires.

Le vieux Jim Josh les suivit dans la salle. Ses chaussures à la main, il craignait de marcher sur un scorpion.

Joe Billy effleura et examina plusieurs petits pots qu'on avait disposés autour du corps. De parfaits récipients d'argile rouge, ouverts, de forme arrondie. Sur chacun d'eux était peint un motif en spirale. L'un de ces pots contenait des graines de maïs anciennes. Lorsque Josh vit les graines, il cessa de s'inquiéter des scorpions et tendit la main vers le pot. « Faites voir un peu ça. » Il prit un grain de maïs, tira de sa poche une loupe de joaillier, examina attentivement la graine jaune pâle à travers la lentille recourbée puis il la glissa discrètement dans sa poche.

Derrière lui, la voix du prêtre se fit entendre : « La grotte du Chagrin a des profondeurs encore insoupçonnées. » Au même moment, Joe Billy découvrit une salle cérémonielle dans laquelle il trouva un gros objet enveloppé d'une peau de daim. Il écarta la peau, juste assez pour apercevoir la fourrure brune des ours qui, autrefois, peuplaient la région, et il referma le ballot.

Sur la paroi, on avait peint des chauves-souris. Des chauves-souris rouges. Dans un couloir, il y avait des poissons bleus, d'autres chauves-souris aux ailes rouges déployées. Et des bisons noirs. Conscients de pénétrer dans un monde sacré, tous se firent silencieux pour écouter l'eau qui gouttait au loin dans ce réseau de cavernes, le bruit de l'écho, la respiration de la terre.

« Ne touchez pas », dit une mère à ses enfants.

Dans ces grottes, ils étaient des intrus. Ils avaient pénétré sans invitation dans un monde plus vieux, dans les lieux de silence des anciens, et tous savaient qu'ils n'y reviendraient pas, qu'ils scelleraient pour toujours ce monde en le quittant. Ils regardaient donc de tous leurs yeux, s'imprégnaient de cette vision pour la garder en eux, et ils suivirent Stace le long de la galerie, jusqu'à ce que la lumière du jour les aveugle et que, tout en clignant des paupières, ils voient le vaste paysage s'étendre jusqu'à l'horizon et la rivière Blue qui coulait en contrebas, fumant dans la chaleur du jour naissant.

Belle leur cria par l'ouverture : « Ils reviennent. Bouchez le trou. Je les entends parler. »

Ils n'étaient pas à l'abri de la loi et elle le savait. Horse prit une pierre et demanda : « Belle, tu peux les retenir ?

— Vous pouvez sortir ? murmura-t-elle suffisamment fort pour qu'il entende.

— Oui. Du côté de la rivière. J'ai trouvé une autre ouverture. La pente est raide pour descendre, mais nous y parviendrons. »

Horse empila des pierres pour bloquer l'ouverture avec l'aide de quelques jeunes gens. De l'autre côté, Belle et Moses appliquaient de la terre qu'ils lissaient sur les pierres. Mais Belle s'inquiétait. « En y regardant d'un peu près, ça se voit. Il faut faire mieux. »

Horse boucha le trou laissé par la balle avec un petit caillou.

Au même moment, le shérif aboya depuis l'entrée de la grotte : « C'est votre dernière chance ! » Ni Belle ni Moses ne répondirent. Tous deux s'affairaient à lisser la paroi quand le shérif lança une grenade lacrymogène.

Un nuage épais de fumée huileuse se répandit dans la grotte. Ils se couvrirent le visage de leurs mains et sortirent de Sorrow Cave, toussant et hoquetant, pleurant et se frottant les yeux.

« Où sont les autres ? s'enquit le shérif ?

— Quels autres ? Nous sommes seuls ici. » Le visage en feu, plus rouge qu'une pivoine, Belle se pencha pour essuyer ses yeux gonflés avec le bas de sa jupe. Ce qui ne fit qu'aggraver les choses.

Les agents de l'ordre et le groupe d'hommes qui les accompagnaient jetèrent un coup d'œil dans la grotte. Ils éclairèrent l'intérieur, mais la fumée était si dense qu'ils ne s'aventurèrent pas assez loin pour distinguer l'étroite ouverture. Ils virent seulement qu'il n'y avait personne d'autre que Belle et Moses.

« Ils ont réussi à passer sans qu'on les repère », dit l'officier de la police d'État.

Quand le gaz se fut dispersé, les garçons entrèrent dans la grotte en quête de chauves-souris restantes. « Ils leur ont fait peur. Ils nous ont fait perdre tout l'argent », dit l'un d'eux. Il prit cependant le temps de ramasser les cadavres à l'entrée de la grotte.

Tandis que les agents de l'ordre écrivaient leurs rapports, Jim Josh s'approcha du shérif par derrière. « Bonjour », dit-il, une lueur espiègle dans l'œil.

Jess Gold le dévisagea, sévère. « Par où es-tu sorti de cette grotte ?

— De cette grotte ? » répéta Josh d'un air niais.

Jess foudroya le vieillard du regard. « Ah, c'est comme ça ! » Ses yeux allèrent de Josh à Belle, de Belle à Moses. Puis il se retourna et lança à un de ses adjoints : « Embarque les Graycloud et coffre-les, veux-tu. »

L'adjoint acquiesça de la tête. Belle et Moses montèrent dans la voiture de police sans protester. Ils s'essuyaient encore les yeux et la bouche. Stace Red Hawk arrivait à son tour d'une démarche nonchalante. De la voiture, Belle le vit s'arrêter pour parler à Levee. Puis l'adjoint au shérif démarra pour les conduire en prison.

« D'où diable viens-tu ? demanda Levee.

— J'étais dans les collines, répondit Stace avec un geste vague vers les rocailles arides en surplomb.

— Ballard m'a dit que tu étais rentré chez toi dans le Dakota. »

Stace marqua un temps. « Quoi ? » Puis, après une nouvelle pause, il ajouta : « Il a lu ma lettre. »

Levee regardait son ami sans comprendre. « Quelle lettre ?

— Comment Ballard aurait-il su où j'allais autrement ? Il a lu la lettre que j'ai envoyée à ma sœur. »

Levee prit le temps de digérer l'information.

La voix de Stace se fit plus aiguë. « Il est dans le coup, Levee, j'en suis certain.

— Ballard n'irait pas lire ton courrier. » Pause. Puis : « Peut-être que si au fond. Peut-être qu'il en est capable. Et il n'a sans doute pas confiance en toi.

— Non. J'en suis sûr. Ballard nous cache quelque chose.

— Ne t'étonne pas s'ils pensent tous que tu as craqué. »

Les Indiens des Collines avaient suivi Stace et Josh depuis l'autre ouverture de la caverne. Personne ne les vit sur la pente. Tandis qu'ils marchaient, des ondes de chaleur miroitaient au-dessus du paysage. Elles s'attardèrent un moment, puis retombèrent. Les Indiens avaient disparu.

Plus tard ce matin-là, à la prison, Belle surprit un échange entre le shérif et Willis, son adjoint sang-mêlé.

« Où étais-tu passé ? » demanda Jess Gold.

— J'ai tenté d'entrer dans la grotte, hier soir, mentit Willis dont la voix trahissait la tension. Seulement, ils m'ont pris et n'ont pas voulu me relâcher. »

Belle ne put retenir un sourire amusé et se couvrit la bouche pour ne pas qu'on le remarque

« Tu veux dire qu'ils t'ont gardé contre ton gré ? Deux vieillards ? »

Belle guetta la réponse et n'entendit qu'un faible « Oui ». Elle eut peur que le jeune homme ne perde son emploi.

Le shérif examina Willis. « Comment tu as réussi à t'échapper ?

— J'ai filé en douce ce matin.

— Combien de personnes y avait-il, là-haut ? »

Désarçonné, Willis réfléchit un moment, se souvint que Belle et Moses étaient seuls à l'arrivée des forces de l'ordre. « Il n'y avait que les Graycloud, dit-il.

— Et tu as été retenu captif par deux vieillards ?

— Elle était armée. »

Jess agita la tête avec lassitude. Il commençait à en avoir assez de ces Indiens. Des planches pourries, tous autant qu'ils étaient. Il n'y en avait pas un pour racheter l'autre. Pas même Willis qui mentait, bien qu'à moitié blanc.

Plus tard dans la journée, Louise Graycloud vint se porter caution pour ses parents et dit à son père : « Que maman soit ici, je comprends encore. Mais toi ? »

Et lorsque le shérif ramena Belle de sa cellule dans la section des femmes, elle dit encore : « Tu ne peux donc pas te conduire normalement ?

— C'est ce que je fais », répondit Belle. Mais quelque chose au mur retint son attention. Une lueur étrange s'alluma dans ses prunelles. Elle évita le regard du shérif de crainte qu'il ne lise ses pensées. Le sang avait quitté son visage, elle le sentait. Mais elle avait vu. Sur la nouvelle carte jaune des géologues, il y avait un gisement de pétrole marqué en noir sur ses terres, près de la source, à l'endroit où la fuite s'était produite. Elle réagit rapidement, se tourna vers Louise. « Où as-tu trouvé l'argent pour payer nos amendes ?

— Je l'ai emprunté à Josh. » Puis elle toisa sa mère avec arrogance, et ajouta : « Parce que tu me parles, maintenant ? »

Belle en resta muette. Puis elle prit sa fille dans ses bras, l'embrassa, la serra contre elle. Les larmes lui montèrent aux yeux.

« Maman, je suis fière de toi », dit Louise en se blottissant contre la tendre poitrine de sa mère. Elle entendait son cœur battre sous la lourde météorite tombée en feu des lointaines étoiles.

Le brusque changement d'expression de Belle Graycloud n'avait pas échappé à l'adjoint Willis. Dès qu'elle eut quitté la prison, il se campa devant cette même carte pour l'examiner. « Seigneur Dieu ! Elle a du pétrole sur son lotissement. »

Gold vint le rejoindre devant la carte. « Ce ne sont que des conjectures. Un pétrolier a fait établir cette carte. Elle donne une idée sur l'emplacement probable des gisements de pétrole. Rien de certain. Mais tu as bien fait d'en parler. Mieux vaut que nous l'enlevions, au cas où quelqu'un se mettrait à loucher sur les terres de Belle. » Il décrocha la carte et la rangea dans son bureau.

Willis réfléchit à voix haute : « J'ai beaucoup pensé à ces crimes. Nous autres, les Indiens, nous sommes convaincus que c'est Hale le coupable.

— Va savoir. Il s'est toujours montré bon envers les gens d'ici. Mais cela pourrait être n'importe qui. Toi comme moi, nous jouons aux devinettes. »

Plus tard ce jour-là, Jess Gold se rendit au Magasin Bleu. En le voyant, Palmer se fit la réflexion qu'il avait l'air bien raide et la mâchoire crispée. Il lui sourit. « Qu'est-ce que je peux faire pour toi ?

— Eh bien, j'ai un petit problème. » Jess Gold jeta un coup d'œil circulaire à la boutique.

« Ah ? Et de quoi s'agit-il ?

— Aujourd'hui même, j'ai surpris mon adjoint qui parlait au téléphone. » Il s'interrompit et changea de sujet. « Où se trouve ton coffre-fort ? »

Palmer se fit soucieux. « Derrière, répondit-il avec un geste en direction de la porte au fond du magasin. Pourquoi cette question ?

— C'est à cause de Willis, vois-tu. Il a des ennuis. Des dettes de jeu je suppose. Je l'ai entendu dire à quelqu'un qu'il comptait te cambrioler ce soir.

— Me cambrioler ? répéta Palmer, inquiet.

— Ouais. Je le regrette bien. C'était un de mes meilleurs hommes jusqu'ici. »

Le shérif marqua une pause, puis il reprit : « Ce n'est pas tout. Je voudrais rester avec toi ici ce soir pour le prendre en flagrant délit.

— Pas de problème. Je ne demande qu'à t'aider.

— Il suffit que tu sois là pour me tenir compagnie, me soutenir en cas de besoin. Ce ne sera sans doute pas nécessaire, mais cela me rassurerait. Il est armé.

— Je vois.

— Tu n'auras qu'à rester là, près de la caisse. Je me cacherai à l'arrière. Nous le prendrons par surprise. »

Avec des gestes qui trahissaient sa nervosité, Palmer essuya le comptoir de sa manche. « Tu veux que je reste là où je suis ?

— Oui. Je pense que ce serait le mieux. Tu as une arme ? »

Palmer déglutit, puis il hocha la tête. « Deux. J'en ai une derrière pour quand je travaille dans le bureau, et une autre ici. Mais je ne m'en suis jamais servi.

— Tu ne t'en serviras sans doute pas plus ce soir », le rassura Gold. Il se rendit dans le bureau, examina l'arrière-boutique pour se faire une idée des lieux. Il ouvrit un tiroir et trouva le pistolet. « Je reviendrai plus tard. » Il sourit avant d'ajouter : « Je te remercie, Palmer. Cela devrait nous permettre de remonter la filière criminelle qui opère par ici. »

Palmer regarda Jess Gold sortir. L'affaire ne lui disait rien qui vaille.

La nuit venue, Jess Gold appela son adjoint du bureau de Palmer et lui dit : « Passe au Magasin Bleu, Willis. On m'a soufflé qu'il y avait un cambriolage chez Palmer. Sors ton pétard et sois prêt à tirer. Il s'agit sans doute d'un gang, alors méfiance, protège-toi. Je suis en route, mais tu dois partir immédiatement pour les prendre sur le fait. Et sors ton arme, hein ? » Lorsqu'il eut raccroché, Gold se recala sur son siège pour boire son café. Il prit l'arme de Palmer, un lourd calibre 45, et attendit l'arrivée de Willis.

De la rue, Willis jeta un coup d'œil par la vitre. Il ne remarqua rien d'anormal. Il n'y avait apparemment que Palmer derrière sa caisse. Prudemment, il poussa la porte, regarda par l'entrebâillement puis, rassuré, ouvrit franchement le battant et salua Palmer. Mais, voyant l'arme au poing du shérif adjoint, ce dernier s'écarta d'un bond en hurlant : « Jess ! » Les deux autres n'eurent pas le temps de réfléchir que Gold s'encadrait déjà dans la porte du bureau, aboyait : « On ne bouge plus », et tirait deux coups de feu. Willis tomba à la renverse. Touché de deux balles à la poitrine, il mourut sur-le-champ. « Oh, mon dieu ! s'exclama Palmer. Il n'avait pourtant pas l'air de vouloir tirer ! »

Mais Jess poursuivit sur sa lancée. Il courut auprès de Willis, comme pour porter secours au mort, puis, d'un geste vif, il ramassa le pistolet de son adjoint sur le sol, pivota et tira sur Palmer. Une seule balle. À la tête. Il attendit quelques minutes, pour voir si les détonations attiraient des curieux, puis il passa un coup de fil à Ballard, l'agent de la police fédérale.

Plus tard cette même nuit, après que Ballard eut examiné le magasin de Palmer, le shérif et lui jetèrent un coup d'œil sur ses livres de comptes.

« Il faisait payer les Indiens plus que de raison, pas vrai ? demanda Gold.

— Ça y ressemble. » Ballard se frotta le visage pour chasser sa fatigue. « Vous connaissiez bien ce Willis ?

— Je croyais le connaître plutôt bien.

— En tout cas, c'est minable. Une tentative de vol de merde. De la part d'un membre des forces de l'ordre, on s'attendrait à mieux. À croire qu'ils étaient de mèche, tous les deux. Qu'ils avaient leur petit racket et qu'ils arnaquaient les clients.

— Je ne sais pas. Willis me semblait être un brave homme. »

Le bison fantomatique mugissait sa tristesse en arpentant le champ clos. Ses cris empêchaient Belle de dormir. Elle était lourde d'un chagrin empreint de regret. De temps à autre, un éclair de chaleur illuminait le ciel, et le tonnerre grondait au loin. Elle s'efforça de se rendormir sans succès, passa la nuit à se retourner dans son lit. Le matin venu, elle enfila une robe légère de couleur sombre et remonta sa chevelure d'argent. En la voyant ainsi, les bras en l'air pour épingler ses cheveux, Moses revit la jeune fille qu'elle avait été. Il s'approcha d'elle, lui enlaça la taille et déposa un léger baiser sur son épaule. Elle se tourna vers lui, l'enlaça à son tour, et ils se pressèrent l'un contre l'autre.

C'était le 4 juillet. Ensemble, ils se rendirent à pied à l'aire de pique-nique où se dressait une tente. L'air était humide, les mouches bourdonnaient, et ils marchaient lentement, comme s'ils avaient l'éternité devant eux. Voitures et chevaux les dépassaient, mais ils restaient en bordure de la route, refusant de presser le pas.

Des arbres s'élevaient de chaque côté d'eux. Au loin, ils apercevaient les forêts brûlées et les tours noires des derricks sur l'horizon.

En approchant de l'aire de pique-nique, ils entendirent les enfants qui se poursuivaient, qui allumaient de petits pétards. Ils entendirent les sabots des mulets qui martelaient le sol dans leur course, et ils entendirent Jim Josh se disputer avec Floyd, leur gendre.

« Tu ne peux pas parier cette selle », disait Floyd.

Et Josh argumentait avec le jeune Blanc qui avait pris le nom de Graycloud : « Elle est faite main. » Il tenait la selle devant lui et ployait sous son poids.

« Peu importe comment elle est faite. Elle ne t'appartient pas.

— Ils n'en savent rien », répliqua Jim Josh. Il respirait la bonne odeur du cuir. « D'ailleurs, je ne vais pas la perdre. Cette selle ne servira qu'à me rapporter de l'argent. » Il changea de position. « Tiens. Prend-la-moi une minute, veux-tu ? »

Rouge d'avoir tenté de faire entendre raison à Josh, Floyd prit la selle sans un mot de plus, la posa sur le banc, à côté de Lettie.

Autour d'eux, on pariait ferme dans un grand cercle bruyant et animé. On prenait les enjeux. Les Indiens raffolaient du jeu et se moquaient bien de perdre. Ils faisaient la queue en attendant leur tour, s'appuyaient sur des cannes, fumaient des cigarettes, et pariaient sur les courses de mulets. Un homme misa sur un mulet au pelage sombre qui venait d'uriner, prétextant qu'il courrait mieux après s'être soulagé. Et ils jouaient gros — des pièces d'argent, des chevaux, des vaches, des couvertures de laine orange et violet qui appartenaient à la famille depuis des lustres. Les femmes âgées pariaient leurs châles de danse et les paniers qui avaient appartenu à leurs grands-mères. Des jeunes gens titubants pariaient leurs coffres et leurs ballots-médecine, prêts à perdre jusqu'au sacré pour de l'argent. Bien des cœurs se brisaient de les voir tout risquer dans un jeu de hasard et d'argent.

Les commères humaient l'odeur de cochon grillé, observaient les garçons qui rentraient des écoles et tentaient d'emprunter de l'argent pour pouvoir parier. Les garçons ne doutaient pas un instant qu'ils gagneraient et paieraient leurs dettes au comptant. « J'ai vu un aigle aujourd'hui », disaient-il, comme si cela leur garantissait les faveurs de la chance.

Bien avant la course, les mulets étaient nerveux, agités. Ben et Cal se trouvaient dans la foule. « Tu vois ce mulet », dit un vieil homme à Ben venu le taper. L'homme montrait du doigt l'une des bêtes de course au poil roux qui portait des œillères. « Tu sais ce que c'est, non ? Le résultat d'un croisement entre un pur-sang et un âne. De nos jours, c'est pareil pour vos familles. Vous êtes en train de devenir des mules. Je serais le roi des abrutis si je donnais de l'argent à une mule. Et maintenant, du large. » De la main, il lui fit signe de décamper.

On tira un coup de feu en l'air, et la course commença. Les mulets soulevaient des nuages de poussière et soufflaient bruyamment. Sur leurs dos, les petits jockeys semblaient rebondir. Les flancs sombres des bêtes blanchissaient de sueur mousseuse, et leurs yeux effrayés roulaient sous leurs œillères. Les petits garçons les encourageaient de la voix : « Vas-y Sawdust ! Vas-y George ! »

Moses se tenait parmi un groupe d'Indiens, pour la plupart en chemisette blanche à manches courtes. L'un portait même des bretelles, mais tous avaient une couverture de laine rouge sur le bras, et leurs visages sombres étaient marqués par les rides du chagrin tu. Ils s'efforçaient de ne pas regarder les jeunes gens brisés, mais ne pouvaient s'empêcher de les voir du coin de l'œil.

Belle prit place sur un banc avec d'autres Indiennes âgées. Silver se tenait discrètement derrière elles. Les femmes observaient la foule, commères estivales qui se couvraient la bouche de leur main cependant que leurs yeux allaient de droite à gauche. Assise près de Belle, Ruth avait l'air plus triste que jamais. Et Belle de songer à l'immense affection qu'elle portait à la jumelle de Moses, au lien étroit qui unissait le frère et la sœur qui s'étaient développés ensemble dans le même corps. Belle était aussi plus tolérante envers Tate que ne l'était Moses, car elle avait perçu la solitude de Ruth avec les yeux d'une femme, compris son besoin de n'être plus seule dans la vie. Moses croyait que sa sœur ne voyait pas Tate pour ce qu'il était, ne voyait ni sa mesquinerie, ni son goût de l'argent et du pouvoir.

« Regarde la malheureuse Nola Blanket, déjà si alourdie par sa grossesse », dit Ruth à Belle. Une autre femme intervint : « Je me souviens que j'étais comme elle, si grosse que je souffrais du dos et des jambes. Quand j'étais enceinte de mon joueur de fils par-dessus le marché. Celui qui ne vient jamais nous voir. Vous vous souvenez de lui, au moins ?

— Non, répondit une troisième, en robe bleue à pois, avec de maigres tresses noires. J'ai oublié jusqu'à son nom. »

Elles bavardèrent. Ona Neck demanda à Belle si elle s'était teint les cheveux. « Je les trouve plus foncés. » Mais les commères s'intéressaient surtout à Nola Blanket et à Rena, qui, à côté d'elle, observait les festivités de ses prunelles d'or fascinées. Nola gardait les yeux baissés. Ses traits creusés donnaient à son visage quelque chose d'anguleux. « Tu crois que Nola mange correctement ? s'enquit Ruth.

— Oui. Elle mange du foie, répondit Belle. Je sais que Will l'oblige à en manger. »

À regarder Nola, personne n'aurait deviné que ses pieds enflés la brûlaient, que ses seins trop lourds et sensibles la gênaient, que son dos lui faisait mal. Habitée par la peur et la confusion, elle parlait en esprit à son enfant. Elle lui parlait constamment, du matin au soir. « Tu n'es pas encore né, mais regarde ce monde. Regarde-le par mes yeux. Tu vois comme le ciel lui-même est en feu ? Tu es encore si jeune, et pourtant, tu connais déjà la dureté du monde. C'est dans ton sang, petit, dans la moelle de tes os. »

Le bruit des pétards faisait bondir, mettait les nerfs à vif, mais un cercle de silence entourait Nola, comme si l'enfant et elle étaient protégés par une force extérieure — une force indépendante des quatre guetteurs qui veillaient sur elle.

De temps à autre, Rena lui parlait, et Nola hochait distraitement la tête. Elle grattait une piqûre de moustique sur son bras, comme si elle cherchait à ôter le brun de sa peau. « Je ne sais pas, disait-elle à la vie qui croissait en elle. Je ne sais que penser de tous ces gens. »

Rena se pencha vers Nola. « Où est Will ? »

Nola leva sur elle un regard rêveur. « Il avait rendez-vous avec son père. » Mais, en même temps, elle disait à la vie nouvelle : « Oh, mon pauvre enfant, tu n'es pas même certain de pouvoir faire confiance à ton propre père. »

À midi, la chaleur était écrasante. Les gens rassemblés dans le parc pour le pique-nique et les réjouissances s'épongeaient le front de leurs serviettes, de leurs mouchoirs. Les mères laissaient nus leurs bébés à la peau irritée. Les garçons jouaient comme s'ils avaient l'éternité dans le corps, allumaient des pétards et fuyaient l'explosion tels des feux follets. La journée était encore jeune, mais les petits drapeaux de papier que tenaient les fillettes indiennes étaient déjà déchirés, et il y avait dans l'air une tension latente. Les adultes semblaient plus sobres que par le passé. Ils étaient pris au piège, pris dans le cercle de la peur et ne pouvaient partir. L'argent les retenait, devenait force agissante. D'une manière ou d'une autre, qu'ils en aient ou pas, l'argent les tenait captifs, comme les perroquets en cage que vendait un colporteur. Des perroquets vert et rouge, à l'étroit dans les cages, qui tous étaient tournés vers le sud, vers les denses jungles humides de leur terre natale.

Indiens et Blancs formaient des groupes séparés.

Les jeunes femmes portaient des jupes noires et des chemisiers blancs. Sous leurs chapeaux d'été à larges bords, on lisait dans leurs yeux le besoin désespéré d'amour et l'inquiétude devant le monde. Seule, Lettie était tête nue.

« Tu vois, dit Nola à l'enfant qu'elle portait, Lettie a perdu toute fierté. » Nola se souvenait des jolis chapeaux accrochés dans la chambre bleue de Lettie.

Lettie s'éventait avec un journal sans parvenir à se rafraîchir. À son côté, Jim Josh était assis près de la lourde selle façonnée main qu'il avait posée sur le banc. Il tenait un sac rempli d'argent gagné aux courses. À présent, il pouvait rapporter la selle à la ferme où il l'avait prise sans que personne en sache rien. « Tu aurais vu ce mulet, confia-t-il à Lettie, il courait drôlement vite. Un rapide que celui-là.

— D'où viens cette selle ? » Du doigt, elle effleura le pistolet qui pesait dans sa poche.

« Je l'ai récupérée aujourd'hui. Et je te garantis qu'elle est lourde.

— Un emprunt à l'indienne, c'est ça ? »

Au loin, elle aperçut le Dr Levee calé contre le tronc d'un arbre qu'il paraissait soutenir. Il observait les Indiens plus âgés qui faisaient la queue pour parler avec Stace Red Hawk. Sans ôter les mains de ses poches, il se dirigea vers eux. En approchant, il entendit une femme se plaindre de ses douleurs. « C'est vraiment pénible quand je marche », disait-elle. Mais en voyant Levee, elle se tut et se détourna. Son visage exprimait sa méfiance à l'égard de toute science médicale venue d'une tradition autre que la sienne.

Le shérif s'avança vers Lettie et Josh. Il ôta son chapeau pour saluer Lettie. « Je suis ravi de te voir. » Lettie hocha la tête, mais il passa son chemin. Elle s'étonna de son silence, de ce soudain manque d'intérêt, de la froideur de son regard. Elle le suivit des yeux tandis qu'il s'éloignait.

« Et si le shérif était dans le coup ? dit Josh. Impliqué dans les meurtres, j'entends. »

Lettie le dévisagea. « Le shérif ? Qu'est-ce qui te fait croire ça ? » Mais elle n'insista pas. Ils étaient tous suspects — Floyd, Jess Gold, le croque-mort, le Dr Levee — tous suspects du seul fait de leur peau blanche.

« Juste une idée, comme ça », dit Josh. Il se pencha pour resserrer ses demi-guêtres. Il regrettait d'avoir parlé.

Lettie demeura silencieuse le reste de la journée. Les paroles de Josh avaient ouvert une porte dans son esprit, porte par laquelle elle entendait les remarques de la femme cajun concernant la prison. Elle jeta un coup d'œil sur Nola qui, elle, observait Ben — Ben qui titubait, Ben au visage crasseux qui demandait de l'argent aux gens. Devant ce triste spectacle, les larmes montèrent aux yeux de Nola.

Mais Lettie avait l'esprit occupé ailleurs. Cela se tenait, songea-t-elle. Si Benoît avait été tué en prison, les forces de l'ordre étaient peut-être impliquées, et non les autres détenus comme elle le pensait jusque-là. Elle demeurait cependant rebelle à cette idée. Benoît et Jess Gold avaient été amis. Jess était apprécié de tous ceux qui respectaient la loi. Elle examina Jess Gold de pied en cap. Non. Pas lui. Et pourtant, trop de pièces manquantes dans ce puzzle en désordre tombaient en place si Jess Gold était impliqué.

Josh regrettait encore sa remarque inconsidérée quand des acclamations retentirent dans la foule. Tous se tournèrent en direction du bruit. Une course à pied improvisée était en cours. En chaussures de ville noires et chemise blanche impeccable, les cinq participants comprenaient deux Indiens, deux Blancs et un Chinois. Un Indien appelé Jimmy menait la course, au coude à coude avec l'un des Blancs.

Belle se leva du banc des vieilles femmes pour l'encourager. « Vas-y, Jimmy, hurlait-elle en agitant les bras. Plus vite ! Fonce ! » Puis elle se tourna vers les autres et déclara avec fierté : « Il est comme un petit-fils pour moi. »

Le garçon avait le visage en feu. Ses pieds touchaient à peine le sol. À l'exception de Ruth, les commères se mirent également à l'encourager de la voix et du geste. L'une d'elles alla jusqu'à siffler en se tapant sur les cuisses.

Les Blancs hurlaient pour leurs coureurs, et les Indiens âgés, généralement plus réservés que les femmes, se laissèrent gagner par l'enthousiasme. Jim Josh cria à Sam Lee : « Accélère, Lee ! Rattrape-les ! » Il se tourna vers Lettie et expliqua d'une voix posée : « C'est mon ami, tu sais. » Puis il se remit à s'égosiller, et son visage s'empourpra.

Jimmy gagna la course. Content de lui, il regarda Moses et le groupe des hommes. Les Indiens se rassirent, visiblement réjouis, mais lorsqu'ils remarquèrent les Blancs silencieux, la joie s'effaça de leurs traits.

« Mauvais perdants », déclara Ona Neck.

À Kittredge, une petite bourgade voisine, Michael Horse attendait devant le cabinet du dentiste, entouré par quelques Indiens des Collines curieux de savoir ce que faisaient les dentistes. Horse souffrait d'une rage de dents qui l'avait empêché de dormir toute la nuit et n'avait fait qu'empirer depuis. Assis là à attendre l'arrivée du dentiste, il écoutait la rumeur lointaine de la fête, le coup de pistolet tiré au début de la course de mulets. Sans doute peu désireux de travailler un 4 juillet, fût-ce pour une urgence, le dentiste tardait à venir.

La nuit était presque tombée lorsqu'il arriva enfin et appela Horse dans son cabinet. Sous l'effet de la douleur, Horse avait maintenant le teint pâle et cireux. Il avait bu du Bromo Seltzer. Il se leva sur ses jambes flageolantes et entra. Les Indiens des Collines le suivirent à l'intérieur, se penchèrent par-dessus l'épaule du dentiste inquiet pour voir dans la bouche de Horse et regarder l'opération. Leur proximité rendait le dentiste nerveux. De temps en temps, l'un d'eux souriait et disait quelques mots que ni Horse, ni le dentiste ne comprenaient, mais les autres hochaient la tête et répondaient. « Les Blancs ont beaucoup à nous apporter, dit l'un. La chirurgie dentaire, l'aspirine, le Bromo Seltzer et le Burma Shave. » En dépit de la douleur, Horse ne put s'empêcher de sourire en les entendant mentionner des produits commerciaux.

Vers le soir, à l'aire de pique-nique, quelques femmes semblaient avoir envie de danser. Elles tapaient du pied en cadence, l'œil fixé sur les hommes qui, de leur côté, semblaient avoir besoin d'une bonne heure supplémentaire pour bavarder entre eux, jouer aux cartes, boire un verre ou deux de courage en bouteille. Comme la nuit tombait, on alluma les lanternes. Composé d'Indiens et d'Indiennes, le groupe de musiciens appelé Thulaluska avait fait des tournées à travers les États-Unis et dans quelques pays d'Europe. Ils avaient à leur répertoire des chansons populaires, des airs de danse, des blues et même du jazz, ainsi que des chants que seuls les Indiens connaissaient, et lorsque tous entonnaient avec eux ces histoires d'amour, de bagarres et de voitures en ruine, c'était l'expression d'un monde partagé par toutes les tribus, toutes les nations indiennes.

Lors du dernier engagement des Thulaluska à Sioux City, Dakota du Sud, China avait rencontré le groupe. Rentrée avec eux en Territoire Indien d'Oklahoma, elle se trouvait bien sûr au pique-nique. Elle avait cependant l'air lointain et, dans l'obscurité, son visage semblait gris sous la surprenante blancheur de ses cheveux.

Hale l'observait de l'endroit où il se tenait, à la frontière entre la nuit et la lumière artificielle des lanternes, hors de son champ de vision. Elle avait quelque chose de timide, les épaules un peu trop hautes, comme pour protéger sa jeunesse et son cœur tendre. Il l'observait d'un regard froid et, tandis qu'il l'étudiait, il vit John Stink, l'homme réputé mort, ranger son cornet dans sa poche, se diriger vers China, et tenter de lui prendre la main. Près de la tente, les chiens de Stink remuaient la queue. Floyd alla les nourrir avec des restes de viande pris sur les tables.

China cherchait à se dégager, mais Stink ne renonçait pas et souriait à la fille aux cheveux blancs, convaincu qu'elle avait de l'affection pour lui.

Les Indiens feignaient de ne pas voir le fantôme qui s'intéressait de près à la jeune femme, mais les Blancs observaient la scène et prévoyaient des complications. De son côté, Belle songeait : « Ils sont tous là à la regarder. Ils la croient folle, pense qu'elle parle toute seule. » Et elle baissa les yeux pour ne pas croiser le regard du fantôme.

« Quelqu'un devrait offrir une nouvelle cérémonie pour le fantôme de ce malheureux, dit-elle à ses compagnes.

— Cela a déjà été fait un certain nombre de fois.

— C'est le fantôme le plus réel qu'on ait vu par ici. Sans compter qu'il en pince pour une blonde. Il fallait s'y attendre. »

Elles coulèrent un bref regard à John Stink et se détournèrent prestement.

Cette nuit-là, un cracheur de feu passa parmi la foule, soufflant des gerbes de flammes. Les gens s'écartaient sur son passage. Le bruit de son souffle brûlant évoquait les dragons, et les enfants le suivirent de la lumière dans l'obscurité que seule déchirait son haleine embrasée. Et, pendant la pause des musiciens, Fraser, l'artiste du lasso, fit tournoyer la boucle enflammée de sa corde au centre de la tente, sur la piste désertée par les danseurs. Le feu allumait des reflets dans l'œil des spectateurs, faisait danser des ombres sur leurs visages, sur les assiettes sales restées sur les tables.

Quand le groupe revint sur scène, l'atmosphère se détendit. Sam Lee, le coureur à pied chinois, dansa avec une Indienne qui remuait à peine. Un Indien se lança dans un charleston avec une Noire étique coiffée d'un chapeau vert pomme. Une Blanche dansait avec un Indien qu'elle fixait dans les yeux comme s'il était l'arbre de la connaissance incarné et soutenait le bruyant ciel nocturne au-dessus de leurs têtes. Des bébés pleuraient. Nola et Will se levèrent pour danser, aussi proches l'un de l'autre que le permettait son ventre. En apparence silencieuse, Nola parlait à son enfant : « J'ignore si ton père est un homme bon. Tu viens dans un monde bien triste, mais je t'aimerai. »

Les protecteurs de Nola veillaient sur elle, suivaient chaque mouvement de ceux qui l'entouraient.

À l'écart des bancs et des tables, Floyd et Louise se disputaient à propos de Ben. La voix de Louise portait. Rena fit mine de ne pas entendre les paroles de sa mère : « Il boit trop que c'en est honteux. Il faut que tu le sortes de là.

— Il est malade, je n'y peux rien.

— Et tu oses me dire ça ! Toi qui passes la moitié du temps à vendre de l'alcool aux ivrognes ! En plus, il vole l'argent dans mon sac, maintenant. »

L'ancien combattant nommé Keto, membre de l'Église indigène du peyotl, arborait son uniforme et parlait à Martha Billy tout en fixant un groupe de jeunes femmes. Enfin, il se décida à lui demander : « Tu crois que je peux l'inviter à danser ? » Il regarda la jeune personne et ajouta : « Celle-ci. »

Martha suivit son regard. « Bien sûr. Elle sera sans doute ravie de danser avec toi, Keto. Elle s'appelle Jewell. C'est une des filles Billy. Une demi-sœur de Joe, je crois. »

Restée seule, Rena observait Nola et Will. Quand la musique cessa, Will s'en fut jouer aux dés avec ses amis et Nola revint s'asseoir près de Rena, devant une chandelle jaune citron dont la flamme illuminait leurs visages.

Nola étira son dos douloureux.

De sa place, Rena vit le shérif s'approcher de Lettie.

« Qu'est-ce que tu bois ?

— Un soda, lui répondit-elle.

— Tu en veux un autre ? »

Elle leva les yeux vers lui. L'attitude distante qu'il affichait plus tôt la laissait perplexe. « Non, merci. Ça ira. »

Il s'assit un moment. « Je sais que ça a été dur », dit-il. Le ton était amical.

Josh était maintenant légèrement éméché. Il venait de danser avec Ona Neck, raide et courbatue. Après avoir quitté la piste, Josh se rassit et but encore de la bière puis, après un moment, se tourna vers le shérif. « Dites, j'ai eu une idée. » Il avait la voix pâteuse d'un homme ivre.

« Laquelle ?

— Et si votre adjoint était de mèche avec les assassins ?

— Qu'est-ce que tu entends par là ?

— Ça expliquerait la mort de Benoît, non ? J'ai vu son corps pendu dans la cellule vide. Alors que plein de gens avaient été arrêtés la nuit d'avant.

— J'avoue que je n'y avais pas pensé », dit Jess Gold. Il scruta attentivement le visage de Josh. « L'idée se tient. D'autant que Willis s'est révélé être un voleur.

— Il fallait bien que ce soit quelqu'un de l'intérieur. »

Et lorsque les enfants allumèrent des allumettes japonaises, leurs visages devinrent bleus dans le crépitement de lumière. De derrière Nola, Rena vit Will qui s'avançait vers elle. C'est alors qu'une femme émergea des arbres. Une femme très différente de celles des environs. Elle portait des vêtements de citadine, des cheveux blonds coupés court. Elle sourit à Will. Il s'arrêta pour lui parler. Rena comprit qu'ils se connaissaient. Il se pencha vers elle pour l'écouter. Elle posa la main sur son bras. Will fit un geste en direction de Nola, mais la femme souhaitait prolonger la conversation. Pendant ce temps, à la table, l'expression de Rena n'avait pas échappé à Nola qui se retourna vivement, surprit Will qui consultait sa montre puis hochait la tête avant de s'éloigner. La femme repartit vers les voitures. À l'évidence, il projetait de la rejoindre plus tard. Elle regarda Will regagner leur table.

Il s'assit près de Nola, se pencha vers elle comme il s'était penché vers Vinita.

« J'ai gagné cent vingt-huit dollars », déclara-t-il, mais Nola le dévisageait sans réagir.

« Qui était cette dame ? » s'enquit-elle.

Il n'était pas inquiet.

Nola scrutait ses traits, cherchait à voir s'il lui mentait, mais il était l'insouciance même.

« Je vais t'acheter un perroquet. » Il lui sourit, heureux, fit tinter l'argent dans sa poche avant de repartir. Nola le suivit des yeux.

Elle avait eu le temps de voir que l'autre femme était tout ce qu'elle n'était pas et se demanda si Will l'aimait. Elle lui ressemblait plus que Nola. C'était une citadine blonde et mince. Pas une future mère encombrée de son ventre.

Le feu d'artifice commença, et les musiciens jouèrent l'hymne national. Tous les anciens combattants se levèrent, et les Indiennes, moins patriotes, portèrent malgré elles leur main sur leur cœur. « Je ne suis pas Américaine, confia l'une d'elles à Belle. D'ailleurs, je ne les aime pas, ces Américains. » Ce qui ne l'empêcha pas de mettre la main sur son ample poitrine.

Nola observait toujours Will. Elle avait froid. Elle avait peur. Et elle promit au bébé dans son ventre qu'ils partiraient tous deux, la mère et l'enfant, loin de Will et de Watona, loin du danger. Elle regarda Will revenir, portant un oiseau rouge et vert dans une cage imitation or. Elle avait le cœur gonflé, douloureux. Il déposa le perroquet près d'elle. Tout commença quand le ciel se remplit d'explosions et d'une odeur de poudre. Il y eut des éclairs rouges, des éclairs d'or. La nuit s'illumina, puis ne fut plus que traînées de fumée. Dans un éclair, Lettie crut apercevoir le prisonnier Walter Bird. Dans un autre éclair lumineux, elle vit Nola et Rena seules et devant elles, posé sur la table, un perroquet affolé dans une cage. Elle vit le visage résigné de Belle dans un autre éclair de lumière. Elle était maintenant sûre que c'était bien Walter Bird, là-bas, près des voitures. Tout redevint noir.

Lettie bondit de son siège. Une nouvelle fusée lumineuse révéla Keto et Jewell près des voitures en stationnement. Ils se souriaient. Ils ne voyaient pas Bird. Lettie se mit à courir. Elle sortit le petit pistolet de sa poche et se dirigea vers le parking. Keto et Jewell s'en éloignaient le long d'une piste de terre. Une voiture roulait vers eux. Lettie pressa l'allure. La lumière des phares exposa le couple. Vulnérables, clignant des yeux, ils regardèrent en arrière. Les phares s'éteignirent. Le ciel s'assombrit. Dans l'alternance d'ombre et de lumière, Lettie vit deux hommes bondir de la voiture. Elle courut vers eux en s'écriant : « Non ! » Mais sa voix ne fut pas entendue.

Noir. Puis lumière. Il y eut une lutte. Les hommes empoignèrent Keto. Il se débattit, se libéra. Jewell se mit à se battre aussi, mais elle fut repoussée à l'écart, hurlant pour des oreilles sourdes dans le tumulte des feux d'artifice. Lettie se rapprochait, pistolet au poing. Sa silhouette se dessina dans un moment de lumière. Les hommes portèrent Keto à la voiture. Lettie tira en l'air, bruit inaudible, noyé dans le bruyant crépitement du ciel. Keto tendit les bras devant lui pour éviter qu'on le pousse dans la voiture. L'un des hommes lui frappa le bras avec la crosse de son fusil. Jewell hurla de nouveau, mais la foule acclamait le spectacle de lumière.

À l'éclair suivant, la voiture avait disparu. Keto aussi. Lettie courut rejoindre Jewell, la prit dans ses bras, et elles pleurèrent.

Il était trois heures du matin quand Floyd conduisit Lettie Graycloud chez le médecin de Main Street. Il avait peur pour elle. Terrorisée, en larmes, elle ne se calmait pas. Il lui fallait un sédatif. Elle sanglotait convulsivement, s'était mordu la main au sang. Un seul regard suffit au Dr Levee. Il prépara une seringue sur-le-champ. Mais lorsqu'il tenta de lui faire la piqûre, elle se débattit en criant : « Vous voulez me tuer ! » Et elle se dégagea.

Floyd la prit tendrement dans ses bras, mais elle luttait toujours. « Assassin de Blanc ! J'ai trouvé la clé ! » Et quand l'aiguille pénétra sa chair, elle hurla de plus belle, puis elle renonça. Ses genoux cédèrent et elle s'effondra en larmes sur le sol.

« Bien », dit Levee. Les deux hommes la soulevèrent et la déposèrent sur le lit de repos. Les cris de Lettie cessèrent. La douleur s'effaça de ses traits, et elle sombra dans un profond sommeil.

Stace Red Hawk observait la scène. Il comprenait sa terreur. Ils étaient entourés d'ennemis. Tous deux étaient issus de peuples bafoués. Il avait peur, lui aussi, se surprenait à jeter des regards méfiants en tous sens quand il marchait le long des rues.

Dans la pièce attenante au cabinet du médecin, il y avait au mur une représentation du corps humain. Elle montrait ce qu'il y avait sous la peau, sous les masses incurvées des muscles, montrait le corps ouvert jusqu'au cœur, avec ses artères, ses poumons, son foie. Stace Red Hawk regardait l'image tout en remplissant une cuvette d'eau tiède. Sans un mot, il y plongea un gant de toilette, l'essora et le tendit à Lettie.

L'attention la toucha. Elle se lava lentement le visage avec le gant tiède. Leva les yeux sur lui. Elle se souvenait l'avoir rencontré lors de la cérémonie chez Ona Neck. « Merci », murmura-t-elle.

Stace garda le silence. Il lui offrit une tasse de thé. Elle but le liquide chaud à petites gorgées. Elle avait les yeux gonflés. « Je suis désolée », dit-elle pour s'excuser de la scène de la veille.

Il s'assit en face d'elle. « Vous avez déjà remarqué qu'une personne qui agit selon son cœur finit toujours par s'excuser ? »

Elle fit non de la tête.

« Que s'est-il passé hier soir ? »

Elle l'examina attentivement, ne demandait qu'à lui faire confiance. Si elle ne pouvait se fier à lui, sur qui pouvait-elle compter ? Il portait la sagesse dans ses yeux, mais elle demeurait sur ses gardes, car on lui avait dit que l'homme-médecine et le médecin se réunissaient avec d'autres dans les bois.

Elle lui parla de Bird et de Keto. « Bird est censé être en prison. Mais je sais que c'est lui que j'ai vu là-bas. »

Stace lui posa de nouvelles questions. « Vous pouvez me dire quelque chose sur l'explosion ? »

Elle semblait réticente. « Nous ne savons plus à qui nous fier. »

Il hocha la tête. « Certes. Je l'ignore aussi. »

Elle lui parla cependant de la déflagration, de l'incendie, de Benoît qui n'avait jamais été entendu par le juge. Puis elle se passa de nouveau le gant humide et froid sur le visage.

Fixant le corps humain au mur d'un air absent, Stace ne mentionna pas ses soupçons concernant le shérif ; et Lettie ne lui rapporta pas non plus ce qu'avait dit Jim Josh la nuit précédente.

Bird, réfléchissait Stace. L'idée se tenait. L'homme avait un solide alibi puisqu'il était en prison. Mais si le shérif était impliqué, et si Bird était l'assassin, tout devenait limpide. Bird pouvait avoir été relâché le temps de commettre les meurtres.

Stace ouvrit la porte donnant sur la salle d'attente où Floyd s'était assoupi, le réveilla en lui secouant doucement l'épaule. « Elle est en état de rentrer à présent. »

Lorsque Floyd et Lettie quittèrent le cabinet, Levee referma le battant derrière eux.

« Que s'est-il passé ici pendant mon absence ? »

Levee agita la tête. « Pas grand-chose. Rien en fait. »

Stace se sentait las. Il se dirigea vers la sortie.

« Où vas-tu ? » s'enquit Levee.

Mais il ne répondit pas, se retourna une fois, pour regarder l'homme avec qui il avait fait équipe en toute confiance pendant des années, puis il ferma la porte avec le sentiment de laisser tout un monde derrière lui.

Lorsque le soleil se leva sur l'horizon, le cercle des anciens s'était déjà réuni et avait décidé de cacher le chemin d'accès au village. Ils craignaient la folie de ceux qui vivaient en ville comme une maladie contagieuse, tenaient à s'assurer que ce vent de folie ne se formerait pas en tornade pour remonter le sentier et balayer leur monde.

Stace voyageait à pied. Il emportait une couverture, de quoi se nourrir, et un pistolet. Sous la chaleur, il marchait en direction des falaises et transpirait abondamment. L'air était moite. Il avait un léger mal de tête. Il s'arrêta à l'ombre pour se reposer. Le ciel était embrumé de poussière et de pollen. Stace crut d'abord que cette brume cachait le village traditionnel et le sentier qui y menait. Il se reposa sous un grand chêne torturé et noueux, façonné par des années de vents violents.

Plissant les yeux pour regarder au loin, Stace Red Hawk songea qu'il ne pourrait jamais se faire comprendre de Levee. Il ne vivait plus dans le même monde que lui, et Levee perdait de sa substance dans le nouvel univers de Stace.

La journée touchait à sa fin quand il passa devant l'entrée ténébreuse de Sorrow Cave. S'il n'avait eu bonne mémoire, Stace aurait sans doute cru qu'il souffrait d'insolation, car le sentier qui conduisait au village avait totalement disparu. Il fit le tour des lieux jusqu'au crépuscule, puis revint sur ses pas pour bivouaquer à Sorrow Cave.

Cette nuit-là, il plut à verse. L'intérieur de la grotte, généralement sec, était humide et sentait le moisi. Du fond, des autres salles qu'ils savaient attenantes, il entendait l'eau goutter des plafonds. Sans aucun doute, les chauves-souris avaient trouvé refuge dans le profond réseau de grottes souterraines pour échapper aux gamins en mal de primes, et il s'en réjouissait.

Le lendemain matin, Stace se remit en quête du sentier. Incapable de le retrouver, il renonça et descendit la pente rocailleuse pour suivre la rivière Blue jusqu'au village. Mais, la nuit venue, il avait atteint Tar Town, et les berges rouges de la rivière dégageaient une odeur putride. Il ne comprenait pas comment il avait pu passer si près du camp de ceux des Collines sans entendre le moindre bruit et sans voir personne. Le vent hurlait sur le bidonville. Stace s'approcha, tel un espion, et il examina les habitants. Le vent charriait du gravier et du sable. Les gens se protégeaient les yeux d'un bras, appliquaient des carrés de tissus déchirés sur leur visage.

Il faisait presque noir, mais Stace rebroussa chemin le long de la rivière dans le bleu profond du crépuscule finissant. Une fois encore, il se retrouva près de la grotte et se demanda de nouveau comment il avait pu passer devant le village sans même apercevoir le moindre feu. Était-il devenu fou comme

Levee le lui avait laissé entendre ? Se pouvait-il que tout un peuple s'évanouisse en fumée ?

Le lendemain, au petit jour, il était assis devant Sorrow Cave quand Michael Horse émergea des broussailles argentées dans les premiers rayons de l'aube. Stace lui fit signe de la main, mais le vieillard ne regardait pas dans sa direction. Il marchait d'un pas vif, une corde à la main. Stace s'aperçut alors qu'il poursuivait Redshirt. « Ho ! » Horse tenta d'amadouer le cheval lustré, mais ce dernier le gratifia d'une ruade en le voyant approcher.

Près de là, sous un bosquet, deux jeunes poulains roux et trois juments — dont une noire — regardaient l'étalon qui échappait à l'homme. Et Stace de penser que les tentatives de Horse pour reprendre Redshirt manquaient de conviction. En réalité, il admirait le cheval et son tempérament. Incurablement sauvage, l'animal avait la liberté dans le sang, et Horse s'en réjouissait secrètement, de sorte qu'il ne mettait pas grande ardeur pour le prendre. Et cependant, l'étalon jouait son rôle jusqu'au bout, fuyait de-ci, de là, comme si le vieux était dangereux, capable de le capturer et de le dompter.

Horse soufflait comme un bœuf lorsque enfin il rejoignit Stace. Il paraissait heureux de revoir le jeune homme. « Sacrée fameuse année pour cet étalon, dit-il en agitant la tête. Regarde-moi ces poulains. Il est pire que le vieux Sam Billy. » Il agita de nouveau la tête, admiratif. « Tu sais, je crois qu'il est du même sang que Man of War qui s'est échappé d'Acqueduct, il y a quelques années. » Il reprit son souffle, regarda en direction de l'étalon et s'épongea le front de son bras. « Il va faire chaud. » Puis il se tourna face à Stace. « Qu'est-ce qui t'amène ici ?

— Je cherchais le village des collines, mais je ne l'ai pas trouvé.

— Ils ont dû le cacher. Trop de gens montaient là-haut. Je vais t'y emmener. Je sais que tu y es le bienvenu. »

Horse conduisit Stace vers les falaises et, bientôt, ils furent sur le sentier, parfaitement marqué. Stace se demanda comment il avait pu ne pas le voir, avec ses sculptures, ses cairns et ses repères. Le vieillard lui dit : « Tu sais, ce chemin a deux noms. Pour ceux du village, il mène à la ville, de sorte qu'on l'appelle le sentier terrible. Vu de la ville, on l'appelle la bonne route rouge. »

Là-haut, dans les collines, on jouait du tambour.

L'agent de recouvrement frappa chez les Graycloud et présenta à Belle un état des sommes dues. Il lui dit qu'il venait récupérer l'argent pour le veau qu'elle avait tué. Belle le dévisagea, incrédule. « Je ne vois pas de quoi vous parlez », dit-elle. Mais l'agent de recouvrement avait rencontré des mauvais payeurs de toutes sortes et connaissait la ruse qui consistait à nier ses dettes. Il hocha sèchement la tête et lui fournit par écrit le détail de ce qu'elle devait à Hale. Hale qui prétendait que Belle lui avait volé un des jeunes angus qui paissaient près du ruisseau.

« Il n'y a pas de pâturages en bas », déclara Belle.

L'homme la fixa droit dans les yeux. Il ne céderait pas. « Vous comptez régler la totalité de la somme, ou vous préférez un étalement sur plusieurs mois ? »

Comprenant qu'on avait encore empiété sur ses terres sans son consentement pour étendre la pâture, Belle était furieuse. « Je préfère ne pas payer du tout. »

Elle s'apprêtait à refermer la porte sur l'intrus quand Moses, alerté par le bruit, la rejoignit pour voir ce qui se passait. En voyant apparaître le visage sombre de l'Indien, l'agent de recouvrement, un homme maigre dont les mains n'avaient pas de cals, pivota sur lui-même et regagna sa voiture d'un pas raide.

Le vieux couple l'observa d'un œil inquiet tandis qu'il claquait la portière, mettait le moteur en marche et s'éloignait. Lorsqu'il eut disparu, Belle et Moses se dirigèrent vers le ruisseau pour y regarder de plus près. « Quand es-tu descendu au ruisseau pour la dernière fois ? s'enquit-elle.

— Il y a de cela une bonne semaine.

— D'après lui, il y aurait des vaches au pré en bas. »

Lorsqu'ils arrivèrent au ruisseau, la clôture que Hale avait construite précédemment avait été déplacée et élargie. Il y avait même un fil de fer en travers du ruisseau, et Belle entendit le bourdonnement furieux de ses abeilles. Elle craignait que leur miel ne se change en noire mélasse.

Moses examina la clôture barbelée. Dans l'enclos qu'elle délimitait, avec un accès à l'eau de source, il y avait quelques nouvelles bêtes, de celles choisies par Hale pour ses expériences de reproduction.

Peu de temps après leur découverte, ils étaient à l'Agence indienne et demandaient des explications à l'administrateur. « Oui, dit l'homme. Nous avons encore loué quelques parcelles de vos terres. » Il se leva, leur tourna le dos, rangea des papiers en une pile. Puis il jeta un coup d'œil vers eux, déglutit et dit d'une voix feutrée : « Désolé Belle, Moses. Je n'y suis pour rien. Et ceux qui louent non plus. C'est dans le cadre de la loi. »

Belle s'assit. « Comment se fait-il que vos lois autorisent tant de crimes ? »

L'homme regagna son bureau. Il chercha son regard. « Je l'ignore. »

Quelques jours plus tard, Ben et Cal arrivèrent en titubant. Ils venaient demander l'assistance de Belle. En tombant contre une clôture barbelée, Cal s'était arraché l'œil droit qui pendait hors de son orbite. Ne sachant trop que faire, Ben avait replacé le globe dans l'affreux trou béant. L'œil blessé de son camarade était rouge, douloureux. L'alcool ne soulageait pas la douleur. Les jeunes gens s'étaient donc décidés à venir chercher secours auprès de Belle.

Les deux garçons dépenaillés empestaient l'alcool rance.

« C'est bon, je vais vous aider. » Elle savait cependant qu'il leur fallait une aide de tout autre nature. Pinçant les lèvres, elle ajouta, sévère : « Je vais vous aider, mais vous resterez ici sans boire. » Ils échangèrent un regard qui parut triste à Belle, et se mirent en devoir de quitter la cuisine.

Elle leur barra le passage. « Si vous partez maintenant, l'état de son œil ne fera que s'aggraver. L'infection montera au cerveau. Elle n'en est pas bien loin. C'est la pire mort qui soit. J'ai vu ce que c'était. C'est bien pire que la rage. »

Profitant de leur hésitation, de ce qu'ils repensaient à la fillette morte de la rage, Belle ouvrit la porte de la cave, agrippa Ben par le col et le poussa à l'intérieur. Le temps qu'il s'accroche à la rampe, retrouve son équilibre et tente de remonter, Belle expédiait Cal à sa suite.

« Merde ! dit ce dernier. Drôle de vieille dame ! »

Belle verrouilla le battant. Il faisait noir dans sa grotte sacrée qui sentait le plâtre frais, la lessive et l'aneth.

« Ouvre-nous ! » cria Ben, en cognant contre le bois. Rien. Il cogna plus fort. « Ouvre ! »

Belle ne daigna pas répondre. Elle s'adossa pour reprendre son souffle. La porte était fermée de l'extérieur.

Plus tard, cette même nuit, Cal se mit à pleurer. Il écrasait ses larmes sur ses joues, larmes dont le sel lui piquait les yeux. Ben pleurait aussi. Mais ils ne se voyaient pas. Cal craignait les malaises qui l'assaillaient lorsqu'il n'absorbait pas d'alcool. Il avait peur du noir qui l'entourait, peur du noir dans lequel il était seul, seul avec son ami invisible. Mais les larmes apaisaient la douleur de son œil blessé. Il s'assit en bas de l'escalier, posa la tête sur ses genoux et continua de pleurer — pleura même pour ses mains aux pouces brisés.

Plus tard, Ben remonta frapper à la porte. « Hé, comment on fait si on a envie d'aller aux cabinets ?

— Il y a un seau en bas. Vous ferez dedans. »

Il scruta les ténèbres. « Mais je ne vois rien ! » Tout en grommelant, il explora la pièce à tâtons.

Le temps passa. Les jeunes gens n'en pouvaient plus. Ben, qui cherchait de l'alcool, finit par ouvrir un bocal de cornichons pour en boire le mélange de vinaigre et de saumure. Il n'avait pas encore touché le fond, n'était pas au bout de son désir d'ivresse. Consciente de la torture qu'ils enduraient, Belle souffrait pour eux, mais elle les aimait trop pour se montrer clémente.

Assise à la table, Louise fondit en larmes en entendant les appels désespérés de son fils. Il geignait comme un enfant — « Maman, au secours ! S'il te plaît, maman ! » —, et elle en avait le cœur brisé, ne pouvait plus prendre ses repas à la cuisine tant que Ben était enfermé dans la cave obscure et humide, parmi les caisses de pommes de terre bleues.

Au bout de quatre jours, les plaintes de Ben se firent moins véhémentes. Belle décida que le moment était venu d'ouvrir la cave. Elle prépara un repas : des galettes de maïs, de la viande et du maïs grillé, du thé fort. Puis elle leur ouvrit. « Montez, leur dit-elle. Venez manger. » Affaiblis, ils montèrent lentement, une marche à la fois, les yeux plissés contre la lumière aveuglante. Ils s'arrêtèrent au seuil de la porte, clignèrent des paupières. Enfin, ils sortirent. Leurs vêtements étaient humides, froissés.

« Vous êtes partis. Vous vous croyiez au paradis, mais vous étiez en enfer. Vous voilà maintenant revenus de l'enfer. » Belle versa de la sauce blanche sur leur viande. « Mangez. » Sa voix était plus douce. Elle sourit à Ben. « Vous êtes les bienvenus. »

Quoi qu'en pensait son fils, M. Forrest était un gentleman. Homme de stature élancée, au dos droit, il savait que des diables pillaient leurs pupilles, et il savait aussi que Will le croyait de ceux-là. Mais, en homme de principes, il s'efforçait de rester honnête dans ses rapports avec autrui.

Cette après-midi-là, Forrest raccrocha le téléphone avec un long soupir, rassembla des papiers dans sa sacoche et sortit de chez lui. Il marchait d'un pas vif. Par habitude, il avait emporté l'imperméable qui ne le quittait pas et s'avérait le plus souvent inutile.

Parvenu à la gare, il consulta l'horaire des arrivées et des départs, puis il alla acheter son billet au guichet tenu par un vieillard aux gestes lents.

Préoccupé par ses pensées, c'est à peine s'il remarqua le brusque départ du train. De son siège, il vit l'intérieur d'une maison où l'on dînait en famille dans la tradition des fermiers. La nappe était blanche et propre. Puis, avec la vitesse, le paysage devint flou, et le calme se fit en lui. Il lui fallait rester serein, cesser de s'inquiéter indûment. Mais il entendait encore la voix désespérée de Jim Josh au téléphone. Josh avait demandé à lui parler — et même insisté pour le voir. C'était à propos de papiers qu'on l'avait obligé à signer. À l'évidence, l'homme avait peur. Il affirmait qu'on avait cherché à le tuer.

Forrest l'avait cru sur parole.

Le rythme du train qui filait vers Oklahoma City apaisait quelque peu Forrest. La tête calée contre le dossier de son siège, il songea un moment au vieillard qui faisait pousser des tomates dans sa voiture. Il restait cependant conscient que ce voyage d'une ville à une autre n'était pas sans danger. La peur se faisait sentir, plus présente de minute en minute, aussi tangible que l'approche d'une tempête de sable. Le bruit du train, ses sifflements, les allées et venues des contrôleurs qui demandaient à voir les billets rendaient Forrest nerveux. Il pensa à son fils. Will. Ils s'étaient éloignés l'un de l'autre, membres d'une même lignée qu'un abîme séparait, chacun accusant l'autre de profiter de l'argent de Nola.

Il faisait presque nuit quand il arriva à Oklahoma City et prit un taxi pour se rendre à l'hôpital. Là, il paya le chauffeur, lui donna un pourboire et rangea son portefeuille dans sa poche.

L'hôpital sentait le renfermé. Forrest suivit le couloir au carrelage noir et blanc jusqu'à la chambre de Josh. Il s'apprêtait à entrer quand une infirmière lui dit : « Vous ne pouvez pas le voir maintenant. » Mais Forrest présentait beau. Elle rougit un peu, lui sourit, et passa son chemin.

Les souliers de Jim Josh étaient sur une petite table près du lit, soigneusement posés côte à côte. Jim Josh semblait insignifiant et faible. Il tenta de se soulever pour saluer Forrest, mais ses poignets étaient attachés au lit par des bandes de tissu blanc.

Forrest eut peine à le reconnaître. Sa fine peau parcheminée de vieillard portait des traces d'ecchymoses. Une marque en forme de main se dessinait sur son bras dont la chair ressemblait à un fruit trop mûr.

L'avocat baissa les yeux sur les liens de tissu qui retenaient le vieillard. « Je reviens », dit-il. Et il sortit en quête de l'infirmière pour lui demander de le détacher.

La jeune femme examina Forrest. « Je suis désolée, mais ce n'est pas possible. Il délire. » Sa voix était lourde de regret. « Il se croit en danger. C'est l'effet de l'alcool. Ils s'imaginent toujours qu'on veut les tuer. » Elle regagna la chambre, suivie de Forrest, posa les bottines noir et blanc sous le lit. « Nous en avons beaucoup comme lui. » Elle voulait parler des Indiens, mais s'abstint de le préciser.

Pendant quelques instants, Forrest songea que Josh souffrait peut-être bien de delirium tremens. Il tendit l'oreille cependant que les chaussures blanches de l'infirmière quittaient la pièce et s'éloignaient dans le couloir, puis il délia les mains de Jim Josh. « Ils ne me croient pas », dit celui-ci en massant ses poignets bleuis par la pression des liens. Une lueur intense brillait dans ses yeux noirs pénétrants. « Ceci est mon lit de mort. »

Forrest ignora la remarque. « Racontez-moi ce qui s'est passé.

— C'est Walter Bird », dit Josh. Il ouvrait et fermait ses mains endolories. « Et Hale.

— Hale ? » s'étonna Forrest. Pourquoi auraient-ils cherché à tuer le vieillard ? Josh ne recevait plus de paiements, et ses terrains ne valaient pas grand-chose.

Comme s'il devinait les pensées de son interlocuteur, le vieil Indien reprit : « Je crois savoir pourquoi. Le 4 juillet, j'ai parlé au shérif. J'avais bu un verre de trop, et je lui ai demandé si lui ou bien Willis ne seraient pas impliqués dans les meurtres, ce qui expliquerait quelques petites choses. Ce n'étaient que des paroles en l'air, bien sûr. Mais dès qu'elles étaient dites, j'ai senti dans ma chair que le shérif savait quelque chose. »

Forrest trouva la chose difficile à croire. Il avait de la sympathie pour le shérif. « Mais pourquoi Hale ?

— Ce sont des gars à lui qui m'ont fait signer le papier. Ils m'ont mis le couteau sous la gorge. Littéralement.

— Si votre mort devait leur profiter, ils seraient les premiers suspects, non ?

— Justement. Je n'ai signé le papier qu'hier, mais il était daté d'il y a un an. »

Forrest sombra dans le silence. Il avait besoin de s'éclaircir les idées. Il alla jusqu'à la fenêtre et l'ouvrit. Elle s'entrebâilla à peine de quelques pouces, pas assez pour que la brise pénètre dans la chambre. Il se pencha sur l'ouverture, respira l'air du dehors. En bas, les voitures allaient et venaient dans les rues.

« Mais enfin, pourquoi auraient-ils tenté de vous tuer pour vous emmener ensuite à l'hôpital ? Cela ne tient pas debout. »

En observant le bonhomme, Josh prit la mesure de la situation. Forrest ne pouvait pas comprendre qu'aucun tribunal du pays n'accorderait la moindre foi à la parole d'un Indien. On le supposerait ivre par définition. Il répondit cependant : « S'ils m'ont empoisonné, que je n'en suis pas mort, et s'ils m'amènent ici aux urgences, ils ne font pas figure d'assassins, n'est-ce pas ? Ils donnent l'impression de vouloir me venir en aide. »

Forrest plissa le front.

« Je n'invente rien. Je vous dis ce que je sais. »

Forrest se frotta le menton. Dehors, il faisait nuit, et les phares des voitures filaient comme des étoiles sur le sol noir. « Je reviendrai. » Il enfila sa veste. « Il faut que je me renseigne. »

Josh paraissait vulnérable et fragile, semblait attendre que la mort en cape noire vienne le prendre. L'infirmière revint pour rattacher ses mains au cadre du lit. Elle regarda Forrest, dit d'un ton de léger reproche : « Je me doutais que vous le détacheriez. » Et elle resserra les liens. « C'est pour sa propre sécurité. » Elle entrava Josh comme une bête. Il tenta brièvement de lutter, puis renonça, et attendit.

« Vous serez sorti d'ici en un rien de temps, dit-elle.
— Certes. Mais pas au sens où vous l'entendez. »

Dans le train du retour, Forrest se mit en devoir de faire le point sur ces événements nouveaux. Il avait loué un Pullman de manière à se reposer avant de rentrer en ville. Dehors, les rails, rubans d'argent, serpentaient dans la nuit. Forrest ouvrit la porte du compartiment, jeta un coup d'œil par-delà le rideau et referma la porte. Il se dévêtit, plia soigneusement ses vêtements et les posa sur la couchette. Il faisait noir, il était las, mais il ne trouvait pas le réconfort souhaité dans le bercement du train. Il réfléchissait. La vitesse s'accrut de nouveau et, l'espace d'un instant, il se laissa aller à s'assoupir. Dans ce même instant, la porte s'ouvrit à la volée.

« Cette fois, ça y est. Territoire Indien. C'est chez nous, on peut y aller », déclara Ballard. Il regarda le cadavre de Forrest en bas de la pente. Forrest gisait, mort, couvert de sang, les os brisés, en contrebas de la voie ferrée. Son corps s'était arrêté contre un arbre dans une posture grotesque. Il ne portait que son caleçon long. Personne n'avait encore retrouvé la sacoche ou l'imperméable qu'il emportait partout.

Ballard mit un bonbon à la menthe dans sa bouche.

Son excitation gênait Levee qui, cependant, la comprenait. Forrest était la clé qui leur manquait. Il ferait avancer l'enquête. Il était blanc, éduqué, riche, et son cadavre avait été découvert en terre indienne, ce qui justifiait l'intervention de la police fédérale.

Ballard dévala la pente jusqu'à l'arbre, délogeant des cailloux qui roulaient devant eux. « Bon, eh bien, au travail ! »

Levee l'avait rejoint. Tout en regardant Ballard examiner le corps brisé, il remarqua : « J'étais à peu près sûr que Forrest était dans le coup.

— Peut-être. Peut-être que c'était un escroc, mais je ne le voyais pas en assassin. » Il considéra le cadavre.

« Qui vous dit qu'il n'a pas tué Josh avant qu'on l'assassine ?

— Une intuition.

— Une intuition n'est pas une preuve. »

Ils entendirent un bruit de bottes derrière eux. Des pierres roulèrent au bas de la pente. Ballard et Levee levèrent les yeux. Le shérif approchait à contre-jour. Il semblait plus grand que d'ordinaire.

« Vous êtes un tantinet hors de votre juridiction, Jess », dit Ballard. Il s'avança vers le shérif pour l'empêcher d'approcher du corps.

Le shérif salua Levee de la tête. « Salut, Doc'. » Puis, il se tourna vers Ballard. « Je venais juste voir si vous n'auriez pas besoin d'un coup de main.

— J'aurais fatalement besoin de vous tôt ou tard. » Et Ballard entreprit de raccompagner le shérif à sa voiture. Il le serrait de près, lui soufflait dans le nez : « Ouais, j'aurais besoin de vous. Ce merdier est à n'y rien comprendre. » Il ouvrit la portière, et Gold, sans même s'en apercevoir, fut gentiment contraint de remonter à bord. Ballard referma la portière sur lui, se pencha et dit par la vitre : « Gardez un œil pour moi sur ce qui se passe en ville. Je passerai vous voir dès que j'en aurai fini ici avec le Dr Levee. »

Le shérif observait Ballard dans son rétroviseur. Ballard s'en aperçut, lui fit au revoir de la main et dit à Levee : « Si tu veux mon avis, ce type n'est pas net. Il pue.

— Il n'est pas le seul. C'est bien là le problème. Toute cette affaire pue.

— Et le dentiste ? Tu l'as interrogé ?

— Ouais. Il affirme que Bird était chez lui le 4 juillet. Avec une rage de dents. Seulement, Lettie Graycloud jure avoir reconnu Bird sur la route cette nuit-là. Je crois que le dentiste leur sert d'alibi. Au moins en partie.

— Sauf si c'est elle qui ment. »

Cette suggestion irrita Levee. « Ça m'étonnerait. »

Les apiculteurs ont un dicton selon lequel le miel naît d'une goutte de nectar, et les soucis d'un grain de poussière. L'après-midi touchait à sa fin. Belle avait revêtu sa tenue blanche d'apicultrice. Le voile de son chapeau à large bord drapait ses épaules de mousseline. Elle franchit la grille en songeant aux soucis des apiculteurs et se dirigea vers ses ruches, près de la source qui alimentait le ruisseau. Le soleil déclinait sur l'horizon ouest. Une atmosphère de solitude habitait le Lieu où la terre n'a pas de fond, lieu où l'eau remontait des entrailles de la planète.

Elle était lasse. De la main, elle effleura le pistolet dans sa poche. Il pesait lourd contre sa hanche. Mais entre le pistolet et les vêtements qui la rendaient invulnérable aux piqûres des abeilles, elle se sentait protégée.

Les arbres étaient figés dans l'immobilité par cette après-midi sans un souffle de brise. Pas une feuille ne bougeait. Pas un bruit en dehors du bourdonnement des abeilles.

Attachée à son cou par une lanière de cuir, la météorite de Star-Looking pesait sur sa poitrine. La pierre avait sa vie propre, et Belle aimait à la sentir contre elle.

Toute de blanc vêtue, telle une mariée portant le voile, elle marchait à pas lents, unie à la nature, comme si le vieil Osage Star-Looking en personne, l'homme qui avait vu la pierre noire enflammée tomber du ciel, marchait à son côté, entendait le bruissement de l'eau à travers elle, voyait les vertes collines par ses yeux. Elle semblait plus âgée, plus ridée, ses yeux gris avaient foncé.

Avec la saison chaude, l'air lourd et humide, les abeilles étaient en pleine activité. Les fleurs sauvages offraient leur riche moisson de pollen doré. Et Belle de songer que les abeilles étaient semblables aux Indiens, qu'elles avaient leur danse circulaire et travaillaient ensemble à la survie des générations à venir.

En approchant des ruches, elle entendait déjà leur bourdonnement furieux. Mais avant de prendre à cœur la rage des abeilles, de les apaiser et de les soigner, elle alla s'assurer que le pétrole ne s'écoulait plus dans le ruisseau. Pas de fuite. Mais une pellicule huileuse flottait à la surface de l'eau. Elle en fut soulagée. Ce qui ne l'empêchait pas de se savoir en danger. Il rôdait autour d'elle, ce danger, s'accrochait à ses basques, imprégnait l'air au point de noyer le bourdonnement courroucé des abeilles qui grondaient leur rage au malheureux bétail enfermé derrière la clôture illégale érigée par Hale en travers du ruisseau. Du moins étaient-elles franches, ces abeilles qui hurlaient leur colère. Belle ne les en respectait que davantage.

Elle inspecta les ruches, s'assura que la mélasse amère n'avait pas remplacé le délicieux miel sucré. Trop dérangées, perturbées, les abeilles étaient d'humeur agressive, fragiles aussi, plus sensibles aux maladies.

C'est en se redressant qu'elle remarqua le fantôme de John Stink, assis au bord du ruisseau. Sa présence l'irrita. C'était une perturbation de plus pour les abeilles. Si elles détestaient les mules et les bisons, elles avaient une sainte horreur des fantômes.

Celui de Stink était assis sur la berge, avec trois chiens. Il pleurait et, le cornet à l'oreille, il tentait d'écouter l'eau. Après l'avoir observé quelques instants, Belle eut pitié de l'infortunée créature qu'elle aurait bien réconfortée si elle l'avait pu. Concentrée sur Stink, Belle ignorait qu'elle était repérée, point de mire dans la lorgnette d'un fusil. Quand la balle l'atteignit, le choc lui fit l'impression de heurter un mur invisible. Elle entendit une première détonation, puis une seconde, vit les feuilles voler sur un buisson voisin, mais elle ne vit personne. Elle tomba à terre, les mains sur la poitrine, le souffle coupé, resta là, étendue, et ses dernières pensées se tournèrent vers la mort et comment l'accueillir. Étrange, de suffoquer ainsi sous le coup de la balle ; cela ne ressemblait en rien aux morts qu'elle avait envisagées. Il y avait des larmes au coin de ses yeux, et un profond chagrin à l'idée de s'en aller. Sa dernière perception avant de s'abandonner à la mort fut le bourdonnement horriblement aigu des abeilles qui essaimaient en direction de l'arbre d'où les coups de feu avaient été tirés. Puis le bruit s'atténua, et elle sombra dans une sorte de sommeil. Un sommeil plus noir, plus profond.

Lorsqu'elle rouvrit les yeux quelques instants plus tard, Belle vit une tache de sang sur sa poitrine, à l'endroit de son cœur et, à sa grande surprise, le fantôme de Stink lui tenait le poignet. Étonné, les yeux écarquillés, il venait, à n'en pas douter, l'accueillir parmi les morts. De sa main libre, il releva son voile et scruta ses traits. Sa solidité même la troublait, semait la confusion dans son esprit. Elle avait peur, et le monde du fantôme l'aspirait. Elle aurait tant voulu lui échapper...

Elle se mit à protester avec véhémence : « Ce n'est pas mon heure ! » Le fantôme resta sourd à ses plaintes, mais elle tremblait si fort qu'il relâcha sa main glacée, et elle mit le moment à profit pour le repousser. Sa voix se fit perçante. « Arrière ! Laisse-moi tranquille, va-t'en ! »

Stink paraissait peiné et confus.

Lettie avait entendu les coups de feu et descendait le sentier en courant quand elle aperçut le fantôme de John Stink qui traînait sa mère derrière lui. « Maman ! » s'écria-t-elle. Lorsqu'elle les eut rejoints, elle aussi se mit à frapper la malheureuse âme errante tout en hurlant à son père : « Le fantôme a pris maman ! Dépêche-toi ! Il va l'emporter ! »

Le pauvre vieux John Stink, quant à lui, voulait seulement montrer à Belle ce qui était arrivé à son misérable chien qui, comme les autres, avait été happé par le monstre aquatique. En voyant Belle s'effondrer, sous le coup de ce qu'il croyait être une crise cardiaque, il s'était dit qu'elle avait rejoint les limbes qu'il habitait et, oubliant ses chiens, s'était précipité vers elle, un peu honteux tout de même de se réjouir d'avoir enfin de la compagnie. Avec elle, il ne serait plus seul à vivre entre deux mondes. Ses réactions violentes, sa terreur horrifiée l'avaient toutefois surpris, et lorsque Moses arriva auprès d'eux, Stink se mit en retrait. Mais Lettie l'agrippa, le dévisagea, médusée. « Dieu du ciel ! Il est solide, papa ! Touche ! » Puis elle le relâcha et vint poser la tête contre le cœur de la vieille femme.

Le tueur rôdait toujours. Prudent, Moses s'efforça d'entraîner Belle à couvert, puis vers la maison en restant à l'abri des arbres. Stink les suivit, lui-même suivi de ses chiens. En arrivant enfin, ils étaient hors d'haleine. Belle avait perdu toute couleur, et, en se retournant, Lettie avait vu John Stink.

« Un médecin ! hurla Lettie. Floyd ! Va chercher le médecin ! »

Estimant qu'ils étaient à présent en sûreté, Moses ouvrit la robe de Belle pour tâter sa blessure. « Attends », dit-il. Lettie se tourna vers lui, anxieuse. La plaie ne saignait plus, et Belle respirait.

Moses soupira, soulagé. « Elle n'a rien de grave. Ce n'est que superficiel. » Il examina la déchirure de sa robe tachée de sang et dit encore : « La balle devait venir de côté. » Mais Belle demeurait pâle à faire peur, et il craignait qu'elle ne se remette pas du choc. Se souvenant du remède de Louise, il pointa le doigt vers la cuisine. « File chercher du café. »

Moses effleura les lèvres de Belle, remonta ses cheveux avec tendresse. Il la prit contre lui, la berça dans ses bras comme une enfant. C'était chose bien triste que de vivre dans un monde dangereux. Il avait peur pour eux tous.

John Stink regarda Lettie verser doucement le café dans la bouche de Belle, briser une ampoule d'ammoniaque et la lui passer sous le nez. « Va chercher l'homme-médecine sioux. Red Hawk. Il loge en ville, à l'hôtel. Nous avons besoin de lui », dit Moses à sa fille.

Lettie obéit à son père. Elle sortit aussitôt et démarra la Buick. Ses mains tremblaient encore. Elle remarqua que le réservoir était presque vide. Alors qu'elle s'engageait sur la route, un autre véhicule barrait le passage. Impatiente, elle klaxonna. Le chauffeur se rangea de côté. Elle changea de vitesse et contourna l'obstacle.

À la réception de l'hôtel, elle demanda l'homme-médecine, Stace Red Hawk. Le réceptionniste appela sa chambre. Quelques instants plus tard, alors que Lettie s'agitait nerveusement, Stace Red Hawk descendit, un sac à la main. Le réceptionniste regarda le jeune homme sortir avec Lettie Graycloud.

Le temps qu'ils regagnent la maison, Belle se soutenait sans aide. Assise, elle examinait sa robe déchirée. « Bonté divine, dit-elle d'une voix enrouée. Je ne suis pas morte. » Son regard alla de Moses à Lettie, puis de Lettie à Stace. Du coin de l'œil, elle aperçut le fantôme de John Stink, tel l'ange de la mort prêt à l'emporter au premier signe de faiblesse. Elle redressa le menton d'un air déterminé et évita ses yeux. « Je savais bien que je ne mourrais pas comme ça, déclara-t-elle avec autant de conviction que le permettait son état. J'en étais sûre.

— Vous avez cependant subi un choc, dit Stace. Vous devriez vous mettre au lit et vous reposer quelques jours.

— La vieille tient encore le coup », répliqua Belle avec un regard à John Stink. Pas question qu'il la sente défaillante.

Moses suivit son regard. Il alla tâter le fantôme et lui sourit. Belle s'affola. « N'approche pas. Il est venu me chercher pour m'emmener avec lui.

— Il n'y a pas de danger », la rassura Moses. Il prit un bloc sur le bureau et plaça un crayon dans la main de Stink qui écrivit : « Je suis mort. » Après quoi, il repoussa le tout et se tourna face au mur.

« Tu vois », dit Belle, confortée dans son opinion.

Moses se réjouissait que le vieux se soit souvenu des mots qu'il lui avait appris à écrire autrefois. Il lui tapota l'épaule pour attirer son attention, fit non de la tête en regardant Stink dans les yeux, puis il écrivit à son tour : « Non. Tu n'es pas mort. »

Interloqué, Stink dévisageait Moses sans comprendre. Il écrivit encore : « Je suis un fantôme. »

De nouveau, Moses fit non de la tête, avec insistance cette fois.

Étonné, Stink parut réfléchir, puis écrivit : « C'est pour ça que mon corps a disparu ? Parce que je le porte sur moi ? »

L'ébauche d'un sourire dissipait les ombres de son visage quand soudain, un cri retentit derrière eux : « Ma météorite ! » Belle fouilla son corsage. Rien. Prise de panique, elle examina le sol. « Je l'ai perdue !

— La balle l'aura brisée, dit Stace.

— C'est ça. C'est ce qui a dû se passer. Star-Looking m'a sauvée. Je savais que c'était une pierre sacrée. Il faut que nous la retrouvions. » Du fond de son cœur meurtri, elle s'inquiétait de ce que la pierre sacrée tombée du ciel se soit brisée. Cependant, malgré son anxiété, malgré sa peur de John Stink, elle sombra dans un profond sommeil noir peu après cette soudaine débauche de paroles. Elle garda le lit trois jours durant. Pendant qu'elle dormait, Ben et Cal ne quittèrent pas la maison. Stace Red Hawk resta, lui aussi. Il montait la voir de temps à autre. Au deuxième jour de son sommeil, ses cheveux devinrent blanc de neige, comme ceux des grands vieillards. À cause du choc, leur expliqua Stace. Il avait déjà vu la chose se produire. La peur pouvait blanchir les cheveux en une nuit. Il chanta pour elle. Des chants de son Nord natal, différents de leurs chants méridionaux. Il chantait dans un registre aigu, troublant et bien étrange pour des Indiens du Sud, mais ils étaient heureux de l'avoir parmi eux.

Stace regagna sa chambre d'hôtel pour réfléchir et, dans la soirée, on glissa un mot sous sa porte. Sans doute était-ce Levee qui l'avait entendu rentrer. Vu l'importance du contenu, il empocha le message et retourna aussitôt chez les Graycloud.

Il frappa à la porte. Moses vint lui ouvrir. Ils s'assirent face à face à la table. « Il y a un mandat d'arrestation contre Belle, dit Stace. On l'accuse d'homicide involontaire.

— Mais pourquoi ?

— Parce qu'elle élevait des abeilles agressives », expliqua Stace en lui montrant le message.

Selon des témoins, le shérif, attaqué par un essaim en fuite, avait quitté le couvert des arbres pour se précipiter sur la route. Les abeilles le recouvraient comme une ombre. Un automobiliste, qui s'était arrêté pour porter secours à l'homme méconnaissable, avait été piqué, lui aussi. Enflé de partout sous l'effet du venin, Gold avait des difficultés respiratoires avant même qu'ils n'atteignent la ville. Un bien triste spectacle. Le temps qu'ils arrivent au cabinet du médecin, le shérif était pris de convulsions. Il était mort peu après.

« Alors, c'était le shérif, commenta Moses, incrédule. C'est Jess qui a tiré sur Belle. »

Ils discutèrent d'un plan d'action. Initialement, Stace comptait ne rien dire à Levee de l'attentat manqué contre Belle. Il suffisait alors qu'elle se fasse discrète. Mais le mandat d'arrestation changeait la donne. Il ne pouvait plus rien pour elle et le mieux serait encore qu'on l'emmène dans les collines. Ses jours étaient en danger. Sa famille aussi. Non seulement à cause du gisement pétrolier dont elle gardait le secret, mais du fait de la loi.

Il n'y avait plus de doute, le shérif avait tenté de la tuer. Benoît était mort en prison dans des circonstances suspectes. Stace se demandait même si ses adjoints n'étaient pas complices, si d'autres n'étaient pas impliqués — dont Ballard. Rien ne garantissait plus la sécurité de Belle et de sa famille.

Levee arriva à la ferme, accompagné des enquêteurs, pour établir un constat sur l'emplacement des ruches. Surpris de trouver Stace sur place, il lui demanda où se trouvait Belle.

« Suis-moi », dit Stace. Et il conduisit Levee à la rivière. « Belle est morte. Tout porte à croire que le shérif l'a tuée, mais il nous faut savoir si d'autres personnes sont impliquées. »

Levee agita la tête en parcourant la prairie du regard. « Cela expliquerait bien des choses, pas vrai ?

— Sans doute. Mme Graycloud était ici, près de ses ruches quand les abeilles ont attaqué le shérif. C'est ici que nous l'avons retrouvée.

— Où est le corps ? J'ai besoin de le voir pour vérifier certains détails.

— Impossible. »

Levee n'en crut pas ses oreilles. « Mais enfin, tu sais bien que nous devons examiner le corps. J'ai un rapport à faire.

— C'est contraire à leurs coutumes.

— Voyons, Stace. Il est illégal d'enterrer les morts sans les embaumer. » Il observa son partenaire, puis ajouta : « Et notre enquête, là-dedans ? Qu'est-ce qu'elle devient ?

— Sa mort peut-elle servir l'enquête, contribuer à mettre quelqu'un sous les verrous ? » Silence. Levee ne semblait pas comprendre. Stace se pencha pour lui parler en confidence : « Réfléchis. Ces gens-là débordent des cadres. Regarde-les bien. Ce sont des Indiens à l'ancienne, tu me suis ? Nos règles et nos lois les laissent indifférents. Mais je peux te dire une chose. Cette vieille-là était une sorte de sainte pour ceux d'ici. Tout le monde l'adorait. Ils veulent l'enterrer en privé. Merde, si tu essaies de la faire embaumer, ils vont te tomber dessus à bras raccourcis. La situation est explosive. Pour eux, tu n'es jamais qu'un médecin venu de la ville. »

Stace disait vrai, Levee n'en doutait pas. Il se souvenait encore de l'expression méfiante qu'il avait lue sur les visages de ceux venus consulter Red Hawk le 4 juillet. Il protesta néanmoins : « Cela revient à détruire les indices.

— Pas besoin d'indices supplémentaires. Il y a assez de cadavres ici pour présenter un dossier en justice. Celui-ci n'apportera rien de nouveau. Sans parler du prix que les musées et cirques ambulants sont prêts à payer pour des cadavres d'Indiens au marché noir. Si un nouveau corps était volé, cela ne ferait qu'envenimer la situation. Nous ne pouvons pas prendre ce risque. Surtout avec Mme Graycloud. Va donc jeter un œil au cimetière. Il y a une bonne cinquantaine de trous, là-bas. Et ce ne sont-là que les tombes que personne n'a pris la peine de reboucher. »

La voix était grave, le ton lourd d'autorité. Levee s'en étonna. Il regarda autour de lui, se vit entouré d'hommes imposants à la peau sombre. Moses les avait rejoints et les observait, ses puissantes mains brunes sur son ceinturon. Ben Graycloud s'était laissé pousser une moustache qui durcissait ses traits, accentuait les angles de son visage. Mais ce fut l'expression de Stace Red Hawk qui poussa Levee à changer d'avis. À son regard, il comprit que Stace n'était pas de son côté. Du tout.

Cette après-midi-là, Moses se rendit en ville. Il n'avait plus d'argent. Il ne lui restait pour tout bien que ses deux chevaux de travail, le chariot, Redcoat — son seul trésor —, et la Buick. La ferme devait être saisie. Il attela les chevaux de trait au chariot, alla aux pompes funèbres et conclut un marché avec le croque-mort tout sucre, tout miel. « Je t'échange ma Buick contre ce cercueil d'osier là-bas. »

Et il tendit sa clé de voiture au croque-mort qui la prit sans hésitation. « Elle est à toi, dit Moses. Passe la prendre demain midi, d'accord ? » Sur ces mots, il se dirigea vers la porte, jeta un regard par-dessus son épaule et ajouta : « Grand merci.

— Attends. »

Moses se retourna légèrement, vit que le bonhomme cachait mal son sourire. « Cette voiture que tu me proposes, elle n'est pas toute neuve. Elle vaut moins cher que mon cercueil. Un petit supplément en liquide ne serait pas de trop.

— D'accord. Si tu m'aides à charger le cercueil dans mon chariot.

— Mais bien sûr. » Pour un homme de sa corpulence, il était étonnamment leste.

En fin d'après-midi, cependant qu'ils remplissaient le cercueil de cent livres en sacs de sable enveloppés dans de grandes couvertures aux couleurs vives, Belle ne se souciait plus que de sa météorite. Louise avait fouillé les abords du ruisseau et rassemblé tous les morceaux qu'elle avait pu trouver autour des ruches désertes. Belle examinait les fragments. « Comment serais-je en sécurité maintenant qu'elle est cassée ? C'est elle qui m'a sauvé la vie. » Et elle porta la main à son cœur meurtri.

Moses s'inquiétait quant à lui de leur stratagème. « Nous ferions peut-être mieux de dire la vérité. Je n'aime pas beaucoup l'idée d'infliger un nouvel enterrement aux nôtres.

— C'est trop dangereux, objecta Stace. Le terrain est à son nom, et il y a le mandat d'arrestation. »

C'est ainsi que, tard dans la nuit, Belle Graycloud enveloppée dans une couverture, fut emmenée dans le chariot. À la lueur de la lune, Stace et Moses la conduisirent à travers le paysage triste et sombre jusqu'au campement des collines. Ben et Cal les accompagnaient.

Le sentier devenait chaque jour plus difficile à repérer, même pour les habitants du village traditionnel. Il faisait presque jour lorsque enfin ils arrivèrent à destination. Ils finirent le trajet à pied, car l'étroitesse du chemin ne permettait plus le passage des chevaux. Lorsque ceux des Collines virent les cheveux blancs de Belle et apprirent sa mésaventure, ils allumèrent des tresses de cèdre et poussèrent la fumée vers elle, battirent le tambour et chantèrent leur gratitude de ce que, grâce à Star-Looking, la mort venue lui rendre visite était repartie sans elle. Ils purifièrent Moses et Stace à la fumée, et les hommes reprirent le chemin de la ville.

Le lendemain, au lever du soleil, la cérémonie funèbre commença. Il y avait de nombreuses voitures garées devant chez les Graycloud, et la poussière jaune soulevée par les voyageurs matinaux emplissait l'air. Attelés au chariot, les chevaux des Graycloud hennissaient pour saluer leurs camarades qui amenaient les gens de la campagne.

Le cercueil était clos. Une longue plainte grave montait de la maison où les personnes assemblées avaient entonné un chant de deuil émouvant et mélancolique.

Quelques vieilles femmes se couvraient le visage de leur mouchoir. Leur chagrin bouleversait Moses qui souffrait pour elles. Même pour protéger Belle, il regrettait de devoir ajouter ce deuil à la misère humaine.

Ruth était là, accompagnée de John Tate. Elle s'était bien gardée de lui dire que Belle était encore en vie. Pris qu'il était dans la fièvre d'achats et de ventes qui possédait la ville, elle ne faisait plus confiance à cet homme au sac de brocart plein d'argent qui avait accroché des têtes de cerfs aux murs de sa mère.

Drapé dans une couverture noire, le révérend Billy se tenait près du cercueil. Tout en sachant que Belle était en vie, là-bas, dans les collines, il était accablé par le poids de la tragédie. Il en avait les larmes aux yeux, et Martha lui tenait la main. L'odeur aromatique un peu âcre de la fumée de cèdre gris et de sauge emplissait la pièce.

Au fond, des jeunes gens s'adossaient au mur et au chambranle de la porte. Plusieurs hommes sortirent et, selon la coutume, Moses ouvrit la fenêtre du salon. La fumée de cèdre se répandit dehors. D'autres hommes soulevèrent alors le cercueil. Le rotin grinçait tandis qu'ils le portaient à la fenêtre et le hissaient pour que ceux du dehors le prennent.

Ému par la cérémonie, Stace regrettait d'imposer ce deuil aux malheureux participants. Pourtant, dans le même temps, il examinait les visages, retraçait le parcours de l'argent, les droits sur l'héritage. Moses n'avait rien à gagner, il en était à peu près sûr. La loi des Blancs ne reconnaîtrait pas leur mariage. Une des filles hériterait peut-être, mais il était bien plus probable que l'argent irait à Floyd en tant que Blanc marié à l'une d'elles.

Du point de vue de Stace, Floyd était suspect. Il s'en était ouvert à Moses qui s'était rebellé contre cette idée. Floyd était de la famille, il les avait défendus à diverses reprises. Stace avait cependant vu passer une lueur de doute dans son regard. Et Nola ? Son tuteur étant mort, on lui en désignerait un autre, peut-être moins honnête que Forrest. Il fallait faire quelque chose pour la petite et son argent. Au moins, le temps ne pressait pas en ce qui la concernait. Sa grossesse la protégeait. À présent, elle comptait pour deux : deux parts de royalties pétrolières, deux attributions de terrains. Stace était en tout cas sûr d'une chose : quoi qu'il arrive et qui que soit celui qui tirait les ficelles, il resterait à proximité.

La procession se dirigea lentement vers le cimetière. Louise marchait à côté du chariot. Elle arborait une expression de dignité résolue ; elle savait désormais qui étaient les siens, ne s'interrogeait plus sur son identité ou ses attaches. Du jour au lendemain, elle avait renoncé au monde blanc. Elle portait ses vêtements traditionnels, des jambières et des mocassins ornés de perlage bleu. Elle tenait à la main un éventail en plumes d'aigle. Sa fille Rena l'accompagnait. La tourmente des récents événements avait fait d'elle une femme aussi sérieuse que forte. De l'autre côté du chariot, Lettie avançait fièrement, le dos droit.

Ruth et Nola étaient à bord d'une des longues automobiles. Tate conduisait. Sa tête dépassait à peine par-dessus le volant pour regarder la route. Trop alourdie par sa grossesse, Nola ne pouvait faire à pied le long trajet jusqu'au cimetière selon la tradition qui voulait qu'on honore ainsi ses défunts. Accablée par un terrible sentiment de solitude, elle pleurait des larmes amères, consciente que sa mort profiterait à son époux. « Il a peut-être même tué son propre père », dit-elle à son enfant à naître. Jamais elle ne partageait ces pensées avec d'autres. Si elle l'avait fait, elle aurait peut-être trouvé du réconfort à s'entendre dire et répéter que le jeune homme l'adorait.

Assise près de Nola sur la banquette arrière, Ruth était accablée de chagrin, tout en sachant qu'il n'y avait pas de corps dans le cercueil. Si fort était le lien qui l'unissait à son frère, cœur et âme, qu'elle sentait peser sur lui le fardeau de la peur — il craignait pour Belle, pour leur sécurité à tous les deux.

L'attelage et le chariot contenant le cercueil se détachaient contre les premiers feux de l'aurore. Suivaient les automobiles, puis les carrioles tirées par des chevaux, et enfin, des cavaliers indiens solitaires. À mesure que le ciel rouge s'éclairait et baignait le paysage de lumière dorée, le cortège longeait le cimetière criblé de trous et poursuivait sa route jusqu'à la nécropole traditionnelle. Le cimetière n'en offrait pas moins le spectacle étrange d'un autre monde, avec ses anges blancs aux ailes de pierre qui se dressaient, sereins, près de leurs agneaux blancs. Personne ne remarqua Levee parmi eux. Il se confondait avec les statues et observait la procession.

Quand le cercueil fut mis en terre, les endeuillés empilèrent des pierres blanches et ocres sur la tombe. Nombre d'entre eux avaient des gestes maladroits, encombrés qu'ils étaient des armes qu'ils cachaient sous leurs vêtements. Gênés par le poids peu familier des pistolets, ils avaient peur. Si Belle avait été assassinée, chacun d'eux pouvait être la prochaine victime.

Bruit des pierres qui s'entrechoquaient. Un homme d'un certain âge se redressa pour s'éponger le front de son mouchoir blanc. Il leva les yeux vers le ciel. « Regardez ! » dit-il en montrant du doigt. Les autres levèrent les yeux à leur tour. Sept aigles tournoyaient au-dessus d'eux. Ils s'élevèrent dans les airs, jusqu'à disparaître dans les profondeurs bleues du ciel, et il n'y eut plus que le lent battement d'un tambour.

Vues des collines, les activités de la ville semblaient lointaines et brumeuses. Belle se coula dans un nouveau rythme de vie, plus proche du rythme de la terre, des cycles du jour et de la nuit. Mais elle boitait, de cette même jambe qui l'avait fait souffrir le jour où elle s'était battue contre les chasseurs d'aigles.

Un ancien du Peuple des Collines demanda à l'examiner. Belle accepta et fut conduite à la loge de l'ancien. Le personnage était si vieux qu'elle n'aurait su dire s'il s'agissait d'un homme ou d'une femme. La porte était fermée, et personne d'autre qu'elle ne fut autorisé à entrer. Belle éprouvait une crainte étrange. Elle se sentait comme une enfant. L'ancien était assis en face d'elle, silencieux.

« Quelle jambe ? » s'enquit finalement l'ancêtre sec et noueux. Belle fit signe de la main. L'ancien l'aida à s'étendre, puis il prit un morceau de bois, le maintint au-dessus de sa jambe douloureuse. Il avait les paupières closes. Belle contemplait son beau visage sillonné de rides, éclairé du dedans, au point que la peau en paraissait lumineuse. L'ancien se mit à chanter, puis il chanta plus fort, d'une voix qui n'était ni féminine, ni masculine. Et, soudain, il brisa le morceau de bois. Il y eut un craquement sec. Belle se redressa, surprise.

« Tu boites à chaque fois que le sacré est tué, déclara l'ancêtre. Il faut donc que tu remettes le sacré à sa place. Éloigne-toi de nous. Va vivre seule jusqu'à ce qu'il te soit rendu. Tu n'es plus aussi forte que tu le crois. »

Belle fixait l'ancien avec un sentiment de crainte. Elle souffrait, mais ne voulait pas rester seule. Le conseil était sage, elle le savait, mais si on la trouvait ? Elle était en danger. Et censée être morte.

Ce même jour, un des coureurs revint de la ville et leur apprit que le tribunal siégerait pour enquête judiciaire.

Belle examina attentivement la jeune femme. « De quoi s'agit-il, au juste ?

— De décider s'il y a ou non suffisamment de preuves pour lancer des poursuites contre Hale.

— C'est bon, murmura Belle pour elle-même. Je m'éloignerai. Mais avant, j'attendrai de savoir ce qu'il en est. » Elle se leva et gagna ses quartiers en traînant la jambe.

Les tours innombrables des derricks s'étendaient à perte de vue, à travers tout le paysage. Cachées par des nuages de poussière, les voitures allaient et venaient, animant les collines de leur mouvement perpétuel.

De la fenêtre de sa chambre, Stace Red Hawk regardait la poussière se soulever par bandes, puis retomber sur les routes et les ondulations du terrain. Il regarda le train s'éloigner de la ville. De la musique de jazz montait des entrailles de l'hôtel.

La nuit précédant l'ouverture du procès, l'animation régnait dans les rues de Talbert, Oklahoma. Des femmes étaient arrivées, maquillées comme des poupées de porcelaine, le rouge à lèvre vif tranchant sur leur peau blanche, les cheveux coupés court ou ondulés en boucles plaquées contre le crâne. Même lorsqu'elles dansaient, leur coiffure restait en place, impeccablement ordonnée.

Les audiences n'avaient pas commencé que le procès était une occasion de fête pour les curieux qui se pressaient en foule comme par un jour férié. Une aubaine pour les marchands qui y trouvaient déjà leur bénéfice en vendant des modèles réduits de derricks et des statuettes d'Indiens peintes à la main.

Stace songea au rôle qu'il avait joué dans ce spectacle. Il avait contribué à créer ce drame criminel à sensation, avec ses enchaînements de meurtres, de mariages et de machinations. C'est lui qui avait alerté la presse, quand il était encore à Washington. Il le regrettait maintenant, même si, sur le moment, c'était là le seul moyen de rendre ces meurtres publics. Des journalistes étaient venus de pays aussi lointains que la Belgique pour rendre compte des extraordinaires meurtres d'Indiens, ces mêmes Indiens qui, tout en conduisant lentement des corbillards laqués le long des routes rouges et poussiéreuses, montraient du doigt leurs puits de pétrole l'un après l'autre.

Ainsi, cette nuit-là, dans le bruit des klaxons et des voix sous sa fenêtre, Red Hawk avait du mal à trouver le sommeil. Torse nu sur son lit, il fumait une cigarette et regardait les volutes de fumée monter dans l'air. Son agitation s'accrut à mesure que la nuit se faisait plus sombre. La rumeur de la rue le gênait, de même que le grésillement des insectes contre le grillage de la fenêtre qui les arrêtait dans leurs efforts incessants pour voler vers la lumière.

Il se hissa péniblement hors du lit, traversa la chambre pieds nus sur le plancher en bois et ferma la vitre. Mais la pièce devint aussitôt étouffante. Il rouvrit la fenêtre et regarda dehors, puis il se laissa tomber dans le fauteuil et resta là, à écouter la nuit bruyante jusqu'à s'assoupir.

Le lendemain matin, en se rendant au tribunal, Stace était d'humeur maussade. Le soleil n'était pas levé, l'air brumeux était humide. Un léger brouillard nimbait les collines et la ville rouge. Déjà, des groupes de gens s'assemblaient sur les marches du tribunal, silhouettes inquiétantes dans la brume, qui discutaient avec animation de l'audience à venir. Stace voyait leur souffle s'échapper de leurs lèvres au rythme de leurs paroles qui s'évanouissaient en vapeur.

Les journalistes grossiers jouaient des coudes. Responsable de leur présence, Stace ne les aimait pas pour autant. En approchant des marches, il les toisait avec froideur. Bien qu'ayant officiellement démissionné de son poste au FBI, convaincu que le Bureau fédéral avait trempé dans certains crimes, il fendit la foule avec autorité. Tous se taisaient sur son passage, l'observaient comme si une distance tacite les séparait de sa race dans l'espace et le temps. Le silence se creusait tandis qu'ils s'écartaient pour le laisser passer. Stace entra dans le bâtiment pour attendre l'ouverture des portes de bois massif de la salle d'audience. Derrière lui, dehors, le bruit des conversations reprit.

Juste avant l'ouverture des portes, la foule du dehors s'épaissit. Moses Graycloud était présent, ainsi que Michael Horse, avec ses carnets et son crayon. Le fantôme de Stink qui fumait le cigare se tenait un peu en retrait des autres.

Les Indiens des Collines étaient venus en nombre pour le procès, et lorsque les battants s'ouvrirent, ils entrèrent dans la salle et prirent place contre le mur du fond, les bras croisés sur la poitrine. Tous étaient en tenue traditionnelle. Quelques hommes portaient de petites couvertures rouges sur le bras ou l'épaule. L'un d'eux arborait, comme Stace, une écharpe rouge à son cou. En jupe et ample corsage, les femmes avaient l'œil serein et attentif. Elles ne regardaient pas les gens qui s'asseyaient sur les chaises et les bancs sous la plate lumière artificielle. Prêtes à écouter, elles observaient les piles de papiers alignées sur les tables derrière lesquelles les avocats ajustaient leur mise ou desserraient les cols rigides de leurs chemises.

« Je peux m'asseoir là ? » demanda Moses Graycloud.

Stace esquissa un sourire, chercha son regard et fit oui de la tête. Il se poussa pour faire place aux larges épaules de Graycloud, le regarda s'asseoir, sentit son bras contre le sien, sa chaleur corporelle et ses mouvements cependant que Moses s'installait sur le banc dans la pièce qui résonnait.

Au bout d'un moment, Hale entra dans la salle d'audience, accompagné de ses avocats. Il était tout sourire, distribuait des poignées de main à ses amis, ses associés. Puis il s'assit. Il portait un costume gris, paraissait calme, sûr de lui. Hale n'avait pas de remords, ou bien, s'il en avait, cela ne transparaissait pas. Il présentait bien, semblait curieusement au-dessus des événements. Stace en conclut que son attitude lui vaudrait les faveurs du jury comme de la salle. Au fond, ceux des Collines échangèrent des regards malgré eux. Les traits figés en masques impassibles et sans trace d'émotion, ils se redressaient de toute leur taille, se tenaient plus droits qu'à l'ordinaire, mais Stace connaissait ce peuple semblable au sien. Plus ils semblaient stoïques, plus forts étaient les sentiments qui animaient leur cœur.

Le juge avait pris place en robe noire officielle. Il portait d'épaisses lunettes sur un visage juvénile et sans rides.

Accusé de meurtres avec préméditation, Hale plaidait « non coupable ». Alors qu'il l'observait, Stace eut la sensation qu'une boule froide et dure se logeait au creux de son estomac. Il avait croisé bien des criminels, mais aucun ne l'avait glacé à ce point. Tête haute, le dos droit, Hale en imposait. Le rempart d'argent usurpé et de pouvoir qu'il s'était construit le plaçait au-dessus de toute humanité, et sans doute loin au-dessus des lois. Il se pencha pour murmurer quelques mots à son avocat. Chaque geste, chaque expression semblait calculée à son avantage, comme s'il jouait une partie d'échecs, évaluait les pièces et les déplacements aptes à protéger ses acquis.

L'un des premiers témoins à charge appelés à la barre était membre du célèbre gang d'Al Spencer, spécialisé dans le cambriolage des banques. Il avait été convoyé depuis la prison de Leavenworth où il était incarcéré pour témoigner au procès. Lorsqu'on lui demanda sa profession, il répondit : « Je suis un voleur. » Sur le point de sourire, quelques spectateurs remuèrent sur leur siège. Au cours de l'interrogatoire, le voleur raconta comment Hale avait envoyé Fraser, l'artiste du lasso, demander à Al Spencer de tuer des Indiens riches. Le détenu de Leavenworth s'exprimait étonnamment bien. Il expliqua que Spencer avait été choqué par cette proposition. « Spencer était outré qu'on puisse s'abaisser à commettre des meurtres aussi vils, déclara au ministère public le maigre voleur au crâne dégarni. Jamais Spencer n'aurait assassiné autant d'innocents de sang-froid, par pur calcul. »

Stace songea que son respect évident envers le chef de gang nuirait à la crédibilité de son témoignage. Cependant que le détenu parlait, Hale ne le quittait pas du regard, guettant la moindre faille dans son discours, la moindre hésitation ou tout autre faiblesse qu'il pourrait mettre à profit pour démanteler l'édifice. De temps à autre, il manifestait son désaccord en faisant discrètement non de la tête, sûr que son avocat saurait jeter le doute sur ce témoignage émanant d'un voleur, d'un détenu qui avait été membre d'un gang de criminels avérés.

Lors de cette première audience matinale du procès contre Hale, un second témoin fut appelé à comparaître — Mardy Green, qui hochait la tête en parlant. La salle l'écouta dévider son récit bribe après bribe, triste énumération des malheurs du peuple indien et des crimes commis contre lui. À mesure qu'il parlait, il se fondit avec la salle, et sa diction, souvent hésitante, fit corps avec les murs, les boiseries et les pierres, fit corps avec l'histoire. Il simplifiait en résumant la guerre contre le peuple à peau brune : ils étaient une entrave au progrès. Tout le monde avait besoin de la terre, du pétrole, de l'herbe pour engraisser le bétail, et de l'eau, et ce n'était que justice, affirma-t-il. « Il faut bien que nous vivions, notre race, j'entends. » Ses yeux sincères cherchaient ceux des autres. « C'est comme débroussailler les terres agricoles, comme chasser pour manger. Et eux, ils tuent bien des cerfs, non ? Alors, que vous appeliez ça complot, que vous appeliez ça meurtre, pour nous ici, c'est de la survie. »

« Il y croit », murmura Moses.

Maître Springer, avocat de la défense, intervint : « Objection, Votre Honneur. Ceci est sans rapport avec l'affaire qui nous occupe. »

Le juge baissa la tête pour noter quelque chose sur un papier, puis releva les yeux sur Mardy Green et déclara : « Monsieur Green, tenez-vous-en aux faits, je vous prie. »

Indifférent à la remarque, l'avocat du ministère public demanda au témoin : « Étiez-vous informé de ce que les Indiens osages d'ici avaient acheté les terres de la réserve de leurs propres deniers ? »

Springer perdait son calme. « Votre Honneur, c'est immatériel. »

Mais en dépit de ses objections, le récit se poursuivit, faisant peu à peu la lumière sur cette sombre histoire. Selon Mardy Green, le dénommé Bird avait été libéré de prison pour assassiner Walker. Le shérif était dans le coup, mais l'idée était venue de Hale. « Hale avait fait prendre à Walker une assurance sur la vie pour vingt-cinq mille dollars dont il était bénéficiaire. Walker lui devait de l'argent, voyez-vous. Avec la suspension des paiements, les Indiens ne pouvaient plus payer leurs dettes. C'est une pratique courante, par ici », expliqua-t-il. Et d'insister sur le fait que Hale n'avait pas de desseins cachés, que Walker était sur le point de se suicider, ce qui invaliderait la police d'assurance. « C'était légitime.

— Contentez-vous de répondre aux questions. Pas de commentaires personnels. »

Mardy avait l'air sincère lorsqu'il répéta : « L'assurance n'aurait plus eu aucune valeur si Walker se suicidait.

— Il vous a donné une voiture et la somme de mille dollars. » C'était une affirmation, pas une question.

« Oui.

— Et la voiture était une Buick ?

— C'est exact.

— La Buick volée ?

— Oui, elle était volée.

— Mais vous ne l'avez pas dénoncé ?

— Non. Il m'a dit qu'il me sortirait de là. Il a des amis en haut lieu, alors, je l'ai cru sur parole.

— N'avez-vous pas plaidé coupable pour le vol de la Buick ?

— Si. Pour protéger Hale. »

Alors, le ministère public demanda : « Cette voiture, elle était impliquée dans d'autres meurtres d'Indiens, n'est-ce pas ?

— Je pense que oui. C'est ce qui m'a poussé à témoigner ici. » La défense leva le bras. « Objection. Ce détail est sans rapport avec le procès. »

Mais le ministère public poursuivit : « Selon vous, y avait-il un complot contre les Indiens d'ici enrichis par le pétrole ?

— Objection, Votre Honneur. L'accusation interroge le témoin sur de pures spéculations. »

Il y eut quelques murmures dans la salle tendue. « Objection retenue. » Et le juge leur fit signe de poursuivre.

Quand ce fut à Springer de poser les questions, il demanda à Mardy : « Le fait qu'il vous ait donné une voiture volée ne vous a pas monté contre Hale ?

— Non. Je pense qu'il n'était pas au courant. C'est un homme honnête. Une erreur de bonne foi. »

Au fond de la salle, les Indiens des Collines écoutaient calmement. Puis deux d'entre eux décidèrent de partir. Sans bruit, ils se dirigèrent vers la porte. Journalistes et curieux les regardèrent sortir, droits et fiers, silencieux, les yeux fixés sur l'infini.

Quand on leva la séance pour le déjeuner, les membres du jury furent conduits les premiers hors de la salle afin qu'ils n'entendent pas de commentaires du public. En les voyant quitter la pièce l'un après l'autre, Stace prit une inspiration profonde, puis il se retourna pour parler à Moses Graycloud et s'aperçut qu'il n'était plus là.

Dehors, Stace traversa la foule d'un pas pesant. Il sentait la fatigue. Lorsqu'il atteignit le bas des marches, Levee, qui se tenait près de Ballard, s'avança vers lui avec un léger sourire et déclara : « Ils empocheraient une fortune s'ils faisaient payer les places. »

Stace regarda Levee mais garda le silence. Du coin de l'œil, il vit Ballard s'éloigner.

Levee reprit : « Hale a l'air si sûr de son bon droit que c'est à croire qu'il reçoit ses ordres de Dieu en personne. Et son avocat, qu'est-ce que tu penses de ce type ? Plutôt gonflé, non ? » Il redressa son col, plongea dans les yeux de l'Indien et poursuivit à voix plus basse : « Alors, Stace, comment te sens-tu ? »

Stace ne savait s'il devait lui faire confiance. Malgré ce qui les séparait, ils avaient partagé une solide amitié, mais qu'en restait-il à présent ? Peut-être n'était-ce plus qu'un souvenir du passé. Il observait Levee d'un œil méfiant, hocha la tête et se décida enfin à répondre : « Bien. Plutôt pas mal. » Sa voix trahissait sa tension.

« Je t'offre le repas ? » proposa Levee.

Stace le suivit. Ils entrèrent au restaurant juste avant l'arrivée de la foule et trouvèrent une table. La serveuse mit le couvert en hâte et prit leur commande.

Comme Stace, Levee rongeait son frein. « Il paraît que des personnages plus importants que Hale seraient impliqués.

— Qui, par exemple ? » s'enquit Stace.

Levee le trouva sarcastique, ce qui ne lui ressemblait guère. Au même moment, Stace aperçut quelque chose par la vitre sale du restaurant. Intrigué, il se releva. Une caravane de voitures et de camionnettes passait le long de la route. Certains véhicules tiraient des roulottes peintes, remplies d'outils de jardinage, de coffres noirs, de fauteuils grenat rembourrés. Des malles de bois étaient attachées sur le toit des voitures avec des cordes ou du fil de fer. Sur l'une, il y avait une cage pleine de poulets recouverte d'une selle de cuir dont les étriers pendaient sous le nez des volailles affolées.

Conducteurs et passagers étaient indiens. Ils roulaient au pas, semblaient vouloir mémoriser le paysage d'arbres et de collines, regardaient attentivement chaque détail, jusqu'aux derricks qui pompaient en toile de fond dans un cliquetis mécanique.

Stace alla se planter dans l'encadrement de la porte, sans même se rendre compte qu'il barrait le passage aux clients désireux d'entrer ou de sortir. Devant lui, ils reculaient. Inquiet, Levee vint le rejoindre. « Mais bon sang, qu'est-ce qui se passe, ici ? demanda Stace, décomposé.

— Tu ne sais donc pas ? »

Stace se retourna vers Levee. « Quoi ?

— Des bruits ont couru. Concernant le déplacement des Indiens d'ici. Doux Jésus, je te croyais au courant. » Il scruta les yeux de Stace dont l'inquiétude était flagrante.

« Qu'est-ce que tu me chantes là ? »

Après une pause, Levee reprit : « Je comprends. On n'imaginerait pas que cela puisse arriver. » Tout en parlant, il évaluait l'effet de ses paroles sur Red

Hawk. « On leur a dit que l'armée viendrait les déloger. » Il se tourna vers la caravane, aperçut une Indienne en chapeau rose. Sa voix se fit traînante. Il aurait préféré que Stace n'apprenne pas la nouvelle de sa bouche. « Ils ont vendu leurs terres.

— Qui leur a raconté ça ? » Le ton était posé en dépit de son angoisse.

« Nous pensons que c'est venu d'un employé fédéral. »

Stace le dévisageait, pris de faiblesse soudaine. « Et personne ne leur a dit que ce n'était pas vrai ? »

Levee baissa les yeux. « On l'a fait. Mais les malheureux ne savaient plus qui croire, Stace. » Il regarda les voitures passer, la poussière sur les pare-brise, puis il posa la main sur le chambranle de la porte, comme s'il cherchait un appui. « Ils ont voulu limiter leurs pertes. En vendant leurs terres. Ils ont signé les papiers. Tout s'est fait légalement. »

Stace n'en revenait pas. Sous sa veste, sa chemise était trempée de sueur.

Levee s'était tu. Il entendait son compagnon respirer, vit passer une expression de confusion sur son visage, et soudain, Stace Red Hawk parut doubler de volume, s'enfler sous le coup de la colère. Autour d'eux, les bâtiments parurent rétrécir, s'embraser de rouge crépusculaire, comme si le soleil déclinait. Ainsi grandi, Stace passa la porte, laissant derrière lui Levee et les clients curieux. À longues enjambées, il alla se planter au beau milieu de la rue et écarta les bras pour arrêter la circulation. Il se tenait devant une voiture grise, conduite par un jeune Indien au visage doux. Près de lui, une femme tenait dans les bras un enfant en larmes. Elle le faisait sauter sur ses genoux, lui parlait à voix basse pour le rassurer. Stace s'avança près de la vitre pour parler à l'homme. La femme tenta d'écouter ce qu'il disait à son jeune époux.

« Où allez-vous ? » demanda Stace.

L'homme ne répondit pas. Se contenta d'agiter la tête.

« Ne partez pas. Ne les laissez pas vous chasser. »

Sans cesser d'agiter la tête, le jeune homme déclara : « Non. Nous sommes en danger ici. Il vaut mieux que nous partions. » Il eut un geste d'impuissance, regarda droit devant lui, et reprit lentement la route pour quitter la ville poussiéreuse cependant que son épouse se démanchait le cou pour regarder le Sioux qui avait arrêté le véhicule suivant et parlait au chauffeur. Le bruit du moteur se tut quelques instants, et Levee surprit des bribes de ce que disait le chauffeur. Il parlait de danger, de baisser les bras. Et la voiture s'éloigna elle aussi de Stace Red Hawk, Stace qui se tourna vers la suivante en hurlant au chauffeur : « Arrêtez ! Ne partez pas ! C'est votre ville ! » Les veines saillaient de son front sous l'effort, mais le véhicule le contourna, le laissant seul au milieu de la rue, au milieu du mouvement. Il paraissait abandonné, regardait la route devant lui, les voitures qui continuaient d'arriver, et il se dégonfla soudain. Ses épaules s'affaissèrent. Il recula d'un pas, pivota lentement, et repartit en direction du tribunal, laissant derrière lui le magasin de Palmer devant lequel se tenait un groupe de journalistes, longeant des bâtiments de grès rouge, puis l'Église baptiste. La circulation avait repris son cours normal. Tous les regards étaient fixés sur Stace. Les dîneurs en avaient momentanément perdu tout intérêt pour leur repas. Levee resta cloué sur place, les bras ballants.

En arrivant au tribunal, Stace gravit les marches sans hâte, s'arrêta pour reprendre son souffle. Il resta là-haut un moment. Il avait la peau moite, la sensation que le monde basculait sous ses pieds. Son cœur battait trop vite. Il se tâta, comme pour s'assurer que c'était bien son corps et qu'il était dedans. Puis il se ressaisit et, sans souci des regards braqués sur lui, il s'éloigna, seul le long de la rue, dans la direction opposée à celle des voitures qui quittaient la ville, jusqu'à n'être plus qu'une minuscule silhouette en mouvement.

Le lendemain, Stace Red Hawk entra au tribunal comme si de rien n'était. Ses cheveux soigneusement peignés étaient encore humides, ses joues rasées de frais. Le dos droit, large d'épaules, il arborait une chemise blanche sous sa veste. Après l'avoir dévisagé quelques instants comme une bête curieuse, les personnes présentes reprirent le fil de leurs conversations, oubliant qu'elles l'avaient vu la veille arrêter les voitures dans son désespoir, qu'elles l'avaient vu partir droit devant lui et quitter la ville d'une démarche raide.

Stace prit place dans la salle d'audience, se pencha légèrement en avant pour écouter.

La pièce poussiéreuse se remplit peu à peu de gens dont les vêtements dégageaient une odeur de tabac froid et de graillon.

Assis non loin de Nola Blanket, Stace avait tout loisir de l'examiner. Raide et immobile entre deux de ses gardiens à peau brune, elle paraissait fragile, aussi friable qu'un vieux papier parcheminé, et seule, très seule malgré la présence des deux hommes. En tenue presque moderne — l'un portait une chemise bleue à carreaux — ils ressemblaient moins à des anges salvateurs.

Nola était une belle enfant, éprouvée, certes, mais aux traits délicats. Dans son visage las, impassible, ses yeux brûlaient d'un feu intense, de colère dirigée contre Hale.

Stace tenta, sans y parvenir, de se concentrer sur les premiers témoignages de la journée. L'absence d'un témoin clé qui causa quelques remous dans la salle ne l'étonna même pas. Il se doutait déjà que la bonne marche du procès serait entravée par des difficultés de toutes sortes, les défections de témoins comptant parmi les moindres. Rompu aux argumentations légales, il prévoyait aussi que les accusations contre Hale ne seraient pas retenues, soit pour manque de preuves, soit parce que le bonhomme avait un alibi pour chaque meurtre commis et pour tout autre crime. La nuit où Walker avait été assassiné, il se trouvait à Wallnut Springs pour une foire au bétail. Deux témoins déclarèrent qu'il avait acheté des bêtes et payé comptant le soir de la mort de Walker. Hale ne pouvait donc l'avoir tué que par procuration. À mesure que la journée passait, Stace comprit en écoutant qu'il serait difficile d'étayer les accusations par les preuves indirectes que constituaient les polices d'assurance, hypothèques et droits de gage, contrats et engagements divers mais légaux, qui tous se soldaient au profit du grand maigre en costume gris.

Une chaleur étouffante régnait dans la salle d'audience où les auditeurs les plus attentifs se perdaient dans l'impossible dédale des détails. Après la pause de la mi-journée, le bruit se répandit que Fraser, l'artiste du lasso dont on attendait le témoignage crucial, avait été retrouvé mort dans un accident automobile. Ajoutée aux défections de témoins, au départ troublant d'une partie des Osages pendant l'audience de la veille, cette nouvelle acheva de démoraliser bon nombre d'Indiens qui, déçus de la justice, rentrèrent chez eux. Ils se fondirent dans la ville, absorbés par l'ombre des rues, des feuilles et des troncs d'arbres. Comme s'ils n'avaient pas de substance et n'avaient jamais existé.

Stace quitta le tribunal, lui aussi. Dans la rue déserte, il acheta un journal à un gosse famélique, puis regagna sa chambre. Inquiet, tendu, à bout de nerfs, il ouvrit le battant et, par habitude, examina la pièce, vérifiant que les fenêtres n'avaient pas été forcées, ouvrant chaque tiroir pour s'assurer qu'on n'avait pas touché à ses papiers. Un dernier rai de lumière s'attardait sur le sol. La pièce était silencieuse.

Une image du monde se forma dans son esprit. Un œil ouvert, l'autre fermé, tel était le monde, un seul plateau de la balance pour une demi-justice. Il déplia le journal. En première page s'étalait pour la postérité la photo de M. Skelley, l'un des barons du pétrole. Il serrait la main d'un Indien de race pure devant le tribunal. Pour l'occasion, tous deux arboraient des coiffes de plumes. Stace replia le journal et le poussa à l'écart, comme si son contenu même, texte et images, était impur.

Cette nuit-là, Stace demeura dans sa chambre. La gorge nouée, comme obturée, il s'efforça de relier les bribes d'information qu'il avait recueillies sans parvenir à voir plus loin que les Indiens qui quittaient la ville, les meubles empilés sur les voitures, les visages graves des enfants aperçus à travers les vitres, et c'est avec cette vision qu'il sombra dans un mauvais sommeil. Plus tard, il s'éveilla. Dehors, il pleuvait, une pluie d'été tiède, entêtante, et les lucioles clignotaient dans le noir.

Sensation de chute. Quelque chose en Stace tombait, comme dans une tombe, un puits, s'enfonçait dans la terre. Le temps que cette part de lui remonte à la surface, il faisait grand jour. Des voix résonnaient dans le couloir, des bruits de pas. Odeur de pain.

Les Indiens des Collines comme ceux de la ville se rendaient chaque jour moins nombreux au tribunal. Ils étaient las de fixer le visage de l'accusé. Sur cent quarante témoins appelés à comparaître, plus de la moitié n'étaient pas venus. Leur absence devenait monotone, prévisible. Vint le jour où l'un des jurés disparut de sa chambre et, ce même jour, l'un des témoins manquants fut arrêté alors qu'il quittait la ville avec deux mille dollars en poche. Il avoua qu'il était en route pour le Mexique et que Springer, l'avocat de la défense, l'avait payé pour qu'il s'en aille.

L'homme fut appréhendé, de même que quatorze autres dans les jours qui suivirent. J.M. Springer fut accusé d'outrage à la cour pour menace et subornation de témoins, ainsi que pour pressions exercées sur les jurés. Ce qui suffit à suspendre le procès pour vice de forme. Stace apprit de surcroît que, pour des raisons qui ne furent jamais rendues publiques, l'acte d'accusation initial fut déclaré irrecevable. L'agitation et le bruit des conversations ne durèrent que quelques minutes avant que toute énergie se retire de la salle, comme une fumée qui se dissipe.

La ville devint comme morte, et l'on n'entendit plus que les voix des passagers qui attendaient à la gare le moment du départ. Seules, quelques personnes restèrent calmement sur place pour voir ce qu'il adviendrait ensuite. Elles ignoraient encore, n'avaient pas eu vent de ce que la tribu osage avait offert vingt mille dollars aux agents fédéraux pour qu'ils mènent une enquête indépendante, et, dès que le procès fut clos, les autorités fédérales lancèrent un nouveau mandat d'arrestation contre Hale. Pour le meurtre de Forrest sur des terres fédérales. La première audience était fixée quinze jours plus tard, au tribunal fédéral de Guthrie, Oklahoma.

Déserte et silencieuse, la ville s'était refermée sur elle-même, verrouillée comme une porte. Stace Red Hawk regarda par la fenêtre le soleil brûlant, se vêtit lentement, et compta son argent. Il plia soigneusement ses vêtements, les déposa dans sa valise, puis il rangea les enveloppes brunes contenant ses notes parmi ses chemises et pantalons. Il enfila ses bottes au cuir éraflé et sortit de sa chambre, portant son sac-médecine noir contenant sa pipe sacrée d'une main, sa valise de l'autre. Il suivit le long couloir désert sans trop savoir où il allait. Au moment où il atteignait l'escalier, un bruit de pas fit grincer le plancher. Stace jeta un coup d'œil par-dessus son épaule, et aperçut Levee qui frappait à sa chambre. Sans bruit, il descendit les marches en espérant que Levee ne l'avait pas vu. Parvenu à la réception, il lui sembla avoir oublié quelque chose.

Il tâta ses poches, donna la clé au réceptionniste qui lui demanda par pure formalité : « Tout se passe bien ? »

Stace hocha la tête au jeune homme qui lui tendait son reçu, puis il franchit la porte sans un regard en arrière et sortit dans la rue inondée de soleil.

Il traversa la ville sans destination précise, portant ses bagages qui, bientôt, commencèrent à lui peser. Il pensait aux deux sœurs Graycloud qui vivaient avec leurs parents, qui se ressemblaient si peu et, comme s'ils connaissaient le fond de sa pensée, ses pieds le conduisirent sur la route d'argile rouge qui menait chez les Graycloud.

Le chemin lui parut plus long qu'il ne l'était. En arrivant devant la ferme silencieuse, Stace s'arrêta sur la route et posa ses sacs. Il transpirait. Une voiture qui roulait à vive allure klaxonna avant de le contourner. Il ne sursauta pas, demeura immobile à fixer la maison. Il se sentait las, engourdi, ne savait pas pourquoi il était venu là.

Autour de la maison poussait une herbe drue aux reflets d'un bleu profond ; en toile de fond, la forêt de chênes brûlés reverdissait, mais le champ qu'avaient occupé le bétail et les bisons était aride et nu. Déserts étaient les prés où paissaient autrefois les bêtes grasses de Moses et ses chevaux lustrés. Seuls, les deux chevaux de trait y mâchonnaient des touffes d'herbe sèche. La maison elle-même semblait vétuste. Elle avait besoin d'attention, d'une couche de peinture. Avec ses persiennes closes, elle semblait étrangement abandonnée et sombre, comme si ses murs n'abritaient plus de vie humaine.

Stace se pencha pour reprendre ses sacs et remonta l'allée jusqu'à la porte. Rien ne pressait. Avant de frapper, il resta devant le battant de bois patiné par les ans, à écouter chanter une alouette. Moment de silence. Puis Lettie Graycloud vint ouvrir. Elle lui parut plus grande que dans ses souvenirs. De la main, elle protégea ses yeux contre la clarté aveuglante du soleil, le dévisagea sans un mot et, toujours sans rien dire, l'introduisit à l'intérieur. Dedans, il faisait sombre. Il la suivit en direction de la cuisine, remarqua ses cheveux retenus à l'arrière en un épais chignon noué dont quelques mèches s'étaient échappées dans le col de sa robe. Elle se retourna, une fois, pour s'assurer qu'il était bien derrière elle.

Sa vue s'étant acclimatée, Stace vit la silhouette du vieil homme qui, assis à la table de la cuisine, s'efforçait de lire le journal malgré le manque de lumière. À l'arrivée de Stace, Moses ne bougea pas. Puis, retrouvant ses bonnes manières, il le salua d'un hochement de tête et déclara finalement : « Nous sommes tous silencieux ici. » Mais il replia son journal pour prêter quelque attention à son jeune visiteur. Voyant que Stace portait des bagages, il lui dit : « Posez donc cela. Asseyez-vous. » Et il lui désigna une chaise en face de lui.

Stace déposa ses sacs contre le mur, s'assit et garda le silence. Louise essuya la table avec un chiffon gris, évitant la place de Stace. Il sentit la fraîcheur de l'air autour d'elle, posa ses deux mains croisées devant lui. « Je me demandais comment vous alliez par ici », dit-il en guise d'explication à sa visite.

« Nous ne partirons pas, si c'est ce que vous voulez savoir », déclara Moses.

Stace n'avait ni vu ni entendu Floyd entrer dans la pièce. Ses pieds chaussés de mocassins ne faisaient pas de bruit. Floyd s'assit et fixa son attention sur Stace. Ses longs cheveux blonds perdaient de leur épaisseur. « Pourquoi ne pas nous avoir dit que vous étiez du gouvernement ? » s'enquit-il sans plus de détours. En le voyant baisser les yeux, Stace comprit leur silence, cette soudaine distance entre eux. Ils lui en voulaient, ils se sentaient trahis. « Je ne le pouvais pas », commença-t-il. Mais il renonça à se défendre, s'abandonna au silence ambiant, incapable de leur raconter son histoire, de raconter comment, dans sa jeune tête, il avait autrefois cru pouvoir aider les siens en allant travailler à Washington. Incapable d'exprimer par des mots la distance croissante qui le séparait du Bureau fédéral et de l'ami qui avait eu toute sa confiance, d'expliquer comment lui était venu le sentiment que tout était sans espoir. Alors, il absorba leur colère et leur méfiance sans protester.

Derrière eux, Lettie allait et venait. Elle prit un petit pain dans une boîte en fer blanc, le plaça sur une assiette, versa dessus une louche de sauce blanche. « Permettez-moi de vous nourrir, dit-elle en posant l'assiette devant Stace. Ensuite, vous partirez. Il n'est pas bon que vous restiez. »

Stace acquiesça d'un hochement de tête, la regarda lui verser du thé, poser la tasse devant lui. Tandis qu'ils échangeaient un bref regard en coin, il se sentit comme paralysé.

Pourtant, par son silence, il regagna la confiance des Graycloud — un peu de cette confiance au moins, l'espace d'un instant. Il ne s'était pas empressé de se justifier. D'où ils conclurent que les raisons de sa conduite étaient profondes. Les deux hommes l'observaient.

« Qu'allez-vous faire maintenant ? s'enquit Floyd.

— Je n'en sais rien. Attendre le nouveau procès. »

Le silence retomba. Au bout d'un moment, Stace sentit qu'il était temps pour lui de se retirer. Il vida sa tasse, s'écarta de la table. « Je crois que je vais aller dans les collines. »

Moses hocha la tête. « Bonne idée.

— Si vous voulez, vous pouvez laisser vos affaires à l'étage », proposa Lettie.

De nouveau, elle guida Stace à travers la maison obscure, le précéda cette fois dans l'étroit escalier qui menait à sa chambre — seule pièce aux fenêtres ouvertes, lumineuse, égayée par les chapeaux de couleur accrochés au mur. Il y avait un grand miroir fêlé suspendu au-dessus d'une commode, une vitre réparée avec de la bande collante. Le lit au sommier défoncé était recouvert d'une courtepointe proprette aux motifs en patchwork bleu et blanc. Des chants d'oiseaux rafraîchissants entraient par les fenêtres.

« Posez vos bagages dans ce coin », dit Lettie. Stace se déchargea de sa valise encombrante, réfléchit un moment — ne devrait-il pas récupérer les enveloppes contenant ses notes ?

« Et l'autre ? Vous voulez le laisser aussi ? » s'enquit Lettie en désignant le sac qu'il tenait à la main, dans lequel il transportait sa pipe.

Il sentait sa présence proche, sentait qu'elle l'observait, une question dans le regard. « Non, je l'emporte avec moi.

— Je comprends. » Déjà, elle était dans le couloir, redescendait les marches. Il jeta un dernier coup d'œil à la pièce avant de la suivre en bas.

Il était midi passé quand Stace quitta les Graycloud. Tout en s'éloignant, il pensait à eux, à la maison trop silencieuse dont les pièces sentaient le renfermé et suaient le désespoir comme une chambre de malade. Après avoir été dans cet espace confiné et sombre, même l'air du dehors lui semblait lourd, irrespirable. Il pressa le pas, longea les mares asséchées, les plaques blanches alcalines et les bois de chênes, laissa derrière lui le cimetière et sa foule d'anges aux délicates ailes de pierre déployées.

Stace Red Hawk marchait vite. Il faisait encore jour lorsqu'il atteignit l'entrée de Sorrow Cave.

À l'intérieur, Stace trouva le sol frais et sec. Il se souvint de l'autre entrée, celle qui conduisait aux salles souterraines magiques à l'arrière de Sorrow. Demain, il contournerait la colline pour pénétrer dans ce saint lieu.

Assis à l'entrée de la grotte, il regardait le soleil décliner sur l'horizon quand il aperçut au loin, dans la direction de la ville, une petite silhouette qui venait vers lui. C'était une femme. Il la suivit des yeux tandis qu'elle avançait à travers le paysage en proie à la sécheresse. Elle avait la couleur chaude et dorée de la terre, ressemblait à un mirage dans la chaleur miroitante qui montait du sol. Au bout de quelque temps, sa silhouette se précisa. C'était Napa-cria, la conteuse de nouvelles, la femme qui portait le poids de l'histoire sur son dos. À mesure qu'elle approchait, il sembla à Stace que sa nuque et ses épaules commençaient à ployer un peu sous ce fardeau.

Cry. Il se souvint qu'on l'appelait ainsi. Elle agita le bras en signe de salut et, bientôt, elle l'avait rejoint, s'asseyait près de lui.

« Que faites-vous ? » s'enquit-elle. Le tissu léger de sa robe d'été bleu ciel semblait doux contre sa peau sombre.

« Je n'en sais trop rien », dit-il. Ses traits se rembrunirent, comme s'il se confessait. « J'essaie de comprendre quelque chose. »

Elle éclata de rire, et il se sentit bien sot, mais elle retrouva vite son sérieux. « Nous essayons tous de comprendre. » Elle le considéra avec chaleur. « Pourquoi ne pas rentrer au village avec moi ? Nous prendrons soin de vous. » Sur ce, elle se leva. « Allons-y. Avant que la nuit tombe. » Elle le regardait droit dans les yeux.

Quelque chose dans le ton de sa voix le poussa à se lever. Il sentit ses pieds s'enfoncer dans le sable, s'épousseta, reprit son sac, et ils cheminèrent ensemble dans les rouges et les ors du soleil déclinant. Bientôt, ils s'engageaient sur le sentier caché qui menait au village traditionnel. Les insectes du soir bourdonnaient autour d'eux. Ils longèrent les cairns de pierres rouges et les aigles sculptés qui bordaient le sentier et, au détour d'une petite colline, Stace aperçut la lueur des feux de camp sur la hauteur.

Deux vieilles femmes se tenaient sur l'étroit sentier et semblaient les attendre. Deux vieilles de petite taille. L'une d'elles prit la main de Cry. Stace la reconnut pour l'avoir déjà vue au village. Elle avait le regard sage, souriant. « Nous emmenons Cry pour qu'elle soit purifiée, dit-elle en manière d'excuse. Vous devriez aller là-bas. » Elle s'était tournée vers un petit feu auprès duquel Belle Graycloud était assise sous un parapluie, alors que le soleil venait de se coucher, que le ciel prenait une teinte bleu sombre. Le parapluie était planté dans le sol.

Les bras croisés sur sa poitrine, Belle ne vit pas Stace Red Hawk approcher, ne vit pas non plus les deux vieilles conduire Cry à l'écart. Elle fredonnait tout bas, les yeux sur l'horizon. Stace s'assit dans l'herbe, à côté d'elle. Sans se tourner vers lui, elle cessa de chanter. Puis, sans cesser de fixer le ciel, elle dit : « Alors, vous voilà ici. Vous avez vu ma famille ? Comment vont-ils ?

— Vous leur manquez », fut tout ce qu'il put répondre. Il suivit la direction de son regard, fixa le même coin de ciel. Il ne lui parla pas de la maison sombre, silencieuse. En tournant légèrement la tête, il aperçut le dos des femmes qui conduisaient Cry dans une petite hutte à la porte arrondie.

« Elles la purifient à son retour, expliqua Belle, comme si elle devinait ses pensées. Elles lui donnent à boire une tasse de grès pleine du noir breuvage. Pour faire sortir ce que le monde a mis en elle. »

Stace avait entendu parler de l'eau noire qui faisait vomir. C'était une coutume ancienne. Pour purger le corps et clarifier l'esprit.

« Elles la baigneront de fumée, lui ôteront tout ce qu'elle porte, emmèneront ses vêtements à la lessive. Elles la laveront et la coifferont. » Pour la première fois depuis son arrivée, Belle le regarda. « Ensuite, tous se rassembleront autour d'elle pour l'écouter se vider jusqu'à n'avoir plus de mots. » Puis, sans le quitter des yeux, elle dit encore : « Parlez-moi de Lettie. Elle est trop tendre. Je m'inquiète pour elle. »

Stace se taisait, mais il lui semblait que Belle était en lui et lisait les paroles de son monde intérieur. Il en éprouva de la gêne. Il ne pouvait se vider de l'image de Lettie, de sa nuque laiteuse et des mèches noires égarées dans son cou, de sa main douce qui lui offrait une tasse de thé.

Belle scruta ses traits, puis déclara : « C'est une femme bonne. »

À la nuit tombée, les femmes revinrent avec Cry, vêtue d'une robe blanche. La lumière du feu éclairait son visage propre, ses yeux noirs et brillants. Ses cheveux étaient humides. Elle passa devant Stace et Belle Graycloud, enveloppée d'une odeur fraîche comme une pluie de printemps. Elle s'assit devant le feu où les autres la rejoignirent. L'une des femmes posa un seau près d'elle, puis elle remplit d'eau fraîche une tasse de grès qu'elle tendit à Cry. Les autres s'assirent pendant que Cry buvait. Une femme fumait la pipe et regardait la fumée qui s'élevait du fourneau. Une autre ramena ses jambes contre sa poitrine. Bientôt, Cry se mit à parler des procès qui avaient eu lieu en ville, à Watona. Tous écoutaient son récit en silence. Et, de nouveau, la femme remplit d'eau fraîche la tasse de grès. Elle la tendit à Cry. « Tiens, bois. »

Belle resta sous son parapluie, assise près de Stace tandis que Cry parlait. Cry omit de répéter bien des paroles parmi les plus douloureuses, comme celles des témoins disant : « Ce n'était jamais qu'un Indien », mais en dépit de ces omissions, mot après mot, quelque chose qui ressemblait au mal s'insinua dans son récit, et au cœur du village. Le peuple commençait à comprendre pourquoi ceux de la ville se battaient entre eux et buvaient. Ils commençaient à percevoir les Blancs comme des langues de fumée furtives rampant le long et tout autour de leur monde à eux, un monde plus solide. Stace le compris aussi. Il comprit qu'il ne retournerait pas dans cet autre univers qui l'avait pourtant attiré si fort.

Et puis, Cry prononça des mots dans la langue ancienne, et les vieux se retournèrent vers Stace. « Ah », dirent-ils en scrutant son visage. Et ils hochèrent la tête. Stace savait ce qu'avait dit Cry — que le malheureux avait travaillé pour le gouvernement et perdu ses repères.

Cry continua son récit. Elle raconta le personnage tragique de Nola que l'on voyait parfois se couvrir le visage de ses frêles mains brunes dans la salle d'audience, que l'on avait entendu parler à l'enfant qui croissait en elle, lui dire : « Petit, je t'entends déjà pleurer alors que tes pieds et tes mains n'ont pas encore touché l'air. Mais je t'aimerai, alors, ne pleure pas. Je serai là pour t'aider. »

À travers les paroles de Cry, les autres virent Nola assise sur le banc de bois dur, entre les murs vert tendre du tribunal, ses longs doigts effleurant la peau de son visage. « Bien, dit la vieille femme à la pipe. Elle parle à l'avenir. C'est une bonne chose. »

Puis ce fut le silence, silence pendant lequel ceux des Collines contemplèrent les étoiles lointaines. Animés par le clair de lune, les nuages enflaient leurs courbes dans le ciel noir au-dessus d'eux. Ils étaient assis, bras croisés, comme pour protéger leur cœur.

Stace entendit le bruit de l'eau dans le seau. Quelqu'un versait une nouvelle tasse d'eau fraîche à Cry.

« Hmm, dit alors l'un des hommes, songeur. Et qu'advient-il de Horse ? Parle-nous de lui. » Il se tourna dans la direction où, pas plus tard que la veille, il avait aperçu Redshirt, filant comme l'éclair et lançant des ruades comme si le printemps venait d'éclore en tendres bourgeons sur les arbres.

Plus Michael Horse écrivait, plus ses pensées devenaient limpides. Par une nuit de pleine lune, il écrivit : « Nous vivions dans une ignorance fatale, nous n'avions pas idée de notre situation, pas idée des moyens que d'autres étaient prêts à mettre en œuvre pour nous détruire. Nous ignorions à quel point ils étaient mus par la présence de l'argent. »

Il se sentait las et sec. Au fil des audiences, son corps parut rétrécir. Certains jours, c'est à peine s'il pouvait soulever les pieds quand il montait et descendait les marches du tribunal avec les autres. Mais il avait écouté sans faiblir tout ce qui se disait dans la salle. Et, chaque jour, il écrivait des réflexions comme celle-ci : « Le bien et le mal. Pour nous, c'est une chose simple, qui se résume à savoir si une injustice a été commise, si on a nui à quelqu'un. Mais eux, ils ont des livres remplis de mots, avec des règles sur la manière dont on peut ou ne peut pas raconter l'histoire. Il n'y a ni assez de place, ni assez de temps pour rechercher la vérité des faits qui se cache derrière tout le reste. »

Au tribunal, il avait écouté, jour après jour, et il n'avait trouvé aucun réconfort à écouter car, jour après jour, impitoyablement, Hale était présenté comme un citoyen modèle, un homme droit et juste. Plus il l'entendait répéter, et plus Horse éprouvait le besoin impérieux d'écrire, comme s'il pouvait par sa plume débarrasser les choses de leur gangue d'apparences pour les montrer dans leur vérité nue. Ses voisins dans la salle s'étaient habitués à ses griffonnages, au grattement de ses mots sur le papier. C'était devenu partie intégrante du procès. Il écrivait pour ceux qui viendraient après lui, pour les générations à venir et les suivantes, comme si l'acte d'écrire participait de la divination et de la prophétie, comme si c'était un acte libérateur. Il écrivit : « La terre est ravagée, couverte de cicatrices, de même que le peuple brisé. Ceux d'entre nous qui avaient encore un peu de force l'ont perdue pendant ces témoignages au tribunal. »

Et il écrivit sur l'exode des siens, exode de gens courbés sous le poids de leurs pertes, arrachés à la terre dont ils faisaient partie, absents de leur propre vie. « Ils sont partis comme une colonne de fourmis égarées, affamées. Ils allaient vers un ailleurs où un monde nouveau refleurirait au printemps, où les étoiles tourneraient différemment dans le ciel, où l'herbe du plein été serait d'un autre vert. Ils quittaient un lieu pour entrer dans un autre où des pertes nouvelles les attendaient en foule.

« Je les ai vus partir, les hommes en tenue d'été, chemisette et chapeau de paille, les femmes aux cheveux propres, soigneusement brossés, les enfants au visage brun en blouses blanches à fronces, avec leurs poupées de chiffon et de maïs. Je les ai vus partir, emportant leur vaisselle et leurs poêles de fonte noire. Certains partaient avec des chariots et de jeunes veaux proprets en route pour de nouvelles pâtures, d'autres avec des paons bleus qui lançaient leur cri vers le ciel au-dessus d'eux. Ils emmenaient leurs mulets de course lustrés dans des vans, ou attachés à leurs lentes carrioles. Ils regardaient droit devant eux, vers un avenir nouveau.

« Je suis un vieillard et j'en ai trop vu. J'ai vu le peuple partir, les rues et les sentiers sombrer dans le silence. J'ai vu les grands-mères assises dans les chariots sur des fauteuils à bascule, les cheveux dansant au vent tandis qu'elles regardaient défiler le paysage, suivaient d'un œil humide et attendri le mouvement des champs qui reculaient et qui s'éloignaient d'elles. On les chassait, ou bien ils s'échappaient, choisissaient de survivre en quittant cette terre et ses eaux, son sol fertile et noir, la pluie qui s'y installe et, tel un mur, soutient le ciel.

« Je connaissais ces gens, leurs vies et leurs corps. J'ai vu partir la grand-mère qui avait perdu sa bague et m'avait chargé de la retrouver, j'ai vu partir ceux dont j'avais parcouru le terrain en quête de sources souterraines, vu les hommes effrayés, armés de fusils chargés qu'ils portaient ostensiblement. »

Un matin, Stace Red Hawk s'éveilla au chant des oiseaux sous la chaleur du jour naissant. Il se leva et s'étira, puis descendit à la rivière pour se laver le visage. Il s'aspergea les tempes, les cheveux qu'il lissa vers l'arrière de ses mains. Il y trouva du réconfort. Le soleil commençait à poindre. Propre, prêt à l'accueillir, il le salua. Agenouillé près de l'eau, il avait l'esprit clair, la paix était en lui. Il rentrait. C'était décidé. Il serait là pour donner des forces à son peuple. Il chanterait avec ses oncles autour du tambour. Il prendrait les enfants sur ses genoux. Après les audiences. Il tressa une bande de tissu rouge dans ses cheveux, se redressa et reprit le chemin du campement.

Belle Graycloud l'attendait. Elle lui semblait plus ronde qu'à son départ. Elle se tenait dressée de toute sa petite taille, avec son ventre rebondi et ses cheveux de neige libres sur ses épaules, d'un blanc si doux sous le soleil. « Venez avec moi », dit-elle en se dirigeant vers la petite pièce qu'elle occupait au village. Elle boitait toujours.

Il se pencha pour franchir la porte, se redressa et regarda autour de lui. La pièce semblait toute de murs chaulés de frais et de lumière matinale bleue. Elle sentait l'argile humide. Sur le sol, du maïs était empilé. La jupe de Belle frôla les tiges et les feuilles des plantes qui séchaient. Murmure du maïs.

« Venez », dit Belle, et le jeune homme s'avança dans la pièce. Elle ouvrit un coffret de bois, en sortit une plume bleu sombre, rouge sur un côté, et la tendit à Stace. La plume était perlée de minuscules grains bleus et rouges. « Il va être temps que vous vous rendiez à Guthrie pour le procès. Apportez cette plume à Lettie. Elle la convoite depuis toujours. Elle ira au procès avec vous. Dites-lui que je reviendrai bientôt. » Elle lui plaça la plume dans la main. « Et maintenant, partez. Ne restez pas davantage à manger de ce pain-là. Partez sans la paix que vous avez trouvée ici. C'est la seule voie vers le changement. Partez l'esprit confus, avec votre colère. »

Elle prit sa canne de marche, l'accompagna jusqu'au départ du sentier. Là, elle s'arrêta et lui tourna le dos.

Stace prit la route avec le sentiment que le temps n'avait pas passé. Pourtant, pendant qu'il séjournait au campement des collines, la terre s'était desséchée, le bourdonnement des insectes s'était fait plus aigu, plus insistant. Il portait son sac avec sa pipe, et la plume d'ara. Il allait, tête nue, sentait le soleil sur son front et son dos.

Belle le regarda s'éloigner. Lorsqu'il eut disparu, elle rentra chercher son parapluie puis, traînant la jambe, elle prit le chemin qui menait à Sorrow Cave dans la terrible direction. Elle longea l'aigle sculpté dans le bois de cèdre. Ses yeux semblaient l'observer, comme ceux des visages de pierre, images des anciens taillées dans le grès rouge. Malgré sa démarche boiteuse, elle se sentait forte par l'esprit.

La rivière était limpide en ce premier jour, et elle entendait le murmure de sa voix.

Montant par l'autre accès, en surplomb de la rivière Blue, Belle se dirigeait vers les grottes situées à l'arrière de Sorrow. Elle suivit le terrible chemin jusqu'au bout et poursuivit sa route. Le temps filait, léger, et bientôt, les ombres des arbres s'allongèrent, celles des pierres se firent plus sombres et plus précises. Elle entendait des bêtes cachées par les buissons, grattements occasionnels de patte ou de sabot, craquements de brindilles. Autour d'elle, le monde était vivant, animé de mouvements. Jusqu'aux plantes dont les fleurs se fermaient avec la nuit pour se rouvrir à la lumière du jour.

Il n'y avait rien à faire. Le monde s'était retourné, renversé. Et ils étaient là, abandonnés et seuls, seuls pour aller de l'avant, pour survivre.

Elle s'arrêta un moment devant l'entrée béante de la grotte pour contempler la rivière en contrebas. Au-dessous d'elle, le monde s'étendait à perte de vue, s'incurvait sur l'horizon. Et soudain, ce fut la nuit, l'odeur du riche sol fertile, des herbes et des plantes humides.

Alors, elle pénétra dans la grotte située à l'arrière de Sorrow. Il y avait là quatre loges, comme dans un cœur. Quelques chauves-souris y résidaient encore, et Belle en éprouva de la gratitude. Elles seraient toujours là, bien sûr, menant leur vie en lisière de deux mondes.

Elle s'assit dans l'entrée béante de la grotte et songea au monde en ruine, aux maisons en ruine, aux gens en ruine.

Cette nuit-là, le clair de lune ouvrait sur un pays tout autre. Elle sortit de la grotte, se tint face à lui, dans la lumière réfléchie du visage de la terre. Elle leva la tête, contempla le ciel. Il était beau, énorme, cet univers qui vivait au-delà du leur, au-delà des étoiles, au-delà même des constellations du Bison et du Cerf.

Elle dormit à même le sol de la grotte, cette nuit-là, au contact de la terre dont elle sentait les mouvements à travers son corps. Elle se vit elle-même, étendue là, femme aux cheveux blancs, femme forte, intégrée dans ce paysage naturel auquel elle appartenait. Dans la grotte, elle se souvint qu'il y avait de l'espoir dans la nature, de l'espoir et un avenir contenus dans les veines et les pierres de la terre.

Elle se souvint que la rivière allait à la mer, qu'elle avait été nuages de pluie et lacs. Neige aussi. À présent, elle retournait aux grandes eaux primordiales des origines de la vie.

En approchant de la ville, Stace crut apercevoir du coin de l'œil la silhouette de Cry se faufilant entre les arbres et les falaises rouges, mais dès qu'il la cherchait du regard, elle disparaissait.

Plus tard, ce même jour, en arrivant chez les Graycloud, il remarqua que le porche en terrasse de la maison bancale semblait plus sec que jamais. Ses bottes sonnaient creux contre le bois.

Il frappa à la porte. Lettie sortit aussitôt, comme si elle l'attendait. Elle portait un sac rose à motifs floraux. À l'intérieur, tout était silence, silence et fraîcheur, Stace le sentait. « Nous n'avons pas le temps de rester manger, dit Lettie, mais j'emporte des provisions. Nous mangerons dans le train. » Sans même lui accorder un regard, elle s'engageait déjà sur la route poussiéreuse et pressait le pas. Son unique tresse noire ramenée sur le côté tombait sur sa poitrine. Ses bottes de cuir à talons plats dépassaient sous son ample jupe, et leurs semelles crissaient contre le sol. Elle était pâle d'être restée trop longtemps enfermée. Ensemble, ils longèrent les arbres. Stace marchait auprès d'elle, portant le sac à fleurs dont il l'avait déchargée. Il pensait au procès, mais ne pouvait cependant s'empêcher de se demander quelle allure ils avaient tous les deux, lui avec sa tresse ornée de tissu rouge, elle avec une broche de verre bleu pour attacher son col dont un bouton manquait.

« Dépêchez-vous », dit-elle avec une pointe d'impatience. Et Stace obéit, conscient d'avoir abandonné toute volonté propre à ces femmes. Il était dans leur monde. Un monde honnête en lequel il avait toute confiance.

Ils atteignirent le quai au moment où le train s'ébranlait. Stace sauta sur le marchepied, perdit un instant ses repères puis, voyant la main de Lettie tendue vers lui, il retrouva ses esprits, saisit la main tendue et attira la jeune femme à bord. Le mouvement du train chargeait l'air d'électricité.

Le wagon était presque complet. Lettie demanda à un enfant, assis seul sur une banquette, s'il pouvait leur céder sa place. Le gamin alla rejoindre sa grand-mère au teint brun et au visage las. Lettie s'installa, regarda la lumière bleutée du dehors par la vitre poussiéreuse tandis que le train longeait des prairies où poussait une herbe touffue.

Stace remarqua alors sa robe reprisée, la tristesse de ses traits.

Ils passèrent devant des derricks, des cabanes abritant des moteurs diesel, puis le défilement s'accéléra, et le paysage devint flou. Ils se taisaient tous deux, mais quelque chose les liait, lien tacite dont elle était consciente comme lui. Ils gardèrent le silence, oublièrent de manger.

La pluie arrivait. Ils la virent venir du fond de l'horizon, par-delà la courbe des rails du chemin de fer, colonne de ténèbres couleur de plomb, qui s'avançait à travers le vaste décor.

À Guthrie, l'air était lourd, immobile dans l'attente de la pluie. Stace et Lettie quittèrent la gare pour gagner la ville d'un gris uniforme. Des curieux les observaient. Une femme qui balayait dehors les vit approcher et rentra aussitôt chez elle. À l'évidence inquiète, elle referma sa porte, abandonnant le balai contre les pierres rugueuses du bâtiment.

La pluie arrivait sur la ville. Il y eut un lointain grondement de tonnerre, et les rues prirent une teinte bleu sombre. Lorsqu'ils entrèrent à l'auberge, la lumière était grise. L'aubergiste sortit d'une arrière-salle. « Nous voudrions deux chambres », dit Stace. Déjà, il cherchait de l'argent dans sa poche, mais l'homme ne lui adressa pas la parole, examina

Lettie et déclara : « Une chambre seulement. Pour la dame. » Il prit une clé à son clou, la tendit à Lettie et ajouta pour elle : « Les autres sont occupées. » Sur quoi, il fronça les lèvres comme pour siffler et se détourna d'eux. Stace et Lettie comprirent sans plus d'explications. Trop brun de peau, Stace Red Hawk n'était pas le bienvenu dans cet endroit glacial. Lettie lui coula un regard discret. Elle s'apprêtait à insister quand Stace l'interrompit. « Venez, dit-il, je vais monter votre sac dans votre chambre », et il quitta la réception.

Le regard soupçonneux de l'aubergiste les suivit dans le couloir. Il voulait s'assurer que Stace ne resterait pas plus longtemps que nécessaire.

L'odeur fraîche de la pluie à venir ne pénétrait pas dans la chambre exiguë au lit fatigué, à la chaise bancale et à l'odeur de moisi.

« Nous devrions manger, dit Stace en posant le sac de toile sur le lit. Un repas chaud, au restaurant. »

Lettie se brossa les cheveux. Stace observait ses gestes lents, méticuleux.

Dehors, le monde avait perdu toute couleur. Le soir tombait. Les bâtiments étaient presque noirs. Une fenêtre s'alluma, puis une autre. Ils se rendirent au restaurant, à quelques pas de l'auberge. Il était rempli d'hommes courbés sur les tables. À leur arrivée, tous se turent, se redressèrent pour les dévisager. Puis, d'une voix forte, l'un d'eux entreprit de raconter une histoire de chasse au lapin. À la manière dont les autres hochaient la tête, Stace devina qu'ils connaissaient l'histoire depuis des lustres mais ne se lassaient pas d'entendre répéter que le lapin hurlait comme une femme.

Ils commandèrent des œufs au jambon. Tandis qu'ils mangeaient, l'averse se déchaîna. Par la vitre, ils regardèrent les gens courir se mettre à l'abri, regardèrent les rues mouillées prendre des reflets d'argent. « Où allez-vous dormir ? » s'enquit Lettie.

Il lui sourit. Dans cette salle remplie d'hommes usés, il éprouvait l'envie de la protéger. « Dehors. Cela me fera du bien.

— Mais, il pleut. » Et l'averse redoubla de vigueur, couvrant la remarque de son bruit.

Ils burent du café et attendirent que la pluie se calme en regardant dehors par les vitres embuées. Une atmosphère d'excitation régnait à présent dans la salle, comme si les trombes d'eau redonnaient de l'énergie aux hommes courbés qui se redressaient un peu, parlaient un peu plus vite.

Stace leva les yeux vers Lettie. « Vous savez, quand nous sommes venus ici, en Oklahoma, je pensais que nous œuvrions pour le bien. Je pensais qu'il y aurait des témoins, des gens honnêtes, je croyais que la situation s'éclairerait, que les meurtres cesseraient. »

Elle étudiait ses traits.

« Je me suis démené pour les pousser à venir. Je n'avais pas idée qu'il en serait ainsi. »

Dehors, dans l'air humide, la nuit avait l'odeur des débuts de la vie, l'odeur du printemps, des embruns de l'océan.

Stace raccompagna Lettie à sa chambre. Au seuil de la pièce, il prit maladroitement sa main, la garda quelques instants dans la sienne, puis il lui souhaita bonne nuit, recula d'un pas et referma la porte. Mais il sentait sa présence toute proche, sentait qu'elle restait là, de l'autre côté du battant de bois. Pivotant sur lui-même, il s'éloigna.

Il n'avait emporté pour tout bagage que son sac avec sa pipe et une chemise propre. Guthrie n'était pas bien loin de la rivière Cimarron, mais il partit vers l'est, à travers plaines et prairies. En temps normal, c'était une région sèche au ciel immense et pourtant, cette nuit-là, une humidité lourde resserrait le paysage d'herbages détrempés. À marcher dans l'herbe mouillée, les bottes de Stace prenaient l'eau, mais il appréciait l'odeur fraîche des champs, et le contact du sol était doux sous ses pieds.

Stace arriva à un petit monticule de pierres flanqué de deux vieux arbres silencieux. Il résolut de passer la nuit là, s'assit le dos contre une pierre, face au champ qu'il venait de traverser, regrettant de ne pouvoir voir aussi clairement l'étendue de son cheminement personnel, tout ce qu'il avait été. Des histoires qui avaient nourri son enfance, il avait appris qu'il est des moments où il n'y a rien à faire, où l'on doit attendre en silence, et que, parfois, la réponse arrive de nulle part ; qu'il est des moments où l'homme ne doit pas se mêler des affaires du monde. Mais, de par sa nature, l'homme a besoin d'agir, de faire bouger les choses, d'en orienter le cours. Et Stace se sentit damné, contraint qu'il était de rester à attendre, impuissant dans sa petitesse.

Son sac. Il le prit sur ses genoux et, lorsqu'il l'ouvrit, écarta les pans de cuir noir, il crut y avoir rangé la solitude, car c'est elle qui s'en échappa. Il vit la plume qu'il avait oublié de donner à Lettie, sortit précautionneusement la pipe, en remplit le fourneau d'argile de tabac qu'il tassa à l'aide d'une brindille. Puis il se leva et alluma la pipe Il se redressa de toute sa taille, jambes légèrement écartées, leva la pipe en l'air pour l'offrir au ciel. Et il pria. Pour la justice, pour le changement, pour un monde plus tendre envers ses enfants.

Seul sur cette étendue déserte de la planète, il entendit là-haut le vol d'un faucon nocturne. Au loin, un coyote se mit à parler.

Avant de travailler en ville, Stace dormait souvent dehors, par choix, pour sentir la peau de la terre contre son dos et ses omoplates. Cette nuit-là pourtant, quand il s'étendit sur le sol humide, sans le feu et la terre accueillante du campement des collines, ses épaules ne tardèrent pas à le faire souffrir. Peu avant l'aube, il n'eut d'autre recours que de se mettre à marcher pour chasser la douleur. Il leva le camp de bonne heure, s'éloigna de Guthrie dans ses bottes trempées. En arrivant à la route bitumée, il fut un moment tenté de continuer et puis, il songea à Lettie, au procès, et rebroussa chemin avant que le jour se lève. Bientôt, des voitures le dépassaient à vive allure et, entre les voitures, on n'entendait que le son creux de ses bottes contre le bitume et le premier oiseau qui réveillait les autres, tout heureux de saluer ce clair matin lavé par la pluie.

À Guthrie, une cloche sonna l'heure.

Stace s'approchait à pas lents du tribunal, comme s'il souhaitait ne jamais arriver au bâtiment gris qui ressemblait tant aux autres, avec ses murs et ses marches de marbre extrait des carrières, pris au sol.

Un petit groupe d'Indiens des Collines étaient venus assister au procès. Nola se tenait parmi eux, lourde de sa grossesse, de l'enfant qui croissait en elle. Les guetteurs l'escortaient, puissants et sveltes, musclés. Même en tenue de ville, ils semblaient déplacés parmi la foule. Ces vêtements n'étaient pas taillés pour leurs corps.

Stace se joignit aux Indiens des Collines. Ils le connaissaient. Deux hommes se penchèrent vers lui, le saluèrent d'une poignée de main, et reportèrent leur attention ailleurs. Stace vit que Nola était absorbée par le procès, prise dans ses griffes. Du verdict dépendait sa survie, la survie de son enfant. Il lui fallait savoir qui parmi tous ces gens étaient les coupables. Elle gravit avec peine les marches du tribunal. Ils entrèrent dans la salle d'audience et s'assirent. Lettie Graycloud les rejoignit et demanda à Stace : « Vous avez dormi ? »

Ce jour-là, pendant l'audience, il plut de nouveau à verse. Des murs de pluie s'abattaient avec force contre le bâtiment. Et soudain, sous ce déluge de pluie, tandis que le sol détrempé se transformait en boue, le procès prit un nouveau tournant. Mardy, qui avait signé des aveux et une déclaration concernant ses tractations avec Hale, se rétracta, déclarant que des hommes du gouvernement avaient usé de ruse pour le forcer à signer ces aveux. On apprit de surcroît que le dénommé Bird avait fait de même. La salle se mit à bruire. Cette possibilité méritait qu'on s'y arrête ; les deux hommes avaient été gardés au secret, de sorte qu'il n'y avait eu aucun échange entre eux.

À la barre des témoins, le visage grave, Mardy ne semblait pas homme à avoir inventé pareille histoire.

« Vous savez ce que vous risquez en cas de parjure ? s'enquit le juge.

— Oui », répondit Mardy, l'œil brillant de franchise.

Le regard de Stace alla de Mardy à Levee qui s'était installé au fond de la salle. Bouche bée, pâle comme un linge, il fixait bêtement le témoin qui racontait les efforts mis en œuvre par les agents fédéraux pour l'obliger à signer des aveux.

Ballard était le personnage clé, déclara Mardy avec un signe de la tête en direction du colosse. « Quand j'ai refusé de signer les aveux, ils m'ont mis un chapeau en cuir sur la tête, ils m'ont attaché à des fils qu'ils appelaient électrodes, et ils m'ont flanqué une décharge. Pendant qu'ils me parlaient, je me suis retourné. J'ai vu l'ombre d'un pistolet pointé sur moi, tenu par un autre homme. Je l'ai vu à travers la vitre dépolie de la porte. Alors, ils m'ont braqué un pistolet sous le nez en disant que si je me retournais encore, ils me rosseraient, et que si je ne signais pas, ils me grilleraient sur la chaise. Ce sont les mots qu'ils ont employés. »

Le ministère public lui tendit ses aveux.

Il examina le document. « Oui, c'est bien ça. Ils m'ont dit que c'est à Hale qu'ils en voulaient, que si je signais, ils me laisseraient tranquille. Et même qu'ils renonceraient aux poursuites pour la voiture volée. »

Cette après-midi-là, le juge convoqua Ballard et les autres agents fédéraux pour une audience privée dans son cabinet.

« Et vous aussi, dit-il à Stace Red Hawk. Vous faites partie de l'équipe, n'est-ce pas ?

— J'en faisais partie. Mes fonctions officielles ont pris fin.

— Je veux vous voir tous sans exception. »

Stace s'éloigna de quelques pas, puis il s'arrêta, laissa croître le silence. Derrière lui, il entendit Ballard s'approcher, se décida à tourner la tête pour regarder le bonhomme. Et de songer qu'avec ses mains croisées dans le dos, Ballard avait l'air d'un corbeau venu finir de nettoyer les ossements d'un cadavre.

Ensemble, ils se rendirent au cabinet du juge.

Cette même après-midi, les agents fédéraux s'entendirent lire une réprimande signée du gouverneur, réprimande concernant leur conduite et le harcèlement des citoyens.

Ballard nia farouchement toute action répréhensible pour obtenir des aveux. « Nous n'avons rien fait de tel. De plus, on n'a pas à se mêler ainsi des affaires fédérales. » Il appuya sur ce dernier mot, et poursuivit : « Et que penser du gouverneur ? N'a-t-il pas gracié l'enquêteur qu'il avait envoyé voir ce qui se passait en Territoire Indien ? Dois-je vous rappeler que cet enquêteur a été condamné à vingt-cinq ans de prison, et que le gouverneur l'a gracié ? »

Le juge prêta une oreille attentive au discours du corbeau Ballard mais ne semblait pas vouloir en entendre davantage. Lorsque l'audience reprit, il affirma avec autorité qu'à sa connaissance, aucun agent n'avait jamais menti devant la cour et que le procès se poursuivait.

Quelque chose dans ces tractations échappait à Stace Red Hawk. Selon lui, Ballard était parfaitement capable d'avoir exercé des pressions pour obtenir des aveux.

Il ne retourna pas au tribunal ce jour-là. En quittant le bâtiment, il n'aspirait qu'à se purifier. Il parcourut à pied le long chemin jusqu'aux eaux de la rivière Cimarron, s'assit un moment en silence sur la berge, puis offrit du tabac et des prières. Il se lava dans l'eau bourbeuse. Il ignorait la vérité, doutait de jamais la connaître.

Le lendemain, tout en maintenant qu'on lui avait arraché ses aveux sous la menace, Mardy Green fit la lumière sur de nombreux événements. Son long témoignage contribua à élucider une grande partie du complot retors impliquant Hale et le shérif. Hale ne pouvait pas assassiner Sara et Benoît puisque l'argent devait passer par Benoît. Ils étaient convaincus que le shérif trouverait par la suite un moyen d'épouser Lettie, et c'est à travers elle qu'ils pourraient alors faire main basse sur le magot. Le shérif comptait conquérir Lettie après la mort de Benoît. La nuit où Benoît était mort, le shérif avait payé des gens pour qu'ils passent la nuit en prison et les avait libérés de très bonne heure. Ils n'avaient pas été incarcérés pour entorse à la loi.

Tous évitaient de regarder Lettie. Elle se sentait honteuse, coupable, comme si la cour et les intentions meurtrières du shérif l'impliquaient dans ses crimes. D'autant qu'elle aurait effectivement pu épouser le shérif. C'était un homme gentil, elle l'aimait bien.

La salle était silencieuse tandis que Mardy poursuivait : Palmer tenait les comptes du magasin, et servait presque toujours de témoin lorsqu'une propriété indienne faisait l'objet d'une hypothèque, de sorte que lui aussi se trouvait impliqué. Et, là encore, il s'agissait d'un membre de la communauté que les Indiens connaissaient et appréciaient.

Mais le projet avait capoté, déclara le témoin. D'abord, on avait découvert que, selon la loi blanche, le mariage de Lettie et Benoît n'avait aucune valeur juridique. Le shérif avait alors eut l'idée d'assassiner Belle, et là, l'inattendu s'était produit, les abeilles de Belle avaient attaqué Jess Gold qui en était mort. En entendant le nom de Belle, les Indiens qui étaient encore dans la salle baissèrent les yeux. Puis ils les relevèrent pour écouter Mardy raconter le meurtre de Willis. Un coup de génie de la part du shérif dont il s'était abondamment vanté. Willis était au courant pour les terres de Belle, expliqua Mardy. Le shérif l'avait vu examiner la carte des géologues. Sachant Willis plus indien qu'il n'y paraissait, Jess Gold craignait qu'il cherche à avertir ou protéger la vieille.

Apparemment tout le monde était impliqué. Palmer et ses livres, le banquier, Fraser, le défunt cowboy et artiste du lasso qui en savait trop, bon nombre d'avocats devenus tuteurs légaux des Indiens enrichis par le pétrole.

Ce même jour encore, China fut appelée à témoigner. Comme Benjamin Black quand vint son tour de s'exprimer, elle prit fait et cause pour les Indiens.

« Oui, je l'aimais, déclara-t-elle à propos de Hale. Tout le monde l'aimait, on vous l'a déjà dit. » Elle parcourut la salle du regard. Ses cheveux blond platine tirés sur le côté étaient presque aussi blancs que ceux du fantôme de Belle Graycloud.

La défense voulut savoir si elle ne témoignait pas par esprit de revanche et dépit amoureux.

« Non. C'est moi qui l'ai quitté. »

Puis elle leur parla de John Stink, de Hale qui l'avait forcée à épouser le vieillard. Les Indiens coulèrent de brefs regards de biais au fantôme de Stink. « Quand Hale a découvert qu'il était mort —

enfin, sur le papier, j'entends —, il est allé tout droit au tribunal faire valoir un droit de gage sur ses biens. » Elle marqua une pause. « Je l'ai échappé belle. Si j'avais épousé John Stink, je devenais une victime désignée et mon compte était bon. » Dans la salle, certains savaient cependant qu'elle se trompait, qu'une femme blanche mariée à un Indien n'héritait pas de ses droits à la terre. Cela ne valait que pour les hommes blancs, l'homme étant considéré comme le partenaire dominant dans le couple. Une complication de plus dont le sens échappait aux membres de la tribu et qui conspirait à leur perte. Complication dont ils comprirent toutefois qu'elle avait confondu les assassins, tout aussi incapables de s'y retrouver.

Dehors, le vent soufflait par bourrasques. Moses ne l'avait pas sitôt entendu qu'il se mit à souffrir de sa jambe, plus douloureuse encore que l'année précédente. Une tornade arrivait et, à en juger par sa jambe, elle amenait de nouvelles pluies. Il se leva péniblement et quitta le tribunal en boitant. Dehors, il s'arrêta un moment au soleil, regarda les chiens errants efflanqués mendier des restes tandis que des chats étiques disparaissaient au coin des rues.

Il vit les lourds nuages s'avancer.

Plissant les yeux contre la lumière, il s'assit sur les marches chauffées par le soleil. Le vent forcit, porteur d'une odeur de pluie toute fraîche.

Comme si elle s'éveillait soudain, Nola se leva, mal à l'aise parmi le mobilier poli et envahissant de son propre salon. Le soir tombait. Elle tenait à la main une assiette de fruits coupés en morceaux pour son singe. Elle regarda autour d'elle, perdue, comme si elle sortait d'un profond sommeil dans un monde étranger. La maison l'angoissait. Les murs en étaient froids. La tapisserie, avec ses roses couleur ivoire, semblait artificielle sous cet éclairage. Les boiseries encaustiquées brillaient comme des miroirs, et toutes les étagères étaient couvertes d'objets dénués de sens. Le vent créait un courant d'air, et les lustres se balançaient légèrement à chaque respiration de la maison.

Le désespoir ambiant accablait son corps de fatigue. Ce n'était pas là son monde. Quelque chose, une force ou un courant profond l'emportait, l'éloignait. C'était encore diffus. Elle ferma les yeux un instant, les rouvrit, regarda de nouveau, puis elle éteignit la lumière et laissa l'obscurité emplir la pièce d'une autre vie. La maison craqua, comme si elle allait s'effondrer.

Au loin, le vent claqua une porte.

Le bruit tourmenté du vent et les bourrasques de sable qui venaient parfois cingler les vitres rendaient le singe nerveux, ce soir-là. Malgré sa lassitude, Nola alla chercher la petite créature écervelée dans sa cage et la prit tendrement dans ses bras. L'animal ferma les yeux, se blottit contre son cœur et, lorsqu'elle le remit dans sa cage, il pleurnichait comme un enfant.

Attentive à ne pas troubler le repos de Will, Nola examina longuement l'homme endormi qui était son mari. Lui non plus n'appartenait pas à son monde, mais au monde ténébreux des Blancs qui se faisait chaque jour plus flou. Elle avait peur de lui. Peur qu'il la tue. Dans son ventre, l'enfant remua, se retourna. Il savait déjà. Il avait déjà de la sagesse. Des larmes coulèrent des yeux de Nola. « Petit, se dit-elle à elle-même, j'en suis certaine. Même si ton père est un méchant homme. » Elle effleura sa joue du bout des doigts, comme un rêveur caresserait son corps éveillé, comme elle caresserait l'enfant lorsqu'il serait né.

Juste avant de tourner le dos à l'homme qui dormait, Nola crut entendre la voix de l'eau, une voix qui ressemblait à celle de la rivière. Qui l'appelait. Elle retint son souffle pour écouter, leva la tête de l'oreiller. Ce n'était que le vent, mais il éveilla en elle un écho familier et profond dont elle n'avait ni connaissance, ni souvenir. Elle recala sa tête sur l'oreiller.

Le lendemain matin, lorsque Nola ouvrit les yeux, Will était déjà parti à Wallnut Springs vendre des objets qu'il avait dénichés. Elle se leva et revêtit sa tenue traditionnelle. Elle s'habilla lentement, avec soin, relâcha la taille de sa jupe osage pour faire place au cercle de son ventre enflé. Elle se regarda dans le miroir, regarda ses yeux noirs, puis elle se pencha à grand-peine pour attacher ses jambières derrière ses maigres genoux, chaussa ses mocassins et sortit saluer le soleil matinal. Elle se tourna vers l'est. Sa chevelure noire défaite tombait comme une crinière sur ses épaules, son dos. La tempête s'était calmée, mais une légère brise jouait dans ses cheveux, les soulevait.

Les guetteurs échangèrent de rapides coups d'œil. Nola semblait sereine face au soleil levant, mais ils voyaient au-delà des apparences et, derrière ce vernis de surface, Nola errait comme une folle, courait, désespérée, à travers les forêts de chênes brûlés, glissait dans la boue des ruisseaux. Accrochée à la vie comme les tortues terrestres dans leurs dangereuses migrations sur les routes brûlantes, elle s'efforçait de survivre.

Les guetteurs se mirent en alerte.

Tout au long de la journée, Nola considéra le monde qui l'entourait. La maison n'était pas sa maison. À la lumière du matin, elle vit le plafond de plâtre bordé d'une élégante frise de fleurs sculptées qu'elle n'avait encore jamais remarquée. Elle s'assit, prise de faiblesse. Elle connaissait cette maison. Elle la connaissait comme sa main. Mais à présent, sa propre main lui était un mystère.

À la lumière impitoyable de midi, le mobilier était encombrant et lourd. D'épaisses tentures de velours effleuraient le sol comme des robes de femme poussiéreuses. Les figurines de verre n'étaient d'aucune utilité. C'était une autre Nola, pas celle-ci, qui était allée de boutique en magasin en quête d'un mince cygne de verre filé, une autre Nola qui avait feuilleté des catalogues pour trouver de fragiles objets à mettre entre les murs de sa vie.

Le jour poursuivit son cycle et, à la nuit tombée, Will rentra, satisfait de ses succès. Il avait fait de gros profits en vendant ses trouvailles à un collectionneur venu de l'Est, mais il était épuisé, et la mort de son père le déprimait. Croyant Nola au lit, il alluma la lumière et resta sidéré devant l'étrange silhouette absente assise dans le fauteuil ; elle portait ses vêtements traditionnels, relique d'un autre monde, d'un monde du passé. Il la regarda quelques instants de trop, puis se pencha pour l'embrasser, lui releva doucement le menton. Mais son visage était glacial. Elle le voyait à peine ; il lui était aussi étranger que les meubles. Pris de peur, il s'inquiéta : « Nola, qu'est-ce qui ne va pas ? »

Elle ne l'entendit pas, regardait droit devant elle, comme si elle avait vu un revenant.

Will ne savait pas que Nola était occupée à parler à l'avenir. S'il l'avait su, peut-être l'aurait-il mieux comprise. Et si elle lui avait exprimé ses craintes, peut-être les aurait-il dissipées. Mais Nola ne parlait qu'à l'avenir, et cet avenir n'existait qu'en elle, c'était une autre terre, un continent lointain sur le point d'émerger. « Tu viens d'un peuple ancien », disait Nola à son enfant. Elle ne voyait pas le visage apeuré de Will. « Un peuple ancien, très ancien, de ceux qui appartiennent à la tendre terre et aux ombres qui passent à tire-d'aile sur la lune. »

La voix de Will lui parvint, lointaine. « Nola ? » Il la conduisit à l'étage, la dévêtit. Raide, elle leva le bas tandis qu'il tirait sur la manche. Il regarda son ventre rond. Les veines transparaissaient sous la peau brune tendue. Elle était belle et pleine. Il lui passa une chemise de nuit blanche, puis il se pencha pour soulever ses jambes et l'étendre sur le lit. Inerte, inquiétante, elle respirait à peine. Elle ne se tourna pas vers lui. Il la couvrit, le cœur empli d'effroi.

Les éclairs de chaleur allaient et venaient contre le ciel noir, éclairant tantôt une anse nuageuse, tantôt un groupe d'arbres brûlés. Will avait peine à trouver le sommeil. Il finit par s'assoupir, s'éveilla en sursaut pour découvrir que Nola avait quitté le lit. Il descendit la chercher. De la dernière marche, il la vit, en transe, assise sur une chaise cannée, les pieds bien à plat sur le sol, enracinés. La lueur de la lune soulignait les contours de ses os.

Avec précaution, il la guida vers l'escalier, la ramena au lit.

Au matin, elle était de nouveau en bas. Lorsque Will descendit, elle agitait la tête de droite à gauche, comme si une force invisible l'étranglait. Ses yeux étaient rivés sur le perroquet dans sa cage dorée. « Pauvre chose, gémissait-elle. Pauvre, pauvre petite chose. » Nola éprouvait une pitié terrible pour l'oiseau bariolé. L'oiseau la considérait attentivement, scrutait son visage du regard.

Toujours, le perroquet tendait le cou vers le sud, attiré par l'instinct de sa race vers sa terre natale. Toujours, dans ses rêves, il voyait la forêt vierge. Non, songea Nola, pas dans ses rêves. Il avait la forêt vierge dans les yeux. D'ailleurs, elle l'y voyait, voyait les larges feuilles vertes plumetées, les lianes et les eaux bleues. Elle s'affaissa vers l'avant, une main sur le cœur, comme si son tourment venait de cet organe.

Accablée de chagrin, elle ne vit pas Will se rendre dans la pièce voisine, s'asseoir à la table et décrocher le téléphone. Il s'efforça de parler à voix basse, de rester calme. « Allô, le standard ? Veuillez me connecter au Dr Levee en ville, je vous prie. »

Nola n'entendit pas ses paroles mesurées. Elle pensait au singe. Une autre vie soustraite au monde de la jungle, arrachée à la compagnie des siens. Elle les avait aimés, le perroquet et lui, comme des choses qu'ils n'étaient pas, comme des enfants, des amis. Et son amour avait fait d'eux des prisonniers. En hâte, elle monta à l'étage, ouvrit la cage du singe, l'enleva de derrière les barreaux, le laissa libre d'aller à sa guise. Il la suivit dans l'escalier, l'observant d'un œil méfiant, conscient de quelque anomalie.

En attendant la ligne, Will entendit un premier choc et un tintement de verre brisé. Le bruit éveilla en lui un sentiment d'effroi prémonitoire, l'avertit que le danger rôdait, imminent. Il craignait pour Nola. D'une voix enrouée, insistante, il murmura au téléphone : « Vite, vite, je vous en prie. » La standardiste l'entendit, entendit le second choc et le bris de verre. Prenant peur à son tour, elle pria pour qu'on décroche. Enfin, la communication passa, il y eut une voix au bout de la ligne, le « Allô » du Dr Levee qui promit de venir immédiatement chez les Forrest.

Après avoir raccroché, Will ne chercha pas à empêcher le singe de bondir à travers la maison car, de la porte, il comprit que Nola était brisée, que quelque chose en elle s'était rompu. Toujours en chemise de nuit, elle pleurait, assise, couvrant son visage tragique de ses mains.

Puis il la vit se redresser, aller jusqu'à la cage du perroquet, l'ouvrir pour en sortir l'oiseau et le porter à la fenêtre.

Dehors, le brouillard s'était levé. Nola remonta la vitre. Will se précipita pour l'arrêter. Dans sa tenue de nuit blanche, elle tenait l'oiseau rouge et vert à deux mains dans l'air embrumé. Une aile couleur d'émeraude s'était libérée et battait, impuissante. Un nuage de brume entra par la fenêtre. Cette vision de la belle jeune femme face au nuage, presque dans le gris du ciel, avec le perroquet, horrifia Will. L'oiseau s'était animé d'une vie chatoyante, monstrueuse.

Dehors, les guetteurs entendirent le verre se briser. Attentifs, prêts à intervenir, ils regardèrent la fille aux cheveux noirs ouvrir la fenêtre, tenant l'oiseau comme un bouquet dont ses pattes seraient les tiges. Ils entendirent la voix de Will qui s'écriait derrière elle : « Qu'est-ce que tu fais ?

— Je lui rends sa liberté. »

Will tenta de la raisonner : « Ce n'est pas chez lui, ici. Il ne survivra pas. Tu veux le tuer, ou quoi ?

— Ce n'est pas chez moi non plus. Ce monde n'est pas le mien. » Répétées d'une voix perçante, ces paroles touchèrent le cœur désespéré de Nola. Elles étaient vraies, mais elle l'ignorait avant de s'entendre les dire. La rage s'enfla en elle.

Le perroquet s'immobilisa.

« Nola ! protesta Will, luttant pour la retenir. Attends, tiens-toi tranquille, j'ai appelé le médecin. »

Ses hurlements redoublèrent à l'idée de voir le médecin. À présent, elle en était sûre, ils allaient la tuer. Et pas seulement elle. Ils tueraient aussi la vie à naître. Ils prétendraient qu'elle était morte de mort naturelle, elle le savait déjà, et elle était allée trop loin. Alors, elle sentit le bébé remuer dans son ventre, crut l'entendre appeler : « Au secours ! Au secours ! »

Nola relâcha l'oiseau qui, ahuri, se posa sur une branche dans le brouillard du dehors. Dedans, la douleur déformait les traits de Nola, son cœur s'était brisé comme une vitre, libérant le flot de sa colère et de sa peur. Elle ne lui obéirait pas, ne le croirait plus, plus jamais. Persuadée que c'était un assassin, elle le lui criait au visage. Il bondit en arrière, secoua la tête en répétant : « Non, non » ; mais elle poursuivit sur sa lancée : elle savait qu'il avait dépensé toute sa fortune, et qu'il voyait la femme aux cheveux blonds, et qu'il allait la tuer, elle et son enfant. Will tenta de la saisir, mais elle lui échappa, fila chercher le pistolet dans le tiroir où elle l'avait rangé. Will s'efforça de le lui arracher, les traits crispés par l'effort. Il avait de la force dans les bras. Mais elle défendait sa vie, la vie de son enfant, mue par un sentiment d'urgence, et l'instinct de survie lui conférait une puissance qu'il n'avait pas. Le coup de feu partit. Voyant l'immense fenêtre voler en éclats, les guetteurs se précipitèrent à l'intérieur.

Pliée en deux, Nola se lamentait près de son mari mort. Ses cheveux noirs l'enveloppaient comme un linceul. De ses yeux étonnés, trahis, il fixait Nola qui répétait en sanglotant : « Je t'aimais, je t'aimais. » Elle pleurait comme une enfant. « Pourquoi ? Pourquoi as-tu fait cela ? »

Les guetteurs échangèrent quelques brèves paroles dans la langue ancienne. Ils ne perdirent pas de temps. L'un d'eux détacha Nola du corps de son époux.

Il y avait du brouillard, des bancs de brume mouvante qui noyaient le paysage. Les guetteurs emportèrent la jeune femme, sa longue crinière noire flottant le long de son dos. Ils la soutenaient aux aisselles, la soulevaient à demi, tête tombant sur l'épaule, jambes ballantes, pieds traînant sur le sol. Et ils pénétrèrent dans le brouillard, comme par une porte qui se referma sur eux aux frontières brumeuses du monde. Ils avaient disparu.

À l'arrivée de Levee, le brouillard avait tout englouti. La maison était silencieuse. Trop silencieuse. L'air pesait comme un fardeau. L'instinct poussa Levee à la prudence.

Il fit le tour de la villa, s'arrêta devant la vitre brisée, jeta un coup d'œil à l'intérieur. Sur le tapis, parmi d'autres tessons, il y avait une petite ballerine de verre filé. Non loin de là, dans un coin, il aperçut alors une main d'homme ouverte.

Peu après, une seconde voiture arriva. C'était le nouveau shérif, alerté par la standardiste. Il était accompagné de deux adjoints et d'un commissaire de police. Par habitude, Levee rangea son arme et prit son sac noir de médecin.

Le commissaire fut le premier à pénétrer la lumière diffuse de la maison. Ils étaient tous tendus, et la brume envahissante qui s'infiltrait à l'intérieur par la fenêtre brisée n'arrangeait rien. Le décor paraissait disparaître sous leurs yeux, s'évanouir comme une fumée.

Le perroquet s'envola vers le sud.

Des jours durant, Nola dormit, lovée sur elle-même comme une enfant. À son chevet, Michael Horse chantait un chant ancien qui vibrait dans les graves tel un doux tonnerre.

Tandis qu'il la veillait, il réfléchissait aux événements qui s'étaient abattus sur leurs vies au cours de la dernière année.

Tout paraissait s'être inversé, bouclant le cercle du danger qui se resserrait chaque jour davantage. Le feu, jusque-là synonyme de chaleur et de lumière, en venait à signifier la mort. Richesse signifiait pauvreté. Et, pour Nola, l'amour s'était mué en deuil.

Horse contempla son visage. Elle dormait, parfaitement immobile. Il regarda sa poitrine se soulever doucement au rythme de son souffle.

Il continua de chanter au chevet de Nola, et les gens assemblés près du feu entendirent la voix apaisante de l'homme aux dents d'or. Ils firent silence, mais ils s'inquiétaient de la conduite à tenir face aux nombreux changements survenus au village. À présent, ils discutaient et se querellaient entre eux. Il leur fallait trouver un nouveau moyen de maintenir la paix. Pire encore, les jeunes devenaient tristes et prenaient peur à mesure qu'ils en apprenaient davantage sur les gens de la ville.

Finalement, par une nuit de pleine lune, Nola s'éveilla de son long sommeil. Horse lui tendit la main pour l'aider à se lever. Il la guida hors de la hutte, vers les deux feux du peuple. Marchant à grands pas, d'une démarche chancelante, elle alla trouver la plus âgée des femmes. « Je crois que le bébé va naître, lui dit-elle. Le moment est venu. »

Cette nuit-là, pendant que Nola entrait en travail, Horse, inspiré, se mit en devoir d'achever la rédaction du *Livre de Horse*. Il retira la dernière page de la machine à écrire de Grace Blanket. Elle commençait par quelques principes simples — « Prenez soin de la terre et de toutes ses créatures. N'ayez pas trop peur. Ne soyez pas trop tristes. Ne soyez pas trop en colère. » Après quoi il sortit, se rendit aux confins du village pour contempler le vaste paysage.

Les Indiens des Collines s'étaient tenus à distance du monde extérieur, ce monde qui se vidait. Leur campement était à cent lieues des automobiles rouges et noires, des chapeaux de soie, des jazzmen et des armes à feu. Horse s'y sentait en paix malgré tout ce qui s'était passé. Il désirait rester. Il entendait les chouettes. Il parlait avec elles. Le chant grave d'un hibou était tout proche de lui quand soudain il perçut un bruit de souffle. C'était Redshirt. Il en aurait juré. Son cœur s'accéléra. Il se leva, tendit l'oreille, mit ses mains en cornet et ferma les yeux pour mieux se concentrer. Oui, c'était bien lui. C'était Redshirt. Horse resta là à l'écouter.

Cette même nuit, au clair de lune, Stace Red Hawk se dirigeait vers le village. Il avait emporté un lasso et comptait retrouver sa jument. Ses pas étaient guidés, non par le sentier qu'il ne distinguait pas, mais par le chant des chouettes et la voix, reconnaissable entre toutes, de Michael Horse qui leur répondait. À la lumière de la lune jaune et pleine, Stace vit les cairns et les buissons, une amarante qui s'était prise dans un arbre.

Tout en marchant, Stace pensait aux récents procès. Expédié en prison, Hale sombrait dans le néant. Alors que sa présence avait changé le monde. Stace doutait cependant que les crimes eussent pris fin et que tous les coupables fussent sous les verrous. À son avis, la filière criminelle remontait peut-être jusque dans les hautes sphères de l'administration.

La nuit était tombée quand il approcha du chant des chouettes. Et puis, là-haut, dans les collines, il entendit le son du tambour. Il touchait au but. On jouait du tambour sur la hauteur. Il en éprouva du bien-être, se sentit presque restauré. Une odeur de fumée de cèdre flottait dans l'air. Il percevait la présence du monde des esprits. Elle était puissante en ce lieu, aussi tangible que la fumée de cèdre. Puis il perçut une autre présence. Les chevaux. Oui, il les sentait, Redshirt et la jument noire, juste au-delà des buissons. Aucun doute, c'étaient bien eux. Stace retint son souffle et tendit l'oreille.

La voix de Horse le fit sursauter. « Oh, c'est bien lui. On le sent. »

Stace se tourna en direction de la voix. « Je le sens aussi. D'après toi, qu'est-ce qu'on fait ? »

Horse huma l'air. « Ils sont tout près. » Il se mordilla les lèvres. « Mieux vaut les laisser tranquilles. S'ils se croient en sûreté, à l'abri de nos lassos, ils reviendront. Si nous tentons de les capturer maintenant, nous ne les reverrons plus. »

C'est alors qu'ils entendirent nettement les chevaux, le bruit de leurs sabots contre le sol.

« Tu crois qu'ils nous comprennent ? s'enquit Horse.

— Probablement. »

Au même moment, un coq lança son cri au pied de la colline, quelque part derrière eux. Les deux hommes se retournèrent. « Un coq ? En pleine nuit ? s'étonna Stace tout haut.

— C'est la pleine lune, expliqua Horse. Il fait presque aussi clair que de jour. »

Et là, ils aperçurent la silhouette noire et blanche du prêtre qui remontait le sentier, portant un coq dans un panier. C'était un grand coq roux aux caroncules rouges ; il regardait autour de lui, inquiet, agitait nerveusement la tête en gloussant doucement. Ils sourirent.

Le prêtre était revenu dire au peuple qu'ils étaient la terre. Il le savait maintenant, il en était certain.

Le temps que les trois hommes arrivent au village, Nola avait donné naissance à son enfant. Un nuage de pluie flottait dans le ciel. Sans pouvoir l'affirmer, Horse eut le sentiment que la médecine de la chauve-souris avait perdu de sa force.

« Horse, dit la plus âgée des femmes, raconte-nous un peu ce que tu as écrit. »

Il parut hésiter, mais alla cependant chercher ses papiers dans le coffre de cèdre. Certains passages étaient soigneusement écrits à la main, de cette belle écriture qu'il avait apprise en Chine. D'autres pages étaient dactylographiées.

« D'abord, il faut que je vous parle du livre qu'ils appellent la Bible. C'est un livre sacré pour les Européens, les gens des villes. Il contient des visions, des commandements, des chants. J'ai ajouté ce qui me semblait manquer dans ses pages.

— Pourquoi ne pas te contenter de le dire ? interrompit une jeune femme.

— Parce qu'ils ne croient qu'à ce qu'ils voient écrit sur le papier. »

Il expliqua ensuite à ses nombreux auditeurs : « Vous connaissez déjà tout ça. C'est tout ce qu'il y a de plus simple. Et c'est pourquoi il m'a fallu si longtemps pour l'écrire. »

Il se mit à lire : « Honore le Ciel-père et la Terre-mère. Veille sur toute chose. La vie réside en toute chose, jusque dans les pierres immobiles. Protège les insectes car ils ont leur place, les plantes et les arbres car ils nourrissent les peuples. Chaque chose sur terre, chaque créature, chaque plante, désire vivre sans souffrir, alors ne leur fait pas de mal. Traite tous les peuples de la création avec respect, tout est sacré, surtout les chauves-souris.

« Sois bon envers le sol. Nous ne faisons qu'un avec le sol, avec toute chose en ce monde. Nous participons de la rondeur, des cycles de la vie. Le monde ne nous appartient pas. Nous appartenons au monde. Et toute vie est sacrée.

« Adresse tes prières à la terre. Restaure ton être et ta voix. Reconstruit ton être spirituel afin qu'il soit en harmonie avec la nature et l'ensemble de l'univers. Vis en paix avec tes frères et tes sœurs.

Les humains dont l'esprit est sain désirent la paix et la justice. »

Un vieillard l'interrompit : « Dis voir, ce n'est pas le discours que tenait le Pacificateur des nations iroquoises ? »

Horse regarda l'homme. « Le Créateur lui aura dit la même chose. Cela ne me surprendrait pas. »

Et il reprit : « Ceci est le cœur de toute religion. C'est l'histoire du Créateur, du Créateur qui a parlé à un homme blanc aussi clairement qu'il m'a parlé à moi, et il lui a dit : "Ce que tu fais au plus petit des miens, tu me le fais à moi." Le Créateur l'a dit, et nous nous y tenons.

« À présent, poursuivit Horse, le peuple va quitter sa terre. Il aimait cette terre, il souffre, il est blessé. Il ira par les roches et les falaises, par les villes et jusque dans les grottes de la terre dévastée. Il y aura des feux. Certains seront rendus à la terre. D'autres iront en d'autres terres, se fondre avec d'autres peuples. Certains apprendront un nouveau mode de vie, la voie juste du sentier rouge. Mais le temps reviendra où tous les peuples de retour vénéreront la terre et chanteront ses louanges. »

Le père Dunne protesta : « Tu ne peux pas ajouter un chapitre à la Bible. »

Horse plissa le front. « Hmmm. Tu crois que je devrais ajouter quelques commandements ? »

Tous se turent un moment. Des chouettes hululaient au loin. « C'est un philosophe, déclara la plus âgée des femmes. Il l'a toujours été, depuis qu'il est tout petit.

— J'ai quelque chose à mettre dans le livre, dit Ona Neck.

— Quoi donc ? s'enquit Horse.

— Qu'on me donne la liberté, ou qu'on me donne la mort. » Son visage s'éclaira d'un large sourire. Puis elle éclata de rire.

Les nuits suivantes, Horse et Stace Red Hawk entendirent les chevaux. Ils étaient fin prêts. Stace portait deux bonnes longueurs de corde à sa ceinture pour les prendre au lasso au cas où les bêtes s'approcheraient suffisamment.

Et voilà qu'il aperçut l'étalon alezan. Redshirt était sorti des ombres de la nuit. Il se tenait devant eux, hennissait doucement. Avec des gestes lents et mesurés afin de ne pas effaroucher l'animal, il détacha une corde de sa ceinture. Il s'efforçait de contrôler son souffle, mais il était tendu, l'excitation le gagnait. « Doucement. Tout doux, mon beau », dit-il au cheval roux d'une voix apaisante.

Dans le lumineux clair de lune, il remarqua que l'étalon avait le poil plus épais, qu'il se préparait déjà au changement de saison. Il s'avança vers lui, prêt à la lutte ; malgré le calme de sa voix, son cœur battait à toute allure. Il s'avança encore, maintenant la boucle de la corde ouverte.

Contre toute attente, Redshirt ne prit pas la fuite. L'étalon demeurait campé là, le regard docile dans la clarté lunaire, sans trace de sa tension musculaire habituelle.

Stace Red Hawk passa la boucle du lasso sur sa longue encolure. Horse s'approcha du cheval, glissa les doigts dans sa crinière épaisse, vint se placer face à lui, l'examina, brossa de la main la poussière de sa robe alezane. Une odeur dense d'herbe sèche, de foin et de cheval imprégnait l'air. Le vieillard prit du recul et plongea dans les yeux sombres de l'étalon où il vit son reflet. Alors, il se tourna vers Stace. « Laisse-le partir », dit-il.

Red Hawk dévisagea le vieux comme s'il perdait l'esprit.

« Allez, laisse-le filer. » Horse se mit de côté.

« Mais... Je viens juste de l'attraper, protesta Stace, éberlué, sans cesser de fixer le vieillard.

— Non. Il s'est laissé prendre. » Horse semblait plus fort, plus fier aussi.

Dubitatif, Stace céda cependant. « Bon. Puisque tu insistes. » Il desserra la boucle, fit glisser la corde par-dessus la tête finement ciselée de l'animal, se recula et attendit.

Redshirt caressa le vieillard de son museau, puis il fit un demi-tour et s'éloigna au pas. L'étalon alezan se retourna une fois pour regarder en arrière avant de disparaître.

« Qu'est-ce qui t'a pris ? » s'enquit alors Stace. Mais Horse s'était déjà évanoui dans les profondeurs de la nuit.

*

La population de Watona se sentait soulagée. C'en était fini des procès. Le flamboiement de l'automne avait repris possession des bois, la saison des pluies s'avançait, et Belle Graycloud, avec son étonnante chevelure blanche, était rentrée chez elle, bien vivante et sans trace de claudication.

Un matin, elle arracha les derniers épis de maïs encore sur leur tige et les mit dans un panier. Moses attela ses deux derniers chevaux au chariot. Les femmes de la maison allaient voir Nola au campement des collines, apportaient le maïs, un pot du miel doré de l'année précédente, et un bouquet de roses rouges pour la mère, pour fêter le nom de l'enfant. Belle coupait les roses quand ses poules affolées s'égaillèrent, battant des ailes en vain. Elle se redressa pour voir ce qui leur avait fait peur et entendit alors un bourdonnement sourd, lointain d'abord, et qui se rapprochait. Les abeilles qui revenaient. Tout le paysage alentour vibrait de leur bourdonnement.

« Ce sont mes abeilles ! s'écria Belle. Elles sont de retour ! Vite, des casseroles ! » Laissant choir les roses, elle se précipita à la cuisine. À l'intérieur, tout le monde s'agitait. Dehors, les poules caquetaient à qui mieux mieux. Enfin, ils les virent, virent l'essaim en arc de cercle voler tel un nuage noir parmi les restes des arbres brûlés dans l'incendie. Dans la confusion générale, Belle ressortit en courant, cognant une louche de métal contre une casserole, hurlant à pleins poumons. Clameur, vacarme, tumulte assourdissant surprirent les abeilles. Le bourdonnement se fit plus faible, puis cessa. Comme un seul corps animé d'un esprit unique, elles se posèrent, s'agglutinèrent ensemble, se drapant telle une ombre sur un arbre proche.

Profitant qu'elles étaient à l'arrêt, Louise sonna la cloche des repas. Belle tendit la bouilloire à Rena pour qu'elle frappe dessus. Le bruit paralysait les abeilles.

Belle enfila ses gants, mit son voile et ressortit en hâte. Ne voulant pas perdre ses abeilles, elle mesura ses gestes sitôt dehors. D'abord, elle prépara la ruche. Ensuite, elle alla jusqu'à la branche et préleva la reine dans la colonie. Avec précaution, elle la déposa dans la ruche. Tandis qu'elle s'éloignait, les autres abeilles, dociles, suivirent leur reine, volèrent d'elles-mêmes dans la ruche. Belle n'aurait su dire si c'était là l'essaim hors la loi qui avait tué le shérif. En tout cas, c'étaient des abeilles qui, comme toute chose sur terre, ne demandaient qu'à vivre. Vivre et se perpétuer, elles n'en demandaient pas plus. Belle les aimait. Elle les comprenait.

Un jour, après la naissance du bébé de Nola, John Tate déposa Ruth devant la cour des Graycloud. Belle, ses filles et Rena allaient rendre visite à Nola dans les collines et faire la connaissance du nouveau-né. Ruth disait vouloir rester avec son frère, veiller sur lui, mais Moses savait bien qu'elle était malheureuse avec le petit homme nerveux qui ne cessait de s'agiter.

Ce jour-là, Moses attela ses chevaux au chariot pour Belle, et le chariot partit en bringuebalant à travers la campagne. Depuis le village des collines, Silver repéra les femmes Graycloud. Okeena et lui descendirent des falaises pour leur indiquer le sentier et firent avec elles le reste du trajet à pied.

Du haut du sentier, Belle aperçut Nola, assise dans le cercle des vieilles femmes. Elles se passaient l'enfant de proche en proche, chacune le prenant dans ses bras, s'efforçant d'obtenir un sourire de ses petits yeux noirs. Nola portait la tenue traditionnelle. Elle était transformée, paraissait plus âgée, plus posée aussi, et comme enveloppée d'une douceur nouvelle. En voyant ses amies, elle se leva d'un bond. Les larmes aux yeux, elle embrassa Rena, et Louise, et Lettie, et puis Belle. « Tes cheveux ! Qu'est-ce que tu leur as fait ? » Leur présence lui rappela la ville, et elle changea de sujet, se mit à pleurer sur Will — sans se couvrir le visage ni chercher à cacher ses pleurs. « C'était plus fort que moi. Il était des leurs. »

Les femmes l'écoutaient sans rien dire. Les ombres s'allongeaient, prenaient des teintes violettes tandis qu'elles restaient là, assises, en silence. Lettie tenait la petite dans ses bras.

« Mais je l'aimais », pleurait Nola en s'essuyant les yeux.

Au bout d'un moment, Rena lui demanda : « Il s'appelle comment, ton bébé ? »

À travers larmes et chagrin, Nola sourit. « Moses. »

Rena ne put s'empêcher de rire. « Mais c'est un nom d'homme ! Pour une fille ?

— Et alors ? Pourquoi pas ? »

Belle lui raconta ensuite l'incident du coup de feu, sa mort temporaire, ses cheveux devenus blancs. « J'étais au seuil de la mort, sur la dernière marche, le bras levé, prête à frapper. »

Nola éclata de rire. Elle sécha ses larmes.

« Cela fait plaisir de te voir sourire », dit Belle. La mort de Grace et la vague de calamités qui s'étaient abattues sur eux à sa suite semblaient déjà lointaines.

Plus tard, sur le chemin du retour dans le chariot branlant, Rena demanda à sa grand-mère : « Pourquoi tu ne lui as pas dit que Will était innocent ? » Et Belle de répondre : « Son deuil n'en serait que plus douloureux. Réfléchis à ce qu'elle éprouverait si elle savait avoir tué un homme innocent qu'elle aimait. »

Dans la cuisine des Graycloud, Lettie mit de l'eau à bouillir. Ruth et Moses remuèrent le sucre dans leur thé. Puis, tout en s'efforçant de masquer sa fierté, le vieillard commenta : « Alors, comme ça, ils l'ont appelée Moses. »

Par une froide journée ensoleillée, Stace Red Hawk partit à la recherche de sa jument noire.

Il marchait sur les feuilles mortes, dans l'air d'automne à la riche odeur de terre et de végétation en décomposition quand soudain, il l'aperçut. Dans un bosquet de chênes d'Amérique, immobile parmi le feuillage rouge, presque cachée par l'ombre noire des troncs. Lorsqu'elle le remarqua, il la salua de la tête, comme une amie. La jument leva la tête. Ils se comprenaient bien ; elle savait qu'il voulait lui passer le harnais, et lui, qu'elle s'enfuirait s'il tentait de l'attraper. Il s'assit donc sur une pierre et attendit qu'elle vienne à lui, poussée par la curiosité.

Contrairement à Redshirt, c'était une bête confiante et, au bout d'un moment, elle s'approcha suffisamment pour que Stace, en tendant le bras, puisse agripper sa crinière et lui mettre le filet, mais il n'en fit rien. La connaissant comme il la connaissait, il savait déjà qu'aujourd'hui elle triompherait de lui. Elle avait l'avantage, vivait en liberté, sans clôtures ni contraintes. Elle filerait au galop, martelant le sol de ses sabots, et il resterait bredouille, avec une poignée de crins secs et rugueux. Pas question d'échouer. S'il la prenait et qu'elle s'échappait, elle devenait maîtresse de la situation et ne lui redonnerait pas sa chance. Il resta donc assis en silence, se laissa observer sans bouger et, tout en suivant le manège de la jument, il résolut de lui tendre un piège. Pour réussir dans cette entreprise, pour l'acculer dans un espace restreint, il lui fallait un cheval, et il savait lequel — le cheval alezan de Moses Graycloud. Celui que Nola lui avait offert.

Redcoat. C'était un quarter horse, un cheval de troupeau. Né pour rassembler et parquer les bêtes, il avait cela dans le sang.

Laissant là sa jument, Stace prit la piste de terre pour se rendre chez les Graycloud. Lorsqu'il arriva au tournant qui menait à la vieille ferme la nuit tombait et l'air sentait le gel.

La maison avait une apparence sombre, fermée. Elle avait besoin d'une couche de peinture, de quelques réparations. Stace songea qu'il pourrait offrir ses services à Moses contre le prêt du cheval.

Il frappa, et Belle vint lui ouvrir. « Entrez », dit-elle en s'effaçant pour le laisser passer. Mais elle n'en dit pas davantage au jeune homme, se contenta de l'observer de son regard perçant.

« Moses est là ? »

Elle fit oui de la tête. « Dans la cuisine. »

Moses était à sa place habituelle, mais pas assis, debout, occupé à nettoyer et savonner une selle posée sur la table.

Quand Red Hawk demanda à emprunter le cheval, Moses le considéra d'abord d'un œil soupçonneux. En dehors de Lettie, les Graycloud n'étaient pas certains de pouvoir se fier au Sioux. Puis Moses examina ses bottes. Elles étaient éraflées et un peu éculées. Il étudia ses mains, des mains qui avaient autrefois travaillé dur, mais devenues trop molles. Red Hawk avait aussi les épaules tombantes d'un homme fatigué. Mais ce fut son visage qui décida Moses, ses yeux profonds qui étaient ceux d'un homme bon. D'un homme enraciné dans la vie.

« Alors, comme ça, vous avez besoin d'un cheval de troupeau ? » s'enquit Moses d'une voix posée. Il baissa les yeux, les releva sur Stace. « Il va geler cette nuit. Je le sens à ma jambe. Vous devriez rester là. » Il but quelques gorgées de café, essuya la selle avec un chiffon, jeta un coup d'œil par la fenêtre. « De toute façon, il fait noir. Demain. Demain, je vous accompagne. Vous aurez besoin d'aide pour reprendre votre jument. »

Lettie, qui les écoutait de la pièce voisine, vint rejoindre les hommes dans la cuisine. Elle s'assit, regarda Stace, rosit comme si elle éprouvait de la gêne à le voir. Elle sourit brièvement, redevint grave et le fixa droit dans les yeux. « Vous étiez au courant pour les aveux ? Ils ont été obtenus de force ? »

Stace resta silencieux. Quelques secondes passèrent, longues à n'en plus finir. « Je n'en sais rien. » Il agita la tête. « J'espère que non.

— Quoi qu'il en soit, c'est terminé. » Elle se leva, se tourna vers lui. « Vous semblez épuisé. Venez, je vais vous montrer où dormir. »

Comme précédemment, il la suivit dans l'escalier sombre à l'odeur de renfermé, son sac-médecine à la main. Et quand elle lui montra le petit lit au bout du couloir, il se souvint brusquement de la plume d'ara. « Attendez une seconde. » Il posa le sac sur le lit et l'ouvrit. « Tenez. Pardonnez-moi, j'ai oublié. Votre mère me l'avait donnée pour vous quand je suis parti pour Guthrie. »

Il l'observa tandis qu'elle prenait la plume bleue, la retournait pour en examiner l'autre côté. Oui, pensa-t-il, c'était une femme bonne, qui veillerait sur autrui, et peut-être sur lui.

« C'était la plume de l'Osage Star-Looking, dit-elle. C'est tout ce que j'aie jamais voulu garder de notre vie ici. Le seul objet que je souhaitais recevoir en héritage quand les vieux arriveraient au terme de leur vie. Maman croyait sans doute qu'elle allait mourir. » Ses yeux se remplirent de larmes et, sans un mot de plus, elle se rendit dans sa chambre et en ferma la porte, laissant Stace empêtré et confus face à son sac aux médecines ouvert.

Cette nuit-là, Lettie ne put fermer l'œil. Elle pensait à Stace Red Hawk qui dormait dans le couloir, à quelques pas de sa chambre. Et elle songeait : qu'adviendrait-il si j'allais vers lui dans la nuit, pieds nus sur le plancher frais, si je m'arrêtais près de son lit ? Mais elle demeura derrière sa porte close et, au petit matin, finit par s'endormir.

De bonne heure le lendemain, Stace et Moses se mirent en route pour le lieu où le Sioux avait vu la jument noire. Chaque brin d'herbe sèche était couvert de givre. Moses criait ses ordres. Il marchait près de Redcoat qu'il menait à la longe, ne voulant pas l'épuiser avant d'avoir trouvé la jument noire. Plusieurs longueurs de bonne corde solide étaient enroulées sur le dos de la bête. Mais il souffrait de la jambe avec le froid et, en fin de matinée, il dut renoncer et demander à Stace de l'aider à se hisser sur la selle savonnée de frais.

« Il nous faut un plan, dit-il à Stace qui lui mettait le pied à l'étrier. Je crois qu'on devrait faire une sorte d'enclos en attachant la corde autour des arbres. On la poussera dedans, et vous pourrez alors lui passer un licol. Qu'en pensez-vous ? »

Stace s'abstint de dire au vieux que c'était précisément le plan qu'il avait conçu. « Je ne sais pas. Je crains que si nous en parlons trop fort, Redshirt ne nous entende, l'avertisse de notre plan, et nous ne la prendrons jamais.

— J'ai déjà entendu ce genre d'histoire sur les chevaux.

— Certes. Ils sont plus intelligents qu'on ne l'imagine. »

Bientôt, ils arrivèrent à l'endroit où Stace avait vu la jument noire. Quelques crins de sa crinière étaient restés pris dans les branches d'un arbre. Moses les remarqua aussi. « Là, dit-il. C'est là que nous devrions commencer à tendre les cordes. » Au prix de quelques difficultés, il descendit de cheval, prit une longueur de corde et l'attacha autour d'un tronc. Stace s'éloigna, tenant l'autre extrémité, la tendit et l'attacha à un autre tronc. En un rien de temps, ils avaient un petit enclos de fortune. Dès qu'ils auraient amené la jument à l'intérieur, ils pourraient l'attraper, lui passer un licol, la brider, et peut-être même lui glisser le mors dans la bouche. Tendus dans l'attente de la lutte à venir, ils se taisaient, guettaient l'arrivée du cheval. Sentant leur anxiété, Redcoat hennit au mouvement des ombres.

Elle ne tarda pas à apparaître, noire comme les tisons que le vieux Horse transportait avec lui. Noire comme Corbeau le Malin.

Elle s'approcha des hommes, méfiante, soupçonnant quelque ruse. Bien qu'avertie par son instinct, elle pénétra dans le piège, s'arrêta, vit Stace s'écarter d'elle, passer derrière, l'obligeant à avancer. Moses tenta de monter Redcoat, échoua, prit son élan et parvint à l'enfourcher.

La jument noire se montra d'abord rétive. Stace hurlait en agitant les bras. Elle le chargea. Mais il ne bougea pas d'un pouce, l'obligeant à reculer. Alors, Moses fit demi-tour à gauche avec Redcoat qui, en bon cheval de troupeau, se mit en devoir d'acculer la jument.

En vérité, malgré son escapade avec Redshirt, la jument noire ne répugnait pas à se laisser piéger. Pragmatique, elle sentait venir l'hiver et le froid. Si bien que, quand Redcoat la coinça contre un arbre, puis contre les cordes de l'enclos improvisé, elle laissa Stace lui passer le lasso, résister de tout son poids au bout de la corde tandis qu'elle reculait, la tête tendue vers lui. Elle luttait pour le principe, sans grande conviction. Tirant toujours, Stace remonta jusqu'à elle et lui mit la bride. Elle s'immobilisa. Stace comprit alors qu'il n'était pour rien dans cette capture, que la jument avait décidé de se laisser prendre. L'hiver serait rude dans les collines osages, mieux valait se laisser prendre pour être nourrie, avoir une bonne couverture sur le dos par les nuits glaciales.

Il se faisait tard quand les hommes arrivèrent en vue de la maison pauvrement éclairée. En chemin, ils avaient entendu des froissements de feuilles sèches par intermittence. Redshirt les suivait. Ils le cherchèrent en traversant l'enclos qui menait à la grange. Ils tendirent l'oreille dans la nuit d'automne qui sentait bon le foin frais.

Le lendemain, Stace Red Hawk et la jument couleur de nuit établirent leur campement sur les terres de Belle, près de Mill Creek. Stace examina le ciel et les nuages qui traversaient la voûte bleue au-dessus de lui, puis il se mit en quête de bois mort. Malgré le froid nocturne, c'est là qu'il souhaitait être. Le bruit de l'eau lui apportait la paix et la consolation. Là, il ne retrouverait pas Lettie Graycloud au détour de chaque pensée.

La présence de Stace réconfortait Belle. Par les nuits noires, elle apercevait le cercle de lumière de son feu depuis le champ. Un soir, au crépuscule, elle descendit jusqu'au ruisseau. Elle apportait du poulet et une couverture supplémentaire au campement où Red Hawk s'était installé avec sa jument.

Entendant Belle approcher du bord de l'eau où il était assis, Stace leva les yeux sur son étonnante chevelure de neige, tant de blancheur enveloppée du ciel noir éternel piqué des quelques premières étoiles.

Debout près de lui, Belle le dominait de toute sa taille. « Je vous apporte une couverture. »

Il la remercia, mais il se sentait plein du rude silence sec qui habite l'homme resté trop longtemps seul.

« Si je peux vous apporter autre chose, n'hésitez pas à me dire ce dont vous avez besoin », proposa-t-elle encore.

Il réfléchit un moment. « Oui, j'ai besoin d'espoir. » Dès qu'il eut prononcé ces mots, il prit conscience que la voix d'une sagesse enfouie parlait par sa bouche, que les paroles concrétisaient son besoin. Il se sentit soudain accablé de tristesse. Oui, il manquait d'espoir, et il lui en fallait.

Cette même nuit, après le départ de Belle, Stace éteignit son feu, monta sa jument noire, et se rendit à la rivière Blue pour répandre du tabac sur l'eau et demander de l'espoir, songeant que le ruisseau n'était ni assez large, ni assez profond pour combler le vide béant de son désespoir.

Non loin de la rivière Blue, Redshirt, amoureux de la jument noire, sortit d'épais fourrés pour les accompagner.

« Bonsoir, vieux camarade », le salua Stace. Calme et docile, Redshirt, amoureux, suivit la jument noire.

Stace regarda la lune se lever, contempla son reflet dans l'eau de la rivière et y répandit du tabac. Autour de lui, les branches mortes des arbres luisaient, phosphorescentes, et il songea que l'espoir, comme cette luminescence, prenait vie, brillait et croissait sur la pourriture.

Tout au long de la nuit, il resta près de l'eau à méditer, à écouter les hennissements intermittents des chevaux. Le monde qui l'entourait vibrait de vie. Une étoile tomba des ténèbres. Et puis, à l'est, le ciel commença à pâlir. Bientôt, le jour nouveau rougeoyait, et il eut froid.

Au matin, ses vêtements étaient trempés, mais que de beauté dans cette aube.

Quand Stace regagna son campement vers midi, Levee l'y attendait. Il portait un manteau noir et des gants de travail. Stace ne lui demanda pas le but de sa visite.

« Je m'en vais », déclara simplement Levee en jetant un regard circulaire au paysage de collines et de plaines ensoleillées.

Stace se taisait.

« Je crois que j'avais peur, reprit Levee. J'avais peur de la médecine. Trop dur, tous ces échecs, ces gens qu'on ne parvient pas à guérir, qu'on regarde mourir. Je pensais que ce serait plus satisfaisant. » Il se leva. « Je n'ai même pas trouvé la compassion en moi. » Il se rassit.

Stace se tourna vers lui. « Et maintenant ? C'est différent ?

— Maintenant, le monde a été mis sens dessus dessous. Je ne reconnais pas la vérité du mensonge. Je rentre. J'ai perdu quelque chose, mais trouvé autre chose. Je ne sais pas comment appeler ça, sauf que maintenant, j'éprouve une sorte d'amour pour ces gens qui souffrent et qui meurent. »

Stace hocha la tête. « Oui. J'ai perdu quelque chose, moi aussi. »

Levee se détendit, regarda le paysage. « Joli coin, ici, non ?

— Oui. C'est bien ici.

— Je vois que tu as retrouvé ta jument.

— Moses m'a aidé à la piéger. Mais elle se doutait de quelque chose, et je crois que c'est elle qui nous a eus. Elle voulait une couverture de laine pour l'hiver et une mangeoire bien pleine. Comme certaines femmes, elle suivrait le premier venu pourvu qu'il lui fournisse le foin et l'avoine.

— Moi aussi, j'espérais que tu m'offrirais un gîte pour quelques jours. »

Stace sourit, fit non de la tête. « Désolé, je n'ai plus d'avoine.

— Ah, c'est pour ça que tu es si maigre, Red Hawk. » Mais Levee ne mentionna pas que Stace semblait aussi plus fort, qu'il avait l'air d'un homme sachant qui il était et où il allait.

Ce même soir, toujours en quête de la paix qui habitait au cœur de son être, Stace partit dans les bois.

En silence, Levee écouta les bruits du monde nocturne d'Oklahoma. Il entendit un ragondin entrer dans l'eau, une branche craquer sous une chouette.

Depuis quelque temps, Moses éprouvait un sentiment de malaise, le sentiment que quelque chose ne tournait pas rond. Et ce sentiment persistait, sans qu'il puisse s'en défaire. Il songea que Belle devait être dans le même état quand elle pressentait quelque ennui. C'était réel, presque tangible, froid et cruel.

Alors que toute la maisonnée dormait paisiblement, soulagée d'être hors de danger, il avait le sommeil léger. Et, cette nuit-là, tandis qu'il somnolait, Moses crut entendre la voix de sa sœur, atténuée et distante, comme dans un rêve.

Il s'assit au bord du lit. En proie à une vive agitation, il enfila son pantalon quand il entendit le cri de Ruth, au loin. Elle était dehors, à ce qu'il lui semblait, ou du moins, il l'imaginait là-bas, près de la grange de leur mère. En hâte, il prit le pistolet dans le tiroir. Pas de temps à perdre. Ses mains tremblaient. Aucun doute, Ruth était en danger. Il ne prit pas la peine de passer ses bottes. Il l'entendit de nouveau crier, en bas de la route cette fois. Pieds nus, il dégringola l'escalier, se précipita dans la grange et se saisit de Redcoat. Effrayés par cet homme torse nu, sentant sa peur, les chevaux de travail piaffaient. Rapidement, de ses doigts tremblants, Moses glissa le mors de métal froid dans la bouche de la jument. Les chevaux de trait montraient le blanc de leurs yeux. Moses passa la bride par-dessus les oreilles de Redcoat, prit les rênes et l'enfourcha à cru. Porté par la peur, par le cœur rapide du cheval au galop, il traversa la pâture, laissa derrière lui les arbres noirs comme des derricks sous le regard fixe de la lune. Pistolet en main, ses jambes et ses pieds nus déjà meurtris cognant contre les flancs de sa monture, il chevaucha dans un murmure d'herbe sèche. Tous deux haletaient. Il n'y voyait rien. Une branche lui fouetta le visage. Il lui fallait se fier au cheval. Penché sur l'encolure de Redcoat, il filait, claquant la bête du plat de la main pour l'encourager.

Depuis la forêt, Stace entendit le galop du cheval et regagna son campement en courant. « Levee ! murmura-t-il d'un ton impérieux, il y a quelqu'un chez les Graycloud ! »

Levee se leva d'un bond.

Troublée dans son sommeil, Belle se retourna dans le lit. Elle alluma la lampe, prit un châle à son clou, s'en drapa les épaules et traversa pieds nus la chambre au plancher froid pour se rendre à la fenêtre. Quelle belle nuit, songea-t-elle, et quel plaisir de pouvoir regarder dehors sans crainte, de se tenir devant une fenêtre ouverte dans la douce lumière de la lampe. Elle contemplait les collines dans le lointain quand un mouvement retint son attention. Il y avait un homme en bas. Elle crut d'abord qu'un des guetteurs était revenu. Puis elle aperçut Floyd. Elle entendit du bruit, vit Floyd se précipiter vers l'homme, lutter, tenter de le repousser. Elle entendit crier. Floyd, qui leur hurlait à tous de quitter la maison. Elle s'efforçait de comprendre quand elle entendit les sabots d'un cheval qui martelaient le sol, et Moses qui criait, lui aussi : « Sortez de là ! Vite ! » Quittant la fenêtre, elle courut chercher le pistolet dans le tiroir. Il n'y était plus.

Bruits de bagarre au-dehors. Et Floyd qui criait de nouveau.

Belle courut à la chambre de Lettie, la tira par les bras pour qu'elle se lève. « Allez, debout ! Il faut que nous sortions d'ici. » Elle pleurait. Lettie s'éveilla, écarquilla les yeux, et passa aussitôt à l'action, haletante, le souffle court.

De la fenêtre de Lettie, Belle jeta un nouveau coup d'œil dehors, puis elle entendit Floyd dire qu'on avait mis une charge de dynamite. Elle quitta la chambre en courant, entendit un coup de feu. Son cœur se glaça d'effroi. Si on avait tué Floyd ?

Alerté par le bruit, Ben était dans le couloir.

« Va chercher Rena, sors-la d'ici ! » lui hurla Belle. Belle qui, malgré son âge, courait déjà à la chambre de son autre fille. « Louise, réveille-toi ! Debout ! » Au même moment, les bottes de Floyd résonnaient dans l'escalier, accompagnées de sa voix qui criait : « Allez, Lou ! Dehors ! Vite ! »

Bruit de cavalcade de la descente.

« Le chien ! s'exclama Belle.

— Il est dehors », mentit Floyd.

Puis une ombre passa devant la lune, et ce fut le noir.

De la rivière, Red Hawk et Levee entendirent le coup de feu. Red Hawk lança sa jument au galop vers la maison Graycloud pour voir ce qui s'y passait. À pied, Levee courut à travers les broussailles.

Pétri qu'il était de terreur, Stace crut que son cœur allait lâcher. Parvenu à la ferme, il trouva Moses affolé, hors d'haleine. Moses qui s'engouffrait dans la grange. À l'intérieur, les chevaux apeurés, excités, cognaient contre le bois des parois. Moses tentait désespérément d'atteler ses chevaux de travail fous de peur. Stace bondit à terre, courut à la grange pour aider Moses à amener les bêtes jusqu'à la route. Et Moses hurlait, sanglotait, ses mains tremblaient, il transpirait, il avait froid.

Levee hissa Louise à l'arrière du chariot. Louise qui répétait : « Qu'est-ce qu'il y a ? Qu'est-ce qui se passe ? »

Il n'avait fallu que quelques instants pour qu'ils soient tous dehors, instants qui paraissaient autant d'éternités sous l'emprise de la peur qui les poussait, les tenaillait.

Puis tous se turent, immobiles, comme suspendus dans le temps. Pendant des siècles.

Moses hissa Rena dans le chariot et monta à bord. Lettie s'assit près de lui, et Belle à côté d'elle. Agrippées l'une à l'autre, les deux femmes regardaient leur maison cependant que Moses conduisait l'attelage, l'éloignait de la ferme. Belle vit le mort à terre.

Moses s'éloigna de la maison, puis s'arrêta pour attendre Stace.

Monté sur sa jument noire, Stace sortit du nuage de poussière. Levee marchait près de lui, au rythme de la jument. « Où vas-tu ? »

Stace raccourcit ses rênes, tourna légèrement sa monture et répondit : « Avec eux. » De la tête, il désigna le chariot qui gravissait lentement la colline. « Je pars avec eux. » Déjà, il repartait en direction du chariot des Graycloud qui avançait dans la douce clarté lunaire. Le nuage était passé.

Et soudain, la nuit s'illumina dans un éclair. C'était le jour. La terre était rouge, éclatante. Le chariot, pleinement visible. Il y eut des cris, et la maison s'embrasa, le bois volait en éclats, tout s'effondrait ; le verre brisé réfléchit un instant la lumière du feu tandis que les flammes montaient sur une onde de chaleur. Malgré la distance, le souffle de l'explosion souleva la crinière des chevaux, les cheveux des femmes. L'air chaud leur brûlait le visage. Le toit de la maison en flammes parut se creuser, s'écrouler sur lui-même. Dans la lumière du brasier, il y avait l'étonnante chevelure blanche de Belle. Et, dans cette même lumière, ils virent aussi la palissade qui avait servi d'enclos au bison triste, la terre nue, déserte.

Le monde grondait et se brisait. La fumée s'élevait dans le ciel en lourdes volutes. L'incendie alluma d'autres feux dans les herbes sèches de l'automne, et ils virent la ligne de feu se répandre, comme une coulée de sang, sang de la terre blessée. À travers la fumée, Stace chevauchait vers eux.

Moses continua sa route, en s'éloignant du feu, conduisant l'attelage dans la nuit, vers les ténèbres. Puis il s'arrêta et se prit la tête dans les mains. Alors seulement, il s'aperçut de sa nudité, sentit le froid de la nuit. Belle l'enveloppa d'une couverture.

« Ruth, dit-il. Elle est morte. Tate l'a tuée. Il était des leurs. J'ai dû l'abattre. Je n'avais pas le choix. »

Les flammes ronflaient derrière eux.

« Et nous ? demanda Belle.

— Nous devons partir. Je l'ai tué. Je serai recherché. Ils m'arrêteront. »

Ils se retournèrent une dernière fois et virent s'élever dans le ciel rougi la maison, la grange, les guirlandes de lampes brisées, la vie qu'ils avaient vécue, flammes lointaines, rien de plus. Tous se taisaient. Mais ils étaient vivants. Ils emmenaient des générations avec eux, dans la prairie et, à travers elle, vers des lieux où aucune route n'avait été tracée avant leur passage. Ils longeaient des maisons, cavernes de lumière dans un monde noir. La nuit brûlait du feu de leur passé, mais ils étaient vivants.

REMERCIEMENTS

Pour leur aide, leur amitié et leur soutien, je tiens à exprimer ma reconnaissance aux personnes suivantes :

Eric Ashworth, Marilyn Auer, Michael Cohen, Jean Fortier, Lee Goemer, Becky et Joe Hogan, Pat Hogan, Tanya Hogan, Jackie Peterson, Connie Studer, Sigrid Ueblacker, ainsi qu'à ma mère et mon père.

The National Endowment for the Arts m'a apporté son aide financière pour écrire ce roman.

Les personnes suivantes m'ont apporté certains éléments du récit :

Merci à mon père, Charles Henderson, pour le patrimoine historique que nous partageons et ses nombreux récits concernant le pétrole, les pertes de terres et le chagrin.

À Carol Hunter, qui m'a fait découvrir ces événements particuliers.

À Betty Little, dont la famille a quitté l'Oklahoma en pleine nuit.

À Diane Fraher, pour les noms de Belle et de Lettie, venus de sa propre famille osage, et pour les renseignements qu'elle m'a fournis sur le personnage de Nola. En tant que femme osage, Diane Fraher a dit de cette histoire : « Les vices du système légal américain qui ont permis à des assassins et des voleurs de tirer profit des terres indiennes n'ont jamais été corrigés. De nombreuses nations tribales et de nombreux Indiens sont encore privés de ce qui leur appartient de droit.

En ce qui concerne les Osages, le gouvernement fédéral des États-Unis a cruellement manqué à ses devoirs de protecteur des droits indiens, et n'est intervenu que sur des questions de gains financiers. Des non-Indiens reçoivent encore en tant qu'actionnaires des annuités osages, des parts dans le Minerai Trust et autres bénéfices sans justification.

Nos anciens nous enseignent la voie de la tradition, la survie spirituelle, ils nous apprennent à oublier progressivement la douleur et la colère nées de l'injustice. Nous savons qu'en ce monde, nous ne sommes que des visiteurs de passage, que malgré les événements, jamais nous ne nous sommes laissé dépouiller de notre force spirituelle. Par amour de ma famille, j'ai voulu que cet amour, cette spiritualité imprègnent mon récit afin de les faire partager.

Merci aux nombreuses personnes rencontrées au cours de ce voyage.

Les détails concernant John Stink proviennent du livre de Kenneth Jacob Jump, publié à compte d'auteur, *Hah Tah Moie : The Story of John Stink*. L'écrivain pawnee-otoe Anna Mae Walters a également raconté l'histoire de John Stink sous le titre « The resurrection of John Stink » dans son livre *The Sun is Not Merciful*, publié par Firebrand Press.

On trouvera des références annexes dans les œuvres de John Joseph Matthews, écrivain osage, dans le livre *And Still the Waters Run* d'Angie Debo, auprès de ceux qui se souviennent, comme Carter Reward, poète osage et enseignant, et auprès des nombreux anciens qui transmettent les récits.

DU MÊME AUTEUR

Aux Éditions du Rocher

LE SANG NOIR DE LA TERRE, 2004 (Folio n° 4372)

FEMME QUI VEILLE SUR LE MONDE, 2005

Composition Nord compo
Impression Bussière
à Saint-Amand (Cher), le 9 mai 2006.
Dépôt légal : mai 2006.
Numéro d'imprimeur : 061898/1.
ISBN 2-07-033672-7./Imprimé en France.

141203